SHARON SHINN

# Erzengel

*Roman*

Aus dem Amerikanischen
von
IRENE BONHORST

Deutsche Erstausgabe



WILHELM HEYNE VERLAG
MÜNCHEN

HEYNE SCIENCE FICTION & FANTASY
Band 06/5952



Titel der Originalausgabe
ARCHANGEL
Übersetzung aus dem Amerikanischen
von Irene Bonhorst
Das Umschlagbild malte Michael Whelan/
Agentur Schlück

*Umwelthinweis:*
Dieses Buch wurde auf
chlor- und säurefreiem Papier gedruckt.

Redaktion: Friedel Wahren

Erstausgabe als Ace Book bei
The Berkley Publishing Group, New York

Printed in Germany 1998
Umschlaggestaltung: Atelier Ingrid Schütz, München
Technische Betreuung: M. Spinola
Satz: Schaber Datentechnik, Wels
Druck und Bindung: Presse-Druck, Augsburg

ISBN 3-453-13347-1

*Für meine Tante,*
*Mary Krewson*

# PERSONEN

*Im Engelhorst*:
GABRIEL, Anführer der Heerschar; ein Engel
NATHAN, sein Bruder; ein Engel
HANNAH, eine Sterbliche, Witwe des früheren Anführers
JUDITH, eine junge Sterbliche
OBADJA, ein Engel
MATTHÄUS, ein Edori

*In Monteverde*:
ARIEL, Anführerin der Heerschar; eine Engelin
MAGDALENA, ihre Schwester; ebenfalls eine Engelin

*In Windhagen*:
RAPHAEL, Anführer der Heerschar und Erzengel von Samaria
SAUL, sein engster Verbündeter; ebenfalls ein Engel
LEAH, Raphaels Frau; die Angelica

*In Semorrah*:
LORD JETHRO, ein reicher Kaufmann
DANIEL, sein Sohn
LADY CLARA, Jethros Gemahlin
LADY MARIE, Daniels Braut
ANNA, eine Leibeigene
RACHEL, eine edorische Sklavin

*Sonstige:*

ELIAS HARTH, ein vermögender manadavvischer Großgrundbesitzer

ABEL VASHIR, ebenfalls ein manadavvischer Großgrundbesitzer

MALACHIAS VON BREVEN, ein jansaischer Kriegsherr

PETER, ein ehemaliger Priester, jetzt in Velora ansässig

NAOMI vom Stamm der Chievens, eine edorische Frau

LUKAS, ihr Gemahl

JOSIAS, Orakel von Bethel

HESEKIEL, Orakel von Jordana

ISEBEL, Orakel von Gasa

# 1. KAPITEL

Der Engel Gabriel ging zum Orakel auf dem Berg Sinai, auf der Suche nach einer Frau. Er unternahm diesen Gang nicht gern, nicht einmal hoffnungsvoll, wie es einem Mann angestanden hätte, der bestrebt war, eine Gefährtin fürs Leben zu finden. Tatsächlich hatte er diese Reise so lange wie möglich hinausgeschoben, aber der Ablauf der ihm gesetzten Frist war nicht mehr fern. In sechs Monaten sollte er die alljährliche Glorie zum Lob und Ergötzen Jovahs leiten, und das war eine Aufgabe, die er ohne die ihm bestimmte Partnerin zur Seite nicht würde erfüllen können. Weil er als nächster für die Rolle des Erzengels vorgesehen war und weil Jovah deshalb ein besonderes Augenmerk auf ihn hatte, ging Gabriel zum Berg Sinai, um in Erfahrung zu bringen, wen der Gott als seine Braut auserkoren hatte.

Da er die Strecke im Flug zurücklegte, brauchte Gabriel weniger als drei Stunden, um die dreihundertfünfzig Meilen von seiner Heimat im Engelhorst bis zu Josias' Refugium in den Bergen zurückzulegen. Es war ein leichtes Fliegen, denn die Luft war sehr dünn in dem Tal zwischen den beiden Bergketten, ohne heimtückische Strömungen, wie man sie häufig über den westlichen Bergen des Gasalandes oder der Südküste von Jardana antraf. Für einen Sterblichen wäre die eiskalte Luft so hoch über dem Boden vielleicht tödlich gewesen, aber in den Adern von Engeln floß erhitztes

Blut, eine ideale Voraussetzung für das Überleben im eisigen Wind in den oberen Bereichen der Stratosphäre. Gabriel trug lediglich ein Lederwams und eine in die Stiefel gesteckte Lederhose, und ihn fror überhaupt nicht.

Als er in Sinai ankam, führte ihn einer von Josias' Akolythen in den Orakelraum, wobei er sich lautlos durch die schattenhaft grauen Gänge des Felsens bewegte. Schließlich gelangten sie zu einem hellerleuchteten kleinen Gemach, wo das Orakel zu sehen war, zu einer in die Schieferwand eingelassenen schimmernden Platte aus Glas und Metall gebeugt. Der Akolyth legte sich einen Finger auf die Lippen.

»Leise!« sagte der Junge. »Er hält gerade Zwiesprache mit dem Gott.«

Gabriel nickte und deutete dem Jungen mit einer Geste an, er möge auf dem gleichen Weg zurückkehren, auf dem sie gekommen waren. Es war unverkennbar, daß der Akolyth lieber geblieben wäre, um sicherzustellen, daß Gabriel Josias nicht bei seinen Gebeten stören würde, aber nur wenige Leute hätten es gewagt, sich einem Engel zu widersetzen, und schon gar nicht diesem. Der Junge entschwand, und Gabriel lehnte sich an die Wand, höflich wartend. Er war alles andere als respektlos dem Willen des Gottes gegenüber.

Nach wenigen Augenblicken straffte sich Josias, murmelte ein *Amen* und berührte die Oberfläche der Leuchtwand. Sofort wurde die Platte schwarz. Gabriel trat vor.

»Josias«, sagte er.

Das Orakel wandte sich ihm mit lächelndem Gesicht zu. Es war ein großer grauhaariger Mann, der beinahe verloren wirkte in seinem üppig wallenden blauen Gewand. Im Gegensatz zu den Engeln litt er unter der Kälte.

»Gabriel!« rief er aus. »Welch unerwartete Freude!«

Der Engel lachte und trat vor, um die Hand des Propheten zu ergreifen und sich darüberzubeugen. »Ach, komm!« sagte Gabriel, während er sich wieder aufrichtete. »Du mußt doch in den vergangenen sechs Monaten andauernd mit mir gerechnet haben.«

»Besser gesagt, in den vergangenen drei Jahren«, entgegnete Josias. »Wenn du damit andeuten willst, daß du endlich gekommen bist, um meinen Rat hinsichtlich deiner Braut einzuholen.«

»Jovahs Rat«, berichtigte Gabriel ihn.

»Du hast dir nicht viel Zeit gelassen, um sie zu freien und ihr Herz zu gewinnen«, sagte Josias.

Gabriel zuckte mit den Achseln. Diese Bewegung hatte ein anmutiges Flattern der makellos weißen Flügel an seinen Schultern zur Folge. »Derartige Dinge sind durch Jovahs Gesetze geregelt«, sagte er. »Wenn ich in dieser Hinsicht keine Wahl habe, dann hat sie es ebensowenig. Es wäre mir neu, wenn es sich um ein Freien im herkömmlichen Sinn handeln sollte.«

Josias sah ihn eindringlich an. »Dennoch«, erwiderte er, »braucht sie vielleicht eine gewisse Zeit, um sich mit dem Gedanken vertraut zu machen. Sie hatte nicht fünfzehn Jahre zur Verfügung, so wie du, um davon zu träumen, eines Tages die Angelica zu werden.«

Gabriel lächelte. Er war ein schwarzhaariger Mann mit blauen Augen, dessen glatte Haut eine gleichmäßige Bräunung aufwies, da sie beständig der Sonne und dem Wind ausgesetzt war. Er war eine eindrucksvolle Erscheinung, wirkte jedoch irgendwie unnahbar, bis er lächelte. »Ich dachte, alle Mädchen träumen davon, die Angelica zu werden«, sagte er.

Josias schnaubte verächtlich durch die Nase. »Vielleicht alle jene, die dich noch nicht kennengelernt haben.«

Gabriels Miene war mäßig erheitert. »Nun ja, wie auch immer, das von Jovah handverlesene Mädchen muß jedenfalls ohne Wenn und Aber zu mir passen, sofern ich die Theologie richtig verstehe«, erklärte er. »Damit ihr unbedingt daran gelegen ist, meine Braut zu werden.«

Josias musterte ihn, den kleinen Kopf ein wenig zur Seite gelegt. »Sie wird dich ergänzen«, berichtigte er. »Sie wird Dinge wissen, die du nicht weißt, Fähigkeiten haben, die du nicht hast. Wenn du ein aufbrausender Mann wärst, brächte sie dich zur Ruhe. Wenn du ein schüchterner Mann wärst, würde sie dich stark machen. Du du ein hochmütiger Mann bist, gehe ich davon aus, daß sie dir Bescheidenheit beibringen wird.«

»Ich bin nicht hochmütig«, widersprach Gabriel mit einem nachsichtigen Lächeln. »Allenfalls selbstbewußt.«

Josias lächelte ebenfalls. »Nun gut. Wir wollen den Gott entscheiden lassen. Komm, setz dich zu mir, während ich ihn nach seinem Willen befrage.«

Sie zogen zwei Stühle vor die Leuchtwand, wo Josias bei der Ankunft des Engels gearbeitet hatte. Gabriel ließ sich vorsichtig nieder, wobei er die Flügel weit ausbreitete, so daß sie sich in verschwenderischer Fülle über den kalten Steinboden entfalteten. Selbst unter Engeln galten seine Flügel als bemerkenswert – strahlendweiß, mit einer außergewöhnlich großen Spannweite und seinen Körper um mehr als einen Kopf überragend.

Ohne abzuwarten, bis Gabriel die richtige Haltung gefunden hatte, beugte sich Josias vor und berührte die Glasplatte in der Wand. Augenblicklich erwachte sie mit einem sanften bläulichen Licht zum Leben. Seltsame Zeichen tanzten über den Bildschirm, die sich veränderten, als Josias verschiedene Tasten und Knöpfe auf einem kleinen Brett berührte, das vor der Wand lag, an der Schnittstelle zwischen Welt und Gott. Gabriel beobachtete das Schauspiel hingerissen. Sooft er auch schon erlebt hatte, wie Josias mit Jovah kommunizierte, es war jedesmal wieder beeindruckend. Ein Mann oder eine Frau mußten von Geburt an dafür ausgebildet werden, die göttlichen Worte zu begreifen; gewöhnliche Sterbliche und selbst Engel verstanden die heilige Sprache nicht.

Schließlich beendete Josias seinen Dialog mit Jovah, murmelte ein *Amen* und schloß das Fenster zur Göttlichkeit.

»Also?« fragte Gabriel.

»Sie wurde in einem kleinen Dorf in Jordana geboren, nicht weit entfernt von Windhagen«, sagte Josias. »Ihre Eltern sind Bauern, ihre ganze Familie besteht aus Bauern. Sie ist fünfundzwanzig Jahre alt.«

Gabriel starrte ihn ungläubig an.

»Es ist unwahrscheinlich«, fuhr Josias fort und behielt seinen ernsten Gesichtsausdruck bei, »daß sie jemals einen Gedanken daran verschwendet hat, sie könnte Angelica des Erzengels Gabriel werden.«

Gabriel fand die Sprache wieder. »Das ist lächerlich«, sagte er. »Die Tochter eines Bauern? Aus dem wilden Jordana? Was wissen wir über diese Leute? Sind sie gebildet? Sind sie kultiviert? Können sie überhaupt singen, bei Jovahs Liebe? Denn in sechs Monaten soll dieses Mädchen in der Ebene von Sharon an meiner Seite stehen und die führende Stimme der Glorie sein. Ist es dazu in der Lage? Kann es auch nur eine einzige Note singen? Kann man es ihm beibringen? Sechs Monate, Josias ...!«

»Vielleicht hättest du nicht so lange damit warten sollen, dich um deine Erwählte zu kümmern«, hielt ihm Josias entgegen.

Gabriel sprang auf. »Zweifellos! Doch ich hatte Jovah nicht soviel Sinn für Humor zugetraut! Eine ungebildete Bergbäuerin! Ich hatte mit einem Mädchen aus dem Adel von Manadavvi gerechnet oder sogar mit einer Frau aus einer der Städte am Fluß – jedenfalls mit einer, die die entsprechende Ausbildung besitzt, um den Pflichten eines Haushaltes wie des meinen gerecht zu werden …«

»Du kannst wirklich niemandem außer dir selbst die Schuld zuschreiben«, erwiderte Josias ohne Erbarmen. »Immerhin bleiben dir noch sechs Monate. In diesem zeitlichen Rahmen läßt sich allerlei erreichen. Begib dich unverzüglich zu ihr.«

»Das werde ich tun«, stimmte Gabriel ziemlich mürrisch zu. »Wie heißt sie? Oder gefiel es Jovah, die Aufgabe für mich noch schwieriger zu gestalten, indem er mit dieser Einzelheit hinter dem Berg hielt?«

»Nein, ihr Name fand sich im Register«, sagte Josias. »Sie heißt Rachel, Tochter von Seth und Elisabeth. Sie lebt in einem kleinen Dorf im Schatten der Caitanischen Berge. Es dürfte dort nicht viele Mädchen mit diesem Namen und solchen Eltern geben.«

Gabriel war immer noch wütend – allerdings umsonst, denn es war zwecklos, mit dem Gott zu hadern, wie er sehr wohl wußte. »Und wenn sie nun einen anderen Namen angenommen hat? Oder sich weigert, mir zu glauben?«

Josias nickte Gabriel zu und deutete auf den kleinen Bernsteinknopf, der im Fleisch des rechten Arms des Engels eingebettet war. »Jeder Irrtum müßte eigentlich ausgeschlossen sein«, sagte er ruhig. »Der Kuß wird ein Zeichen geben. Du wirst Hitze spüren, und sein Licht wird auflodern – bei dir und bei ihr. Der Kuß ist unfehlbar.«

Unwillkürlich legte Gabriel die Hand auf den eichelgroßen Juwel in seinem Arm. Wie die meisten in Samaria geborenen Kinder war er im Alter von nur wenigen Tagen dem Gott geweiht worden – tatsächlich war Josias derjenige gewesen, der die Zeremonie durchgeführt hatte, obwohl es Priester gab, die das ganze Jahr über nichts anderes als eben dieses taten. Der Kuß des Gottes war in Gabriels Fleisch eingebettet, in den Knochen eingepflanzt worden, um dort bis zu seinem Tod zu bleiben und mit ihm begraben zu werden. Der Kuß war Jovahs Anerkennung der Existenz aller seiner Kinder, durch ihn begleitete er sie durchs Leben, wußte, ob sie krank oder unglücklich waren oder im Sterben lagen. Manchmal, wenn er besonders zornig oder besonders ängstlich war, hatte Gabriel gespürt, wie der Kuß auf seiner Haut flackerte, ein kurzes Aufzucken von Licht in der honigfarbenen Tiefe des Steins.

Dennoch. »Ich dachte, das sei lediglich ein Mythos«, meinte er nachdenklich.

»Was? Daß der Kuß Funken sprüht, wenn sich wahre Liebende zum ersten Mal begegnen? Das ist kein Mythos. Hast du noch nie gesehen, daß so etwas geschah?«

Gabriel zuckte ungeduldig die Achseln. »Bei einigen Ehepaaren, die seit langem verheiratet sind und die eine tiefe gegenseitige Zuneigung empfinden – ja, ich glaube, da habe ich hin und wieder ein Glimmen beobachtet«, sagte er. »Aber – diese Geschichte, daß man seine wahre Liebe bei der ersten Begegnung erkennt ...«

»Wie auch immer, bestimmt gibt es irgendeine Reaktion«, sagte Josias. »Da es dir ja lediglich um die Bestätigung einer Identität geht ...«

»Und da ich nicht die wahre Liebe suche ...«

»Vielleicht wird es nur eine ganz schwache Reaktion sein. Begib dich in dieses Dorf. Es dürfte nicht schwer sein, sie zu finden.«

Gabriel runzelte immer noch die Stirn. »Ich muß zugeben, es kommt mir seltsam vor, daß sie ausgerechnet an einem Ort so nahe bei Raphael beheimatet ist«, sagte er. »Denn Leah stammt auch aus Jordana.«

»Jovah ist die Abstammung der Angelica gleichgültig«, erklärte Josias. »Ihm geht es um ihr Herz.«

Gabriel deutete mit einer flüchtigen Geste einen Einwand an, setzte sein düsteres Grübeln jedoch schweigend fort. Nun, es stimmte. Der Erzengel Raphael, Anführer der Heerschar jener Engel, die in der unwirtlichen Gebirgslandschaft von Windhagen lebten, hatte zwanzig Jahre zuvor eine Braut aus seinem eigenen Volk erwählt. Ihr Name war Leah, und sie war eine blasse, stille Frau, die man außer bei den in der Ebene von Sharon stattfindenden Glorien nur selten zu Gesicht bekommen hatte. Wenn es Jovah tatsächlich darum ging, bei der Wahl der Gemahlinnen seiner Erzengel Gegensätze zu vereinen, hatte er in diesem Fall gewiß für einen deutlichen Kontrast gesorgt. Raphael war gesellig, redegewandt und von sich selbst überzeugt. Leah war wortkarg, schüchtern und fügsam. Jedenfalls erweckte sie diesen Eindruck. Im Laufe der vergangenen zwanzig Jahre hatte sich Gabriel nicht die Mühe gemacht, mit ihr mehr als ein paar höfliche Worte zu wechseln.

Tatsache war, daß ihm weder besonders viel an Raphael noch an seiner Angelica gelegen hatte, obwohl er sich nach Kräften bemüht hatte, während Raphaels Herrschaft als Erzengel mit dem älteren Mann zusammenzuarbeiten. Schließlich war Harmonie der zentrale Grundsatz ihrer Religion, es stand dem designierten Erzengel nicht an, Uneinigkeit unter den Engeln zu verursachen. Aber er war entsetzt gewesen über einige der Mißstände, die während Raphaels Amtszeit entstanden waren – die zunehmende Macht der Kaufleute der Stadt, die schleichende Verarmung der Bauern im Flachland, die wachsende Gewalt gegen die edorischen Nomadenstämme. Das alles waren Umstände, deren Steuerung in der Macht des Erzengels lag, doch unter Raphael hatten viele Entwicklungen die falsche Richtung eingeschlagen. Gabriel kam es so vor, als ob in Samaria keine Harmonie mehr herrschte – dennoch hatte Jovah es zugelassen, daß Raphael und Leah bei den Glorien sangen, also schien zumindest für den Gott alles noch seine Ordnung zu haben.

Seine düsteren Gedanken wurden unterbrochen durch eine lachende Frauenstimme. »Laß mich raten«, sagte die neu Dazugekommene. »Er bedenkt noch einmal die Untaten Raphaels und gelobt, während seiner Zeit als Erzengel alles besser zu machen.«

Lächelnd wandte sich Gabriel der Sprechenden zu. »Ariel«, sagte er. »Hast du nicht in der Nähe von Monteverde dein eigenes Orakel, das du befragen kannst?«

»Doch, das habe ich«, erwiderte sie, wobei sie den Steinboden überquerte, um ihn zu begrüßen. Sie war eine große schlanke Frau mit üppigem braunen Haar, das in diesem Augenblick durch den Flug, der sie hergebracht hatte, ein wenig zerzaust war. Ihre Flügel – beige- und goldfarben gemustert – waren zusammengefaltet und eng an den Rücken angelegt, doch die Spitzen schleiften hinter ihr über den Boden. Sie war Anführerin der Engelschar von Monteverde und im allgemeinen mit den Engeln aus allen drei Reichen bestens bekannt. »Ich bin nicht eines Rates wegen gekommen, sondern zum Vergnügen. Hingegen drückt deine Miene so viel Unbehagen aus, daß du dir bestimmt einen Rat geholt hast.«

»Der mir ganz und gar nicht gefällt«, sagte er.

»Dir gefällt selten ein Rat«, warf Josias ein. »Ariel, Gabriel, darf ich eine Erfrischung für euch kommen lassen?«

»Gern«, antwortete Ariel. »Was immer du gerade da hast.«

»Ich bleibe nicht«, sagte Gabriel.

»Ich hoffe, du nimmst nicht meinetwegen Reißaus«, spöttelte Ariel.

Er lächelte kurz. »Du könntest mich wohl kaum vertreiben. Nein, ich habe etwas zu erledigen – in Befolgung von Josias' Rat.«

Sie lachte schallend. »Endlich! Du bist gekommen, um nach dem Namen deiner Angelica zu fragen! Kein Wunder, daß du so verstört aussiehst. Hat er eine Person herausgefischt, die du nicht ausstehen kannst?«

»Eine, die ich überhaupt noch nicht kenne«, sagte Gabriel. »Ich könnte mir vorstellen, daß niemand sie kennt. Sie lebt abgeschieden in Jordana, nicht weit von Windhagen entfernt. Eine Bauerntochter.«

»Eine Bauerntochter! Oh, wie drollig!« rief Ariel höchst entzückt aus. »Wollen wir hoffen, daß sie nicht überwältigt ist von all der Pracht und dem Prunk im Engelhorst ...«

»Was nichts ist im Vergleich zu der Pracht und dem Prunk von Windhagen«, gab Gabriel trocken zurück.

»Wenn sie die Tochter eines Bergbauern ist, dann ist es unwahrscheinlich, daß sie schon mal dort war«, stellte Ariel fest.

»Jedenfalls darf ich keine Zeit vergeuden. Ich muß mich sofort auf den Weg machen, um sie zu finden, vorausgesetzt, sie ist wirklich dort, wo sie angeblich sein soll.«

»Sie dürfte leicht auszumachen sein. Bauern bewegen sich im allgemeinen keine zehn Meilen von ihrem Geburtsort weg«, sagte Josias, bevor er sich entfernte, um die Erfrischungen zu holen. »Nun ja, wenn sie eine Edori wäre ...«

»Eine Edori!« wiederholte Ariel. »Bestimmt würde Jovah niemals eine Edori als Angelica auswählen. Die meisten von ihnen sind nicht einmal dem Gott geweiht! Er hat keine Ahnung, daß es sie überhaupt gibt.«

»Er weiß sehr wohl, daß es sie gibt«, widersprach Gabriel ruhig. »Jovah brachte sie nach Samaria, als er die Engel und die Sterblichen herbrachte. Die Tatsache, daß sie nicht alle den Gotteskuß empfangen haben, bedeutet noch lange nicht, daß sie nicht genauso seine Kinder sind.«

»Ach, fang nicht wieder damit an«, beschwichtigte sie gutmütig. »Mit der Versklavung der Edori – ich kann es nicht mehr hören.«

»Es ist ein Unrecht, was immer Raphael denken mag. Oder was du denken magst.«

»Wenn Jovah etwas dagegen einzuwenden hätte, hätte er sich dann nicht längst dazu geäußert?« fragte Ariel. »Gabriel, Jovah macht sich nichts aus den Edori! Bei der letztjährigen Glorie hat kein einziger Sänger aus den Reihen der Edori teilgenommen – nicht einer –, und trotzdem gab es keinen Donnerschlag, mit dem der Gott seinen Unmut bekundet hätte.«

»Das stimmt nicht, es gab einen edorischen Sänger«, widersprach Gabriel. »In meiner Gruppe. Ich wollte nicht Gefahr laufen, wegen einer so dummen Sache den Zorn des Gottes heraufzubeschwören.«

Ariel zuckte ungeduldig die Achseln. »Also, dann hat deine Tugend uns wieder einmal gerettet. Aber meinst du nicht ...«

»Ich habe nicht die Absicht, mich vor ganz Samaria mit meiner *Tugend* zu brüsten. Ich weiß, daß du mich für hoffnungslos selbstgerecht hältst, aber was die Edori betrifft ...«

»Meine Kinder, meine Engel«, fiel Josias ihm ins Wort, ein Tablett mit Erfrischungen in den Händen. »Wenn zwischen den Engeln keine Harmonie herrscht, wie kann dann zwischen den Menschen Harmonie herrschen?«

»Wenn die Engel Zwietracht unter den Menschen aussäen, ist das in der Tat zu bezweifeln«, sagte Gabriel.

Ariel wandte sich an Josias. »Er fängt schon wieder mit den Edori an.«

»Seine Leidenschaft spricht für ihn. Wir *alle* sind Kinder Jovahs«, sagte Josias sanft. »Aber ihr solltet nicht über dieses Thema sprechen, wenn es euch beide so wütend macht. Komm, Ariel, setz dich zu mir und erzähl mir etwas Nettes.«

Gabriel nickte den beiden zu und wandte sich zum Gehen, aber Ariel, die sich mit Josias ein paar Schritte entfernt hatte, rannte plötzlich zurück zu Gabriel, bevor er das Gemach verlassen konnte.

»Geh nicht im Zorn!« sagte sie und griff nach seinem Arm. »Ich ertrage die Dissonanz nicht, die du schaffst, wenn du wütend bist.«

Er lächelte flüchtig und berührte ihre Hand, die immer noch auf seinem Arm lag. »Schon gut. Ich bin nicht wütend. Ich habe mich gefreut, dich zu sehen, Ariel – ich freue mich jedesmal.«

»Treffen wir uns nächsten Monat?« wollte sie wissen. »Bei der Hochzeit in Semorrah?«

Er hob die Augenbrauen. »Wie könnte ich da fernbleiben?« antwortete er spöttisch. »Lord Jethro hat ein Erscheinen sozusagen befohlen.«

Sie lächelte. »Wirst du dort mit guter Laune erscheinen?«

»Ich werde erscheinen. Was meine Laune angeht, kann ich nichts versprechen«, sagte er. »Ich werde Nathan mitbringen.«

»Und deine Braut?«

»Falls ich sie bis dahin gefunden habe. Und sofern sie dann schon so weit ist, sich der Gesellschaft vorzustellen.«

Ariel verschluckte ein Lachen. »Gabriel, du bist schrecklich.«

Er lächelte. »Fang nicht schon wieder einen Streit mit mir an«, warnte er.

»Das käme mir nie in den Sinn. Ich wünsche dir einen schnellen Flug – und süße Träume.«

Gabriel nickte erneut dem Orakel zu. »Josias«, sagte er und verließ den Raum.

Gabriel hatte ein ungutes Gefühl, als er in das Reich Jordana kam. Es war nicht so, daß Raphael gegen seine Anwesenheit dort etwas einzuwenden gehabt hätte – hätte haben können, aber trotzdem. Gabriel war nicht versessen darauf, dem Erzengel zu erklären, daß er hergekommen war, um seine Braut zu suchen, die an seiner Seite stehen würde, wenn Gabriel die Stelle einnehmen würde, die Raphael zwanzig Jahre lang innegehabt hatte.

Und er mochte auch nicht eingestehen, daß seine Angelica die Tochter eines Bergbauern war, die wahrscheinlich noch nie seinen Namen gehört hatte.

Josias hatte Gabriel anhand einer Karte von Jordana das Dorf gezeigt, in dem das Mädchen zur Welt gekommen war – *Rachel,* rief sich Gabriel ins Gedächtnis, *Rachel, Tochter von Seth und Elisabeth.* Es lag einen Halbtagesflug von Windhagen entfernt, außerhalb der schützenden Masse des Gebirges, aber ein ganzes Stück weit weg von dem fruchtbaren landwirtschaftlichen Gebiet, das charakteristisch war für Süd-Jordana. Vermutlich fristeten sie seit Jahrhunderten ein ärmliches Dasein, Rachels Familie und ihre Ahnen, ohne viel mehr zu kennen als den Wandel der Jahreszeiten, die Tücken der Witterung und die Dürftigkeit ihres steinigen Ackerlandes. Keine dieser Kenntnisse würde der Rolle des Mädchens als Angelica zugute kommen.

Gabriel legte den größten Teil der Strecke in großer Höhe zurück und sank erst in der Nähe des Dorfes auf Sichtweite hinab. Aus der Luft war wenig zu erkennen – kein Rauch von irgendwelchen Kochstellen, keine bebauten Grünflächen im Gegensatz zu dem unbearbeiteten Braun und Gold der Steppe mit ihrem Unkraut. Als er noch tiefer sank, stellte er überrascht fest, daß immer noch nichts wahrzunehmen war – keine Umrisse von Hütten, keine mühsam dem Boden abgetrotzten Obsthaine, keine Geräusche, Gerüche oder Bilder, die von menschlichen Bewohnern gezeugt hätten. Er flog immer weitere Kreise und fragte sich, ob er vielleicht eine wesentliche Landmarke übersehen oder ob Josias die von Jovah erteilten Angaben falsch gedeutet hatte. Anscheinend gab es hier überhaupt kein Dorf.

Er weilte bereits seit einer guten Stunde im selben Gebiet, auf der Suche nach irgendwelchen Anhaltspunkten, als seine Aufmerksamkeit von einer zufällig erscheinenden Anhäufung von Gesteinsbrocken, eine halbe Meile vom Flußbett entfernt, in Bann gezogen wurde. Bei näherer Betrachtung wirkte sie doch nicht mehr so zufällig – wenn einige der Steine an ihren Platz zurückgerollt und ein paar weitere aus der lehmigen Erde ausgegraben worden wären, hätten sie eine Reihe von rechteckigen Formen gebildet, bei denen es sich einst um nebeneinanderstehende Häuschen gehandelt haben mochte.

Gabriel kippte die Flügel um und landete mit geübter Leichtigkeit auf den Fußballen. Es war ein geschmeidiger Übergang zwischen dem letzten Flügelschlag und dem ersten Schritt am Boden, als er auf die Steine zuging, um sie zu untersuchen. Ja, es waren eindeutig die Überbleibsel von Mauern und Fundamenten, die Reste von drei oder vier Häusern, in denen Leute in enger Nachbarschaft gewohnt hatten. Aber das mußte einige Zeit her sein, dem Umfang des wildwachsenden Grases nach zu urteilen, das dieses Stück Land und das Gebiet ringsum wieder in Besitz genommen hatte. Bestimmt war es zehn Jahre oder länger her, daß irgend jemand hier gelebt hatte.

Mit finsterer Miene sah sich Gabriel um. Was er für Bodengewächse und die großen Nester von Präriewölfen gehalten hatte, bot jetzt ein anderes Bild – das von gestürmten Häusern und niedergerissenen Zäunen. Er zählte ein weiteres halbes Dutzend Steinstapel, die vielleicht einst Häuser gewesen waren, und bestimmt hatte er einige alleinstehende Behausungen übersehen, die einige Meilen entfernt in alle Richtungen verstreut gestanden haben mochten.

»Aber Bauern verlassen doch nicht ohne weiteres ihre Heimat«, murmelte er vor sich hin und stieß mit dem Fuß gegen ein Stück vermoderndes Holz, das einst möglicherweise der Querbalken eines Daches gewesen war. »Sie leben bis an ihr Ende an einem Ort, und ihre Kinder leben ebenfalls dort, und deren Kinder auch ...«

Seiner Erfahrung nach konnte nur die Pest der Grund dafür sein, daß sich ein ganzes Dorf auf den Weg machte und sich anderswo niederließ. Gabriel suchte vergebens nach den Abwehrzeichen gegen Krankheit, nach den besonderen Flaggen, die Reisende warnen und fernhalten und die Engel herabrufen sollten, damit diese sich im Namen der Leidenden an Jovah wendeten. Er fand nichts dergleichen. Das, was er fand, machte seine Miene allerdings noch finsterer und seine Ratlosigkeit noch tiefer; die verkohlten Überreste verschiedener Gebäude, verstreute Kleidungs- und Schmuckstücke und andere persönliche Besitztümer – und hier, am Rand des Dorfes, mehrere Skelette. Die Gebeine waren jeweils vom Dorf weg gefächert, von den eingestürzten Häusern abgewandt, als ob die Bewohner in wilder Hast der zentralen Bedrohung zu entfliehen und in möglichst viele Richtungen zu entkommen versucht hätten. Dieser erschütternde Anblick legte die Vermutung nahe, daß es niemandem gelungen war.

Gabriel trat zu einem hohen Stein, ein Stück von dem offenen Friedhof entfernt, und ließ sich nieder, um angestrengt nachzudenken. Allem Anschein nach war das Dorf angegriffen und systematisch zerstört worden;

man hatte die Bewohner ausnahmslos ermordet oder – vielleicht – einige verschleppt. Es war schwer zu glauben. Sicher, Raphael hatte sich gegenüber den an den Edori verübten Gewalttaten blind gestellt, aber bis heute hatte Gabriel noch nie gehört, daß der Erzengel irgendwelche Übergriffe gegen das schlichte Bergvolk, das für seine Frömmigkeit bekannt war, unterstützt hätte. In Jordana war es zu den meisten Ausschreitungen gegen die Edori gekommen – vor allem durch die kampfbereiten wandernden Jansai-Kaufleute –, aber hier handelte es sich nicht um Edori. Dies waren Bauern, Jovahs Kinder, dem Gott geweiht und dem unmittelbaren Schutz von Raphael unterstellt. Wer hatte sie angegriffen, und wie konnte das ohne Raphaels Kenntnis geschehen? Warum hatte Jovah keine Strafe verhängt?

Und wo war Rachel, Tochter von Seth und Elisabeth? Wenn sie bei dem Angriff ums Leben gekommen wäre, hätte Jovah bestimmt davon gewußt; dann hätte er nicht jetzt erst Gabriel ihren Namen als den seiner Braut genannt. Also mußte sie am Leben sein – irgendwie, irgendwo in Jordana, Semorrah, Bethel oder Gasa oder gar in der sagenumwobenen Heimat der Edori, Ysral.

Gabriel hatte sechs Monate Zeit, um sie zu finden. Und er wußte nicht, wo er mit der Suche beginnen sollte.

# 2.

# KAPITEL

Als ihr bewußt wurde, daß sie wach war, schloß Rachel die Augen sofort wieder fest und stellte eine vollkommene Leere in ihrem Geist her. Diesen Trick hatte sie fünf Jahre zuvor erlernt, und diese kurzen Augenblicke am Morgen, bevor das eigentliche Bewußtsein einsetzte, bevor die *Erinnerungen* zurückkehrten, waren in diesen Jahren die besten ihres Lebens gewesen. Sie erlaubte sich nicht zu wissen, wer sie war, wo sie war, in welcher Lage sie sich befinden mochte; sie existierte einfach.

Heute dauerte dieses reine Existieren weniger als eine Minute. »Dummes Mädchen!« hörte sie, kurz bevor Anna ihr mit einem Besenstiel nicht allzufest in den Rücken stieß; sie sprang aus dem Bett, halb ängstlich und halb empört. Die Kette rasselte zwischen ihren Händen, als sich die Handschellen wieder über ihre Handgelenke schoben; sie warf sich das Haar aus dem Gesicht.

»Was ist?« fragte sie mit dem sturen Trotz, den man nicht hatte brechen und nicht aus ihr herausprügeln können. »Ich bin doch wach.«

Anna schwang den Besen, aber vielmehr als Ausdruck ihrer Unsicherheit denn als Drohung. Obwohl sie eher eine Leibeigene als eine Sklavin war und vom Küchenvorsteher und Kastellan als wertlos eingeschätzt wurde, war Annas Lage kaum besser als die Rachels, und es bestand eine gewisse Art der Komplizenschaft zwischen den beiden.

»So! Du hättest schon vor einer Stunde wach sein müssen. Den ganzen Tag treffen Gäste ein, und heute abend findet die Verlobungsfeier statt, und es gibt so viel zu tun, daß ich gar nicht weiß, wo ich anfangen soll. Und du schläfst wie ein Säugling, wie die Tochter eines hohen Herrn …«

»O ja, wirklich, ich fühle mich sehr wie die Tochter eines hohen Herrn«, antwortete Rachel mit beißendem Sarkasmus. »Also, sag schon, was soll ich als erstes tun?«

Die Liste war offenbar endlos, angefangen vom Putzen der Gästezimmer über das Helfen in der Küche bis zu Besorgungsgängen kreuz und quer durch Semorrah. Die letzteren waren Rachel gar nicht so unrecht; wie stets machte sie das Beste aus ihrer kurzen bedingten Freiheit. Sie trödelte ein wenig auf dem Markt herum und legte eine Rast auf einer Parkbank ein, wo niemand sie sehen und ihr wegen ihrer Faulenzerei eine Ohrfeige verpassen konnte. Es war ein klarer, warmer Tag, und sie wandte das Gesicht der Sonne zu, schloß wieder die Augen, vergaß, wer sie war, wo sie war …

Aber letzten Endes war sie dumm, wie sie stets dumm war: Nachdem sie die Botengänge ausgeführt hatte, machte sie sich entlang des Flusses auf den Heimweg. Semorrah war eine große, unglaublich schöne Stadt, aus milchweißem Stein gebaut – all seine Türme, Kuppeln, Bögen, Zinnen und Heiligtümer waren aus demselben blassen Gestein gebaut. Noch unglaublicher, sie war auf einer kleinen Insel inmitten des Flusses Galiläas errichtet worden, der Jordana von Bethel trennte. Es gab nur zwei Zugänge zu der Alabasterstadt – über die märchenhafte netzartige Brücke von Jordana, ein zart gewobenes Gebilde aus Seilen und Stahl, die nicht kräftiger als Saiten aussahen, oder per Schiff, durch die Wassertore, die auf die Bethel-Seite des Flusses hinausgingen.

Die Stadt war so berühmt, so wohlhabend, daß sie seit langem über die auf der felsigen Insel zur Verfügung stehende Fläche hinausgewachsen war, die ihren Kern bildete. Und immer noch entstanden neue Gebäude, eines gefährlich über dem anderen balancierend; immer mehr Leute kamen, um hier Geschäfte zu machen, um die Stadt zu besuchen oder um zu bleiben, so daß die Straßen, Gassen und Basare vor Leben brodelten. Die ganze Welt kam nach Semorrah. Man konnte den Markt nicht überqueren, ohne die Tochter eines Adligen zu sehen, die sich in ihrer Sänfte zurücklehnte, getragen von sechs mit der Livree ihres Vaters bekleideten Sklaven. Man konnte nicht einmal durch die ärmlichste Straße gehen, ohne einem Kaufmann aus Jansai, einem Engel aus Monteverde, einem Handwerker aus Luminaux zu begegnen.

Man konnte nicht am Fluß entlangspazieren, die Augen sehnsuchtsvoll nach Jordana gerichtet, ohne eine weitere Handelsgesellschaft aus Jansai zu sehen, die über die spinnennetzartige Brücke herüberkam und ihren frischen Fang von Edori-Sklaven vor sich hertrieb.

Und das war der Grund, weshalb es töricht war, den Heimweg am Fluß entlang zu wählen.

Sie konnte nicht anders; sie stand da und sah zu, wie die Sklaven wie eine Herde Vieh über den Fluß getrieben wurden. Sie sahen benommen und erschöpft aus, von der beschwerlichen Reise arg mitgenommen, hungrig, ängstlich. Einige der Wilderen blickten sich immer noch in alle Richtungen um, schätzten Entfernungen, mögliche Waffen, Fluchtwege ab. Der Rest tappste dahin, bereits verloren, hoffnungslos. Aus der Ferne war es schwierig, einen vom anderen zu unterscheiden, denn die Edori hatten eine bemerkenswerte Clan-Ähnlichkeit – hohe flache Wangenknochen, glattes dunkles Haar, eine bronzefarbene Haut, braune

Augen. Trotzdem zwang Rachel sich, jeden einzelnen genau zu betrachten; sie strengte die Augen an und hoffte bei jeder jämmerlichen neuen Ladung, daß es ihr erspart bliebe, eine bekannte Gestalt, ein geliebtes Gesicht erkennen zu müssen. Ein- oder zweimal sah oder glaubte sie, jemanden zu sehen, an den sie sich von einem der Lagerfeuer bei den Zusammenkünften erinnerte – den Anführer eines anderen Stammes, ein Mädchen, das ihr beim Wasserholen am Fluß begegnet war. Aber nie sah sie jemanden von ihrem eigenen Stamm, ihrer angenommenen Familie, ihren Freunden und auch nicht Simon.

Selbst wenn sie noch am Leben wären, war es unwahrscheinlich, daß sie sie jemals wiedersehen würde. Das gesamte Lager war bei dem Überfall durch die Jansai fünf Jahre zuvor aufgerieben oder zerstört worden; alle, die nicht gefangengenommen worden waren, waren ums Leben gekommen, davon war sie überzeugt. Doch Simon war nicht unter den Sklaven gewesen, die fünf Jahre zuvor nach Semorrah gebracht worden waren, und auch nicht ihre Vettern oder ihr Onkel. Das hielt sie nicht davon ab, sich weiterhin Gedanken zu machen. Jedesmal wenn sie durch die Straßen Semorrahs ging, betrachtete sie die Gesichter der Sklaven. Jedesmal wenn sie mit einer Botschaft zum Haus eines anderen Herrn geschickt wurde und dabei Gelegenheit hatte, mit einem Edori unter vier Augen zu sprechen, so kurz dies auch sein mochte, erkundigte sie sich nach denen, die sie verloren hatte. Sie war kein einziges Mal auf eine Spur von ihnen gestoßen. Und wenn sie nicht in Semorrah waren, dann waren sie wahrscheinlich tot.

Aber sie beobachtete die ankommenden Karawanen nach wie vor, nur für den Fall der Fälle.

Anna hatte keine Zeit verloren, ihr mitzuteilen, wieviel Glück sie gehabt habe. »Die Herrin Clara, also die ist eine wahrhaft fromme Frau«, hatte die leibeigene

Dienerin Rachel in deren ersten Nacht im Haushalt von Lord Jethro erklärt. »Sie hält nichts von dem üblem Treiben, das hier sonst gang und gäbe ist. Wenn sie einen Mann, sogar einen Gast, sogar ihren eigenen Sohn, dabei erwischt, daß er eine Sklavin belästigt – nun ja, so etwas geschieht in Lord Jethros Haus einfach nicht. Vielleicht schlägt man dich, vielleicht läßt man dich verhungern – das heißt, wenn du dich nicht artig benimmst –, oder vielleicht verkauft man dich, aber solange du unter seinem Dach weilst, wirst du nicht belästigt. Und das ist eine Menge mehr, als man von den meisten Dächern in Semorrah behaupten kann. Du solltest auf die Knie fallen und Jovah danken.«

Dazu war Rachel jedoch nicht fähig gewesen. Sie neigte eher dazu, wie es in den meisten Nächten ihre Gewohnheit war, auf Jovah zu schimpfen, seine Weisheit und Güte bitterlich in Frage zu stellen oder ihn hartnäckig aufzufordern, so wie es jetzt geschah, seinen gewaltigen, vernichtenden Zorn loszulassen.

»O Jovah, möge es dein Wille sein«, betete sie, die Stimme zu einem – trotz alledem leidenschaftlichen – Flüstern gesenkt, »deinen Fluch auf diese dreimalverdammte Stadt herabzuschicken! Mit Blitz und Donner! Lasse den Sturm über sie wüten, und überflute sie mit den Wassern des tobenden Flusses! Mögen alle innerhalb ihrer Grenzen sterben, und möge jeder einzelne Stein ins Meer gespült werden. Und laß mich am Flußufer stehen und zusehen.« Sie holte tief Luft und warf einen Blick zu der jetzt leeren Brücke. »Amen«, fügte sie hinzu, sehr leise; dann machte sie sich auf den Heimweg zu Lord Jethros Haus.

Am Spätnachmittag schickte Anna sie in Lady Maries Gemach. »Weil ihre Zofe mit einem Fieber daniederliegt und sie sich nicht allein anziehen kann. Und sich auch nicht die Haar richten und …«

Rachel sah die Leibeigene an. »*Ich* weiß auch nicht, wie man einer Dame die Haare richtet«, sagte sie.

»Nun, du kannst ihr doch das Kleid hinten zuknöpfen und mit der Brennschere Locken machen, oder nicht?«

»Das mit den Knöpfen wird schon gelingen, nehme ich an, aber ich habe noch nie Locken gebrannt.«

Anna schob sie aus der Küche, wo sie gemeinsam dem Koch geholfen hatten, und führte sie zu der großen Treppe, die zu den Wohnräumen der Herrschaft führte. »Tu, was du kannst. Lady Clara sagt, die Kleine ist einem Zusammenbruch nahe.«

Immer noch voller Widerstand, ließ sich Rachel aus dem Raum schieben und stieg zögernd die drei Treppenabsätze zu den Gästezimmern hinauf. Lady Marie sollte Lord Jethros Sohn Daniel heiraten, und zwar am folgenden Morgen, und das Ereignis sollte mit einem Fest gefeiert werden, das gute Aussichten hatte, in dieser Saison alles andere in Semorrah an Pracht zu überbieten. Bereits jetzt quoll das palastähnliche Haus über von Besuchern aus allen drei Reichen – wohlhabenden Jansai-Kaufleuten aus Ost-Jordana, Manadavvi-Großgrundbesitzer aus Gasa, Handwerker aus Luminaux und Engel aus allen drei Gebieten. Jemand hatte verlauten lassen, der Erzengel sei am Abend zuvor eingetroffen, obwohl Rachel ihn noch nicht zu Gesicht bekommen hatte. Allerdings war sie auf diesen Anblick auch nicht besonders scharf.

Inmitten des allgemeinen Wirrwarrs wirkte Lady Marie wie eine verlorene Seele. Bei ihrer Ankunft, drei Tage zuvor, hatte sie sich in Begleitung ihres Vaters befunden, doch dieser war dann schnell verschwunden, um mit seinem Gastgeber über Politik, Wirtschaft und Fischerei zu diskutieren. Die junge Braut hatte weder Mutter noch Geschwister noch Freunde, und Lord Daniel hatte keine Neigung gezeigt, sie zu unterhalten, da die Eheschließung eine finanzielle und keine romantische Angelegenheit war. Rachel hatte sich tatsächlich dabei ertappt, daß ihr das Mädchen leid tat – ein kleines, verhuschtes, hoffnungsvolles und zerbrechliches Wesen –, und sie gehörte im allgemeinen nicht zu den Frauen, die Mitleid für jemanden aus der Oberschicht aufbrachten.

Ihr ungeduldiges Klopfen an Maries Tür wurde mit einem raschen »Herein!« beantwortet, das von einer hohen, kindlichen Stimme ausgestoßen wurde. Rachel betrat den Raum. Lady Marie machte tatsächlich den Eindruck, als wolle sie jeden Augenblick anfangen zu weinen. Sie stand in Reifröcken und Unterhemd zitternd vor dem spärlichen Feuer und versuchte, mit nach hinten gebogenen Händen ihr langes dünnes Haar zu einem Knoten zu winden. Trotzdem bemühte sie sich verzweifelt, einigermaßen Würde zu bewahren.

»Kann ich Euch helfen?« fragte die junge Dame in höflichem Ton.

Rachel mußte beinahe lächeln. »Ich bin Rachel«, sagte sie, trat vollends ein und schloß die Tür hinter sich. »Man hat mich geschickt, damit *ich Euch* helfe.«

Lady Marie ließ die Hände sinken. Ihr Gesicht drückte plötzlich Eifer aus. »Oh, könntest du das tun?« rief sie aus. »Meine arme Zofe ist so schrecklich krank, und sie ist die einzige, die mir die Haare richtet und mir beim Anziehen hilft, und sie weiß, wie alles übereinander kommt, und ich glaube, allein schaffe ich es einfach nicht ...«

»Ich kenne mich mit den verschiedenen Schichten nicht aus«, sagte Rachel und trat näher zu ihr. »Und ich habe keine Erfahrung mit dem Frisieren. Aber ich will mein Bestes tun.«

»Danke. Ehrlich, ich ... danke dir.«

Rachel hatte sich vor dem Feuer auf die Knie niedergelassen. »Laßt mich das Feuer ein wenig aufstochern. Ihr seht halb erfroren aus.«

»Vielleicht ist mir ein wenig kalt, ja«, murmelte das Mädchen. »Ich wußte nicht, wie man es wieder zum Brennen bringt – meine Zofe macht das für gewöhnlich.«

*Hat diese Zofe einen Namen*? hätte Rachel am liebsten gefragt, aber sie hielt sich zurück. Marie hatte Rachels Stellung mit einem flüchtigen Blick erkannt, hatte sich einen Reim auf deren bloßen Füße, das schlichte, schlecht sitzende Kleid, die breite Kette gemacht, die zwischen den schweren Handschellen hing. Sie wirkte so einfältig, daß Rachel beinahe den Ausruf: ›Ach, du bist eine Sklavin!‹ erwartet hätte. Aber nein, Marie war an den Anblick von Sklaven gewöhnt. Ihre Anwesenheit brachte sie nicht aus der Fassung.

Nach wenigen Augenblicken hatte Rachel es fertiggebracht, daß das Feuer fröhlich brannte, das Badewasser warm war und die Lockenschere in den Flammen heiß wurde. Die Aufeinanderfolge der Unterkleider war leicht zu durchschauen, wenn man ein wenig gesunden Menschenverstand gebrauchte. Selbst die Kosmetika auf dem Schminktisch, auf den Marie hilflos deutete, überstiegen anscheinend nicht Rachels Erfahrung. Tatsächlich hantierte sie mit dem Rougetopf und dem Kajalstift mit einer gewissen Verbitterung und wehmütigen Erinnerung.

»Ich glaube, ich erinnere mich, wie man diese Dinge benutzt«, sagte sie in sanftem Ton, da sie für dieses hilflose Kind keinen Haß aufbringen konnte. »Schließt die Augen und hebt das Gesicht hoch. Wir machen immer nur wenig, eins nach dem anderen, um festzustellen, ob es Euch gefällt.«

Das Make-up geriet einwandfrei; mit den Haaren verhielt es sich entschieden anders. Weder Marie noch Rachel konnten die Lockenschere bedienen, und die dünnen braunen Haarsträhnen hingen glatt und mädchenhaft den Rücken der Lady hinunter.

»Die Edori-Frauen pflegten zu festlichen Anlässen ihre Haare auf eine bestimmte Weise zu flechten«, sagte Rachel. »Mit eingeflochtenen Spitzen und Bändern, und die einzelnen Zöpfe wurden zu einem Knoten zusammengefügt. Meint Ihr, das könnte Euch gefallen?«

»O ja, bitte«, sagte Marie dankbar. »Schlimmer als jetzt kann es bestimmt nicht aussehen.«

Also durchstöberte Rachel Maries Kästchen mit Accessoires, zog einen Perlenstrang, eine lange Goldkette und eine Handvoll Bänder heraus und machte sich daran, all das geduldig in das dünne braune Haar zu flechten. »So, wenn Euch jemand ein Kompliment wegen Eurer Frisur macht, dann verratet nicht, daß Ihr sie einer Edori-Sklavin verdankt«, warnte sie. »Das wird Euch kein Lob einbringen.«

Lady Marie kicherte. Sie saß vor einem ovalen Spiegel, und Rachel stand hinter ihr und bearbeitete sie. »Aber du bist doch keine Edori«, sagte Marie.

Rachel warf einen kurzen Blick auf ihr eigenes Spiegelbild. Ihr Gesicht war ein langes blasses Oval; ihr Haar, das nachlässig mit einem Schnürsenkel zurückgebunden war, war taillenlang, von einem goldenen Eichenton und mit ungebändigten üppigen Locken. Dabei bot sie in diesem Augenblick ganz und gar kein vorteilhaftes Bild; weder ihr Gesicht noch ihre Haare waren besonders sauber. »Meint Ihr?«

»Nun, du siehst nicht wie eine aus. Und du bist geweiht.« Sie nickte in Richtung Spiegel, zu dem Kuß im oberen Teil von Rachels rechtem Arm. »Die Edori weihen ihre Kinder nicht.«

»Manche schon. Heute sind es allerdings nicht mehr viele.«

»Dann bist du also eine Edori?«

Rachel konzentrierte sich auf die Bewegung ihrer

Hände. »Ich wurde im Alter von sieben Jahren von einem Edori-Stamm adoptiert«, erklärte sie. »Als meine Eltern gestorben waren.«

»Und wie lange bist du schon bei Lord Jethro?« wollte das Mädchen wissen.

*Taktvoll ausgedrückt*, dachte Rachel. »Seit fünf Jahren.«

»Wie war es, eine Edori zu sein?« lautete die nächste Frage, und Rachel vernahm mit Verwunderung einen gewissen Neid in der niedlichen Stimme. »War das wundervoll?«

»Ja, das war es – damals. Ich erinnerte mich kaum noch an mein vorheriges Leben – also war das mein Leben«, sagte Rachel leise. »Wenn ich jetzt zurückdenke, glaube ich – ja, es war wundervoll. Wir sind jede Woche gereist. Ich habe jeden Teil von Samaria gesehen, von den Meeresküsten Ost-Jordanas über die blauen Straßen von Luminaux zu den grünen Tälern von Monteverde. Wir schlugen unser Lager auf, wenn wir müde waren, wir aßen, wenn wir Hunger hatten, sangen Erntedanklieder, wenn wir glücklich waren, und Klagelieder, wenn jemand gestorben war. Jedes Jahr gab es Zusammenkünfte mit den anderen Stämmen, und dann pflegten die Feierlichkeiten mehrere Tage lang zu dauern –; man aß und sang und erzählte Geschichten und tauschte Neuigkeiten aus. Großtaten wurden zum wiederholten Male zum besten gegeben, von Geburten wurde berichtet, und man gedachte der Verstorbenen. Es war – wie soll ich es beschreiben? Das Leben war soviel einfacher als dieses hier, soviel besser. Manchmal kommt es mir so vor, als hätte ich das alles nur geträumt oder mir ausgedacht. Einerlei. Jetzt ist es vorbei.«

»Ich war in meinem ganzen Leben nur an zwei Orten«, gestand Marie. »Hier und zu Hause.«

»Wo ist zu Hause?«

»Castelana«, sagte sie und nannte damit eine der

kleineren Städte einige Meilen den Galiläas abwärts. Nicht so klein, daß sie nicht mit einer wohlhabenden Bürgerschicht protzte, und Maries Vater war einer der wohlhabendsten.

»Und freut Ihr Euch darauf, dorthin zurückzukehren?«

Es folgte ein ausgedehntes Schweigen. »Ich werde nicht zurückkehren« sagte Marie schließlich leise. »Nach der Hochzeit, meine ich. Natürlich, dann bin ich ja verheiratet.«

Natürlich. Dumme Frage. »Werdet Ihr und Lord Daniel bei Lord Jethro wohnen?«

»Eine Zeitlang. Daniel sagt, für ein Jahr. Sein Vater baut ein Haus für uns in der Nähe der Flußpromenade. Es ist sehr teuer.«

Rachel lächelte. »Das kann ich mir denken.«

»Meine Mutter sagt, es wird mir gefallen, ein eigenes Haus zu haben, aber ich – nun, die Diener machen mir angst, einige davon, und ich kenne mich überhaupt nicht aus mit Kerzen und Schweinen.«

»Mit Kerzen und Schweinen?«

»Du weißt schon. Wie viele Kerzen man bestellen muß, um genügend im Haus zu haben, und welche Sorte man kauft, ich habe nämlich gehört, wie Lady Clara ihrem Kastellan gesagt hat, daß er die falsche Sorte gekauft hat, und ich habe nicht einmal gewußt, daß es verschiedene Sorten gibt.«

»Und Schweine?«

»Für die Festgelage«, erklärte Marie. »Daniel sagte, wir werden Gesellschaften geben, so wie sein Vater es macht. Wie viele Schweine braucht man, um hundert Leute zu beköstigen? Weißt du das? Und es sind ja nicht nur Schweine, es gibt Suppen und Brot und Wein und Nachtisch …«

»Vielleicht wird Lady Clara Euch in diesen Dingen unterweisen, solange Ihr hier wohnt.«

Marie seufzte. »Das hoffe ich. Ich glaube allerdings, daß sie mich nicht besonders gut leiden kann.«

»Angeblich soll sie sehr freundlich sein.«

Marie hielt den Blick auf die Hände gesenkt. »Ich wollte sie fragen … aber dann wußte ich nicht, wie ich sie fragen soll, also habe ich … Aber vielleicht komme ich irgendwann dahinter.«

Rachel beschloß, dieses Thema nicht weiter zu verfolgen; deshalb äußerte sie sich nicht mehr dazu. Ein wenig später hob Marie den Blick, und ihre Augen trafen Rachels Augen im Spiegel.

»Manche Leute meinen, daß es schön ist, verheiratet zu sein«, sagte sie.

»Das stimmt«, bestätigte die Sklavin.

»Warst du schon einmal verheiratet?«

Rachel spürte, wie sich ihr Herz zusammenzog. *Simon. Simon. Simon.* »Die Edori heiraten nicht so, wie es die Allali … die Leute in der Stadt tun«, berichtigte sie sich schnell, denn ›Allali‹ war keine schmeichelhafte Bezeichnung. »Aber ich habe einmal einen Mann geliebt. Wir haben über ein Jahr lang Zelt und Bett geteilt. Ich glaube, ich hätte den Rest meines Lebens mit ihm verbracht. Aber die Dinge ändern sich.«

Marie drehte sich ruckartig auf ihrem Stuhl um, so daß ihr Haar aus Rachels Griff peitschte. »Dann kannst du es mir vielleicht erklären«, sagte sie aufgeregt.

»Was erklären?«

»Was es bedeutet – einen Mann zu lieben.«

*Großer Jovah, behüte meine Seele.* Rachel blickte hinunter in die hoffnungsvollen, flehentlichen Augen und fragte sich, wie es möglich war, daß ihr Leben sie an diesen Punkt geführt hatte, wo sie die Geheimnisse der körperlichen Liebe einer verängstigten kleinen Adligen erklären und sie nicht wegen ihrer Unschuld hassen würde. »Ja«, sagte sie zögernd. »Ich denke, das kann ich.«

Schließlich war Marie frisiert und angekleidet und sah, wie Rachel ein wenig selbstgefällig dachte, ganz hübsch aus. Die Lady hatte die Sklavin darum gebeten, am nächsten Morgen wiederzukommen, um ihr beim Ankleiden für die Hochzeit zu helfen.

»Verlangt nach mir«, sagte Rachel. »Ich kann nicht beliebig irgendwohingehen, aber wenn Lady Clara erfährt, daß Ihr mit meinen Diensten zufrieden wart, dann wird sie sicher erlauben, daß ich wieder zu Euch komme.«

»Oh, ich danke dir. Vielen, vielen Dank!«

Als sie in die unteren Räume zurückkam – und mit einer furchterregend finsteren Miene vom Kastellan bedacht wurde, weil sie so lange weggewesen war –, wurde Rachel sofort in die Küche gescheucht, um bei den letzten Vorbereitungen für das Festmahl zu helfen. Das war eine Arbeit, die beinahe zwanzig Leute während der nächsten drei Stunden beschäftigte: kochen, Speisen auf den Tabletts anrichten und bedienen. Rachel wurde natürlich nicht zum Bedienen eingeteilt; diese Aufgabe war der hochbezahlten Dienerschaft vorbehalten, die sich mit einem Hochmut kleideten und gebärdeten, die den ihrer Herrschaft manchmal noch übertraf. Dennoch bekam sie mit Annas stillschweigender Einwilligung Gelegenheit, einen Blick in den großen Speisesaal zu werfen, wo die mit Titeln und glitzernden Gewändern ausstaffierten Gäste sich tummelten.

Sie waren aus der Küche in den Ballsaal geschickt worden, um dafür zu sorgen, daß die Kamine dort mit Holz bestückt waren, die Erfrischungen bereitstanden, alles in Ordnung war. Anna führte sie zu einem rundum verlaufenden Nebengang hinter dem Balkon, der den Saal überblickte. Sie gingen in die Hocke, um durch Ritzen in der Täfelung zu spähen.

»Siehst du?« zischte Anna, als ob jemand sie hören

und heraufsehen könnte. »Neben Lady Marie. Das ist der Erzengel.«

Raphael war ein erstaunlich gutaussehender Mann, mit kräftigen, regelmäßigen Zügen, mittellangem blonden Haar, breiten Schultern und einem gut entwickelten Körper. Hinter ihm, über einen Stuhl gehakt, der eigens für diesen Zweck gebaut worden war, hoben sich seine goldgetönten Flügel zur Höhe eines Mannes und streiften mit den Spitzen elegant den Boden. Er lächelte, und alle, die in seiner Nähe saßen, starrten ihn hingerissen und voller Bewunderung an.

»Du hast ihn noch nie gesehen, oder?« fragte Anna. »Er kommt alle paar Monate zu Lord Jethro, aber du bist dann meistens in der Küche.«

»Ich habe ihn schon einmal gesehen«, sagte Rachel. »Wer sind die anderen?«

»Das da ist Ariel, gegenüber von Lord Daniel. Sie ist die Anführerin der Engelschar von Monteverde. Der weibliche Engel neben ihr ist ihre Schwester Magdalena. Neben Lady Clara sitzt der Engel Nathan, Bruder von Gabriel, der die Heerschar im Horst anführt und der bei der Glorie in diesem Frühling zum Erzengel ernannt werden wird. Dann, am zweiten Tisch, wo der Bruder von Lady Clara sitzt, ist der Engel Saul, der den Erzengel immer auf Reisen begleitet ...«

Anna fuhr fort, nannte die Namen von weniger bedeutenden Engeln und Politikern, aber Rachel verlor den Faden. Ihre Augen ruhten auf dem Engel Gabriel, und ihre ganze Aufmerksamkeit galt allein ihm. Er war in offizielles Schwarz und Silber gekleidet, was den reinen Farben seiner Haare, Augen und Flügel einen zusätzlichen Glanz verlieh. Selbst aus dieser Entfernung bemerkte sie das Saphirglitzern seiner Armreifen. Im Gegensatz zu Raphael unternahm er keinerlei Anstrengung, die Leute in seiner Nähe zu unterhalten, und seine Tischgefährten und -gefährtinnen betrachteten ihn auch nicht mit demselben Maß an Begeisterung.

»Er sieht schlecht gelaunt aus«, bemerkte Rachel.

Anna war bereits ganz woanders. »Wer? Michael Cintra? Das wäre das erste Mal.«

»Nein«, sagte Rachel geistesabwesend. »Der Engel Gabriel.«

»Ach, der. Er macht sich nicht viel aus Lord Jethro oder irgendeinem der Adligen oder überhaupt aus Semorrah. Das habe ich jedenfalls gehört. Keiner der Kaufleute ist glücklich darüber, daß er in ein paar Monaten Erzengel sein wird. Raphael ist der Engel der Geschäftsleute. Ich habe gehört, wie Lord Jethro das zu Lady Maries Vater gesagt hat. Sie wollen nicht, daß Gabriel seinen Platz einnimmt.«

»Können sie es nicht verhindern?«

Anna machte ein entrüstetes Gesicht. »Verhindern? Daß er *Erzengel* wird? Er wurde von Jovah erwählt.«

»Ich habe nur gefragt.«

Anna hatte sich aus der Hocke erhoben. »Los, Beeilung!« sagte sie voller Unbehagen. »Die Tabletts mit den Nachspeisen sind hereingebracht worden. Wir dürfen keine Zeit mehr verlieren.«

Sie stellten fest, daß im Ballsaal alles in bester Ordnung war, aber damit waren ihre Pflichten für den Abend noch nicht beendet. Nachdem die Gäste den Speisesaal verlassen hatten, mußte dieser Raum aufgeräumt, geputzt und das ganze Geschirr, Besteck und die Töpfe gereinigt werden. Kaum war diese Arbeit getan, mußten die Gästezimmer für die Nacht vorbereitet werden, und dann war noch der Ballsaal aufzuräumen, nachdem nicht mehr getanzt wurde. Aber das, so hatte der Kastellan gesagt, habe Zeit bis zum nächsten Morgen. Ein paar Stunden nach Mitternacht taumelte Rachel todmüde zu Bett und schlief im selben Augenblick ein, da ihr Kopf die Pritsche berührte.

Lady Clara hatte über den Kastellan und über Anna angeordnet, daß Rachel weiterhin Zofendienst bei Lady Marie leisten sollte, aber es waren noch andere Pflichten zu erfüllen, bevor Rachel ihre Aufmerksamkeit der Braut zuwenden konnte. So fiel ihr zum Beispiel die Aufgabe zu, die Kaminfeuer in fünf der Gästezimmer zu entzünden, bevor die Besucher aufwachten, und als die Dämmerung dem wahren Morgen wich, war sie gerade dabei, sich mit Kohlenkasten und Zunderbüchse bewaffnet durch den Gästeflur zu schleppen.

Engel hatten einen leichten Schlaf, so war sie von Anna gewarnt worden, und viele waren Frühaufsteher. Sie mußte dreifach behutsam sein, wenn sie ihre Zimmer betrat. Also war sie auf Zehenspitzen in die Ariel, Magdalena und Nathan zugewiesenen Gemächer geschlichen, aber keiner von ihnen hatte sich gerührt. Auch sie waren erst weit nach Mitternacht ins Bett gekommen.

Saul hatte den Anschein erweckt, als ob er schlafe, doch als sie vor dem Kamin niederkniete, sprach er sie leise vom Bett aus an. »Aha, Lord Jethro sorgt also für Unterhaltung«, sagte er mit belegter, schläfriger Stimme, die unerwartet schwülstig klang. »Komm näher, damit ich dich genau in Augenschein nehmen kann.«

Sie erhob sich, blieb jedoch stehen, wo sie war. »Lord?« sagte sie kühl, da sie nicht genau wußte, wie man einen Engel ansprach, jedoch mit der Gewißheit, daß Saul diesen Titel nicht verdiente.

Er richtete sich auf, lehnte sich ans Kissen und musterte sie unverhohlen. Sie sah auf den ersten Blick, daß er vollkommen nackt war, abgesehen von den rubinbesetzten Goldketten an beiden Handgelenken. Wie der Erzengel hatte er eine goldene Haut- und Haarfarbe, und seine Muskeln waren stark ausgeprägt. »Die meisten Kaufleute der Stadt wissen, daß ein Mann gewisse

Bedürfnisse hat, und sie sorgen dafür, daß diese Bedürfnisse befriedigt werden«, sprach der Engel in gedehntem Ton. »Was nun Lord Jethro betrifft, er hat die Dinge bisher nicht ganz so gesehen, aber wenn er mir jetzt hübsche Sklavinnen ins Zimmer schickt ...«

Rachel wich zur Tür zurück. »Ich bin nur hier, um nach dem Feuer im Kamin zu sehen«, sagte sie.

Saul schwang die Beine aus dem Bett. »Du kannst es mir auf andere Weise warm machen«, sagte er.

»Ich möchte nicht«, wehrte sie ab.

Sie hatte die Hand an die Tür gelegt, als er plötzlich vom Bett aufsprang und mit unglaublicher Schnelligkeit den Raum durchquerte. Aber auch sie war flink: Sie holte mit dem eisernen Schürhaken aus, und er schrie auf, als dessen heiße Spitze sich in sein Brustbein bohrte.

»Rührt mich nicht an!« keuchte sie aufgeregt.

Er lachte. »Du hast nicht einmal Angst vor mir«, bemerkte er ungläubig. Er streckte die Hand aus, um den Schürhaken wegzuschieben. »Ich bin sicher, daß man mit dir viel Spaß bekommt ...«

»Ihr nicht!« sagte sie. Sie stieß erneut ihre Waffe vor, drückte sie kräftig gegen seine Brust, ließ sie fallen und huschte zur Tür hinaus. Sie hatte die halbe Strecke durch den Gang zurückgelegt, als ihr bewußt wurde, daß er ihr nicht folgen würde. Sie hielt inne und lehnte sich an die Wand, um zu verschnaufen. Er hatte recht gehabt: Sie hatte keine Angst vor ihm. Sie war wütend. Bei diesem Gedanken mußte sie traurig lächeln. Sie war immer schon zu dumm gewesen, um den richtigen Augenblick zu erkennen, wann sie Angst haben sollte.

Aber sie konnte sich jetzt nicht den Luxus leisten, über ihr Verhältnis zu Katastrophen nachzugrübeln. Sie zwang ihren Herzschlag mit aller Willenskraft, sich zu beruhigen, verlagerte den Griff um den Kohlenkasten und setzte ihren Weg durch den Flur fort bis zu dem letzten Zimmer, um das sie sich kümmern mußte.

Der Engel Gabriel schlief, dem gütigen Jovah mochte gedankt sein, wie sie auf den ersten Blick feststellte. Er schlief mit dem Gesicht nach unten, vom Kopf bis zu den Zehenspitzen mit der schneeweißen Decke seiner zusammengefalteten Flügel zugedeckt. Rachel brachte ein Lächeln zustande, als sie daran dachte, daß dem Engel ein Feuer wahrscheinlich sehr willkommen sein würde. Lord Jethro unterhielt ein kaltes Haus.

Sie baute es schnell auf, mit aus Erfahrung geborenem Geschick, und wärmte sich einen Augenblick lang die Hände vor den Flammen. Während sie so vor dem Kamin kniete, konnte sie es sich nicht verkneifen, einen zweiten schnellen Blick auf den Engel zu werfen, der so still in seinem Bett schlief, so ganz anders in der Farbe als der hellwache Engel, den sie soeben verlassen hatte. Dieser hier war größer als Simon; sein Haar – das wenige, das sie davon sah – war noch schwärzer als das von Simon, obwohl seine Haut blasser war. Gestern abend hatte sie sogar von einem Stock höher das Blau seiner Augen erkennen können.

Ein plötzlicher Schmerz brannte in ihrem rechten Arm, und sie schlug sich mit der anderen Hand auf die versengte Stelle, überzeugt davon, daß ein springender Funke aus dem Feuer sie getroffen hatte. Doch ihre Finger berührten nur eine glasartige Kühle, und sie blickte schnell hinab und erkannte die Ursache ihrer Pein. Durch die Finger ihrer linken Hand hindurch sah sie die Opalfarben, die in dem Gotteskuß waberten. Sie starrte ihn eine Zeitlang an, zu erstaunt, um sich zu bewegen, und vollkommen ratlos, was dieses Phänomen zu bedeuten haben mochte.

»Allen hat meine Frisur gefallen«, waren Maries erste Worte, mit denen sie Rachel begrüßte. »Sogar Daniel ist sie aufgefallen. Lady Clara hat gesagt, daß ich reizend aussehe. Also, noch einmal vielen Dank.«

»Heute wird es leichter vonstatten gehen«, sagte Rachel und lächelte.

»Aber du wirst mir doch trotzdem helfen, nicht wahr? Du bleibst doch bei mir, bis es Zeit ist zu gehen?«

»Wenn Ihr es möchtet.«

»O ja. Bitte!«

Also half Rachel der Tochter des Lords beim Baden und Haarewaschen, und sie kämmte die dünnen Locken, während Marie sie vor dem Feuer trocknete. Die Mode bei den reichen Familien schrieb vor, daß Bräute so schlicht aufgemacht wie möglich erscheinen sollten, das Haar lose auf den Rücken herabfallend, das Brautgewand streng und schmucklos. Rachel hatte immer schon gefunden, daß die jungen Mädchen dadurch wie Kinder aussahen, die von zu Hause weggliefen – aber schließlich hatten die Edori keine Hochzeitsbräuche, wie sie Marie erklärt hatte. Vielleicht war ihre Meinung unbedeutend.

Die sehr Reichen hatten Wege gefunden, ihren Wohlstand auch unter diesen Beschränkungen zur Schau zu stellen. Maries Kleid war aus feinster blauer Seide gefertigt, übersät mit winzigen Blumen, die mit einem passenden Garn gestickt waren. Seine Anfertigung hatte beinahe ein Jahr gedauert. Man hatte ihr gewährt, einen einzigen Haarschmuck zu tragen, um das Haar aus dem Gesicht zu halten, und dabei handelte es sich um eine Silberspange mit Saphiren, hergestellt von den meisterhaften Handwerkern von Luminaux. Ihre kleinen Hände steckten in weißen Handschuhen, von denen jeder von den Fingerspitzen bis zum Handballen mit Perlen besetzt war, was deutlich besagte, daß diese Hände nicht zum Arbeiten bestimmt waren, auch wenn sie nicht anstrengender waren als das Heben eines Weinglases zum Mund.

Während sie das Mädchen ankleidete und ihr das Gesicht schminkte, erzählte Rachel ihr Geschichten von den Zusammenkünften der Edori, um Marie von ihrer wachsenden Aufgeregtheit abzulenken. »Am Ende des Tages pflegten sich die Clans am Feuer zu versammeln, und Sänger von jedem Stamm traten vor, um Jovah zu preisen.«

»Waren bei diesen Zusammenkünften auch Engel dabei?«

Rachel lachte. »Nein.«

»Aber ich dachte, man kann nur bei einer Glorie Jovah besingen – oder wenn ein Engel kommt und einen führt.«

»Das erzählen einem vielleicht die Engel, aber die Edori haben stets daran geglaubt, daß ihre Gesänge direkt an Jovahs Herz rühren, ob nun ein Engel als Stimmführer dabei ist oder nicht. Möchtet Ihr nun die Geschichte hören oder nicht?«

»O ja, gewiß – es tut mir leid. Bitte erzähl weiter.«

»Jeder war aufgefordert zu singen – Soli, Duette, was auch immer. Es gab eine Frau aus meinem Clan, Naomi, die zu einem Mann aus einem anderen Clan gezogen war und mit ihm zusammenlebte. Wir waren sehr eng befreundet; wir haben jahrelang zusammen gesungen. Bei jeder Zusammenkunft trafen wir uns wieder, und sie brachte mir ein neues Lied bei, das sie während unserer getrennten Wege geschrieben hatte. Und jedesmal, wenn wir zusammen sangen, jubelten die Edori.«

»Dann bist du also eine Sängerin?«

Rachel schwieg eine Weile. »Früher ja«, sagte sie schließlich. »In Lord Jethros Haus ist mir nicht sehr nach Singen zumute.«

Marie hob den Blick zu Rachel. Wieder waren sie vor dem Spiegel beschäftigt, indem Rachel Maries langes Haar bürstete und sich daran machte, ein paar Strähnen in die Spange zu klemmen. »Ich wünschte, du wärst keine Sklavin«, sagte die Lady.

Rachel hätte beinahe gelacht. »Das wünschte ich mir auch«, pflichtete sie bei.

»Denn dann könnte ich, wenn mein neues Haus fertig ist, dir einen ungeheuer hohen Lohn anbieten, und du könntest bei mir arbeiten anstatt bei Lord Jethro.«

Rachel vollführte einen spöttischen Knicks. »Und ich würde kommen.«

»Und gemeinsam könnten wir hinter die Dinge mit Schweinen und Kerzen kommen.« Marie seufzte. »Und du könntest mir die Haare machen, und ich hätte wenigstens eine Freundin im Haus.«

»Nun, Ihr seid ja noch ein Jahr lang hier. Solange kann ich doch Eure Freundin sein.«

Aber Marie war offenbar etwas eingefallen. Sie hüpfte auf ihrem Stuhl hoch und klatschte in die kleinen Hände. »Ich habe eine großartige Idee!« rief sie aus. »Daniel hat mich neulich gefragt, und ich wußte nichts zu antworten.«

»Was denn?« fragte Rachel erheitert.

»Was ich von ihm als Hochzeitsgeschenk haben möchte. Ich werde mir dich wünschen!«

Rachel sah sie lediglich im Spiegel an. Marie schwenkte ungeduldig die Hände.

»Dich. Ich sage, ich wünsche mir, daß er dich für mich kauft. Und dann bist du meine Sklavin, und ich gebe dich frei! Und dann *kannst* du zu mir kommen und für mich arbeiten, wenn ich mein eigenes Haus habe, und ich kann dir soviel zahlen, wie ich will.«

Rachel merkte, daß ihre Hände zitterten. Sie legte die Bürste und die Spange vorsichtig nieder. »Aber wenn ich Eure Sklavin wäre«, sagte sie, »würde ich ohnehin mit in Euer neues Haus kommen, und Ihr brauchtet mir gar nichts zu bezahlen.«

Marie machte ein entsetztes Gesicht. »Aber ich will keine Sklaven«, sagte sie. »Ich möchte niemanden im Haus haben, der mich haßt. Alle Sklaven meines Vaters hassen ihn, das weiß ich. Ich würde lieber eine Person bezahlen und wissen, daß sie aus eigenem Willen bei mir ist.« Sie drehte sich ruckartig um und sah Rachel ins Gesicht. »Du würdest doch kommen, aus freiem Willen, nicht wahr?« fragte sie unsicher. »Ich würde dir soviel zahlen, wie du verlangst.«

»Ihr brauchtet mir nicht viel zu bezahlen«, antwortete Rachel sehr leise. »Ich käme mit Freuden – wenn ihr mir die Freiheit gäbt.«

Die übrige Zeit von Maries Hochzeitstag verging für Rachel sozusagen im Nebel. Nachdem sie das zitternde Mädchen zur Kapelle begleitet hatte, mußte sie in die Küche zurückeilen, denn dort gab es so viel zu tun, daß zusätzliche Arbeitskräfte aus den Haushalten von Jethros mächtigen Freunden ausgeliehen worden waren. Keinen Augenblick lang hielt Rachel inne beim Schneiden, Hacken, Rühren, Säubern und Rennen.

Doch welche Arbeit sie auch gerade erledigte, ihre Gedanken waren nicht bei der Sache. Sie versuchte, ihre zunehmende Aufregung im Zaum zu halten, aber Maries unverblümtes Angebot hatte eine so heftige Hoffnung in ihr geweckt, wie sie sie seit fünf Jahren nicht mehr erlebt hatte. Es war töricht – sie wußte, es war töricht – anzunehmen, daß Marie die Macht oder den Willen hatte, diesen Verkauf zustande zu bringen, nur weil sie es wollte; es konnte kein Zweifel daran bestehen, daß sie nicht zu den Frauen gehörte, die es gewohnt waren, ihren Willen durchzusetzen. Aber wenn Lady Clara keine Einwände erhob – und warum sollte sie das tun? – und wenn Daniel sich einverstanden erklärte – und warum sollte er das nicht tun, als neuvermählter

Bräutigam? –, dann bestand die Möglichkeit, daß Rachel im Begriff stand, den langen Pfad zur Freiheit zu betreten. Endlich, endlich!

Aber es war dumm zu glauben, daß das wirklich geschehen würde.

Aber es könnte. Es könnte.

Nur ein einziges Mal während dieses endlosen, mühseligen Tages schaffte Rachel es, sich ganz auf ihre Arbeit zu konzentrieren und ihre Gedanken gewaltsam von dieser köstlichen, schrecklichen Vorstellung abzuwenden. Kurz nachdem das Mittagsläuten der Glocken der Kapelle verklungen war, schwebte von oben Musik aufs Haus herab – ein mehrstimmiger Gesang von solcher Erlesenheit, daß Rachel merkte, wie ihre Hände auf dem Hackbrett zuckten.

»Was ist das?« flüsterte sie Anna zu.

»Das sind die Engel«, flüsterte diese zurück. »Sie besingen Jovah und bitten um seinen Segen für den jungen Lord Daniel und Lady Marie.«

»Wo sind sie?«

»Über dem Haus. Im Flug. Ist das nicht der wundervollste Klang, den man jemals gehört hat?«

So war es wirklich, und Rachel hatte schon einige schöne Gesänge gehört. Die klare Brillanz des Soprans wurde erwärmt vom kräftigen Alt; die Tenorstimme durchwob sie wie ein Metallfaden, und die Bässe flossen unter ihnen allen dahin wie ein dunkler Fluß. Rachel schloß die Augen in der Hingabe an die Musik. Ihre Hände arbeiteten aus eigenem Antrieb weiter.

Und dann bewegte sie sich überhaupt nicht mehr. Eine einzelne Männerstimme durchbrach den allgemeinen Chor und tauchte die Luft in Farbe. Der Text handelte von Glück und Hoffnung, aber Rachel spürte, wie sich ihr Herz krümmte, als ob der Mann von tragischen Dingen sänge; so anrührend war seine Stimme.

Als der Chor mit wohlbemessenen Intervallen antwortete, schnappte sie förmlich nach Luft. Die Solistenstimme fügte sich harmonisch ein, und sie merkte, wie der Atem aus ihr herauswirbelte, spürte, wie ihr Kopf leicht wurde. Als seine Stimme verstummte, spürte sie, wie das Hämmern ihres Pulses für den Bruchteil einer Sekunde aussetzte.

»Jetzt wird Jovah den jungen Leuten bestimmt Glück bescheren«, murmelte Anna, die sich zu ihr herübergebeugt hatte. »Wie könnte er es ihnen verweigern, nach einem solchen Konzert?«

Aber Rachel hörte sie kaum. Als sie die Augen öffnete, stellte sie mit maßloser Erschütterung fest, daß sie sich im Küchenkeller eines Hauses in Semorrah befand, in Lumpen gehüllt, mit einer Kette gefesselt und wie eine Sklavin schuftend. Sie hatte für einige Augenblicke buchstäblich vergessen, wer sie war.

Zwischen der Hochzeit, dem Festmahl, dem Nachmittagsempfang, dem Abendessen und dem großen Galaball blieb den Gästen auch nicht viel Zeit zur Ruhe. Etwa eine Stunde vor Mitternacht, als der Kastellan Rachel davon unterrichtete, daß Lady Marie ihre Dienste zum Auskleiden benötige, trocknete die Sklavin sich die Hände ab, band sich die Haare zurück und rannte die drei Treppenabsätze zu den Gemächern hinauf, die Daniel und seiner Braut vorbehalten waren. Sie hatte beinahe damit gerechnet, Marie schluchzend und erschöpft anzutreffen, denn es war ein Tag gewesen, der selbst die robusteste Frau auf eine harte Probe gestellt hätte, was Marie keineswegs war; doch statt dessen war es eine ruhige und hoffnungsvolle junge Braut, die Rachel in dem schwach beleuchteten großen Raum erwartete.

»Wie ist es Euch heute ergangen?« fragte Rachel beim Eintreten. Sie schloß die Tür hinter sich.

Marie lachte und schloß kurz die Augen. »Ich dachte, es würde niemals aufhören! Aber alle waren sehr nett zu mir und äußerten sich anerkennend über mein hübsches Aussehen, und mein Vater hat mir diesen Silberring geschenkt – sieh mal – und hat mich gelobt, daß ich ein braves Mädchen bin. Ich denke also, es ist alles ganz gut verlaufen.«

»Kommt. Wir wollen Euch fürs Bett bereitmachen.«

Gehorsam ließ Marie sich von Rachel entkleiden, baden und von oben bis unten mit duftenden Cremes einreiben. Sie zog ein weißes Batistnachthemd an (vermutlich ebenso teuer wie das Hochzeitsgewand, dachte Rachel zynisch), und dann kämmte die Sklavin wieder einmal das lange Haar der Braut.

»Ihr seht schön aus«, sagte Rachel. »Erinnert Ihr Euch an alles, was ich Euch erzählt habe?«

»Ja. O ja, ich glaube schon. Aber Daniel war heute auch freundlich zu mir – er hat mir die Hand geküßt und mich dann auf den Mund geküßt, und er hat mich angelächelt, ich denke also, es wird in jedem Fall gutgehen«, sagte Marie hoffnungsvoll.

Rachel lächelte. »Davon bin ich überzeugt. Ist das Feuer heiß genug, damit Ihr nicht friert? Braucht Ihr noch irgend etwas?«

»Ja – nein – ich glaube, ich bin bereit.«

Rachel machte einen leichten Knicks und trat zur Tür. »Es wird schön sein«, sagte sie. »Ich versuche, morgen früh zu kommen, um Euch beim Ankleiden zu helfen. Dann könnt Ihr mir davon erzählen.«

»O ja, das wäre gut. Morgen früh also, dann kann ich – o Rachel, beinahe hätte ich es vergessen!«

Die Hand bereits auf der Türklinke, wandte sich Rachel noch einmal zu ihr um. »Was denn?«

Das junge Gesicht leuchtete. »Er hat ja gesagt!«

»Wer hat ja gesagt?«

»Daniel. Er hat eingewilligt, daß ich dich als Hochzeitsgeschenk bekomme. Und sein Vater ist ebenfalls einverstanden. Ist das nicht großartig?«

Im ersten Augenblick wurde Rachel so schwindelig, daß nur ihr Griff um die Türklinke sie aufrecht hielt. »Großartig«, sagte sie schwach und schüttelte den Kopf, um ihn klar zu bekommen. »Lady Marie ... ich kann Euch gar nicht sagen, wie großartig«, stammelte sie. »Ihr könnt nicht wissen ... Ihr ... das bedeutet soviel ...«

Marie lachte vor kindlichem Entzücken. »O fein! Das ist das erste Mal in meinem Leben, daß ich jemanden glücklich machen konnte. Es gefällt mir jetzt schon, eine verheiratete Frau zu sein!«

»Danke«, flüsterte Rachel, dann verneigte sie sich und verließ den Raum.

*Frei, frei, frei.* Sie kehrte in die Küche zurück und beendete die ihr aufgetragene Arbeit, und während der ganzen Zeit jubelte sie im Geist: *Frei, frei, frei.* Sie lag auf ihrer Pritsche und gab sich dem Glückstaumel hin; sie drückte sich die Hand auf den Mund, um nicht laut herauszulachen. *Frei.* Sie war müde, aber sie wollte nicht schlafen. Sie wollte in ihrer Freude schwelgen. Der Umstand, daß eine nichtsnutzige junge Adlige ihr das wertvollste Geschenk machen konnte, kam ihr wie die höchste Ironie des Schicksals vor, doch selbst dieser Gedanke konnte ihren Jubel nicht dämpfen. *Frei.*

Es war spät, als Rachel einschlief, und früh, als sie aufwachte, doch eine geheime Euphorie verlieh ihr Kraft. Das Klirren der Kette zwischen den Handfesseln klang an diesem Morgen beinahe melodisch; bald würden die Eisenreifen an ihren Handgelenken durchgesägt, und sie würde davon befreit werden. Sie gab sich mit ihrem Äußeren an diesem Morgen besonders viel Mühe, da sie wußte, daß sie in wenigen Stunden Marie gegenüberstehen würde; sie wollte sich der neuen Herrin von ihrer besten Seite zeigen, damit Marie es sich nicht noch anders überlegte. Sie schrubbte sich dreimal das Gesicht, wusch sich das dichte lockige Haar und flocht es noch im nassen Zustand nach hinten. Sie zog ihr bestes Kleid an, sauber und frisch geflickt.

Aber es gab noch einiges zu erledigen, bevor sie sich um Marie kümmern konnte. Auch heute mußte sie die Kaminfeuer in den Gästezimmern neu entfachen – obwohl von dem Kontingent der Engel nur noch jene aus Monteverde und dem Horst im Haus weilten. Wie beim letzten Mal schliefen die meisten Gäste weiter, während sie bei ihnen im Zimmer war, doch der Engel Gabriel war wach, als sie bei ihm eintrat.

Wie er im Morgenlicht an dem schmalen, hohen Fenster stand, sah er so rein und gemeißelt wie eine Marmorstatue aus. Rachel blieb an der Schwelle stehen, da sie nicht damit gerechnet hatte, ihn wach anzutreffen, und er bedachte sie mit einem flüchtigen, gleichgültigen Blick seiner blauen Augen. Mit gesenktem Blick huschte sie zum Kamin, säuberte ihn und legte schnell ein neues Feuer. Oder vielmehr, sie versuchte es – die Kohlen besaßen die Boshaftigkeit, nicht brennen zu wollen. Selbst die Zünder benahmen sich widerspenstig und erforderten jeweils mehrere Versuche, bis sie entflammten. Sie stellte sich vor, daß die lapislazuliblauen Augen des Engels von der anderen Seite des Raums auf sie gerichtet waren, und ihre Hände wurden noch ungeschickter.

Endlich brannte das Feuer und machte einen ausreichend beständigen Eindruck. Rachel stand schwankend auf und zog sich zur Tür zurück, doch er war vor ihr dort, verstellte ihr den Ausgang und sah sie mit diesen unglaublichen juwelenfarbigen Augen an.

»Lord?« fragte sie zögernd und brachte einen unbeholfenen Knicks zustande.

Er wich nicht von der Stelle. Sein Blick wanderte über ihr Gesicht, ihr Haar, das mehrfach geflickte Kleid, die Handschellen und die Kette. »Unfaßbar«, sagte er, und selbst beim Sprechen war seine Stimme so melodisch, daß ihr beinahe die Sinne schwanden. »Rachel, Tochter von Seth und Elisabeth.«

# 3. KAPITEL

Gabriel hatte drei außergewöhnlich anstrengende Wochen hinter sich. Er hatte sich einige Tage in der näheren und weiteren Umgebung des zerstörten Dorfes aufgehalten, in der Hoffnung, etwas über die verschwundene Gemeinde zu erfahren. Ohne Erfolg. Die wenigen hartgesottenen Familien, die er auf selbständigen Höfen einige Meilen weit entfernt aufsuchte, waren entweder argwöhnisch oder mürrisch und verbittert oder erst kürzlich zugezogen, so daß sie nichts zur Erhellung der Ereignisse beitragen konnten, die mehr als zehn Jahre zurücklagen. Er flog nach Osten in die jansaische Handelsstadt Breven, um möglicherweise herauszufinden, welche Reisegruppen durch jenen Teil von Jordana gekommen waren, doch die wenigen, die überhaupt bereit waren, mit ihm zu sprechen, leugneten einhellig jede Kenntnis über irgendwelche Vorfälle. Er hatte zwar mit einiger Verschlossenheit gerechnet – welcher Jansai gäbe schließlich einem Engel gegenüber zu, daß er an der Zerstörung eines Bauerndorfes teilgenommen hatte? –, dennoch war er enttäuscht.

»Ich bin nicht auf der Suche nach einer kriegerischen Bande, um Anklage zu erheben«, erklärte er einem Nomadenhäuptling. »Ich suche eine Person, die einst hier gelebt hat …«

Der Mann lachte ihm ins Gesicht. Er war groß, tief gebräunt, vollkommen kahl und in ein Vermögen von

Gold gehüllt. »Und ich versuche dir zu erklären, daß es in dem jämmerlichen Bauernland von Nord-Jordana für die Jansai nichts zu holen gibt«, sagte er. Er zählte an den Fingern ab: »Kein Gold – kein Handel – nichts zum Tauschen. Jansai bereisen nur Gegenden, in denen Gewinn zu machen ist, mein Freund.«

»Jemand muß durch dieses Dorf gekommen sein.«

»Frag die Edori«, riet ihm der Häuptling. »Die reisen alle durch ganz Samaria, aus reiner Neugier. Irgendwann ist bestimmt irgendein Edori in dieses ländliche Gebiet abgeschweift, das schwöre ich dir bei Jovahs Zorn.«

»Aber welcher Edori? Und warum?«

Der Häuptling lächelte wieder. Er hatte sehr große Zähne. »Wer kann schon einen Edori vom anderen unterscheiden?« sagte er. »Und wer weiß, warum sie dies oder jenes tun? Frag sie, dann wirst du hören, was sie dir erzählen.«

Also hatte Gabriel Breven verlassen und sich durch ganz Samaria auf die ermüdende Suche nach einem edorischen Stammesangehörigen gemacht, der ihm vielleicht berichten konnte, was sich zehn Jahre zuvor in einem namenlosen jordanischen Dorf zugetragen hatte. Wie die meisten Engel hatte Gabriel wenig Erfahrung mit den Edori, deshalb benahm er sich ungeschickt und unsicher im Umgang mit ihnen. Die Kaufleute der Stadt, die Bauern, selbst die Jansai hatten Hochachtung und eine gewisse Angst vor den Engeln; sie glaubten, daß nur der gute Wille der Engel sie vor dem göttlichen Zorn schütze. Die Edori hingegen waren sich bezüglich dieser Grundprinzipien der Theologie nicht ganz so sicher. Wenn sie sich mit irgendeinem Anliegen an Jovah wenden wollten, so taten sie das selbst, indem sie bei ihren Zusammenkünften formlose, von Feuer begleitete Glorien abhielten. Sie sangen auch zum Gott, um eine Geburt, einen Todesfall oder ein anderes bedeutendes Ereignis feierlich zu begehen, und viele der edorischen Sänger, die Gabriel gehört hatte, besaßen außergewöhnliche Stimmen.

Aber sie glaubten nicht daran, daß ein Neugeborenes Jovah geweiht werden mußte; sie glaubten nicht daran, daß nur die Stimme eines Engels bei Jovah Gehör fände; und – was am empörendsten war – sie glaubten nicht daran, daß Jovah der eine wahre Gott war, der einzige Gott, der Ursprung alles Guten und die mögliche Quelle der vollständigen Vernichtung. Statt dessen glaubten sie an einen mächtigeren Gott als Jovah, der Jovah anwies und dem Jovah verantwortlich war – so jedenfalls hatte es Gabriel verstanden, obwohl er es kaum glauben konnte. Das stand in einem krassen Widerspruch zu den Grundprinzipien seines Daseins.

Er flog tief und ohne ein bestimmtes Ziel anderthalb Tage lang von Breven weg, bevor er auf einen edorischen Stamm traf, der an der äußersten südöstlichen Grenze von Jordana lagerte. Er hatte immer wieder festgestellt, daß die Edori Fremden gegenüber gastfreundlich sind, und diesmal war es nicht anders. Die Frauen begrüßten ihn mit Glühwein und boten ihm warme Umhänge an (denn wie üblich trug er lediglich seine Flugfedern, und für Sterbliche sahen die nicht besonders warm aus), und die Kinder rannten in ungestümen Kreisen um ihn herum und sangen Reime. Die Männer näherten sich ihm zurückhaltender, wie es Geschöpfen von mehr Würde anstand, und sie nickten dem Engel zu und warteten darauf, daß er sein Anliegen vorbringe.

»Ich bemühe mich um Aufklärung des Verbleibs einer jungen Frau«, sagte Gabriel; er sprach besonnen, und sein Blick ging von einem der ausdruckslosen Gesichter zum anderen. »Sie lebte einst in einem kleinen Dorf in Jordana, nicht weit entfernt von Windhagen. Das Dorf ist verschwunden, sie ist verschwunden. Ich dachte, daß vielleicht Edori, die weit herumkommen, etwas darüber wissen könnten, was mit den Leuten, die dort gelebt haben, geschehen sein könnte, und im besonderen geht es mir um dieses Mädchen.«

Es war, wie er erwartet hatte, ein quälendes, mühsames Unterfangen. Er wurde zum Essen eingeladen, während die klügsten Männer und Frauen des Stammes zusammengerufen wurden, um darüber nachzudenken, was er vorzubringen hatte. Konnte er genau beschreiben, wo das Dorf gelegen hatte? Kannte er die Namen irgendwelcher Leute, die dort gewohnt hatten? Wann war es zerstört worden? Wodurch war es zerstört worden? Seine Unwissenheit hinsichtlich der meisten dieser Fragen war Gabriel peinlich, aber die Edori machten sich nicht über ihn lustig und zeigten kein Befremden. Vielmehr gelang es ihm mit ihrer Hilfe, eine einigermaßen genaue Landkarte der betreffenden Gegend zu zeichnen, und er kam – wiederum dank ihrer eingehenden Fragen – zu einigen Rückschlüssen, die eine genauere Vorstellung vermittelten, wann die Zerstörung stattgefunden haben mochte. Denn sie wollten von ihm wissen, welche Gräser und Flechten er auf den Gesteinsruinen der Häuser gesehen hatte. War der Schimmel braun mit schwarzen Punkten oder war er rot mit braunen Punkten? Stand das Gras so hoch, daß es ihm bis zur Hüfte reichte oder nur bis zum Knöchel, und trug es Samen von einem gelblichen Grün? Mit derartigen Fragen tasteten sie sich an den wahrscheinlichen Zeitpunkt heran, an dem der Ort verlassen worden war.

»Vor achtzehn Jahren«, hatte einer der mittelalten Männer verkündet, und alle anderen in der Gruppe hatte zustimmend gemurmelt. »Welcher Stamm ist vor achtzehn Sommern durch die Gegend in der Nähe der Caitanischen Berge gereist? Waren es die Logollas?«

»Nein, sie hielten sich in jenem Sommer am Fuß der

Gasa-Berge auf«, erklärte eine Frau. »Vielleicht die Chievens.«

»Sie waren mit den Logollas zusammen.«

»Die Pancias?«

»Nein, die Pancias auch nicht.«

»Dann vielleicht die Manderras.«

»Die Manderras.«

»Richtig. Die Manderras.«

Gabriel spürte, wie sich Hoffnung in ihm regte. »Und wo finde ich die Manderras?« fragte er.

Der mittelalte Mann schüttelte den Kopf. Möglicherweise war seine Miene traurig, aber das war schwierig zu beurteilen; für Gabriel war es unmöglich, den Ausdruck in auch nur einem der bronzefarbenen Gesichter zu deuten. »Die Manderras sind weg.«

»Weg? Wohin?«

»Verstreut. Tot.«

Gabriels Augen verengten sich. »Von Jansai angegriffen?« fragte er in scharfem Ton.

Einige der Edori nickten. Die anderen behielten die unergründlichen Mienen bei.

»Sind sie alle tot?« hakte Gabriel beharrlich nach. »Wirklich alle?«

»Oder versklavt«, antwortete eine Frau ohne sichtbare Regung. »Und wenn du sie findest, nachdem die Jansai sie zerschlagen haben, dann wird es dir ein leichtes sein, ein einzelnes verlorenes Mädchen zu finden.«

Gabriel gab einen kleinen Schrei von sich, der vieles enthielt – Enttäuschung seiner selbst wegen, Wut der Edori wegen. »Dann ist also niemand mehr übrig, der vielleicht wissen könnte …«

»Naomi«, warf jemand ein.

Gabriel zuckte herum, um die Sprecherin auszumachen. Es war eine junge Frau, vielleicht Anfang Zwanzig, die ein kleines Kind säugte, während sie der Unterhaltung lauschte. »Wer ist Naomi?« fragte er.

»Sie ist gebürtig aus dem Stamm der Manderra, aber sie schloß sich einem Mann der Chievens an«, erzählte die Frau. »Sie war bei den Manderras, als diese durch die Caitanischen Berge wanderten.«

»Dann kann sie mir bestimmt sagen, was in dem Dorf geschehen ist.«

Die junge Frau zuckte die Achseln. »Falls die Manderras jemals durch dieses Dorf gekommen sind. Wer weiß?«

Gabriel kämpfte gegen eine innere Erregung an. »Und wo finde ich diese Naomi?«

»Bei den Chievens.«

»Ja, schon gut, ich verstehe. Und wo finde ich die Chievens?«

Der mittelalte Mann, der eine Art Anführer zu sein schien, soweit es bei diesen Leuten überhaupt so etwas gab, breitete die Hände weit aus. »Wer weiß?« sagte er. »Vielleicht sind sie nach Gasa gezogen oder nach Bethel oder nach Luminaux. Wir treffen sie bei der nächsten Zusammenkunft.«

»Das heißt, ihr habt keine Ahnung, wo sich irgendwelche von diesen Leuten zu irgendeinem Zeitpunkt aufhalten?«

»Das erfahren wir erst wieder bei der Zusammenkunft. Dann berichten wir uns gegenseitig, wo wir gewesen sind und was wir erlebt haben.«

»Könnt ihr es nicht einmal erraten?«

»Raten können wir schon. Wir wissen, wohin wir in dieser Jahreszeit gehen würden. Aber sieh, wir sind hier, und die Chievens sind nicht hier. Was sollen wir also deiner Meinung nach erraten? Ein Ort ist wie der andere.«

Gabriel ließ eine kurze Zeit verstreichen, bis sein Ärger verflogen war. »Und die nächste Zusammenkunft«, sagte er, »wann wird die stattfinden und wo?«

»In der Landschaft westlich von Luminaux, in fünf Monaten.«

»In fünf Monaten! Aber ich habe keine fünf Monate Zeit!«

Die dunklen Augen sahen ihn aus dem Rund des dunklen Gesichts an. Keiner der Edori wußte dazu eine Bemerkung zu machen.

»Ich verstehe«, sagte Gabriel nach längerem Schweigen. »Mehr Hilfe könnt ihr mir nicht anbieten.«

»Wir haben dir alles gesagt, was wir dir sagen können.«

»Ja, und mehr, als ich von euch zu erfahren hoffte«, sagte Gabriel und stand auf. »Ihr könnt nichts dafür, daß ich noch mehr wissen muß.«

Der mittelalte Mann erhob sich ebenfalls; die anderen blieben sitzen. »Bleib – und iß mit uns zu Abend«, forderte ihn der Anführer drängend auf. »Du bist müde und wütend, du solltest dich mit etwas Nahrung und ein wenig Gesellschaft erfrischen.«

»Ich bin müde und wütend, ja, und ich bin in verzweifelter Eile«, erwiderte Gabriel. »Ich danke euch für die freundliche Einladung. Und für eure Hilfe. Aber jetzt muß ich gehen.«

Und er war aufgebrochen, wohl wissend, daß er sich ungehörig benommen hatte, wohl wissend, daß er während eines Nachtflugs zurück zum Horst nichts in Erfahrung bringen konnte und daß er zum Ausdruck seiner Wertschätzung hätte bleiben sollen. Aber er hatte die Wahrheit gesprochen: Die Verzweiflung hatte ihn ruhelos gemacht, und er hätte nicht bleiben können. Bei Jovah, wo mochte sie nur sein?

Während der nächsten beiden Wochen führte Gabriel eine emsige Suche in den drei Provinzen von Samaria durch; ständig hielt er Ausschau nach irgendwelchen Gruppen von Edori, die dank einer märchenhaft glücklichen Fügung des Schicksals die Chievens hätten sein können. Der Zufall brachte ihn tatsächlich mit zwei weiteren kleinen Stämmen zusammen, aber keiner davon waren die Chievens, und niemand wußte, weder im einen noch im anderen Stamm, wo er die Chievens finden könnte, ebensowenig wie sie irgend etwas über ein kleines Dorf in den Caitanischen Bergen wußten.

Einmal, als sein Weg ihn an Josias' Refugium in den Bergen vorbeiführte, machte er halt, um sich zu erkundigen, ob ihm das Orakel vielleicht noch ein wenig mehr Unterstützung geben könnte. Leider war das nicht der Fall.

»Als einziges kann ich dir sagen, daß sie noch lebt«, sagte Josias. »Ich habe keinen Hinweis darauf, wo sie sich aufhält.«

»Wieso konntest du mir dann sagen, wo sie einst lebte?«

Der alte Mann bedachte ihn mit einem verhaltenen Lächeln. »Weil anläßlich ihrer Weihe eine Aufzeichnung darüber gemacht wurde, wo diese Weihe stattfand und wo sie geboren wurde und wer ihre Eltern waren. Ich weiß, daß sie noch lebt, weil ihr Kuß noch beseelt ist – Jovah spürt ihre Existenz immer noch. Aber was ihren derzeitigen Aufenthaltsort betrifft ...« Er breitete die Hände aus.

»Also gut. Sie lebt. Und sie ist verschollen. Was geschieht, wenn Monate vergehen, ohne daß ich sie finde? Und der Tag der Glorie rückt näher. Was dann?«

Josias sah ihn düster an. »Das ist eine sehr ernste Frage«, sagte er.

»Kann jede Frau den Zweck erfüllen? Vielleicht kann ich Ariel oder Magdalena dazu überreden, die Rolle zu übernehmen – ach nein, es muß ja eine menschliche Frau sein –, oder kann ich mir einfach eine Sterbliche mit einer annehmbaren Stimme suchen, damit sie an meiner Seite die Glorie singt? Wird Jovah das zufriedenstellen? Oder muß es unbedingt diese Frau sein – diese Rachel?«

Josias nickte nachdenklich. »Die Antwortet lautet: Ich weiß es nicht«, sagte er unsicher. »Denn in der Vergangenheit hat es auch schon Zeiten gegeben, da die Angelica ihre Aufgabe nicht erfüllen konnte. Als Michael Erzengel war, vor fünfunddreißig Jahren, war die Angelica Ruth drei Jahre hintereinander zu krank, um auch nur zu sprechen, und statt ihrer sangen ihre Töchter an seiner Seite. Und es gibt Überlieferungen aus noch weiter zurückliegenden Zeiten, als die Angelica oder der Erzengel zum Auftreten nicht in der Lage waren und Ersatz gefunden wurde, und Jovah beschied sich mit den neuen Stimmen. Zumindest hat er noch nie nach einer Glorie Zerstörung auf uns herabgeschickt.

Aber die Vorschriften im Großen Buch sind sehr streng«, fuhr er mit betrübter Stimme fort. »Dort steht genau geschrieben, wer jede einzelne Glorie ausrichten und wer daran teilnehmen muß. Da muß der Erzengel sein, der von Jovah erwählt ist, und die Angelica, die ebenfalls von Jovah erwählt wird. Es müssen Engel von den drei einzelnen Heerscharen dabei sein; es müssen Jansai und Manadavvi und Edori und Luminauzi dabei sein. Von jedem Teil Samarias müssen Vertreter erscheinen, um sich in Harmonie zu vereinen, um Jovah zu versichern, daß auf Erden Frieden herrscht und alle Völker guten Willens sind. Und wenn der kleinste Teil dieser Vorschrift übersehen wird, erregt das Jovahs Zorn, und Blitz und Donner werden niedergehen, und er wird zuerst den Berg und dann den Fluß und dann die ganze Welt vernichten.«

Gabriel starrte das Orakel an. Josias hatte mit ausdrucksloser Stimme gesprochen, beinahe so, als ob er eine Selbstverständlichkeit von sich gebe, doch seine Worte waren von ätzender Schärfe.

»Wenn ich sie also nicht finde ...«, setzte der Engel an.

»Wenn du sie nicht findest, könnten wir alle in ernste Gefahr geraten. Ich weiß nicht – vielleicht wird Jovah Verständnis haben und vergeben und der Stimme lauschen, welche auch immer neben dir singen wird. Er hat die erwähnten anderen Verfehlungen vergeben. Aber in jedem dieser Fälle war die Angelica tatsächlich die Angelica. Der Erzengel hatte nicht nach seinem Gutdünken eine Person für die Rolle bestimmt, die nicht vom Gott selbst erwählt worden war.«

Gabriel rieb sich mit den Handballen die geschlossenen Augen. Er war sehr müde. »Dann muß ich sie finden, es gibt keine andere Lösung«, sagte er.

Also setzte er seine Suche fort, allerdings ohne Glück. Samaria war zu groß, als daß ein Engel allein es hätte gründlich durchforsten können; und die Edori befanden sich ständig auf Wanderschaft. Er hätte den Rest seines Lebens damit verbringen können, einem Nomadenstamm zu folgen, und hätte ihn möglicherweise nie eingeholt. Er mußte die anderen Engel aus seiner Schar mit einbeziehen, damit sie die drei Provinzen durchstreiften und mit jedem einzelnen Clanmitglied der Edori sprächen.

Natürlich erst nach der Hochzeit.

Lord Jethro von Semorrah, seinen mißratenen Sohn und das Mädchen, das Närrin genug war, diesen zu ehelichen, im Geiste verfluchend, kehrte Gabriel ein paar Tage vor dem Ereignis in den Horst zurück, um seine offizielle Kleidung und seinen Bruder Nathan zu holen. Wie immer fühlte er sich von tiefem Frieden erfüllt, sobald seine Füße den glatten Stein des Landeplatzes berührten. Er war wunderschön, dieser Engelhorst – drei Terrassen miteinander verbundener Räume und Korridore, alle aus dem warmen, rosa-beigefarbenen Gestein des Velo-Gebirges gehauen –, aber es war nicht nur die äußere Schönheit, die Gabriel sofort in Hochstimmung versetzte. Es war der Gesang.

Tag und Nacht stiegen mindestens zwei Stimmen in gleichbleibend süßer Harmonie auf, und die Klänge hallten durchs gesamte Gelände. Wochen im voraus meldeten sich Engel und Sterbliche, die im Horst wohnten, freiwillig, um in Ein-Stunden-Schichten im Duett zu singen, bevor sie ihre Plätze in der kleinen Kammer auf der obersten Terrasse des Geländes einnahmen. Beim Betreten des Horsts oder während man nachts ruhelos wach lag, ob man aß, lachte oder nachdachte – immer, Tag und Nacht, drang einem diese Musik ans Ohr und umschmeichelte einen mit dem Zauber der Harmonie.

Einen Augenblick lang spürte Gabriel, wie alle Spannung von ihm abfiel. Doch selbst die süßen Stimmen von Obadja und Hannah konnten an diesem Nachmittag nicht alle seine Probleme lösen. Gabriel lauschte eine Weile, dann ging er zum nächsten Tunnel und betrat das Innere des Engelhorsts.

Kerzenlicht und gebündeltes Gaslicht wurden von den felsigen Innenwänden zurückgeworfen, so daß selbst bei Nacht und im Innern der Horst in sich leuchtete. Gabriel hastete durch die Tunnel zum sogenannten Labyrinth, eilte durch Korridore, die sich allmählich zu großen Sälen und Versammlungsräumen verbreiterten. Das Glück war ihm hold; er schaffte es unbehelligt bis zu Nathans Gemach, ohne jemandem über den Weg zu laufen, den er mit mehr als einem Nicken und einem Lächeln hätte begrüßen müssen.

Und er hatte noch mehr Glück: Nathan war da.

»Gabriel! Ich dachte schon, ich müßte morgen ohne dich aufbrechen!« rief sein Bruder aus, wobei er sich von seinem Stuhl an einem schmalen Schreibtisch erhob. Vor ihm sah Gabriel weiße Schriftrollen, die mit schwarzen Zeichen bedeckt waren. Nathan schrieb also wieder Musik. »Und dann habe ich mich gefragt, ob du überhaupt noch an die Hochzeit gedacht hast.«

»Ich habe daran gedacht«, versicherte Gabriel ihm; er streifte sich Flughandschuhe und -weste ab. Denn mehr als die Hälfte der Bewohner des Horsts waren Sterbliche, der gesamte Komplex wurde beheizt, und den meisten Engeln war es in den Räumen zu warm. »Und ich trug mich mit der Absicht, auf die Ehre zu verzichten, auf der Hochzeit von Lord Jethros Sohn zu singen, aber dann kam ich zu dem Schluß, daß es politisch unklug wäre, die noblen Bürger vor den Kopf zu stoßen, noch bevor ich in die Position des Erzengels aufgestiegen bin.«

»Du bist schlecht gelaunt«, bemerkte Nathan, der Wein für sie beide einschenkte, ohne zu warten, bis er darum gebeten wurde. »Ich vermute, du hast deine Angelica nicht gefunden. Konnte Josias dir ihren Namen nicht nennen?«

»Oh, er hat mir ihren Namen genannt. Rachel, Tochter von Seth und Elisabeth. Er nannte mir sogar den Ort ihrer Weihe – irgendein gottverlassenes Nest am Fuß der jordanischen Berge.«

Nathan hob die Augenbrauen. Er sah seinem Bruder sehr ähnlich, obwohl seine Augenfarbe ein tiefes Braun war und seine Erscheinung insgesamt nicht so auffallend war; dennoch war die Ähnlichkeit unübersehbar. »Jovah hat anscheinend Sinn für Humor«, bemerkte er.

»Nach Josias' Theorie besitzt meine Angelica Eigenschaften, die ich nicht habe. Da ich, wie Josias mir freundlicherweise mitteilte, hochmütig bin, soll sie bescheiden sein. Wie auch immer. Ich bin sicher, Jovah hatte seine Gründe, ausgerechnet sie auszuwählen.«

»Aber du kannst diesen Landstrich nicht finden, diesen Hof in Jordana, wo sie angeblich lebt?«

»O doch, ich habe ihn gefunden. Eine kleine Gemeinde. Wohnhäuser, Höfe, ein paar größere Gebäude.

Alles …« Gabriel vollführte mit der Hand vor sich einen Schwenk. »Alles vor etwa achtzehn Jahren dem Erdboden gleichgemacht.«

»Dem Erdboden gleichgemacht … von Jansai?«

»Sie streiten es ab. Ich bin nach Breven gereist. Allerdings, warum sollten die Jansai mir die Wahrheit sagen, wenn eine derartige Wahrheit mich veranlassen könnte, Jovahs Zorn auf sie herabzubeschwören …«

»Was geschah dann? Wo ist sie?«

»Mir ist es im Lauf der letzten drei Wochen nicht gelungen, eine Antwort auf diese beiden Fragen zu finden. Die Jansai sagen, vielleicht wissen die Edori etwas. Die Edori sagen, ach ja, vielleicht weiß eine Frau von einem bestimmten Stamm etwas, aber wir wissen nicht, wo sich dieser Stamm während der Wintermonate aufhält. Und anscheinend hat noch nie jemand etwas von diesem Mädchen im besonderen gehört. Und ich kann schließlich nicht jede Höhle und jedes Lager in Samaria durchkämmen auf der Suche nach irgendwelchen Edori, die vielleicht etwas über ein verschwundenes Bauernmädchen wissen – vielleicht aber auch nicht –, und mir bleiben noch fünf Monate, um sie zu finden. Und anstatt meine Suche fortzusetzen, muß ich hingehen und den artigen Engel in Semorrah spielen, um zu beweisen, daß ich vernünftig mit Kaufleuten umgehen kann, die mich sowieso nicht besonders mögen …«

»Und sie haben guten Grund, dich nicht zu mögen, da du sie auch nicht magst«, entgegnete Nathan und lächelte verhalten. »Aber zurück zu dem Problem mit diesem Mädchen. Wenn …«

»Rachel.«

»Wie bitte?«

»Rachel. So heißt sie. Josias sagt, sie ist fünfundzwanzig Jahre alt.«

»Wenn es Edori gibt, die wissen, wo sie ist, können

wir dann nicht einfach zur nächsten Zusammenkunft gehen und alle Edori gleichzeitig fragen?«

»Das ist meine letzte Hoffnung. Aber die nächste Zusammenkunft findet erst drei oder vier Wochen vor der Glorie statt. Und wenn ich bis dahin warte und niemand etwas über sie weiß, befinde ich mich in einer wahrhaft verzweifelten Lage.«

»Wie verzweifelt?« fragte Nathan beunruhigt.

»Josias sagt, Jovah könnte sich vielleicht nicht mit einer anderen Stimme zufriedengeben. In einem solchen Fall droht das Ende der Welt. Aber das kann ich nicht glauben. Wenn es mir nicht gelingt, sie zu finden, dann werde ich singen, und jemand wird an meiner Seite singen, und wenn Jovah auch nur die Spur von Gnade besitzt, wird er sich mit der Person abfinden, die ich ihm bringe. Aber ich würde auf dieses Experiment lieber verzichten. Weil Josias sehr ernste Bedenken hegt ...«

»Wir gehen zu der Hochzeit«, sagte Nathan entschlossen. »Danach werden wir eine Jagd veranstalten. Du und ich und vielleicht zehn unserer Engel. Und wir werden bis zu der Zusammenkunft nach dem richtigen Edori suchen. Dann gehen wir zu der Zusammenkunft. Und bis dahin werden wir nicht verzweifeln. Jetzt mußt du dich erst einmal ausruhen, weil wir morgen nach Semorrah reisen, um uns den Köstlichkeiten hinzugeben, die uns dort erwarten.«

»Amen«, sagte Gabriel. »Laß uns gleich im Morgengrauen aufbrechen.«

Also traf Gabriel nicht gerade in bester Laune am prächtigen Sitz des Lord Jethro von Semorrah ein, und auch das üppige Hochzeitsgelage war nicht dazu angetan, seine Stimmung zu heben. Erst in den vergangenen vierzig Jahren – während Raphaels Herrschaft und Michaels Amtszeit davor – waren die Kaufleute zu solchem Wohlstand und solcher Bedeutung gelangt, daß die Städte den Burgen der Engel allmählich den ersten Rang in bezug auf Wichtigkeit streitig machten. Gabriel glaubte an eine eher wörtliche Auslegung des Großen Buchs, die besagte: ›Während jeder Mensch sich vom anderen unterscheidet, so wie sich die Rose von der Iris unterscheidet, so ist doch ein jeder auf seine eigene Weise schön und vor Jovahs Augen gleich.‹ Gabriel gefiel es nicht, daß eine Klasse von Menschen über eine andere herrschte; er betrachtete Ungleichheit als zweifelhaften Weg zu der Harmonie, die Jovah von seinem Volk verlangte. Er hatte sich nie die Mühe gemacht, sein Mißfallen zu verheimlichen, was ihm bei den Kaufleuten – und bei nicht wenigen Engeln – Unbeliebtheit eingebracht hatte.

Dennoch war er zum Erzengel bestimmt. In Kenntnis seiner Ansichten hatte Jovah ihn unter allen Engeln von Samaria auserwählt. Und nun mußten Lord Jethro, die Jansai und sogar die Engel für die nächsten zwanzig Jahre mit ihm auskommen. Deshalb war er zu der Hochzeit eingeladen worden, und er war gekommen.

Er hatte sich sogar um ein gewisses Wohlverhalten bemüht, obwohl er sich nicht zu Herzlichkeit durchringen konnte. Er sah in Jethro einen abgebrühten, berechnenden, durch und durch verschlagenen Mann, und der Vater der Braut war aus demselben Holz geschnitzt. Der junge Daniel war auf dem besten Weg, in die Fußstapfen seines Vaters zu treten, und Lady Marie – beim süßen Gesang Jovahs – war schmächtig, schüchtern, kindlich und unsicher, eindeutig ein unseliges Opfer auf dem Altar skrupelloser geschäftlicher Ziele.

Raphael war natürlich um sie herumscharwenzelt, mit jenem einstudierten Charme, der den Kaufleuten so gut gefiel. Er hatte beim Abendessen den Platz neben ihr eingenommen und ihr lächelnd Schmeicheleien über ihr Aussehen und ihre Frisur zugeraunt. Anscheinend war sie dankbar für diese Aufmerksamkeit; nach den ersten paar Minuten plauderte sie ungezwungen mit ihm, offenbar überwältigt von der Ehre. Gabriel, der beobachtete, wie Raphael sie mit seinem Charme einwickelte, hatte das Gesicht leicht verzogen und einen Blick zu Nathan hinübergeworfen. Nathan grinste.

Nach dem Essen gesellte sich Nathan dann zu der Lady und erging sich in galanten Äußerungen, was ihr ebenso zu gefallen schien wie die Unterhaltung mit Raphael. Nathan war entschieden mehr der Diplomat und Mann für die Damen als sein Bruder, und Gabriel ließ ihn seine Talente gern entfalten, da diese Rolle ihm selbst ganz und gar nicht zusagte.

»Dein Bruder hat offensichtlich Lady Maries Herz erobert«, sagte eine glatte Stimme hinter ihm, und als Gabriel sich umwandte, sah er sich von Angesicht zu Angesicht dem Erzengel gegenüber. Wie stets fiel ihm an Raphael als erstes dessen pure körperliche Schönheit auf. Haare, Augen, Haut, sogar die Flügel hatten eine gelbbraune Farbe, er war von löwenhafter Geschmeidigkeit, kräftig und schlank. Dennoch machte auch vor ihm das Alter nicht halt. Aus der Nähe sah Gabriel die feinen Linien um die Augen und auf den Wangen. Das schöne Haar war nicht mehr so dicht, wie es einst gewesen war.

»Du hast deine Sache auch nicht schlecht gemacht«, entgegnete Gabriel.

Raphael lächelte engelmild. »Sie ist ein süßes Kind mit einer liebreizenden Art«, sagte er. »Es ist ein Vergnügen, sich mit ihr zu unterhalten.«

»Eine Schande, sie in Jethros Räuberhöhle zu werfen«, sagte Gabriel und ließ dabei den Blick in alle Richtungen schweifen. Der Raum war gefüllt mit Großgrundbesitzern und Bankiers und kleinen Bürgern, von denen die meisten über Finanzen sprachen, wenn Gabriel mit seiner Vermutung nicht ganz danebenlag.

»Sie stammt aus einer solchen Räuberhöhle, obwohl ich überzeugt bin, daß weder unser Gastgeber noch unser Ehrengast glücklich wären, deine Beschreibung zu hören«, erwiderte Raphael mit schnurrender Stimme.

Gabriel lachte. »Nein, da hast du gewiß recht. Ich bin sicher, Jethro und alle anderen werden deine charmante Art vermissen, wenn sie gezwungen sind, sich statt dessen mit mir zufriedenzugeben.«

»Und der Tag ist nicht mehr fern«, fügte Raphael hinzu. »Sag an – ich hatte gehofft, deine Angelica bei diesem Anlaß kennenzulernen. Aber ich habe noch nicht das geringste über sie vernommen. Ist es möglich, daß du bis zum Tag der Glorie etwas geheimhältst?«

Raphael sprach mit seiner üblichen melodischen Stimme, doch Gabriel glaubte einen schwachen Beiklang von Boshaftigkeit darin zu vernehmen. »Ich hatte eigentlich vorgehabt, sie mitzubringen«, sagte er. »Aber es hat sich nicht so ergeben.«

»Ach, dann hast du sie also gefunden? Jovah hat sie benannt?«

»O ja. Er hat sie benannt.«

Raphael beobachtete ihn mit seinen goldenen Augen. Es wäre unmöglich gewesen, der direkten Frage auszuweichen, doch Raphael stellte sie nicht. Er bedachte Gabriel lediglich mit jenem verschlafenen Lächeln, das viele Sterbliche ganz hinreißend fanden. »Nun, ich freue mich darauf, sie kennenzulernen«, sagte er. »Jovahs Wahl ist immer aufschlußreich.«

Eine Bemerkung, die Gabriels Laune nicht eben verbesserte.

Er ließ die Stunden im Ballsaal über sich ergehen, wobei er erfolgreich Ungeschicklichkeit vorgab, um nicht tanzen zu müssen. (Nathan war einer der wenigen Engel, dem es gelungen war, diese Kunst zu meistern, und der die Flügel dicht genug an den Körper anlegen konnte, daß nicht dauernd jemand darauftrat.) Gabriel führte höflich Konversation mit den Kaufleuten, die in seiner Nähe standen, mied während der meisten Zeit des Abends den Engel Saul und begab sich erschöpft von der Anstrengung, seine wahren Empfindungen stundenlang zu verbergen, schließlich zu Bett.

Als er am Morgen erwachte, drangen zwei Dinge in sein Bewußtsein: eine übermäßige Hitze und ein dumpfer Schmerz im rechten Arm. Die Ursache für die Hitze war schnell entdeckt; eine von Jethros bewundernswerten Dienerinnen war ins Zimmer gehuscht, während er noch schlief, und hatte ein Feuer entfacht, eine Aufmerksamkeit, die im Fall eines Engels vollkommen überflüssig war. Für den Schmerz in seinem Arm fand er keine unmittelbare Erklärung. Er rieb sich die Stelle und fragte sich, ob er in der Nacht vielleicht ungünstig gelegen hatte. Nach wenigen Minuten verflüchtigte sich der Schmerz, und er vergaß ihn.

Es war ein geschäftiger Tag. Das Hochzeitsfrühstück war eine ausgedehnte Veranstaltung, die eigentliche Zeremonie der Verehelichung außergewöhnlich langatmig und feierlich dargeboten. Der einzige Teil des Ereignisses, den Gabriel wirklich genoß, war das Singen. Aber er sang immer gern.

In diesem Augenblick, als er, Nathan, Raphael, Saul, Magdalena und Ariel in der Luft waren und gerade das *Te Deum* sangen, ging ihm plötzlich auf, warum sein Arm am Morgen so weh getan hatte. Die Engel hatten sich die Hände gereicht, um einen Kreis zu bilden, wobei Nathan es wie immer geschafft hatte, Magdalenas Hand zu greifen. Während die anschwellende Musik ihn in einen sanften Rausch versetzte, beobachtete Gabriel die beiden; er sah, daß Magdalena das Gesicht sehr brav Jovah zugewandt hatte, während Nathan die Augen schmachtend auf den Engel aus Monteverde gerichtet hielt. Engel durften nicht untereinander heiraten – das war eines der wenigen Verbote, die ihnen auferlegt waren –, und dieses Gesetz war noch nie gebrochen worden. Aber Nathan war seit drei Jahren in Magdalena verliebt, und die Zeit schwächte seine Leidenschaft anscheinend nicht.

Und tatsächlich, wenn man genau hinsah, war ein schwaches Flackern im Herzen des Kusses jedes der beiden Engel zu erkennen, sobald sie nahe beieinander waren, die göttliche Reaktion des einen auf den anderen. Jovah in all seiner Weisheit hatte so etwas nicht eingeplant.

Gabriel spannte den Griff um Nathans Hand, und sein Bruder wandte die Augen hinauf zum Gott. Wieder ertrank Gabriel beinahe in der Großartigkeit der Musik. Sein Tenor schwang sich kräftig auf, während Magdalenas Alt-Part allmählich abfiel, und als Ariels Sopran sich ekstatisch über beide erhob, spürte er, daß er bis in die Flügelspitzen zitterte. Dann übernahm seine Stimme die Führung, während die anderen in die Harmonie des Chors zurückfielen, und er sang voller Verzückung die Worte des Bittens und der Lobpreisung.

In diesem Augenblick spürte er erneut den stechenden Schmerz im rechten Arm, und plötzlich wußte er, was das zu bedeuten hatte. Es war eine Reaktion auf die Musik, eine Reaktion auf die Musik, eine Reaktion auf ihn. Der Kuß an seinem Arm war mit stummen Funken zum Leben erwacht, und er spürte die Hitze bis hinunter zu der Stelle, wo er am Knochen verankert war.

Wider alle Wahrscheinlichkeit befand sich Rachel hier in Semorrah, vielleicht sogar in dem Saal dort unten, nahe genug, um ihn zu hören, und ausreichend auf ihn eingestimmt, um auf den Klang seiner Stimme zu reagieren.

Es war daher von höchster Wichtigkeit, daß er mit jeder Frau im Haus sprach. Es war ein sehr verwandelter Gabriel, der an diesem Tag seinen gesellschaftlichen Pflichten mit übertriebenem Eifer nachkam. Beim Mittagessen, beim darauffolgenden Empfang, beim Abendessen, beim zweiten Ball bewegte er sich mit großer Zielstrebigkeit durch die Menge und verwickelte jede der anwesenden Damen in eine höfliche Plauderei. Er machte ihnen Komplimente über ihre Abendkleidung, ihre Frisur, ihren Schmuck, fragte sie, ob ihnen die Hochzeit gefallen habe und ob sie in Semorrah lebten oder nur zu Besuch hier weilten. Es war ihm nicht bewußt, daß er zu einem großen Schmeichler geworden war, bis Nathan ihn während des Empfangs beiseite zog und sich über ihn lustig machte.

»Du bist also zu einem echten Charmeur geworden, von jetzt auf gleich!« sagte sein Bruder. »Hast du die Absicht, eine Spur gebrochener Herzen bei den Gattinnen der Kaufleute zu hinterlassen, weil du deine Angelica nirgendwo finden kannst?«

»Ich rede doch nur mit ihnen.«

»Und das machst du ausgezeichnet. Ich habe gehört, wie Lady Susannah ihrer Tochter gestand, daß sie sich ein bißchen in dich verliebt hat.«

»Sei nicht albern.«

»Aber Gabriel, was hat dich zu dieser plötzlichen Liebenswürdigkeit beflügelt? Ich hätte schwören können, daß du dich gestern zu Tode gelangweilt hast. Übrigens hätten alle anderen das auch bezeugen können.«

»Ich glaube, daß sie hier ist.«

»Wer ist hier?«

»Rachel. Ich glaube es – aber ich bin nicht sicher.«

Nathan ließ den Blick schnell in alle Richtungen schweifen. »Hier, in diesem Haus?«

»Vielleicht. Ich habe etwas gespürt – nun ja, als wir sangen, leuchtete mein Kuß auf. Und heute morgen – ich glaube, daß sie hier im Haus ist oder jedenfalls ganz in der Nähe.«

»Der Kuß hat sich schon einmal geirrt«, sagte Nathan ungerührt.

»Nein, ich glaube, diesmal irrt er sich nicht. Josias hat mir gesagt ... Aber ich muß mit allen Frauen im Haus sprechen, verstehst du, und ich komme mir sehr ungeschickt dabei vor. Leider ist das eine Aufgabe, bei der du mir nicht behilflich sein kannst.«

»Und seit dem Te Deum heute morgen hast du keine Reaktion mehr wahrgenommen?«

Gabriel schwieg. Nathan rief aus: »Anscheinend doch! Ist die Dame verheiratet? Liegt da die Schwierigkeit?«

»Es war sehr schwach«, sagte Gabriel. »Als ich mich mit Lady Marie unterhielt ...« Nathan lachte laut und sah gleichzeitig erschreckt aus. Gabriel verzog das Gesicht. »Ich weiß. Ich habe mich anerkennend über ihre Erscheinung geäußert – über ihre Frisur, glaube ich –, und sie errötete. Da fühlte ich eine leichte Hitze im Arm. Aber sicher nicht genügend ...«

»Das wäre gewiß die höchste Ironie, mit der sich Jovah jemals ausgelassen hat«, sagte Nathan mit feierlicher Stimme, jedoch mit funkelnden Augen. »Dich mit Lord Jethros neu erworbener Schwiegertochter zu vereinen, kurz nachdem du auf ihrer Hochzeit gesungen hast ...«

»Ich glaube nicht, daß sie diejenige ist. Vielleicht eine andere Person, mit der sie gesprochen hat, jemand, der etwas mit ihren Haaren zu tun hat. Jemand, an den sie dachte, als ich mich mit ihr unterhielt. Aber schließlich kann ich sie ja nicht darum bitten, eine Liste aller jener

Personen zu erstellen, mit denen sie heute gesprochen hat ...«

»Immer mit der Ruhe! Der Fall ist nicht aussichtslos. Genau gesagt liegen die Dinge besser als gestern, findest du nicht? Was meinst du, wie lange können wir in Jethros Haus bleiben und unsere Suche fortsetzen? Kannst du dir irgendeinen Vorwand einfallen lassen, um unseren Aufenthalt noch ein paar Tage zu verlängern?«

»Raphael reist heute abend ab, aber Ariel und ihre Schwestern werden noch den ganzen morgigen Vormittag hier sein. So lange können wir mindestens bleiben. Danach – aber vielleicht führt es zu nichts, wenn wir länger hier verweilen. Vielleicht reist sie mit einer der anderen Familien ab. Vielleicht hält sie sich nur vorübergehend hier auf.«

»Ein Gast?« fragte Nathan und musterte seinen Bruder eindringlich. »Oder – die Bedienstete eines Gastes?«

»Wir wollen hoffen, daß es sich um einen Gast handelt, vielleicht die Tochter eines der kleineren Kaufleute. Mir widerstrebt die Vorstellung, daß meine Angelica zu irgendeinem Zeitpunkt während der letzten achtzehn Jahre einer Dame als Zofe gedient haben könnte.«

»Wenn es so sein sollte, dann ist es eben so«, bemerkte Nathan philosophisch. »Komm, wir wollen unsere Suche fortsetzen, solange noch alle hier sind.«

Doch Gabriel hatte kein Glück, obwohl es ihm gelang, ausnahmslos mit jedem anwesenden weiblichen Gast zu reden – sogar mit jenen, die selbst bei wohlwollendster Betrachtung entweder zu jung oder zu alt waren, um als Fünfundzwanzigjährige durchzugehen. Die Festlichkeiten kamen zum Ende, die Hochzeit war vorbei, und alle würden wieder nach Hause reisen – und er war der Lösung seines schwerwiegenden Rätsels noch um keinen Schritt näher gekommen.

Also gut. Auch wenn es Gabriel nicht gefiel, sie mußte anscheinend der dienenden Klasse angehören und sich sehr wahrscheinlich auf Besuch in dem herrschaftlichen Haus aufhalten, im Gefolge irgendeiner Kaufmannsgattin. Er gönnte sich für einige Stunden einen leichten Schlaf, dann stand er auf, um die Korridore des großen Hauses zu erkunden und durch die engen Flure auf und ab zu schleichen, wo die Kammerzofen und Dienerinnen der Damen untergebracht waren. Doch der Kuß an seinem Arm blieb kalt und dunkel. Dort war sie also offenbar nicht.

Er kehrte in sein Zimmer zurück und verbrachte die letzten Nachtstunden damit, am Fenster zu sitzen und zu grübeln. Sie befand sich in Semorrah, es konnte nicht anders sein. Nun gut, sie hatte ihn gestern singen hören, aber vielleicht hatte sie ihm von einer günstigen Stelle aus gelauscht, die sich nicht in diesem Haus befand. Vielleicht hatte sie in einer vorbeifahrenden Kutsche gesessen oder am Fenster eines der großen Häuser zugehört, die in einiger Entfernung lagen. Jedenfalls mußte sie sich im Klangbereich seiner Stimme befunden haben, davon konnte er ausgehen. Morgen früh – vielmehr heute morgen – könnte er die Suche nach ihr fortsetzen. Er könnte sich in die Luft erheben und über der Stadt schweben und die zärtlichen Volkslieder singen, die den Frauen anscheinend so gut gefielen. Sie würde ihn hören, wo immer sie sein mochte. Sie würde den Blick gen Himmel heben und – vielleicht gegen ihren Willen – die Tätigkeit unterbrechen, mit welcher sie gerade beschäftigt war, um ihm zu lauschen, angerührt vom Timbre und der Kadenz seiner Stimme, ohne zu wissen warum …

Er wurde jäh aus seinen Gedanken gerissen, als sich die Tür öffnete. Er warf ungehalten einen Blick nach hinten und sah eine von Jethros jämmerlichen Sklavinnen, die mit einem Kohleneimer und einem Besen eintrat – zweifellos dieselbe, die am Morgen zuvor das unerwünschte Feuer angezündet hatte. Er bedachte sie mit einem flüchtigen Blick, bevor er seine Aufmerksamkeit wieder den leeren gepflasterten Straßen zuwandte, die gerade eben in der Morgendämmerung Form annahmen.

Er würde singen, und sie würde ihn hören, und er würde wissen, daß sie in der Nähe war, denn sein Arm würde brennen, so wie er jetzt brannte, und wenn die Sklavin tatsächlich das Feuer entfacht und mit einem brennenden Kohlestück seinen Arm berührt hatte … wie es vielleicht am Morgen zuvor auch geschehen war …

Er drehte sich leise auf dem Absatz um und starrte sie an. Sie kauerte gebückt über dem Kamin, von ihm abgewandt. Seine nackten Füße trugen ihn lautlos zur Tür; erst als sie sich erhob und im Begriff war, den Raum zu verlassen, wurde ihm bewußt, daß er sich bewegt hatte. Der Kuß an ihrem Arm funkelte ebenfalls mit wilden bernsteinfarbenen Lichtern. Ihr Äußeres war ganz Augen und zerlumpte Kleidung und ungebändigtes goldenes Haar.

»Unglaublich«, sagte er, und dann sprach er ihren Namen aus.

# 4.

# KAPITEL

Rachel sah dem Engel ins Gesicht und spürte, wie ein Schauder sie durchlief. Stolz, wie sie war, verbarg sie ihre Regung hinter einer finsteren Miene. »Wer seid Ihr?« fragte sie, Unwissenheit vortäuschend.

Diese Frage war ihm in seinem ganzen Leben noch nie gestellt worden, und er war beinahe beleidigt. »Ich bin der Engel Gabriel«, antwortete er steif. »Der Anführer der Heerschar im Engelhorst.«

»Oh!« sagte sie.

»Und wer bist du?« wollte er wissen. »Bist du Rachel, Tochter von Seth und Elizabeth?«

»Ich bin Rachel«, sagte sie vorsichtig.

»Ich suche dich seit Wochen.«

Sie spürte, wie ihre Erregung zunahm, und gleichzeitig auch ihre Feindseligkeit. Beides war unvernünftig. »Warum?« fragte sie in ihrem mürrischsten Ton.

Er holte tief Luft, unternahm den hoffnungslosen Versuch, sich eine Entgegnung einfallen zu lassen, und stieß die Luft wieder aus. »Weißt du«, sagte er schließlich und bemühte sich angestrengt um einen sanften Tonfall, »daß ich Ende dieses Jahres Erzengel werden soll?«

»Ach ja?« sagte sie.

Er nickte. Seine blauen Augen musterten unaufhörlich ihr Gesicht, als ob er einen Weg suchte, um hinter ihre ausdruckslose Maske zu schlüpfen. Sie spürte, wie daraufhin ihre Miene noch finsterer wurde. »Alle zwanzig Jahre wird ein neuer Erzengel von Jovah erwählt, um alle Engel und alle Völker von Samaria anzuführen. In diesem Sommer werde ich zum ersten Mal den Gesang der Glorie leiten.« Er zögerte. »Du weißt, was die Glorie ist, oder nicht?«

»Natürlich«, sagte sie unwirsch. »Ich bin schließlich nicht blöd.«

Er betrachtete sie immer noch. Die Juwelenfarbe seiner Augen machte sie allmählich ganz wirr im Kopf. »Dann weißt du auch, daß eine der Personen, die an der Seite des Erzengels singen, eine Frau ist, die von Jovah als seine Braut auserwählt wurde – seine Angelica –, eine Sterbliche, die den Engeln in Harmonie zugesellt wird.«

Das führte tiefer in den Bereich von Dogma und Ritual, als die Edori Rachel jemals eingeweiht hatten, aber sie nickte. »Gewiß.«

Er holte wieder tief Luft. »Und die Frau, die Jovah als meine Braut auserwählt hat«, sagte er, »bist du.«

Sie war sich bewußt, daß sie ihn anstarrte wie eine Halbirre.

»Das heißt«, murmelte er, »falls du wirklich Rachel bist, Tochter von Seth und Elisabeth, geboren in einem kleinen Bauerndorf in Jordana, nicht weit entfernt vom Fuß der Caitanischen Berge.«

»Ich bin in der Nähe der Caitanischen Berge geboren worden«, bestätigte sie, und ihre Stimme war beinahe ein Flüstern. »Aber ich bin seit Jahren nicht mehr dort gewesen.«

»Ich war in dem Dorf«, sagte er unvermittelt. »Es wurde anscheinend zerstört. Was ist dort geschehen?«

Sie schüttelte den Kopf. »Ich war damals noch sehr klein. Meine Erinnerungen an jenen Ort und jene Zeit sind sehr blaß.«

»Nun, und was ist dir widerfahren? Wie bist du von dort – hierhergekommen?«

»Ich wurde vom Manderra-Clan des Edori-Volkes aufgenommen«, erklärte sie, und ihre Stimme hatte einen gewissen stolzen Klang bekommen; das war die Form, wie sich die Edori untereinander bekanntzumachen pflegten. »Sie fanden mich, als ich noch ein kleines Kind war. Ich blieb bis zu meinem zwanzigsten Lebensjahr bei ihnen.«

»Und dann?«

Ihr Gesicht nahm einen verbittert-spöttischen Ausdruck an. »Und dann – was meint Ihr? Wie werden Edori-Frauen im allgemeinen zu Allali-Sklavinnen?«

Sie benutzte absichtlich das verächtliche Edori-Wort, das einst lediglich ›Stadtbewohner‹ bedeutet hatte, das inzwischen jedoch auch so etwas besagte wie ›Wucherer‹, ›Betrüger‹, ›Sklavenhändler‹, ›Zuhälter‹ und alle Arten des unredlichen Geldmachens enthielt. Sie stellte mit Genugtuung fest, daß er das Wort kannte und daß es ihm nicht gefiel.

Doch es gelang ihm, in gelassenem Ton zu antworten. »Ich kann es mir vorstellen – durch die Einmischung der kriegerischen Jansai-Truppen«, sagte er. »So ist es also abgelaufen?«

»Ja.«

»Wann?«

»Vor fünf Jahren.«

»Wer wurde verschleppt? Euer gesamter Clan? Die anderen Edori, mit denen ich gesprochen habe, behaupteten, die Manderras seien in alle Winde verstreut worden.«

»Verstreut oder umgebracht«, sagte sie mit bitterer Stimme. »In dem Sklavenzug, mit dem ich hierher nach Semorrah gebracht wurde, waren vielleicht zehn Manderras. Es waren auch Edori von anderen Clans darunter; einige davon kannte ich, einige nicht. Was mit dem Rest der Manderras geschehen ist, weiß ich nicht.«

»Es tut mir leid«, sagte er leise. Sie antwortete nicht.

Dann fuhr er in energischerem Ton fort: »Du kannst mir mehr von deiner Geschichte erzählen, wenn wir erst einmal im Horst sind.«

Sie merkte, daß sie ihn anstarrte. »Im Horst?«

»Ja. Wir werden heute noch aufbrechen – jetzt gleich –, sobald du fertig bist und ich Lord Jethro davon unterrichtet habe, daß ich« – er hielt inne und beäugte sie ein wenig mißmutig – »ein Mitglied seines Haushalts mitnehme.«

»Aber ich möchte nicht mit Euch gehen«, widersprach sie.

Er sah sie an, als ob sie in einer fremden Sprache gesprochen hätte. »Du möchtest nicht? Bist du verrückt? Du willst nicht mit mir in den Horst kommen, um die *Angelica* zu sein? Du bliebst lieber« – seine Stimme bekam einen höhnischen Klang –, »du bliebst lieber hier, in Semorrah, als Sklavin von Lord Jethro, wenn du eine freie Frau in Bethel sein kannst – eine freie Frau, süßer Jovah, eine Angelica! Welch eine Entscheidung ist das? Du hast keine Wahl!«

»Ich möchte nicht mit Euch gehen«, wiederholte sie. »Und ich bin keine Sklavin.«

Er musterte sie mit einem verstehenden Blick. Sie merkte, wie ihr Gesicht rot anlief. »Ich bin keine Sklavin«, wiederholte sie trotzig. »Oder jedenfalls werde ich bald keine Sklavin mehr sein. Lady Marie hat darum gebeten, daß sie mich als Brautgeschenk bekommt, und sie hat bereits versprochen, mir die Freiheit zu geben.«

Er konnte es immer noch kaum glauben. »Und dann? Wirst du den Rest deines Lebens ihr dienen? Ihr die Haare flechten und ihr etwas zu trinken holen und dir ihr geistloses Geplapper über ihren Gemahl, ihre Kinder und ihre Schoßtierchen anhören?«

Rachel reckte das Kinn. »Sie wird mich bezahlen.«

»Glaub mir«, sagte er grimmig, »kein Lohn könnte hoch genug sein.«

»Ich möchte lieber für sie arbeiten als Eure Angelica sein«, sagte sie.

»Du weißt ja nicht einmal, welche Rolle eine Angelica spielt«, sagte er, nun ziemlich aufgebracht.

»Nein? Ich weiß, welche Rolle Allali-Frauen spielen, und vieles davon ist schlimmer, als sich ein geistloses Geplapper über Gemahle und Hunde anzuhören.«

Er war außer sich vor Wut, und er wirkte nicht wie ein Mann, dem es stets gelang, seinen Zorn zu bändigen. Er wich ein wenig zurück. »Die Angelica«, preßte er zwischen gestrafften Lippen hervor, »nimmt in Samaria einen höchst ehrenvollen Platz ein. Sie singt bei der Glorie neben dem Erzengel. Sie hört sich Bittgesuche an, die Männer und Frauen vor dem Erzengel nicht persönlich vorzubringen wagen. Sie kann, falls sie es möchte, als starke Kraft des Guten unter den Sterblichen und unter den Engeln wirken. Viele Angelicas hatten ein besonderes Verhältnis zu Jovah und baten ihn um Wohltaten und Gefälligkeiten, die er in seiner göttlichen Güte gewährte. Die Angelica trennt nur eine Stufe vom Gott.«

»Die Angelica«, entgegnete sie, »ist nach Euren Worten die Gattin des Erzengels.«

Sie hätte es nicht für möglich gehalten, daß er noch wütender werden konnte, doch sie hatte sich geirrt. »Wenn es der Gedanke an die körperliche Beziehung ist, der dich erschreckt, so brauchst du dir deswegen keine Sorgen zu machen«, polterte er. »Sie heiraten zwar, aber Erzengel und ihre Angelicas treffen häufig ihre eigenen Vereinbarungen!«

Sie hob die Augenbrauen ein klein wenig. Stur bis zum Tod, das hatte Simon ihr einmal vorgeworfen. Sturheit nur um der Sturheit willen, und Sturheit aus Angst. Sturheit, die ihr nichts einbrachte, außer daß sie niemals, kein einziges Mal während ihrer fünfjährigen Sklavenzeit, klein beigegeben hatte. »Edori«, sagte sie, »halten nichts vom Heiraten.«

»Du«, erwiderte er, »bist keine Edori.«

»Trotzdem ...«

»Und du«, fügte er hinzu, »hast keine Wahl. Begreifst du das nicht? Der Gott hat dich erwählt. Nicht ich. Wenn es mir freigestanden hätte, mir eine Braut nach meinem Geschmack auszusuchen, glaube mir, dann wäre ich weder in die Caitanischen Berge noch zu den Edori noch in die Küchen der herrschaftlichen Häuser von Semorrah gegangen, um die Frau meiner Träume zu suchen. Du bist mir auferlegt worden, genau wie dir diese Rolle auferlegt wurde. Ich schlage vor, du fügst dich so gut wie möglich in dein Schicksal.«

Sie schüttelte den Kopf. »Nein. Ich gebe zu, es ist eine Ehre, aber ich lehne sie ab. Ich werde nicht mit Euch zum Horst gehen.«

Er stieß ein kurzes bitteres Lachen aus und warf die Hände auseinander, was wie eine Geste der Ratlosigkeit aussah. Eine Sekunde lang glaubte sie, gewonnen zu haben. Aber nein. »Du magst sagen, daß du nicht mitkommst«, sagte er. »Du magst dich widersetzen. Du magst mich hassen, du magst Jovah hassen. Aber du kommst mit. Du entkommst deiner Bestimmung nicht. Du entkommst den Befehlen deines Gottes nicht.«

»Ich habe ein Recht, mein Leben selbst zu gestalten!« schrie sie mit plötzlich aufbrodelnder Verzweiflung. »Ich habe ein Recht, Euch abzuweisen.«

»Haben die Jansai dir eine Wahl gelassen? Haben sie dir gestattet, etwas abzuweisen?« brauste er nun ebenfalls auf, in höchstem Maße erzürnt. »Folgendes mußt du begreifen: Dein Leben liegt in anderen Händen, und dein Wille ist bedeutungslos. Wir brechen in zwei Stunden auf«, fügte er hinzu und wandte sich von ihr ab. »Setz von deiner Abreise in Kenntnis, wen du willst. Lord Jethro werde ich persönlich aufsuchen.«

Damit öffnete er die Tür und stolzierte hinaus; sie blieb zurück und sah ihm mit einer Mischung aus Zorn,

Haß, Erstaunen, Entsetzen und Angst nach. Vielleicht hatte er es nicht so grausam gemeint, wie es geklungen hatte, aber sie hatte so ziemlich das gleiche Gefühl wie damals, als die Jansai kreischend in ihr Lager geritten waren und ihr Dasein für immer verändert hatten. Das waren unverzeihliche Worte für einen Engel gewesen, und sie gelobte sich in diesem Augenblick, daß sie ihm niemals vergeben würde – weder seine Worte noch seine Taten. Wieder einmal wurde ihr das eigene Leben aus den Händen genommen, ausgerechnet zu einem Zeitpunkt, da es lebenswert erschien.

Es ist schwer zu beurteilen, dachte Gabriel voller Ironie, wer peinlicher berührt ist von der Entdeckung, daß meine Angelica fünf Jahre lang in Lord Jethros Haushalt als Sklavin geschuftet hat. Aber der erwählte Erzengel bildete sich ein, daß er sein Mißfallen besser verbarg als sein Gastgeber. Jethro hätte nicht eifriger um Entschuldigung heischen oder sein Entgegenkommen ausdrücken können; seine unpassenden Äußerungen der Demut und Beflissenheit klangen jedoch schal und schwach.

»Ich bitte Euch lediglich darum, daß Ihr ihr so bald wie möglich die Fesseln abnehmen laßt«, unterbrach ihn Gabriel. »Innerhalb einer Stunde. Und daß Ihr ihr etwas Anständiges anzuziehen beschafft, damit ich mich nicht schämen muß, wenn ich sie in den Horst bringe.«

»Selbstverständlich – oh, mit dem größten Vergnügen! Aber, Angelo, laßt mich Euch versichern, daß sie in meinem Haus nichts anderes als Freundlichkeit erlebt hat. Es gab keinerlei Mißhandlungen, keine Schelte ...«

»Davon bin ich überzeugt.«

»Und noch eins darf ich Euch versichern«, fuhr Jethro ernsthaft fort. »Ich werde es niemandem verraten – absolut niemandem.«

Gabriel zuckte die Achseln, seine Miene war betrübt. »Das ist ein Umstand, den man unmöglich geheimhalten kann«, sagte er. »Aber ich wäre Euch sehr verbunden, wenn Ihr dem Klatsch und Tratsch nicht noch unnötig Vorschub leisten würdet.«

Er hatte nur ein einziges Mal angehalten, bevor er sich geradewegs zu Lords Jethros Gemächer begeben und verlangt hatte, sofort vorgelassen zu werden. Die Unterbrechung hatte er beim Zimmer seines Bruders eingelegt, um Nathan aufzuwecken und ihm die fragwürdige Neuigkeit zu übermitteln. Selbst im Halbschlaf war Nathan gleichermaßen entsetzt und erheitert gewesen, wie es der Nachricht angemessen war.

»Jovah möge uns beschützen«, sagte Nathan, während er sich mühsam aufrichtete und sich den Schlaf aus dem Gesicht rieb. »Könnte es schlimmer sein?«

»Es ist schlimmer«, antwortete Gabriel. »Sie hat eine tiefe Abneigung gegen mich.«

Nathan verkniff sich ein Gähnen. »Jetzt schon?«

»Sie will nicht mit uns kommen. Sie lehnt die Ehre ab, die sie erwartet. Ich habe sie darüber aufgeklärt, daß sie nicht ablehnen darf. Ich möchte verhindern, daß sie zu fliehen versucht. Zieh dich bitte sofort an, und begib dich zu ihr. Laß sie nicht aus den Augen, bis ich wieder bei dir bin.«

Nathan schüttelte den Kopf, um ihn klar zu bekommen, und sprang aus dem Bett. »Gern. Wo ist sie? Wie erkenne ich sie?«

»Halt Ausschau nach jeder Person, die aus dem Haus rennt.«

»Im Ernst!«

Gabriel mußte tatsächlich nachdenken. Er hatte sich so sehr mit der Person hinter dem Gesicht beschäftigt, daß er Rachels äußere Erscheinung gar nicht bewußt wahrgenommen hatte. »Kleiner als ich, aber nicht viel«, sagte er gedehnt. »Dünn. Blaß. Schönes Haar, lang und blond und sehr lockig. Ihre Augen sind braun. Ihre Hände sind mit einer Kette aneinander gefesselt.«

»Das hört sich nach einem aufregenden Wesen an«, sagte Nathan. »Ich kann sie wohl kaum übersehen.«

»Ich habe sie in meinem Zimmer zurückgelassen, aber ich bezweifle, daß sie noch dort ist. Ich habe keine Ahnung, wo sie sich inzwischen versteckt haben könnte. Ich gehe jetzt und lasse Jethro wissen, welche Unehre er mir in den letzten fünf Jahren erwiesen hat.«

Nathan zwang sich, ein weiteres Gähnen zu unterdrücken. »Wenn ich daran denke«, sagte er, »daß du eigentlich gar nicht zu der Hochzeit mitkommen wolltest!«

Gabriel ließ sich zu keinem Lachen hinreißen, während er durch die Tür hinausschritt.

Es verging beinahe eine Stunde, bis er seiner zukünftigen Braut wieder gegenüberstand, und während dieser Zeit hatte sie eine bemerkenswerte Verwandlung durchgemacht. Sie war gründlich gebadet worden, man hatte ihr ungebändigtes Haar gnadenlos gekämmt, ihr zerlumptes Kleid war durch ein Reisegewand aus dunkelgrüner Seide ersetzt worden. Die Ketten, mit denen sie an den Handgelenken gefesselt gewesen war, waren ihr abgenommen worden. Aber ihr Gesichtsausdruck hatte sich nicht geändert, und sie betrachtete Gabriel mit einer Mischung aus Trotz und Widerwillen, als er das Gemach betrat, in dem sie und Nathan warteten.

»Sie ist nicht weggelaufen«, lautete Nathans Begrüßung.

»Das freut mich«, antwortete Gabriel. Er musterte sie. Wenn er jetzt darüber nachdachte, dann hatte sie heute morgen eigentlich nicht unbedingt wie eine Sklavin gewirkt. Ihre äußere Erscheinung war vielleicht jämmerlich, aber ihr Verhalten keine Sekunde lang unterwürfig gewesen. Und jetzt wirkte sie ganz und gar nicht wie eine Sklavin. Und mit diesen Haaren sah sie auch nicht wie eine Edori aus. Ebensowenig ähnelte sie jenen wettergegerbten, von der vielen Arbeit abgehärmten Landarbeiterinnen, die er in seinem Leben schon gesehen hatte. »Bist du inzwischen vielleicht ein wenig williger, mit mir zu kommen?«

»Nun, ich kann nicht hierbleiben«, sagte sie. »Man will mich jetzt nicht mehr haben, selbst wenn ich bleiben wollte.«

»Liebenswürdig gesprochen«, murmelte Gabriel. Sie bedachte ihn mit einem tödlichen Blick. Er wandte sich an seinen Bruder. »Unsere Abreise wird sich nicht ganz so leicht gestalten, wie ich anfänglich annahm«, sagte er. »Jethro besteht darauf, das Mädchen mit allerlei Schätzen zu versehen – Kleidung, Schmuck, Gold, ich weiß nicht, was noch alles. Während wir hier miteinander sprechen, wird unten im Hof eine Wagenladung zusammengestellt. Ich versuche zu einem Schluß zu kommen, ob es die Höflichkeit gebietet, daß einer von uns neben der Kutsche reist …«

»Das werde ich übernehmen, wenn du möchtest«, sagte Nathan mit einem Grinsen.

»Ich werde die Kutsche begleiten«, warf das Mädchen ein.

Gabriel wandte sich zu ihr um. »Du wirst mit mir reisen!« sagte er. »Ich möchte, daß du so schnell wie möglich zum Horst gelangst.«

Sie beäugte ihn unsicher. »Was meint Ihr damit, ›Euch begleiten‹?«

Nathan blickte von einem zum anderen der beiden und sagte: »Nun denn, ich kümmere mich noch um das eine oder andere.« Dann verließ er den Raum. Gabriel und Rachel blieben zurück und beäugten sich lauernd.

»Ich fliege dich zum Horst«, sagte er so liebenswürdig wie möglich. »Die Reise dauert etwa sechs Stunden. Mit der Kutsche würde sie vielleicht drei oder vier Tage dauern.«

Zum erstenmal wich etwas von ihrer hochmütigen Unnahbarkeit einem kleinlauten Begreifen. »Ich kann nicht fliegen«, sagte sie.

»Nein, natürlich nicht. *Ich* werde dich tragen ...«

»Nein, ich meine, ich habe Angst. In der Höhe wird mir schlecht. Ich falle in Ohnmacht oder werde krank, ehrlich ...«

Er sah sie stirnrunzelnd an. Ihre Not war anscheinend nicht gespielt. »Bist du jemals in den Armen eines Engels über dem Boden geschwebt?«

Sie schüttelte den Kopf. »Nein, aber ich bin einmal über die Brücke zwischen Semorrah und Jordana gegangen, und auf halbem Weg ist mir schlecht geworden. Man mußte mir die Augen zubinden und mich in die Stadt tragen.«

»Damals, als du als Sklavin angekommen bist?« Sie nickte. »Aber vielleicht hatte es andere Gründe, daß dir schlecht geworden ist.«

»Und in hohen Gebäuden – auf dem Dach dieses Hauses –, wenn ich nach unten sehe, wird mir fürchterlich schwindelig, und ich muß mich hinsetzen. Dann muß ich auf Händen und Knien die Treppe hinunterkriechen.«

»Aber, Rachel ...«

»Bitte, laßt mich in der Kutsche fahren«, flehte sie. »Ich weiß, Ihr denkt ... Ihr habt Eurem Bruder gesagt, ich würde weglaufen, aber wenn Ihr mich in der Kutsche fahren laßt, dann komme ich bestimmt im Horst an, das schwöre ich. Bitte!«

Wie hätte er das ablehnen können? Zuvor hatte sie ein so rebellisches Verhalten an den Tag gelegt, daß ihr Flehen einen Beiklang von Wahrheit hatte. »Natürlich«, sagte er. »Ich werde Nathan vorschicken, um einiges vorzubereiten, während ich deine Kutsche begleite. Wir sind bereits so sehr im Verzug, daß ein paar Tage mehr kaum noch etwas ausmachen.«

Sie lächelte ihn kurz voller Erleichterung an, und einen Augenblick lang dachte er: *Vielleicht werden wir doch noch Freunde.* »Im Verzug?« fragte sie.

»Die Glorie findet in fünf Monaten statt. Bis dahin mußt du sehr viel lernen – alles mögliche. Die Musik, die Zeremonie, den Horst, die Lebensweise der Engel. Wir haben nicht mehr viel Zeit – ich habe sehr lange gebraucht, um dich zu finden.«

»Vielleicht hättet Ihr früher mit der Suche anfangen sollen«, sagte sie. »Vor fünf Jahren vielleicht.«

Ihre Stimme klang angenehm, aber bestimmt war diese Bemerkung boshaft gemeint. *Irrtum, wieder einmal,* dachte er und antwortete nicht. Er verneigte sich lediglich und bedeutete ihr mit einer Geste, zur Tür zu gehen. Je eher sie dieses Haus verließen – je eher sie zum Horst gelangte –, desto besser für sie beide.

Wie sich herausstellte, hatte Jethro zwei Fahrzeuge vorbereitet, die er mit ihnen auf die Reise schicken wollte. Eins war tatsächlich ein richtiger Wagen, hoch beladen mit Kisten und Bündeln. Das andere war eine gedrungene Reisekutsche, die besser zum Transport eines sterblichen Wesens denn eines Engels geeignet war. Jedes Gefährt war mit einem Kutscher und einem Pferdegespann ausgestattet.

»Allmählich ähneln wir einer Kavalkade«, stellte Gabriel fest. Anstatt von Semorrah zur Bethelschen Küste über den Fluß zu fliegen, hatte er sich dafür entschieden, neben Rachel auf der vollbesetzten Fähre zu stehen. Er hatte sie bereits davon in Kenntnis gesetzt, daß er die Strecke über Land in der Luft zurücklegen und sich zu ihr gesellen werde, wann immer die Fahrzeuge zum Essen oder Übernachten Rast einlegen würden. Sie war nicht enttäuscht gewesen über die Nachricht, daß er nicht mit ihr in der Kutsche reisen würde.

Als die Fähre angelegt hatte, hasteten die beiden zusammen mit den anderen Passagieren an Land und sahen zu, wie die langen Reihen von Karren, Kutschen und Wagen in einem zeitraubenden Vorgang von Bord gefahren wurden. Gabriels Statur sowie seine Größe verschafften ihnen etwas Raum zum Atmen innerhalb der Menge; niemand kam ihnen zu nahe. Eine Weile standen sie nebeneinander und blickten aufs Wasser hinaus. Im prächtigen Licht der Spätvormittagssonne sah Semmorah aus wie eine Märchenstadt, ganz spiralförmig gedrehter weißer Stein und luftige Bögen.

»Ich weiß nicht, wann du das jemals wiedersehen wirst«, sagte Gabriel zu seiner Gefährtin, die während der gesamten dreißigminütigen Bootsüberfahrt geschwiegen hatte. Am Heck der Fähre gegen den Wind gebückt, mit den Händen die Reling umklammernd, betrachtete sie die immer weiter zurückweichende Silhouette der Stadt mit Verbissenheit und Spannung. »Sag Lebewohl.«

Was sie statt dessen sagte, erstaunte ihn.

»O Jovah«, murmelte sie, sehr leise und sehr schnell, »schicke deinen Fluch auf diesen Ort herab. Strafe ihn mit Feuer, Blitz und Donner – verwüste ihn mit Sturm und Flut. Senke Pest und Seuchen auf ihn herab ...«

Er packte ihren Arm und schüttelte sie, bis ihr Wortschwall versiegte. »Was tust du? Was redest du da?« schrie er.

Sie entwand ihm den Arm. »Ich rufe Jovah an und bitte um Vergeltung«, antwortete sie. Ihre Stimme war beherrscht, aber in ihren Augen loderte Leidenschaft. »So steht es im Großen Buch geschrieben.«

»Ich kenne diese Worte! Du ... Niemand ist befugt, so etwas zu erflehen!«

»So steht es im Großen Buch geschrieben«, wiederholte sie.

»Und nur Engel haben das Recht, Flüche herabzubeschwören – was sie niemals tun! Nicht auf Semorrah!

Auf keinen Ort in Samaria! Beim allerheiligsten Jovah, weißt du überhaupt, was du erflehst?«

»Ja. Die Zerstörung dieser erbärmlichen Stadt der Allali.«

Er starrte sie an. Sie meinte es offensichtlich ernst. »Sosehr haßt du sie?« fragte er, jetzt in ruhigerem Ton.

»Es ist der Ort, wo das Böse gedeiht und das Übel tanzt«, sagte sie. »Menschen, die ich geliebt habe, sind gestorben, damit jene, die dort wohnen, Diener und Sklaven haben können – ja, und Seide und Juwelen und Gewürze und alles, was man mit Reichtum kaufen kann. Ich hasse sie, und solange ich lebe, werde ich Jovah bitten, sie ins Meer zu schieben. Und wenn Ihr göttlich wärt, wie es Engel angeblich sein sollen, dann stündet Ihr mir zur Seite und sprächet dasselbe Gebet.«

Sie wandte sich von Gabriel ab und sprach nicht mehr mit ihm. Als die Reisekutsche endlich aus der Fähre geschafft worden war, stieg sie ein und schloß die Tür, ohne ihm einen einzigen Blick zu gönnen. Gabriel erhob sich in die Lüfte und verbrachte die nächsten Stunden mit einem gemächlichen Flug, manchmal über den Wagen, manchmal als Vorhut, manchmal von Seite zu Seite wechselnd, in der unbegründeten Hoffnung, daß er der Landschaft auf diese Weise etwas Kurzweil abgewinnen könnte. Und obwohl Rachel nie aus dem Fenster sah und nach ihm Ausschau hielt, hielt er den Blick häufig zu Boden gerichtet und folgte der Fahrt ihrer Kutsche; ihre Worte waren ihm mehr zu Herzen gegangen, als er sich eingestehen wollte.

Sie kamen kurz vor Sonnenuntergang des vierten Tages am Engelhorst an – oder vielmehr am Fuß der Velo-Berge, wo im Lauf der letzten hundert Jahre die kleine Stadt Velora aus dem Boden geschossen war. Rachels Kutsche hatte kurz vor der schier berstenden Stadtbegrenzung angehalten, und bevor Gabriel seine Senkkreise gedreht hatte und gelandet war, war sie aus dem Gefährt geklettert und hatte sich davongemacht. Gabriel schickte die beiden Fahrer zum westlichen Stadtrand, wo es Hebevorrichtungen gab, um schwere Güter auf die Berge zu befördern, und machte sich zu Fuß auf den Weg durch die Stadt, um seine Braut zu suchen.

Wenn Semorrah, wie Rachel meinte, die geballte Ungerechtigkeit und Ungleichheit war, so war Velora ein Ort der Sonne und Symphonie. Der Großteil der Häuser, Gasthöfe und Läden, Bäckereien, Ställe und Schulen war aus demselben rosa-beigefarbenen Stein gebaut, der den Horst in die für ihn chrakteristische Wärme tauchte. Wie die Semorraner waren auch die Veloraner im wesentlichen Kaufleute, aber da ihr Hauptziel darin bestand, das Leben den Engeln wohlgefällig zu gestalten und den Weg zu ebnen für die Antragsteller, die die Engel aufsuchten, handelten sie mit Gegenständen der tröstenden und läuternden Art. Weil die Engel so nahe waren – und Engel immer Musik wünschten –, war die Stadt zu einem Ort geworden, an dem die Musik verehrt wurde. Große Konzertsäle und winzige Hinterhofkneipen hallten ständig wider vom Klang von Harfen, Flöten, Rohrbläsern, Violen, Pauken und Stimmen. Komponisten und Musiker, die in ganz Samaria Ruhm genossen, hatten sich in Velora niedergelassen, und andere kamen mehrmals im Jahr dorthin, um ihre Berufsgenossen zu treffen. An jeder Straßenecke spielten Musikanten lebhafte Weisen, und junge Knaben sangen in herzzerreißenden Sopran-Chören. Blinde alte Männer entlockten Saiten, die über zerbrochene Holzkisten gespannt waren, erstaunliche Töne, und Passanten pfiffen müßig vor sich hin, während sie durch die Gassen der Stadt schlenderten.

Rachel war in weniger als fünf Minuten irgendwo in der Stadt verschwunden, aber Gabriel machte sich keine Sorgen: Jeder Besucher Veloras suchte als erstes die Haupteinkaufsgegend auf. Er schlug die Richtung zum offenen Basar ein und traf sie dabei an, wie sie genüßlich ein mit Sahne und Kirschen gefülltes Süßgebäck verschlang.

»Das hier ist der Horst?« brachte sie statt einer Begrüßung hervor. »Warum habt Ihr mir verschwiegen, daß er so schön ist?«

»Der Horst ist schön, aber das hier ist nicht der Horst«, entgegnete er. »Das hier ist die Stadt, die den Horst bedient. Die Engel leben weiter oben, in den Bergen.«

Sie blickte auf, und in ihren Augen blitzte so etwas wie Verstehen auf, dann widmete sie sich wieder ihrem Gebäck. »Das ist wie ... Es ist ein herrlicher Ort«, sagte sie. Es war das erste Mal, daß er bei ihr Anzeichen von Begeisterung erkannte. »Er erinnert mich an Luminaux.«

Es erheiterte ihn, daß sie den Namen der Künstlerstadt nannte. Am südlichsten Rand von Bethel gelegen, wurde Luminaux als der große geistige und künstlerische Mittelpunkt von Samaria erachtet; Velora konnte sich nicht im entferntesten damit messen. »Wann warst du in der Blauen Stadt?« wollte er wissen.

»Mit den Edori. Wir statteten Luminaux beinahe jedes Jahr einen Besuch ab, um zu kaufen und verkaufen ... und um uns sattzusehen. Die Männer meines Clans liebten die Silberflöten, die von Handwerkern aus Luminaux hergestellt wurden. Ich habe nie mehr solch süße Klänge gehört, seit ich die Edori verlassen habe.«

»Ich habe mir immer gewünscht, das Flötenspielen zu erlernen«, sagte Gabriel.

»Könnt Ihr irgendein Instrument spielen?« erkundigte sie sich.

Er lächelte. »Ich kann singen«, sagte er, machte sich auf und spazierte die breite Prachtstraße hinunter, und sie fiel neben ihm in seinen Schritt ein, wobei sie sich Zucker von den Händen wischte.

»Die Edori singen«, sagte sie. »Mir hat ihr Gesang gefehlt, als ich nach Semorrah kam. In der ganzen Stadt gibt es nicht die Spur von Harmonie.«

»Fang nicht wieder mit Semorrah an!« warnte er sie.

Sie lächelte. »Also, gut.«

»Und wenn du etwas für Gesang übrig hast – nun, dann wird dir der Horst gefallen. Genau das ist nämlich die Beschäftigung der Engel – singen, verstehst du?«

Sie betrachtete ihn nachdenklich. Anscheinend war sie – zumindest in diesem Augenblick – in halbwegs freundlicher Stimmung. Er würde sie in Zukunft häufiger nach Velora begleiten müssen. »Ich kenne mich nicht aus im Umgang mit Engeln«, sagte sie. »Ab und zu besuchte einer die Edori, aber das geschah sehr selten. Erst in Semorrah wurde mir klar, daß die meisten Leute durch die Engel zu Jovah beten – oder wofür die Engel hier in Samaria überhaupt *gut* sind.«

Er konnte sie nur fassungslos anstarren. Für die meisten Bürger von Samaria waren die Engel die höchste höfische Instanz im Land, Wesen, denen man mit angemessener Ehrfurcht begegnen mußte. Durch die Einwirkung eines Engels konnte Regen auf trockenes Land fallen, Feuer aus dem Himmel schlagen, um das Haus eines Bösewichts oder eine ganze Stadt auszulöschen, konnten wundersame Samen vom Himmel fallen, die schnell Wurzeln schlugen und aus denen sich wirkungsvolle Arzneimittel gewinnen ließen. Ein Engel konnte Jovah auf die Ankunft einer sterbenden Seele vorbereiten, so daß der Gott einen Platz bereithielt für denjenigen, der von einer Welt in die nächste überwechselte. Das Wort eines Engels konnte die Priester dazu bewegen, einem Mann den rechten Arm abzuhacken und ihn auf diese Weise vom Gotteskuß zu trennen, so daß Jovah von diesem Tag an nie mehr davon erführe, daß sein Kind noch am Leben war, und sich nie mehr um ihn kümmern würde und ihn auch nicht willkommen hieße, wenn er dereinst den breiten Fluß des Todes überquerte.

Und sie hatte anscheinend nicht die blasseste Ahnung, warum Jovah Engel auf die Erde geschickt hatte.

»Hast du jemals Engel singen hören?« fragte er, mehr oder weniger auf gut Glück.

»Ja, ein- oder zweimal ... und neulich, bei der Hochzeit ...« Sie unterbrach sich jäh.

»Dann weißt du ja, wie wundervoll ihre Musik sein kann«, sagte er sanft. »Ich denke, der Horst wird dir gefallen.«

Sie blickte wieder hinauf zu den Berggipfeln. »Wie komme ich denn da hin?« fragte sie.

»Ich werde dich tragen.«

Sie streckte die Hände aus, als ob sie ihn abwehren wollte. »Nein – ich habe Euch doch erklärt ...«

»Es gibt wirklich keine andere Möglichkeit«, sagte er ungeduldig. »Der Flug dauert vielleicht eine Minute. Schließ die Augen, wenn du keinen Spaß daran hast.«

»Ich fahre mit den Wagen hinauf«, sagte sie. »Es gibt doch bestimmt einen Weg, wie sie den Berg hinauffahren können ...«

»Auf einer offenen Plattform, mit einem Kran und einer Winde«, entgegnete er schroff. »Ich kann dir versichern, einen solchen Transport fändest du noch viel unerfreulicher.«

»Dann steige ich hinauf. Es muß doch einen Pfad geben ...«

»Es gibt keinen Pfad«, sagte er. »Komm jetzt, so schlimm wird es schon nicht werden.«

Sie waren am Ende der Straße angelangt, buchstäblich am Rand der Stadt, und sie waren praktisch allein. Rachel sah sich schnell um, als ob sie irgendwo Schutz suchte; sie hielt die Hände immer noch von sich gestreckt.

»Gabriel ...«, sagte sie.

Er nahm sie schwungvoll in die Arme und hob sich beinahe mit derselben Bewegung in die Luft. Sie kreischte und zappelte eine Weile so heftig, daß er seinen Griff erheblich verstärken mußte, damit sie nicht Gefahr lief abzustürzen. Doch als sie erst einmal sicher und vollständig abgehoben hatten, ließ ihr Widerstand nach; genau gesagt erschlaffte sie so sehr, daß er sich fragte, ob sie vielleicht ohnmächtig geworden war. Er sah ihr ins Gesicht und stellte fest, daß jede Farbe daraus gewichen war; ihre Augen waren fest geschlossen, ihre Lippen bewegten sich in einem lautlosen Gebet. Sie hatten fast den Landepunkt des Horsts erreicht, als ihm bewußt wurde, daß sie heftig zitterte.

Er hatte einige Mühe, eine glatte Landung zu vollbringen und den Aufprall mit durchgebogenen Füßen abzufangen. Sie rührte sich nicht. Er kniete nieder, legte sie behutsam auf den von der Sonne erwärmten Stein und stützte ihren Kopf mit gewölbten Händen.

»Rachel, wir sind da! Rachel, öffne die Augen – sieh mich an! Es tut mir leid, aber es ist vorbei, du bist hier – und du bist unversehrt.«

Sie holte einmal abgehackt Luft, dann sackte sie zur Seite, weg von ihm. Einen Augenblick lang glaubte er, sie müsse sich übergeben. Ihre Schultern bebten, und sie hielt sich die Hand vor den Mund. Sein Mitleid verwandelte sich schnell in Mißmut; dieses Gehabe erschien ihm ein wenig übertrieben, selbst für jemanden mit einer jeder Vernunft widersprechenden Höhenangst. Er stand auf.

»Gib mir Bescheid, wenn du dich wieder gut genug fühlst, um hineinzugehen und die anderen Engel kennenzulernen«, sagte er.

Sie sprang auf und stürzte sich auf ihn. Er war vollkommen unvorbereitet auf den Angriff, und bevor er wußte, wie ihm geschah, trommelte sie ihm mit den Fäusten auf die Brust und zerkratzte ihm die Arme. »Ich hasse Euch! Ihr habt mich angelogen! Ich habe es gleich gewußt – oh, ich hasse Euch, ich hasse Euch, *ich hasse Euch* …«

Der Rest ihrer Tirade war unverständlich. Wütend packte Gabriel sie an beiden Armen und schob sie von sich weg. Das stachelte ihren Zorn nur noch an. Sie trat ihn mit Füßen, schrie ihn an und wand sich in seinem Griff wie ein Dämon, der einen Zauberbann zu durchbrechen versucht. Er hatte noch nie jemanden im Griff der Hysterie gesehen, aber Wut und Instinkt gaben ihm das Gegenmittel ein. Er verlagerte ihre beiden Handgelenke in eine Hand und schlug ihr mit Wucht ins Gesicht. Ihr Geschrei hörte auf; sie erstarrte zu Stein. Über ihre verdrehten Arme hinweg starrte sie ihn mit unverändert wilden Augen an.

»Ihr habt mir weh getan«, flüsterte sie.

»Tut mir leid«, sagte er, obwohl er wußte, daß seine Stimme keineswegs mitleidig klang. »Du mußt dich beruhigen.«

Ihr Atem ging stoßweise. Er dachte, sie werde wieder etwas sagen, ihre Beschuldigung wiederholen. Aber offenbar fehlten ihr die Worte. Sie sah ihn an, schüttelte hilflos den Kopf und fing an zu weinen, dann sank sie schluchzend auf die Knie.

Er ließ ihre Hände los und sah bestürzt zu ihr hinab. Er wußte nicht, was er denken oder sagen sollte. Es war ihm gar nicht in den Sinn gekommen, Hilfe von anderer Seite in Anspruch zu nehmen, deshalb war er höchst überrascht, als er eine weibliche Stimme hörte, die ihn von hinten ansprach.

»Gabriel.« Als er sich umwandte, sah er eine große schlanke Frau, die sich aus dem scharlachroten Schatten löste, den der Sonnenaufgang gegen die Wände des

Horsts warf. Hannah, bei Jovahs unendlicher Güte! »Ich habe mir gedacht, daß du heute ankommst«, sagte sie. »Ist das Rachel?«

»Wie du siehst«, antwortete er rauh.

Sie schritt gemächlich über den glatten Steinboden, kauerte neben dem weinenden Mädchen nieder und legte einen Arm um die bebenden Schultern. »Rachel«, murmelte sie mit der Stimme, die schon Hunderte von traurigen Frauen und weinenden Kindern getröstet hatte. »Rachel, alles ist gut.«

»Gut. Kümmere du dich um sie«, sagte Gabriel, machte auf dem Absatz kehrt und ging zum Tor. »Ich werde mit ihr nicht fertig.«

# 5. KAPITEL

Das war nun wirklich kein vielversprechender Anfang meines neuen Lebens, dachte Rachel am nächsten Morgen. Eigentlich hätte es gar nicht schlechter kommen können. Nachdem Gabriel von Anfang an ohnehin nicht gerade begeistert gewesen war bei dem Gedanken, sie zu seiner Angelica zu machen, mußte er sich jetzt wünschen, den Kuß an ihrem Arm zerschmettern und Jovah bitten zu können, eine andere Wahl zu treffen. Ein entsprechendes Gebet beabsichtigte sie selbst ebenfalls vorzubringen, sobald sie wieder einigermaßen bei sich wäre.

Sie war früh aufgewacht und hatte die Augen fest geschlossen gehalten, wie es ihre Gewohnheit war; sie hatte vorübergehend ihr Denken dagegen verschlossen, daß etwas Schreckliches geschehen war. Aber es war unmöglich, den Gesang zu überhören, die süßen Stimmen, die in vollkommener Harmonie anschwollen und abebbten. Sie konnte sich gut vorstellen, daß man an keinem anderen Ort der Welt von einem derartigen Wohlklang geweckt würde.

Sie stand auf, um sich den Raum genauer anzusehen, in den sie am Abend zuvor geführt worden war. Hannah hatte sie hergeleitet und gleich zu Bett gebracht.

»Ich glaube, du hast Schlaf nötig«, hatte die Frau in ruhigem Ton gesagt. »Ich komme morgen früh wieder zu dir, dann werden wir über alles reden.«

Rachel hatte sie am Arm gepackt. »Was ist das für ein Klang?«

»Welcher Klang?«

»Die – die Stimmen?«

»Ah. Der Gesang der Engel. Im Horst ertönt immer Musik. Ich glaube, wenn du zuhörst, wird sie dir Trost spenden, und du wirst einschlafen. Und Schlaf ist genau das, was du dringend brauchst.«

Tatsächlich war sie sofort eingeschlafen, eingelullt von den Stimmen oder von Hannahs Stimme oder so vollständig durchdrungen von ihrem unseligen Gefühlszustand, daß sie keine Kraft mehr hatte, neugierig zu sein. Heute morgen war das anders. Sie fühlte sich ausgeruht, ausgehungert und wißbegierig.

Der Steinboden unter ihren nackten Füßen war eiskalt; genau gesagt war der ganze Raum eiskalt für eine Frau, die an das feuchte Flußklima von Semorrah gewöhnt war. Rachel schlüpfte in die Schuhe, die sie Tags zuvor getragen hatte, wickelte sich in eine Decke, die sie vom Bett zog, und spazierte durchs Zimmer.

Stein – alles war aus Stein. Selbst in Semorrah hatte es Holz, Eisen und Gips in den Steinhäusern gegeben. Hier war alles aus Felsgestein – die Wände, die Böden, die Decken. Man kam sich vor wie in einer riesigen Höhle. Ihre Edori-Seele erschauderte bei der Vorstellung, im Innern eines Berges eingeschlossen zu sein, mit einem Labyrinth von Tunnels zwischen ihrem Zimmer und einem Ausgang. Zweifellos war sie in einem der besseren Räume untergebracht, denn er war mit einem Fenster ausgestattet, um die Sonne hereinzulassen – doch sie besaß nicht den Mut, hinzugehen und die Aussicht zu betrachten. Sie erinnerte sich noch allzugut an den gestrigen Flug hierher. Ein Blick aus dem Fenster würde ihr wieder Schwindel und Ohnmacht bescheren.

Wenn sie davon ausging, daß es sich im wesentlichen

um eine Höhle mit einem Fenster handelte, konnte sie den Raum eigentlich als ziemlich hübsch bezeichnen. An einer langen Wand hing über die ganze Breite ein prächtiger Teppich, in den winzige Gestalten in Mustern in Gold und Purpur und Grün eingewebt waren. Zweifellos Erzählungen aus dem Großen Buch; unter den gestickten sterblichen Gestalten entdeckte sie einige Engel. In der Mitte des Raums waren ein kleiner Tisch, ein Stuhl und mehrere Sitzpolster einladend angeordnet. Ihr Gepäck – all das, was sie von Jethro geschenkt bekommen hatte – war in einer Ecke aufgestapelt und wartete darauf, in verschiedene Truhen und Schränke eingeräumt zu werden. Es gab keinen Kamin, doch sie spürte, daß warme Luft im Raum zirkulierte (ihrer Meinung nach nicht ausreichend), und sie vermutete, daß diese irgendwie durch ein schmuckvolles Gitter am Fuß des Bettes hereingeblasen wurde.

Und ganz schwach war das Planschen von Wasser zu hören, irgendwo ganz in der Nähe. Rachel folgte dem Laut durch einen schmalen Bogengang und stieß einen leisen Schrei der Bewunderung aus bei dem Anblick, der sich ihr bot. Dampfendes Wasser ergoß sich aus einem Rohr an der Decke in ein Marmorbecken. Eine kleine Öffnung im Boden des Beckens ließ das Wasser in derselben Menge abfließen, in der es herabfiel. Auf der gegenüberliegenden Seite des Raums war ein weiteres Wasserzufluß- und -abflußsystem installiert, aber hier stürzte das Wasser kräftiger herab und schien kalt zu sein. Heißes Wasser zum Baden, kaltes Wasser zum Trinken, alles endlos fließend, so beständig wie der Gesang der Engel. Selbst in Lord Jethros Haus, das über einen Aquädukt aus dem Stadtbrunnen gespeist wurde, hatte man das Wasser per Hand nach oben schleppen und mühsam erwärmen müssen. Dieser Raum hier stellte einen Luxus der obersten Klasse dar, wie eine Sklavin sehr wohl zu beurteilen wußte.

Sie ließ die Decke fallen, zog sich aus und trat in den Strom heißen Wassers. Luxus in höchster Vollendung; das Erleben solcher Wonnen wäre ihr ein zehnjähriges Sklavendasein wert gewesen. Ein Stück flockiger Seife lag neben dem Becken. Sie war mit Gewürzen und Honig parfümiert, und nach ihrem Gebrauch fühlte sich selbst ihre rauhe Haut glatt und seidenweich an. Sie benutzte die Hälfte davon zum Haarewaschen, empfand jedoch keine Notwendigkeit, sparsam damit umzugehen. An einem Ort, an dem man sich einen unaufhörlichen Wasserlauf leisten konnte, war es doch bestimmt möglich, jederzeit mehr Seife zur Verfügung zu stellen, wenn ein Gast es wünschen sollte.

Rachel, die die Augen geschlossen hatte, als sie das Gesicht in das strömende Wasser gehalten hatte, öffnete sie nun erschreckt. Ein Gast. Wohl kaum. Sie war jetzt Bewohnerin dieses Hauses, lebenslang. Sie war die Angelica oder sollte sie zumindest bald sein, Gattin des Erzengels und vermutlich die wichtigste Frau in diesem Haushalt. Bei diesem Gedanken nahm ihr Gefühl der Hilflosigkeit noch zu.

Sie trat vom Wasser zurück, wickelte sich in ein Badetuch und kehrte ins Hauptgemach zurück. Unter den Geschenken von Jethro befanden sich mehrere Kisten mit Kleidung. Bestimmt würde irgend etwas davon passen.

Sie war kaum mit Ankleiden fertig, als eine kleine Klingel in der Gegend der Tür ertönte. Rachel erstarrte, die Hände an den Schuhbändern, und wartete darauf, daß etwas geschähe. Nach kurzer Zeit ertönte die Klingel noch einmal, und gleich darauf sprach eine weibliche Stimme.

»Rachel, ich bin's, Hannah. Bist du wach?«

»Ja. Komm herein.«

Hannah hatte etwas zu essen mitgebracht, und sie stand schweigend da, während Rachel die Speisen genoß. Am Abend zuvor hatte sie nichts zu essen bekommen, und außerdem war sie immer hungrig. Jedenfalls seit fünf Jahren. Davor war es nicht so gewesen.

Sie blickte auf und stellte fest, daß Hannah sie mit einem unergründlichen Gesichtsausdruck ansah. »Es schmeckt sehr gut«, sagte Rachel und stellte die letzte leere Schüssel ab. »Danke.«

»Fühlst du dich heute morgen besser? Ausgeruhter?«

»Ja, ich glaube schon. Danke.«

»Das ist ein sehr schönes Kleid, das du da trägst.«

Rachel sah ein wenig kritischer an sich hinab. Sie hatte sich für dieses Kleid entschieden, weil es aus schwerer Wolle war und warm aussah. Aber es war wirklich sehr schön, von einem tiefen Blau, mit schmaler Taille, einem weiten Rock und gerafften Ärmeln. Sie zog die Manschetten herunter, um ihre Handgelenke zu verbergen. »Ein Geschenk von Lord Jethro«, sagte sie in ihrer üblichen Nüchternheit.

Hannah lächelte. »Es ist die Ironie des Jahrhunderts, daß Gabriel dich ausgerechnet in Lord Jethros Haus gefunden hat.«

»Weil ich dort Sklavin war, meinst du?«

Hannahs runzelte die feingeschnittene Stirn. »Weil er gar keine Lust hatte, dort hinzugehen. Weil er Jethro und überhaupt alle Kaufleute der Stadt nicht leiden kann. Wenn es möglich gewesen wäre, hätte er Nathan an seiner Stelle geschickt. Aber Nathan hätte dich niemals finden können. Deshalb war es der Wille des Gottes, daß Gabriel gehen sollte.«

»Ich bin nicht ganz sicher, ob sich Jovah so eingehend um das Leben von Sterblichen kümmert«, entgegnete Rachel trocken.

»In deinem Fall hat er es getan.«

»Den Anschein hat es.«

Hannah lächelte erneut. »Komm jetzt! Wenn du fertig

bist, wird es allmählich Zeit, daß ich dich im Engelhorst herumführe, um dir zu zeigen, wie er gebaut ist, und dich mit einigen Leuten bekannt zu machen.«

Rachel sprang auf, angestachelt von Neugier. »Wie viele Leute?«

»Du meinst, wie viele hier leben? Ungefähr hundertfünfzig.«

»Hundertfünfzig Engel?«

»Nein, es sind nur fünfzig Engel. Die anderen sind Sterbliche – Ehegatten der Engel, deren Kinder und diejenigen, die für die Engel arbeiten. Köche, Wäscherinnen, Hausbesorger, Kastellane …«

»Und Sklaven?«

Hannah, die auf dem Weg zur Tür war, wandte sich zu Rachel um. »Keine Sklaven«, antwortete sie ruhig. »Warum fragst du?«

»Es gibt Sklaven in Windhagen«, sagte Rachel. »Warum sollte es hier keine geben?«

Hannah trat einen Schritt näher zu ihr. »Wie kommst du auf den Gedanken, daß es in Windhagen Sklaven gibt?« wollte sie wissen.

Rachel zuckte die Achseln. »Das habe ich immer wieder gehört. Es gibt überall Sklaven.«

»Nicht im Horst. Weder Gabriels Vater noch Gabriel selbst hat die Sklaverei gebilligt – nirgends. Gabriel ist sogar ein strikter Gegner davon.«

»Dennoch gibt es Sklaven. Jeden Tag werden Edori gefangengenommen …«

»Und Raphael ist der Erzengel. Zur Zeit noch. Wenn Gabriel diese Stellung bei der Glorie einnimmt, wird er vielleicht in der Lage sein, die Dinge zu ändern.«

Rachel näherte sich Hannah mit zögernden Schritten. »Gabriel«, sagte sie. »Ich weiß überhaupt nichts über ihn.«

Hannah lehnte an der Tür. Sie war eine ältere Frau, Mitte der Fünfzig, nach Rachels Schätzung; ihr schwarzes Haar war von weißen Strähnen durchzogen und hinten am Kopf zu einem Knoten zusammengefaßt. Sie hatte schmale, edle Züge und hätte nicht fehl am Platz gewirkt, wenn sie bei einem Festmahl in Semorrah Lord Jethro gegenübergesessen hätte.

»Gabriel wird in diesem Sommer dreißig Jahre alt«, sagte Hannah. »So jung hat noch nie ein Engel den Rang des Erzengels erreicht. Jovah erwählte ihn, als er fünfzehn war, deshalb weiß er schon sein halbes Leben lang, welche Ehre ihn erwartet. Und es ist eine Ehre, die er sehr ernst nimmt; er nimmt fast alles sehr ernst. Manchmal ist er recht schwierig. Manchmal ist er sehr von sich selbst überzeugt, und die Meinung anderer Leute schert ihn häufig nicht. Er hat seiner eigenen Einschätzung nach keine Schwierigkeiten damit, Richtiges von Falschem zu unterscheiden, Gutes von Bösem, deshalb entgehen ihm oft Feinheiten. Er hat keine Geduld. Aber er ist … er trachtet stets inbrünstig danach, das Richtige zu tun. Alles, was er tut, geschieht mit dem Ziel, das Gute in der Welt durchzusetzen. Ich kann nicht genau erklären, was ich meine. Alles Böse liegt ihm fern. Das kann man selten von jemandem behaupten, nicht einmal von einem Engel.«

»Das hört sich so an, als ob du ihn liebst«, sagte Rachel.

»Ich habe seinen Vater geliebt.«

Rachel verengte die Augen; bestimmt hätte Hannah nicht in dieser Weise von Gabriel gesprochen, wenn er ihr Sohn gewesen wäre. Die ältere Frau lächelte, da sie ihr die Frage vom Gesicht ablas.

»Gabriel wurde dem Engel Jeremiah geboren, der vierzig Jahre lang der hiesigen Heerschar vorstand. Ich war Jeremiahs zweite Frau.«

»Und was ist mit Jeremiah?«

»Er ist vor fünf Jahren gestorben. Seit damals führt Gabriel die Schar an.«

Vor fünf Jahren. Jovah hatte zu jener Zeit sowohl für seinen erwählten Erzengel als auch für dessen Angelica dem Leben eine denkwürdige Wende gegeben. Kein Wunder, daß sich Gabriel nicht übermäßig beeilt hatte, sich eine Braut zu suchen.

»Und wann soll es stattfinden?« fragte Rachel, die ihre eigenen Gedanken verfolgte.

»Wann soll was stattfinden?«

»Die Zeremonie. Die – die Hochzeit. Zwischen Gabriel und mir.«

»Bald, könnte ich mir vorstellen. Aber es gilt, Vorbereitungen zu treffen. Engel aus anderen Heerscharen müssen eingeladen werden, außerdem die Orakel und noch einige andere. Das ist kein einfaches Ereignis. Du und Gabriel, ihr müßt darüber reden, wenn er zurückkommt.«

»Wenn er *zurückkommt?*«

Hannah nickte. »Er ist heute morgen nach Luminaux aufgebrochen. Der Überbringer einer Botschaft erwartet ihn seit über einer Woche in Velora. Er wird erst in einigen Tagen wieder hier sein.«

Rachel sah Hannah an und versuchte, ihre Regungen zu verbergen. War es widersinnig, wütend zu sein, weil sie gleich am ersten Tag an einem fremden Ort von der einzigen Person, die sie kannte und die sie gegen ihren Willen hierhergebracht hatte, alleingelassen worden war? In Anbetracht dessen, daß sie den Mann nicht einmal mochte, der sie hergetragen hatte, und daß er sie inzwischen bestimmt haßte? Dennoch, sie war wütend. Noch ein Punkt, den sie auf die Liste von Dingen setzen würde, die sie dem Engel niemals verzeihen würde.

Gänzlich unerwartet verliebte sich Rachel in den Engelhorst.

Aber andererseits war es ein so hübscher Ort, daß es

schwierig gewesen wäre, sich nicht in ihn zu verlieben. Überall – in den Zimmern, Fluren, Sälen, Küchen, am Boden, an der Decke, den Wänden – war sie umgeben von diesem glänzenden rosafarbenen Stein, an einigen Stellen so leuchtend wie Quarz, an anderen dicht wie Granit, aber immer von einem schwachen Schimmer, prächtig fürs Auge, angenehm glatt bei der Berührung. Rachel war von bäuerlicher Herkunft und bei den Edori aufgewachsen; sie kannte sich aus mit Pflanzen, sie war empfindsam für die Erfordernisse und die Möglichkeiten des Erdbodens. Sie hatte das weiße Semorrah gehaßt, ein kühles Alabaster-Gefängnis – aber den Horst empfand sie als schön, obwohl er ebenfalls ein Ort aus Stein war.

Oder vielleicht lag es an dem Gesang. Sie war sich seiner ständig bewußt, während sie und Hannah durch die Räume gingen, Treppen hinauf- und hinabstiegen und hin und wieder stehenblieben, damit sie mit den unterschiedlichsten Leuten bekannt gemacht wurde, die hier lebten. An- und abschwellend, waren die Stimmen stets in vollkommener Harmonie einander angepaßt, auch wenn sie sich änderten; die Frauenstimmen hielten einen Doppelton auf einem hohen, ekstatischen Tritonus, und zwei Männer sangen die nächsten Worte in abfallenden Dreier-Intervallen, und dennoch war die Wirkung dieselbe. *Leben in Harmonie.* Es standen viele Botschaften im Großen Buch, aber dies war die zentrale Botschaft. *Leben in Harmonie.* Die Edori hatten das ausgelegt als ›Leben in Harmonie mit der Erde, mit den wachsenden Dingen der Wildnis und den Männern und Frauen des eigenen Volkes‹. Die Engel hatten sich auf eine wörtlichere Übersetzung geeinigt.

Nachdem sie Rachel durch die drei getrennten Ebenen des Komplexes geleitet hatte, führte Hannah sie jetzt nach draußen. Nach der in den Tunneln herrschenden gedämpften Beleuchtung fühlte sich Rachel für kurze Zeit durch das helle Sonnenlicht geblendet. Als sich ihre Augen daran gewöhnt hatten, sah sie sich aufmerksam um. Sie waren auf ein ausgedehntes, flaches Plateau getreten, das auf allen Seiten von den drei Terrassen des Horsts umgeben war.

»Dies ist der Platz, wo wir Spiele und Feierlichkeiten abhalten«, erklärte Hannah. »Hier finden inoffizielle Gesangsveranstaltungen statt – nicht zu vergleichen mit der Glorie, aber eine Art Übung für die Glorie. Versammlungen werden hier einberufen, wenn es etwas gibt, das alle erfahren sollen, weil es die einzige Stelle ist, wo alle hundertfünfzig zusammen Platz finden. Einige Engel ziehen es vor, hier zu landen, einfach weil es näher zur Küche ist.«

»Ihr haltet hier Versammlungen ab?« fragte Rachel. »Ist das nicht zu kalt?« Es war zur Zeit Spätherbst, und sie fror.

Hannah lächelte. »Nicht für Engel. Sie frieren nie. Im Sommer und sogar im Frühling ist es ein herrlicher Platz, wenn die Sonne ihn den ganzen Tag über beschienen hat.«

»Nun ja, aber jetzt haben wir beinahe Winter«, entgegnete Rachel und schlug die Arme um den Körper, um sich ein wenig aufzuwärmen.

»Im Winter haben wir für gewöhnlich ein Feuer in der Mitte und mehrere kleinere Feuer am Rand entlang. Siehst du, wo die Kohlebecken stehen? Mir persönlich gefällt das Singen im Winter besser, weil ich gern in der Nähe des Feuers lebe.«

»Du bist eine Manadavvi«, sagte Rachel. »Was hat dich hierher verschlagen?«

Hannah schwieg eine Zeitlang. Sie sah überrascht und unerwarteterweise traurig aus. »Woher weißt du das?«

Rachel befreite einen Arm aus der Umwicklung und hob ihn in einer Geste, die Unvermeidlichkeit andeutete. »Ich war eine Edori. Ich bin durch Gasa gereist und habe die großartigen Wohnstätten der Manadavvi gesehen. Neben einem eurer Häuser hätte sich die ganze Stadt Semorrah klein ausgenommen.«

Hannah wandte sich ab. »Das ist lange her.«

Doch Rachels Wißbegier, die Geschichte einer Leidensgenossin zu erfahren, die – ob freiwillig oder gegen ihren Willen – in das hochgelegene Gebiet des Horstes gebracht worden war, war geweckt. »Was hat dich hierher verschlagen?« fragte sie noch einmal.

»Mein Vater war ein ziemlich bedeutender manadavvischer Großgrundbesitzer«, antwortete Hannah. »Als ich noch ein Mädchen war, heiratete meine Schwester, und Engel aus allen drei Reichen nahmen an der Hochzeit teil. Einer davon war Jeremiah.«

»Und er hat dich hierher mitgenommen? Wolltest du es so?«

Hannah erzählte die Geschichte sehr langsam, als ob sie sie eigentlich nicht erzählen wollte. »Ich war damals neunzehn. Er war beinahe dreißig. Er hatte bereits eine Frau, obwohl sie ihm noch keine Kinder geboren hatte.«

Rachel runzelte die Stirn. »Ja? Und dann? Er verliebte sich in dich?«

»Er ... Der Kuß an seinem Arm loderte gleich beim ersten Mal auf, als er mich zu Gesicht bekam. Und auch mein Kuß brannte mir höllisch am Arm. Ich konnte während der ganzen Zeit, während er bei uns im Haus war, vor Schmerz nicht schlafen. Man hatte mich darüber aufgeklärt« – sie sprach jetzt ein wenig schneller –, »daß Jovah auf diese Weise wahre Liebende einander zu erkennen gibt. Samaria ist groß und wird von vielen Leuten bewohnt. Jene, die für einander bestimmt sind, finden sich häufig nicht oder erkennen sich nicht, wenn sie sich von Angesicht zu Angesicht begegnen; deshalb hat Jovah dieses Erkennungssystem eingeführt. Ich habe eigentlich nicht so richtig daran geglaubt«, fügte sie mit einem schwachen Lächeln hinzu, »weil es noch nie jemandem aus meinem Bekanntenkreis widerfahren war. Ich hielt es für eine Fabel, die sich junge Mädchen erzählen, wenn sie von den Männern träumen, die sie später einmal heiraten werden. Ich glaubte nicht, daß ich selbst so etwas jemals erleben würde.«

Rachel spürte, wie ihr die Hitze in die Wangen stieg, da das, was sie hörte, genau das Mysterium beschrieb, das sie selbst erlebt hatte. Die Edori waren zum größten Teil nicht geweiht, deshalb erzählte man sich diese Geschichten bei den Stämmen nicht. »Also bist du mit ihm in den Horst zurückgekehrt.«

Hannah schüttelte den Kopf. »Er hatte eine Frau«, sagte sie. »Ich bin nicht mit ihm gegangen.«

»Aber …« Rachel runzelte die Stirn. »Man geht doch immer dahin, wohin einen das Herz führt«, sagte sie. »Und das Herz ist nun einmal unbeständig. Daran ist nicht Verwerfliches oder Unehrenhaftes.«

Hannah schenkte ihr ein flüchtiges schmerzliches Lächeln. »Denken die Edori so? Ich habe gehört, ihr haltet nichts vom Heiraten.«

»Die Edori halten überhaupt nichts von Bindungen jeglicher Art«, antwortete Rachel. »Die Edori wissen, daß das einzig Beständige Jovah ist. Es ist besser, sich den Geboten des Windes zu beugen als zu versuchen, ihn zu jagen oder in Ketten zu legen.«

»Die Manadavvi hingegen glauben, daß ein einmal gegebenes Versprechen geheiligt ist und daß es ein Verbrechen ist, sich zwischen einen Mann und seine Ehefrau zu stellen, das nur vom Mord an einem anderen Menschen übertroffen wird. Ich bin nicht mit ihm gegangen.«

»Aber …«, sagte Rachel wieder. Sie versuchte sich an etwas zu erinnern, das Gabriel gesagt hatte und das sie seinerzeit nicht richtig in sich aufgenommen hatte, weil sie zu wütend gewesen war. »Bei den Engeln – was bedeutet das Ehegelübde bei ihnen?«

»Die Engel neigen zu einer großzügigeren Auslegung«, erklärte Hannah, und ihre Stimme klang ein wenig trocken. »Manche heiraten überhaupt nicht, obwohl sie Geliebte haben und Kinder bekommen. Einige heiraten und halten sich trotzdem Geliebte. Ein solches Verhalten wird nicht unbedingt gefördert, aber es ist auch nicht ausdrücklich verboten. Schließlich ist es wünschenswert, daß sie Kinder zeugen. Wenn ihr Herz sie also zu mehr als einer Geliebten führt, dann freut sich Jovah.«

Rachel fror, und sie wäre gern nach drinnen gegangen, andererseits wollte sie diese Unterhaltung bis zum Schluß fortführen. Sie legte die Arme noch enger um den Körper und stellte weitere Fragen. »Warum ist es wünschenswert, daß Engel Kinder zeugen?«

»Damit es noch mehr Engel gibt, das ist doch klar. Nur ein Engel kann wiederum einen Engel zeugen – oder gebären. Und Engel entstehen nur aus einer Verbindung von göttlichem und sterblichem Blut – zwei Engel zusammen bringen Ungeheuer, Dämonen, Luzifer hervor. Und nicht jede Vereinigung von einem Engel und einem Sterblichen schafft wieder Engel, und ob es einer ist oder nicht, läßt sich erst bei der Geburt des Kindes sagen. Und selbst wenn ein Engel und eine Sterbliche ein Engelkind zur Welt gebracht haben, kann das nächste Kind sterblich sein. Man weiß es einfach nicht. Deshalb lieben die Engel nach Lust und Laune, und Jovah hat nichts dagegen, selbst wenn den Manadavvi eine solche Freizügigkeit wie ein Verbrechen dünkt.«

»Also wollte Jeremiah, daß du mit ihm in seine Heimat zurückkehrst, aber du wolltest nicht. Doch dann starb seine Frau, und du kamst in den Engelhorst. Hat es sich so abgespielt?«

»Mehr oder weniger.«

»Und du hast ihn geliebt.«

»O ja, ich habe ihn geliebt.«

Rachel betrachtete sie eindringlich. »Aber er hat dich nicht glücklich gemacht.«

Hannah sah starr vor sich hin. »Er fehlt mir.«

Rachel schüttelte den Kopf. »Du warst schon vor seinem Tod traurig.«

Hannah stieß ein spitzes Lachen aus. »Die Manadavvi sind strenge Leute. Das ist mein üblicher Gesichtsausdruck. Du frierst bestimmt. Laß uns hineingehen.«

Widerwillig folgte Rachel ihr zurück in das Labyrinth. Bestimmt hatte sie noch nicht die ganze Geschichte gehört – sie vermutete, daß Jeremiahs unstete Leidenschaft weitergewandert war, aber zweifellos würde Hannah ihr das niemals anvertrauen. Dennoch hatte Rachel viele wertvolle Neuigkeiten erfahren, von denen sie einige zu ihrem Nutzen verwenden konnte: Engel legten sich bei der Liebe keine Beschränkungen auf, und niemand störte sich daran. Es war lange her, daß sie jemanden geliebt hatte. Wenn von ihr nicht verlangt wurde, daß sie den Mann liebte, den sie heiraten mußte, dann war es vielleicht gar nicht so schlimm.

Und noch etwas war ihr während dieses Rundgangs durch den Horst klargeworden. Man erwartete von ihr, daß sie sänge – an Gabriels Seite bei der Glorie und auch sonst jederzeit, wann immer etwas Entsprechendes angesagt war. Sie spürte, wie die alte trotzige Sturheit in ihr aufstieg und sich in ihre Knochen ergoß wie Wachs in eine Gußform. Und wenn sie keine Lust zum Singen hatte?

Vor ihrem Umweg zu dem Versammlungsplateau waren sie durch einen Flur gekommen, der tief eingegraben in der unteren Ebene des Horstes lag. Die obere Ebene, so hatte Hannah ihr erklärt, umfaßte die Wohnbereiche. Die mittlere Ebene bestand aus Küchen, Speisesälen und allgemeinen Aufenthaltsräumen. Die untere Ebene war Vorratslagern, Schulräumen und der Musik vorbehalten. Vor allem der Musik.

Vielleicht zwanzig kleine Zimmer öffneten sich zu beiden Seiten eines zentralen Korridors. Jeder Raum war klein, jedoch hoch und genau proportioniert. Sobald die Tür geschlossen war, herrschte eine vollkommene Akustik; selbst ein Flüstern hallte mit uneingeschränkter Klarheit von Seite zu Seite wider.

»Schallkammern«, erklärte Hannah, als sie einen der Räume betraten. »Sie stehen jedem für Gesangsübungen zur Verfügung. Sie sind vollkommen schalldicht und nach außen hin abgeschlossen. Hier verbringen die Engel vor der Glorie einen großen Teil ihrer Zeit. Wann immer einer davon frei ist, darfst du ihn gern benutzen.«

Rachel durchmaß langsam den Raum und lauschte auf das Rascheln ihres Kleides, dessen Echo von der Decke widerhallte und dann erneut zurückgeworfen wurde. »Und niemand kann einen hören, es sei denn, er ist in demselben Raum?«

Hannah lächelte. »Niemand. Also wird niemand Zeuge deiner Fehler oder mißratenen Töne.«

»Wie lange darf man in einer dieser Kammern bleiben?«

»So lange man will. Wer zuerst da ist, hat das Vorrecht.« Hannah trat zu einer Platte aus Glas und Metall, die in die gegenüberliegende Wand eingelassen war. »Sieh nur! Manche Leute halten das hier für das Beste an einer Schallkammer.«

Rachel folgte ihr und schaute gebannt auf eine Anordnung von Stahlknöpfen und gespenstisch glühenden Lichtern. »Was ist das?«

»Etwas, das niemand wirklich begreift«, sagte Hannah. »Es ist Musik, die von Toten gesungen wird.«

Rachel zuckte entsetzt zurück, doch Hannah bedeutete ihr mit einer Handbewegung, wieder näher zu kommen. »Nein, das stimmt nicht ganz. Die Toten singen eigentlich nicht. Es dient dazu – uns bestimmte Lieder beizubringen, die Hunderte von Jahren alt sind; dafür hat Jovah eine Methode gefunden, um den Gesang der ersten Engel einzufangen. Aber ihre Stimmen können nur mittels dieser Maschinen gehört werden, in diesen Räumen – und in ähnlichen Räumen in Monteverde und Windhagen. Es gibt viele hundert Stücke hier, all die großen Werke, die wir auch heute noch bei den Glorien singen. Natürlich ist seit jener Zeit viel schöne Musik komponiert worden, und wir können sie in geschriebener Form erhalten, aber wir haben keine Möglichkeit, sie auf diese Weise aufzuzeichnen, wie diese Lieder aufgezeichnet wurden. Möchtest du eins hören?«

»Ja«, hauchte Rachel aufgeregt.

Hannah berührte eine beleuchtete Wählscheibe. »Mein Lieblingsstück«, sagte sie. »Es heißt ›Ave Jehovah‹.«

»Jovah?«

»Jehova«, wiederholte Hannah. »Vielleicht nur eine Abweichung in der Aussprache? Du sprichst den Namen des Gottes ja auch anders aus als ich.«

»Die Edori nennen ihn ›Jovah‹ mit hartem ›Ch‹«, sagte Rachel. »Und so spreche ich es aus.«

»Hör zu«, sagte Hannah und berührte erneut die Wählscheibe.

Augenblicklich war der kleine Raum erfüllt von den fließenden Tönen eines Koloratursoprans, der mit mühelosen Trillern die Tonleiter auf- und abwärts liebkoste. Rachel warf den Kopf zurück und schloß die Augen. Die Musik sickerte in ihr Gehirn, wickelte sich um ihren Kopf wie ein Tuch, bedeckt mit Ziermünzen. Sie vertrieb alle Gedanken und nahm den Platz des Gefühls ein. Noch nie im Leben hatte sie eine so wundervolle Stimme gehört.

Als das Stück zu Ende war, öffnete sie die Augen und sah Hannah fassungslos an. Die ältere Frau lächelte. »Das hat dir wohl gefallen, wie?« Rachel konnte nur nicken. »Das war Hagar, die erste Angelica. Sie hatte eine Stimme« – Hannah zuckte die Achseln –, »wie wir sie nie mehr zu hören bekommen werden.«

»Gibt es noch andere – Aufnahmen? Von Hagar?«

»O ja, vielleicht fünfzig. Vielleicht sind es auch nicht ganz so viele. Die meisten davon sind Teil eines Chor-Arrangements, weißt du, oder Duette. Einige ihrer Stücke sind einfach unmöglich nachzusingen, aber ihre klassischen Aufnahmen sind vermutlich diejenigen, mit denen du dich in erster Linie beschäftigen solltest.«

»Mit denen ich mich in erster Linie beschäftigen sollte? Warum denn das? Ich möchte sie mir einfach nur anhören.«

Hannah sah sie mit einem leicht bekümmerten Gesichtsausdruck an. »Was weißt du über die Aufgaben einer Angelica?« fragte sie.

Rachel merkte, wie ihr Unwillen immer mehr zunahm, und sie versuchte, ihn zu beherrschen. »So gut wie nichts. Ich weiß, daß ich bei der Glorie dabeisein soll …«

»Du sollst bei der Glorie singen«, berichtigte Hannah. »Genau gesagt führst du die Glorie an – das heißt, du bist die erste Sängerin. Du wählst die Musik aus. Kennst du dich mit Glorien-Musik überhaupt nicht aus?« Rachel schüttelte den Kopf. Hannah seufzte.

»Es gibt vielleicht hundert Messen, die bei Glorien gesungen werden – und alle Engel kennen sämtliche Messen auswendig. Jede wird von einem Solo der Angelica eröffnet – oder des Angelico, falls der Erzengel eine Frau ist –, und gleich darauf folgt ein Duett mit dem Erzengel. Dann kommen die kleinen Choräle, gesungen von den Engeln. Es folgen weitere Soli, weitere Duette; schließlich kommen die großen Choräle, gesungen von allen Sterblichen, die zu diesem Anlaß in die Ebene von Sharon gebracht wurden.«

»Und kennen auch die Sterblichen alle hundert Messen?« wollte Rachel wissen. Ihr war beinahe übel bei der Vorstellung, was da auf sie zukäme. Wie sollte sie hundert Messen in fünf Monaten erlernen? Wie könnte sie überhaupt eine einzige erlernen?

»Die Partituren der großen Choräle sind stets dieselben, bei jeder Messe«, sagte Hannah lächelnd. »Das macht die Sache leichter für Leute, die nicht daran gewöhnt sind zu singen.«

»Für welche Messe soll ich mich also entscheiden?«

»Das liegt bei dir. Traditionsgemäß weiß die Angelica, daß es im Reich irgendwelche Schwierigkeiten gibt, die angesprochen werden sollten; vielleicht hat es eine Hungersnot gegeben oder eine Seuche, oder Gewalttätigkeiten von einem Volk gegen das andere ...« Hannahs Stimme verebbte, als sie Rachels zweifelnden Gesichtsausdruck sah. »Es gibt Messen, die anderen Stimmungen gerecht werden, die andere Gebete enthalten. Es gibt Messen, in denen Jovah einfach nur um Güte im kommenden Jahr gebeten wird, und Messen, in denen man ihm für die glücklichen letzten Monate dankt. Zum Zeitpunkt der Glorie weiß die Angelica genau, welches Stück das richtige ist.«

»Dann wird mich also niemand beraten?«

Hannah vollführte eine vieldeutige Handbewegung. »Gemäß der Tradition verrätst du dem Erzengel nicht, welche Messe du zu singen gedenkst. Er erfährt es erst dann, wenn alle anderen es auch erfahren, nämlich wenn er neben dir in der Ebene von Sharon steht. Aber von dieser Tradition wird heutzutage oft abgewichen, und ich könnte mir vorstellen, daß ihr, du und Gabriel, so oft wie möglich miteinander üben wollt. Weil ihr bis jetzt noch keine Gelegenheit hattet, daß einer den anderen singen hörte.«

Rachel schwieg eine Zeitlang. »Ich habe ihn singen hören«, sagte sie. »Bei einer Hochzeit. Es waren sechs Stimmen, aber – ich erkannte die seine sofort.«

»Manche behaupten, in seiner Jugend habe es Raphaels Stimme mit der Uriels, des ersten Erzengels, aufnehmen können«, sagte Hannah. »Und er sang wirklich wunderschön. Aber Gabriel – er könnte mit seiner Stimme Berge zum Schmelzen bringen. Er könnte mit seiner Stimme Jovah auf die Erde holen. Es gibt kein Gebet, das Jovah nicht erhören würde, wenn es von ihm vorgetragen wird. Nichts, das er nicht bewirken könnte.«

Rachel schenkte ihr ein flüchtiges verzerrtes Lächeln. »Er könnte um eine Angelica bitten, die ihm nicht mißfällt. Würde dieses Gebet erhört?«

Hannah betrachtete sie stirnrunzelnd. »Sprich nicht so! Jovah hat dich Gabriel zu einem bestimmten Zweck zugeführt. Es ist richtig, daß ihr beide zusammen seid, auch wenn keiner von euch das bis jetzt erkennt.«

»Und irrt sich Jovah niemals?« fragte Rachel in spöttischem Ton. Hannah blieb gelassen.

»All sein Tun hat einen Sinn«, sagte die ältere Frau; sie öffnete die Tür und schob Rachel hinaus.

Nur drei der Personen, die Rachel während ihres Rundgangs durch den Horst kennengelernt hatte, hatten einen unmittelbaren Eindruck auf sie gemacht, wohingegen sie überzeugt davon war, daß sie bei den meisten Engeln und Sterblichen, denen sie vorgestellt worden war, ein ungünstiges Bild hinterlassen hatte. Nun, sie konnte es nicht ändern. Sie konnte keine Freude und Freundlichkeit vortäuschen, die sie nicht empfand, und so bekamen alle, die eifrig bemüht waren, sich bei der neuen Angelica ins rechte Licht zu rücken, lediglich ihren kalten Blick, ihre knappen Worte und ihre schroffen Manieren zu spüren. Sie bemerkte einige hochgezogene Augenbrauen in den menschlichen Gesichtern und einige hochmütige Mienen bei den Engeln, aber sie scherte sich nicht darum.

»Jovah wußte genau, was er tat«, hörte sie einen Engel einem anderen zuraunen, nachdem er annehmen konnte, daß sie und Hannah außer Hörweite waren. »Sie ist ebenso schlimm wie Gabriel selbst.« Eine Bemerkung, die nicht dazu beitrug, Rachels Einstellung positiv zu verändern.

Die erste Person, bei der sie überhaupt so etwas wie eine Regung empfand, war eine junge Frau, etwa in ihrem Alter, die so schön war, daß Rachel den Blick die ganze Zeit über nicht von ihr abwenden konnte, solange sie miteinander sprachen. Trotz des Umstandes, daß sie zu der jungen Dame, die von Hannah als Judith vorgestellt wurde, vom ersten Augenblick an eine tiefe Abneigung gefaßt hatte.

»Ich freue mich so, daß Gabriel dich endlich gefunden hat«, sagte Judith und lächelte Rachel an. Judith war klein und zierlich und hatte puppenhafte Züge, ein herzförmiges Gesicht, lockiges schwarzes Haar, graue Augen und ein süßes Lächeln. »Ich habe mir in den letzten Monaten soviel Sorgen um ihn gemacht – er hatte ohnehin schon schrecklich viel um die Ohren, und dann konnte er dich nicht finden. Ich hoffe – ich hoffe, dir ist bewußt, daß Gabriel etwas ganz Besonderes ist. Es gibt rein gar nichts, das ich nicht für ihn täte.«

»Judith ist hier im Horst geboren«, erzählte Hannah Rachel mit regloser Stimme. »Ihre Mutter ist ein Engel. Judith und Gabriel wuchsen beinahe wie Bruder und Schwester auf.«

»Nun ja, so wohl kaum!« lachte Judith, aber Rachel spürte, daß ihr etwas gegen den Strich ging. »Wir standen uns sehr nahe, aber ich habe ihn niemals als Bruder empfunden.«

»Judith!« sagte Hannah mahnend. Judith bedachte

sie mit einem hübschen Schmollmund, dann lächelte sie Rachel wieder an.

»Ich kann mich einfach schlecht an die Vorstellung gewöhnen, daß Gabriel verheiratet ist.«

»Ich möchte keinesfalls, daß du meinetwegen deine Beziehung zu ihm änderst«, sagte Rachel gleichmütig. »Nimm mich am besten gar nicht zur Kenntnis.«

Ein kurzes Stirnrunzeln zog Judiths sanft geschwungene Augenbrauen nach unten, doch gleich darauf glättete sich ihr makelloses Antlitz wieder. Sie gab ein leises Lachen von sich, das in Rachels Ohren unehrlich klang. »Oh, sei nicht töricht! Ich bin sicher, du wirst eine wundervolle Gemahlin sein! Schließlich hat Jovah dich ausgewählt.«

»Ja, das stimmt, Jovah hat mich ausgewählt, nicht Gabriel«, pflichtete Rachel bei. »Gabriel fühlte sich keineswegs zu mir hingezogen.«

Jetzt sprach Hannah Rachels Namen in tadelndem Ton aus. Judith schenkte ihr wieder ihr falsches Lächeln.

»Nun, ich hoffe, du wirst versuchen, Gabriel eine gute Freundin zu sein – und auch seinen Freunden«, sagte sie mit honigsüßer Stimme.

»Natürlich werde ich das versuchen«, sagte Rachel und betonte das letzte Wort kaum merklich. Hannah forderte sie mit einer Handbewegung auf, den Weg durch den Korridor fortzusetzen.

»Komm jetzt! Es gibt noch mehr zu sehen.« Also verließen sie die schöne Judith, bevor noch weitere Höflichkeiten ausgetauscht werden konnten. Rachel ließ ihre sarkastischen Bemerkungen unausgesprochen. Sie hatte den Eindruck, daß Hannah Judith auch nicht übermäßig gut leiden konnte.

Die nächste Person, mit der Rachel mehr als nur ein paar höfliche Floskeln wechselte, war die Hauptköchin in der großen Küche. »Du bist diejenige, die heute morgen mein Frühstück bereitet hat?« fragte sie unverblümt. »Wo hast du gelernt, so meisterhaft edorische Speisen zuzubereiten?« Die Köchin, eine Frau mittleren Alters, deren Gesicht ständig von der Hitze der Herdfeuer gerötet war, strahlte bei Rachels Kompliment. »Ach, ich habe einige Sommer in Luminaux verbracht, als der Tigrera-Clan in der Nähe zu lagern pflegte, und ich kannte einen Jungen, und – na ja – seine Mutter hat mich mit einigen ihrer Rezepte vertraut gemacht.« Sie sprach auf die angenehm melodische Weise der Bethelschen Flachländer. »Und ich dachte mir, nachdem du fünf Jahre lang in Semorrah wie ein Tier geschuftet hast, hättest du vielleicht mal wieder Lust auf etwas Gutes zu essen.«

Hannah war bei der Erwähnung von Rachels Sklavendasein zusammengezuckt, aber diese lachte nur. »Ich bin sicher, ich könnte dir noch das eine oder andere Rezept verraten, um einen semorranischen Lord zufriedenzustellen«, sagte sie. »Ich habe viel Zeit in der Küche verbracht, das kann ich dir versichern. Wenn du jemals eine zusätzliche Hand zum Schälen oder Rühren brauchst, laß es mich wissen.«

»Das werde ich tun, Angela, das werde ich bestimmt tun.«

Rachel brauchte nicht lange, um herauszufinden, daß innerhalb des Horstes ein freundliches, aber unumstößliches Kastensystem herrschte und daß Engel ganz oben rangierten, während Diener den Bodensatz bildeten. Eine natürliche Widerborstigkeit – sowie eine Art Kumpelgefühl – veranlaßten sie demzufolge, zum Küchenpersonal, den Wäscherinnen, Näherinnen und Putzfrauen, denen sie über den Weg liefen, übertrieben nett zu sein, während sie den Engeln und weniger werktätigen Sterblichen gegenüber ihre kühle Unnahbarkeit beibehielt. Hannah war klug genug, sie deswegen nicht zu kritisieren oder auch nur eine Bemerkung dazu zu machen.

Nur ein einziges Mal äußerte sie Rachel gegenüber eine persönliche Meinung, kurz bevor sie die Tür zu einem hellerleuchteten Raum in der mittleren Ebene öffneten. »Ich denke, du wirst Matthäus mögen«, sagte Hannah, und dabei umspielte ein leichtes Lächeln ihre Lippen. »Er arbeitet mit Leder und fertigt den größten Teil der Flugkleidung für die Engel an; außerdem Taschen und Mappen und Schuhe und alles andere, das wir sonst noch so brauchen. Er ist ein Handwerker von höchster Qualität – und ein Tenor mit einer wahrhaft begnadeten Stimme.«

»Stammt er aus Luminaux?« fragte Rachel.

»Nein«, sagte Hannah und öffnete die Tür.

Er war ein Edori. Er stand über eine niedrige Holzbank gebeugt da, den Rücken der Tür zugekehrt, aber das seidige schwarze Haar und die Rotholzfarbe seiner nackten Arme waren unverkennbar. Der Klang von Stimmen an der Tür veranlaßte ihn, sich umzudrehen, bereits mit einem Lächeln im Gesicht. Oh, wie gut kannte Rachel diese edorische Begrüßung, die jedem zuteil wurde, ob er nun als Freund bekannt war oder nicht. Wie konnte es geschehen, daß diese Wesensart in ihrem Herzen von solcher Verbitterung verdrängt worden war?

»Matthäus. Ich habe jemanden mitgebracht, den du kennenlernen solltest«, sagte Hannah.

Aber auch ihm war der Klatsch des Horsts zu Ohren gekommen; er wußte, wer die neue Angelica war und woher sie kam.

*»Raheli, sia a Manderra, ve a Edori«*, sagte er und streckte ihr die Hand entgegen. *»Gealamin, moschieaven.«* (Rachel, Tochter der Manderra aus dem Volk der Edori. Herzlich willkommen, ruh dich von der Reise aus.) »Dann sind also nicht alle Versprengten tot. Jovah ist gut.«

Sie antwortete ihm in derselben Sprache und fragte

ihn nach seiner Clan-Zugehörigkeit. »Aber wie kommt es, daß ein Edori im Haushalt eines Engels lebt?« wollte sie als nächstes wissen, immer noch die Nomadensprache gebrauchend.

Er ließ ihre Hände los, um mit den seinen zu gestikulieren, und lächelte sie an. »Du weißt ja, daß die Edori ein wanderlustiges Volk sind«, sagte er. »Ich bin eines Tages zu weit ins Velo-Gebirge hinein gewandert. Und dann geblieben.«

»Wie lange schon?«

»Es werden jetzt fünfzehn Jahre.«

»Fünfzehn Jahre! Eingesperrt in einer Höhle hoch über der Ebene!«

Er lachte. »Von Zeit zu Zeit gehe ich hinaus. Ich habe an den meisten Zusammenkünften der letzten fünfzehn Jahre teilgenommen. Oder ...« Er zuckte die Achseln. »Wenn ich den Drang zum Wandern verspüre, dann mache ich mich auf den Weg. Aber ich komme immer wieder zurück. Hier ist mein Zuhause. Ich werde allmählich alt, und es ist ganz angenehm, zur Ruhe zu kommen.«

»Und wie kommst du hier hinaus?« wollte Rachel wissen. »Es gibt doch keinen Weg nach draußen.«

»Die Engel sind sehr zuvorkommend. Sie bringen mich nach Velora hinunter und holen mich wieder ab, wenn ich zurückkommen möchte. Das Kommen und Gehen ist nicht schwer.«

Rachel schüttelte den Kopf. »Für mich schon. Ich leide unter ...« Sie brauchte einen Augenblick, bis ihr das entsprechende Wort in der Edori-Sprache einfiel, aber natürlich hatten die Edori einen Ausdruck für alles. »Höhenangst«, sagte sie schließlich. »Ich kann nicht von hoch oben hinuntersehen.«

Er nickte. »Es gab in unserem Clan eine Frau, die litt ebenfalls unter Höhenangst. Aus diesem Grund sind wir bis zu ihrem Tod nicht in die Berge gewandert ...

Aber bestimmt gibt es eine Möglichkeit, dich vom Berg hinunterzubringen. Wenn nicht in den Armen eines Engels ...«

»Das ist ziemlich unwichtig«, unterbrach Rachel ihn fast unwirsch. »Ich bin hier, und hier ist der Platz, wo Jovah mich haben will. Vielleicht werde ich diesen Berg niemals mehr verlassen.«

Matthäus machte ein trauriges Gesicht. Hannah, die sich höflich zurückgehalten und keine Einwände erhoben hatte, während sie sich in einer ihr fremden Sprache unterhielten, legte Rachel eine Hand auf den Arm. »Du kannst später noch einmal zu Matthäus kommen und weiter mit ihm reden«, sagte sie. »Ich möchte, daß du heute noch mehr vom Horst zu sehen bekommst.«

Also verabschiedete sie sich von dem Edori und versprach wiederzukommen, sobald sie die Möglichkeit hätte. Es war nicht schwer zu erraten, daß Matthäus' Werkstatt in den kommenden Monaten für sie so etwas wie der Himmel werden sollte, und sie alle drei wußten es, ohne ein Wort darüber zu verlieren.

## 6.

# KAPITEL

Gabriels Reise nach Luminaux war nicht ganz so verlaufen, wie er es sich vorgestellt hatte.

Es fing schon damit an, daß er überhaupt nicht nach Luminaux gelangte. Sicher, der Gesandte, der ihn in Velora erwartete, kam von der Blauen Stadt, aber er kam, wie er erklärte, als Vermittler, nicht als Bittsteller.

Es war früher Morgen, nachdem Gabriel mit seiner tobenden Angelica im Schlepptau im Engelhorst angekommen war, und er hatte nicht gut geschlafen. Infolgedessen schob er seine Begriffstutzigkeit zunächst auf seine Erschöpfung.

»Entschuldige«, sagte er zu dem rundlichen kleinen Mann, der sich als Hannes vorgestellt hatte. »Sagtest du soeben, du bist gekommen, um mich um eine Fürsprache in Sachen Wetter zu bitten?«

»Damit du um Regen bittest, ja«, bestätigte Hannes nickend.

»Für die Bauern südlich des Heldora-Gebirges?«

»Richtig.«

»Aber das liegt in Jordana.«

»Stimmt«, räumte Hannes zögernd ein. »Aber sie haben seit drei Monaten keinen Regen mehr gehabt, und die Trockenheit treibt sie allmählich zur Verzweiflung.«

»Ich bestreite nicht, daß sie sich in einer schwierigen Lage befinden. Es steht eindeutig fest, daß sie die Unterstützung eines Engels brauchen. Aber solltest du – sollten *sie* nicht besser nach Windhagen reisen und Raphael um eine Fürsprache bitten?«

Hannes betrachtete eingehend den Stand der Flüssigkeit in dem Wasserglas, an dem er nippte. »Nun ja«, sagte er. »Vielleicht.«

Gabriel wartete.

Hannes rutschte hin und her. Seine Körperform war um einiges zu rund, als daß der Holzstuhl, auf dem er saß, ihm Bequemlichkeit hätte bieten können. »Tatsächlich ist Raphael um Hilfe gebeten worden. Früher einmal.«

Gabriel hatte das Gefühl, daß seine Muskeln schrumpften und seine Knochen sich zusammenzogen. Ein ahnungsvolles Flüstern huschte an seinem Ohr vorbei. »Was willst du damit sagen?« fragte er langsam.

»Im letzten Jahr, dieselben Schwierigkeiten. Winterdürre. Der Erzengel wurde um Hilfe gebeten. Ebenso im Jahr davor. Und auch im vorherigen Jahr. Jedesmal behauptete er, die Trockenheit entspreche Jovahs Plan – daß Jovah Regen schicken werde, wenn er es für richtig halte. Und jedes Jahr«, fuhr Hannes fort, »regnete es irgendwann. Aber zu spät, um die Ernte noch zu retten. Es blieb genügend Getreide zum Überleben übrig, aber kein Überschuß zum Verkaufen – und diese Bauern leben davon, daß sie ihre Erzeugnisse gegen andere tauschen. Und der Fluß ist jedes Jahr seichter geworden. Einige der Brunnen sind ausgetrocknet. Wenn sie dieses Jahr keinen Regen bekommen, wird es eine Katastrophe geben. Sie sind dann gezwungen, ihre Heimat aufzugeben – ihr Leben. Genausogut könnten sie nach Breven auswandern und sich als Sklaven verkaufen.«

Gabriel runzelte die Stirn bei der Erwähnung der Jansai, aber er war so sehr vom eigentlichen Thema angerührt, daß er darauf verzichtete, einen Tadel auszusprechen. »War Raphael persönlich an Ort und Stelle, um sich mit eigenen Augen von der Gefahr zu überzeugen?«

»Nein, das war er nicht.«

»Dann hat er also zu dir gesagt ...«

»Er hat es nicht zu *mir* gesagt«, stellte Hannes richtig. »Er hat mit den Bauern aus dem Dorf gesprochen, die dreimal zu ihm gegangen sind, um ihn um eine Fürsprache zu bitten.«

»Und wie kam es dann, daß du in die Sache verwickelt wurdest?«

»Wir in Luminaux treiben mit jedermann Handel. Mein Vater und ich kaufen seit Generationen bei diesen Bauern. Da einige der Alten des Dorfes mich kennen, haben sie mir ihre Sorgen vorgetragen ...«

»Und warum sind sie nicht selbst zu mir gekommen?«

»Sie waren der Ansicht, es müßte ein Mann aus Bethel sein, der sich an die Engel des Horstes wendet.«

Gabriel nickte. Das war zumindest diplomatisch. Aber das Anliegen als solches ...

»Soweit ich weiß, ist ein solcher Fall ohne Beispiel«, erklärte er, laut denkend. »Stimmt, Sterbliche können jeden Engel, der zufällig durch ihre Gegend kommt, um einen Gefallen bitten. Aber einen Engel aus einem anderen Bereich aufzusuchen ...«

»Das geschieht aus purer Verzweiflung«, sagte Hannes sanft. »Man hält dich für einen sehr gerechten Schiedsengel. Ich dachte, du würdest mir wenigstens Gehör schenken.«

»Und wenn ich dir den Gefallen nicht tue, dann wirst du wohl nach Monteverde weiterreisen, nehme ich an.«

Hannes setzte eine geschmerzte Miene auf. »Ich glaube, bis ich in Monteverde ankomme, wird die Lage so schlimm sein, daß die Kraft des Engels Ariel nicht mehr ausreicht, um meine Freunde noch zu retten. Du bist wirklich ihre letzte Hoffnung.«

Raphael würde wütend sein – wenn er jemals dahinterkäme. Falls Hannes die Wahrheit sprach, so opferte der Erzengel nur sehr geringe Zeit für die Fürsorge seiner weniger angesehenen und wohlhabenden Gefolgschaft. Aber schließlich war Raphael nun einmal der Erzengel; vielleicht waren die mit diesem Amt verbundenen Pflichten weitaus lästiger, als Gabriel es sich vorstellte, und es war ihm unmöglich, sich so gründlich all der vielen Kleinigkeiten anzunehmen, wie er es gern gewollt hätte. Gabriel würde das bald genug selbst herausfinden …

Er hatte keine große Angst vor Raphaels Unwillen – er war sogar überzeugt davon, daß auch er seinerseits für ein wenig Ärger sorgen könnte, wenn es nötig sein sollte. Wie konnte der Erzengel – jeder Engel – es zulassen, daß sein Volk so leiden mußte, wenn dessen Misere doch mit so einfachen Mitteln zu lindern war? Das konnte Gabriel nicht begreifen.

»Ich gehe«, sagte er. »Aber wenn ich feststellen muß, daß mir die Lage falsch dargestellt wurde …«

»Keineswegs!«

»… bin ich sehr böse. Und ich werde es nicht vergessen.«

»Du wirst alles so antreffen, wie ich es dir beschrieben habe. Ich danke dir. Meine Freunde werden auf die Knie fallen, um dir zu danken. Ich hoffe, du machst dich so bald wie möglich auf den Weg …«

»Ich breche auf der Stelle auf. Gib mir die Landkarte, dann begebe ich mich gleich von hier aus dorthin.«

Es war eine lange Tagesreise, die ihn südöstlich über Bethel und quer durch Den Fluß Galiläas an seiner breitesten Stelle führte, bis er die trockene Ebene ausmachte, die sich südlich des Heldora-Gebirges erstreckte. Noch bevor Gabriel sein Ziel vollends erreicht hatte, wurde ihm klar, daß Hannes nichts als die Wahrheit gesprochen hatte. Selbst das unbebaute Land westlich des Heldora-Gebirges war braun von einer Dürre, die über die übliche Wintertrockenheit hinausging. Ausgetrocknete Teiche und wasserlose Flußläufe durchzogen das Gelände wie Pockennarben, wie aus seiner Flughöhe deutlich zu erkennen war. In einem oder zwei Jahren würde die gesamte Region zu Staub zerfallen und weggeblasen werden, falls die gegenwärtige Wetterlage anhielt.

Er entdeckte mühelos die Anhäufungen von Gebäuden, die Dörfer, und setzte im Spiralflug zur Landung in der gepflasterten Mitte des größten davon an. Beim Erscheinen des zweitberühmtesten lebenden Engel waren die Dorfbewohner anscheinend in gleichem Maße hin und her gerissen zwischen Ehrfurcht und Jubel. Einige gafften ihn hinter zugezogenen Gardinen an, während andere herbeieilten, um ihm persönlich und überschwenglich für sein Kommen zu danken.

Wie alle Engel hatte Gabriel eine Abneigung dagegen, berührt zu werden, besonders von Fremden und besonders an den zarten, empfindlichen Flügeln. Er nahm einen etwas erhöhten Platz ein, um die allzu Begeisterten abzuwehren, da mit körperlicher Kraft offenbar nichts zu erreichen gewesen wäre. Die Strategie erfüllte den Zweck, wie meistens. Seine Bewunderer hielten sich auf Distanz, wobei sie ihn immer noch anstrahlten.

»Ich soll nach Levi Miller fragen«, sagte Gabriel und ließ den Blick über die Menge schweifen, auf der Suche nach jemandem, der dem Aussehen nach das Oberhaupt sein könnte. »Ist er da? Kann jemand ihn holen?«

Genau in diesem Augenblick kam Levi angerannt. Dürre oder nicht, ihm war es offensichtlich gelungen, während der letzten drei Jahre gut zu speisen, und das schnelle Laufen hatte ihn atemlos gemacht. »Guter Angelo«, keuchte er, als er bei Gabriel ankam, »ich kann dir gar nicht sagen, wie entzückt ich bin, dich hier bei uns zu sehen …«

»Ich glaube, eure Lage zu verstehen«, fiel Gabriel ihm ins Wort. »Ich werde morgen früh für euch singen, und gegen Abend müßte es dann regnen. Sagt mir bitte, wie der Regen hier für gewöhnlich fällt, aus welcher Richtung der Wind weht, wie viele Regentage es gibt, welche Monate naß und welche trocken sind …«

Levi wandte sich an die Menge und rief zwei Namen; zwei Männer lösten sich aus der Gruppe und hasteten herbei. »Wir müssen mit dem Angelo übers Wetter reden«, erklärte er ihnen. »Wir gehen zu mir nach Hause. Meine Frau wird etwas für uns kochen.«

Also zogen sich die Männer mit dem Engel in Levis Küche zurück, um über Niederschläge, Wolkenformationen sowie das ideale Verhältnis von Regen und Sonne im Jahresdurchschnitt zu sprechen. So weit im Süden wie hier war Schnee etwas beinahe Unbekanntes, doch der Winter war im allgemeinen die Regenzeit. Der Frühling war feucht, der Sommer trocken, im Herbst gab es gelegentliche Schauer …

»Sehr gut«, sagte Gabriel, als er genug erfahren hatte. »Jetzt weiß ich, worum ich Jovah morgen bitten muß.«

Er nahm Levis Angebot an, die Nacht unter seinem Dach zu verbringen und gab sich schon im voraus vor der üblichen Ungemütlichkeit der Häuser von Sterblichen geschlagen: übertriebene Hitze, Möbel, die anscheinend eigens dafür geschaffen waren, seine zusammengefalteten Flügel einzuklemmen, die bedrückende Stille, die von keinem harmonischen Hintergrundgesang durchbrochen wurde. In dieser Nacht hielt ihn eine weitere, unerwartete und unerwünschte Ablenkung wach: die Erinnerung daran, wie er sich von der schluchzenden Frau, die er als seine Angelica in den Horst gebracht hatte, davongeschlichen hatte.

Sicher, Hannah war bei ihr gewesen, und Hannah

war besser dafür geeignet, sie zu beruhigen, als er es war. Aber er hätte Rachel nicht so sang- und klanglos verlassen dürfen. Ein Bündel aus Haaren und Trotz, war sie dennoch verloren und einsam in einer fremden Umgebung, und schließlich war er für sie verantwortlich. Aber hatte sie ihn unbedingt so heftig angreifen müssen...? Wilder als ein marodierender Jansai! Wie hatte sie fünf Jahre Sklaverei so ungebändigt überstehen können? Und wie sollte er weiter mit ihr verfahren?

Diese Frage beschäftigte ihn, bis er in den Schlaf hinüberglitt. Seine Träume lieferten keine Antwort darauf.

Er stand früh auf, nahm ein gutes Frühstück zu sich, das Levis Frau bereitet hatte, und ging nach draußen, um sich in die Lüfte zu erheben. Er stieg mühelos in das opalene Weiß des wolkenlosen Morgenhimmels auf. Höher und immer höher, geradewegs auf den Zenit des Himmels zu, so hoch, daß selbst ihm als Heißblütler die Luft kalt erschien; so hoch, daß er hinter dem leeren Blau des Himmels eine ewige lauernde Nacht spürte. Jovah hörte zwar auch jedes Gebet, das auf der Erde geflüstert wurde, doch ein Gebet, das am Himmel laut vorgetragen wurde, drang schneller an sein Ohr. Die Engel waren seit jeher der Meinung, daß ihr Gott um so besser zuhören würde, je näher sie sich bei ihm befänden.

Hoch oben in der eisigen Luft, die Heldora-Berge eine flach erscheinende beigefarbene Zickzacklinie unter ihm, breitete Gabriel die Arme weit aus und begann zu singen. Er hörte jeden Laut, so hoch oben: das rhythmische Schlagen seiner großen Flügel, das kurze Einsaugen des Atems, das schwache Rauschen des Blutes in den Ohrkanälen. Aber die Geräusche trugen nicht, hallten nicht nach, erzeugten kein Echo. Die dünne dunkle Luft war ein Vakuum. Es verschluckte sogar den Klang seiner Stimme, der aus seiner Brust aufstieg, und trug ihn in einem kaum wahrnehmbaren Bogen hinauf: ein goldener Pfad von Noten, der sich von seinem Mund bis in die dunklen Schichten des Firmaments zu Jovahs Ohr erstreckte.

Es war das Lied für Winterregen aus dem Westen. Es gab Lieder für Sommerregen, Lieder, damit der Regen aufhörte, und Lieder, damit es nur in der Nacht regnete. Gabriel kannte sie alle, das Flehen um Wind aus dem Süden und warme Strömungen und bis zu einem bestimmten Grad abgekühlte Feuchtigkeit. Die Worte, in einer archaischen Formel viele Jahrhunderte zuvor vorgeschrieben und von einem Engel zum nächsten überliefert, waren so gut wie unverständlich und ohnehin nicht von Wichtigkeit. Es war die Musik, wie Gabriel wußte, die Jovah anrührte und ihn zum Handeln veranlaßte.

Er sang, bis er glaubte, der Atem müsse in seiner Lunge kristallisieren, bis sein Körper taub war vom Peitschen des stratosphärischen Windes. Er war seit über zwei Stunden in der Luft. Er spürte bereits eine Regung um sich herum, das Sammeln gewaltiger meteorologischer Kräfte. Wenn er noch viel länger hier oben bliebe, würde er von einem heraufziehenden Gewitter überrascht werden.

Er sank durch einen von Wolken verhangenen Himmel hinab und landete in einer feuchten, schweren Brise. Anscheinend war die gesamte Bevölkerung des Dorfes auf dem gepflasterten Hauptplatz erschienen, um das Heraufziehen des Gewitters zu beobachten. Ein lautes Jubelgeschrei erklang, als er den Boden berührte.

»Du hast es geschafft!« schrie Levi, der angerannt kam, um Gabriel herzlich die Hand zu schütteln. »So schnell!«

Gabriel befreite seine Hand so rasch wie möglich. »Ich werde bis heute abend bleiben, um sicherzugehen, daß der Wetterumschwung wirklich kommt. Es müßte mindestens drei oder vier Tage lang regnen – zu Anfang –, und dann während der restlichen Jahreszeit immer wieder einmal. Wenn wieder Trockenheit einsetzt, schickt jemanden in den Horst, dann komme ich und bete erneut.«

»Danke, Angelo ...«

»Vielen Dank, Angelo! Jovah ist gnädig!«

»Danke ... gesegnet sollst du sein ...«

Gabriel hörte die gemurmelten, von Herzen kommenden Ergüsse der Dankbarkeit, und sie erfüllten ihn wie immer mit einer tiefen und beinahe leidenschaftlichen Zufriedenheit. Das hieß es, ein Engel zu sein. An einen Ort des Kummers und des Leidens gerufen zu werden und Linderung und Harmonie bringen zu können. Beistand zu leisten und Rettung zu bringen. Die zerstörte Brücke wiederherzustellen, die die Menschen mit ihrem Gott verband. Er spürte die Berufung nie so eindringlich wie in Augenblicken wie diesem.

Der Regen setzte ein. Alle rannten in Deckung. Gabriel kehrte in sein Zimmer in Levi Millers Haus zurück und wartete schicksalsergeben auf die unvermeidliche Einladung; und sie kam. Levi klopfte zögernd an der Tür, dann trat er ein. Der Engel stand reglos am Fenster und sah dem nassen Überfall des Wetters zu.

»Meine Frau und ich haben die Absicht, in Jakob Carters Schuppen hinüberzugehen – es werden viele Leute da sein, schätze ich. Jakob hat ein paar Fässer Wein, die er selbst gemacht hat, ein guter Tropfen. Die Leute wollen feiern, verstehst du? Wenn du Lust hast mitzukommen – alle wären dankbar für eine Gelegenheit, dir zu danken, mußt du wissen.«

»Alle haben mir bereits ausreichend gedankt, ganz bestimmt.«

»Nun ja, wenn dir nicht der Sinn danach steht ...«

»Doch, doch. Ich komme für etwa eine Stunde.«

Also ging er zu dem Schuppen, kostete den abscheulichen Wein und hörte den Leuten zu, die mit tiefem Ernst darüber sprachen, welche Getreidesorten sie in diesem Jahr anzubauen gedachten. Er war kein bißchen besser darin, sich unter die Bauern zu mischen als unter die reichen Kaufleute von Semmorah. Nathan hatte ihn eines Tages ausgelacht und gesagt: »Wenigstens bist du nicht überheblich. Du magst alle gleich wenig.« Er war über diese Bemerkung empört gewesen und hätte gern etwas entgegnet, aber leider entsprach sie weitgehend der Wahrheit.

Er hielt es gerade so lange aus, wie es die Höflichkeit gebot, dann kehrte er in Levis Haus zurück. Der Schlaf überkam ihn in dieser Nacht etwas leichter, da der rhythmische Tanz des Regens die quälende Stille ausfüllte. Er wachte früh auf, obwohl die anderen im Haus bereits lange vor ihm aufgestanden waren, und frühstückte mit Levis Frau. Dann war er wieder im Freien und erneut in der Luft, und er war froh, daß er den Ort verlassen konnte.

Es war ein feuchter Flug, bis er durch die Wolken brach, und dann blendete ihn das ungefilterte Licht der Sonne. Er flog während der meisten Zeit des Tages, ohne den direkten Rückweg zum Horst zu nehmen. Er machte einen Abstecher nach Süden über die Steppe und beschrieb ein wildes Zickzackmuster in nördliche Richtung, stets das sich unter ihm entfaltende Land im Auge behaltend. Er war schon früher hin und wieder diese Strecke geflogen und hatte Auffälligkeiten bemerkt, die einer näheren Erkundung bedurften, oder eine Pestflagge, die über einer kleinen Ortschaft flatterte, oder einen über die Ufer getretenen Fluß, dessen Ursprung er bis zu einem Winkel des Gebiets zurückverfolgen konnte, wo zuviel Regen gefallen war. Das war der Grund, warum er so oft vom Horst weg war – weil es ihm gefiel, Bethel von oben zu beobachten, so wie Jovah es mit Samaria tat.

»Du liebst das Land mehr als die Leute, die dort wohnen.« Auch das waren Nathans Worte. Und auch das stimmte möglicherweise. Aber für ihn war das ein und dasselbe, das Land und die Leute, dasselbe auf eine abstrakte Weise: Dinge, um die man sich kümmern mußte, so wie die Leute sich um ihre Ernte und ihr Vieh und ihre Glas- und Zinnsammlungen kümmerten. Obwohl er eine emotionale Distanz zu seinem Volk hielt, war es ein Teil von ihm, auf eine Weise, die man niemandem verständlich machen konnte. Es kennzeichnete ihn. Es war sein Daseinszweck. Wenn es kein Volk gäbe, um das sich Engel kümmern mußten, dann würde er, Gabriel, gar nicht existieren. Und deshalb liebte er seine Leute, weil sie ihm klarmachten, wer er war.

Es war später Nachmittag, als er wieder im Horst ankam. Noch bevor seine Füße den Landefelsen berührt hatten, hörte er Stimmen, die zu einem Gesang erhoben waren – drei Stimmen, zwei Frauen und ein Mann. Er merkte, wie er sich entspannte und die Anstrengung des langen Fluges von ihm abfiel. Er lächelte und setzte die Füße sanft auf den Stein.

Die erste Person, der er begegnete, war Judith. Wie immer war sie entzückt, ihn zu sehen. Ihr makelloses Gesicht erblühte zu einem Lächeln, und sie reichte ihm die zierlichen Hände. Er ergriff sie flüchtig, dann ließ er sie wieder los.

»Gabriel! Endlich bist du wieder zurück! Es war, als ob du ewig weggewesen wärst!«

»Vor ein paar Tagen war ich noch hier.«

Sie zog einen Schmollmund, wie sie es oft in seiner Gegenwart zu tun pflegte. »Für eine Nacht! Nachdem du wochenlang weg warst! Ich bekomme dich überhaupt nicht mehr zu sehen.«

Er setzte seinen Weg fort, und sie ging neben ihm her. Schon seit langem beherrschte sie die Kunst, dicht neben ihm zu gehen, jedoch einen halben Schritt vor ihm, damit sie nicht zufällig seine Flügel streifte. Sie wußte, wie sehr er es haßte, wenn man seine Federn berührte. Sie hatte es einmal getan.

»Wahrscheinlich werde ich noch weniger Freizeit haben, je näher die Glorie rückt, anstatt mehr«, sagte er freundlich. »Und danach ...«

»Du wirst nie mehr für mich Zeit haben«, fiel sie ihm mit übertriebener Traurigkeit ins Wort, sah ihn mit klimpernden Wimpern an und tat so, als ob es ein Scherz wäre, was nicht stimmte. Er zuckte die Achseln.

»Die Dinge ändern sich, und die Welt dreht sich weiter«, sagte er. »Was hast du während meiner Abwesenheit getan?«

»Was ich für gewöhnlich tue. In erster Linie die Kinder unterrichtet. An meinem Gewand für die Glorie gearbeitet. Abends nach Velora gegangen, um den Musikern zu lauschen.«

»Wer hat dich nach Velora begleitet?«

»Warum? Bist du eifersüchtig?« fragte sie schnell.

»Nur neugierig.«

»Meistens war es Obadja. Und einmal Nathan.«

»Wirklich? Nathan? Ich hoffe, ihr hattet Spaß.«

»Ich hätte mehr Spaß gehabt, wenn du bei mir gewesen wärst.«

»Bis dahin wird es noch ein paar Wochen dauern, fürchte ich.«

Sie nahm seinen Arm, immer noch behutsam darauf bedacht, seinen Flügeln nicht zu nahe zu kommen. »Du würdest doch sicher Rachel begleiten, wenn sie hinzugehen wünscht, nicht wahr?«

*Aha!* »Das ist eher unwahrscheinlich«, entgegnete Gabriel kühl. »Sie hat Angst vor dem Fliegen. Sie leidet unter Höhenangst.«

»Nun, jedenfalls will sie nach Velora. Sie hat Nathan und Matthäus und alle möglichen Leute gefragt, ob es nicht einen anderen Weg nach unten gibt.«

Gabriel schwieg; er nahm Judiths Bemerkung viel ernster, als sie es vielleicht beabsichtigt hatte. Er hatte nicht an Rachels Angst gedacht. Wegen ihrer Unfähigkeit, die Reise zum oder vom Horst in den Armen eines Engels zu ertragen, war Rachel sozusagen hier in einem Gefängnis hoch oben eingesperrt. Und sie war ihrer Abstammung nach eine Edori, gewöhnt daran, nach Belieben überall hinzugehen. Wie sollte sie jemals hinuntergelangen, wenn sie sich nicht von ihm tragen ließ? Wie könnte sie Josias besuchen, was er gern gesehen hätte? Und überhaupt, wie sollte sie zur Glorie in der Ebene von Sharon gelangen? Am liebsten hätte er geflucht, aber er wollte sich vor Judith nicht diese Blöße geben.

»Vielleicht fällt uns etwas ein«, war alles, was er äußerte.

»Anscheinend gefällt es ihr hier nicht besonders gut.« Judith ließ nicht locker. Ihr Ton war jedoch zurückhaltend; sie war sich nicht sicher, welche Gefühle er dieser Angelica gegenüber hegte, und sie hoffte, seine Antwort werde etwas darüber enthüllen.

»Sie ist eben erst angekommen«, lautete seine nichtssagende Erwiderung. »Wie hat sie sich während meiner Abwesenheit die Zeit vertrieben?«

Judiths schmale Schultern hoben sich. »Sie verbringt viel Zeit in ihrem Zimmer. Und viel Zeit in den Schallkammern.«

»Ach, ja? Übt sie?«

Wieder ein Schulterzucken. »Wer weiß? Es hat sie noch nie jemand singen hören. Sie scheint nicht gerade eine Meisterin der Tonleitern zu sein.«

Er lächelte. »Laß ihr Zeit. Vielleicht ist ihr unsere Musik fremd.«

»Ich dachte, die Edori seien so hervorragende Sänger.«

»Einige von ihnen. Ich kann mir nicht vorstellen, daß sie alle musikalisch begabt sind.«

Judith nahm wieder seinen Arm und beugte sich zu seiner Seite, wodurch sie ihn wirkungsvoll am Weitergehen hinderte. Er blickte in ihr herzförmiges Gesicht hinab, das in diesem Augenblick einen tragischen Ausdruck zur Schau stellte. »Ach, Gabriel, ich weiß, es ist nicht nett von mir, aber ich *kann sie einfach nicht leiden!* Sie ist so unfreundlich, so – so hochnäsig. Und welchen Grund hat sie, hochnäsig zu sein, nachdem sie fünf Jahre lang Sklavin war ...?«

Er schüttelte sie ab und betrachtete sie stirnrunzelnd. Zweifellos hatte Judith durchschaut, wie sehr ihn Rachels Vergangenheit störte. Sie hatte das Thema zuvor schon mehrmals angeschnitten. »Du kannst ihr deswegen keine Schuld geben«, sagte er, und seine Stimme klang streng. »Glaubst du, sie hat es sich selbst ausgesucht, Sklavin zu sein? Glaubst du, man könnte es *dir* vorwerfen, wenn du unversehens gefangengenommen und in der Stadt auf dem Markt verkauft würdest? Sie hat jetzt ein Recht, ein bißchen stolz zu sein. Die Edori sind ein stolzes Volk ...«

»Oh, die Edori!« rief Judith aus. »Immer verteidigst du die Edori! Dabei sind sie nicht einmal ein Volk Jovahs ...«

Er machte mit beiden Händen eine ungeduldige Bewegung und marschierte energisch durch den Flur weiter. Sie beeilte sich, mit ihm Schritt zu halten. »Also gut. Es tut mir leid. Ich wollte dich nicht wütend machen«, entschuldigte sie sich und nahm wieder seinen Arm. »Gabriel, *bitte,* lauf nicht von mir davon. Du hast mir so sehr gefehlt!«

Erneut gelang es ihr, ihn zum Stehenbleiben zu zwingen, diesmal durch den weinerlichen Tonfall ihrer Stimme. Er musterte sie und sah nicht das hübsche Mädchen, das ihn sehr wahrscheinlich liebte, sondern ein Problem.

»Judith«, sagte er bedächtig, »ich bin so gut wie ein

verheirateter Mann. Ich bin kurz davor, das Amt des Erzengels zu übernehmen. Ich kann nicht mehr frei über mein Leben verfügen. Du solltest dein Leben nicht damit vergeuden, von mir zu träumen.«

Er war nicht überrascht, als sich die großen grauen Augen mit Tränen füllten. Judith war schon immer gut in gefühlvollen Szenen gewesen. »Ich kann nichts dafür«, flüsterte sie. »Ich habe dich immer …«

Er unterbrach sie schroff. »Hör auf!« sagte er. »Es kann nicht besser werden, Judith. Erhoffe dir nicht mehr!«

Vielleicht wäre sie beharrlich geblieben, aber es waren Stimmen zu hören, die sich im Flur näherten, und sie mußte sich auf eine Begegnung mit anderen gefaßt machen. Ein paar Minuten später lachte sie mit den Engeln Eva und Esau; niemand wäre auf den Gedanken gekommen, daß sie kurz zuvor einem Tränenausbruch nahe gewesen war. Gabriel beantwortete geistesabwesend die Fragen, die ihm von den Engeln entgegengeschleudert wurden, und betrachtete verstohlen Judith. Er hatte sie noch nie so richtig verstanden, obwohl ihm vollkommen klar war, was sie wollte: ihn. Es waren ihre Beweggründe, auf die er sich keinen Reim machen konnte. Es war ihm schon immer schwergefallen zu glauben, daß sie es ernst meinte, auch wenn sie ihn dem Anschein nach liebte. Er wußte nicht, ob das bedeutete, daß sie nicht ehrlich war, oder ob sie so überspannt war, daß selbst ihre Ehrlichkeit aufgesetzt wirkte – oder ob er einfach von Grund auf jedem mißtraute.

Er brachte schnell irgendeine Entschuldigung vor und entfernte sich. Er war gerade in Richtung seiner eigenen Gemächer um die Ecke gebogen, als er Nathan begegnete.

»Schon wieder zurück von Luminaux?« begrüßte ihn sein Bruder.

»Ha! Nicht ganz«, antwortete er. »Hast du kurz Zeit? Ich muß dir einiges erzählen.«

Sie zogen sich in Nathans Zimmer zurück, und Gabriel berichtete. Nathans sanftes Gesicht nahm den Ausdruck wütenden Staunens an.

»Drei Jahre nacheinander hat Raphael sie abgewiesen? Ist er der Sache nicht einmal nachgegangen?«

»So haben sie es geschildert.«

»Haben sie die Wahrheit gesagt?«

»Den sichtbaren Beweisen nach zu urteilen, ja. Zweifelsfrei hat das Land viele Jahre Dürre hinter sich. Und wenn Raphael es selbst in Augenschein genommen hätte, wäre er bestimmt zu einer Fürbitte bereit gewesen. Deshalb ...«

»Aber das ist ja unglaublich!« rief Nathan aus. »Die oberste Pflicht eines Engels ist es ...«

»Ich weiß. Ich werde die Vermutung nicht los, daß es einen Grund für sein Verhalten gibt. Schließlich ist er Erzengel. Vielleicht ist seine Zeit so begrenzt ...«

»Er hätte Zeit gehabt, einen seiner Engel zum Heldora-Gebirge zu schicken!« brauste Nathan auf. »Jeder Engel hätte diese Fürbitte vorbringen können.«

»Stimmt.« Gabriel versank für eine Weile in nachdenkliches Schweigen, dann sah er seinen Bruder an und zuckte die Achseln. »Wie auch immer, das ist nicht mehr lange wichtig. In fünf Monaten werde ich Erzengel sein ...«

»Ja, aber er wird immer noch die Schar in Windhagen anführen!«

»Aber ich kann ihm befehlen, sich um Jordana zu kümmern«, sagte Gabriel. »Und ich werde Patrouilleflüge über der Gegend durchführen, um mich davon zu überzeugen, daß er meinen Befehlen nachkommt.«

Nathan sah ihn an. »Du bist sehr autoritär für einen Mann, der sein neues Amt noch nicht einmal angetreten hat.«

Gabriel lächelte. »Die Wut treibt mich dazu.«

»Ist es dir jemals in den Sinn gekommen ...«, setzte Nathan an, hielt dann aber jäh inne.

»Ist mir *was* in den Sinn gekommen?«

»Daß dieser Übergang vom einen zum anderen Erzengel nicht ganz so glatt verlaufen könnte? Ich meine, du weißt jetzt schon, daß die Kaufleute dich nicht mögen. Die Jansai mögen dich ebenfalls nicht. Die Manadavvi sind nicht gerade deine engsten Verbündeten ...«

»Ach, aber die Edori und die Bauern lieben mich.«

»Und Raphael scheint es gar nicht zu gefallen, daß sich seine Zeit dem Ende zuneigt.«

Gabriel zuckte die Achseln. »Darüber habe ich auch schon nachgedacht. Ich weiß nicht, wie ich es anstellen soll, daß die anderen mich mögen. Ich weiß nicht, was ich tun kann, damit Raphael in gutem Einvernehmen abtritt. Jovah hat mich erwählt, und daran läßt sich nichts ändern. Ich muß annehmen – wir alle müssen annehmen –, daß er mich aus gutem Grund erwählt hat. Alles, was geschieht, verläuft nach einem bestimmten Plan.«

Nathan breitete die Hände zum Zeichen demütiger Ergebenheit aus. »Jovahs Wille geschehe«, murmelte er. »Trotzdem glaube ich, daß es nicht leicht sein wird.«

Sie redeten noch ein paar Minuten miteinander, bis sich Gabriel schließlich zum Gehen anschickte. So war der Tag beinahe vergangen, bevor er endlich dazu kam, sich dorthin zu begeben, wohin es ihn seit dem Aufwachen am Morgen zog: in das Gemach, das für seine Angelica vorgesehen worden war.

Er hielte kurz inne, bevor er die Türklingel betätigte, unsicher, wie sie ihm begegnen würde, und sich für das Schlimmste wappnend. Nun, irgendwann mußte er mit ihr reden. Er drückte den Klingelknopf und hörte, daß sie ihn zum Eintreten aufforderte.

Sie saß mit dem Rücken zur Tür, über einen schmalen Webstuhl gebeugt, der so vor das einzige Fenster gestellt worden war, daß er möglichst viel Licht einfing. Als erstes fiel ihm ihr Haar auf. Die wallende Pracht von Wellen und Locken machte großen Eindruck auf ihn; es war von einer so üppigen Fülle und einem so strahlenden Goldton, daß jeder unweigerlich den Drang verspüren mußte, es zu berühren. Dennoch widerstand er der Versuchung und blieb bei der Tür stehen.

Sie wandte sich um, um zu sehen, wer hereingekommen war. Ihr Gesichtsausdruck war wie gewöhnlich so beherrscht, daß er keine zusätzliche Feindseligkeit darin erkennen konnte, als sie seiner ansichtig wurde. Er versuchte, das als Ermutigung aufzufassen.

»Rachel«, war sein Eröffnungszug.

»Ihr seid also wieder da«, lautete ihre knappe Erwiderung.

Natürlich würde es schwierig werden. Mit diesem Mädchen konnte man einfach nicht reden. Er nahm Zuflucht bei formellen Artigkeiten. »Ich hoffe, du hast von Hannah und den anderen alles zum Wohlbefinden Nötige bekommen, und sie haben dir die Eingewöhnung erleichtert«, sagte er.

»Durchaus.«

»Haben sie dir alles gezeigt – den Speisesaal und die Schallkammern und den allgemeinen Aufenthaltsbereich?«

»Ja, danke.«

»Brauchst du sonst noch irgend etwas?«

Sie warf ihm einen vernichtenden Blick zu, als wollte sie ihm alles entgegenschleudern, was sie brauchte – Freiheit, einen Fluchtweg, um diesem Ort zu entkommen, eine Möglichkeit, die Ehre abzulehnen, seine Frau zu werden –, doch sie überraschte ihn mit Zurückhaltung. »Nein.«

Er trat weiter ins Zimmer und deutete auf den Stoff,

den sie über den schmalen Rahmen gespannt hatte. »Woran arbeitest du?« fragte er. »Die Farben sind sehr hübsch.«

Die Frage schien sie aus der Fassung zu bringen; sie war so verwirrt, daß sie eine vollständige Antwort gab. »Es ist eine Webarbeit«, sagte sie. »Ich habe das Garn in einem der Abstellkammern drunten bei Matthäus' Werkstatt gefunden. Ich dachte, ich fertige ein Kleid oder einen Umhang daraus oder so etwas.«

Er trat näher zu ihr, berührte den Stoff mit zarter Hand. Drei unterschiedliche Blautöne und ein sanftes Rosa waren zu einem komplizierten Muster verwoben worden. Obwohl er nichts von dieser Kunst verstand, konnte er beurteilen, daß sie eine Meisterin darin war. »Ist das eine edorische Kunst?« fragte er. »Ich habe Stoffe wie diesen auf dem Markt zum Verkauf angeboten gesehen, aber ich dachte immer, es handele sich um ein Handwerk, das in Luminaux gepflegt wird.«

Unerwarteterweise lächelte sie. »Ich habe es von einem Edori gelernt, der es von einem Luminauzi gelernt hat«, erklärte sie. »Bei den Manderras wurde ich wegen meiner Begabung sehr gelobt. Jeder vom Stamm trug etwas, das ich gewebt hatte.«

»Nathan komponiert Musik«, hörte er sich selbst sagen. »Und meine Stiefmutter – Hannah – zeichnet mit Kohlestift Porträts, die dem Dargestellten unglaublich ähnlich sehen. Ich hingegen habe überhaupt kein Talent für irgend etwas.«

»Ihr könnt singen«, sagte sie.

»Das können die anderen auch.«

»Ich habe sie noch nicht gehört, aber ich glaube, daß Ihr besser seid.«

»Du hast mich doch auch noch nicht gehört.«

»Ihr habt bei Lord Jethro in Semorrah gesungen. Dort habe ich Euch gehört.«

Er war über dieses Zugeständnis über alle Maßen erfreut, aber er machte eine wegwerfende Geste. »Dann habe ich also wenigstens ein Talent.«

»Und Ihr könnt bewirken, daß es regnet«, bemerkte sie. »Das sind schon zwei.«

Er nickte. »Hat dir jemand erzählt, wo ich war?«

»Erst am Schluß.«

Sie war wieder ganz die Kühle. Er versuchte sein Spiel mit einer direkten Frage. »Und du warst wütend, weil ich dich so kurz nach deiner Ankunft allein gelassen habe?«

Sie wandte sich von ihm ab und beschäftigte sich angelegentlich mit den überstehenden Fäden am Rand ihrer Webarbeit. »Das hätte ich nicht sein dürfen, ich weiß.«

»Wut gehorcht selten den Vorschriften bezüglich dessen, was man darf und nicht darf.«

Sie war anscheinend ganz und gar in Anspruch genommen von der Aufgabe, ein Gewirr von rosafarbenen Fäden aufzulösen. »Nun, ich dachte, Ihr seid wahrscheinlich auch mit mir böse.«

In seinem Gesicht stand Überraschung geschrieben, obwohl sie gar nicht in seine Richtung blickte, um es zu sehen. »Aber warum denn?«

»Weil ich … Als Ihr mich hier heraufgetragen habt …«

»Ich bin derjenige, der sich entschuldigen muß«, unterbrach er sie. »Mir war nicht klar, wieviel Angst du hattest. Ich muß zugeben, daß ich eine solche Reaktion nicht erwartet hatte, aber ich hätte etwas feinfühliger sein müssen.«

Ihre Schultern entkrampften sich; anscheinend war sie erleichtert. »Als ich ein Kind war«, sagte sie und brachte die Worte etwas mühsam hervor, »gab es in unserem Dorf eine weise Frau. Sie mischte Kräuter und linderte Fieber und konnte wahrsagen. Sie prophezeite mir, daß ich eines Tages von einer steilen Felsenklippe fallen und zu Tode kommen würde. Und seit jener Zeit habe ich Angst vor der Höhe.« Sie wandte sich wieder zu ihm um. »Ich weiß, daß es töricht ist, aber ich kann es einfach nicht vergessen. Und ich habe ganz allgemein Angst vor dem Fallen – auf einer Treppe zu stolpern, auf Eis auszurutschen, was auch immer. Ich glaube, diese Angst kann ich niemals überwinden.«

»Es tut mir leid«, sagte er. »Ich habe das nicht verstanden.«

»Nun, jedenfalls«, schloß sie, »möchte ich mich auch entschuldigen.«

Er lächelte sie an, und als Erwiderung schenkte auch sie ihm ein vorsichtiges Lächeln. Vielleicht ließe sich das Ganze doch gar nicht so schlecht an.

»Nun erzähl mir doch bitte«, sagte er, »wie du dir während der letzten drei Tage die Zeit vertrieben hast.«

»Ich habe mir häufig Musik angehört.«

»Angehört?«

»In den Schallräumen. Die Aufzeichnungen.«

»Aha. Und hast du einiges gefunden, das dir gefällt?«

»Hagar«, sagte sie schlicht. »Ihre Stimme. Verblüffend. Ich spiele ihre Aufnahmen immer wieder. Ich hatte keine Ahnung, daß es so etwas gibt.«

Sie hatte also etwas für Musik übrig – zumindest gefielen ihr Hagars und seine Stimme. Das war vielversprechend. Er wußte immer noch nicht, ob sie selbst singen konnte. Bei den Engeln galt es als unschicklich, Sterbliche nach ihrem musikalischen Talent zu fragen. Die Frage wurde als beleidigend erachtetet, denn alle Engel waren sozusagen aufgrund ihres Geburtsrechtes mit schönen Stimmen gesegnet. Gabriel fand zwar, daß zwischen einem Erzengel und seiner Frau diese Zurückhaltung unangemessen war, trotzdem brachte er es nicht über sich zu fragen.

»Hagar war die erste Angelica«, erklärte er. »Eine sehr beseelte Frau. Sie hatte ein besonderes Verhältnis zu Jovah – und ein schwieriges zu ihrem Gatten, dem Erzengel Uriel.«

»Das hört sich nach einer sehr alten Klatschgeschichte an.«

Er lächelte. »Ist es auch. Sie verließ Uriel – ach, zehn- oder zwölfmal im Lauf ihrer Ehe. Sie ließ sich sogar ein eigenes Haus im Corinni-Gebirge bauen, wo – es ist schwer zu beschreiben – riesige Stecken rings um das Haus und das Grundstück in den Boden getrieben wurden, damit Engel dort nicht landen konnten, ohne sich die Flügel zu durchbohren. Statt dessen ließ sie eine lange, gewundene Straße vom Dorf zu sich herauf anlegen, einen beschwerlichen Pfad, und jeder, der sie besuchen wollte, mußte zu Fuß heraufkommen. Nun, Engel hassen es, zu Fuß zu gehen. Lieber fliegen sie von einer Seite Veloras zur anderen, als daß sie die Straße überqueren. Also blieb sie manchmal tage-, ja wochenlang an diesem Ort, wohl wissend, daß Uriel nicht zu ihr käme.«

Rachel gefiel die Geschichte anscheinend sehr gut. »Ich glaube, ich hätte Hagar gemocht«, sagte sie.

Gabriel lachte. »Ohne Zweifel. Sie war, wenn man den Berichten Glauben schenken darf, eine sture Person, aber auch eine sehr begabte. Und Jovah liebte sie. Alles, wofür sie betete, gewährte er ihr. Besonders wenn sie in den Corinnischen Bergen betete.«

Rachel neigte den Kopf nachdenklich. »Eignen sich manche Orte besser als andere, um mit Jovah in Verbindung zu treten?«

Gabriel spreizte die Hände. »Die Edori glauben etwas anderes«, entgegnete er. »Und die Engel sagen, Jovah hört jedes Flüstern, das irgendwo auf der Erde hervorgebracht wird. Tatsache ist jedoch, daß es bestimmte Gegenden in Samaria gibt, auf die Jovahs Ohren besonders gut eingestimmt sind. Natürlich die Ebene von Sharon. Hagars Refugium in den Corinnischen Bergen. Ein Tal im südöstlichen Jordana. Es ist, als drängen Gesänge aus diesen Gegenden unmittelbar an Jovahs Herz. Ich habe keine Erklärung dafür.«

»Und wer lebt jetzt in diesem Refugium in den Bergen?«

»Niemand. Es gehört immer der jeweiligen Angelica – zur Zeit also Leah, und später vermutlich dir, wenn du Wert darauf legst. Aber ich glaube, seit hundert oder mehr Jahren hat keine Angelica den Fuß mehr dorthin gesetzt. Wie gesagt, man kommt sehr schlecht hin, und es ist ein engelunfreundlicher Ort.«

»Ich bin einmal in den Corinnischen Bergen gewesen«, sagte Rachel. »Oder zumindest in ihrer Nähe. Sie liegen nicht weit von Luminaux entfernt.«

»Du mußt ja jeden Fleck von Samaria gesehen haben«, bemerkte er. »Gibt es irgendeinen Ort, wo du noch nicht warst?«

»Bis vor vier Tagen war ich noch nie in einem Engelhorst. Und ich war noch nie in Ysral.«

Die Unterhaltung hatte sich so freundschaftlich entwickelt, daß Gabriel seine Wachsamkeit aufgegeben hatte. Deshalb war er nicht vorbereitet auf die Herausforderung, die allein dieses Wort schon in sich barg. »Ysral«, wiederholte er in scharfem Ton. »Niemand ist jemals dort gewesen.«

»Vielleicht keine Engel«, sagte Rachel.

»Niemand. Dieser Ort existiert gar nicht.«

Sie riß die Augen weit auf. »Ich habe mit Edori gesprochen, die mit Edori gesprochen haben, die dort gewesen und zurückgekehrt sind. Sie haben erzählt, daß es ein unvorstellbar schöner Ort ist. In den Flußbetten fließt Wasser, süßer als Wein. Die Äpfel fallen in Haufen zu Boden, die höher sind als ein Mensch. Rosen blühen das ganze Jahr über und verblassen niemals und sterben niemals. Und während es im Wald von Tieren wimmelt und der Himmel lebt von Vögeln, sind die einzigen Menschen, die dort leben, Edori, und deshalb herrscht dort ständig Frieden.«

»Wenn es dieses Ysral wirklich gibt, warum ist es dann nur den Edori gelungen, es zu finden? Und warum glauben nur die Edori an sein Vorhandensein?«

»Weil es einen Ozean weit entfernt liegt – zu weit, als daß Engel hinfliegen könnten, und für die meisten Menschen nicht zu erreichen. Selbst die Jansai, die sich selbst gern als Nomaden betrachten, wagen sich nicht an manche Orte, zu denen die Edori emsig wandern. Nur die Edori waren neugierig genug, um Schiffe zu bauen, und mutig genug, um mit ihnen übers Wasser zu fahren.«

»Ysral ist ein Ort, den die Edori erfunden haben, um sich über die Drangsal hinwegzutrösten, die sie erleiden mußten. Es ist ein schönes Märchen, aber es ist ein Märchen.«

Jetzt verengten sich ihre Augen, so angestrengt dachte sie nach. »Muß etwas erst von einem Engel bewiesen werden, bevor es wahr ist?« fragte sie leise. »Ihr vergeßt, daß ich gesehen habe, wie edorische Alte Wunder bewirkt haben, die eurer Behauptung nach nur Engel zustandebringen. Ich empfinde keine übermäßige Ehrfurcht vor den Verkündigungen des auserwählten Erzengels.«

Augenblicks loderte Zorn in ihm auf, und er bemühte sich erfolglos, ihn nicht zu zeigen. »Du befindest dich jetzt bei den Engeln«, ließ er sie kühl wissen. »Du bist an uns gebunden – an mich gebunden. Es wäre besser für uns alle, wenn du dich dazu überwinden könntest, wie eine von uns zu handeln, anstatt dich bis ans Ende deiner Tage als edorische Außenseiterin zu fühlen.«

»Ich tue, was mir beliebt.«

»Das bezweifle ich keine Sekunde lang«, gab er zurück und verließ den Raum.

Also ließ es sich letzten Endes doch kein bißchen besser an.

# 7.

## KAPITEL

»Minze?« fragte die Köchin zweifelnd und wandte Rachel den Kopf zu.

Sie nickte. »Nur einen Hauch«, sagte sie.

»Ich habe schon mal Minze in ein Getränk gegeben, aber noch nie an Fleisch«, sagte die Köchin noch zweifelnder. »Ich glaube nicht, daß irgend jemand das essen wird.«

»Ich schon.«

»Ein andermal«, murmelte die Köchin, »wenn es kein so wichtiges Essen ist.«

»Dann laß mich die Süßspeisen machen.«

»Du«, sagte die Köchin, »solltest eigentlich überhaupt nicht hier sein.«

Rachel straffte sich. »Es gibt keinen Grund, warum ich nicht hier sein sollte.«

»Für dich gibt es wichtigere Dinge, mit denen du dich befassen solltest.«

Rachel legte ein taktisches Schweigen ein. Zur Abwechslung gab es zur Zeit tatsächlich wichtigere Dinge, mit denen sie sich eigentlich befassen sollte. Sie hätte sich fürs Abendessen ankleiden sollen, anstatt es zuzubereiten. Wahrscheinlich hätte sie die Tischdekoration im großen Saal überwachen sollen, hätte sich vergewissern müssen, daß alle Gästezimmer hergerichtet waren, und hätte ganz allgemein die vereinten Pflichten eines Kastellans und einer großen Dame erfüllen sollen, die ihr die Rolle als Angelica (zu der sie in Kürze offiziell ernannt werden würde) anscheinend auferlegten. Aber während der vergangenen Monate hatte sie sich geweigert, irgendwelche Aufgaben im Haushalt zu übernehmen, die ihr feinfühlig von Hannah und weniger feinfühlig von Gabriel nahegelegt wurden; statt dessen ließ sie die Leute die Dinge auf die bisherige Weise weiter handhaben, da diese in den Jahren vor ihrer Ankunft darin bestimmt zur Vollkommenheit gelangt waren.

Sie hatte nicht darum gebeten, Angelica zu werden; sie wollte nicht Angelica sein, und sie wollte keine der Fähigkeiten ausüben, die man von einer Angelica erwartete. Sollten sie daran doch etwas ändern, wenn sie konnten.

Bald erhob sich jedoch die Frage: Was sollte sie mit sich anfangen? Ihr war nie bewußt gewesen, wie schnell der Müßiggang an Reiz einbüßen würde. Nachdem sie fünf Jahre lang geschuftet hatte, hatte sie geglaubt, zufrieden damit zu sein, einfach in einem Sessel zu sitzen und vor sich hinzudösen. Das stellte sich als Irrtum heraus. Ebensowenig erfüllte sie das stundenlange Weben oder das aufwendige Erlernen der Lederverarbeitung in Matthäus' Werkstatt oder die Zeit, die sie in den Schallkammern verbrachte und sich Musik anhörte.

Ihr war sehr schnell klargeworden, daß Gabriel und die anderen von ihr erwarteten, daß sie sänge, auch wenn niemand das ausdrücklich von ihr verlangte. Hannah hatte das Thema an Rachels erstem Tag im Horst angeschnitten, und andere hatten sie auf noch direktere Weise darauf angesprochen. (»Ach ja, soweit ich weiß, wird bei diesen Zusammenkünften der Edori ziemlich viel gesungen«, hatte Nathan beiläufig zu ihr gesagt. »Gehörtest du zu denen, die ihre Stimme am Lagerfeuer erhoben?«) Da die Rolle der Angelica bei der Glorie anscheinend überaus wichtig war, verlangte sie offenkundig die Begabung einer wahrhaft begnadeten Sängerin – und keiner von ihnen wußte, ob sie auch nur eine einzige Note singen konnte.

Auf beinahe abartige Weise genoß sie es, sie weiterhin in Unsicherheit zu wiegen. Ihr standen so wenige Waffen zur Verfügung, daß sie selbst die unwahrscheinlichsten einsetzen mußte. Sie begegnete allen geschickten Erkundigungen mit nichtssagenden Blicken oder inhaltslosen Antworten. (»Ich höre lieber anderen beim Singen zu«, hatte sie Nathan erklärt.) Sie fiel niemals freiwillig in die harmonischen Chöre anderer Stimmen ein, und sie summte nicht einmal vor sich hin, wenn irgend jemand in Hörweite war.

Sie verbrachte ungezählte Stunden in den Schallkammern, aber niemand wußte, wie sie sich dort die Zeit vertrieb; jedenfalls nahm sie stets genügend Aufnahmen mit hinein, um jede Minute abzudecken, die sie sich darin aufhielt. Und sie hörte sie sich tatsächlich an. Sie war inzwischen mit jeder einzelnen Note sämtlicher Messen und Soli vertraut, die Hagar jemals gesungen hatte. Nur selten machte sie sich die Mühe, sich die Aufnahmen der anderen Sopranstimmen anzuhören; für sie stand fest, daß niemand der ersten Angelica gleichkam. Doch sie ließ niemals etwas darüber verlauten, daß sie selbst versucht hätte, eines von Hagars Stücken nachzusingen.

Es machte ihr großen Spaß, ihre neue Gemeinschaft im ungewissen zu halten, aber das füllte an jedem Tag nur ein paar Minuten aus. Im großen und ganzen war ihr zutiefst langweilig.

Die Langeweile hatte sie zuvor schon mehrmals in die Küche getrieben, wo sie und die rotwangige Köchin schnell Freundschaft geschlossen hatten. Wie versprochen, hatte Rachel der Frau etwa zwanzig Rezepte der erleseneren Speisen verraten, deren Zubereitung sie im Haus von Lord Jethro erlernt hatte. Damit hatte sie sich ein wenig die Zeit vertrieben, obwohl es ihr dabei nicht erspart geblieben war, sich mit den belastenden Erinnerungen an ihre Sklavenzeit auseinanderzusetzen. Sie hätte sich vielleicht nur einen einzigen Nachmittag lang in der Küche aufgehalten, wenn Gabriel ihr deswegen nicht heftigste Vorwürfe gemacht hätte. Damit hatte er jedoch genau das Gegenteil seiner Absicht erreicht.

Er war eines Tages zu einem seiner seltenen Abendessen im Horst zurückgekehrt, und die Köchin hatte ihm etwas ganz Besonderes vorsetzen wollen. Geschmorte Rinderleber in Wein-Pilz-Sauce; Rachel erinnerte sich sehr gut an dieses Gericht. Die Mahlzeit verlief einigermaßen gelungen, wenn man von dem Umstand absah, daß sich Judith zu Gabriel, Rachel, Nathan und Hannah an den Eßtisch im Speisesaal gesellt hatte, der dem Anführer der Heerschar vorbehalten war. Nathan hatte sich sogar lobend über Rachels Kleid geäußert.

»Hast du es selbst genäht, oder gehört es zu Lord Jethros Aussteuer?« hatte Gabriel gefragt.

Es mißfiel ihr, daran erinnert zu werden, daß sie Lord Jethros Wohltätigkeit einiges verdankte, aber es gelang ihr, sich zu beherrschen und nicht das Gesicht zu verziehen. »Es ist mein eigenes«, hatte sie gesagt.

»Es ist sehr hübsch.«

Nathan hatte nach dem Stoff gegriffen und ihn zwischen den Fingern gerieben. »Schön und schwer«, hatte er heiter bemerkt. »So warm wie eine Decke.«

Sie hatte ihn angelächelt. Es fiel ihr leichter, Nathan zu mögen als seinen Bruder. »Bei weitem nicht warm genug«, hatte sie geantwortet.

»Frierst du?« hatte Gabriel gefragt.

»Die meisten Sterblichen frieren in den Behausungen der Engel«, hatte Hannah gemurmelt.

»Wie kannst du das überhaupt fragen?« hatte Nathan ihn zurechtgewiesen. »Sie zieht sich ständig die Ärmel bis zu den Fingerspitzen herunter und trägt mindestens fünf Schichten Kleidung.«

»Aber trotz alledem – ist dir dennoch kalt?«

Seine Besorgnis hatte sie entwaffnet. »Ich fühle mich gut«, hatte sie gesagt. Sie war dankbar gewesen für die Ablenkung, als eine der Küchenhilfen hereinkam, um ihre Wassergläser nachzufüllen. »Danke«, hatte sie gesagt und das Mädchen angelächelt. Dieses hatte ihr Lächeln erwidert und sich entfernt.

»Du brauchst ihnen nicht *jedesmal* zu danken«, hatte Judith gesagt.

Rachel hatte sich wieder der schönen dunkelhaarigen jungen Frau zugewandt. »Wie bitte?«

»Wenn sie dir Wasser bringen. Wenn sie dir das Essen servieren. Wenn sie das Geschirr abräumen. Jedesmal, wenn jemand an den Tisch kommt, sagst du danke. Das ist ein bißchen übertrieben.«

Es hatte beinahe vollkommene Stille geherrscht. Das war eine solche Frechheit, daß sich Rachel nicht einmal beleidigt fühlen konnte. Hannah war diejenige, die schießlich mit ihrer wohlklingenden Stimme das Wort ergriffen hatte. »Eigentlich, Judith«, hatte die manadavvische Frau gesagt, »wäre es angebracht, daß du deinerseits der Dienerschaft etwas mehr Anerkennung zukommen ließest, ohne daß man dich deswegen eines gesellschaftlichen Fehlverhaltens beschuldigen würde.«

Judith hatte überheblich die Schultern nach vorn gezogen. »Sie verrichten nur ihre Arbeit«, hatte sie gesagt. »Man braucht ihnen nicht zu danken – sie werden immerhin ordentlich bezahlt. Schließlich handelt es sich nicht um Sklaven.«

»Judith!« Das war natürlich von Gabriel gekommen.

»Oh, tut mir leid«, hatte die junge Frau gesagt, den raffinierten Blick auf Rachel gerichtet. »Ich hatte nicht die Absicht, etwas zu äußern, das dein – du weißt schon – dein früheres Leben aufwühlt ...«

»Du wolltest boshaft sein, und du warst boshaft«, hatte Gabriel gesagt. »Ich hätte gedacht, daß deine Erziehung und ein winziges Gefühl für gutes Benehmen dich von einer derartigen Bemerkung abgehalten hätten.«

Rachel hatte nicht umhin gekonnt, den Engel freundlich, wenn auch unverbindlich anzulächeln, weil er sich für sie eingesetzt hatte. *»Danke«,* hatte sie gesagt.

Judith war mit verärgerter Miene aufgesprungen. »Ich habe es nicht so gemeint!« hatte sie geprustet. »Ihr seid anscheinend alle entschlossen, mir das Schlimmste zu unterstellen.«

»Judith, reg dich nicht unnötig auf …«, hatte Nathan angesetzt, aber sie hatte sich ruckartig umgedreht und war vom Tisch weggerannt. Nathan hatte ihr nachgesehen und geseufzt. »Eine hübsche Verpackung bringt meistens Schwierigkeiten«, hatte er festgestellt.

Rachel hatte sich nach Kräften bemüht, ihre Genugtuung nicht zu zeigen. Sie kam mit dieser hübschen, schwierigen Verpackung selbst auch nicht zurecht, und es war nicht leicht zu beurteilen, wie Gabriel seinerseits zu seiner Jugendfreundin stand. Bei den seltenen Gelegenheiten, da Gabriel sich im Horst aufhielt, war Judith stets auch in der Nähe. Bei seiner Ankunft überfiel sie ihn beinahe als erste.

»Sie wird allmählich zu alt, um immer noch ihr kindisches Verhalten an den Tag zu legen«, hatte Hannah bemerkt. »Jemand müßte sie auf den richtigen Weg führen. Wir sollten uns nach einem passenden Ehemann für sie umsehen.«

Das folgende Schweigen hatte etwas Hölzernes gehabt. Rachel hatte von ihrem Teller aufgeblickt und bemerkt, daß alle anderen eingehend mit der Betrachtung längst vertrauter Wandbehänge beschäftigt waren. »Wie?« hatte sie gefragt. »Ist es denn so schwer, einen Ehemann für sie zu finden?«

»Die Aufgabe, Ehen zu stiften, obliegt im allgemeinen der Angelica«, hatte Gabriel ausdruckslos erklärt.

Rachel hatte ihn angestarrt. »*Ich* soll mich nach einem Ehemann für Judith umsehen?«

»Nicht jetzt gleich«, hatte er sich beeilt zu sagen.

»Judith kann mich nicht ausstehen! Und ich kenne mich mit dem Heiraten überhaupt nicht aus!«

»Leider, denn du selbst sollst in wenigen Wochen heiraten«, hatte seine trockene Antwort gelautet.

»Du weißt, was ich gemeint habe! Die Edori halten nichts von der Ehe ...«

»Ebensowenig wie anscheinend Judith«, hatte Nathan unbeeindruckt ergänzt.

»Das ist eine überaus unfreundliche Bemerkung, wenn sie von einem Engel kommt, der sich selbst nicht unbedingt an einen hohen moralischen Standard hält«, hatte Hannah eingeworfen.

»Nun, ich kann mich nicht für sie verantwortlich fühlen«, hatte Rachel mit Bestimmtheit erklärt. »Sie ist eure Freundin. Findet ihr einen Gemahl für sie.«

»Sie hat eine Schwäche für Engel. Wir könnten sie Raphael mitgeben, wenn er kommt«, hatte Nathan vorgeschlagen.

Gabriel hatte seinen Bruder mit einem tadelnden Blick bedacht. »Möchtest du«, hatte er sich erkundigt, »daß noch eine Person verletzt von diesem Tisch wegrennt? Falls ja, dann brauchst du nur noch mehr solcher üblen Bemerkungen von dir zu geben.«

»O je, der ist heute aber wirklich schlecht gelaunt«, hatte Nathan Rachel zugeraunt. »Für den Rest des Abends solltest du ihm auf jeden Fall am besten aus dem Weg gehen.«

»Was hat ihm so die Stimmung verdorben?« hatte sie gefragt.

Nathan hatte die Achseln gezuckt. »Eigentlich ist er

mehr oder weniger immer so. Am besten geht man ihm zu jeder Zeit aus dem Weg.«

Sie hatte einen Blick in Gabriels Richtung gewagt, um zu sehen, wie er die Anspielungen aufnahm; er war mit seinem Essen beschäftigt und hatte sie anscheinend überhört. »Schmeckt gut, oder nicht?« hatte sie gefragt.

Er hatte genickt und sich das letzte Stück Fleisch von seinem Teller in den Mund gesteckt. »Anscheinend üben unsere Köchinnen bereits, um der Ehre gerecht zu werden, den Erzengel zu bedienen. Ich frage mich, woher sie die Rezepte haben.«

Rachel hatte einen warnenden Blick von Hannah aufgefangen, ihn jedoch nicht richtig gedeutet. »Oh, ich habe den Tag in der Küche verbracht und ihnen etwas beigebracht«, hatte sie arglos gesagt. »Wenn es Euch geschmeckt hat ...«

Gabriel hatte die Gabel fallengelassen. »*Du* hast den Tag in der *Küche* verbracht? Beim *Kochen?*«

Rachel hatte genickt. Sie hatte gemerkt, daß die Dinge keinen guten Lauf nahmen, aber es war zu spät. »Natürlich. Ich weiß, wie man all das zubereitet, was Ihr auf den Tischen Semorrahs gesehen habt. Es sind bessere Speisen als die, die man bei den Edori kannte – und wahrscheinlich bessere als die, die von Engeln im allgemeinen gegessen werden ...«

*»Du hast mit der Dienerschaft gekocht?«*

Nun war Trotz in ihr aufgekeimt. »Warum sollte ich nicht? Was ist schlimm darin, in der Küche zu arbeiten? Ist irgend etwas Schlechtes an dem *Essen?* Ist etwas ...«

»Du bist die Angelica! Du nimmst – demnächst – die höchste Stellung irgendeiner Frau in den drei Provinzen ein! Du hast Pflichten gegenüber dem dir unterstehenden Volk, den Bittstellern, gegenüber Jovah zu erfüllen, und du verbringst deine Zeit damit, in der Küche Mohrrüben zu schnippeln!«

»Eine meiner *Pflichten* besteht darin, dafür zu sorgen, daß die Leute etwas zu essen haben …«

»Dein Verhalten leistet genau dem Verhalten Vorschub, das Judith vor ein paar Minuten an den Tag gelegt hat! Wie willst du erwarten, daß die Leute dir mit Hochachtung begegnen, wenn du selbst keine Würde zeigst? *Möchtest* du, daß die Leute von deiner Vergangenheit als Sklavin in Semorrah reden? Hast du vor, dich mit ihnen auf der Basis des Klassenunterschieds zwischen einer Leibeigenen und einer Dienerin zu unterhalten? Glaubst du, sie wollen deine Geschichten vom Kohleschleppen und Leeren von Nachttöpfen und dem Bedienen von Fremden hören? Oder gibt es andere, tiefergehende Geschichten, die du mit Besuchern teilen möchtest, und auch mit uns …«

Genau wie Judith hatte sie keine andere Wahl gehabt. Sie war aufgesprungen und hätte beinahe ihren Stuhl umgestoßen, so eilig hatte sie es, die Tafel zu verlassen. »Du hast Judith gescholten, aber du bist derjenige, der sich wegen meiner Herkunft schämt«, hatte sie ihm ins Gesicht geschleudert. »Ich kann nicht rückgängig machen, was mir widerfahren ist, und du auch nicht! Aber ich kann damit leben. Und ich glaube, du kannst es nicht. Wann immer du willst, verschwinde ich von hier, laß es mich nur wissen! Beim nächsten Mal kannst du dir eine Angelica aussuchen, die dir besser gefällt. Zur Abwechslung würde uns das beide glücklich machen.«

Und auch sie war aus dem Raum gestürmt. Danach wäre jede folgsame Frau der Küche ferngeblieben, aber niemand konnte behaupten, daß Rachel eine solche war. Sie hatte es erreicht, daß sie beinahe jeden Tag einige Stunden dort verbrachte, besonders an jenen Tagen, da Gabriel im Horst zurückerwartet wurde. Sie bedauerte lediglich, daß er sich niemals mehr zu dem Aufruhr bei Tisch – oder zu den Verstößen gegen gutes Benehmen – äußerte.

Aber die Köchin hatte recht. Sie hatte Wichtigeres zu tun. Heute war ihr Hochzeitstag.

Hannah erwartete sie in ihrem Zimmer; sie lächelte die ältere Frau auf eine etwas schuldbewußte Weise an. Rachel wollte nicht heiraten, aber sie wollte bei der Zeremonie auch nicht lächerlich wirken, deshalb hatte sie ihren Stolz überwunden und Hannah gebeten, ihr bei den Vorbereitungen zu helfen. Hannah hatte das passende Kleid ausgesucht und eingewilligt, ihr beim Ankleiden zu helfen. Und Rachel kam zu spät.

»Tut mir leid«, lautete ihre knappe Entschuldigung.

»Wir haben nicht allzuviel Zeit zu verschwenden«, sagte Hannah. »Bist du frisch gebadet? Sind deine Haare gewaschen?«

»Ich habe mir heute morgen die Haare gewaschen, aber ich denke, ich sollte noch einmal baden ...«

Sie hatten etwa eine Stunde Arbeit. Rachel erinnerte sich an den Tag, der etwas mehr als vier Wochen zurücklag, als sie die aufgeregte Lady Marie angekleidet und ihr die Mysterien der Hochzeitsnacht erklärt hatte. Es bestand allerdings kein Grund zur Sorge, was diesen Teil der Eheschließung betraf; neulich hatte Gabriel auf die Tür zu seinen Gemächern gedeutet und zu Rachel gesagt, sie solle ihn dort aufsuchen, ›falls sie jemals seiner bedürfe und er gerade zu Hause sein sollte‹. Es war einerseits ärgerlich, andererseits erleichternd gewesen, auf diese ritterliche Weise von einer Pflicht befreit zu werden.

Hannah tat flinke Arbeit, um Rachels Gesicht und ihre Frisur zu richten. Die Engel strebten nicht dieselbe Einfachheit bei der Hochzeitsausstattung an wie die Sterblichen, trotzdem verzichtete Hannah auf allzu zeitaufwendigen Putz. Sie hatte einen Teil von Rachels üppigem Haar mit einer goldenen Spange oben auf dem Kopf zu einem Knoten zusammengefaßt und einige der ungebändigten Locken so zurechtgestutzt, daß sie zu beiden Seiten ihr Gesicht einrahmten. Den Rest der Haare hatte sie lose herabhängen lassen und winzige goldene Klammern hier und da in die dichten Strähnen gebunden. Das Ganze wirkte gleichzeitig wild und elegant; Rachel gefiel es.

Das Kleid, eins von Jethros Geschenken, war ebenfalls goldfarben, genau passend zu Rachels Haarfarbe. Die prächtige Seide war mit Goldfäden bestickt, in Mustern von Tauben, Rosen, Hirschen und Rehen, obwohl der Ton des Stickfadens so sehr dem des Stoffs angepaßt war, daß man die Formen beinahe nicht erkennen konnte. Das Material war steif und schwer, der hohe Kragen und die gerüschten Manschetten waren mit heller Spitze eingefaßt. Es entsprach Rachels einzigen beiden Bedürfnissen: Es war warm, und die Ärmel reichten zwei bis drei Zentimeter über die Handgelenke hinab.

Hannah trat zurück, um ihr Werk zu bewundern. »Du siehst schön aus«, sagte sie. »Jetzt kannst du dich wie eine Königin aufführen …«

Rachel lächelte. »Ich werde es versuchen«, sagte sie. »Aber das beherrsche ich nicht allzugut.«

Die Türglocke läutete. Nathans Stimme ertönte. »Seid ihr bald soweit? Es sind schon alle versammelt.«

»Noch einen Augenblick!« rief Hannah zurück. »Sag Gabriel, daß wir unterwegs sind.«

Noch ein paar Minuten, und sie waren fertig. Sie eilten aus dem Zimmer, durch die Tunnel und hinunter zur unteren Ebene des Horstes. Musik führte sie zu dem großen offenen Plateau, wo die Feierlichkeit stattfinden sollte. Rachel trat hinaus, und sofort leuchtete ihr Gewand im schräg einfallenden Licht der spätnachmittäglichen Sonne. Sie blieb kurz stehen, um sich an ihre Umgebung zu gewöhnen.

Wie Hannah versprochen hatte, war das Plateau

durch einen Ring von Kohlebecken erwärmt, in denen fröhliche Feuer loderten. Mehrere hundert Leute waren an einem Ort zusammengedrängt, der viel zu klein erschien, um ihnen allen Platz zu bieten. Sämtliche Blicke waren auf das Tor gerichtet, durch das Rachel eingetreten war. Die gedämpfte unterschwellige Musik stammte von hundert summenden Engeln. Sie kannte diese Messe; sie hatte sie Hagar singen hören. Sie war eigens für freudige Zeremonien geschrieben worden.

Hannah hatte sie verlassen; was sollte sie jetzt tun? Sie stand ratlos da, von strahlendem Feuer beleuchtet, unfähig, sich zu bewegen. Plötzlich tauchte Gabriel neben ihr auf, eine Erscheinung in Schwarz, Silber und Blau. Er griff nach ihrem Arm, und sie umklammerte den seinen. Seine Hand glitt zu ihrer Hand hinunter, und dann verschränkte er beruhigend die Finger mit den ihren. Er lächelte. Das Blau seiner Augen spiegelte das Blau des Himmels wider. Sie merkte, wie ein Großteil der Angst von ihr abfiel.

Er führte sie langsam voran, und die Reihen der Engel und Sterblichen schlossen sich hinter ihnen. Kurz darauf befanden sie sich in der Mitte der Arena, und von allen Seiten drängten die Zuschauer heran, um sie besser sehen zu können. Rachel merkte, daß sie Gabriels Hand immer fester umklammerte, aber er beschwerte sich nicht. Ein kleiner Mann löste sich aus der anonymen Menge und näherte sich ihnen mit ausgestreckten Armen. Er strahlte eine würdevolle Autorität aus, sein Gesichtsausdruck war liebenswürdig, und das Lächeln, mit dem er Rachel bedachte, beruhigte sie augenblicklich.

»Ich bin Josias«, sagte er leise zu ihr. »Eines der Gottesorakel. Es ist Sein Wille, daß ich bei deiner Hochzeit mit dem Engel Gabriel die vereinigenden Worte spreche.«

Später erinnerte sie sich an kein einziges der Worte, die Josias gesprochen hatte, obwohl der ganze Hochzeitsritus ihr vollkommen neu war. Sie erinnerte sich nicht, daß sie gefroren hatte, obwohl sie wußte, daß es so gewesen sein mußte; sie erinnerte sich an kein einziges Lied, das die Engel gesungen hatten, obwohl ihre gedämpfte Hintergrundmusik nie aufhörte. Aber sie erinnerte sich an Gabriels Gesicht, während sie ihm zugewandt dastand und ihre beiden Hände von seinen umschlungen waren. Er war so ernst. Seine blauen Augen, seine markanten Züge, das schwarze Haar, das seine Wangen umrahmte – jede Einzelheit seines Antlitzes prägte sich ihr für immer ein. Sie konnte den Blick nicht von ihm abwenden und bewegte sich kaum.

»Verehelicht im Angesicht von Jovah, im Angesicht der Engel, im Angesicht der Menschen. Jetzt und für immer, bis daß der Tod euch scheidet. Amen«, sagte Josias. Und die Hunderte von Stimmen um sie herum brachen in ein Jubelgeschrei aus.

Gabriel lächelte Rachel an und ließ endlich ihre Hände los. »Amen«, sagte er.

Sie erwiderte sein Lächeln, aber ihr fehlten die Worte.

Das war der letzte Augenblick der Stille, den sie für die nächsten paar Stunden erleben sollte. Von allen Seiten drängten Engel und Sterbliche herbei, um zu gratulieren und alles Gute zu wünschen. Der Druck der Menge trennte sie auf der Stelle, und Rachel hatte das Gefühl, schwindelig zu werden und in die Arme von Fremden zu fallen. »Danke«, sagte sie immer wieder, mechanisch, ohne daß das Wort etwas bedeutet und ohne daß sie die Kraft gehabt hätte, den Hunderten von Fremden die Wahrheit zu sagen: *Ich möchte nicht verheiratet sein. Er möchte nicht mit mir verheiratet sein.*

Nur drei von den Hunderten von Gesichtern, die sich vor sie hinschoben, erkannte sie. Das erste tauchte nur allmählich aus ihrem Gedächtnis auf.

»Rachel! Du siehst so hübsch aus. Erinnerst du dich nicht an mich, Rachel?«

Sie griff nach den ausgestreckten Händen, um sich an etwas festhalten zu können. »Lady Marie! Ich hatte keine Ahnung, daß Ihr hier seid!«

Marie lachte wie ein entzücktes Kind. »Ja, natürlich hat man Lord Jethro eingeladen, und ich habe so lange gebettelt, bis er mich mitgenommen hat. Ich wollte dich mit eigenen Augen sehen. Rachel, ist das nicht wundervoll? Jetzt sind wir beide verheiratet. Ich freue mich so für dich.«

Rachel hätte am liebsten geweint. Dies war wahrscheinlich die einzige Person, der wahrhaftig an ihrem Wohlergehen gelegen war, dabei war sie praktisch eine Fremde. »Und wie geht es Euch? Wie bekommt Euch die Ehe?«

»Oh, ausgezeichnet! Ich liebe es, verheiratet zu sein!« Marie strahlte. »Und – es ist natürlich noch ein Geheimnis, aber ich muß es jemandem erzählen – ich bekomme ein Kind. Nun ja, es dauert noch viele Monate, aber es ist trotzdem wundervoll!«

»Wundervoll ...«, gab Rachel wie ein Echo zurück, aber Hände, Gesichter und Körper schoben sich zwischen sie, und wieder hörte sie die Glückwünsche von Leuten, die sie noch nie im Leben gesehen hatte. Marie verschwand von der Bildfläche.

Das zweite Gesicht, das sie kannte, gehörte dem Engel Saul, der sie mit einem frechen Lächeln begrüßte. Ihre Hoffnung, daß er sie nicht erkennen würde, wurde sofort zunichte gemacht.

»Du bist in der Welt aufgestiegen, seit ich dich das letzte Mal gesehen habe«, waren seine ersten Worte. »Und Gabriel hat einen kleinen Abstieg gemacht.«

»Ist es schlimmer, eine Sklavin zu heiraten, als sich lüstern über eine herzumachen?« fragte sie abweisend. »Wenn ein Mann Ehre ausstrahlt, fällt sie auf ihn selbst zurück.«

»Du bist ziemlich hochnäsig für eine Sklavin«, schnaubte Saul.

Sie lächelte gelassen. »Für eine Angelica«, erwiderte sie und wandte sich ab. Es war das erste Mal, daß sie froh war, sich mit ihrem neuen Titel brüsten zu können.

Die dritte Person erkannte sie, bevor diese sie erkannte. Und dann erkannte er sie nur an ihrem auffallenden Kleid. Der Erzengel griff nach ihrer Hand, bevor sie zurückweichen konnte, und beugte sich vor, um ihre Finger zu küssen. Als sie sich straffte, blickte er zu ihr herab und lächelte sie an, ohne ihre Hand loszulassen.

»Dann hat Gabriel letztendlich doch noch eine Braut gefunden«, sagte Raphael. »Man wußte nicht so recht, was man erwarten sollte, als sich das Gerücht verbreitete, daß du eine – daß du so viele Jahre in Semorrah gelebt hast. Aber du bist ein guter Fang, meine Liebe. Mein Kompliment an Gabriel.«

Sie hatte das Gefühl, seine Berührung nicht aushalten zu können. Sie konzentrierte sich darauf, gleichmäßig zu atmen, hielt seinem Blick stand und sagte nichts.

Sein Lächeln wurde breiter. »Wer hätte das gedacht?« fuhr er fort. »Ein Mädchen aus Jordana, und nicht weit von meinem Heimatort entfernt aufgewachsen. Vielleicht sind wir sogar verwandt, du und ich, weil wir eine so ähnliche Haut- und Haarfarbe haben. Weißt du, meine Mutter war eine Frau mit goldenen Haaren und stammte aus der Gegend um die Caitanischen Berge. Das ist ein weitverbreiteter Typ in dieser Region.«

Sie sagte immer noch nichts. Sein Griff um ihre Hand war ziemlich schmerzhaft und sollte es offenbar auch sein. Er lächelte nach wie vor.

»Sie hatte eine süße Stimme, meine Mutter. Sie pflegte Wiegenlieder für mich zu singen, als ich ein Kind war. Aber ihr Gesang war nicht von der Qualität – wie soll ich es sagen –, wie man sie von einem Engel erwarten würde. Oder einer Angelica. Aber du, davon bin ich überzeugt, hast bestimmt eine großartige Begabung geerbt, da Jovah dich für die einzigartige Ehre auserwählt hat, die dich erwartet – in vier Monaten, glaube ich, oder? Ich bin sicher, du bist darauf vorbereitet. Nur die kräftigsten Stimmen tragen über die Ebene von Sharon.«

Vielleicht hatte sie gar keine Stimme; jedenfalls keine, die sie in diesem Augenblick einzusetzen beabsichtigte.

Er lachte und hauchte einen weiteren Kuß auf ihre Hand. »Dann erinnerst du dich also an mich«, fuhr er in leiserem, samtigerem Ton fort. »Das habe ich mir gedacht. Ich glaubte, der Tag käme niemals, da ich dir zu deiner Hochzeit gratulieren könnte. Aber er ist gekommen. Und ich entbiete dir meine zutiefst empfundenen Glückwünsche. Glaub mir, ich kann mir vorstellen, welches Vergnügen du mit deinem neuen Angetrauten haben wirst.«

Sie antwortete nicht; er ließ ihre Hand immer noch nicht los. Vielleicht wären sie bis in alle Ewigkeit so miteinander verbunden geblieben, wenn nicht Gabriel plötzlich neben ihr aufgetaucht wäre.

»Rachel. Man möchte mit dem Essen beginnen. Wir müssen die anderen in den Speisesaal anführen.«

Raphael verlagerte sein Lächeln auf Gabriel. »Ich habe soeben deiner Braut gesagt, welch charmanten Ehemann du meiner Meinung nach abgeben wirst.«

Rachel sah Gabriel auf eine versteckt flehende Weise an. Er deutete den Blick falsch; sein Gesichtsausdruck war wehmütig. »Ich bin sicher, sie hat dir von ganzem Herzen zugestimmt.«

»Sie war während unserer Unterhaltung sehr schweigsam. Zweifellos war sie überwältigt von der Ehrfurcht, mit einem Erzengel zu sprechen.«

»Rachel ist selten von irgend etwas überwältigt«, erwiderte Gabriel. »Komm, Angela, es gibt jede Menge hungriger Gratulanten, die etwas zu essen bekommen müssen!«

Raphael überließ ihre Hand Gabriel und lächelte sie wieder an. Gabriel führte sie hinein, und die raunende Menge folgte. Nach einer Weile sah ihr Gemahl sie an.

»Oder habe ich mich getäuscht?« fragte er. »Hat dir die Zeremonie vielleicht einen Schrecken eingejagt? Ich dachte, das sei unmöglich.«

»Das Ganze ist sehr kräftezehrend«, brachte sie hervor. Ihre Stimme klang schwach in ihren Ohren. »Ich bin nicht an so viele Leute auf so engem Raum gewöhnt.«

»Nun, iß kräftig, komm wieder zu Kräften«, sagte er. »Die Feierlichkeiten fangen gerade erst an.«

Das Festmahl kam ihr endlos vor. Es war nicht möglich, die hundertfünfzig Bewohner des Horstes und die über hundert Gäste gleichzeitig in dem großen Speisesaal unterzubringen, deshalb wurde in Schichten gegessen. Das Brautpaar harrte während der gesamten Zeit am Tisch aus, nippte an Speisen und plauderte mit den Gratulanten, die ihre Aufwartung machten. Raphael und sein Gefolge – Saul, Leah und eine Frau, mit der Rachel nicht bekannt gemacht worden war – saßen während des ersten Teils des Mahls bei ihnen; während des zweiten Teils waren die Engel aus Gasa ihre Gesellschaft. Selbst in ihrem zerstreuten Zustand bemerkte Rachel, wie es Nathan gelang, neben Magdalena, dem weiblichen Engel aus Monteverde, zu sitzen.

Die Stühle wurden so dicht zusammengeschoben, daß sich ihre Flügel verhakten. Sie sprachen leise miteinander, die Köpfe vorgeneigt, und schienen alles rings um sich herum vergessen zu haben.

Rachel warf einmal einen Blick zu ihrem Gemahl hinüber, der Nathan mit finsterer Miene beobachtete. »Was paßt dir nicht?« fragte sie.

»Ich erwäge, meinen Bruder umzubringen.«

Sie sah wieder zu Nathan und Magdalena hinüber. »Hannah sagte, die Liebe zwischen zwei Engeln ist verboten.«

»Deshalb denke ich daran, ihn umzubringen. Oder sie.«

Sie spielte mit dem Löffel in ihrer Suppe herum. »Welch ein Verbrechen«, sagte sie leise.

Jetzt hatte sie seine ungeteilte Aufmerksamkeit gewonnen. »Ich bin ganz deiner Meinung. Ich habe schon so oft mit ihm darüber gesprochen …«

Sie schüttelte den Kopf. »Nein. Welch ein Verbrechen, daß zwei Leute, die sich lieben, zwangsweise nicht zusammenkommen dürfen. Gleichgültig, aus welchem Grund, wegen welcher Vorschrift oder welchen Gesetzes.«

»Ich nehme an, Hannah hat dir erklärt, warum derartige Vereinigungen verboten sind.«

»Weil die Kinder, die daraus hervorgehen könnten, Ungeheuer sind.«

»Ja. Kinder, die nur eine geringe Lebenserwartung haben, die einen qualvollen Tod erleiden und jeden zerstören, dessen Blick auf sie fällt.«

Rachel zuckte die Achseln. »Es gibt Methoden, wie sich ein Mann und eine Frau lieben können, ohne Kinder zu empfangen.«

Er starrte sie an. »Engel halten nichts von Verhütungsmitteln.«

Jetzt war es an ihr, ihn erstaunt anzustarren. »Sie halten nichts von … Dann ist für euch der Liebesakt also nichts anderes als ein Mittel zum Kinderzeugen?«

Er blickte sich schnell in alle Richtungen um, aber niemand hörte ihnen zu. Nathan und Magdalena waren intensiv miteinander beschäftigt, die lebhafte Ariel redete mit einem Mann aus Bethel, und im Augenblick gaben sich alle anderen dem Essen hin.

»So einfach ist es nicht«, erwiderte er steif. »Leidenschaft muß nicht unbedingt mit einem Kinderwunsch einhergehen. Aber es werden nur sehr selten Engelkinder geboren. Jede Möglichkeit, mehr Engel zu zeugen, muß wahrgenommen werden – es ist tatsächlich eine Sünde, ein Verbrechen, Empfängnisverhütung zu betreiben, falls die Aussicht besteht, daß ein Engel gezeugt werden könnte.«

»Wenn man davon ausgeht, daß es nicht bereits zu viele Engel in der Welt gibt«, bemerkte Rachel sarkastisch.

Seine Verärgerung war ihm anzusehen, obwohl er sich bemühte, sie zu verbergen. »Ich nehme an, die Edori sind anderer Ansicht als wir, wie in so vielen Dingen.«

»Nach Ansicht der Edori«, sagte sie, »kann die Bindung zu einem Kind niemals gebrochen werden. Deshalb müssen der Entscheidung, ein Kind in die Welt zu setzen, reifliche Überlegungen vorausgegangen sein. Und da ein ungewolltes Kind für eine Frau die allerschlimmste Belastung ist, verfügen die Frauen über gewisse Mittel, um zu verhindern, daß so etwas eintritt.«

Sein Gesicht drückte eine solche Mischung unterschiedlicher Gefühle aus, daß sie Mühe hatte, sie alle zu durchschauen. Kannte sie sich mit diesen schrecklichen Verhütungsmaßnahmen aus? Wenn die Ehe zwischen ihnen niemals vollzogen werden sollte, was machte es dann schon, ob sie sich in diesen Dingen auskannte oder nicht? Wenn Jovah sie zu einem bestimmten Zweck zusammengeführt hatte, umfaßte dieser auch das Hervorbringen von Nachwuchs? Und falls dies so war, wie sollten sie ihre vielfältigen Differenzen überwinden und ein Engelkind zustande bringen?

»Mach dir deswegen keine Sorgen«, sagte sie ohne jede Spur von Boshaftigkeit. »Ich kenne ebenfalls Mittel und Wege, die Fruchtbarkeit zu steigern. Jeder Edori, der ein Kind wollte, hat früher oder später eins bekommen.«

Obwohl dieses kurze Gespräch sie vorübergehend erfrischt hatte, spürte Rachel, daß sie immer müder wurde, je länger sich der scheinbar unendliche Abend dahinschleppte. Und, genau wie Gabriel warnend angekündigt hatte, waren noch etliche weitere Aktivitäten vorgesehen, denen sie sich nicht entziehen konnte. Sie gab vor, die stramme Goldspange in ihrem Haar habe ihr Kopfschmerzen bereitet, und flüchtete in ihr Zimmer, um ihre Frisur zu lockern und sich umzukleiden. Sie verweilte dort so lange, wie sie es wagte, doch schließlich begab sie sich wieder hinunter in die Arena. Nun, da sie mit einem schlichten dunklen Gewand bekleidet war und sich einen schwarzen Schal zum Wärmen um den Kopf geworfen hatte, fiel sie bei weitem nicht mehr so stark auf wie zuvor in ihrem goldfarbenen Hochzeitskleid, und sie huschte beinahe unbemerkt durch die feiernde Menge.

Was sie bei ihrer Rückkehr antraf, machte auf sie den Eindruck einer Engel-Ausstellung. Sechs Engel standen im Kreis – Saul und Raphael, Ariel und Magdalena sowie Nathan und eine junge Engelin namens Eva. Zunächst improvisierte einer der Engel eine unglaublich komplizierte kurze Melodie, dann wiederholte der neben ihm stehende Engel sie, notengetreu, und fügte seine eigenen schwierigen Variationen bei. Der folgende Engel würde alles nachsingen, was bis dahin vorgetragen worden war, würde seinen Teil dazugeben und sich lachend an den nächsten Mitstreiter wenden. Der improvisierte Gesang dauerte beinahe fünf Minuten, bis Ariel einen Ton ausließ und aus dem Wettkampf ausschied. Das Ganze fing wieder von vorn an. Letztendlich ging Raphael als Sieger daraus hervor. Alle Versammelten jubelten.

Ein anderer Engel aus dem Horst – sie glaubte sich zu erinnern, daß sein Name Obadja war – trat vor und sang eine hübsche Melodie; jemand hinter ihm fiel leise ein. Zweifellos konnte das die ganze Nacht so weitergehen. Rachel sah sich um auf der Suche nach irgendwelchen anderen Unterhaltungen, die der Abend noch so bieten mochte. Das gesamte Umfeld war von Flammen erhellt: In dekorativen schmiedeeisernen Kandelabern steckten brennende Wachskerzen, etwa einen Fuß über der Menge; Kohlebecken, die um den Rand des Plateaus herum aufgereiht waren, fügten einen schwachen orangefarbenen Schimmer hinzu. Alles zusammen vermittelte einen Eindruck von Fröhlichkeit und Wärme. Die Hauptaktivitäten bestanden anscheinend im Zuhören und – trotz des reichhaltigen Mahls, das gerade erst serviert worden war – im Essen. Diener gingen umher mit Gelees und Süßspeisen und gehackten Früchten, und fast jeder hielt ein Glas mit irgendeinem sprudelnden Getränk in der Hand. Jene, die sich nicht von dem Gesang in Bann hatten schlagen lassen, hatten sich an den Rand der Arena zurückgezogen und waren in leise Gespräche vertieft.

Während Obadja von einem anderen Sänger abgelöst wurde, streifte Rachel durch die Menge und suchte Lady Marie. Ohne ihr goldfarbenes Kleid war sie für niemanden erkennbar, und niemand sprach sie an. Sie kam sich vor wie ein Gespenst, ein Schatten, ein Gast auf ihrer eigenen Hochzeit; sie ergötzte sich an dem Gedanken, daß das Ganze auch ohne sie hätte stattfinden können – was in gewisser Weise stimmte. Was hier gefeiert wurde, war nicht die Hochzeit der Raheli sia a Manderra mit dem zukünftigen Erzengel Gabriel, sondern die Erfüllung eines Gottesgebots und das offizielle Ritual der Veränderung. Sie war unerläßliches Beiwerk, kein eigenes Individuum. Jovahs zuckender Finger war stehengeblieben, als er gerade auf sie zeigte; und deshalb war sie jetzt hier im Horst und hörte die Engel singen.

Anscheinend war Marie nirgendwo in dem Gewühl von Leuten. Für die Schwangere war es leichter, sich aus dieser Veranstaltung auszuklinken als für Rachel, die offizielle Hauptfigur. Obwohl, wenn niemand sie erkannte, würde auch niemand ihre Abwesenheit bemerken …

Was sie vom Gehen abhielt, war der erneute Wechsel bei den Sängern. Sie stand zu sehr abseits, um zu sehen, wer nun die Hauptrolle übernommen hatte, aber sie erkannte den Sänger schon allein an dem Material, das er ausgewählt hatte. Matthäus, dessen schwungvoller Tenor himmelwärts stieg, gab eins der zarten edorischen Liebeslieder zum besten, die Rachel seit fünf Jahren nicht mehr gehört hatte. Bei deren Klang blieb sie wie angewurzelt stehen. Sie empfand beinahe das gleiche wie in dem Augenblick, als Gabriel sie mit den Armen umfangen und zum Horst hinaufgetragen hatte – Schwindel, Verwirrung, Verzweiflung. Simon hatte dieses Lied für sie gesungen …

»Hier. Entlang der Wand sind Stühle aufgestellt worden. Deine Hände sind kalt, kein Wunder. Es ist eisig. Komm, wir wollen uns neben dieses behagliche Feuer setzen. Möchtest du etwas Wein?«

Sie war sanft zu einem Stuhl gedrängt und zum Platznehmen angehalten worden, bevor ihr überhaupt richtig bewußt war, daß jemand mit ihr sprach. Derjenige hatte ihr ein Glas Wein in die Hand gedrückt, ohne daß ihr gegenwärtig war, um wen es sich handelte.

»Josias«, sagte sie zögernd. »Stimmt das?«

Er nickte. »Trink das! Los, leer das ganze Glas! So ist es gut. Ja, ich bin Josias. Ich wünschte, wir wären einander ordentlich vorgestellt worden, aber leider bin ich erst sehr spät angekommen. Du bist natürlich Rachel.«

Er war so klein und unauffällig, so anders als die

übrigen Engel und die reichen Adligen, von denen sie in letzter Zeit umgeben gewesen war, daß sie ihn beinahe vom ersten Augenblick an mochte.

»Du bist Priester«, sagte sie.

»Nun ja, eigentlich bin ich eins der Orakel, wenn man es genau nimmt.«

»Ist das etwas Besseres?«

Er lachte verhalten. »Etwas Erleseneres. Es gibt mehrere hundert Priester, aber nur drei Orakel.«

»Ach ja?«

»Drei Orakel für die drei Provinzen. Für den Gott liegt eine gewisse Kraft im Triumvirat. Orakel, Engel und Mensch. Gasa, Bethel, Jordana. Gegebenenfalls auch die drei Schicksalsschläge, die Samaria heimsuchen werden, wenn die Glorie nicht stattfindet – die Zerstörung der Ebene von Sharon, die Zerstörung des Flusses Galiläas und die Zerstörung der Welt an sich.«

»Ich kenne mich in der Theologie nicht so gut aus«, sagte Rachel entschuldigend. »Verzeih meine Dummheit.«

Er musterte sie aufmerksam. »Ich kann es wirklich kaum fassen, daß es in einer Kultur wie der unseren, die so in sich geschlossen ist, jemanden gibt, der nicht alle Grundsätze, das ganze Drum und Dran in- und auswendig kennt.«

»Man hat mir nicht beigebracht ...«

»Oh, ich weiß. Die Edori haben ihren eigenen Mystizismus. Ich komme allerdings selten mit Edori in Berührung. Beinahe jeder, mit dem ich es zu tun habe, hat sich denselben Philosophien und Idealen verschrieben; jeder kennt seinen eigenen Platz in der allgemeinen Ordnung, und bestimmt kennt er meinen. Deshalb ist es eine einigermaßen verblüffende Begebenheit, einer geistigen Unschuld zu begegnen.«

Nur die Hälfte dessen, was er gesagt hatte, ergab für sie einen Sinn, aber im großen und ganzen hatte er ihre

Aufmerksamkeit geweckt; sie wollte sich mit ihm über Religion unterhalten, um ihm zu gefallen.

»Die Edori sind Gläubige«, erklärte sie.

Er lächelte. »Und woran glauben die Edori?«

»Daß die Menschen in Harmonie leben sollen mit den Menschen, den Tieren und der Erde. Daß Jovah jene bestraft, die nicht in Harmonie leben, und jene auszeichnet, die es tun.« Die weiche edorische Aussprache schlich sich wieder in ihre Rede, während sie die Glaubensbekenntnisse aufsagte, die sie als Kind gelernt hatte.

»Und woher weiß Jovah, wen er bestrafen und wen er auszeichnen soll?«

»Jovah sieht alles und weiß alles. Er hört jedes Gebet. Er erhöht die Tugendhaften und erniedrigt die Schlechten, obwohl er manchmal nicht so schnell handelt, wie es sich die Männer und Frauen wünschen.«

»Und wer überwacht Jovah?«

»Der Namenlose«, antwortete sie ohne Zögern.

Er lächelte erneut. »Ja, siehst du, an diesem Punkt gleiten die Edori in Gotteslästerung ab, fürchte ich. Ich räume gern ein, daß man sich der Kette der Mittler entledigen mag – das heißt, der Orakel und der Engel. Vielleicht sind sie unnötig, vielleicht können auch ganz gewöhnliche Menschen mit dem Gott sprechen. Aber Jovah überwacht sich selbst. Er ist das oberste Schiedsgericht. Es gibt keine über Jovah stehende Institution.«

Sie wußte, daß ihr Gesicht Erstaunen ausdrückte. »Aber Jovah ist das Werkzeug, und der Namenlose hat ihn geschaffen, damit er über uns wacht. Und für jeden einzelnen Stern, den wir des Nachts am Himmel sehen, hat der Namenlose einen eigenen Gott geschaffen, der über dessen Volk wacht. Und jeder Gott ist gerecht, aber jeder Gott ist auch das Werkzeug dessen, der über uns alle wacht.«

»Das finde ich äußerst aufschlußreich«, sagte Josias.

Anscheinend war er nicht im geringsten beleidigt durch das, was seiner Meinung nach Gotteslästerung sein mußte. »Das Volk von Samaria ist insgesamt betrachtet eine sehr homogene Gruppe. Abgesehen von einigen Unterscheidungen durch Geld und Klassenzugehörigheit der einzelnen Mitglieder haben sie eine bemerkenswert ähnliche Weltanschauung und theologische Grundlage. Sie alle – Manadavvi, Jansai, Angeli, Luminauzi – glauben an denselben Gott und an die Grundsätze dieses Gottes. Alle mit Ausnahme der Edori. Warum unterscheiden sich die Edori von den anderen? Wer hat sie ihre Regeln gelehrt? Wann trat die Religionsspaltung ein?«

Sie war völlig durcheinander, und man sah es ihr an. Er lachte.

»Ich bin – alle Orakel sind – in der samarianischen Geschichte bewandert, weil wir sie studiert haben«, sagte er. »Wir haben Zugang zu Dokumenten über die Anfänge der Zivilisation, die für andere nicht unbedingt einen Sinn ergeben. Das heißt ... Nun, wie sind nach Meinung der Edori die Menschen nach Samaria gekommen?«

Diesen Teil kannte sie. »Jovah hat uns hergebracht, vor Hunderten von Jahren, von einem Ort, an dem Gewalt und Zwietracht herrschten. Er hat uns hierhergebracht, damit wir in Harmonie miteinander leben, und er blieb, um über uns zu wachen.«

»Ja, das stimmt – obwohl sich die Gelehrten immer noch streiten, wie Jovah diese Heldentat vollbracht hat und wo dieser andere Ort wohl sein mag. Aber in Samaria leben erst seit fünfhundert Jahren Menschen. Anscheinend haben wir vor einigen Jahrhunderten an einem anderen Ort gelebt, und es ist das Wunder unseres Gottes, daß er uns hierhergebracht hat, damit wir unser Leben von Grund auf neu beginnen. Jene, die er hierhergebracht hat – kannst du diese Ungeheuerlichkeit begreifen? –, haben sich tatsächlich mit dem Gott unterhalten, haben tatsächlich seine warme Hand auf ihrem Körper gespürt, als er sie von irgendwoher hierher getragen hat. Sie befanden sich von Angesicht zu Angesicht dem Gott gegenüber, verstehst du. Dann ließen sie sich also alle hier nieder, entschieden sich für ein Leben als Bauern, Kaufleute oder Bergarbeiter, aber sie alle hatten den Gott gesehen, und deshalb hingen sie alle demselben Glauben an. Und sie gaben diesen Glauben an ihre Kinder weiter, durch alle Generationen hinweg.

Aber die Edori … Wer hat ihnen als erster eine andere Version der Geschichte eingeflüstert? Die grundlegenden Regeln der Anbetung sind dieselben, das liegt auf der Hand. Aber irgendwo, irgendwie hat jemand die Philosophie verändert. Ich frage mich immer wieder, wer und warum und was diesen Jemand zu dem Glauben brachte, den er verfocht.«

Allmählich bekam sie Kopfweh. »Alle Edori glauben dasselbe wie ich«, sagte sie kleinlaut.

Er lächelte sie wieder an. »Ja, und du hast keine Ahnung, worüber ich daherschwafele, wie? Ich muß mich entschuldigen. Es ist nur so, daß ich so selten mit jemandem von den Edori rede, und ich dachte, ich nutze die Gelegenheit, um zu fragen …«

Er verstummte und betrachtete gedankenverloren ihr langärmeliges schwarzes Kleid. »Obwohl du natürlich keine geborene Edori bist«, sagte er.

»Ich bin am Fuß der Caitanischen Berge geboren«, sagte sie. »Ich habe bei den Edori gelebt, beinahe seit ich mich erinnern kann.«

»Ja, die Hochlandbauern sind sehr fromm. Du mußt gleich nach deiner Geburt geweiht worden sein. Sonst hätte ich dich niemals ausfindig gemacht.«

»Du hast mich ausfindig gemacht?«

»Jovah hat dich erwählt, und er hat mir deinen

Namen verraten, und ich habe Gabriel gesagt, wo er dich finden kann. Jedenfalls dachte ich …«

Sie blickte sich um. Matthäus hatte längst aufgehört zu singen. Ariel war jetzt die Hauptsängerin, und ihr klarer Sopran erschallte mit einer unirdischen silbernen Reinheit. »Dann muß ich dir also für all das hier danken«, sagte sie.

Er lachte. »Nur in zweiter Linie. Ich habe den Willen des Gottes gedeutet. Kann ich davon ausgehen, daß dies nicht das Leben ist, für das du dich selbst entschieden hättest?«

Sie schwieg eine Weile. »Das Leben, für das ich mich selbst entschieden hätte, wurde mir genommen, als ich zwanzig Jahre alt war. Ich liebte einen edorischen Mann, und ich wollte mein Leben mit ihm verbringen. So etwas wie das hier hätte ich mir niemals träumen lassen. Und Gabriel ist über diese Fügung ebensowenig glücklich wie ich. Ich glaube, Jovahs Weisheit hat in diesem Fall versagt.«

»Jovah irrt sich nie, obwohl wir seinen Willen manchmal falsch auslegen«, erklärte Josias mit sanfter Stimme. »Gabriel hat mir erzählt, daß sein Kuß hell aufblitzte, als du das erste Mal seinen Raum betratst. Und auf den Kuß kann man sich immer verlassen.«

Sie stieß ein knappes Lachen aus. »Das muß wohl so sein. Wenn er nur dann aufleuchtet, wenn man seiner wahren Liebe begegnet …«

Josias lächelte. »Nun, ich könnte mir vorstellen, daß Jovahs Beweggründe nicht immer mit den menschlichen Wünschen übereinstimmen. Ich war schon immer der Ansicht, daß er einen Mann und eine Frau aus Gründen zusammenbringt, die mehr mit Fortpflanzung, Vererbung und genetischer Mischung zu tun haben …«

»Wie bitte?«

»Kinder«, erklärte er. »Wenn man sich die Geschichte

der großen Anführer Samarias vor Augen führt, so stellt man fest, daß deren Eltern häufig von Jovah zusammengebracht worden waren – das heißt, jene, die sich durch den Kuß zueinander hingezogen fühlten.«

Er lachte. »Es gibt da eine Geschichte. Vielleicht kennst du sie sogar, da es eine edorische Erzählung ist. Sie wurde mir als Begründung dafür angeführt, daß die meisten Edori es vorziehen, nicht geweiht zu werden. Nach dieser Geschichte suchte vor Hunderten von Jahren der erwählte Erzengel – dessen Name damals ebenfalls Gabriel war – seine Braut. Er suchte sie in jeder Stadt und in jedem Dorf von Gasa bis Luminaux, aber er fand sie nirgends. Eines Abends unterbrach er seinen Flug, um bei einer Gruppe von Edori zu bleiben.

Dort, in deren Lager, erwachte sein Kuß zum Leben und führte ihn zu einer jungen Frau, die erst kurz zuvor die Lebensgefährtin des Clan-Oberhauptes geworden war, obwohl sie ihm noch keine Kinder geboren hatte. Sie liebte den Häuptling und hatte keine Lust, Angelica zu werden, und entsprechend äußerte sie sich dem Erzengel gegenüber. Dieser Gabriel glaubte jedoch fest daran, daß Jovahs Weisungen wichtiger sind als menschlicher Wille, und er brachte sie gewaltsam nach Windhagen. Wo sie den Rest ihres Lebens verbrachte und ihm viele Kinder schenkte, alles Engel. Dieser Geschichte entnehme ich«, schloß Josias, »daß sich Jovah weniger um das menschliche Herz als um den Genteich schert. Aber ich kann auch gut verstehen, warum die Edori es vorziehen, nicht vom Gott geküßt zu werden.«

Rachel lächelte. »Ich habe die Geschichte von dem Engel gehört, der Susannah entführt hat«, sagte sie. »Aber mir wurde sie als Begründung dafür erzählt, daß man sich vor Engeln hüten soll.«

Josias lächelte ebenfalls. »Es ist Jovah, der euch aufspürt, nicht die Engel.«

Sie dachte nach. »Kann er jeden aufspüren, der geweiht ist? Wirklich jeden? Er weiß, wo sich eine bestimmte Person befindet – lebend oder tot –, sofern sie einen Kuß trägt?«

»Er weiß alles über jeden, auch über die, die nicht geweiht sind«, sagte Josias. »Aber er kann sich nur über die Geweihten mit dem Orakel verständigen.«

»Wenn also jemand geweiht ist – und noch lebt –, dann wüßtest du, wo er ist?«

»Wen suchst du?« fragte er.

»Einen Mann – einen Edori, den ich einst kannte«, stammelte sie. »Er war der einzige Mensch außer mir in unserem Stamm, der einen Kuß trug. Seine Mutter hatte ihn im Sommer seiner Geburt zum Priester gebracht, weil sein Vater ein Kaufmann aus Luminaux gewesen war und ihr das Versprechen abgenommen hatte, daß sie ihr gemeinsames Kind weihen würde. Wir waren innerhalb unseres Stammes Absonderlichkeiten, was vielleicht der Grund dafür war, daß wir Freunde wurden …« Sie verstummte unvermittelt. Freunde. Liebende. Lebend oder tot, Simon war jetzt außerhalb ihrer Reichweite. Trotzdem, wenn die Möglichkeit bestünde zu erfahren …

»Wenn du mir seinen Namen verrätst, außerdem die Namen seiner Eltern, das Jahr und den Ort seiner Weihe – ja, dann kann ich dir sagen, ob er noch am Leben ist. Hast du Zweifel daran?«

»Ich glaube, daß alle Manderras tot sind, bis auf die, die Sklaven wurden«, sagte sie trocken. »Und unter diesen Umständen wäre es mir lieber, wenn er tot wäre.«

Er nickte ernst. »Ich werde mich bei dem Gott erkundigen, sobald ich zurück bin. Von hier aus kann ich ihn nicht fragen.«

»Seine Mutter hieß Mariah. Der Name seines Vaters war ebenfalls Simon. Er ist vor dreißig Jahren in Luminaux geweiht worden«, sagte Rachel, den Blick starr geradeaus gerichtet. Dann zögerte sie und wagte es, dem Orakel direkt in die Augen zu sehen. »Erzähl Gabriel nichts davon.«

»Nein, ich erzähle ihm nichts.«

Kaum hatte er das letzte Wort gesprochen, hörte sie, wie jemand den Namen ihres Gatten rief. Bald nahmen andere Stimmen den Ruf auf, und ein allgemeines Gelächter erklang, bis der Engel endlich auf der Bildfläche erschien.

»Heute ist mein Hochzeitstag«, sagte er, und seine Worte schallten bis an den Rand des Plateaus, wo Rachel saß. »Ich habe euch bereits genügend Unterhaltung geboten.« Die Menge widersprach lauthals. Rachel hörte Gabriel lachen.

Das Orakel lächelte die frischgebackene Ehefrau an. »Ich nehme an, dein Gatte ist im Begriff zu singen«, sagte er. »Das wird bestimmt ein Genuß. Laß uns näher hingehen.«

Sie schüttelte den Kopf. »Ich bin sehr müde. Ich bleibe hier. Geh du nur.«

Er erhob sich, dann blieb er stehen und nahm ihre Hand. »Die Unterhaltung mit dir hat mir Spaß gemacht«, sagte er. »Du mußt mich irgendwann einmal besuchen, damit wir unser theologisches Gespräch fortsetzen können.«

»Das täte ich gern«, sagte sie. »Wenn ich jemals wieder von diesem Berg hinunterkomme.«

Er verneigte sich und entfernte sich. In der Mitte des Plateaus hielten die gutmütigen Sticheleien an, während Gabriel und seine Freunde verschiedene Werke, die der Bräutigam singen sollte, erwogen und wieder verwarfen. Anscheinend nahm niemand Notiz von Rachel. Sie rutschte von ihrem Sitz und schlich mit gesenktem Blick leise durch die Menge, den Schal um das helle Haar gewickelt, vollkommen unsichtbar.

Judiths kehlige Altstimme erschallte, bevor Rachel den Tunneleingang erreicht hatte, und sie hielt inne, als sie das Lied erkannte. Es war Lochevskys *Magnificat*. Es war eine der Glorien-Messen – sogar Rachels liebste –, deren Aufnahme sie immer wieder hatte abspielen lassen, aus reinem Entzücken darüber, wie Hagars Stimme die dreieinhalb Oktaven bewältigte, die das weibliche Solo verlangte. Rachel fand, daß Judiths Stimme nicht das erforderliche Tonvolumen hatte und tatsächlich, als die Musik den ersten grandiosen Sprung nach oben machte, übernahm Ariel die höheren Noten. Ihr wohlklingender Sopran ergoß sich in einer Kaskade von kräftigen Arpeggien nach unten, und Magdalena fiel geschmeidig ein, um die Mezzo-Linie zu übernehmen. Rachel lächelte vor sich hin. Es bedurfte heutzutage dreier Sängerinnen, um die Messe vorzutragen, die Hagar mit solcher Virtuosität gemeistert hatte.

Wieder wandte sie sich zum Gehen – da ertönte Gabriels Stimme in einem harmonischen Duett mit Magdalenas Stimme. Die Stimme der Frau verebbte, und Gabriel sang in einem prächtigen, jubelnden Tenor. Er erreichte den Höhepunkt seiner stimmlichen Bandbreite, als das Lied in freudiger Erregung gipfelte. Seine Stimme war wie flüssiges Feuer, und jeder Ton brannte sich beim Herabsinken in Rachel ein. Sie schloß die Augen; ihr Körper straffte sich für einen kurzen Augenblick, als ob die Musik sich körperlich auf sie übertrüge, an einem dünnen Faden, der ihr Rückgrat entlang verlief. Dann ließ sich der Gesang an einer Tonleiter von fließenden Dreiersprüngen hinab, zwischen Moll und Dur wechselnd.

*Göttlicher Jovah, diese Stimme – seine Stimme!* Sie hatte in ihrem ganzen Leben noch nie etwas so Schönes gehört.

Sie konnte die Arena nicht verlassen, solange er sang, aber sie war zu sehr ergriffen, um aufrecht zu stehen.

Sie drängte sich durch die Menge wieder zurück an den Rand und lehnte sich an die stützende Mauer. Jetzt sangen die Frauen wieder, wobei sie die Melodie von Kehle zu Kehle warfen, als ob sie das viele Male geprobt hätten, aber sie wußte, daß der Tenor bald wieder einsetzen würde. Ungeduldig wartete sie während des zweiten Duetts (gesungen von Ariel und Magdalena) auf das zweite männliche Solo, das länger und umfassender war als das erste. Als seine Stimme aus der hohen Sopran-Linie ausbrach, wäre sie am liebsten im Felsen versunken. Sie spürte, wie ihre Hände sich so fest an die Mauer hinter ihr drückten, daß ihr der glatte Stein grobkörnig und rauh an der Haut vorkam. Seine Stimme schied sie von ihrem Körper; sie ersetzte ihre Seele. Während er sang, besaß er sie.

Sie hatte vergessen, daß jede Messe eine Erwiderung des Chors umfaßte. Als die gemischten Stimmen von Engeln und Menschen ihren Einsatz hatten, am Ende von Gabriels Solo, durchfuhr sie ein solcher Schreck, daß sie einen Satz von der Mauer weg machte. Sie sangen den schlichten Refrain leise, aber auf diesem halbumschlossenen Platz wirkte der Klang gewaltig, brausend wie ein Ozean, ein mächtiges Zusammenspiel von Harmonie und Bewegung. Die gezeitenähnliche Kraft der Musik zog Rachel nach vorn; ihr Mund formte die Worte zusammen mit den Sängerinnen. Erst als der Chor verstummte und dem nächsten Sopran-Solo Platz machte, lehnte sie sich wieder an die Mauer.

Aber das war doch lächerlich! Wenn sie bereits vom ungezwungenen Vortrag von ein paar hundert Sängern bei einer Hochzeitsfeier überwältigt war, wie sollte sie dann eine von tausend Stimmen gesungene Glorien-Messe überstehen, bei der sie selbst sogar noch die führende Rolle übernehmen sollte?

Sie blieb an der Mauer stehen, bis die Messe vorüber war, ließ sich von der Musik überfluten, ließ sie in sich einsickern, sie erfüllen. Als die letzten Töne des Chors verklangen, brach das Publikum in spontanen Applaus aus; alle beglückwünschten die Frauen zu der Geschmeidigkeit ihrer Übergänge und Gabriel zu seinem großartigen Tonvolumen. Rachel schüttelte sich und rannte zum Ausgang, bevor wieder jemand zu singen anfing.

# 8. KAPITEL

Im großen und ganzen war Gabriel mit seinem Hochzeitstag nicht unzufrieden. Er hatte sich bei derartigen Festen noch nie übermäßig wohl gefühlt, aber dieses ging einigermaßen glatt über die Bühne. Obwohl ihm die Rolle des Gastgebers gar nicht lag, mußte er sich wohl oder übel daran gewöhnen, denn die Anwesenden waren eben jene Leute, für die er in Zukunft regelmäßig Gesellschaften geben müßte. Also zwang er sich zu einem höflichen Gespräch mit Lord Jethro und Lady Clara, ihrem Sohn und ihrer Schwiegertochter und anderen einflußreichen Persönlichkeiten aus der semorranischen Gruppe. Zu seinen Gästen gehörten darüber hinaus Jansai aus Breven, Manadavvi aus Gasa, Handwerker aus Luminaux und natürlich die unumgänglichen Vertreter der Engelschaft. Es war ein Mikrokosmos der samarianischen Gesellschaft, eine kleinere Ausgabe der Menge, die sich in wenigen Monaten zur Glorie versammeln würden.

Die einzige Person von allen, mit der er sich wirklich gern unterhielt, war Ariel, die ihn nach dem Essen beiseite nahm, während der improvisierte Gesangswettbewerb seinen Lauf nahm.

»Ich bin immer die erste, die die Musik vermurkst«, bemerkte sie gutgelaunt, wobei sie ihm das Weinglas aus der Hand nahm, einen Schluck davon nahm und es an ihn zurückreichte. »Ich weiß nicht, warum ich überhaupt mitmache.«

»Du hast andere hervorragende Qualitäten, davon bin ich überzeugt«, antwortete er. Er hob mit großer Geste sein Glas gegen das Licht des Feuers, um zu prüfen, ob sie irgendwelche Verunreinigungen hinterlassen hatte. »Wenn du da hineingespuckt hast …«

»Sei nicht albern! Eher hätte ich den Inhalt vergiftet, als hineinzuspucken. Können wir uns irgendwo ungestört unterhalten?«

Bei dieser unvermittelten Frage runzelte er die Stirn, sagte jedoch »Gewiß« und führte sie nach drinnen. Sie betraten den ersten Raum, zu dem sie gelangten, eine der kleineren Schallkammern.

»Ach, leg doch ein wenig Musik auf«, sagte Ariel, wobei sie die Tür hinter sich schloß.

Er wirkte vergnügt. »Hast du irgendwelche Vorlieben?«

»Nun, irgend etwas Fröhliches, in Anbetracht dessen, daß dies ein fröhlicher Tag für dich sein sollte.«

Er ließ einen der Festgesänge abspielen, drehte die Lautstärke herunter und ließ sich neben Ariel auf dem Steinfußboden nieder. »Ich bin verheiratet«, sagte er, »jetzt ist also der falsche Augenblick, um mir zu eröffnen, wie hoffnungslos verliebt du in mich bist.«

Sie saß mit dem Rücken an die Wand gelehnt da, die Beine lang ausgestreckt, die Flügel schützend über die Schultern nach vorn geneigt. Wie die meisten Engel zog Ariel es vor, lederne Flugkleidung zu tragen, enganliegend und zweckmäßig. Anläßlich der Hochzeit jedoch hatte sie sich mit einem lose fließenden Seidenkleid und silberfarbenen Sandalen ausstaffiert; sie sah ganz und gar nicht aus wie die flinke, entschlossene, ein wenig ruhelose Ariel, die er kannte.

»Sie ist wirklich ziemlich hübsch, deine Rachel«, sagte sie. »Ich hatte noch keine Gelegenheit, mich ausgiebig mit ihr zu unterhalten, aber ihr Äußeres wird ihrer Rolle unbedingt gerecht. Diese Haare …!«

»Das Schönste an ihr«, entgegnete Gabriel trocken.

»Nun, man sieht ihr die ehemalige Sklavin bestimmt nicht an. Ich meine, sie hat eine gewisse angeborene Eleganz und herrschaftliche Art.«

»Die hat sie, zweifellos.«

»Sie sieht eigentlich auch nicht wie eine Edori aus. Wenn überhaupt, dann sieht sie wie – nun ja, wie Raphael aus.«

»Das braucht einen nicht zu wundern, schließlich stammt sie aus den Caitanischen Bergen. Ich habe gehört, wie er zu ihr irgend etwas über eine Verwandtschaft zwischen ihnen gesagt hat.«

»Sie mag ihn nicht«, sagte Ariel unvermittelt.

»Wer? Rachel mag Raphael nicht?«

»Hast du nicht bemerkt, wie sie ihn angesehen hat? Während er ihre Hand hielt? Sie machte ein Gesicht, als ob sie die Finger in einen Haufen Pferdekot mit Maden gesteckt hätte!«

»Ariel!«

»Nun, jedenfalls drückte ihre Miene den puren Abscheu aus.«

»Ich kann mir nicht vorstellen, was sie gegen ihn haben sollte. Soweit ich weiß, sind die beiden sich nie zuvor begegnet. Andererseits«, fügte er mit einem leicht verbitterten Ton hinzu, »weiß ich so gut wie nichts über sie. Und sie ist nicht sonderlich bemüht, Einzelheiten über sich preiszugeben.«

Ariel lächelte ein wenig spöttisch. »Wie? Dann ist dies also nicht die romantische Hochzeit, die sie zu sein scheint? Handelt es sich in Wirklichkeit um eine Vernunftehe?«

Er erwiderte ihr Lächeln kurz. »Ich denke, man sollte sagen, vernünftig aus meiner Sicht, nicht aus der ihren. Obwohl sie nichts dagegen hatte, aus der Sklaverei erlöst zu werden, gibt sie sich nicht die geringste Mühe, um zu verbergen, daß ihrer Auffassung nach ihr neues

Leben lediglich eine andere Art von Leibeigenschaft ist.«

»Sie wird sich bald daran gewöhnen«, versicherte ihm Ariel. »Das geht allen jungen Frauen so.«

Er behielt seine Zweifel für sich. »Aber gewiß hast du mich nicht von meinem Freund und meiner geliebten Familie weggeholt, um mit mir die Vorzüge und Nachteile meiner Frischangetrauten zu erörtern.«

»Also gut«, sagte sie. »Die geliebte Familie ist das eigentliche Thema, über das ich mit dir reden möchte.«

Er seufzte, zog ein Knie hoch und umfaßte es mit beiden Händen. »Nathan und Magdalena«, sagte er. »Was sollen wir tun?«

»Ich sehe mich nicht in der Lage, mit dem Langzeitproblem fertigzuwerden, weil das naheliegende so bedrückend ist«, sagte Ariel. »Der alte Abel Vashir hat Nathan gebeten, einen Monat bei ihm zu verbringen und seinen Hausmusikanten einige der von ihm verfaßten Stücke beizubringen. Nun, Nathan ist ein begnadeter Komponist, und natürlich freue ich mich, daß er mit einem Manadavvi gut auskommt, aber …«

»Aber Vashirs Haus ist weniger als drei Flugstunden von Monteverde entfernt«, fiel Gabriel ihr ins Wort.

»Und Magdalena hat Freunde in Vashirs Anwesen – sie hält sich dort andauernd auf. Und wenn keiner von uns beiden dabei ist, um sie zu zwingen, ein wenig auf Sitte und Anstand zu achten, nun …«

»Ich werde Nathan sagen, daß er nicht hingehen kann.«

»Ach, Gabriel!«

»Nein, wirklich. Es gibt hier genug für ihn zu tun, um mir zu helfen.«

»Abel wäre beleidigt. Sehr beleidigt. Ich glaube nicht, daß du so viele Verbündete im niederen Adel hast, daß du es dir leisten kannst, einen einflußreichen Manadavvi vor den Kopf zu stoßen.«

»Dann schicken wir Magdalena für den Monat irgendwo anders hin.«

»Der Gedanke ist mir auch schon gekommen, aber wohin?«

»Oder wir behalten sie einfach hier«, antwortete er.

Ariel sah ihn zweifelnd, jedoch nicht ohne Hoffnung an. »Mit welcher Begründung?«

Er zuckte die Achseln. »Wir sagen, Rachel möchte Engel aus allen Gebieten kennenlernen. Oder daß Rachel eine schwierige Zeit der Anpassung an die hiesigen Verhältnisse durchmacht – was ja auch stimmt, wie Jovah bezeugen kann – und daß ich denke, Magdalenas Gesellschaft werde ihr guttun.«

Ariel schloß die Augen halb. »Das könnte gelingen«, sagte sie. »Magdalena hat ein sehr weiches Herz.«

Gabriel grinste. »Rachels Herz hingegen ist ziemlich hart, du mußt deine Schwester also warnen, daß ihre Aufgabe nicht leicht sein wird.«

»Um so besser. Wenn Rachel ihr eine Abfuhr erteilt, dann wird Magda uns glauben. Sonst, so fürchte ich, wird sie die Sache als Strategie durchschauen, mit der sie von Nathan ferngehalten werden soll.«

»Sie ist kein Kind mehr. Sie weiß, daß sie selbst diejenige ist, die sich eigentlich von Nathan fernhalten sollte.«

»Das erfüllt fürs erste den Zweck. Aber – Gabriel, die beiden lieben sich wirklich. Ich weiß nicht, wie wir sie für immer voneinander trennen sollen.«

»Wir verheiraten sie einfach jeweils mit einem anderen Partner«, schlug er vor.

Sie verwarf den Vorschlag mit einer ungeduldigen Handbewegung. »Das wird sie kaum davon abhalten, sich weiterhin zu lieben.«

»Wir werden uns nach der Glorie diesem Problem zuwenden«, sagte Gabriel und stand auf. Ariel streckte ihm eine Hand hin, und er zog sie hoch. »Jetzt muß ich wieder zu meinem eigenen Fest zurückkehren.«

Sie ließ sich ein wenig Zeit, um die Falten ihres Kleides um die Hüften herum zu ordnen. Die smaragdbesetzten goldenen Armreifen klimperten melodisch an ihren Handgelenken. »Ich kann Kleider nicht ausstehen, ich hasse sie«, schimpfte sie. »Am liebsten liefe ich ausschließlich in Lederzeug und Stiefeln herum.«

»Du siehst bezaubernd aus«, sagte er und deutete eine Verbeugung an.

Sie lachte. »Ach, Gabriel, wie ritterlich!«

»Ich muß meine romantische Ader etwas anregen«, sagte er und ging voran aus dem Raum. »Schließlich habe ich jetzt eine Frau, die ich zufriedenstellen muß.«

Sie lachte erneut und folgte ihm hinaus.

Der Teil der Hochzeitsfeierlichkeit, die Gabriel am meisten genoß, war natürlich der Gesang. Das *Magnificat* war bei weitem sein liebstes Musikstück, das in neuerer Zeit kaum noch gesungen wurde, und wenn, dann niemals offiziell, denn heutzutage hatten die Frauen nicht die entsprechenden Stimmen, um die phänomenale Tonleiter zu bewältigen. Er sang sein erstes Solo und empfand denselben euphorischen Ausbruch, den er so oft erlebte, wenn er sich in die Lüfte erhob, als er plötzlich einen brennenden Schmerz am Arm spürte. Das schwarze Leinen seiner Hochzeitsjacke verbarg das Zeichen, aber er wußte, was es war, ohne hinzusehen: der Kuß, an seiner Haut entflammt. Obwohl er Rachels Spur in der Menge verloren hatte, war sie dort irgendwo und lauschte seinem Gesang. Die Vorstellung bereitete ihm ein seltsames narzistisches Vergnügen. Er hob die Stimme erneut und schmetterte die hohen Töne mit aller Kraft. Der Schmerz in seinem Arm ließ erst wieder nach, als sein Lied schon länger als fünf Minuten verklungen war.

Doch als er sich zu den anderen Musikanten am

Boden hinabließ und durch die Menge streifte, auf der Suche nach Rachel, fand er sie nirgends. Allerlei Leute hielten ihn an, riefen ihm Glückwünsche zur Vermählung und Komplimente über seinen Gesang zu, aber Rachel war wie vom Erdboden verschwunden. Obwohl ihn das nicht überraschte. Ihr hatte es von Anfang an hier nicht gefallen.

Bis zum nächsten Morgen verlief alles ohne wirkliche Schwierigkeiten, doch dann bahnte sich eine Katastrophe an. Hannah hatte ihm eingeredet, daß er ein offizielles Frühstück im kleinen Kreis abhalten müsse, zu Ehren seiner ausdauerndsten Gäste, um ihnen zu danken und sie auf höfliche Art zum Aufbruch zu drängen. Er hatte eingewilligt. Also nahmen am nächsten Morgen er und seine Braut mit vielleicht dreißig einflußreichen Gästen Platz, einschließlich der auf Besuch weilenden Engel, der hochrangigen etablierten Bürger und einiger auserwählter Manadavvi.

Er hatte Rachel seit ihrem letzten gemeinsamen Mahl nicht mehr gesehen, bei dem sie gelassen über Gotteslästerung geredet hatte, und er hatte sich bei der Überlegung ertappt, welches unwahrscheinliche Zusammentreffen von Ereignissen wohl eintreten müßte, damit einer von ihnen willens wäre, das Bett des anderen zu teilen. In seiner Gegenwart legte sie stets vollkommene Gleichgültigkeit an den Tag, es sei denn, er hatte sie wütend gemacht; aber allmählich kamen ihm Zweifel. Vielleicht gegen ihren eigenen Willen, aber unweigerlich, reagierte sie auf ihn – zumindest auf seine Stimme. Das Feuer in seinem Kuß hatte das bewiesen.

»Guten Morgen, Rachel. Ich hoffe, du hast gut geschlafen«, sagte er, während er in der Mitte des langen Tisches neben ihr Platz nahm. Sie wirkte beinahe wie ein Kind auf einem der prunkvollen Stühle mit hoher Lehne, die in diesem feierlichsten aller Speisesäle des

Horstes den Sterblichen vorbehalten war. Der Stuhl, auf dem er saß, war kunstvoll geschnitzt und hatte eine schmale Lehne, um seinem Rücken Halt zu geben und gleichzeitig seinen Flügeln genügend Raum zu lassen, sich frei zu bewegen.

»Danke, ich habe so gut geschlafen wie jede Nacht seit meiner Ankunft hier«, lautete die doppeldeutige Antwort.

»Das freut mich zu hören«, sagte er. Er betrachtete sie. Für diesen Morgen hatte sie ein Kleid aus lilafarbenem Brokat gewählt, mit langen Ärmeln (natürlich), einem hohen Kragen und von äußerst schlichter Machart. Die Farbe stand ihr nicht, sie machte ihre sahneweiße Haut fahl und blutlos. Allerdings vermochte nichts die Pracht ihrer Haare zu beeinträchtigen.

Er seinerseits trug halbformelle Kleidung – ein langärmliges weißes Seidenhemd unter einer schwarzen Weste; eine schwarze Hose, schwarze Stiefel und die saphirverzierten Silberarmreifen, die er niemals ablegte. Die anderen Gäste, die nach und nach eintrafen, hatten sich für diesen Anlaß ebenfalls ihre zweitbeste Garderobe angelegt.

Raphael und Leah saßen ihnen gegenüber; die anderen Honoratioren ordneten sich nach Rang und Namen und unterhielten sich mit gedämpften Stimmen über den Tisch hinweg.

»Guten Morgen, Gabriel, Rachel«, begrüßte sie der Erzengel. Er schüttelte die Serviette aus dem silbernen Halter und legte sie seiner Frau mit einer so besorgten Miene über den Schoß, daß Gabriel die Stirn runzelte. Dann richtete der Erzengel den Blick wieder auf seine Gastgeberin. »Wir haben dich gestern abend vermißt, Angela. Du hast das Geschehen allzufrüh verlassen.«

»Ich war müde«, erklärte Rachel knapp. Gabriel sah sie an.

Leah beugte sich über den Tisch. Wieder einmal, wie so oft, betrachtete Gabriel sie mit leicht gerunzelter Stirn und versuchte, ihre jetzigen Züge mit denen in seiner Erinnerung in Einklang zu bringen. Seit zwanzig Jahren kannte er diese Frau, und für ihn war sie immer eine verschwommene Erscheinung geblieben. Er konnte sie einfach nicht erfassen; sie hinterließ keinen Eindruck bei ihm. »Ihr habt gestern abend hinreißend ausgesehen, Rachel«, sagte sie mit ihrer sanften, süßlichen Stimme.

»Sie sieht auch jetzt hinreißend aus, meine Liebe«, berichtigte sie ihr Gemahl.

Leah errötete deutlich sichtbar. »Ja … ich meinte nicht … Ich wollte nur sagen, wie außergewöhnlich schön Ihr gestern abend wart.«

Zu Gabriels Überraschung lächelte Rachel die Frau des Erzengels an. »Danke«, sagte sie. »Ich schätze Eure Freundlichkeit.«

Einer der Diener blieb bei Raphael stehen und legte mit einem großen Löffel Bratäpfel auf seinen und Leahs Teller. Als der Mann weitergegangen war, richtete Raphael wieder das Wort an Rachel. »Ich muß gestehen, ich war enttäuscht«, sagte er. »Ich hatte gehofft, dich gestern abend singen zu hören. Sozusagen als Vorgeschmack auf das Konzert bei der Glorie.«

Gabriel beherrschte seinen Gesichtsausdruck, aber er war sich nicht im klaren darüber, was in ihm stärker war – die Entrüstung über Raphaels Unverblümtheit oder die gespannte Erwartung von Rachels bissiger Erwiderung. Aber er hatte seine Frau unterschätzt. »Mir war mehr daran gelegen zuzuhören, als selbst etwas zum besten zu geben«, entgegnete sie. »Ich habe diese Messen bislang nur in Aufzeichnungen gehört. Ich wollte sie einmal im Originalgesang hören. Ich habe dabei viel gelernt.«

Eine gute Antwort, dachte Gabriel. Leah ergriff erneut das Wort, ganz gegen ihre sonstige Art. »Und welches Stück hat dir am besten gefallen?«

»Eines, das wahrscheinlich außer mir niemand erkannt hat. Das edorische Liebeslied, das Matthäus gesungen hat.«

Gabriel zuckte innerlich zusammen. »Matthäus' Stimme ist ein unschätzbar wertvolles Geschenk«, sagte er ernst.

»Wohl kaum mit der eines Engels zu vergleichen«, hielt Raphael dagegen.

»Oder mit der einer Angelica«, stimmte Rachel zu. Sie nickte Leah zu. »Ich habe es sehr bedauert, daß Ihr nur ein einziges Mal gesungen habt. Eure Stimme ist wunderschön.«

Leah errötete wieder, diesmal wegen des Lobs. »Danke«, sagte sie. »Meine Stimme ist mein einziger Vorzug.«

»Vielleicht Euer größter«, sagte Rachel und lächelte die schüchterne Angelica an, »aber gewiß nicht Euer einziger.«

Raphael nippte an seinem Glas mit Saft, dann sagte er: »Ach, dann bist du also eine Kennerin in Sachen Gesang. Verrate uns doch, welche männliche Stimme hat dir das größte Vergnügen bereitet?«

Wieder eine unterschwellige Herausforderung. Und wieder war Rachel anscheinend dem Gefecht mit dem Erzengel gewachsen. »Sie alle waren begeisternd«, sagte sie kühl. »Mein Gemahl war zweifellos der beste Sänger, aber ich hätte mir gewünscht, dich zu hören, als du jünger warst und deine Stimme sich auf dem Höhepunkt befand.«

Sie gab sich keine Mühe, leiser zu sprechen, um nicht überall gehört zu werden, und am ganzen Tisch war das verhaltene Raunen verstummt, damit eine private Unterhaltung öffentlich werden konnte. Jeder im Raum hatte die bedacht formulierten Worte gehört, das scheinbare Kompliment, das in Wirklichkeit die schlimmste Beleidigung war, die man einem Engel zufügen konnte. Das Schweigen nahm an Dichte zu, wurde beinahe greifbar.

Kurz bevor Ariel zum Sprechen ansetzte, spürte Gabriel ihre Augen auf sich. »Oh, schmeichle nicht seiner Eitelkeit!« rief der monteverdesche Engel aus. »Raphael bildet sich ein, Uriel zu sein, mit einer Stimme, der das Alter nichts anhaben kann. Wir müssen sehr genau hinhören, um ihn bei einem einzigen falschen Ton zu ertappen. Der gelungenste Tag meines Lebens war, als er in der Helgethschen *Cantata* ein zu hohes F sang.«

Alle lachten, überflutet von Erleichterung. Rachel nickte dem Erzengel über den Tisch hinweg zu. »Verzeih mir«, sagte sie. »Es war nicht meine Absicht, deiner Eitelkeit zu schmeicheln.«

Den meisten anderen entging diese Bemerkung, da sie immer noch lachten oder sich wieder ihrer bruchstückhaften Unterhaltung hingaben, doch Ariels Blick huschte wieder zu Gabriel. Er nickte kaum wahrnehmbar. Sie hatte also recht. Rachel haßte Raphael wirklich. Ihre Bosheit war beabsichtigt gewesen.

»Natürlich verzeihe ich dir«, sagte er leichthin. »Du hast mich herausgefordert. Jetzt muß ich versuchen, dich für mich zu gewinnen. Vielleicht kommst du irgendwann einmal nach Windhagen zu Besuch, dann werde ich für dich ganz privat singen.«

»Ich höre mir lieber Duette an«, war ihre rasche Antwort. »Wenn deine Gattin mitsingt, nehme ich deine Einladung mit Freuden an.«

»Rachel hat augenblicklich leider keine Zeit für Besuche«, warf Gabriel ein, und seine Bemerkung klang schroff und holprig nach ihrem pointierten Wortwechsel. »Sie hat vor der Glorie noch viel zu tun und zu lernen.«

Jetzt richtete sich die spitze Zunge seiner Frau gegen

ihn. »Ja, ich werde hier auf dem Berg wie eine Gefangene gehalten, um mich auf meine neuen Pflichten vorzubereiten«, sagte sie bitter-fröhlich. »Die Engel kommen und gehen täglich, aber ich habe so viel zu tun, daß ich keine Zeit habe, in der Gegend herumzureisen.«

Leah beugte sich wieder vor. »Ich verstehe sehr gut, was Ihr empfindet«, sagte sie mitfühlend. »Ich denke manchmal, wenn es leichter wäre, den Berg hin und wieder zu verlassen …« Dann unterbrach sie sich jäh, warf ihrem lächelnden Gemahl einen Blick zu und lehnte sich auf dem Stuhl zurück.

Rachels Aufmerksamkeit war geweckt. »Dann ist Windhagen also wie der Horst? Hoch oben gelegen?«

»Absolut unzugänglich«, sagte Gabriel knapp. »Mindestens tausend Fuß höher als der Horst. Man erreicht es nicht, wenn kein Engel einen hinbringt.«

»Mit diesem unerfreulichen Umstand bin ich bestens vertraut«, sagte Rachel trocken.

»Aber es besitzt eine eigene wilde Schönheit«, sagte Raphael mit zuckersüßer Stimme. »Du hast im Schatten der Caitanischen Berge das Licht der Welt erblickt, Angela. Du weißt, wie zerklüftet und romantisch diese Gegend sein kann. Warst du noch nie in Windhagen?«

»Ich bin die Tochter eines Bergbauern«, sagte sie gleichmütig. »Wir wurden selten bei den Engeln zu Besuch eingeladen.«

»Dennoch – bestimmt – war ich stets bemüht, Kontakt zu meinem Volk zu halten«, sagte Raphael. »Habe ich jemals deinem Dorf einen Besuch abgestattet?«

Es entstand ein Schweigen, das noch angespannter war als das vorige, aber zumindest bekamen nicht alle am Tisch Anwesenden es mit. »Wenn das der Fall gewesen wäre«, sagte Rachel schließlich, »wäre es mit Sicherheit ein so denkwürdiges Ereignis gewesen, daß ich es niemals vergessen hätte.«

Zu Gabriels Bedauern machten sich die Diener daran, den nächsten Gang zu servieren. Als die Unterhaltung wiederaufgenommen wurde, verlief sie etwas entspannter, wenn auch in denselben Bahnen. Leah sprach wenig und beobachtete während der meisten Zeit verstohlen ihren Gemahl. Gabriel ergriff jedesmal das Wort, wann immer sich ihm die Gelegenheit bot. Seine Frau und der Erzengel lieferten sich weiterhin scharfe Paraden.

Noch nie war Gabriel über das Ende eines Essens so froh gewesen. Er hatte nicht damit gerechnet, daß es sich zu einer derartigen Prüfung entwickeln würde. Er hatte keine Erklärung dafür, warum Rachel und Raphael soviel Mißfallen aneinander fanden, daß es ihnen nichts ausmachte, ihre Gefühle öffentlich zu zeigen – obwohl zumindest Rachel anscheinend in der Laune war, sich mit jedem zu jeder Zeit eine verbale Schlacht zu liefern. Andererseits, was noch unerklärlicher war, verspürte sie anscheinend eine gewisse Zuneigung – nein, das war nicht der richtige Ausdruck –, einen gewissen Schützerinstinkt hinsichtlich der eingeschüchterten und kleinlauten Angelica, der so weit ging, daß sie sich im Laufe des Frühstücks mehrmals für sie einsetzte. Noch nie hatte er erlebt, daß Rachel sich zu jemandem so nett verhalten hatte, außer zu der Dienerschaft.

Aber die Veranstaltung war vorüber, Jovah sei Dank, und es war nur noch ein geringes Maß an Schauspielerei erforderlich, bis das Ganze endgültig ausgestanden war. Gabriel stand auf und schlug leicht mit dem Messer an sein Glas, um die Aufmerksamkeit aller auf sich zu lenken.

»Freunde – Engel –, ich möchte die Gelegenheit benutzen, euch allen zu danken, daß ihr an diesem wichtigsten Ereignis meines Lebens teilgehabt habt«, sagte er. Er haßte es, Reden zu halten, aber es mußte sein; Nathan hatte ihn am Abend zuvor geholfen, den Text aufzusetzen. »Das Fest war für mich von doppelter Bedeutung, dank eurer Anwesenheit und eurer Anteilnahme.«

Er sah zu Rachel hinunter. Sie beherrschte ihre Miene bis zur Gleichgültigkeit, aber das Mißtrauen in ihren Augen entging ihm nicht. Er konnte sich ein kleines Lächeln nicht verkneifen. »Ich möchte auch meiner schönen neuen Frau einen Tribut zollen, der Frau, die meine Angelica sein und die während der nächsten zwanzig Jahre neben mir in der Ebene von Sharon stehen wird. Bei den Engeln ist es Brauch«, sagte er, jetzt unmittelbar an sie gewandt, »bei glücklichen Anlässen ihren Geliebten Geschenke zu machen. Außerdem ist es bei den Engeln Brauch, einen bestimmten Gegenstand zu tragen – und auch Angelicas sollen ihn tragen. Ich dachte, unsere Hochzeit ist der richtige Zeitpunkt, um dir – das hier zu geben.«

Er reichte ihr einen weißen Samtbeutel, der mit einer goldenen Schnur zugezogen war. Ihre Hände bebten ganz leicht, als sie ihn von ihm entgegennahm; jetzt war der lauernde Argwohn in ihrem Gesicht unverkennbar. Er lächelte wieder.

»Öffne ihn«, forderte er sie auf.

Sie löste die Schnur des Beutels und schüttelte den Inhalt auf das Tischtuch. Ein anerkennendes Murmeln breitete sich am ganzen Tisch aus, während Engel und Sterbliche die Hälse reckten, um besser sehen zu können. Gabriel hatte seiner Braut das aus Armreifen bestehende traditionelle Hochzeitsgeschenk gemacht, aber diese waren schöner als die meisten anderen. Er hatte sie einen Monat zuvor in Luminaux in Auftrag gegeben: zwei Reifen aus geflochtenem Gold, mit Blumenmustern aus eingelegten Saphiren. Sie waren zart, wie es zum Handgelenk einer Dame paßte, aber das Flechtwerk war Gabriel wie die vollkommene Widerspiegelung sowohl der Unbeugsamkeit als auch der Kompliziertheit von Rachels Charakter erschienen.

»Wenn du diese Armreifen bei der Glorie trägst«, fuhr Gabriel fort, jetzt zu ihrem gebeugten Hinterkopf sprechend, »wird Jovah wissen, wer du bist und was du darstellst. Alle Engel vom Horst tragen Saphire in ihren Armreifen. Meine Familienangehörigen tragen zudem die Saphire in solchen Mustern angeordnet. Wohin du auch gehen magst, wenn du diese Armreifen trägst, wird jeder Engel sofort wissen, daß du hierher und zu mir gehörst.«

Dieser hübschen Rede folgte ein mäßiger Applaus rund um den Tisch. Nathan hatte ihm bei diesem Teil nicht geholfen; er war ihm aus dem Stegreif in den Sinn gekommen, als er auf die ungebändigten Locken hinabgesehen hatte. Sie hatte nicht aufgeblickt. Sie hatte nicht einmal das geflochtene Metall der Armreifen berührt. Plötzlich überkam ihn die eiskalte Vorahnung einer Katastrophe.

»Ich würde mich freuen«, endete er formell, »wenn du sie jetzt anlegen würdest.«

»Anlegen!« schrie jemand, und die anderen rings um den Tisch nahmen den Ruf auf. Er hörte andere gemurmelte Bemerkungen – »Sie sind wunderschön!« – »Woher hat er die?« – »Die Glückliche!« –, aber die vorherrschende Reaktion der Menge war die drängende Aufforderung. »Leg die Armreifen an, Rachel«, bat Ariel.

Die neue Vermählte stand schwungvoll auf und stellte sich neben ihn. Er hatte sie zuvor schon blaß gefunden, aber jetzt kam es ihm so vor, als ob alle Farbe aus ihrem Gesicht gewichen wäre. Ihre Miene drückte den üblichen Trotz aus; ihre Züge waren wie versteinert.

»Ich danke dir für die Ehre«, sagte sie mit gepreßter, beherrschter Stimme. »Ich kann sie nicht tragen. Weder jetzt noch irgendwann.« Und ohne ein weiteres Wort schritt sie aus dem Saal, in dem jetzt eine bedrückende Stille herrschte.

Es dauerte beinahe eine Stunde, bis Gabriel zu Rachel gehen konnte, um eine Erklärung zu verlangen, und bis an sein Ende sollte ihm diese Stunde als die schlimmste seines Lebens im Gedächtnis haften bleiben. Zunächst mußte er noch quälende fünfzehn Minuten am Frühstückstisch ausharren, während Engel wie Sterbliche dasaßen und ihn fassungslos, ungläubig und – so mußte er annehmen – insgeheim schadenfroh anstarrten, mit einer gewissen Genugtuung darüber, daß dieser schrecklich überhebliche Engel in der Öffentlichkeit gedemütigt worden war. Er mußte Nathan und Ariel dankbar sein dafür, daß sie das Vakuum mit einigen entschuldigenden Kommentaren und flotten Sprüchen über die Schwierigkeiten füllten, die alle frischvermählten Paare zu lösen hätten. Danach brachen die Gäste sehr schnell auf, indem sie vorgaben, sich um ihr Gepäck kümmern zu müssen und zu Hause dringend erwartet zu werden.

Gabriel stand immer noch an der Stelle, wo Rachel ihn verlassen hatte, nickte jenen zu, die sich von ihm verabschiedeten, nahm ihre guten Wünsche entgegen, versuchte, bei ihren gutgemeinten Scherzen oder tröstenden Worten, daß alles gut werde, nicht das Gesicht zu verziehen. Er hörte eigentlich kaum etwas von dem, was man ihm sagte, bis sich ihm eine schüchterne kleine Hand auf den Arm legte. Er sah mit gerunzelter Stirn in ein Gesicht hinab und versuchte, es einzuordnen; die Frau gehörte zu der Sorte, die man sofort als unbedeutend abtat.

»Angelo«, sagte sie mit einer Stimme, die zu ihrer äußeren Erscheinung paßte, »seid lieb zu ihr.«

Sein Stirnrunzeln vertiefte sich. »Ich versichere Euch …«

»Sie … Im Grunde ihres Herzens ist sie ein sehr guter Mensch. Ich weiß, daß sie Euch erzürnt hat, und eine Frau sollte ihren Gemahl niemals erzürnen; aber tadelt sie nicht allzu grausam.«

Lady Marie von Semorrah. Plötzlich fiel ihm der Name wieder ein. Die Frau des jungen Daniel. »Es gehört nicht zu meinen Angewohnheiten, jemanden zu tadeln, ebensowenig, wie es zu meinen Angewohnheiten gehört, jemandem Grausamkeit widerfahren zu lassen«, sagte er, obwohl seine frostige Stimme beide Versicherungen Lügen strafte.

»Sie ist eine Edori«, sagte die junge Dame hilfreich. »Vielleicht tragen die keinen Schmuck.«

Der schüchternen jungen Adeligen war anscheinend sehr daran gelegen, seinen Zorn zu lindern. Ihr verwegener Vorstoß war so unerwartet, daß – unbewußt – seine Wut an Schärfe verlor. »Madame«, sagte er und neigte dabei leicht den Kopf, »ich werde sie danach fragen. Euer Gemahl erwartet Euch, und ich wünschte, Ihr würdet zu ihm gehen. Sorgt Euch nicht um Rachel.«

Damit mußte sie sich zufriedengeben. Tatsächlich beobachtete der junge Daniel sie ungeduldig; er stand in einer Gruppe, der auch seine Eltern angehörten. Sie hob den Saum ihrer Röcke und huschte zurück zu ihnen. Gabriel sah sich plötzlich dem Erzengel gegenüber, der auf der anderen Seite des Tisches aufgestanden war. Der übrige Saal hatte sich inzwischen geleert.

»Eine überzeugende Darstellung von Geist«, murmelte Raphael. »Ich beglückwünsche dich zur Wahl deiner Braut.«

»Lediglich ein Mißverständnis«, erwiderte Gabriel steif.

Raphael nippte immer noch an seinem Saftglas. Offenbar war er willens, für den Rest des Tages einen Einzelkampf zu genießen. »Aber ein so öffentliches! Vielleicht solltest du deine Auftritte mit deiner Angelica ein bißchen besser proben.«

Die Doppeldeutigkeit lag in dem Wort ›Auftritte‹. Gabriel zuckte zusammen, da er wußte, daß das stimmte. In beiderlei Hinsicht. »Es war eine unselige Begebenheit«, sagte er. »Dennoch ziehe ich eine Frau vor, die ihre eigene Meinung äußert, im Gegensatz zu einer, die überhaupt nichts sagt.«

Raphael stellte das Glas ab und knabberte an der übriggebliebenen Frucht. »Eine unfreundliche Bemerkung«, sagte er mild. »Dabei hat meine Frau dich immer für einen so höflichen Mann gehalten.«

Gabriels Gesicht lief rot an; er hatte nicht beabsichtigt, Leah zu beleidigen, obwohl es stimmte, daß ihm Rachel allemal lieber war als eine so langweilige Person wie die derzeitige Angelica. »Wir alle fügen uns den Entscheidungen des Gottes«, sagte er.

»Dennoch«, sagte Raphael, immer noch mit dieser aalglatten, hintergründigen Stimme, »muß man sich manchmal über die Entscheidungen des Gottes wundern. Die Unterschiede zwischen den Generationen sind so auffallend, daß man kaum Parallelen erkennt. Und – wie ich leider feststellen muß – auch keine Kontinuität.«

Plötzlich merkte Gabriel, wie höchste Beunruhigung ihn durchkreiste und den Zorn kaltstellte, der während der letzten Viertelstunde an ihm genagt hatte. Er betrachtete Raphael mit zusammengekniffenen Augen. »Die Dinge ändern sich«, sagte er. »So ist die Welt nun einmal beschaffen.«

»Gabriel«, sagte Raphael traurig. Er spreizte die Hände, die in diesem Augenblick weder von etwas Trink- noch von etwas Eßbarem in Anspruch genommen waren, als ob Worte allein die Tiefe seiner Gefühle nicht übermitteln konnten. »Gabriel. Ich liege nachts wach, voller Angst vor der Glorie. Nicht deinetwegen –

du hast eine kräftige Stimme, und wir alle wissen, daß Jovah die Ohren spitzt, wenn du singst. Aber – Gabriel. Diese Frau! Diese Angelica. Selbst du, dem so sehr daran gelegen ist, die Macht von mir zu übernehmen, mußt erkennen, daß sie für die Rolle nicht geeignet ist. Sie wird Jovahs Zorn auf uns herabbeschwören, wenn sie in der Ebene von Sharon singt.«

Gabriel war so entrüstet, daß er nicht antworten konnte.

Raphael zählte an den Fingern ab: »Tochter eines Bergbauern; bis jetzt hat es noch keine einzige Angelica gegeben, die nicht im Adel aufgewachsen ist. Eine Edori; und die Edori glauben nicht einmal daran, daß Jovah die höchste Macht ist. Eine Sklavin.« Seine Geste zeigte, wie unmöglich das war. »Und – darf ich fragen – kann sie überhaupt singen? Hat sie eine Stimme? Was werden wir zu hören bekommen, was wird Jovah zu hören bekommen, wenn sie in wenigen Monaten die Glorie anführt?«

Gabriel hätte sich am liebsten die Hände über die Ohren gehalten, um sich körperlich gegen diese Frage zu wehren, die auch sein Gehirn ständig beschäftigte. »Alles, was du sagst, mag stimmen – stimmt, ist unbestreitbar«, sagte er, und seine Stimme klang sehr hart. »Dennoch sind die Zweifel der Menschen bedeutungslos. Jovah hat sie erwählt. Es ist Jovahs Wille, ihre Stimme zu hören, ob sie nun melodisch oder jämmerlich klingt; ihre Stimme ist nun einmal diejenige, die er verlangt. Ihre Stimme ist es, die in diesem Frühling in der Ebene von Sharon gehört werden soll – sonst drohen wahrhaftig Tod und Verheerung, wie du befürchtest.«

Raphael spielte geziert mit den silbernen Tabletts, die immer noch auf dem Tisch standen. »Nicht unbedingt«, sagte er. »Es gibt immer noch eine andere Angelica, erfahren und geliebt, und ebenfalls von Jovah erwählt.

Sie könnte in diesem Frühjahr singen. Deine Rachel hätte etwas mehr Zeit, könnte besser ausgebildet werden. In einem Jahr oder so ...«

»Aber wenn Leah bei der Glorie sänge, müßtest du neben ihr singen«, unterbrach Gabriel ihn.

Raphael nickte. »Genau. Aber mit Rücksicht auf das Reich wäre ich bereit dazu. Für dich. Für – nun, für Rachel.«

Plötzlich erkannte Gabriel mit erschreckender Klarheit, was gespielt wurde. »Du möchtest das Amt nicht abgeben«, bemerkte er in fassungslosem Ton. »Die Macht des Erzengels – du möchtest sie nicht abtreten.«

Raphael wies diese Unterstellung mit einer Geste weit von sich. »Ich bin Jovahs Diener, genau wie du«, sagte er huldvoll. »Der Sinn meines Daseins besteht darin, zu ihm zu beten und ihm die Anliegen von Sterblichen zu übermitteln, die der entsprechenden Worte nicht mächtig sind. Genau wie wir alle. Aber eben jene Sterblichen sind von uns abhängig, damit wir ihr Leben verteidigen, ihre Heimat – ihren gesamten Planeten. Gabriel! Soll etwa eine ungebildete Angelica die krächzende Stimme zu Jovah erheben, wenn doch das Schicksal von ganz Samaria von ihrem Gesang abhängt? Darfst du dieses Wagnis eingehen? Es geht um das Leben jedes einzelnen Menschen und jedes Engels auf dieser Erde! Dabei steht doch immer noch eine bewährte Angelica zur Verfügung – und ein Erzengel, der bereit ist, an ihrer Seite zu singen!«

»Ich muß das Wagnis eingehen«, entgegnete Gabriel, indem er die Worte wie Steine auf Raphael schleuderte. »Du hattest deine zwanzig Jahre. Jovah verlangt niemals – *möchte* niemals mehr als das von irgendeinem Engel. Wenn du wirklich in diesem Sommer bei der Glorie singen würdest, dann würde tatsächlich das Schicksal über uns hereinbrechen, vor dem du dich so sehr fürchtest.«

»Aber ich sage ...«

»*Ich* sage dir, du bist ein ehrgeiziger Mann, der den Geschmack der Macht lieben gelernt hat, und zwar so sehr, daß du dich nicht von dem großen Fressen losreißen kannst«, warf Gabriel ihm an den Kopf. »Stimmt das etwa nicht? Redest du mir nicht das in Wahrheit ein? Gib dich gefälligst nicht als mein Retter aus, wenn du in Wirklichkeit gegen mich intrigierst – und gegen meine Gemahlin. Sag offen und ehrlich, worum es dir geht.«

»Mir geht es um das Wohlergehen des Reiches«, gab Raphael bissig zurück. »Du bist mir der Richtige, um über Ehrgeiz zu reden! Du verschließt die Augen vor der Tatsache, daß deine Angelica ungeeignet ist, weil du zu machtgierig bist, um die Tatsache einzugestehen: Sie wird uns alle ins Verderben stürzen.«

»Ich bin keineswegs machtgierig«, entgegnete Gabriel grimmig. »Ich bin keineswegs derjenige, der danach trachtet, die göttlichen Gesetze umzukehren. Aber ich danke dir für dein Angebot. Damit hast du mir deutlich gezeigt, wo du stehst – und was ich von dir zu erwarten habe, bis ich Erzengel bin.«

»Falls du jemals Erzengel wirst«, sagte Raphael mit leiser, seidenweicher Stimme.

Gabriel bedachte ihn mit einem verächtlichen Stirnrunzeln. »Oh, ich werde Erzengel. Gib dich da keiner Täuschung hin. Deine Zeit neigt sich dem Ende zu, Raphael – und je eher, desto besser für uns alle.« Er drehte sich um und ging zur Tür, wo er an der Schwelle stehenblieb, um noch einen Abschiedsschuß abzufeuern. »Verbindlichsten Dank, daß du meiner Hochzeit beigewohnt hast.«

Seine Absicht war, sich direkt zu Rachels Gemächer zu begeben und – falls sie nicht dort sein sollte – sie an jedwedem Ort aufzuspüren, wo sie sich versteckt haben mochte, doch Ariel trat ihm in den Weg, als er kaum zehn Schritte von der Tür entfernt war.

»Es hätte sich nicht besser entwickeln können!« rief sie mit gedämpfter Stimme, umklammerte seinen Arm und hielt ihn mit sanfter Gewalt an, da er am liebsten an ihr vorbeimarschiert wäre.

»Wie befremdend, das von dir zu hören«, antwortete er. »Mir kommt es so vor, als könnten die Dinge nicht schlechter liegen.«

Sie schwenkte eine Hand, während sie ihn mit der anderen immer noch festhielt. »Nun ja, für dich war es sicher ein peinlicher Augenblick. Aber Rachel hat uns die ideale Eröffnung geliefert. Ich denke, alles ist so gut wie in die Wege geleitet.«

»Ariel, könnten wir darüber bitte später sprechen ...«

»Nein, hör zu! Wir waren gerade beim Aufbruch, und Magda sagte, Rachel habe so unglücklich ausgesehen, als sie aus dem Saal rannte, und ich sagte, daß ich glaube, sie *ist* unglücklich, und daß du mir erzählt hast, sie habe eine schwere Zeit durchgemacht, weil sie keine Freunde hat, und daß sie allen Engeln des Horstes gegenüber mißtrauisch ist, und wenn ich doch nur Zeit hätte, um zu versuchen, sie besser kennenzulernen ...«

Gabriel hatte in seinem Marsch durch den Flur innegehalten, bei dem er Ariel gegen deren Willen mit sich gezogen hatte. »Nun, das hört sich so an, als ob du sie zu überzeugen wüßtest.«

»Gabriel, sie hat sich freiwillig bereit erklärt. Sie sagte, Rachel tue ihr so leid und sie habe schon vorher darüber nachgedacht, wie sie mit ihr Freundschaft schließen könne, und wenn ich glaubte, daß du nichts dagegen hättest, ob sie dann vielleicht für ein paar Wochen hierbleiben könne ... Gabriel, *hörst du mir überhaupt zu?*«

Er blieb wieder jäh stehen. »Ariel, hältst du mich für machtgierig?« wollte er wissen.

Sie blinzelte bei dem unvermittelten Themenwechsel. »Ob ich dich für ... Nun, darüber habe ich noch nie nachgedacht. Nein, ich glaube nicht, daß du machtgierig bist.«

»Gut.« Und er nahm seinen Weg durch den Flur wieder auf. Sie beeilte sich, mit ihm Schritt zu halten.

»Also, bei allen ... Willst du mir nicht verraten, wer dir diese Eigenschaft unterstellt hat?« fragte sie.

Aber er war immer noch so mitgenommen von seiner Auseinandersetzung mit Raphael, daß er die Unterhaltung nicht wiedergeben konnte, bevor er sie selbst einigermaßen verarbeitet hatte. »Vergiß es. Es ist nicht wichtig. Hör mal, ich freue mich, daß sie bleibt. Ich bin entzückt. Richte ihr bitte von mir aus ...«

Aber Ariel brauchte keine Nachricht zu übermitteln, denn bei der nächsten Biegung sahen sie sich von Angesicht zu Angesicht einer entschlossenen Magdalena und einem wütenden Nathan gegenüber. Die Art, wie Nathan beim Geräusch von Schritten herumfuhr, erweckte bei Gabriel den Verdacht, daß sein Bruder etwas zu nahe bei dem monteverdeschen Engel gestanden hatte.

»Gabriel, Ariel meint, es werde dir gefallen«, waren Magdalenas Begrüßungsworte. »Ich habe angeboten, für einige Wochen zu bleiben und zu versuchen, mich mit Rachel anzufreunden ...«

»Ja, hervorragend«, sagte Gabriel. Nathan warf ihm einen mißfälligen Blick zu. Er schwang sich zu einer weiteren Bemerkung auf. »Obwohl sie eine äußerst schwierige Person ist. Es kann leicht sein, daß sie zu dir auch kein Vertrauen faßt.«

»Jeder mag Magda«, murmelte Nathan.

»Ja, das habe ich auch beobachtet«, stimmte Gabriel zu. »Du tätest mir einen großen Gefallen, wenn du einiges von deinem liebreizenden Wesen in meine Frau hineinzaubern könntest.« Magdalena kicherte. »Wenn ihr mich jetzt bitte entschuldigen wollt ...«

»Ich wollte eigentlich kurz mit dir reden«, sagte Nathan.

»Komm, laß uns überlegen, was du brauchst, dann lasse ich dir die nötigen Sachen von Monteverde schicken«, sagte Ariel und zog ihre Schwester am Arm. Gleich darauf waren die beiden Brüder allein.

»Also?« fragte Gabriel.

»Magda mag der Meinung sein, daß es ihr eigener Einfall war, aber ich habe gesehen, wie ihr beide, du und Ariel, gestern etwas ausgeheckt habt, und ich weiß, was dahintersteckt«, sagte Nathan unangemessen hitzig. »Ich weiß, sie hat dir erzählt, daß ich zu Abel Vashir reise ...«

»Dabei fällt mir noch etwas ein«, unterbrach Gabriel ihn, obwohl er bis jetzt noch nichts in dieser Richtung erwähnt hatte. »Es wäre mir lieber, wenn ich in Zukunft derartige Dinge von dir selbst erführe ...«

»Ich hatte zu tun, *du* hattest zu tun – darum geht es jetzt doch nicht«, brauste Nathan ungeduldig auf. »Im Grunde befürchtest du, ich würde Magda jeden Tag sehen, wenn ich mich so nahe bei Monteverde aufhielte ...«

»Und, würdest du das nicht?« Gabriel konnte nicht umhin, diese Frage zu stellen. »Du willst mir doch nicht etwa erzählen, daß du brav in der Schule der Manadavvi bleibst und nicht ein einziges Mal an Magdalena denkst, wenn die Versuchung nur drei Stunden entfernt ist. Daß du dich nicht mit ihr triffst, nicht allerlei Klimmzüge machst, um mit ihr allein zu sein, ohne meine oder Ariels wachsame Augen oder die von Abel Vashir ...«

»Das geht dich nichts an!« schrie Nathan ungehalten.

»O doch, das geht mich sehr viel an. Es ginge mich auch dann etwas an, wenn ich einfach nur Oberhaupt der Heerschar hier wäre – auch wenn du nicht mein Bruder wärst und ich nicht demnächst Erzengel sein würde. Wie die Dinge liegen, habe ich die dreifache Verantwortung, dafür zu sorgen, daß göttliche Gesetze nicht übertreten werden. Und ich habe die Macht, das zu tun. Ich habe versucht, gerecht zu sein. Ich habe versucht, verständnisvoll zu sein. Ich habe dir nicht verboten, dich mit ihr zu treffen, was ich leicht hätte tun können – was Ariel hätte tun können. Nathan, die Gesetze wurden von Jovah selbst gemacht ...«

»Warum untergräbt er sie dann?« fragte Nathan leidenschaftlich. Er riß das Vorderteil seines Seidengewands auf, um den Bernsteinkuß zu zeigen, der immer noch schwach leuchtete, als verblassendes Zeugnis von Magdalenas Wirkung auf ihn. »Ich habe gelernt – wir alle haben gelernt –, daß dies das Zeichen Jovahs ist, daß es zwei Liebende zueinander ruft. Jovah läßt den Kuß leuchten, nicht ich! Ich habe keine Beherrschung darüber! Gib mir eine Lösung dafür, und dann sage mir, daß ich eine Sünde begehe!«

»Das kann ich nicht«, sagte Gabriel, der sich plötzlich müde fühlte. Er selbst war von seinem Kuß betrogen worden; er hatte nicht das moralische Recht, über jemand anderen zu richten. »Ich verstehe es nicht. Jovahs Wege geben mir manchmal Rätsel auf. Besprich dich mit Josias, vielleicht kann er deine Fragen beantworten. Aber fürs erste laß es dabei bewenden. Magdalena wird einige Zeit im Horst bleiben. Wenn es dir beliebt, hierher zurückzukehren, solange sie auf Besuch hier weilt, dann tu das. Aber – sei sehr, sehr vorsichtig.«

Wieder lenkte Gabriel seine Schritte in Richtung der oberen Gemächer; wieder wurde er aufgehalten. Diesmal war es Hannah, die sich ihm in den Weg stellte und ihn davon in Kenntnis setzte, daß die Kaufleute im Aufbruch seien; er mußte die offizielle Verabschiedung vornehmen. Auf diese Weise verlor er viel Zeit durch sinnlose, scheinheilige Rituale, bevor er sich endlich losreißen konnte und die beiden Stockwerke zu Rachels Gemach hinaufstieg.

All die Unterbrechungen hatten jedoch einen guten

Zweck erfüllt: Sein Ärger war weitgehend verflogen, und zurückgeblieben waren Erschöpfung und Ratlosigkeit. Er war überzeugt davon, daß er seine Frau niemals würde begreifen können. Aber diesmal würde er sie bitten, sich zu erklären.

Die Pause zwischen dem Läuten der Türglocke und ihrer Aufforderung zum Eintreten war so lang, daß er beinahe glaubte, sie habe letztendlich doch nicht Zuflucht zu ihrem Zimmer genommen. Aber sie war da. Er öffnete die Tür, trat in den Raum und schloß die Tür hinter sich.

Sie stand auf der anderen Seite des Zimmers, so weit wie möglich von ihm entfernt, dicht an der Wand, ohne sich jedoch daran anzulehnen; dieses Mädchen kannte keine Feigheit. Ihr Gesicht trug den Ausdruck, den er mittlerweile am besten an ihr kannte – eine Mischung aus Kampfbereitschaft, Trotz und Sturheit. Sie sah nicht so aus, als ob ihr etwas leid tue.

»Ich dachte«, sagte er mit einer Stimme, die viel sanfter klang, als er es vor einer Stunde noch für möglich gehalten hätte, »ich gebe dir Gelegenheit zu erklären, warum du mein Hochzeitsgeschenk so energisch abgewiesen hast.«

Bei dieser vernünftigen Eröffnung fiel etwas von ihrer Streitlust von ihr ab. Offenbar hatte sie einen Wutausbruch erwartet und sich dafür gewappnet. Sie zog eine Schulter hoch. »Ich habe nicht mit so etwas gerechnet«, sagte sie.

Er trat ein paar Schritte weiter in den Raum. »Mit einem Geschenk?« fragte er beinahe freundlich. »Oder mit dieser besonderen Art von Geschenk?«

»Beides. Weder noch«, sagte sie. »Ich – du hättest mich vorwarnen sollen.«

»Dich vorwarnen?« wiederholte er. »Ich dachte, du würdest dich freuen.«

»Nun, ich habe mich nicht gefreut.«

»Das war für jeden im Saal unverkennbar.«

Sie schwieg.

Er näherte sich ihr unauffällig noch ein Stück mehr. Sie hielt ihre Stellung, obwohl er ihr anmerkte, daß sie am liebsten um ebenso viele Schritte, wie er vortrat, von ihm zurückgewichen wäre. »Also, erzähl«, forderte er sie auf. »Geht es hier um ein edorisches Verbot? Kein Schmuck? Keine Armreifen? Hat dir das Gold nicht gefallen oder das Muster der Saphire – oder die Tatsache, daß es ein Geschenk von mir ist?« Die letzten Worte hatte er in scharfem Ton gesprochen. Sie zuckte leicht zusammen.

»Nein. Ich – danke dir für das Geschenk, für den *Einfall* zu diesem Geschenk. Ich bin sicher, du hast dir viel dabei gedacht, aber – verstehst du – ich mache mir nichts aus Armreifen.«

»Warum nicht?«

»Einfach so. Wenn es so wichtig ist, daß ich etwas mit dieser … Verzierung – oder wie du es nennst – trage, dann vielleicht einen Haarkamm oder eine Halskette oder irgend etwas …«

Ihre Sprache war immer stockender geworden, je näher er ihr gekommen war, und jetzt war er nur noch ein paar Zentimeter von ihr entfernt. Eins mußte er ihr lassen: Sie brach nicht aus und rannte nicht davon, sosehr sie das auch gewollt hätte, wie er sehr wohl wußte.

»Warum kein Armband?«

»Weil ich …«

»Warum kein Armband?«

»Gabriel, bitte nicht!« sagte sie, plötzlich so ernst, daß es ihn irgendwie anrührte. »Bitte! Laß es gut sein!«

Er nahm ihre Hand, was sie überraschte. Sie wollte sie ihm entziehen, was ihn überraschte. Er hielt sie fest. »Du hast zu viele Geheimnisse«, sagte er mit sanfter Stimme. »Wie soll ich jemals herausfinden, was du magst und was du nicht magst und warum es so ist, wenn du es mir nicht sagst? Denn anscheinend reicht schon ein einfacher Armreif ...«

»Ein einfacher Armreif!« Jäh war ihr Zorn wieder erwacht. Mit der freien Hand knöpfte sie die Manschette ihrer Bluse auf und schob schwungvoll den Ärmel bis zum Ellbogen hinauf. »Ich habe fünf Jahre meines Lebens jeden Tag einfache Armreifen getragen, und ich kann die Berührung von irgend etwas an meinen Handgelenken nicht mehr ertragen ...«

Bei diesen Worten hätte sie sich ihm entwunden, wenn er nicht instinktiv den Griff verstärkt hätte. Er fühlte Übelkeit im Magen. Um das nackte Handgelenk zog sich eine rote Narbe von etwa fünf Zoll Breite, vom Handballen ein ganzes Stück den Unterarm hinauf. Über den hervorstehenden Knöcheln des Handgelenks war das Narbengewebe teilweise wulstig, dicker als an anderen Stellen, da dort das schwere Metall der Handschellen häufiger gerieben hatte. Ihr Arm war so dünn, daß ihr Handrücken ebenfalls vernarbt war, wenn auch nicht ganz so tief, weil das Eisen nach vorn gerutscht war.

Er streckte die freie Hand aus. »Zeig mir den anderen Arm!«

Wieder versuchte sie, sich aus seinem Griff zu winden. Ihre Stimme klang unerwartet kleinlaut. »Er sieht genau wie dieser aus. Gabriel, laß mich los.«

Selbst unter den gegebenen Umständen bereitete es ihm eine seltsame Freude, daß sie – was selten geschah – seinen Namen aussprach. Er schüttelte den Kopf. »Ich möchte ihn sehen.«

Sie zögerte, dann überließ sie ihm ihre Hand. Er löste die Knöpfe und schob behutsam den Stoff zurück. Wieder war da der breite Streifen aus Narbengewebe, größtenteils in einem häßlichen leuchtenden Rosa, an einigen Stellen von groben weißen Linien unterbrochen. Er drehte die Hand in beide Richtungen, um sie von allen

Seiten zu betrachten. Als sie diesmal versuchte, sie ihm zu entreißen, ließ er sie los.

Schließlich blickte er ihr in die Augen. Er wußte, daß sein Gesichtsausdruck qualvoll nüchtern sein mußte. »Es tut mir leid«, sagte er. »Ich hatte keine Ahnung.«

Sie stieß ein gespenstisches Lachen aus und beschäftigte sich angelegentlich damit, die Manschetten ihrer Ärmel wieder zuzuknöpfen. »Wie solltest du auch?«

»Warum hast du mir nichts davon erzählt?«

Sie starrte ihn an, setzte zum Sprechen an, wandte dann den Blick ab. Sie zuckte mit den Achseln – was nicht hieß, daß sie es nicht wußte, sondern daß sie es unmöglich erklären konnte.

»Welche Narben hast du sonst noch?«

»Keine solchen mehr«, sagte sie.

»Sag es mir.«

»Gabriel, wieso ist das wichtig? Du willst nicht daran erinnert werden, daß ich eine Sklavin war – oh, gib dir keine Mühe, das abzustreiten, du kannst deine Abneigung nicht verbergen –, nun, ich möchte ebenfalls nicht daran erinnert werden. Dieser Teil meines Lebens ist Vergangenheit. Ich möchte jetzt nicht darüber reden. Es tut mir leid wegen der Armreifen. Aber ich – ich kann sie wirklich nicht tragen.«

»Nein, natürlich nicht«, antwortete er nachdenklich. Sie hatte während des Loslassens der Hände und des Verschließens ihrer Manschetten die Gelegenheit benutzt, um von ihm zurückzuweichen. Sie zog ihre Bluse glatt und tat einen kleinen Schritt zur Seite. Er wandte den Kopf zu ihr um. »Aber es geht jetzt nicht mehr um die Armreifen. Ich hätte das vorher erfahren müssen. Ich hätte so vieles über dich erfahren müssen, was ich nicht weiß. In deinem Leben gibt es zu viele Geheimnisse.«

»Wie kannst du so etwas sagen? Du weißt genau, wo ich jedes Jahr meines Daseins verbracht habe.« Doch sie sah ihn beim Sprechen nicht an. Sie war vor einem kleinen vergoldeten Spiegel an der Wand stehengeblieben, um sich den Kragen zurechtzuzupfen.

»Ich weiß nicht, was mit deinem Dorf geschehen ist, als du – wie alt? – sieben warst. Ich weiß nicht, wodurch es zerstört wurde.«

Jetzt prüfte sie ihr Spiegelbild und suchte nach Anzeichen von Unordnung an ihrer Frisur. »Ich war damals noch so jung«, sagte sie. »Ich kann mich kaum an die Zeit vor meinem Leben mit den Edori erinnern.«

»Meine Mutter starb, als ich fünf war«, sagte er versonnen, »und ich kann mich ganz genau daran erinnern. Ich bin sicher, du weißt noch, was mit deinem Dorf geschehen ist.«

Sie begegnete seinen Augen im Spiegel. Die ihren waren sehr dunkel. »Ich erinnere mich – an schreiende Menschen. Ich erinnere mich an Feuer. Ich erinnere mich an Geräusche von Dingen, die ich nicht einmal hätte benennen können. Wie fallende Steine, fallende Bäume. Jetzt denke ich, daß es die Häuser waren, die einstürzten. Wer weiß, was die Ursache für all das war? Vielleicht habe ich es vorgezogen, mich nicht erinnern zu können.«

Das war nur eine Teilantwort, doch er vermutete, daß sie ihm nicht mehr erzählen würde. »Und die Edori haben dich gefunden? Wie?«

Sie entfernte sich vom Spiegel und drehte ruhelose Runden durch den Raum. »Ich war allein auf der Straße. Ich erinnere mich nicht, wo das war. In einiger Entfernung vom Dorf. Ich weiß nicht, wie viele Tage ich unterwegs gewesen war. Ich erinnere mich nicht, was ich gegessen oder getrunken habe. Ich weiß, daß ich gerannt bin. Weinend. Von Alpträumen geplagt. Eines Tages fanden mich die Edori, als ich halbverhungert, halbtot war, und sie nahmen mich bei sich auf. Anfangs hatte ich Angst vor ihnen. Und dann lernte ich sie lieben.«

»Und als die Jansai kamen?«

Sie holte tief Luft. »Warum muß ich dir alle Schrecknisse meines Lebens berichten?« fragte sie. »Wie das abgelaufen ist, kannst du dir auch so vorstellen. Wenn du das für Geheimnisse hältst, dann hast du eine klägliche Vorstellung von Geheimnissen. Das sind nur schlechte Erinnerungen, und ich möchte nicht darüber reden.«

»Nun gut«, sagte er. »Aber ich glaube, eine bestimmte Sache hat den Stellenwert eines Geheimnisses. Du haßt Raphael. Sag mir, warum.«

Er hatte sie überrumpelt, aber wie ein gehetztes Tier nahm sie sofort eine Schutzfärbung an. In ihrem Fall bestand diese in Hochmut. »Wieso soll ich ihn hassen? Ich habe bis gestern noch nie in meinem Leben mit ihm gesprochen.«

»*Lüg* mich nicht an!« sagte er in scharfem Ton.

»Wenn ich es wollte«, sagte sie eisig, »dann würde ich dich jedesmal anlügen, sobald ich den Mund öffne. Zufälligerweise habe ich dir bis jetzt immer die Wahrheit gesagt.«

»Kann sein«, räumte er ärgerlich ein. »Du bist klug genug, die Dinge mit Worten in eine Halbwahrheit zu kleiden. Vielleicht stimmt es ja, daß du bis gestern noch nie mit Raphael *gesprochen* hast. Aber du haßt ihn. Und ich möchte den Grund dafür wissen.«

»Ich halte nicht besonders viel von Engeln, von keinem«, sagte sie. »Und ich nehme an, du kommst nicht selbst darauf, warum das so ist?«

Er beherrschte seine Wut; sie benahm sich absichtlich so herausfordernd. »Du vertraust mir nicht«, sagte er. »Du meinst, alle Engel glauben dasselbe, verhalten sich gleich. Aber …«

»Aber wenn es mir gefällt, Raphael nicht zu mögen, dann ist das meine Angelegenheit«, fiel sie ihm ins Wort. »Ich bin in den Caitanischen Bergen aufgewachsen und habe die meiste Zeit meines Lebens damit verbracht, durch Jordana zu wandern. Das alles hat mir keine besonders hohe Meinung vom Erzengel beschert. Du brauchst nicht zu versuchen, eine Begründung dafür aus mir herauszuquetschen. Du selbst hältst auch keine allzu großen Stücke von ihm, aber ich habe nicht den Eindruck, daß du diese Tatsache lauthals vom Gipfel des höchsten Berges verkündest.«

Als Verteidigungsmaßnahme war dieser Überraschungsangriff sehr wirkungsvoll. Sein Körper straffte sich, da ihm das Gespräch einfiel, das er soeben mit dem Oberhaupt von Windhagen geführt hatte. »Du hast recht – ich hatte einige Meinungsverschiedenheiten mit Raphael«, gab er zu. »Manchmal denke ich ...« Er ließ den Satz unvollendet.

»Was denkst du?«

Er schüttelte den Kopf. »Daß ich vor ihm besser auf der Hut sein sollte. Daß er vielleicht – ein gefährlicher Mann ist. Ich weiß es nicht. Aber deshalb ist es um so wichtiger«, fügte er hinzu und näherte sich ihr plötzlich wieder, »daß du mir alles erzählst, was du an negativen Dingen über ihn weißt.«

»Er ist grausam zu seiner Frau«, sagte sie.

»Wie kommst du darauf?«

Sie zuckte die Achseln. »Weil es wahr ist.«

»Du hast dich der Angelica gegenüber erstaunlich freundlich verhalten.«

»Sie tut mir leid. Sie hatte bestimmt ein noch schlimmeres Leben als ich.«

Er lächelte verzerrt; nur wenige Leute wären zu diesem Schluß gekommen. »Woran liegt es, daß du dich immer zu den Machtlosen hingezogen fühlst? Du bist außerordentlich freundlich zur Dienerschaft, zu allen Unterdrückten und zu schlecht behandelten Ehefrauen, obwohl du im allgemeinen eher eine streitsüchtige und widerspruchsfreudige Person bist.«

»Ich fühle mich deswegen zu den Machtlosen hingezogen, weil ich eine angeborene Abscheu gegen die Mächtigen habe«, lautete die prompte Antwort. »Das ist so etwas wie ein Kameradschaftsgefühl, nehme ich an.«

Jetzt stieß er ein leises Lachen aus. »Du«, sagte er, »warst in deinen schlimmsten Augenblicken niemals machtlos oder unterdrückt.«

Sie deutete einen Knicks an. »Vielen Dank, Angelo. Ich fasse das als Kompliment auf.«

»So war es auch gemeint.« Er zögerte; seit der Stunde, da er seine Braut kennengelernt hatte, hatte er ihr gegenüber noch nie ein so warmes Gefühl gehabt. »Du wirfst mich in einen Topf mit der dir so verhaßten herrschenden Klasse, das weiß ich«, sagte er nachdenklich, »aber trotzdem könnten wir besser miteinander auskommen, als es der Fall ist. Das ist meine Schuld, ich weiß, wegen der Dinge, die geschehen sind, zumindest anfangs ...«

»Ehrlich gesagt, ich halte dich immer noch für den Besten aus dem ganzen Haufen, wenn dich das tröstet«, sagte sie. Ihre Stimme hatte immer noch den üblichen höhnischen Biß, aber er hielt es nicht für ausgeschlossen, daß sie diese Worte ernst meinte. »Jedenfalls mißbrauchst du deine Macht nicht. Anscheinend hast du sogar den Wunsch, Gutes in der Welt zu tun, obwohl du es lieber aus einiger Entfernung tätest, wie ich glaube. Und natürlich hast du noch andere Fehler ...«

»Meine Überheblichkeit«, sagte er mit einem halbherzigen Lächeln.

»Nein, ich glaube nicht, daß es das ist«, sagte sie unsicher. »Ich meine, es ist deine Ungeduld. Vielleicht könnte man es als weitreichenden Unwillen darüber bezeichnen, daß nicht alle genauso denken wie du – nachdem du doch eindeutig auf dem richtigen Weg bist.«

Er war wider jede Vernunft erfreut – und gleichzeitig erschüttert –, daß jemand, der ihn so wenig kannte, ihn so treffend beschreiben konnte. Nun verneigte er sich seinerseits spielerisch vor ihr. »Danke für die liebenswürdigen Worte«, sagte er. »Ich bin zutiefst bewegt.«

Sie lachte tatsächlich. »Betrachte sie als mein Hochzeitsgeschenk an dich«, sagte sie. »Ich habe nicht daran gedacht, etwas anderes vorzubereiten.«

Er merkte, wie die Erwiderung ihres Lächelns sich über sein Gesicht ausbreitete. »Ich habe noch zwei weitere Geschenke für dich«, sagte er. »Eines davon wird dir gefallen, das andere möglicherweise nicht.«

Sie war sofort auf der Hut. »Geschenke?« fragte sie argwöhnisch.

»Zuerst das, das dir möglicherweise nicht gefällt. Eigentlich ist es nicht so sehr ein Geschenk für dich als ein Problem für mich.« Er warf ihr einen Blick zu; ihr Gesicht drückte keinerlei Regung aus. »Ich weiß, daß du nicht mit den Gefühlen einverstanden bist, die dahinterstecken, aber *versuch* bitte zu verstehen. Nathan und Magdalena …«

»Wenn du erwartest, daß ich einen Ehemann für Magdalena suche …«

»Nein, nein. Nichts dergleichen. Es ist nur so, daß Nathan sich verpflichtet hat, einen Monat auf einem manadavvischen Anwesen zu verbringen, ganz in der Nähe von Monteverde. Ariel möchte, daß Magda hierbleibt, um sie von Nathan fernzuhalten. Ich war damit einverstanden, und wir haben unseren Plan Magda gegenüber so dargestellt, als wäre es eine Gelegenheit für sie, mir einen Gefallen zu erweisen, indem wir ihr erzählten, daß du bisher noch keine Freunde unter den Engeln gefunden hättest und sie dich vielleicht für sich gewinnen könnte. Sie ist sehr gutmütig. Eifrig bemüht, es allen recht zu machen. Nachdenklich, freundlich – alles Eigenschaften, die du bewunderst.«

»Erstaunlicherweise scheint dir nicht klar zu sein«, sagte Rachel gleichgültig, »daß ich sie viel wahrscheinlicher zu einem geheimen Treffen mit Nathan ermutigen als sie dazu überreden würde, Nathan aufzugeben.«

»Das ist mir sehr wohl klar«, sagte er. »Aber meine Möglichkeiten sind begrenzt.«

Sie setzte zum Sprechen an, zögerte dann aber und breitete hilflos die Arme aus. »Was soll ich deiner Meinung nach mit ihr anfangen?«

»Einfach nett zu ihr sein. Wenn es die Sache für dich leichter macht, dann betrachte sie einfach als eines jener unglücklichen Wesen, die dir so sehr am Herzen liegen. Bring ihr das Weben bei. Singt miteinander.« Er konnte es selbst kaum glauben, daß er das sagte; eilends fügte er hinzu: »Macht einen Ausflug nach Velora, um euch zu vergnügen.«

»Ich kann nicht nach Velora gehen«, erwiderte sie.

Er hatte sich der Tür zugewandt, und während sie sprach, durchquerte er den Raum. Dann blieb er stehen, die Hand bereits auf der Türklinke, und lächelte sie an. »O doch, das kannst du«, sagte er. »Das ist mein letztes Hochzeitsgeschenk an dich. Ein Weg vom Berg hinunter.«

# 9. KAPITEL

Zwei Wochen später saß Rachel mit Magdalena in einer sonnigen Konditorei und fand das Leben eigentlich ganz angenehm.

Sicher, es war beinahe die Mitte des Winters, und selbst auf Meereshöhe war es zu kalt, um ohne Umhang zu gehen, aber sie hatte schon zuvor eisige Kälte überlebt. Ansonsten war alles wundervoll. Nachdem eine geschlagene Woche lang Regen und trübes Wetter geherrscht hatten, war die Sonne durch die hartnäckigen Wolken gebrochen und schien jetzt mit einer Art wahnwitziger Wonne auf sie herab. Magdalena hatte sich als die angenehmste Person erwiesen, die sie in den letzten fünf Jahren kennengelernt hatte; es war unmöglich, sie nicht zu mögen. Sie war mit einer zurückhaltenden Liebenswürdigkeit gesegnet, die Rachels äußeren Verteidigungswall sofort zum Einsturz brachte. Und Rachel hatte die Möglichkeit, den Berg zu verlassen.

Gabriels letztes Hochzeitsgeschenk war bei weitem das beste gewesen. Er hatte sie gebeten zu warten, bis der allerletzte Gast den Horst verlassen hatte, dann waren sie zusammen in Matthäus' Werkstatt gegangen, um den edorischen Lederarbeiter abzuholen. Gemeinsam hatten sich die drei durch die unteren Tunnel des Anwesens geschlängelt, bis zu den äußersten Vorratskammern, wo nie jemand hinkam.

»In der ersten Woche deines Hierseins habe ich mich an das hier erinnert«, sagte Gabriel über die Schulter zu

Rachel. »Oder vielmehr, ich habe mich daran erinnert, davon gehört zu haben. Ich glaube, seit hundert Jahren hat es niemand mehr benutzt. Seit Jesaja die Schar hier im Horst anführte und seine Tochter dieselben Schwierigkeiten hatte wie du.«

»Höhenangst«, murmelte Matthäus.

»Wie auch immer. Also ließ er das hier bauen. Auf kunstvollste Weise aus Stein geschliffen. Die Anfertigung hat länger als ein Jahr gedauert, so ist in der Geschichte überliefert. Ich persönlich finde das Ding ein wenig gruselig. Ich ertrage es nicht, mich in so engen geschlossenen Räumen aufzuhalten.«

Was Jesaja für seine Tochter hatte bauen lassen, war ein kleiner Holzkäfig, der mit einem komplizierten System von Gewichten und Flaschenzügen versehen war, um in einem schmalen Schacht, der in den Berg geschnitten worden war, auf und ab zu fahren. Eine Tür am Fuß des Berges (längst von Ranken und Gestrüpp überwuchert) bot dem abwärts kommenden Fahrgast den Ausstieg; eine ähnliche Tür öffnete sich auf die untere Etage des Horstes. Der Schacht war raffiniert mit Ventilationsöffnungen versehen, die für ausreichend frische Luft sorgten. In der Kabine war eine Notruf-Schnur angebracht, die mit einer Glocke am oberen Ende des Schachtes verbunden war, für den Fall, daß die Kabine unterwegs steckenbliebe.

Viele der Drähte und Seile, die die Kabine durch den senkrechten Tunnel gezogen hatten, waren im Lauf der Jahrhunderte, in denen sie nicht benutzt wurden, verrottet oder gerissen, aber Matthäus hatte sie alle mühselig ersetzt oder repariert. Der Lederhandwerker, so schien es, hatte die üblichen edorischen Kesselflicker-Talente wie auch eine Begeisterung für alles, das sich bewegte. Der Engel und der Edori hatten den wiederhergestellten Aufzug wiederholt erprobt, bevor sie Rachel gestatteten, darin zu fahren.

»Folgende Regeln sind zu beachten«, hatte Gabriel gesagt. »Du mußt immer jemanden davon unterrichten, wenn du mit dem Käfig abwärtsfährst, und du mußte stets die Glocke läuten, wenn du den Käfig betrittst, damit er dich nach oben bringt. Ich kann mir kein schlimmeres Ende vorstellen, als in einer kleinen Kiste tief im Herzen des Berges gefangen zu sein. Wenn du diese Regeln *nicht* befolgst, dann lasse ich von Matthäus die Seile kappen, und du darfst nie mehr in den Käfig, das schwöre ich dir.«

Am liebsten hätte sie seine Regeln mißachtet, aber der Gedanke an Freiheit war zu wertvoll; außerdem mußte sie zugeben, daß die Aussicht, stundenlang in dem Felsenschacht festzustecken, alles andere als reizvoll war. Also nahm sie beide Bedingungen gern an. Sie sahen ihr bei einer Probefahrt zu, und insgeheim war sie aus zwei Gründen erleichtert. Die Gewichte waren mühelos von ihr selbst zu bedienen, und Gaslicht in Röhren, die sich über die ganze Länge des Schachts hinunter erstreckten, lieferten eine angenehme Beleuchtung.

Und dann öffnete sich die Tür am Fuß des Berges, sie stand auf flachem, festem Boden, und sie war *frei*. Der einzige Grund, warum sie so schnell wieder hinauffuhr, lag darin, daß sie Gabriel keinen Anlaß geben wollte, diese wundervollste aller Vergünstigungen zurückzuziehen. Als sie aus der Kabine wieder in den Horst trat, war sie nahe dran, ihren Gemahl aus Dankbarkeit zu umarmen. Sie verzichtete darauf.

Aber sie wußte trotzdem, daß sie glühte wie das Gaslicht, das einen ewigen Nimbus an die rosafarbenen Bergwände warf. »Danke, danke, danke!« rief sie, und die Worte tanzten ihr aus dem Mund, so wie ihre Füße auf dem Steinboden tanzten. »Das ist das Schönste, was du für mich tun konntest …«

Und sie war überrascht gewesen über den wehmütigen Ausdruck, der kurz über Gabriels Gesicht gehuscht war. Tat es ihm leid, daß er ihr dieses Geschenk nicht früher gemacht hatte, oder war er traurig, weil sie sich so selten freute? Aber das war eigentlich einerlei; ihr war es vollkommen gleichgültig. Sie konnte den Berg verlassen. Sie war keine Gefangene mehr.

Magdalena, das dritte Hochzeitsgeschenk, hatte sich als beinahe ebenso wundervoll erwiesen. Wie Gabriel gesagt hatte, war es unmöglich, den Engel aus Monteverde nicht zu mögen, obwohl Rachel willens gewesen war, es zu versuchen.

Magdalena war spät am Tag jenes unseligen Frühstücks zu ihr gekommen, und selbst die Art, wie sie an der Tür läutete, war unaufdringlich gewesen. Rachel bat sie herein, forderte sie jedoch nicht zum Platznehmen auf.

»Ich glaube, du wirst hier unter Vorspiegelung falscher Tatsachen festgehalten«, sagte Rachel ohne Umschweife. »Man hat dir gesagt, ich brauchte eine Freundin, aber in Wirklichkeit wollen sie dich von Nathan fernhalten.«

»Ich weiß«, sagte Magdalena sanft. »Aber auch ich habe nach einem Weg gesucht, um mich von Nathan fernzuhalten.«

Rachel starrte sie an. »Willst du nicht bei ihm sein?« fragte sie überrascht. »Wenn du mit ihm zusammen bist, siehst du aus, als ob du verliebt seist.«

Magdalena lächelte sie gewinnend an. »Das bin ich auch. Wir beide sind es. Ich kann mich kaum an eine Zeit erinnern, da ich nicht in Nathan verliebt war.«

Rachel vollführte eine ausholende Handbewegung. »Dann …«

»Wenn ich ihn nicht haben kann, dann ist es leichter, wenn ich nicht in seiner Nähe bin.« Die Engelin schritt langsam durch den Raum und untersuchte ihn. Als sie wieder sprach, hatte sie das Thema gewechselt. »Es ist erstaunlich«, sagte sie. »Ich bin nicht zum erstenmal in diesem Zimmer, und es hat immer genau wie jetzt ausgesehen. Dieselben Tapeten an den Wänden, dieselben Möbel. Hast du denn gar nichts Eigenes von dir mitgebracht?«

»Ich hatte nichts, als ich hier ankam«, erklärte Rachel gleichmütig. »Das einzige, was ich mitzubringen hatte, waren Schuldgeschenke von Lord Jethro.«

»Dann sollten wir einkaufen gehen. Drunten im Basar von Velora. Welche Sachen gefallen dir? Dort gibt es beinahe alles.«

Verstört dachte Rachel darüber nach. »Ich weiß nicht ... Die Edori sind viel auf Reisen, wir besaßen nicht viele *Sachen*. Schmückende Sachen, meine ich. Alles, was wir von einem Ort zum anderen transportierten, war auf irgendeine Weise nützlich.«

»Wie seltsam. Mein ganzes Leben lang bin ich umgeben von schönen, nutzlosen Gegenständen – meistens Geschenke. Die Leute machen Engeln andauernd Geschenke. Ariel liebt sie. Je feiner und schmuckvoller ein Ding ist, desto mehr liebt sie es. Was ebenfalls seltsam ist, denn im großen und ganzen ist sie eine außerordentlich praktische Person.«

»Dann muß es ihr in Luminaux gefallen.«

»Das ist ihr Lieblingsort auf der ganzen Welt. All das Glas und Kristall!«

»Ich mag Farben«, entschied Rachel. »Vielleicht ist das bei allen Edori so. Leuchtendbunte Webstoffe, bestickte Kopftücher, rot und blau und purpurn gefärbte Decken. Farbe ist das einzige Mittel, um praktische Dinge schön zu machen.«

»Wir werden in Velora eine wundervolle Zeit verbringen«, sagte Magdalena feierlich.

Rachel lachte. »Aber womit soll ich einkaufen?« fragte sie. »Ich habe kein Tauschmittel. In Semorrah wurde alles mit Gold gekauft und bezahlt. Aber hier ...«

»Velora und der Horst haben eine Kreditvereinbarung getroffen«, erklärte Magdalena. »Viele Städte haben derartige Vereinbarung mit den Engeln geschlossen. Du brauchst nur deine Armreifen zu zeigen ...« Sie verstummte jäh.

»Ach ja, meine Armreifen«, sagte Rachel trocken.

Magdalena stellte keine Fragen. »Also, könntest du sie vielleicht bei dir tragen, wenn du das Gefühl hast, sie nicht anlegen zu können?« fragte sie. »In die Tasche stecken oder so?«

Rachel dachte nach. »Nun ja, das könnte ich ... Aber wie weiß ich, wieviel ich ausgegeben habe, wenn ich nicht mit Gold oder Tauschwaren bezahle? Was ist, wenn ich zuviel ausgebe?«

Magdalena lachte. »Der Horst ist reicher, als man es sich in Semorrah jemals träumen ließe«, klärte sie die Angelica auf. »Es ist einfach unmöglich, daß du für ein paar Kleider und ein paar Wandbehänge oder ähnliches zuviel ausgibst.«

Unbegrenzter Wohlstand, ein reichhaltiges Marktangebot und eine Begleiterin, die anscheinend überhaupt nichts von Sparsamkeit hielt! Trotz ihrer angeborenen Vorsicht spürte Rachel, wie eine gewisse Vorfreude in ihr aufstieg. »Dann laß uns gehen«, sagte sie ungeduldig. »Hinunter nach Velora. Gleich morgen früh.«

Den größten Teil der nächsten drei Tage verbrachten sie in der kleinen, eleganten Stadt am Fuß der Velo-Berge. Magdalena wollte nicht zulassen, daß Rachel gleich am ersten Tag etwas kaufte.

»Du weißt ja noch gar nicht, was du eigentlich willst«, sagte der Engel. Sie hörte sich ernst an, doch Rachel hatte den Verdacht, daß sie innerlich lachte; Einkaufen konnte doch gewiß nicht so kompliziert sein. »Du mußt dir erst alles ansehen und dann zu den Dingen zurückkehren, die dir vermeintlich gefielen, um dich zu vergewissern, daß sie dir immer noch gefallen. Und dann mußt du dir alles ansehen, was dir nicht gefällt, um sicherzugehen, daß du nicht irgend etwas von besonders guter Qualität übersehen hast. Und dann mußt du dich noch davon überzeugen, daß nicht über Nacht etwas Neues hereingekommen ist, das dir vielleicht noch besser gefällt als alles andere.«

Dennoch war das ganze Ritual durchaus ein großes Vergnügen. Die Buden im Basar waren vollgepackt mit exotischen Gegenständen, von Keramik über Juwelen bis zu Handschuhen, und Rachel ertappte sich dabei, daß sie jedes einzelne Stück der angebotenen Waren genüßlich prüfte, indem sie sich Schmuck ans Ohr hielt, sich versuchsweise Tücher um den Kopf legte oder in handgenähte Schuhe schlüpfte und ein Paar nach dem anderen anprobierte. Natürlich war Velora nicht mit Luminaux zu vergleichen, und selbst in Semorrah war die Palette von Waren auf den Märkten unter freiem Himmel reichhaltiger, aber es war so lange her, seit Rachel Gelegenheit gehabt hatte, Geld für sich selbst auszugeben, daß dieses Erlebnis ihr beinahe wie sündhafter Luxus vorkam.

Am zweiten Tag fuhren sie wieder hinunter, um einzukaufen. Magdalena hatte Rachel darin unterwiesen, mit den kleinlichen Händlern zu feilschen (»sie setzen alle Preise zu hoch an, besonders wenn sie merken, daß ihre Kundschaft dem Engelhorst angehört«), und Rachel machte sich mit schwungvoller Begeisterung ans Feilschen. Drei der Ladeninhaber gratulierten ihr, nachdem der Handel abgeschlossen war, zu ihrer Zielstrebigkeit und ihrem Geschick. Sie lachte und nahm ihre Errungenschaften an sich.

Sie feilschte überhaupt nicht, als sie an einem kleinen Stand am Rand der Stadt einem dünnen, nervösen, halbwüchsigen Mädchen aprikosenfarbene Seide abkaufte. Magdalena schalt sie, sobald sie außer Hörweite waren, aber Rachel zuckte die Achseln.

»Sie sah hungrig aus.«

»Dennoch! Und hättest den Preis um die Hälfte herunterhandeln können, und sie hätte immer noch drei Tage lang gut zu essen gehabt ...«

»Ich gehe morgen noch mal hin und kaufe auch noch die blaue Seide.«

Als der Bummel beendet war, hatte Rachel genügend Kleidung und Einrichtungszubehör gekauft, um sich und ihr Zimmer zu verwandeln. Schon Wochen zuvor hatte sie festgestellt, daß das enganliegende Leder den Engeln viel mehr Bewegungsfreiheit bot als die Kleider mit den weiten Röcken, die sie immer getragen hatte, also hatte sie mehrere wollene Kombinationen gekauft – und in Auftrag gegeben –, die in etwa den Westen, Hemden und Hosen nahekamen, die selbst die weiblichen Engel trugen. Das bedeutete, daß sie auch Stiefel brauchte, um die Hosenbeine hineinzustecken, und Schals, um die schlichten Muster aufzulockern, und Tücher, um ihre Haare zurückzubinden.

Für ihr Zimmer kaufte sie Teppiche, Wandbehänge, Topfpflanzen, einen geschliffenen Spiegel in einem prächtigen Holzrahmen, einen kleinen Marmortisch mit einem eingelegten Schachbrettmuster aus Onyx und Perlmutter, eine silberne Haarbürste sowie fünf bestickte Kissen. Die meisten dieser Gegenstände waren zu der Hebeplattform am Rand des Berges geliefert worden, die zum Transport schwerer Güter hinauf in den Horst benutzt wurde. Sie fragte sich ab und zu, wie Gabriel wohl ihr tiefes Eintauchen in die Gefilde des reinen Hedonismus empfinden mochte, aber sie konnte ihn nicht fragen. Er war natürlich wieder einmal unterwegs. Er war meistens unterwegs.

Das Einkaufen wurde eingeschränkt durch die naßkalte Witterung, deshalb blieben Rachel und die Engelin mehrere Tage lang zu Hause. Diese Stunden vergingen angenehm schnell. Magdalena brachte Rachel die kniffligen Brettspiele bei, die sie einige der wohlhabenden Semorraner hatte spielen sehen (und die dabei hohe Beträge verloren hatten; sie und Magda spielten jedoch nicht um Geld). Im Gegenzug brachte Rachel ihr einige der grundlegenden Webkenntnisse bei, die ihr bei den Manderras soviel Anerkennung eingebracht hatten.

Und sie beide verbrachten, jede für sich, einige Zeit in den Schallkammern – Magdalena zweifellos um zu üben, und Rachel, um sich die Aufnahmen anzuhören. Außerdem sang Magdalena während dieser regnerischen Tage Duette mit drei oder vier der Engel des Horsts. Sie hatte eine reine, gefühlvolle Altstimme; sie war nicht so kräftig wie die ihrer Schwester, aber süß im Klang und vollkommen ehrlich. Rachel hörte ihr gern zu. Oder vielleicht mochte sie Magda einfach gern.

Sie war nicht die einzige. Die Engelin aus Monteverde war der allgemeine Liebling der Einwohner des Horstes, und wenn Rachel sich in Magdalenas Gesellschaft befand, konnte sie mit ständigen kurzen Besuchen von Sterblichen und anderen Engeln rechnen. Nach den ersten beiden Tagen hörte sie auf, die Besucher finster zu mustern, und schenkte ihnen einfach keine Beachtung, während sie sich mit Magda unterhielten. Die meisten von ihnen taten ihr ihrerseits denselben Gefallen.

Die einzige Person, die – soweit Rachel es einschätzen konnte – Magdalena nicht mochte, war Hannah. Das war am ersten Tag von Magdas Aufenthalt deutlich geworden, als sich die ältere Frau zum Frühstück zu ihnen gesellte.

»Ich habe gehört, du bleibst für ein paar Wochen bei uns«, hatte Hannah in ihrem üblichen unverbindlichen Ton gesagt.

»Ja – einen Monat oder so«, antwortete Magdalena.

»Wir erwarten natürlich von dir, daß du einige der Evangelien mitsingst, solange du hier weilst.«

»Sicher. Ich freue mich darauf.«

Und Hannah hatte mit dem Engel kein weiteres Wort gesprochen, außer sie in scharfem Ton zu ermahnen, ihren Ärmel nicht in die Milch zu tauchen. Rachel hatte all das mit Erstaunen beobachtet, denn Hannah war – wenn auch nicht übermäßig warmherzig – doch immer zu allen freundlich gewesen, mit denen Rachel sie erlebt hatte.

Es war gegen Ende der zweiten Woche, während eines heftigen Regens, der sich allmählich in einen Schneesturm verwandelt hatte, als Rachel Magdalena um eine Erklärung bat. Sie waren soeben von einem kurzen Spaziergang zurückgekehrt, um Rachels neue Stiefel in dem Schnee zu erproben, der auf das Plateau gefallen war, und Hannah hatte sie streng getadelt, weil sie Wasser hereingetragen hatten.

»Ich habe noch nie gehört, daß sie mit jemandem so spricht wie mit dir«, sprach Rachel sie unter vier Augen an, als sie in ihrem Zimmer angekommen waren. »Mag sie dich nicht? Ich dachte, Hannah mag jeden. Und ich dachte, jeder mag dich.«

Magda rieb sich mit einem Handtuch das dichte, kurzgeschnittene Haar trocken. »Früher konnte sie mich ganz gut leiden, aber diese Sache mit Nathan …« Sie zuckte die Achseln und legte das Handtuch zusammen. »Wahrscheinlich denkt sie, das Ganze ist meine Schuld.«

»Aber warum kümmert sie das so sehr? Mehr als alle anderen, meine ich.«

»Weil Nathan ihr Sohn ist.«

Rachel sah sie verblüfft an. »Ihr *Sohn?* Aber ich dachte, er und Gabriel seien Brüder …«

»Halbbrüder. Man findet selten Vollblutgeschwister unter den Engeln.«

»Du und Ariel?«

Magda schüttelte den Kopf. »O nein. Kennst du diese Geschichte noch nicht?«

»Mit mir spricht doch niemand. Mir kommt nie irgendwelcher Klatsch zu Ohren.«

»Mit dir spricht niemand, weil du ein sehr unfreundliches Verhalten an den Tag legst«, gab Magda zurück.

Rachel lächelte spöttisch. »Ich halte in der Regel nicht viel von Engeln.«

»Du hast einen geheiratet.«

»Gezwungenermaßen.«

»Und mich magst du anscheinend auch einigermaßen.«

»Jeder mag dich. Erzähl mir deine Geschichte.«

»Nun, mein Vater war ein Engel, und er war mit Ariels Mutter verheiratet, und sie wurde geboren. Kurz darauf kam eine junge Frau durch Monteverde und zog die Aufmerksamkeit meines Vaters auf sich. Nun ja, sie zog die Aufmerksamkeit mehrerer Männer in der Festung auf sich. Sie war eine Engelsucherin, und sie war in Windhagen gewesen ...«

»Einen Augenblick! Engelsucherin? Was ist das?«

»Eine Frau, die Engel verführt, in der Hoffnung, einen Engel als Kind auszutragen und dadurch in der Festung aufgenommen zu werden.«

»Du meinst, das ist ihr Ziel? Ihre Absicht, wenn sie einen Mann lieben? Gibt es viele solche Frauen?«

»O ja. Sind sie dir in Velora nicht aufgefallen? Ich weise dich auf sie hin, wenn wir das nächstemal dort sind.«

»Sie verführen also Engel – und dann? Wenn sie ein Engelkind zur Welt bringen ...«

»Dann dürfen sie das Kind in der Festung großziehen und dort wohnen, solange sie möchten. Engelkinder sind selten und wertvoll, verstehst du? Eine Frau, die einen Engel gebiert, gewinnt für ihr ganzes Leben einen besonderen Status. Es ist natürlich ein Glücksspiel, denn nur wenige Frauen bekommen Engelkinder.«

»Und was geschieht, wenn ihre Kinder Sterbliche sind?«

Magda zuckte die Schultern. »Das hängt von der Frau ab. Manchmal zieht sie sie groß. Manchmal verstößt sie sie. Es gibt viele streunende Kinder in Monteverde. Und in Velora wimmelt es nur so davon. Bestimmt hast du dort schon welche gesehen. Einige von ihnen werden beinahe zu Barbaren – Straßenbälger, für die niemand sorgt außer sie selbst untereinander für sich. In Breven und den anderen Städten in Jansai gibt es sogar noch mehr davon. Dort enden viele der Engelsucherinnen, denn bei den Jansai finden Frauen mit einer gewissen moralischen Großzügigkeit leicht eine Bleibe.«

Rachel war zutiefst entsetzt. »Wie kann eine Mutter ihr Kind verstoßen? Das Neugeborene einfach irgendwo an einer Straßenecke liegenlassen …«

»Oder auf einem Feld oder in einer Höhle, oder in einem Wagen an der Straße. Es ist grausam, ich weiß. Für diese Frauen sind Kinder eine Last. Jedenfalls sterbliche Kinder. Wenn du lange genug mitten unter Engeln lebst, dann überrascht dich das nicht mehr – der Anblick dieser verlorenen Kinder, die ein so ganz anderes Leben geführt hätten, wenn sie als Engel geboren worden wären.«

Rachel fühlte körperliche Übelkeit in sich aufsteigen. »Ich kann es mir nicht vorstellen … Bei den Edori haben Kinder den höchsten Stellenwert vor allem anderen«, sagte sie. »Lieber würde man sich in die Sklaverei verkaufen als zulassen, daß einem Kind Schaden zugefügt wird. Nach unserer Auffassung ist es ein Vergehen, Kinder zu haben, wenn man nicht willens und fähig ist, für sie zu sorgen. Eines auf gut Glück zu empfangen, wie wenn man ein Los zieht, zu einem anderen Zweck, als das Kind um seiner selbst willen zu lieben ...«

»Du bist empört, ich weiß, aber mir erscheint das, was man dabei gewinnen kann, die Sache wert«, sagte Magda ernst. »Verstehst du, ich weiß, wie wenige Engel es gibt und wie besorgt das Oberhaupt einer Schar mitunter sein kann, wenn ein Kind nach dem anderen als Sterblicher zur Welt kommt. Der Jubel ist riesengroß, wenn ein neuer Engel in die Welt eintritt. Man sagt, sogar Jovah tanzt dann. Ich halte es für verabscheuungswürdig, daß die sterblichen Kinder verstoßen werden, aber ich kann es niemandem verübeln, der sie versucht, einen Engel zu zeugen oder zu gebären.«

Rachel schüttelte den Kopf, immer noch fassungslos und verwirrt; bestimmt würden sie und Magdalena in dieser Hinsicht niemals einer Meinung sein. »Dann war also deine Mutter ...«, sagte sie, und ihre Stimme klang ein wenig angestrengt. »Sie war eine dieser – Engelsucherinnen?«

Magda nickte. »Und sie kam nach Monteverde. Ariel war gerade zur Welt gekommen, und mein Vater war stolz auf sich, überzeugt davon, daß er einen weiteren Engel zeugen könne. Als meine Mutter sich an ihn heranmachte, war er also nur allzu willig, mit ihr zu schlafen, und nach wenigen Wochen war klar, daß sie schwanger war. Er war entzückt. Sie hätte eigentlich ebenfalls entzückt sein müssen, aber inzwischen hatte sie sich in einen anderen Mann verliebt – einen sterblichen Mann, einen Jansai –, und sie wollte Monteverde verlassen und mit ihm wegziehen. Mein Vater weigerte sich, sie gehen zu lassen. Sie machten sich trotzdem davon, bei Nacht und Nebel.«

Magdalena hielt inne und machte es sich auf den Kissen neben Rachel wieder bequem. »Und sie waren verschwunden. Niemand wußte, wohin sie abgehauen waren. Mein Vater suchte ein ganzes Jahr lang nach ihr.

Er reiste nach Breven, er reiste nach Luminaux; er ließ Bilder von ihr in jede Festung und jede Stadt schicken. Schließlich gab er die Suche auf.

Dann eines Tages, etliche Jahre später, befand er sich auf einem Routinesuchflug über Gasa, und er entdeckte eine Pestflagge in einer felsigen Gegend, in der es keine Dörfer gab. Er landete und stieß auf ein kleines Lager – ein Zelt, eine Hütte, ein paar Kaninchen in einem Stall. Der Jansai-Mann war tot. Meine Mutter lag im Sterben. Ich lag in der Hütte, weinend und hungrig, aber nicht krank. Aus irgendeinem Grund werden Engel selten von Seuchen befallen. Mein Vater brachte mich zurück nach Monteverde, und seither bin ich hier.«

Rachel war fasziniert. »Kannst du dich an irgend etwas erinnern?«

Magda schüttelte den Kopf. »Nein, an gar nichts. Ariels Mutter hat mir einmal ein Porträt meiner Mutter gezeigt, aber ich konnte mich an das Gesicht nicht erinnern. Ich erinnere mich an nichts anderes als an Monteverde. Allerdings mache ich mir manchmal so meine Gedanken über sie.«

»Inwiefern?«

»Ich frage mich, warum sie das getan hat. Es ist eigentlich unglaublich. Ich meine, die Engelsucherinnen leben ja für dieses Ziel, nämlich ein Engelkind auf die Welt zu bringen. Und sie – erstens verschwand sie, ohne zu wissen, was für ein Kind sie in sich trug. Und dann, als sie mich zur Welt brachte – als sie in jede Festung in Samaria hätte gehen können und um meiner willen mit offenen Armen aufgenommen worden wäre –, zog sie es immer noch vor, mich zu verstecken, um so weit wie möglich von Engeln entfernt zu leben, um mit einem Sterblichen zusammen zu sein, den sie liebte, anstatt mit meinem Vater. Ich habe noch nie von jemandem sonst gehört, der so etwas getan hätte.«

»Sie hat ihn geliebt«, sagte Rachel leise. »Sie setzte alles aufs Spiel für ihre Liebe.«

»Sie hätte mich an meinen Vater übergeben und trotzdem mit dem Jansai-Mann zusammenleben können«, sagte Magda. »Sie hätte sich nicht zu verstecken brauchen, wie sie es getan hat.«

»Sie hat auch dich geliebt«, sagte Rachel. »Sie brachte es nicht fertig, dich herzugeben.«

»Vielleicht. Das möchte ich auch am liebsten glauben, aber ...«

»Es gibt keine andere Erklärung.«

»Und dann habe ich mich noch etwas gefragt. Die Pestflagge. Haben sie wirklich gehofft, ein Engel werde rechtzeitig erscheinen, um sie zu retten. Oder ...«

Rachel schüttelte den Kopf. »Sie hat sie für dich gehißt. Damit ein Engel herabkommen und dich finden sollte. Sie wußte, daß sie sterben würde, und sie konnte dich nicht alleinlassen. Aber sie wollte bis zum letzten Augenblick nicht aufgeben.«

»Vielleicht«, sagte Magda wieder, und ihre süße Stimme klang traurig. »Ich möchte gern glauben, daß sie mich so sehr geliebt hat ...«

»Du mußt es glauben.«

»Seltsamerweise denke ich manchmal, mein Vater hat sie bis zu seinem Tod geliebt. Er sprach nicht über sie, und wenn ich mich nach ihr erkundigte, verfluchte er sie, aber er hatte ständig ein Bild von ihr in seinem Zimmer. Ich habe es einmal gesehen, als ich noch ein kleines Kind war, und an dem Tag, an dem er starb, war es immer noch da. Ich weiß es, weil ich diejenige war, die sein Zimmer ausgeräumt und seine Kleidung zusammengepackt hat. Und manchmal denke ich ... Ich frage mich, ob sie vielleicht nicht doch wahre Liebende waren – verstehst du, nach dem Willen Jovahs.«

»Warum?«

»Nun, etwas, das er mir einmal erzählt hat, legt die

Vermutung nahe, daß bei ihrer ersten Begegnung sein Kuß aufflammte. Du weißt doch« – und an dieser Stelle hatte Magdas Stimme einen sarkastischen Unterton –, »das große Zeichen des Gottes, daß sich zwei Liebende getroffen haben. Denn einige Tage vor seinem Tod warnte er mich, niemals dem Kuß zu trauen, da er einem nur Kummer bereite. Damals kannte ich Nathan schon, natürlich, aber wir waren noch – Freunde, nichts war zwischen uns geschehen. Als Nathan mich zum erstenmal auf den Mund küßte – und der Kristall an meinem Arm zum Leben erwachte –, fielen mir die Worte meines Vaters wieder ein. Und ich wußte, daß er recht hatte.«

Rachel runzelte die Stirn. Sie hatten sich halb sitzend, halb liegend am Boden zwischen Rachels neuen Kissen niedergelassen, auf ihrem neuen Teppich, und das erinnerte sie sehr daran, wie die Edori um ein Lagerfeuer herumgesessen und sich bis spät in die Nacht unterhalten hatten. Sie drehte sich um und legte sich flach auf den Bauch, die Stirn immer noch gerunzelt.

»Bei meiner Hochzeit«, sagte sie gedankenversunken, »hat das Orakel Josias mit mir ein wenig über dieses Thema gesprochen. Über den Grund, warum der Kuß an jemandes Arm aufleuchtete. Er sagte, Jovah ist nicht so sehr interessiert an wahrer Liebe, sondern an Nachkommen – am Genteich, wie er es nannte. Ihm geht es um die Kinder, die zwei Leute hervorbringen, wenn sie zusammengeführt werden.«

»Züchtung«, sagte Magda mit einem schwachen Lächeln. »Dieses Argument habe ich auch schon mal gehört.«

»Als *deine* Eltern also durch den Kuß zusammengeführt wurden – und *Nathans* Eltern durch den Kuß zusammengeführt wurden …«

»Wurden sie das? Das wußte ich nicht.«

»O ja; Hannah hat es mir gleich am ersten Tag nach

meiner Ankunft hier erzählt. Das heißt, daß Jovah eure beiden Eltern jeweils zusammengeführt hat, damit ihr geboren werden konntet. Und wenn du und Nathan durch den Kuß zusammengeführt worden seid ...«

»Ich glaube, es war eher die Kraft unserer Liebe, die den Kuß an unseren Körpern zum Leuchten gebracht hat«, sagte Magda. »Weil es Engeln verboten ist, untereinander zu heiraten, und weil Jovah selbst dieses Verbot erlassen hat.«

»Wegen der Ungeheuer, die aus einer solchen Verbindung hervorgehen könnten?«

»Genau.«

»Hannah nannte sie Luzifer.«

Magda lächelte ein wenig. »Das ist die Bezeichnung, die die Manadavvi benutzen – und die Bezeichnung für alles Abscheuliche, Abartige. Bei ihnen kann auch ein Schneesturm, der zu lange anhält, Luzifer genannt werden, weil es etwas Gutes ist, das sich zu etwas Schlechtem wandelt.«

»Aha. Bei den Edori bedeutet ›Luzifer‹ soviel wie ›falsches Licht‹. Bestimmte Insekten strahlen in der Nacht ein Glühen aus, das wie Kerzenlicht aussieht – sie werden Luzifer genannt. Einige Sumpfhölzer können brennen, wenn man sie zum Entzünden eines Feuers benutzt, aber nur für kurze Zeit. Auch sie werden Luzifer genannt. Und die Jansai – sie haben gelernt, in der Nähe von edorischen Lagern Feuer zu entfachen, mit der Kenntnis, daß die Edori kommen werden, um Kameraden zu suchen – und auch diese Feuer nennt man Luzifer.«

Magda lächelte wieder. »Das Wort stammt ursprünglich aus der Zeit der Gründung von Samaria«, sagte sie. »Nachdem Jovah uns hierhergebracht, in drei Provinzen angesiedelt und alle unterteilt hatte in Menschen, Engel und Orakel, zog er sich in den Himmel zurück, um über uns zu wachen. Und eine Generation lang herrschte Frieden. Aber als die Söhne und Töchter der ersten Siedler das Erwachsenenalter erreichten, fingen sie an zu zetern, weil sie das Gesicht Jovahs mit eigenen Augen sehen wollten.

Zu jener Zeit war der Erzengel ein Mann namens Luzifer, der Nachfolger Uriels, der inzwischen gestorben war. Um die Leute zum Schweigen zu bringen, versprach er, er werde gen Himmel fliegen, um Jovah aufzusuchen und ihn zu bitten, zur Erde zurückzukehren. Und er hob von der Ebene von Sharon ab und war drei Tage lang verschwunden, und niemand sah ihn zurückkehren. Doch am dritten Tag erschien er wieder auf der Ebene, und neben ihm war die große Gestalt eines Mannes, von Kopf bis Fuß eingehüllt in leuchtendweißes Tuch, das abgesetzt war mit Gold. Viele Leute hatten sich auf der Ebene versammelt, und sie jubelten ›Gloria, Gloria‹, als sie Luzifer mit dem Gott zurückkommen sahen. Und sie drängten herbei, um den Gott zu berühren, um seinen Segen zu bitten und ihn um Heilung durch seine Hand anzuflehen.

So ging das tagelang weiter, Leute aus ganz Samaria unternahmen Pilgerreisen zur Ebene von Sharon, um persönlich den Fuß des Gottes zu berühren. Und allmählich wurde Luzifer eifersüchtig, denn niemand erwies *ihm* nun noch Ehre – Jovah bekam die gesamte Aufmerksamkeit. Schließlich war er so wütend, daß er das weiße Tuch von Jovahs Gesicht wegriß – wodurch er nicht etwa den Gott enthüllte, sondern einen armen schwachsinnigen Riesen, den er selbst für diese Rolle herausgeputzt hatte. Seit jener Zeit bezeichnet das Wort ›Luzifer‹, zumindest bei den Engeln, jemanden, der ein geheiligtes Vertrauen mißbraucht – der beispielsweise vorgibt, dir Liebe zu schenken, und dir stattdessen Unehre einbringt.«

»Was geschah mit dem Erzengel?«

»Er wurde in die Verbannung geschickt. Ich weiß nicht wohin. Er wird in den Geschichtsbüchern an keiner anderen Stelle erwähnt.«

»Und was wurde aus dem Schwachsinnigen?«

»Die Menge fiel über ihn her und prügelte ihn zu Tode.«

»Magda!«

»Nun, du hast danach gefragt!«

»Ich denke, ich werde dich nicht nach weiteren Geschichten fragen!« rief Rachel aus. »Alles, was du mir erzählst, endet irgendwie grausam.«

Magdalena lachte. »Ich bitte um Entschuldigung. Wie kann ich es wiedergutmachen?«

Rachel seufzte. »Hol den Sonnenschein wieder her. Ich hasse diese schreckliche Kälte und den Schnee.«

Magdalena stand auf. »Also gut. Bis zum Einbruch der Dunkelheit wird es aufhören zu schneien. Morgen gehen wir wieder nach Velora.«

»Was tust du?«

»Ich erhebe mich in die Lüfte und bete für einen Wetterumschwung. Morgen früh wird die Sonne scheinen.«

»Du betest für … Kannst du das wirklich?«

Magda lachte wieder. »Natürlich kann ich das. Die Beeinflussung des Wetters ist für einen Engel die leichteste Übung. Möchtest du mitkommen?«

»*Fliegen?* Nein, bestimmt nicht!«

»Gut. Ich bin höchstens für etwa eine Stunde weg.«

Und sie verließ den Raum. Und tatsächlich, spät am Abend hörte der Schneefall auf; die Wolkendecke riß auf; die Sterne leuchteten hell am tiefschwarzen Nachthimmel. Als Hannah beim Abendessen bemerkte, daß ihr die Luft entschieden wärmer vorkomme als in der Früh, hielten sowohl Rachel als auch Magdalena es für weise, nicht zu erklären, woran das lag.

Und am nächsten Tag waren sie wieder in Velora.

Es war zu kalt, um allzulange auf dem Basar unter freiem Himmel einzukaufen, deshalb hatten Rachel und Magdalena in einer Konditorei Zuflucht gesucht, wo sie Glühwein tranken und Käsegebäck knabberten. Rachel hatte am Fenster Platz genommen.

»Sonne, Sonne, Sonne«, trällerte sie in einem gleichförmigen Singsang. »Ich könnte den ganzen Tag hier sitzen.«

»Kuchen essen und fett und faul werden«, pflichtete Magda bei. »Klingt nicht schlecht in meinen Ohren.«

»Klingt auch in meinen Ohren nicht schlecht«, sagte eine männliche Stimme hinter ihnen. Sie beide drehten sich schnell um und erblickten die schlanke, geschmeidige Gestalt des Engels Obadja, dessen Züge durch den Einfallswinkel der Sonne in allen Einzelheiten hervorgehoben wurden. Er war in den Laden getreten und hatte sich ihrem Tisch genähert, ohne daß eine von ihnen beiden es bemerkt hätte. »Darf ich mich zu euch setzen und ein paar Pfund zunehmen?«

»Natürlich«, sagte Magda. Rachel machte lediglich ein mürrisches Gesicht. Obadja zog sich einen der Metallstühle heran – der, wie die Stühle im Horst, mit Bedacht so gestaltet war, daß Engel bequem darauf sitzen konnten – und legte die Flügel elegant im Rücken an. Er schenkte ihnen beiden ein engelhaftes Lächeln.

»Schönes Wetter, zur Abwechslung«, sagte er. »Meine Anerkennung für die Wirkung deiner Gebete.«

Magda unterdrückte ein Lachen. »Wie kommst du auf den Gedanken ...«

»Ich habe einen unfehlbaren Riecher dafür, wenn sich jemand mit einem Gesuch an Jovah wendet, meine Hübsche. Ich war drauf und dran, selbst in die Lüfte zu steigen, als ich gestern abend einen deutlichen Anstieg der Temperatur bemerkte. Und falls das, wie ich annehme, die Idee der Angelica war, dann gilt auch ihr meine Anerkennung.«

»Es war nicht meine Idee«, wehrte Rachel ab. »Ich wußte gar nicht, daß so etwas machbar ist.«

»Nun, eigentlich darf das auch nicht sein«, sagte Obadja nachdenklich. Er hob eine Hand, als Zeichen für den Ladeninhaber, daß er bedient zu werden wünschte. »Gabriel wird sehr ungemütlich, wenn Engel ihre Macht zu ihrem persönlichen Wohlbefinden mißbrauchen. Aber andererseits wird Gabriel so ziemlich bei allem ungemütlich. Wenn wir uns alle nach seinen Maßstäben richten wollten, dann müßten wir stumm und reglos im Horst sitzen und uns nur reinen Gedanken hingeben.«

Rachel konnte ein Kichern nicht unterdrücken. Obadja warf ihr einen schrägen Blick zu und grinste dann Magdalena an. »Sie kann also lachen«, sagte er zu der Engelin. »Ich muß gestehen, ich habe sie in all den Wochen, die sie jetzt schon im Horst weilt, noch kein einziges Mal lachen sehen. Ich habe mich allmählich schon gefragt, ob sie uns alle haßt.«

»Mich mag sie«, sagte Magda ernst.

»Jeder mag dich.«

Der Ladeninhaber brachte Wein und Gebäck für Obadja, der sein Armband aufblitzen ließ, was als Bezahlung galt. Der Mann nickte und entfernte sich.

»Du darfst dich nicht durch unsere abschreckende äußere Erscheinung täuschen lassen«, fuhr Obadja fort, diesmal an Rachel gewandt. »Man denkt im allgemeinen, Engel führen ein vorbildliches Leben, vollbringen gute Taten und unterhalten sich mit dem Gott – ein Leben, das arme, unwürdige Sterbliche niemals zu erreichen vermögen –, aber ich versichere dir, es ist nicht alles eitel Glanz und Verzückung.«

»Das habe ich nie angenommen«, bemerkte Rachel trocken.

»Ich zum Beispiel wurde vor drei Tagen weggerufen, als ein Reisender, der durch Velora kam, berichtete, er habe über einem Anwesen fünfzig Meilen von hier eine gehißte Pestflagge gesehen. Ihr erinnert euch an das Wetter; Magdalena hatte die Schneewolken noch nicht von unserem düsteren Himmel weggezaubert ... Ich flitzte also durch das dichte Treiben der Flocken und fror ziemlich, während ich eine Stunde lang nach Westen flog. Ich entdeckte die Fahne, fand das Anwesen und betrat das Haus, wo ich eine kräftige Frau, einen gesunden Mann und ein halbes Dutzend Bauernkinder antraf, die es sich am Kamin gutgehen ließen. Kein Husten war zu hören, kein Geschwür, keine Wunde war zu sehen.

Ich stellte mich also höflich vor, erkundigte mich in freundlichem Ton nach dem Sinn der Pestflagge und erntete nichts als verständnislose Blicke von dem Herrn und der Dame des Hauses. Ach, und der kleine Ezra, der wie etwa zehn aussah, kam aus der Scheune hereingerannt und rief: ›Ist er da? Ist der Engel da?‹ Ich gestehe, daß in diesem Augenblick eine böse Ahnung in mir aufwallte.«

Magda lachte herzlich. Selbst Rachel war belustigt über Obadjas leichten ironischen Plauderton. Er hatte blonde Haare, ein offenes Gesicht und einen nicht allzu kräftigen Körperbau. Obwohl er die Geschichte so erzählt hatte, als ob sie ihn schmerzte, war das Lachen in seinen Augen unverkennbar.

»Die Dame des Hauses wandte sich an den kleinen Ezra und schimpfte: ›Was hast du getan? Du hast doch wohl nicht einen Engel hierhergerufen, damit er dieses blöde Tier sucht?‹ Und der Herr des Hauses äußerte seine Absicht, dem Jungen eine gesunde Tracht Prügel zu verabreichen. Er schritt energisch davon, wahrscheinlich um einen hübsch festen Lederriemen zu suchen. Unterdessen riß sich Ezra von der Hand seiner Mutter los und rannte zu mir, packte mich am Gürtel und schluchzte an meinem Bauch. ›Er ist seit drei Tagen verschwunden – ich weiß, daß er bei diesem Schnee erfrieren wird. Ich finde ihn nirgends, und ich habe überall gesucht.‹«

»Laß mich raten – die Rede ist von einem Hund«, sagte Magda.

»Einen *Ziegenbock*, bitte sehr, einen weißen Ziegenbock mit weißen Hörnern, der zweifellos ohnehin einen Monat später zum Essen geschlachtet worden wäre.«

»Wie hast du dich verhalten?«

»Wie hätte ich mich verhalten können? Ich habe mich auf die Suche nach diesem Vieh gemacht. Ich nahm Ezra mit, weil vier Augen mehr sehen als zwei – wenigstens gab ich ihm gegenüber das vor. In Wirklichkeit wollte ich das Auspeitschen so lange wie möglich hinauszögern. Wir waren drei Stunden lang unterwegs.«

»Habt ihr die Ziege gefunden?« fragte Rachel.

»O ja. Unter einem umgestürzten Baum, ganz kuschelig und gemütlich hingebettet. Und wenn ihr glaubt, *das* sei ein Vergnügen gewesen«, fügte er hinzu, »zurückzufliegen mit einem zehnjährigen Jungen unter einem Arm und einer blökenden Ziege unter dem anderen, nun, dann habt ihr keine Phantasie.«

Beide Frauen lachten laut. Obadja betrachtete sie wohlwollend. »So«, sagte er zu Rachel, »wenn du das nächste Mal voller Ehrfurcht einem Engel gegenüberstehst, dann denk an mich und die Ziege, und alles wird in den richtigen Blickwinkel gerückt.«

»Danke, das werde ich tun.«

»Ich muß sagen, du bist sehr lieb«, bemerkte Magdalena. »Ich kann mir nicht vorstellen, daß Gabriel oder Nathan sich auf die Suche nach einem Tier gemacht hätten.«

»Nein, irgendwie bin immer ich es, an dem letzten Endes irgendwelche bizarren oder demütigenden Aufgaben hängenbleiben«, pflichtete Obadja bei. »Ich erinnere mich an meinen zweiten oder dritten Ausflug, als ich auf das Gesuch eines Pilgers einging …«

Während der folgenden Stunde unterhielt er sie mit Geschichten über seine mißlungenen Abenteuer. Rachel konnte sich nicht erinnern, jemals so herzhaft gelacht zu haben. Magdalena trug ein paar ihrer eigenen Geschichten bei, und sogar Rachel erzählte eine Geschichte von einem unter einem unguten Stern stehenden edorischen Lager, die damals keineswegs so lustig gewesen war. Es war ein gutes Gefühl, zu lachen, sich zu erinnern, sich gemeinsam zu freuen. Es war so lange her, daß sie Freunde gehabt hatte.

Schließlich war es Magdalena, die die Unterhaltung beendete. »Wir sind eigentlich heruntergekommen, um Faden und Garn für meine Webarbeit zu kaufen«, sagte sie. »Komm, laß uns noch einmal danach schauen.«

Obadja begleitete sie zurück zum Basar, wo sie zwischen den Verkaufsständen herumgingen und gelegentlich für kurze Augenblicke voneinander getrennt waren. Rachel stand allein vor einer Bude mit Glasartikeln, als ein zierliches dunkelhaariges Mädchen, das ungefähr wie sieben aussah, neben sie trat.

»Bitte, Lady«, sagte das Mädchen und zupfte Rachel am Ärmel. »Mein Bruder ist krank, und er hat schrecklichen Hunger. Könntet Ihr mir etwas geben …«

Der Inhaber des Verkaufsstandes, ein blasser, feister Mann, trat einen drohenden Schritt vor. »Verschwinde! Mach, daß du wegkommst!«

Rachel legte eine Hand auf die schmutzigen, verfilzten Haare. »Ich habe kein Geld bei mir«, sagte sie sanft. »Wo ist dein Bruder?«

Das Mädchen streckte deutend den Arm aus. In einer Seitengasse, die von der Hauptstraße abging, saß ein zusammengesunkenes Bündel aus zerfetzter Baumwolle mit einem zotteligen dunklen Kopf. »Er ist seit zwei Tagen krank, und das einzige, was er möchte, ist etwas Brot …«

»Ich sehe ihn mir an.«

»Lady, wollt Ihr das Glas?« fragte der Budeninhaber.

»Nein«, sagte Rachel über die Schulter hinweg und folgte dem Mädchen zu dessen Bruder. Seine Augen waren geschlossen und seine Hände vor dem Bauch gefaltet, und er stöhnte mit schwacher Stimme, wobei er von einer Seite zur anderen schaukelte. Er sah noch ausgehungerter aus als seine Schwester.

»Hat er Fieber? Wann hat er zum letzten Mal etwas gegessen?« wollte Rachel wissen. Sie ließ sich auf die Knie nieder, um sich den Jungen besser ansehen zu können.

Das war ein taktischer Fehler. Jemand stieß sie kraftvoll von hinten an; als sie nach vorn kippte, sprang der kranke Junge auf, auf wundersame Weise plötzlich genesen. Hände griffen nach der Goldkette, die sie sich an diesem Morgen um den Hals gelegt hatte; flinke Finger lösten das Seidentuch aus ihrem Haar. Bevor sie das Gleichgewicht wiedergewonnen hatte, hatte man sie um einige wertvolle Gegenstände erleichtert und war davongerannt. Sie hörte wütende und empörte Schreie, während Bruder und Schwester sich in das Gewühl mischten und verschwanden.

Sie hatte nicht einmal versucht, Widerstand zu leisten. Im selben Augenblick, als sie die Falle erkannte, war sie erstarrt, hatte ihnen alles überlassen, was sie nehmen wollten.

Nun, da sich eilende Schritte von hinten näherten, stützte sie sich an der Wand der Gasse ab und rappelte sich mühsam auf.

»Rachel! Alles in Ordnung mit dir? Was ist geschehen? Diese Kinder ...« Magdalena war als erste bei ihr, dicht gefolgt von Obadja. Fremde bildeten ein Knäuel um die Engel, denen sie sich jetzt zuwandte.

»Ich habe sie gar nicht gesehen. Wie sahen sie aus?« fragte Obadja. »Vielleicht erwische ich sie.«

Rachel schüttelte den Kopf. »Mir geht es gut. Macht

euch keine Sorgen um mich. Sie haben sich nur ein paar Dinge genommen.«

Magda hatte den Diebstahl bereits bemerkt. »Oh, deine hübsche Goldkette! Und dein Seidentuch! Und dein Gürtel mit den Goldscheiben – o Rachel, wir haben drei Tage gebraucht, um diesen Gürtel zu kaufen!«

Rachel brachte ein zitterndes Lächeln zustande. Es war kein erfreuliches Erlebnis, überfallen zu werden, nicht einmal von Kindern, und nicht einmal dann, wenn man einigermaßen ungeschoren dabei weggekommen war. Nachdem die Neugierigen sahen, daß sie unversehrt und ziemlich ruhig war, löste sich das Knäuel der Zuschauer allmählich auf. »Der Gürtel und die Kette sind nicht so wichtig«, sagte sie. »Ich hoffe, sie finden einen netten kleinen Laden, wo sie sie gegen ein paar Goldstücke eintauschen können. Sie sahen hungrig aus.«

»Und du sahst wie eine leichte Beute aus, meine Hübsche«, sagte Obadja. »Einer von uns beiden hätte bei dir bleiben sollen. Es tut mir leid.«

»Das ist empörend«, sagte Magda. »Daß eine Angelica nicht mehr sicher durch die Straßen von Velora gehen kann …«

»Es ist empörend«, unterbrach Rachel sie. Sie zitterte nun nicht mehr; statt dessen spürte sie die zunehmende Kraft rechtschaffenen Zorns. »Empörend, daß in einer Stadt, die keine Senkrechtmeile von einer Engelsburg entfernt ist, hungernde Kinder durch die Straßen streunen, zum Betteln und Stehlen gezwungen, um zu überleben.«

Die beiden Engel starrten sie an. Obadja, wie vorauszusehen war, fing an zu lachen.

»Aber Rachel – bist du denn nicht wütend?«

»Natürlich bin ich wütend. Wie kann so etwas geschehen? Warum kümmert sich niemand um diese Kinder? Warum werden sie nicht versorgt? Du selbst hast mir erzählt, daß zumindest einige von ihnen von Engeln gezeugt wurden, obwohl sie bei ihrer Geburt nicht das Glück hatten, mit Flügeln ausgestattet zu sein. Ist das ihre Schuld? Bei den Edori ist jeder für sein Kind verantwortlich, wie es auch immer aussehen mag, wenn es auf die Welt kommt – einerlei, ob es eine Haarfarbe hat, die man nicht ausstehen kann, oder einen im Mutterleib deformierten Fuß oder einen Geist, der sich niemals über das Stadium eines Kindes hinaus entwickeln wird …«

Magda sah sich in alle Richtungen um, da sie feststellen wollte, ob irgend jemand zuhörte. »Rachel, sei still. Dies ist nicht der Ort und die Zeit …«

»Engel, die es für so wichtig halten, mehr *Engel*kinder zu zeugen, und sich dann nicht darum scheren, was mit den sterblichen Säuglingen geschieht, die in die Welt gesetzt wurden! Überlassen sie dem Verhungern oder dem Tod oder einem Schicksal als Straßenbälger, die nur mittels Gewalt überleben können …«

Im Gegensatz zu Gabriel hatten diese beiden bisher noch keine Gelegenheit gehabt, Rachel so richtig toben zu sehen. Magda war verstört, doch Obadja blieb gelassen. Er trat Rachel in den Weg, als sie versuchte wegzugehen, indem er die Flügel weit ausbreitete und sie zu dem Gebäude hinter ihr zurückdrängte. Als sie die Hände hob, als ob sie ihn schlagen wollte, umfaßte er ihre Handgelenke und drückte sie sanft gegen die Mauer.

»Du kannst keine Probleme lösen, wenn du dich auf diese Weise ereiferst«, sagte er, und seine Stimme hatte einen besänftigend-melodischen, beinahe hypnotischen Klang. »Beruhige dich, rede darüber – wir werden einen Ausweg finden.«

»Reden! Einen Ausweg finden! Was können wir tun? Es ist abscheulich …«

»Ist es, ich stimme dir zu, beruhige dich. Es gibt etwas zu tun, du kannst etwas tun, aber du mußt einen Augenblick innehalten, nachdenken, dich beruhigen ...«

Es dauerte nicht lange, bis die angenehme Stimme Wirkung zeigte. Sie widersetzte sich nicht mehr seinem Griff, holte mehrmals tief Luft und starrte auf die Pflastersteine hinab, bis ihr Blick sich wieder normalisierte. Als sie zu ihren Begleitern aufsah, war sie immer noch wütend, hatte jedoch die Selbstbeherrschung wiedererlangt.

»Es tut mir nicht leid«, sagte sie trotzig. »Du findest, daß ich mich schlecht benommen habe, aber solche Dinge sollten auch dich wütend machen.«

Obadja ließ sie los. Magda kam zu ihr und nahm sie schnell in die Arme. »Aber Rachel, du solltest wegen so etwas nicht so sehr außer dich geraten. Du hast mir Angst eingejagt ...«

»Nun, das wollte ich nicht, aber, Magda, das ist schrecklich. Warum wird nichts für diese Kinder getan?«

»Es wird etwas für sie getan«, sagte Obadja. »Ich denke, es gibt jemanden hier in Velora, den du kennenlernen solltest.«

Sein Name war Peter, und er war, so erzählte er ihr, vierzig Jahre lang Priester gewesen. Wie andere Priester auch, hatte seine Arbeit darin bestanden, von einer Stadt zur anderen zu reisen, von Dorf zu Dorf, von Hof zu Hof, um Neugeborene dem Gott zu weihen und jedem kleinen Ärmchen einen Kuß aufzupfropfen. Vor drei Wintern hatte sich sein Leben verändert.

»Ich nehme an, ich hatte die Straßenbälger von Breven und Semorrah und Castelana schon zuvor gesehen«, sagte er nachdenklich, »aber sie waren mir nicht wirklich aufgefallen. Ich hatte es bis dahin mit Säuglingen zu tun, nicht mit Kindern.«

Rachel nickte, ohne auch nur kurz den Blick von seinem Gesicht abzuwenden. Er war ein großer, hagerer Mann mit vollkommen weißem Haar, blaßblauen Augen und einem milden, gelehrten Gesichtsausdruck. Er sah aus, als ob er sein Leben damit verbracht hätte, handgeschriebene Texte bei unzureichender Beleuchtung zu lesen. Magdalenas Sonnenschein ergoß sich durch die großen Fenster in den Raum, in dem sie sich befanden, eine größtenteils unmöblierte Lagerhalle am Rand von Veloras Hafengegend. Der alte Mann und die Angelica hatten sich die einzigen beiden Stühle in diese Ecke des Raums geholt; die gebogenen hohen Rückenlehnen waren ungeeignet für Engelflügel. Rachels Gefährten saßen am Boden und lauschten ebenfalls schweigend.

»In jener Nacht – es herrschte seit Tagen eine Eiseskälte, und ich war froh, wieder in meiner Herberge zu sein – ärgerte ich mich sehr, als es genau in dem Augenblick, als ich mich zum Abendessen hinsetzte, an der Tür klopfte. Aber ich bin ein Gottesdiener, also stand ich vom Tisch auf, öffnete die Tür und entdeckte zu meiner Überraschung ein sehr junges Mädchen, das an meiner Türschwelle stand und mir etwas entgegenhielt, das aussah wie ein Laib Brot. Ich war so überrascht, ein Kind dort zu sehen, daß ich nicht gleich die Einzelheiten erfaßte – wie dürr es war, wie zerlumpt gekleidet. Ich brachte es fertig, es in freundlichem Ton nach seinem Anliegen zu fragen.

›Ich habe dieses Kind gefunden‹, sagte sie. ›Ich kümmere mich jetzt schon eine Woche um den Kleinen, aber er will kein Brot essen, und ich habe kein Bier, und ich glaube, er stirbt.‹ Nun, ich – Brot und Bier! – war aus vielerlei Gründen so erstaunt, daß ich anfangs gar nicht wußte, was ich sagen sollte. Ich bat sie herein und forderte sie auf, sich ans Feuer zu setzen und mir zu erklären, wieso sie mitten im Winter mit einem Baby herumspazierte.«

Er hielt inne. Während er die Geschichte erzählte, schien er sich seiner Besucher gar nicht bewußt zu sein, obwohl er sich ziemlich neugierig gegeben hatte, als Obadja sie an seine Tür gebracht hatte. Jetzt waren seine Augen auf einen anderen Schauplatz gerichtet, eine Stadt, weit entfernt von diesem Ort, in einer Nacht vor drei Jahren.

»Sie erzählte also, sie habe das Baby eine Woche zuvor in einer Gasse gefunden und es mit in den Abwassergraben genommen, wo sie ihre kleine behagliche Schlafstätte eingerichtet hatte, und sie habe versucht, das Baby wieder gesund zu päppeln. Aber es tue nichts anderes als essen und schlafen, und es wolle kein Brot kauen, und sie habe kein Bier. Und wieder sagte sie: ›Ich glaube, er stirbt, aber ich habe gehört, daß ein Priester in der Stadt ist, und ich weiß, daß Priester Babies zu Jovah zurückschicken können.‹

Ich war – ›entsetzt‹ wäre kein ausreichend starkes Wort dafür. Unter anderem stimmte ihre Theologie nicht, denn Priester schicken niemanden zu Jovah zurück – das tun die Engel. Aber ich kam einfach nicht über das anfängliche Entsetzen hinweg, über die Tatsache, daß dieses Kind, dieses barbarische Wesen, mir einen ausgesetzten Säugling gebracht hatte, ein Baby, für das *sie* mit ihren beschränkten Fähigkeiten gesorgt hatte – ich meine, wo waren *ihre* Eltern? Wo waren die Eltern des Säuglings? Warum waren weder die einen noch die anderen auf der Straße? Und dann dieses Baby ...!« Er schüttelte den Kopf. »Es konnte nicht älter als zehn Tage sein. So zerbrechlich, so winzig – dem Tode so nahe! Und Jovah wußte nicht einmal, daß es geboren worden war.

Denn zusätzlich zu meinem größeren Entsetzen stellte ich mit Mißfallen fest, daß dieses Baby nicht geweiht worden war, und wenn ich mich nicht beeilte, würde es niemals in Jovahs großes Buch der Namen eingeschrieben werden, müßte es sterben, ohne daß der Gott jemals von seinem Dasein auf der Welt Kenntnis bekommen hätte. Und während mein Essen auf dem Tisch kalt wurde und das Straßengör mich beobachtete, segnete ich das Baby mit Jovahs Kuß, gab ihm einen Namen, bot es Gott dar und sah zu, wie es in meinen Armen starb.«

Magda tat einen tiefen, mitfühlenden Atemzug. Peter warf ihr einen Blick zu, und plötzlich waren seine wäßrigen Augen wieder auf die Gegenwart konzentriert. »Du empfindest Mitleid mit diesem jämmerlichen Säugling – aber was ist mit dem jämmerlichen kleinen Mädchen?« fragte er. »Während ich den Kopf des Babys in ein sauberes Tuch aus meinem Gepäck wickelte, fragte ich mich, ob es womöglich noch weitere unglückliche Kinder in der Welt geben könnte, die in irgendwelchen Gassen oder an Flüssen oder an Straßenecken abgelegt worden waren, bevor ihre Eltern Gelegenheit hatten, ihre Namen dem Gott zu nennen. Und daß vielleicht gerade in jenem Augenblick ein solches Kind vor mir stand. Ich betrachtete die mageren nackten Arme und stellte fest, daß die Kleine tatsächlich ein solches Kind war und daß Jovah keine Ahnung von seiner Existenz auf Erden hatte.«

Er schüttelte den Kopf. »Ich brauchte eine geraume Zeit«, fuhr er fort, »aber schließlich überredete ich sie dazu, die Gelegenheit zu nutzen und sich gleich an Ort und Stelle weihen zu lassen. Irgendwie hatte sich die Vorstellung in ihrem Kopf festgesetzt, daß der Gott seinen Kuß nur jenen auflegt, die im Begriff sind zu sterben – wenn sie also geweiht würde, wäre sie am nächsten Morgen tot. Ich mußte ihr die Dinge lang und breit erklären. Ich mußte einwilligen, daß sie die Nacht in meinem Zimmer verbringen durfte – an meinem Feuer in Sicherheit –, und ihr versprechen, daß sie am nächsten Morgen lebendig und unversehrt aufwachen werde. Also erlaubte sie mir, den Kuß in ihren Arm zu implantieren und dem Gott ihren Namen zu nennen, und am Morgen war sie begeistert zu sehen, wie das Sonnenlicht durch das Glas der Fensterscheiben fiel und es in verschiedenen Farben funkelte. Und recht fröhlich marschierte sie hinaus in die bittere Kälte.«

»Wie ist es ihr weiterhin ergangen?« fragte Magda.

»Ich habe keine Ahnung«, sagte Peter düster. »Sie, die mein Leben von Grund auf verändert hat, verschwand, bevor mir einfiel, sie zu retten. Ihr Name war Josephine, daran erinnere ich mich, weil ich ihn in Jovahs Buch eintrug. Und sie lebte in Breven. Und sie ist noch am Leben, denn ihr Kuß ist in Jovahs Listen, in die die Orakel Einblick nehmen können, immer noch registriert. Aber ich habe sie niemals wiedergesehen. Und ich frage mich jeden Tag, wie es ihr wohl gehen mag.«

»Dein Leben verändert?« wiederholte Magda. »Wie das? Wie ging es bei dir weiter?«

An jenem Tag, da Josephine ihn in der Herberge zurückgelassen hatte, verzichtete er mit sofortiger Wirkung auf sein Priesteramt. Er war besessen davon, alle verlorenen Kinder Samarias zu finden und sie dem Gott zu weihen. Er blieb beinahe ein Jahr lang in Breven, bevor die Ältesten der Jansai zu ihm kamen, sich beschwerten und ihn nicht allzu höflich aufforderten, die Stadt zu verlassen.

»Sich beschwerten?« fragte Magda. »Warum?«

Darauf wußte Rachel eine Antwort. »Weil es viel schwieriger ist, ein geweihtes Kind in die Sklaverei zu verkaufen«, sagte sie leise. »Und genau darum geht es den Jansai, wenn sie die Straßenkinder einsammeln.«

Peter nickte ihr zu. »Richtig. Ich verließ also Breven – unter lautem Widerspruch, wie ich hinzufügen möchte – und reiste kreuz und quer durch Jordana. Doch dort gibt es zu viele Jansai, und ich fand keine Verbündeten. Mein Plan sah vor, nach Luminaux zu gehen; mir war nämlich zu Ohren gekommen, daß die Kinderbanden dort sehr zahlreich seien, da sie in dem milderen Klima und der großzügigeren Stadt besser überleben könnten, aber ein Umweg führte mich nach Velora. Und hier habe ich ein so weites Betätigungsfeld vorgefunden, daß ich seit damals immer noch hier bin.«

Rachel beugte sich vor. »Was ist das hier? Ein Heim für obdachlose Waisen?«

»Zum größten Teil. Ich verbrachte beinahe ein Jahr damit, jene Kinder zu weihen, die ich dazu überreden konnte, mir zu vertrauen, bis mir klar wurde, daß allein die Nennung ihres Namens vor dem Gott sie noch lange nicht in ihrem täglichen Leben schützen konnte. Also bat ich bei den einheimischen Kaufleuten um Geld, Waren und Gefälligkeiten, und sie überließen mir dieses Gebäude, das ich, so gut ich konnte, mit Betten, Kleidung und Nahrung bestückt habe. Es sind nicht viele Kinder, die davon Gebrauch machen – im Winter natürlich mehr –, aber andererseits wüßte ich auch gar nicht, wie ich sie alle erreichen könnte, wie ich bei ihnen den Wunsch erwecken könnte, hierherzukommen, wie ich sie davon überzeugen könnte, daß ich ihnen etwas Besseres, Sichereres bieten kann als ihre Höhlen auf der Straße, in den Gassen und den Abwasserschächten.«

Rachel schwieg immer noch. »Es muß mehr sein als ein Unterschlupf im Winter«, sagte sie. »Es muß eine Schule sein – ein Ort, wo sie Fähigkeiten erlernen, mit denen sie fürs erste über die Runden kommen, und Handwerke, die sie als Erwachsene ausüben können …«

»Nur wenige von ihnen erleben das Erwachsenenalter«, warf Peter ein.

»Warum nicht?«

Obadja regte sich und sprach leise. »Sie erfrieren im

Winter, stolpern unter Kutschen und werden überfahren, bekommen Schwindsucht, sterben an unbehandelten Wunden. Manche werden von durchziehenden Jansai aufgegriffen, die nach neuem Sklavenmaterial suchen. Ein kräftiges Kind erzielt einen höheren Preis als ein gesunder Erwachsener.«

»Das dürfen wir nicht zulassen!« brauste Rachel auf. »Wir müssen sie retten.«

»Ich würde sie liebend gern retten«, stimmte Peter zu. »Ich tue, was ich kann. Alles, was du dazu beitragen kannst, will ich gern aufgreifen.«

# 10.

# KAPITEL

Gabriel befand sich während der ersten drei Wochen seiner Ehe auf Reisen. Anfangs war ihm das wie eine ziemlich gute Lösung vorgekommen, da seiner Einschätzung nach seine junge Gattin keineswegs unglücklich wäre, ihn nicht um sich haben zu müssen, aber dennoch erwies es sich als ein anstrengendes Unterfangen. Als sich die dritte Woche dem Ende zuneigte, ertappte er sich immer häufiger dabei, daß er sich nach der Behaglichkeit des Horstes sehnte – den warmen Quarzwänden, der beruhigenden harmonischen Musik, der Kameradschaft, dem Frieden. Obwohl er seine Frau nicht zu den vertrauten Annehmlichkeiten zählte, war es selbstverständlich, daß seine Gedanken auch hin und wieder zu ihr schweiften, grübelnd, wenn nicht gar voller Zuneigung.

Aber er hatte wenig Zeit für sehnsüchtige Gedanken an zu Hause. Es war eine unerfreuliche Reise gewesen, und er war alles andere als entzückt über das, was er herausgefunden hatte.

Seine Absicht war gewesen, die Runde durch alle größeren Städte von Samaria zu machen und mit den jeweiligen Stadtoberhäuptern ganz allgemein über sein bevorstehendes Amt als Erzengel zu sprechen, um irgendwelche Kümmernisse oder Anliegen von ihnen zu erfahren, die sie vielleicht bewegen mochten. Der gute Wille, der ihm entgegengebracht wurde, war gerade eben so groß, wie er es vernünftigerweise erwarten konnte, da viele seiner kurzen Besuche jenen Oberhäuptern galten, die vor kurzem erst an den Feierlichkeiten seiner Hochzeit teilgenommen hatten; sie schuldeten ihm zumindest ein gewisses Maß an Gastfreundschaft.

Als erstes war er nach Gasa gereist, indem er zusammen mit Ariel und den Engeln ihrer Schar zurückgeflogen und einige Nächte in Monteverde verbracht hatte. Monteverde hatte ihm schon immer gefallen. Wie die anderen beiden Engelfestungen lag es auf einem verhältnismäßig hohen Berg, aber der Verde-Gipfel war beinahe lächerlich einfach zu erklimmen, und deshalb war die Festung jederzeit mühelos zugänglich. Eigentlich glich Monteverde viel mehr einer geschäftigen kleinen Stadt als einer Festung, denn zwischen den Behausungen der Engel waren Wohnhäuser von Sterblichen, Gewerbebetriebe und Läden, Schulen, Gasthäuser und Märkte verstreut. Engel, Menschen und Pilger lebten in einer glücklichen Gemeinschaft zusammen zwischen den grünen Bäumen und dem üppigen Bewuchs, dem Monteverde seinen Namen verdankte.

Eines Morgens war er zum Besitztum von Elias Harth aufgebrochen, da Elias einer der mächtigsten manadavvischen Patriarchen war, der in ganz Gasa über den größten Wohlstand und den höchsten Einfluß verfügte – vielleicht sogar in ganz Samaria. Wie stets war Gabriel verblüfft über die Ausmaße der manadavvischen Ländereien, auf denen ein mit einer Mauer umgebener festungsartiger Gebäudekomplex lag, mindestens so groß wie Monteverde. Etwa fünfhundert Seelen lebten hinter den Toren des Harthschen Anwesens; einige Tausend waren Pächter auf dem fruchtbaren schwarzen Land, dessen reiche Ernte die wichtigste Grundlage des manadavvischen Reichtums bildete.

Elias Harth wolle mit großem Vergnügen den Engel Gabriel empfangen, hieß es. Ob sich der Engel Gabriel freundlicherweise gedulden könne, bis der manadavvische Herr einige andere Angelegenheiten abgewickelt habe?

Also stellte sich Gabriel an ein großes Fenster in einem makellos möblierten Raum und blickte in den Garten hinunter. Was er anfangs für eine Menge von Besuchern gehalten hatte, die zwischen dem Heckenlabyrinth und den Rosenbeeten herumspazierten, war in Wirklichkeit eine außergewöhnliche große Zahl von Gärtnern, die sich heftig plagten, um die Gartenanlage in Ordnung zu halten. Gabriel war kein besonders asketischer Mann, aber die logischen Folgerungen, die sich aus einer derartigen Extravaganz ergaben, störten ihn. Wie viele Diener hielten die Zimmer sauber, erhitzten das Wasser, kochten das Essen, kleideten den Patriarchen und seine Familie? Gab es nicht einen besseren Nutzen sowohl für die Arbeit als auch für den Aufwand an Zeit?

Elias persönlich war es, der diese Grübeleien unterbrach. Wie die meisten Manadavvi war Elias schlank, gut gebaut, eine vornehme Erscheinung und offensichtlich ein kluger Kopf; man erkannte seine Intelligenz schnell an seinem knochigen, hochwangigen Gesicht und den aufmerksamen Augen und schweren Lidern. Er war mit einem blaßblauen Gewand bekleidet, das ihm glatt von den Schultern bis zum Boden fiel; jeder Saum und jede Naht waren säuberlich mit feinem Silberfaden gestichelt. Am Hals war das Gewand mit einem kußgroßen Saphir geschlossen, der auf dem freien Markt so viel Geld einbringen würde, daß davon eine Familie ein Jahr lang leben könnte.

»Gabriel«, grüßte Elias ihn mit gefälliger Stimme, »wie schön, dich so bald schon wiederzusehen.«

»Elias.« Sie reichten sich die Hände, und Elias bedeutete dem Besucher mit einer Handbewegung, sich zu setzen. Engel waren häufig genug in diesem Haus zu

Gast; es gab jede Menge Stühle, deren Lehnen so geschnitzt waren, daß sie den ausladenden Flügeln Bequemlichkeit boten.

»Wie du weißt«, sagte der Engel, »werde ich in einigen Monaten Erzengel sein. Ich habe dich schon immer als ein Oberhaupt der Manadavvi geachtet und bewundert, und ich weiß, welche Macht du innerhalb der Clans besitzt. Ich möchte mich mit dir über meine Amtsgeschäfte unterhalten, bevor ich sie aufnehme, um ein paar Monate im voraus über einige deiner Vorstellungen Bescheid zu wissen.«

Elias neigte den Kopf. »Ich erkenne das hoch an. Darf ich gleich vorwegschicken, daß du am besten daran tätest, Raphaels Beispiel ausnahmslos nachzueifern?«

Gabriel behielt äußerlich die Fassung, doch er war überrascht. Er hatte nicht erwartet, in den Manadavvi so getreue Anhänger des Erzengels aus Windhagen anzutreffen; die Jansai, ja, aber nicht die Manadavvi ... »Leider wird das nicht in jeder Hinsicht möglich sein«, erwiderte er kühl. »Aber vielleicht sagst du mir, was du am wenigsten gern verändert sehen möchtest ...«

Elias vollführte eine elegante Geste mit seinen gepflegten Händen. »Zum Beispiel die Steuerstruktur«, sagte er. »Ich bin alt genug, um mich zu erinnern, daß zu Michaels Zeiten die gewerbliche Landwirtschaft, zu der wir Manadavvi gehören, mit einem höheren Prozentsatz belastet wurde, wenn sie ihre Waren zum Markt brachte. Raphael stimmte mit uns überein, als wir ihn darauf hinwiesen, daß wir, die wir so viele Abhängige innerhalb unserer Anwesen ernähren und unterstützen, nicht noch ungerechterweise mit höheren Steuern belastet werden dürfen.«

Aaha! Besondere Privilegien für die Reichen. Von dieser fragwürdigen Abmachung hatte Gabriel bis jetzt nichts gewußt. Doch da die Engelfestungen, die von den Steuern profitierten, in keiner Weise Entbehrungen zu erleiden hatten, gab es wohl keinen Grund, an dieser Struktur etwas zu ändern. Zumindest gegenwärtig.

»Ich verstehe die Argumente«, sagte Gabriel ernst.

»Außerdem wünsche ich mir einen uneingeschränkten Handel zwischen den Regionen«, fuhr Elias fort. »Ich verweise auch wieder auf Michaels Zeiten, als eine zusätzliche Ausfuhrsteuer bezahlt werden mußte, wenn Waren über den Galiläas gebracht wurden, und deshalb verkauften viele Bauern ihre Produkte nicht in Jordana. Jordana und insbesondere Breven litten mehr unter dieser Bestimmung als die Manadavvi. Raphael, der letztendlich gar nicht anders konnte, als die Interessen Jordanas zu berücksichtigen, senkte die Abgaben schnell und drastisch.«

Gabriel überlegte einen Augenblick, wieviel von alledem Ariel wohl wissen mochte, da die Abmachungen zwischen Raphael und den Manadavvi Geld von den monteverdeschen Schatztruhen abhielten – und da der Erzengel Michael ihr Großvater gewesen war. Doch wieder nickte er. Er sparte sich seine Argumente für Belange, die ihm weit mehr am Herzen lagen.

»Ehrlich gesagt«, setzte Elias seine Rede fort, »bin ich sicher, daß wir – und Malachi von Breven – sowie andere führende Kaufleute, wie Jethro von Semorrah – entschieden vertrauter sind mit den angemessenen Mitteln der Besteuerung und des interregionalen Handels als du. Wir stellen uns mit Vergnügen als Beratermannschaft zur Verfügung ...«

»Ich danke euch für das Angebot«, unterbrach Gabriel und lächelte dabei verzerrt. »Zweifellos durchschaut ihr die Feinheiten der Lage zur Zeit besser als ich. Aber ich bin willig zu lernen – und ich habe jetzt schon viele Berater. Jede Ungerechtigkeit, die mir in den nächsten Jahren zu Ohren kommt, wird mit Sicherheit verfolgt.«

»Ich freue mich, das von dir zu hören.«

»Eine Ungerechtigkeit, der ich sofort Einhalt zu gebieten beabsichtige«, fuhr Gabriel freundlich fort, »ist die Versklavung von Edori und deren Verkauf an wen auch immer, der reich genug ist, sie zu kaufen. Es ist mir bewußt, daß diese Praktik vor allem im größten Teil Jordanas und den Städten am Fluß betrieben wird, obwohl auch Gasa nicht ganz frei ist vom Ruch der Sklaverei. Dennoch bin ich sicher, daß du, ein scharfsinniger, gebildeter Mann ...«

»Selbstverständlich bedaure ich die Institution der Sklaverei. Du hast völlig recht«, unterbrach Elias nun seinerseits den anderen. »Aber ich fürchte, das Ganze ist nicht so einfach, wie du es gern hättest. Das moralisch Gute beziehungsweise Böse unterliegt nur allzuoft den wirtschaftlichen Erfordernissen.«

Gabriel runzelte die Stirn. »Gewiß verfügst du doch über genügend Pächter und Lehnsleute, um dein Land bewirtschaften zu können, ohne auf Sklavenarbeit zurückgreifen zu müssen. Und du kannst doch nicht hier sitzen und mir erzählen – da du selbst mich soeben darüber aufgeklärt hast, daß deine Besteuerung dem Ertrag deiner Ländereien angepaßt wurde –, daß du es dir nicht leisten kannst, deine Arbeiter zu bezahlen.«

»Meine finanzielle Situation weist in der Tat keine Schwächen auf«, sagte Elias etwas frostig. »Aber für die meisten Handelspartner, mit denen ich es zu tun habe, ist die Sklaverei eine wirtschaftliche Notwendigkeit.«

Gabriel verengte die Augen zu Schlitzen. »Vielleicht könntest du mir das genauer erklären.«

»Nehmen wir Breven als Beispiel. Der Wohlstand der Stadt beruht zum entscheidenden Teil auf dem Sklavenhandel. Ich betreibe umfangreiche Geschäfte mit Kaufleuten in Breven. Wenn diese ihre menschliche Ware nicht verkaufen können, können sie meine Produkte nicht kaufen, und mein Absatzmarkt ist dahin. Die Preise sinken, das Einkommen sinkt, ich bin nicht mehr in der Lage, meinen Arbeitern so viel zu bezahlen, wie ich gern möchte, und einige von ihnen werden Hunger leiden ...«

»Willst du mir ernsthaft weismachen«, fragte Gabriel, »daß du die Ermordung und Versklavung von Hunderten von Seelen jedes Jahr unterstützt, nur um zu verhindern, daß die Preise für dein Getreide fallen?«

»Du vereinfachst die Dinge allzusehr. Eine große Zahl von Faktoren spielen in unserem komplizierten Handelsgeflecht eine Rolle.«

»Dennoch wertest du das menschliche Leben niedriger als den Getreidepreis.«

»Der Getreidepreis, wie du es ausdrückst, schlägt sich in den Löhnen nieder, die zu bezahlen ich mir leisten kann, und betrifft so unmittelbar das Leben meiner Leibeigenen. Was ist, wenn sie Hunger leiden, nur weil der Sklavenhandel verboten wurde? Würden die Toten unter ihnen weniger schwer auf deinem Gewissen lasten?«

»Falls irgend jemand in ganz Samaria hungern sollte, dürfte das wohl kaum im Umkreis von hundert Meilen um manadavvisches Land herum der Fall sein«, sagte Gabriel schonungslos. »Du könntest die ganze Welt dreifach ernähren.«

Elias bedachte ihn mit einem schrägen Lächeln. »Wir sprechen nicht nur über Nahrung, Gabriel. Wir sprechen über die ökonomische Struktur eines ganzen Kontinents.«

Gabriel erhob sich. »Dann muß ich dich bitten, dir Mittel und Wege einfallen zu lassen, um diese Struktur zu verbessern«, sagte er. »Denn einerlei, ob es langsam oder auf einen Schlag geschieht, ob es dich in den Konkurs treibt, dich bereichert oder das gesamte Gebiet von Manadavvi in Ödland verwandelt, in Samaria hat die Sklaverei ihr Ende erreicht.« Und mit dieser eindeutig undiplomatischen Verlautbarung marschierte

Gabriel aus dem hübschen Raum und ließ einen Mann zurück, der seiner ziemlich sicheren Überzeugung nach sein Feind war.

Er hatte höchste Hoffnungen auf Manadavvi gesetzt; deshalb war er nicht überrascht, als seine übrigen Besuche etwa nach dem gleichen Schema oder sogar noch ungünstiger verliefen. Lord Jethro von Semorrah, Lord Samuel von Castelana und etliche andere Kaufleute aus den Städten am Fluß wiederholten Elias Argumente, wenn auch manchmal etwas weniger wortgewandt formuliert. Malachi von Breven lachte ihn nur aus.

»Wenn wir keine Sklaven verkaufen können, dann werden wir selbst zu Sklaven«, sagte der aalglatte alte Zigeuner mit der angehenden Glatze. »Was der Markt verlangt, liefern die Jansai.«

»Ich möchte nicht gezwungen sein«, entgegnete Gabriel, »Gewalt anzuwenden, um deine Meinung zu ändern.«

Malachi starrte ihn ungläubig an. Als er lachte, klimperte das viele baumelnde Gold an seinem Hals und seinen Handgelenken melodisch. »Indem du den Zorn Jovahs auf uns herabbeschwörst, meinst du?« fragte er. »Auf die ganze Stadt? Auf *Breven*? Damit wir alle durch einen von dem Gott gesandten Blitzschlag gebraten werden?«

»Es würde mir widerstreben, es zu tun«, sagte der Engel geheimnisvoll.

»Du wirst es nicht tun«, erwiderte der Händler im Brustton der Überzeugung. »Die Stadt macht schließlich nur die Hälfte von Jansai aus – und du bist nicht der Mann, der Tausende von Unschuldigen hinmetzelt, nur um deinen Standpunkt durchzusetzen.«

»Ich denke, ich könnte Jovah bitten, eine etwas feinere Auswahl zu treffen«, sagte Gabriel. Im Geist fragte er sich, wie es gekommen war, daß er bereits in diesem frühen Stadium des Spiels mit seiner gefährlichsten Waffe drohte. »Ich versichere dir, ich könnte dafür sorgen, daß der Blitz genau da einschlägt, wo du stehst …«

Malachi lachte erneut. »Gab«, sagte er, »ich glaube dir nicht.«

»Du *glaubst* nicht …?«

»Wann hat ein Engel das letzte Mal einen Blitzschlag vom Gott herabgerufen? Während Raphaels Zeit – oder während Michaels Zeit – oder davor, während Ariels Zeit? Glaubst du wirklich, das ist *machbar?* O ja, das Wetter läßt sich beeinflussen, und ich habe schon erlebt, daß Engel hin und wieder um Saat gebetet haben und tatsächlich welche herabgefallen ist – aber niemand glaubt daran, daß Jovah uns mit dem Tod schlüge. Niemand glaubt, daß die Engel soviel Macht besitzen. Sonst wären wir alle – da die menschliche Natur nun einmal so ist, wie sie ist – längst von jemandem mit besonders ungezügeltem Temperament in Schutt und Asche gelegt worden.«

Gabriel hatte geglaubt, Rachel habe ihm beigebracht, unempfindlich gegen Tiefschläge zu sein, doch Malachis Worte trafen ihn bis ins Mark. Daß jemand auf Erden die Fähigkeit des Gottes anzweifeln könnte, Strafen zu verhängen, und die Fähigkeit der Engel, diese herabzubeschwören, war ihm noch nie in den Sinn gekommen. Es war so, als ob jemand ihm sagen würde, er brauche nicht mehr zu atmen und könne genausogut unter Wasser oder in der Erde begraben weiterleben. Es war einfach unvorstellbar.

»Du hast recht mit der Annahme, daß ich zögern würde, den gerechten Zorn Jovahs auszulösen«, sagte er mühsam, »aber ich kann nicht glauben, daß du es ernst meinst, wenn du sagst, du zweifelst an Jovahs Macht, dich zu vernichten. Das ist das Fundament unseres Lebens in Samaria – das ist das Hauptdogma, um das sich alle anderen Glaubensgrundsätze, alle anderen Handlungsweisen, alle anderen Wahrheiten aufbauen.«

»Liefere mir Beweise«, forderte der Jansai ihn auf. »Laß uns ein Stück in die Wüste hinausgehen, dort kannst du den Gott um eine kleine Demonstration bitten. Bitte ihn, einen Baum von einem Blitz in Brand setzen oder einen Fels spalten zu lassen. Wenn ich es sehe, glaube ich es. Und danach reden wir über die Edori-Angelegenheit.«

Gabriel schüttelte bedächtig den Kopf. »Das ist eine zu fürchterliche Macht, um sie aus einem so geringfügigen Grund zu bemühen«, sagte er.

Malachi brach in schallendes Gelächter aus. »Siehst du? Du hast so etwas auch noch nie vollbracht! Du glaubst selbst nicht daran, daß es möglich ist! Denn, ehrlich gesagt, ich halte es nicht für einen so geringfügigen Grund, wenn du deswegen durch ganz Samaria reist und versuchst, deinen Plan den Kaufleuten nahezubringen.« Er lachte erneut; anscheinend erheiterte ihn der unveränderte Ausdruck blanken Entsetzens auf Gabriels Gesicht. »Sei nicht traurig«, sagte er freundlich. »Vor ein paar Jahren war auch ich ein echter Gläubiger. Vielleicht hätte ich mich bis ins Grab vor dem Peitschenhieb des Gottes gefürchtet, wenn Raphael mich nicht aufgeklärt hätte. Und wenn *er* sagt ...«

Gabriel hob den Blick zum breiten Gesicht des Zigeuners. »Raphael hat dir gesagt – daß der Gott nicht die Macht besäße, dich zu vernichten?« fragte er schnell.

»Er hat mich einen ganzen Tag lang davon zu überzeugen versucht und ging dann mit mir in die Wüste, um es zu beweisen. Ich las die Worte im Großen Buch nach, während er den Fluch laut aussprach. Kein Blitz. Kein Donner.« Malachi zuckte die Achseln. »Kein Gott. Seither ist das Leben etwas einfacher für mich.«

Ein Schlag nach dem anderen; und hinter den Wogen der Ungläubigkeit eine ansteigende Flut von unbeantwortbaren Fragen. Glaubte Raphael wirklich das, was er Malachi gesagt hatte, oder hatte er ihn lediglich mit einem Trick bewogen, das zu glauben, was dem Erzengel aus irgendeinem Grund paßte? Gabriel traute sich natürlich ebenfalls zu, ein ziemlich überzeugendes Schauspiel einer Anrufung Gottes bieten zu können, ohne wirklich zu beten; aber warum sollte einem Engel daran gelegen sein, jemandem weiszumachen, daß es keinen Gott gebe?

Entsprach das Raphaels eigenem Glauben? Und falls ja, warum? War der Erzengel wirklich unfähig, Jovahs Hilfe herbeizurufen – zur Bestrafung des Bösen, als Hilfe für die Hungrigen, zur Veränderung des Wetters? War das der Grund, warum es ihm nicht geglückt war, in den Heldorischen Bergen Regen niedergehen zu lassen? War das der Grund, warum er nicht verhindert hatte, daß die Kaufleute während der beiden letzten Jahrzehnte soviel Macht erlangt hatten?

Und wenn Raphael tatsächlich jede Fähigkeit eingebüßt hatte, Jovah anzurufen, was hatte sie dann während der vergangenen zwanzig Jahre beschützt? Wieso war überhaupt noch jemand von ihnen am Leben?

Und selbst wenn der Gott Raphaels Anrufungen nicht mehr erhörte, so war der Gott doch bestimmt immer noch da ...?

Einige Tage später traf Gabriel mitsamt seinen Fragen in Sinai ein, um Josias den angekündigten Besuch abzustatten. Wie immer war das Orakel entzückt, den Engel zu sehen. Er lauschte aufmerksam Gabriels Bericht über seine Begegnung mit Malachi, schien jedoch nicht so entrüstet oder beunruhigt zu sein, wie Gabriel es erwartet hatte. Gabriel äußerte sich entsprechend.

»Warum bist du kein bißchen empört? Das ist doch wohl eine katastrophale Neuigkeit.«

Josias lächelte ihn versonnen an. »Katastrophal? Vielleicht. Aber nicht unbedingt eine Neuigkeit. Vielleicht nicht einmal katastrophal. Seit einiger Zeit schon bin ich ... nun ja, sagen wir einmal, im ungewissen über Raphaels Glauben. Zweifellos war er ein schlechter Erzengel. Er ...«

»Moment!« unterbrach Gabriel ihn. »Du hast mir nie in irgendeiner Weise angedeutet ...«

»Wie hätte ich es ausdrücken sollen? Was wäre damit erreicht gewesen? Deine Abneigung gegen Raphael war auch ohne düstere Hinweise von meiner Seite schon tief genug. Aber er war wohl kaum der geistige Anführer, den das Land brauchte. Eine schlechte Wahl, und Jovah muß das von Anfang an erkannt haben. Deshalb hat er dich so früh in deinem Leben berufen – um dich besser vorzubereiten und um Raphael, bevor er allzu lange Zeit im Amt war, wissen zu lassen, daß seine Stellung nur vorübergehend war.«

»Aber ...« Gabriel breitete die Arme aus. Die Bedeutung des Gesagten war so umfassend, daß es ihm schwerfiel, sie auf ein begreifliches Maß zu begrenzen. »Wenn er nicht an den Gott glaubt – und er anderen eingeredet hat, daß es keinen Gott gibt – und er alle diese Dinge so viele Jahre lang getrieben hat, während wir ihm geglaubt haben – und wenn der Gott ihn nicht mit seinem Zorn bestraft hat – dann erhebt sich doch unweigerlich die Frage ...«

»Nicht die Frage, die du am meisten fürchtest«, fiel Josias ihm unerschütterlich ins Wort. »Nicht ob es tatsächlich einen Gott gibt, sondern warum der Gott nicht gehandelt hat.«

»Ich meine«, sagte Gabriel, »man muß beide Fragen stellen.«

Josias betrachtete ihn voller Mitgefühl, und nicht mit furchtbarer Wut, wie Gabriel erwartet hatte. »Der große Gelehrte Salomon vertrat die Ansicht, daß Götter durch unseren Glauben an sie geschaffen werden«, sagte das

Orakel. »Das heißt, ein Mensch, der an einen Gott glaubt, schafft einen Gott. Eine Kultur, die einen Gott anbetet, hat tatsächlich immer einen Gott zum Anbeten. Den meisten Leuten gefällt diese Philosophie nicht, weil die Allmacht des Gottes wahrhaftig der größte Reiz ist, der mit der Göttlichkeit verbunden ist. Der einzige wirkliche Grund zu glauben liegt darin, das eigene Schicksal jemandem anzuvertrauen, der größer ist als man selbst, und wenn man selbst sich einen Gott geschaffen hat, dann kann er nicht größer sein als man selbst. Trotzdem, verstehst du, kann es ohne Glaube überhaupt keinen Gott geben.«

»Josias!«

»Ich weiß, verzeih mir bitte. Ich habe nur leider so selten Gelegenheit, über theologische Prinzipien zu sprechen ... Wenn uns der Glaube fehlt, müssen wir uns auf Wunder verlassen, um zu beweisen, daß unser Gott existiert, und wenn die Wunder ausbleiben, bleiben uns die kleinen täglichen Ermahnungen. Der Wechsel der Jahreszeiten, Sonnenaufgang und Sonnenuntergang, die Geburt von Kindern und die Schönheit, die uns ringsum umgibt. Diese Dinge müssen das Werk Jovahs sein.«

»Du selbst hast wiederholt persönliche Demonstrationen von Göttlichkeit erlebt. Wann hast du das letzte Mal einen Regen herbeigerufen oder einen Flußlauf geteilt? Wann hast du dich das letzte Mal in ein vom Fieber befallenes Dorf begeben und zum Gott gebetet, woraufhin Saat auf die Erde fiel, die zu Pulver zermahlen wurde und mit der die Kranken gespeist und durch die sie geheilt wurden? Wenn du zum Gott singst, was empfindest du dann? Erhabenheit, Verzückung, gleich einem Stromkreis aus purer Energie? Oder Gleichgültigkeit, Unsicherheit, Zweifel? Ich kenne die Antwort auf diese Frage. Wer, wenn nicht Jovah, erfüllt dich mit derart starken Gefühlen?«

»Was mich selbst betrifft – ich bekomme ständig Beweise für die Existenz des Gottes –, ich fühle den Finger, den er immer noch auf das Herz von Samaria legt. Ich stelle ihm eine direkte Frage und erhalte eine direkte Antwort. Ich sagte: ›Bist du da?‹ Und er antwortet: ›Jetzt und immer.‹ Für mich ist es unmöglich, an ihm zu zweifeln. Er spricht mit mir.«

Die sanften, eindringlichen Worte wirkten auf Gabriel wie Musik; sie beruhigten ihn, sie linderten seine Zerrissenheit. Ja, es stimmte; es gab jede Menge Beweise, jede Menge Vorkommnisse, bei denen die Gegenwart des Gottes unbestreitbar war. Und doch …

»Warum läßt er es zu, daß Raphael ihn leugnet? Warum läßt er es zu, daß Raphael sein Vertreter auf Erden ist – seit *zwanzig Jahren* – und sich als unser Erzengel ausgibt, Ehrfurcht vortäuscht und die Seelen jener umkehrt, die demütige Gläubige sein sollten?«

»Im Leben Jovahs sind zwanzig Jahre eine sehr kurze Zeitspanne«, erklärte Josias. »Ich stelle mir das so vor: Jovah blickt hinab, sieht einen unwürdigen Erzengel und wägt die Möglichkeiten ab. Nimmt Samaria Schaden? Eigentlich nicht. Wird an der Glorie festgehalten? Ja, jedes Jahr findet eine statt. Befinden sich alle Menschen in Harmonie …«

»Nein!« unterbrach Gabriel ihn.

»Nein, aber Harmonie läßt sich schnell wiederherstellen«, erwiderte Josias gelassen. »Jovah hat in deinem Herzen gelesen und festgestellt, daß es ohne Arg ist, und er sagt: ›Ich kann noch ein paar Jahre warten, bis dieser hier soweit ist.‹ Und er läßt ruhig die Zeit verstreichen. Und jetzt ist die Zeit beinahe vorüber.«

»Vielleicht. Vielleicht ist es so, wie du sagst«, räumte Gabriel ein. Eine Woge der Erleichterung wallte in ihm auf, aber er war immer noch nicht ganz beruhigt. »Und dennoch kann ich jetzt Malachi und vielleicht Elias und Jethro und auch Samuel aufzählen, die an der Macht des Gottes zweifeln – und dagegen steht meine Fähigkeit, mit Jovah in Verbindung zu treten. Wenn sie sich weigern, sich meinen Erlassen zu beugen, und wenn sie sich weigern zu glauben, dann kann ich sie bestrafen – und dann? Ich muß gestehen, daß Malachi mich durchschaut hat. Ich bin nicht der Mann, der eine ganze Stadt zerstört, nur um den eigenen Standpunkt durchzusetzen.«

»Du brauchst ja nicht gleich tödliche Blitze niederzucken zu lassen«, sagte Josias, wobei er ihn eindringlich musterte und ein wenig lächelte. »Es gibt andere Mittel, um ihnen zu beweisen, daß du es ernst meinst. Du bist bereits darauf gekommen, wie das zu bewerkstelligen ist.«

Zögernd erwiderte Gabriel sein Lächeln. »Ich habe schon einmal daran gedacht«, gab er zu. »Ich habe die Gebete, die die Elemente – Sturm, Sonne, Wind – betreffen, immer am besten beherrscht. Ich kann Breven in eine Wüste verwandeln und eine Überschwemmung bewirken, bis ganz Semorrah unter Wasser steht.«

Das stimmte; es war beinahe leicht. Er mußte sich zwar anfangs ziemlich ins Zeug legen, aber es war zu schaffen. Gabriel fühlte sich erleichtert wie ein Junge, dem eine Tracht Prügel erspart geblieben war. »Du bist wirklich ein kluger Mann, Josias«, sagte er.

Der kleine Mann lachte. »Und du bist mein Lieblingsengel«, sagte er. »Jovah hat gut daran getan, dich zu erwählen.«

»Jovah wird über mich nicht allzusehr erfreut sein, wenn er über meine zweifelnde Natur nachdenkt.«

»Es ist gut, wenn ein Mann zweifelt. Das führt dazu, daß ihm Beweise einfallen. Es stärkt seinen Glauben. Jovah wird es dir nicht übelnehmen, daß du zweifelst.«

»Dann ist er wirklich gnädig.«

Josias lachte wieder und führte ihn zum Tisch zum Essen. Die unaufdringlichen Akolythen bedienten sie, und die Mahlzeit verlief in einer so entspannten Stimmung, daß es schon ziemlich spät war, als sie endete. Gabriel nahm gern die Einladung an, für die Nacht zu bleiben.

»Obwohl ich eigentlich vorgehabt habe, noch heute abend in den Horst zurückzukehren«, fügte er hinzu. »Ich war seit einigen Wochen nicht mehr dort.«

»Wie geht es deiner jungen Frau?«

»Ich weiß es nicht. Das ist einer der Gründe, warum ich so schnell wie möglich heimkehren muß.«

»Ich mag sie.«

»Ach ja? Dann bist du einer von wenigen. Wann hattest du Gelegenheit, dich mit ihr zu unterhalten?«

»Nach den Hochzeitsfeierlichkeiten, als der Gesang seinen Höhepunkt erreicht hatte. Sie stellte mir eine Frage, auf die ich damals keine Antwort hatte. Aber jetzt habe ich eine Antwort. Ich möchte dir einen Brief für sie mitgeben, bevor du aufbrichst.«

»Wie lautete die Frage?«

»Wenn sie der Meinung gewesen wäre, du wüßtest die Antwort«, sagte Josias ausweichend, »dann hätte sie sicher dich gefragt.«

Gabriel hob die Augenbrauen bei diesem verbrämten Rüffel. »Du hast dich sehr schnell von ihr einnehmen lassen, wie ich merke.«

»Ich mag sie«, wiederholte das Orakel. »Sie hat einen hellwachen Geist, der nicht leicht unterzukriegen ist.«

Gabriel lachte, allerdings ziemlich freudlos. »Das kann man wohl sagen. Ich habe darüber nachgedacht. Jemand wie Leah – eine sehr fügsame Angelica. Ich hätte sie ohne Schwierigkeiten führen können. Jemand wie Judith – leicht zu begreifen, leicht zu handhaben, wenn sie bekommt, was sie will. Ariel, Magdalena – all die anderen Engel inne, alle die anderen Frauen aus meinem Bekanntenkreis –, sie alle haben vielleicht eine gewisse geistige Unabhängigkeit, einen starken Willen, einen ausgeprägten Charakter, aber ich käme mit ihnen zurecht. Ich könnte ihnen etwas klarmachen, ich könnte sie davon überzeugen, daß ich recht habe. Nicht so Rachel. Ich kann nur dann mit ihrer Mitarbeit rechnen, wenn sie freiwillig dazu bereit ist. Ich habe keinerlei Einfluß auf sie. Ich bin nicht sicher, ob sie sich jemals auf eine Vereinbarung mit mir einläßt. Sie erzählt mir nicht einmal immer die Wahrheit. Es ist, als ob man ein loderndes Feuer in sein Haus trüge und von ihm verlangen würde, nicht zu brennen.«

Josias schmunzelte. »Nun, Jovah hat sie mit Bedacht ausgewählt, eigens für dich. Vielleicht wollte er deine Selbstsicherheit erschüttern.«

»Er hat mir ein breites Band von Prüfungen auferlegt«, sagte Gabriel leicht grimmig. »Zwischen Raphael und Rachel bleibt mir kein Stückchen Frieden.«

»Nur die Stärksten werden durchs Feuer gezogen«, sagte Josias. »Und in der Schmiede werden Dinge von großer Kraft und Schönheit geschaffen.«

»Dann werde ich wahrhaftig eine Pracht sein, wenn meine Amtszeit vorüber ist.«

# 11.

# KAPITEL

Es war früher Nachmittag des nächsten Tages, als Gabriel endlich wieder im Horst eintraf. Wie es seiner Gewohnheit entsprach, versuchte er die einzelnen Chorstimmen zu erkennen, die in einem harmonischen Evangelium erklangen, noch bevor sein Fuß den Landestein berührte. Eine Stimme war mit Sicherheit die von Matthäus. Die andere, so glaubte er, gehörte Esau. Er lauschte eine Zeitlang mit zusammengelegten Flügeln und kam für eine kurze Weile vollkommen zur Ruhe. Dann riß er sich aus seiner Geistesabwesenheit und begab sich hinunter in die Wohnebene.

Nathan, mit dem er für gewöhnlich Verbindung aufnahm, wenn er von einem langen Flug zurückkehrte, war vermutlich immer noch bei Abel Vashir. Elias' Ärger über Gabriel hatte sich vielleicht auf die anderen manadavvischen Häuser übertragen und zu Nathans Hinauswurf geführt. Gabriel hoffte, daß es nicht so war. Zum einen brauchte er Abels Wohlwollen. Zum anderen hielt sich Magdalena immer noch im Horst auf – wenigstens nahm er dies an. Gabriel seufzte. Noch eine der Prüfungen, die Jovah ihm auferlegt hatte.

»Wahrhaftig, das Schmiedefeuer wurde für mich besonders heftig geschürt«, murmelte er und suchte sogleich sein Gemach auf.

Eine gründliche Reinigung in seiner Badekammer hob seine Laune ein wenig, und mit noch feuchtem

Körper und nassen Haaren schlüpfte er in frische Lederkleidung. Er hatte das Gefühl, daß er eigentlich Rachel oder Magdalena oder zumindest Hannah aufsuchen und sich berichten lassen müßte, was sich während seiner Abwesenheit zugetragen hatte. Eine sanfte Melodie, die seine Türglocken spielten, machten dies überflüssig – jemand war bereits zu ihm gekommen.

Er war nicht übermäßig begeistert, als er sich beim Öffnen der Tür der lächelnden Judith gegenübersah. Sie jedoch schien sich vor Freude kaum fassen zu können.

»Oh, du bist wieder da! Ich dachte mir, daß du es bist – aber sicher war ich mir nicht. Gabriel, du warst so lange weg! Du hast mir gefehlt!«

Ohne eine entsprechende Aufforderung trat sie in den Raum und ließ sich auf einem roten Plüschteppich nieder, der vor seinem Lieblingssessel ausgebreitet lag. Er brachte es nicht über sich, grausam oder auch nur grob zu sein, also machte er gute Miene zu einem ihm lästigen Spiel, setzte sich vor sie hin und erlaubte ihr, seine Hand zu ergreifen.

»Erzähl mir alles«, bat sie. »Wo bist du gewesen? Wen hast du getroffen? Du mußt ganz Samaria überflogen haben, da du drei Wochen lang weg warst.«

»So ziemlich«, sagte er. »Von Gasa nach Breven und von Sinai bis hierher.«

»Und warum?«

»Ich soll in ein paar Wochen Erzengel werden. Also hielt ich es für eine gute Sache, mich mit einigen der führenden Leute zu unterhalten, mit denen ich zu tun haben werde.«

»War es angenehm?«

Süßer Gesang Jovahs! *Angenehm!* »Wir haben ernste geschäftliche Gespräche geführt«, sagte er. »Das Ganze war nicht als Vergnügungsreise geplant.«

»Warst du auch in Luminaux?«

»Dafür hatte ich keine Zeit. Ich wollte so schnell wie möglich hierher zurückkehren.«

»Du hast dich nach uns gesehnt!« sagte sie glücklich.

»Es ist ermüdend, jeden Tag mit Fremden zu essen und in ihren ungemütlichen Betten zu schlafen«, erklärte er.

»Warst du in Windhagen?«

Er sah sie stirnrunzelnd an. »Warum sollte ich?«

»Nun, du hast doch gesagt, du warst in Jordana.«

»Ich habe in den letzten paar Monaten genug von Raphael gesehen, vielen Dank!«

Sie lächelte mild. »Ich verstehe nicht, warum du ihn nicht leiden kannst«, sagte sie. »Er ist doch ein sehr gutaussehender Mann.«

Nun lächelte er. »Das ist eine Eigenschaft, die eher eine Frau anspricht als einen Mann. Und übrigens ist ein gutes Aussehen für einen Erzengel völlig nebensächlich.«

Sie seufzte. »Ich wünschte beinahe, er bliebe ewig Erzengel.«

Seine Stimme nahm einen strengeren Ton an. »Warum sagst du das?«

Sie wirkte überrascht. »Weil du nie mehr hier sein wirst, wenn du erst einmal Erzengel bist. Dann sehe ich dich überhaupt nicht mehr. Aber wenn du einfach nur Gabriel bliebest …«

»Ich werde einfach nur Gabriel bleiben«, sagte er. »Ich werde einfach nur der sehr beschäftigte Gabriel sein.«

Er wünschte, sie hätte seine Hand losgelassen, aber er wollte sie ihr nicht entziehen. Er balancierte auf einem schmalen Grat, was Judith anging, und war sich nie sicher, ob er richtig balancierte. Sie war keineswegs die einfältige süße Maid, die sie immer darstellte, doch ihre Hingabe an ihn war seit ihrer beider Kindheit unvermindert und hatte jede Romanze überlebt, die einer oder der andere von ihnen gehabt hatte. Oft fühlte er sich versucht, sie zu fragen: *Was willst du eigentlich?* Doch die Antwort lag auf der Hand: Sie wollte ihn. Oder vielleicht wollte sie Angelica sein. Das war schwer zu beurteilen.

»Und was hat sich während meiner Abwesenheit hier so alles abgespielt?« fragte er, um weiteren Fragen über seine eigene unerfreuliche Reise zuvorzukommen.

»Martha hat ihr Kind bekommen – ein sterbliches Mädchen«, beantwortete sie die Frage, bevor er sie stellen konnte. »Obadja hatte ein Abenteuer, indem er die Ziege eines kleinen Jungen in einem Schneesturm rettete. Es ist eine äußerst komische Geschichte – du solltest sie dir von ihm erzählen lassen. Magdalena und Rachel sind so gut wie jeden Tag nach Velora gegangen und haben niemanden zum Mitkommen eingeladen – außer Obadja natürlich. Er und Rachel gehen sogar allein miteinander hinunter, wenn Magda hierbleibt, um zu singen.«

»Rachel und Obadja? Sie haben sich angefreundet?« fragte er zweifelnd.

Sie musterte ihn eindringlich, ohne es sich anmerken zu lassen. »O ja!« bestätigte sie mit bewußt starker Betonung. »Sie sind die ganze Zeit zusammen. Ich glaube, Obadja hat seit dieser Schneesturm-Geschichte keine Aufgabe mehr übernommen. Wenn sie nicht zusammen in Velora sind, dann treffen sie sich zum Essen oder spielen miteinander. Sie hat ihm ein edorisches Spiel beigebracht, das niemand sonst lernen wollte, und jetzt kann er sogar Matthäus darin schlagen..«

»Nun, Obadja ist sehr gescheit«, warf Gabriel ein.

»Hannah findet, es ist nicht sehr nett von ihnen, daß sie soviel Zeit miteinander verbringen, während du weg bist«, sagte Judith mit gleichförmiger Stimme, doch ihre Augen funkelten dabei. »Ich habe gehört, wie sie Rachel eines Tages ermahnt hat …«

Ein schwerwiegender Fehler, dachte Gabriel. Zweifellos waren durch eben diese Ermahnung die Angelica und der Engel unzertrennlich geworden. »Hannah hat einen ausgeprägten Sinn für Zugehörigkeit«, murmelte er. »Liegt im manadavvischen Blut. Aber genug über Obadja. Was hast du so getrieben, während ich weg war?«

Zwangsweise mußte sie nun das Thema wechseln, und sie gab ihm einen ausführlichen Bericht über ihr eigenes Tun und Handeln während der vergangenen drei Wochen, den er sich geistesabwesend anhörte. Es war töricht, sich von ihren boshaften Worten beeindrucken zu lassen, und dennoch …

Judith beschrieb immer noch irgendein Schmuckstück, das sie im Wagen eines reisenden Juweliers bewundert hatte, als die Türglocke erneut ertönte. »Herein!« rief Gabriel einigermaßen erleichtert. Er hatte nicht daran gedacht, seine Hand aus der von Judith zu befreien, bevor sich die Tür öffnete und seine Frau eintrat.

»Gabriel, wie kann ich an Geld kommen, wenn ich welches brauche?« fragte sie, während sie schwungvoll die Schwelle überschritt. Er hatte sie noch nie so aufgeregt gesehen – und auch nicht so exotisch. Ihm blieb nur ein Augenblick, um ihre neue Aufmachung auf sich wirken zu lassen – enganliegende Strickkleidung, grellbunte Tücher, ein Glitzern von Gold.

Rachel hatte den Raum halb durchquert und betrachtete das gefühlvolle Bild von Engel und demütiger Anbeterin, die in beschaulichem Miteinander vereint dasaßen. »Oh«, sagte sie mit stark veränderter Stimme. »Wie ich sehe, bist du beschäftigt.«

»Keineswegs.« Ruhig, um nicht den Eindruck zu erwecken, als risse er seine Hand weg, befreite er sich aus Judiths Griff und stand auf. Judith – bestimmt absichtlich – stieß ein leises, peinlich berührtes Lachen aus und legte sich die Hände an die Wangen.

»Oh, ich werde ganz rot!« rief sie aus. »Rachel – ehrlich –, was du hier siehst, sind lediglich zwei alte Freunde, die sich nach einer langen Trennung unterhalten ...«

»Drei Wochen«, sagte Rachel. »Das ist doch wohl keine lange Zeit.«

Das war ein Stich, der Gabriel traf. »Ich war auf dem Weg zu dir«, sagte er zu seiner Frau.

»Offensichtlich«, war die trockene Entgegnung.

Judith erhob sich anmutig, obwohl sie kurz nach Gabriels Arm greifen mußte, als sie das Gleichgewicht zu verlieren drohte. »Rachel, bitte, sei nicht beleidigt«, sagte sie mit ihrer süßesten Stimme. »Ich habe Gabriel überrumpelt und ihm keine Gelegenheit gegeben, den Raum zu verlassen.«

»Es ist mir einerlei, wer bei meinem Mann sitzt und seine Hand umklammert«, sagte die Angelica kühl. »*Ich* bin diejenige, der die Sache peinlich ist. Ich wollte nicht stören.«

Und sie drehte sich um und schritt auf eine Weise aus dem Raum, die nur sie beherrschte.

Judith wandte sich mit einem schuldbewußten Lächeln an Gabriel. »O je, jetzt habe ich dich in Schwierigkeiten gebracht«, hauchte sie. »Aber sie ist so kompliziert, deine Rachel.«

»Jetzt gehe ich am besten und finde heraus, was sie möchte.« Er drängte Judith zur Tür.

Sie ließ sich führen und seufzte erneut. »Mit diesen Worten willst du mir vermutlich sagen, ich soll nicht mehr in dein Zimmer kommen«, sagte sie. »Oder mit dir essen oder mit dir reden ...«

Er hätte bestimmt etwas dergleichen gesagt, wenn Rachel diese letzte Bemerkung nicht gemacht hätte; er hätte es immer noch sagen sollen, nur daß er jetzt ungefähr ebenso wütend war wie seine Frau. »Sei nicht albern«, sagte er unwirsch, denn er konnte Judith kaum noch ertragen. »Zwischen uns hat sich nichts geändert. Aber ich muß jetzt gehen und sie fragen, was sie will.«

Als es ihm endlich gelungen war, mit ihr den Raum zu verlassen, schritt er durch den Flur auf das Gemach seiner Frau zu.

Rachel hatte die Tür einladend halb offen gelassen, so daß er sich nicht die Mühe machte zu läuten. Sie hatte ihm jedoch den Rücken zugewandt und machte keine Anstalten, sich umzudrehen, als er den Raum betrat.

»Rachel, das ist kindisch«, waren seine ersten Worte. »Du kannst doch nicht ärgerlich sein, nur weil ich mit Judith gesprochen habe ...«

»Ich bin stets bemüht, schleunigst jeden Raum zu verlassen, in dem sie sich aufhält«, antwortete sie ohne Zögern. »Der Umstand, daß du auch da warst, hatte nichts mit meinen Hinausgehen zu tun.«

Er schloß die Tür. »Du solltest mich in diesem Zusammenhang zumindest nicht anlügen«, sagte er aufgebracht. »Wenn du dich über mich ärgerst ...«

»Ich ärgere mich nicht«, schoß sie zurück. »Es überrascht mich allerdings, daß du in bezug auf Frauen keinen besseren Geschmack hast. Vielleicht ist die Auswahl im Horst nicht allzu groß, aber etwas Besseres als diese Judith ließe sich doch wohl finden.«

»Warum sollte ich Judith nicht mögen?« sagte er. »Wenigstens freut sie sich, wenn sie mich wiedersieht, was bei *manchen anderen* nicht der Fall ist.«

»Ich habe mich an deine Abwesenheit gewöhnt«, entgegnete sie. »Ist es da ein Wunder, wenn ich es gar nicht merke, daß du wieder da bist?«

Nun ja, sie hatte nicht ganz unrecht, in zweierlei Hinsicht. Denn es gab wirklich keine Veranlassung, daß er Hand in Hand mit Judith dasaß. Trotzdem. »Nachdem ich dir anscheinend nicht gefehlt habe«, sagte er schroff, »was bedeutet es dann schon, daß ich so schnell wie möglich zurückgeeilt bin?«

Jetzt drehte sie sich ruckartig zu ihm um, ihre dunklen Augen verengten sich, und ihr Gesicht nahm einen warnenden Ausdruck an. »Und was soll das heißen?«

»Wie ich gehört habe, hat es dir während meiner Abwesenheit nicht an Gesellschaft gemangelt. Der junge Obadja hat dich nach Velora begleitet, wann immer dir der Sinn danach stand ...«

»Aber du wolltest doch«, sagte sie mit schmeichelnder Stimme, »daß ich mich mit anderen Engeln anfreunde.«

»Das stimmt«, räumte er ein. »Aber nicht so sehr, daß man sich darüber den Mund zerreißt.«

Nun lachte sie tatsächlich. »Vielleicht habe ich von Anfang an alles falsch aufgefaßt«, sagte sie. »Ich dachte, daß Engel kein Bedürfnis nach Treue haben. Tatsächlich haben Hannah und Magda und ein halbes Dutzend andere mir mehr oder weniger deutlich zu verstehen gegeben, daß die Rasse der Engel sich nichts mehr wünscht als die Fortpflanzung, mit dem Ergebnis, daß Engel der Liebe frönen, wo und wann sie wollen, mit jeder Sterblichen, die willig ist ...«

Er war so wütend, daß es ihm selbst angst machte. Am liebsten hätte er sie geschlagen oder sogar gewürgt. Statt dessen wandte er sich von ihr ab und durchquerte den Raum. Er sah sich einem unbekannten Wandteppich gegenüber, mit einem abstrakten Muster in Grün und Dunkelrot. Der Raum hatte sich ebenso wie Rachel verändert. Er starrte den Behang an, bis er sich soweit beruhigt hatte, daß er sprechen konnte.

»Du hast nichts falsch aufgefaßt«, sagte er eisig, immer noch den Rücken ihr zugewandt. »Im allgemeinen haben Engel tatsächlich eine sehr – lasche – Moral. Und du kennst den Grund, obwohl du es vorziehst, nur Verachtung dafür aufzubringen. Du hast mir unmißverständlich klargemacht, daß die Edori das Heiligtum der Ehe nicht anerkennen; deshalb darf es mich nicht überraschen, wenn es für dich keinen Anlaß zum Zögern gibt, dich in der Gesellschaft eines anderen zu vergnügen.«

Jetzt drehte er sich zu ihr um. Seine Wut verflog allmählich und hinterließ eine große schwarze Kälte in seinem Innern. »Aber falls du dich mit Obadja einläßt, weil du meine Beziehung zu Judith falsch deutest, dann nimm bitte zur Kenntnis, daß sie nicht meine Geliebte ist, nie war und nie sein wird. Trotz ihrer Worte und ihres Verhaltens – und trotz der Hoffnung, die sie vielleicht selbst hegt.«

Sie betrachtete ihn wieder mit zusammengekniffenen Augen, aber sie machte einen etwas überzeugteren Eindruck, als ob einige seiner Argumente in sie eingedrungen wären. Es war schwer zu glauben, daß jemand wie Rachel auf jemanden wie Judith eifersüchtig sein konnte; dieser Gedanke fand unerwarteterweise in seinem Geist Platz.

»Zweifellos genießt sie deine Gunst«, sagte Rachel, immer noch mit einem abweisenden Ton in der Stimme.

»Sie verfolgt mich. Möchtest du, daß ich grausam zu ihr bin?«

»Es entspricht nicht deiner Art, daß du nicht weißt, wie du dir jemanden vom Leib halten kannst.«

Er war so überrascht, daß er lächeln mußte. »Darin bist du auch nicht schlecht«, sagte er.

Sie sah ein wenig betroffen aus. Der letzte Rest ihrer Feindseligkeit verpuffte offenbar. »Etwas an dir«, gab sie zu, »erweckt in mir den Wunsch, mich garstig zu benehmen.«

»Jovah hat uns da offenbar einen kleinen Streich gespielt«, bemerkte er. Die plötzliche Verpuffung eines so heftigen Ärgers machte ihn ziemlich ratlos, erschütterte ihn beinahe. Es war ein sonderbares Gefühl. Er versuchte es mit einem Lächeln. »Also, erzähl«, forderte er sie auf, »wie hast du diese drei Wochen verbracht, die dir nicht allzu lang vorgekommen sind.«

Ihr Lächeln, mit dem sie auf diese Frage reagierte, war durch und durch liebenswürdig. »Nun, ich hatte viel zu tun«, sagte sie. »Dabei vergeht die Zeit schneller.«

»Und womit hast du dich beschäftigt?«

»Meistens war ich in Velora.«

»Beim Einkaufen, wie ich sehe. Deine neue Kleidung gefällt mir, wie ich bemerken möchte. Die Sachen stehen dir recht gut.«

Sie war erfreut. »Danke. Aber ich habe noch etwas anderes getan als einzukaufen. Ich … Was weißt du über dieses Kinderheim, das von einem Mann namens Peter gegründet wurde?«

Später überlegte er sich, daß er, wenn er einen Funken Verstand gehabt hätte, sie gleich zu Peter hätte schicken sollen. Alles, was er wußte, legte die Vermutung nahe, daß sie eine tatkräftige Helferin für Peters herrenloses Treibgut sein würde. Sie hatte von Anfang an eine besondere Neigung zum Beschützen jeglicher Entrechteter und ein starkes Verantwortungsbewußtsein Kindern gegenüber gezeigt. Er hörte ihr aufmerksam zu. Es war eine Erleichterung, Rachel zu irgendeiner Leidenschaft zu ermutigen und ihr Anerkennung für ihre Taten zu zollen.

Was er anstrebte, erfüllte sich anscheinend allmählich.

»Peter hat genügend Platz, um ohne weiteres hundert Kinder unterzubringen«, sagte sie. Gabriel hatte sich auf einem der neuen Plüschsessel niedergelassen, während sie aufgeregt vor ihm auf und ab schritt. »Aber es gibt zwei Probleme – drei Probleme. Und sie alle lassen sich nur mit Geld lösen.«

»Sprich.«

»Nun, erstens braucht er mehr als Platz und Betten. Er muß in die Lage versetzt werden, Kleider, Nahrung und alles Notwendige zu kaufen. Dafür braucht man Geld. Und das Gebäude muß mehr sein als nur eine Schlafstätte – es muß eine Schule werden. Er muß Lehrer anstellen, überall aus Velora – Musiker, Köche, Schreiber, Weber, Pferdetrainer, alles mögliche –, die hierherkommen und den Kindern die unterschiedlichsten Handwerke beibringen. Wir könnten sogar so etwas wie einen Ausbildungsplan für Lehrlinge mit einigen der Kaufleute in Velora vereinbaren, obwohl es noch einige Jahre dauern könnte, bis wir soweit sind ...«

»Und Geld ist nötig, um die Lehrer zu bezahlen. Das sehe ich ein. Wo liegt das dritte Problem?«

»Die Kinder«, sagte sie. »Streunende Straßenbälger, die acht oder zehn Jahre lang allein um ihr Überleben gekämpft und bestimmt keine Lust haben, sich in einen Raum zu setzen und Lesen und Schreiben zu büffeln, wenn sie draußen sein und stehlen könnten. So einfach läßt sich das nun einmal nicht bewerkstelligen.«

»Und wie ...«

»Man muß auch sie bezahlen«, sagte sie. »Das war Peters Idee, aber sie ist sehr gut. Sie bekommen Geld für jeden Kurs, an dem sie teilnehmen, für jedes Examen, das sie bestehen, oder sogar für jede Nacht, die sie im Schlafsaal verbringen – wir könnten uns ein System ausdenken. Ich denke, daß genügend von ihnen bleiben würden, damit unsere Bemühungen auf fruchtbaren Boden fallen. Natürlich dauert das seine Zeit. Ein Jahr oder so, bis die Schule ein Ort ist, an den die Kinder gern kommen – einen Ort, den sie als Zuflucht oder Zuhause ansehen. Aber es wird gelingen, glaube ich. Peter glaubt es auch. Und Obadja glaubt es auch.« Sie lächelte wieder. »Magda ist nicht so ganz überzeugt davon; sie meint, ich sei von allen guten Geistern verlassen.«

»Du mußt sie mögen, wenn du sie Magda nennst.«

»Oh, sie ist eine wundervolle Person. Dein schönstes Geschenk, nach dem Aufzug.«

»Aber sie steht deinem Plan skeptisch gegenüber?«

»Sie fühlte sich außerhalb von Festungen und deren prächtigen Räumlichkeiten nicht so richtig wohl«, sagte Rachel, um ihre Engelfreundin zu verteidigen. »Sie bemüht sich, aber es fällt ihr schwer, Armut im eigentlichen Sinn zu begreifen.«

»Das stimmt wahrscheinlich.«

»Aber *du* bist derjenige, der begreifen muß«, fuhr Rachel ein wenig aufgebracht fort. »Denn du mußt das Ganze unterstützen, damit es gelingt. Ist dir das klar? Wenn die Kaufleute in Velora merken, daß du hinter dem Plan stehst, dann werden sie daran mitarbeiten, so hoffe ich. Wenn nur ich und Peter ... Und dann ist da noch die Sache mit dem Geld. Ich verstehe nicht, wie so etwas gemacht wird, aber ich weiß, wenn du nichts von dem Ganzen hältst ...«

»Ich halte viel davon«, unterbrach er sie. »Ich finde es großartig. Und die Festung ist reich. Du kannst so viel Geld haben, wie du möchtest.«

Er sagte es, ohne groß nachzudenken, aber die Belohnung dafür übertraf alle seine Erwartungen. Sie schenkte ihm ein so strahlendes Lächeln, daß alles andere von ihm abfiel: Elias, Malachi, Raphael, Josias, Judith; die Namen und Gespräche seiner unmittelbaren Vergangenheit entschlüpften seinem Denken. Sein Bewußtsein war nur noch von diesem lachenden Gesicht erfüllt. Ihr Haar loderte wie eine goldene Aureole hinter ihr; sie sah aus, als würde sie von hinten beleuchtet, von innen, von dem Licht, das von seinen Flügeln abstrahlte. Plötzlich sah er Rachel so, wie sie sein sollte, und alle anderen Bilder von ihr verblaßten. Vielleicht hatte Jovah letzten Endes mit seiner Wahl doch recht gehabt.

Es vergingen zwei Tage, bevor er sich an den Brief erinnerte, den Josias ihm für sie mitgegeben hatte. In diesen beiden Tagen verbrachte er mehr Zeit mit seiner jungen Frau als in den vergangenen beiden Monaten. Es war zweifellos die liebevollste Zeit, die sie überhaupt jemals zusammen verbracht hatten, und er hatte den Eindruck, daß sie durch diesen Umstand ebenso ermutigt war wie er.

Die meisten dieser erfreulichen Stunden verbrachten sie in Velora, jedoch nicht alle in Peters Schule. Der weißhaarige alte Priester nahm Gabriels neuerwachtes Interesse an seinem Projekt dankbar an und enthielt sich jeder Bemerkung darüber, daß der Engel ihm schon Monate zuvor hätte helfen können. Sie gingen durch das Gebäude und besprachen Verbesserungen. Sicher, Geld würde eine große Hilfe sein, aber Peter brauchte mehr als Geld. Er brauchte die Unterstützung der Bevölkerung.

Also machten Gabriel und Rachel die Runde durch die Stadt, legten den Kaufleuten, den Händlern und Geldverleihern den Gedanken der Schule dar, ebenso wie den Künstlern und den Handwerksgilden. Wenn überhaupt irgendwo, dann hatte Gabriel in Velora Gönner; er hatte sich immer schon gut mit den Oberhäuptern der Stadt verstanden, denen sehr an einem guten Verhältnis mit der Festung gelegen war. Und das Problem der Straßenkinder hatte viele der ehrlichen Geschäftsleute schon seit langem beschäftigt, wie er herausfand. Beinahe jeder, mit dem sie sprachen, war bereit, zu spenden oder einen Lehrling unter Aufsicht der Schule bei sich aufzunehmen.

Rachel, die er bisher nur von ihrer schlechtesten Seite kennengelernt hatte, zeigte sich in diesen Gesprächen ebenfalls in vorteilhaftem Licht. Erstens machte sie einen sehr entschlossenen Eindruck. In ihrer neuen Aufmachung – in Hose und Jacke, die beinahe wie ein Fluganzug aussahen, geschmückt mit Tüchern und Juwelen aus Velora, mit dem goldenen Haar, das ihr in ungebändigter Pracht über den Rücken wallte – mußte sie unweigerlich die Aufmerksamkeit auf sich ziehen. Zweitens verfocht sie ihr Anliegen mit großer Leidenschaft. Sie glaubte mit solcher Inbrunst an ihre Sache und sprach so schlicht darüber, daß ihre Zuhörer ihr kaum widerstehen konnten. Vielleicht begegneten die Veloraner ihrer Angelica mit einer gewissen Scheu oder auch mit einigen Vorbehalten, aber jedenfalls machte sie einen vorteilhaften Eindruck auf sie. Gabriel stellte das mit uneingeschränkter Freude fest.

Obadja begleitete sie manchmal bei ihren Rundgängen, und Gabriel war nicht ganz so angetan, wenn er die lockere, neckende Zuneigung beobachtete, die die beiden verband. Nun, es war unmöglich, Obadja nicht zu mögen, aber Rachel war doch sonst so zurückhaltend. Wie war es ihm gelungen, sie so schnell zu bezaubern?

Magdalena gesellte sich ebenfalls ein paarmal zu ihnen, obwohl sie Rachels Pläne nicht mit derselben Überzeugung verfocht wie die anderen. Rachel hatte recht: Magda war nicht an Armut gewöhnt. Sie hatte keine Vorstellung, wie man dagegen ankämpfen könnte. Aber immerhin bemühte sie sich.

Am zweiten Abend, nachdem sie einen ganzen langen Tag mit den Kaufleuten verhandelt hatten, belohnten sich die drei Engel und die Angelica mit einem festlichen Abend in einem der kleineren Musiktheater, von denen es mehrere in der Stadt gab. Der Inhaber führte sie zu einem der besten Tische in dem kleinen dunklen Raum, der einen hervorragenden Blick auf die vertiefte Bühne bot. Engel kamen häufig hierher; die Hälfte der

Stühle waren so geformt, daß sie für die großen Flügel gemütlich waren. Rachel rutschte anfangs ungeschickt auf ihrem Stuhl hin und her, nachdem sie Platz genommen hatte.

»Das stichst mich in den Rücken«, klagte sie. »Ich finde es unbegreiflich, wie ihr auf so etwas sitzen könnt.«

»Ach ja«, sagte Obadja, erhob sich und zog einen Stuhl von einem nahen Tisch heran, auf den er sie mit ausgesuchter Sanftheit umsetzte. »Ist das besser, meine Hübsche?«

Sie lächelte ihn an. »Danke, Angelo. Eine große Verbesserung.«

Gabriel unterhielt sich mit dem Inhaber, deshalb entging ihm dieser Vorgang. »Hat irgend jemand irgendwelche besonderen Wünsche, was das Essen angeht?« erkundigte er sich.

»Mir ist alles recht«, sagte Magdalena.

»Haben wir hier nicht schon einmal dieses wundervolle Käsegebäck gegessen?« fragte Rachel Obadja. »Laß uns welches bestellen.«

Gabriel nickte dem Kellner bestätigend zu, woraufhin dieser sich sofort entfernte. »Dann warst du also schon einmal hier?« fragte er seine Frau.

»Einmal. Ein Orchester aus Luminaux hat gespielt. Unglaubliche Musik.«

»Wer tritt heute abend auf?« wollte Magda wissen.

»Verschiedene Interpreten, Wandermusiker«, sagte Obadja. »Ich glaube, jeder, der will, kann auf die Bühne.«

»Na, das wird bestimmt unterhaltsam.«

»In Velora immer.«

Tatsächlich war es ein Abend mit einem umfassendend Varieté-Programm, durchsetzt mit gekonnten Magie-Einlagen. Gabriel hatte sich noch nie viel aus Rhythmus-Orchestern gemacht, obwohl an diesem

Abend eine ausgezeichnete Gruppe aus Breven spielte und ihm deren mehrlagige Staccato-Stücke recht gut gefielen. Die Frauen zogen offenbar die Sänger vor, besonders ein aus jungen Mädchen bestehendes Trio, das in so dichter Harmonie sang, daß man kaum glauben konnte, daß es sich nicht um eine einzige Stimme handelte, die mittels eines musikalischen Prismas in verschiedene Stränge unterteilt worden war. Obadja mochte vor allem die Saiteninstrumente. Gabriel war überaus beeindruckt von den Rohr- und Holzbläsern und beugte sich auf seinem Sitz vor, damit ihm nur kein einziger Ton des Flötenspielers aus Luminaux entging.

Er war überrascht, als er sich am Ende der Darbietung des Flötisten zurücklehnte und Rachels Blick begegnete, die ihn offenbar aufmerksam beobachtet hatte. »Ein solches Instrument wolltest du doch immer schon spielen«, sagte sie.

Das stimmte, doch er konnte sich nicht erinnern, ihr gegenüber jemals etwas erwähnt zu haben. »Habe ich so sehnsüchtig auf die Bühne gestarrt?« fragte er lächelnd.

»Du hast davon erzählt. Als wir das erste Mal in Velora waren.«

»Diese Musik ist etwas so Reines«, erklärte er. »Bei Trommeln, Saiteninstrumenten, sogar bei Stimmen, die von Worten erfüllt sind, bin ich mir immer bewußt, wie die Musiker die Musik hervorbringen. Aber bei den Rohrbläsern kommt es mir gar nicht so vor, als würde die Musik von irgend jemandem gemacht, sondern würde von irgendwo anders wie durch einen Trichter hergeweht. Wie eine Leitung, die Wasser aus einem Fluß befördert.«

»Wie ein Engel, der die Macht Jovahs bündelt«, murmelte Magda.

»Ja, eher so«, bestätigte er und lächelte sie an.

»Du könntest lernen, ein solches Instrument zu spielen. Du bist nicht zu alt, um auch noch einmal zur Schule zu gehen«, sagte Obadja.

»Danke«, murmelte Gabriel ein wenig trocken. »Obwohl ich vermutlich zu alt bin, bevor ich Zeit habe, mich hinzusetzen und zu lernen.«

»Hör mal, sie rufen Freiwillige auf«, sagte Magda und deutete auf die Bühne. »Sing doch etwas, Gabriel! Wir haben dich seit Wochen nicht mehr singen hören.«

»Ich möchte nicht die gesamte Unterhaltung auf Veloras Bühnen allein bestreiten«, sagte er. »Wer wäre wohl so unerschrocken und würde mir sagen, daß er den Klang meiner Stimme nicht mag?«

»Nun ja, du hast deine Fehler«, sagte Obadja, »aber ich habe noch nie die Bemerkung gehört, daß du nicht singen kannst.«

Rachel lachte. Obadja hatte seine strahlenden Augen auf sie gerichtet. »Und *dich* habe ich überhaupt noch nie singen hören«, fuhr er fort. »Warum gehst du nicht auf die Bühne und erfreust uns mit deinem Debüt?«

Gabriel hielt die Luft an, verblüfft durch die Frage, aber höchst interessiert an der Antwort. Rachel lehnte ab, wie vorauszusehen war.

»Ich möchte nicht singen.«

»Du möchtest nie singen. Bekommen wir jemals Gelegenheit, dich zu hören?«

»Bei der Glorie. Ich nehme an, ihr werdet alle dabei sein?«

»Nun ja, eigentlich hatte ich vor, mich dieses Jahr davor zu drücken, aber wenn du endlich meine Neugier befriedigen wirst, werde ich mich vielleicht doch hinbequemen.«

Magda war empört. »Du kannst dich doch nicht vor einer Glorie drücken!«

»Er hat uns nur geneckt«, lächelte Rachel.

»Du bist diejenige, die uns neckt«, erwiderte Obadja.

»*Warum* singst du nicht für uns? Ich meine nicht jetzt, sondern überhaupt.«

»Das ist nicht normal«, entfuhr es Gabriel, bevor er sich zurückhalten konnte. Aber seine Frau lachte ihn an.

»So kann man sagen«, pflichtete sie ihm bei. »Weil es euch alle so nervös macht.«

»Vor allem Gabriel, möchte ich wetten«, bemerkte Obadja.

Gabriel erwiderte das Lächeln seiner Frau. »Nein«, sagte er. »Ich glaube, sie kann so gut singen, wie es Jovah möchte. Er hat sie zu seiner eigenen Zufriedenheit ausgesucht. Deshalb singt sie zweifellos – wie ein Engel.«

Alle lachten. Der Inhaber des Lokals näherte sich etwas befangen ihrem Tisch.

»Ich möchte nicht stören, aber einige der Gäste haben dich erkannt, Angelo, und bitten darum, daß du heute abend etwas für uns singst. Es ist einige Zeit her, seit wir hier in Velora das Glück hatten, das zu hören, was die Einwohner des Horstes jeden Tag zu hören bekommen ...«

»Ich singe gern etwas für euch, wenn ihr es wirklich wünscht«, sagte der Engel.

Der Gastwirt war ganz Lächeln. »Oh, ich bin entzückt! Nichts könnte mir eine größere Freude bereiten! Legst du Wert auf Begleitung? Soll ich einen der Harfenisten bitten?«

Gabriel schüttelte den Kopf und stand auf, um dem Gastwirt zu folgen. »Nein, nein, ich brauche nichts, danke ...«

Er wurde in den hinteren Teil des Raums und dort durch einen engen Tunnel geführt, der beinahe zu niedrig war, um seinen Flügeln Platz zu bieten; es war eine Erleichterung, den verhältnismäßig weiten Raum der Bühne zu betreten. Er ließ den Blick durch den kleinen

Raum schweifen und stellte fest, daß alle Augen auf ihn gerichtet waren. Dann schaute er zu dem Tisch hinüber, an dem seine Freunde und seine Frau auf seine Darbietung warteten. Bis zu diesem Augenblick hatte er sich noch nicht entschieden, was er singen wollte. Als er in Rachels Gesicht sah, fiel seine Entscheidung.

Er verneigte sich kurz vor dem Publikum, verschränkte die Hände vor sich und begann zu singen. Obwohl es nicht seinem üblichen klassischen Stil entsprach, hatte Gabriel dieses besondere Stück während der letzten Wochen in jeder freien Minute geübt, und er freute sich über seinen ersten öffentlichen Auftritt damit. Er spürte das dumpfe Brennen am Arm und sah aus dem Augenwinkel, daß sein Kuß farbig flackerte. Also war auch seine Frau über seine Darbietung erfreut.

Es war ein Liebeslied, das Matthäus bei ihrer Hochzeit gesungen hatte, eine schlichte Ballade, die kaum mehr erforderte als eine gute Aussprache und die Fähigkeit, gelegentlich einen hohen Ton zu halten, aber trotzdem war es ein wunderschönes Stück. Gabriel schloß die Augen halb und arbeitete sich mit körperlichem Vergnügen die langsame Tonleiter des Refrains hinauf. Er war so sehr daran gewöhnt, zu Ehren Jovahs zu singen, daß es ein eigenartiges, beinahe sinnliches Erlebnis war, das Lob eines anderen zu singen – aber genau das tat er, und er wußte es, und Rachel hätte dumm sein müssen, wenn sie es nicht auch wußte.

Als er den Refrain am Ende wiederholte und diesmal in die edorische Sprache überwechselte, spürte er, wie sein Kuß plötzlich heftiger aufflammte. Ah, das hatte sie überrascht; sie hatte nicht damit gerechnet, daß er die Nomadensprache beherrschte. Er hielt die letzten drei Töne ein wenig länger als nötig, was vielleicht eine kleine Angeberei war, aber die Zuhörer empfanden das nicht als Grund zur Beanstandung. Tatsächlich erhielt er einen begeisterten Applaus, wie er es kaum jemals erlebt hatte. Er lächelte, verneigte sich und schüttelte den Kopf, als Rufe nach einer Zugabe laut wurden. Ein beharrlicher Kerl in der hintersten Reihe hatte angefangen zu skandieren: »Engel, Engel!«, und der Rhythmus wurde von den lauteren unter den Gästen im Saal aufgegriffen. Gabriel sah, daß der Gastwirt wieder zu seinem Tisch eilte, und gleich darauf standen Obadja und Magdalena auf. Er vergewisserte sich, daß er außerhalb des Verbindungstunnels war, bevor die anderen beiden ihn betraten.

»Nach deinem Auftritt wird es für jeden anderen schwierig sein, die Menge zufriedenzustellen«, sagte Obadja düster, als sie sich vor dem schmalen Durchgang begegneten. »Ich wäre lieber dein Vorgänger als dein Nachfolger.«

Gabriel lächelte und setzte sich wieder zu seiner Frau an den Tisch. Sie sah ihn – konnte das sein? – voller Wohlgefallen an.

»Das war wundervoll«, sagte sie. »Danke.«

»Ich habe mir gedacht, daß es dir gefallen könnte.«

»Ich wußte gar nicht, daß du Edorisch sprichst.«

»Das tue ich auch nicht. Ich kann nur ein paar Worte. Zum größten Teil habe ich den Text dieses Stückes phonetisch gelernt. Ich könnte ihn nicht übersetzen, wenn ich den Refrain nicht bereits kennen würde.«

»Ach, dann könntest du ihn überhaupt nicht übersetzen, denn der edorische Text lautet anders als die allgemein bekannte Übersetzung.«

»Ach ja? Was habe ich denn gesungen?«

Sie schüttelte den Kopf. »Es ist besser, wenn du es nicht weißt.«

Jetzt war er sowohl erheitert als auch beunruhigt. »Sag es mir!«

Sie schüttelte erneut den Kopf und legte sich einen Finger an die Lippen. »Psst! Sie singen!«

Obadja und Magdalena waren etwas großzügiger, indem sie drei Duette für das wohlwollende Publikum sangen, bevor auch sie von der Bühne abtraten. Der tosende Beifall, der ihrer Darbietung folgte, hielt immer noch an, als die drei Engel und die Angelica sich schon längst erhoben, zum Abschied gewinkt und den Saal verlassen hatten.

Es wurde viel geredet und gelacht, während die Engel Rachel zur Aufzugskabine am Fuß des Berges begleiteten.

»Komm in mein Zimmer, wenn du oben angekommen bist«, bat Gabriel sie, als sie an der Eingangstür stehenblieben. »Ich habe etwas für dich – ich hatte vergessen, es dir zu geben.«

Sie trat in die Kabine und schloß das Gitter. Der Lichtstrahl, der in den Schacht fiel, beleuchtete schwach ihr Gesicht, und ihr prächtiges Haar schimmerte. »Was denn?«

»Etwas von Josias. Ein Brief.«

Sie hob die Augenbrauen, sagte jedoch nichts. Obwohl Gabriel dicht daneben stand, streckte sie den Arm aus, um die Klingelschnur zu ziehen und die dort oben darauf aufmerksam zu machen, daß sie im Käfig und auf dem Weg hinauf war. Er nickte.

»Sehr klug«, sagte er.

»Ich lasse diese Regel niemals außer acht«, sagte sie. Dann drückte sie den Fahrthebel nach unten, und die Kabine hob sich langsam und verschwand im Berg.

»Ich hasse dieses Ding«, murmelte Magda.

»Sie braucht es«, erwiderte Gabriel.

Obadja zupfte an den Flügelspitzen der Engelin aus Monteverde. Sie wehrte ihn ab. »Bitte nicht persönlich werden«, sagte sie.

Er lachte. »Wer zuerst oben ist«, sagte er. Beide hoben gleichzeitig ab, und die großen Flügel verursachten ein lautes Rauschen in der Luft, wie Fahnen, die im Wind flattern. Gabriel folgte mit gemäßigterem Tempo und flog direkt in Richtung seines Zimmers. Nach wenigen Minuten stand Rachel an seiner offenen Tür.

»Ein Brief von Josias?« fragte sie. »Worum geht es darin?«

Er reichte ihr den Brief und schloß die Tür hinter ihr. »Er wollte es mir nicht sagen, und ich kann kein Edorisch lesen«, sagte er fröhlich. »Du mußt mich aufklären, wenn etwas darin steht, das ich wissen sollte.«

Sie brauchte nur wenige Augenblicke, um den Brief zu öffnen und die beiden Abschnitte auf der einen Seite zu lesen, aber in dieser kurzen Zeit veränderte sie sich vollkommen. Gerade war sie noch vergnügt und heiter gewesen; jetzt war sie krank, tief betroffen, zu einem schmerzvollen Knäuel zusammengekrümmt. Mit zwei Schritten hatte er den Raum durchquert.

»Rachel! Was ist los – was hat er geschrieben?«

Sie sah ihn mit blinden Augen an und schüttelte den Kopf. Er hatte den Eindruck, daß sie zumindest in diesem Augenblick keine Ahnung hatte, wo sie war oder wer zu ihr sprach. Er packte ihre Schultern und schob sie sanft zu einem Sessel.

»Setz dich. Hier … Also gut, dann auf den Boden. Rachel, sag mir, was er dir geschrieben hat.«

Sie war auf dem dicken roten Teppich auf die Knie gesunken, und er kniete neben ihr. Er hielt sie immer noch an den Armen fest, da er fürchtete, sie würde umkippen, wenn er sie losließe. Er schüttelte sie sehr sanft.

»Rachel, sprich! Was steht in dem Brief? Ist – ist jemand gestorben?«

Das war geraten gewesen, aber offenbar lag er damit richtig, denn der Schock entlockte ihr eine Antwort. »Simon«, brachte sie mit erstickter Stimme hervor.

Simon? »Was ist ihm geschehen? Wieso weiß Josias davon?«

Ihre Antwort ergab für ihn keinen rechten Sinn. »Er –

wir waren die einzigen beiden, die den Kuß trugen, deshalb sagte das Orakel, es werde etwas über ihn herausfinden – und jetzt erfahre ich von ihm, daß Simon tot ist, seit zwei Jahren schon. *Zwei Jahre!*« jammerte sie, plötzlich wieder zum Leben erwacht. Sie wand sich in seinem Griff, aber nicht um sich ihm zu entziehen. Sie schlug mit beiden Fäusten auf den roten Teppich und warf den Kopf leidenschaftlich von einer Seite zur anderen. Dies waren die Anzeichen eines Gewitters, die ihm allmählich vertraut waren. Gabriel hielt sie weiter fest.

»Es tut mir leid, daß dein Freund tot ist und du es erst jetzt erfährst …«

»Er hätte eigentlich schon viel früher sterben müssen!« tobte sie. »Simon – drei Jahre lang Sklave! Er hat lange gebraucht, um zu sterben, und die ganze Zeit hat er gekämpft, sie gehaßt, sich selbst gehaßt, geschunden und geschlagen – Simon …«

Der Rest ihrer Worte war für Gabriel unverständlich; zweifellos edorisch, Verwünschungen oder Worte der Trauer, das vermochte er nicht zu beurteilen. Doch jetzt weinte sie – ein herzzerreißendes Schluchzen, das ebenso leidenschaftlich war wie ihr Zorn. Er befürchtete fast, sie werde an ihrem Weinen zerbrechen.

»Komm – komm«, murmelte er, nahm sie in die Arme und drückte sie fest an seine Brust – ob zum Trost oder um sie zu bändigen oder um ihre Tränen zu dämpfen, wußte er nicht. Vielleicht aus allen drei Gründen. Sie leistete kurz Widerstand, dann fügte sie sich, rieb das Gesicht an seinem Lederwams und klammerte sich an seine nackten Unterarme. Er spürte, wie sich ihre Fingernägel so tief in seine Haut bohrten, daß sie Spuren hinterließen.

Sie brauchte lange, bis sie sich einigermaßen beruhigt hatte, und auch dann war das nur im Gegensatz zu ihrer vorherigen Erregung eine kleine Beruhigung. Sie weinte immer noch bitterlich, wenn auch weniger verzweifelt, und er hielt sie immer noch fest. Sie hatte sich mit dem Rücken an seine Brust gelehnt; er hatte beide Arme um sie gelegt und den Kopf über den ihren geneigt. »Schsch!« flüsterte er immer wieder und schaukelte sie ein wenig – ein Versuch, ihr sein Mitleid und seine Betroffenheit zu übermitteln. Sie tat ihm wirklich leid. Wer immer dieser Simon gewesen sein mochte, sie hatte ihn offensichtlich sehr geliebt, und jetzt war er tot. Noch etwas, das sie für immer verloren hatte.

Als sie wieder sprach, hielt er die Worte zuerst für edorisch, und dann dachte er, daß sie nicht an ihn gerichtet seien. Vielleicht ein Abschiedsgruß an Simon, ein Gebet an den Gott, damit er seine wandernde Seele aufnehme. Doch der Tonfall des Gebets klang vertraut. Er beugte sich näher zu ihr, um die Worte besser hören zu können, bis sein Ohr auf dem ungebändigten blonden Haarschopf lag.

Was er vernahm, brachte sein Herz zum Stillstand.

»Jovah, wenn es dein Wille ist, so verfluche die Stadt Semorrah. Schicke Blitz und Donner auf sie herab. Bedecke sie mit Unwettern und überschwemme sie mit tobenden Flüssen. Bring ihr Pest und Seuchen, und lasse jeden innerhalb seiner Grenzen sterben …«

Mit einem schwachen, erschöpften Flüstern rief sie Jovahs Fluch herbei, wie Gabriel es schon einmal von ihr gehört hatte. Er schlug ihr die Hände vor den Mund und blickte voller Entsetzen auf sie hinab. Er spürte, wie sich ihre Lippen unter seinen Handflächen bewegten und die Anrufung lautlos fortsetzten. Sie starrte ihrerseits ihn an, trotzig und ohne jede Spur von Reue, und ihm kam der Gedanke, daß sie vielleicht eine der wenigen Sterblichen war, denen der Gott seine Aufmerksamkeit schenkte. Er drückte ihr die Hand noch fester auf den Mund, um sie zum Schweigen zu bringen, und er spürte, wie so etwas wie Angst von seinen Fingern bis in sein Herz durch ihn hindurchraste.

## 12.

## KAPITEL

Obwohl sie sich anfangs gefreut hatte, als Gabriel zurückgekehrt war, wünschte Rachel sich jetzt beinahe, er solle wieder weggehen. Es gab mehrere Gründe dafür – nicht zuletzt eben der, daß sie sich so sehr über das Wiedersehen mit ihm gefreut hatte. Er war anscheinend seinerseits ebenfalls mit ihr zufrieden gewesen, und die ganze Welt war ihr unerwartet harmonisch vorgekommen.

Dann war die schreckliche Nachricht gekommen, sie war völlig außer sich geraten, und jetzt haßte Gabriel sie wieder und wäre am liebsten weggegangen.

Er hatte es nicht mit Worten ausgesprochen, daß er sie haßte. Er war sogar außerordentlich freundlich gewesen, doch sie hatte seinen Gesichtsausdruck gesehen, als sie den Fluch auf Semorrah geflüstert hatte, und sie war zu stur gewesen, um ihn zurückzunehmen. Nun ja, sie hatte keine Lust gehabt, ihn zurückzunehmen. Wenn sie heute die Macht dazu gehabt hätte, dann hätte sie sich sogar in die Ebene von Sharon gestellt, den Fluch mit lauter Stimme hinausgebrüllt und mit Genugtuung zugesehen, wie Semorrah in die schaumgekrönten Wogen des Flusses Galiläas gestürzt wäre.

Zu Gabriels Gunsten sprach, daß er sich um Verständnis bemüht hatte. Am Morgen nach dieser grauenvollen Szene war er an ihre Tür gekommen, sachlich und ernst wie immer, um sich nach ihrem seelischen Zustand zu erkundigen. Er war in den Raum getreten und hatte genau – allerdings vollkommen unbewußt – in dem weißen Feld gestanden, welches das durch das offene Fenster hereinfallende Sonnenlicht auf den Boden zeichnete, und sie konnte nichts anderes tun, als ihn anzustarren. Er war so schön – ganz Blau und Silber und Schwarz –, so schön und so ernst, und sie hatte bei ihrer letzten Begegnung wieder einmal die Verrückte gespielt. Also hatte sie ihn mit eisiger Zurückhaltung begrüßt, zu stolz, um Verlegenheit zu zeigen, allzusehr bereit, ihm eher zu zeigen, daß sie ihn haßte, bevor er Gelegenheit hatte, ihr seine Gefühle darzulegen.

Sein Gesichtsausdruck war abweisend, seine herrliche Stimme frostig. »Ich wollte nachsehen, ob es dir heute besser geht«, sagte er in der formellen Art, die sie beinahe vergessen hatte.

»Ja«, sagte sie, »ich bin wohlauf.«

Er hatte gezögert und ihr dann eine mit Bedacht formulierte Frage gestellt. »Möchtest du mir erzählen, wer Simon war?«

»Mein Geliebter«, schoß sie sofort zurück, in der Hoffnung, ihn zu schockieren oder zumindest einen empfindlichen Nerv bei ihm zu treffen. »Vor fünf Jahren.«

Aber er nickte nur. Zweifellos hatte er sich das bereits gedacht. »Es tut mir leid, daß er tot ist«, sagte er, was er in der Nacht zuvor auch schon gesagt hatte. »Warum gehst du davon aus, daß er in Semorrah gestorben ist?«

»Weil er nicht in der Ebene von Heldora gestorben ist, wo die anderen Manderras ums Leben kamen«, antwortete sie. »Er hat drei Jahre länger gelebt. Und die Jansai lassen niemanden überleben – bei ihnen gibt es nur Tote und Sklaven.«

»Vielleicht ist er nicht als Sklave gestorben. Es könnte doch sein, daß er entkommen ist. Vielleicht ist er nicht einmal in Semorrah gestorben.«

»Semorrah, Castelana, Breven – das ist alles dasselbe«, sagte sie, immer noch mit harter Stimme. »Ich möchte sie alle gern unter einem herabstürzenden Berg begraben oder im ansteigenden Meer versunken sehen.«

Als er merkte, daß sie nicht von ihrer Meinung abwich, hatte er sich verneigt und war gegangen. Und seither war er ihr aus dem Weg gegangen, woraus sie die Schlußfolgerung ziehen mußte, daß er sie haßte.

Nun, vielleicht mußte man gerechterweise sagen, daß *sie ihm* aus dem Weg ging. Wie auch immer, in den letzten zwei Wochen hatten sie kaum miteinander gesprochen, und vielleicht würden sie nie mehr miteinander sprechen; und Judith stolzierte herum und lächelte geziert, und Rachel war es gleichgültig.

Es war ihr jedoch nicht gleichgültig, daß Magdalena nach Monteverde zurückgereist war, obwohl Rachel sie gebeten hatte, noch einen Monat oder zumindest eine Woche zu bleiben.

»Ich kann nicht – auf mich warten zu Hause Pflichten«, hatte der Engel sanft erklärt. »Es gibt dort Leute, die ich schändlich vernachlässigt habe. Und – du weißt schon ...«

»Jetzt, da Nathan wieder hier ist, übt Gabriel Druck auf dich aus.«

»Druck kann man es nicht nennen. Gabriel ist zu höflich, um mich unfreundlich zu behandeln.«

Rachel hatte ein kleines Schnauben ausgestoßen, um ihre Meinung über Gabriels Höflichkeit kundzutun. Magdalena mußte lächeln.

»Es ist an der Zeit, daß ich gehe. Ich vermisse meine Schwester und meine Freundinnen. Ich soll eine Klasse von Mädchen für die Glorie unterrichten, und die findet ja schon in wenigen Monaten statt. Dann sehen wir uns wieder. Das ist doch nicht allzu lange.«

Aber ihr erschien es jetzt schon lang; dabei war ihre

Engel-Freundin erst seit zwei Wochen fort. Sie fehlte Rachel um so mehr, als – nun, da Gabriel sie haßte – sie nur noch zwei Verbündete im Horst hatte. Einer war Matthäus, der in Ordnung war; der andere war Obadja, der sie in Schwierigkeiten bringen könnte.

Ihrem Naturell entsprechend verbrachte Rachel die meiste Zeit damit, Schwierigkeiten zu suchen.

Es war Obadja, der sie darauf aufmerksam machte, obwohl sie gedacht hatte, er hätte es nicht bemerkt. Und sie leugnete es, als er es aussprach. Aber sie wußte, daß es wahr war.

Sie hatten den größten Teil der zweiten Woche zusammen in Velora verbracht und an der Schule gearbeitet. Dank Peters Bemühungen waren etwa dreißig Kinder von der Straße geholt worden; und diese Kinder waren mehr oder weniger willens, den Versuch zu machen, in dem experimentellen Internat zu leben, obwohl sie äußerst argwöhnisch waren und so aussahen, als wären sie nur allzu bereit, von einer Minute zur nächsten das Weite zu suchen. Dennoch floß das Geld von den Sponsoren reichlich, wie Peter es vorausgesehen hatte, und sie konnten den Schülern tatsächlich für ihre Leistungen jeweils bestimmte Summen bezahlen. Jeder wahrgenommene Unterricht, jede im Schlafsaal verbrachte Nacht, jedes abgeschlossene Projekt – alles wurde belohnt. Jene, die das Rechnen gelernt hatten, begriffen allmählich, auf welchen Gesamtbetrag sich das belaufen konnte, und sie waren am meisten am Bleiben interessiert.

Rachel hatte sich als Lehrerin für den Webunterricht zur Verfügung gestellt und war sehr erfreut, als sich vier Mädchen und ein halbwüchsiger Junge entschlossen, an ihrem Unterricht teilzunehmen. Obadja hatte einen Musiklehrplan aufgestellt, bei dem mehrere ortsansässige Koryphäen und zusätzlich ein wechselnder Lehrkörper von durchreisenden Musikern unterrichteten. In diesen Kursen wurde Theorie ebenso gelehrt wie die spezielle Anwendung von Stimme, Harfe, Flöte und Schlaginstrumenten. Obadja, der nicht versprechen konnte, jeden Tag verfügbar zu sein, hatte sich dennoch für eine ganze Woche als Dozent verpflichtet, und diese Woche war jetzt eben zu Ende gegangen.

Der Engel und die zukünftige Angelica waren übereingekommen, gemeinsam ein elegantes Abendessen in einem von Veloras besseren Restaurants einzunehmen, um sich nach sieben Tagen ziemlich anstrengender Arbeit ein wenig zu verwöhnen. Der Raum war größtenteils dunkel; der zuvorkommende Wirt hatte seine hochrangigen Gäste in einer halbabgeschiedenen Privatnische Platz nehmen lassen. Bei erlesenen Speisen und Wein redeten sie zunächst über die Schule.

»Da ist dieser eine Junge – Jakob –, kennst du ihn?« fragte Obadja.

»Ich glaube schon. Sehr klein. Sehr blond. Sehr schwierig.«

»Genau, das ist er. Meistens habe ich Lust, ihm einfach eins hinter die Löffel zu geben. Ich schwöre, wenn ich sein Vater wäre, hätte ich ihn auch ausgesetzt.«

»Obadja!«

»Aber hast du ihn singen hören?«

»Ich glaube nicht. Ist er gut?«

»Noch nicht. Aber er wird gut sein. Ich habe ihn zum erstenmal – ähm – vor drei Tagen gehört. Du hättest mir jede Feder aus den Flügeln zupfen können, und ich hätte keinen einzigen Muskel bewegt. Ich war vollkommen hingerissen. Er hat wirklich eine Stimme.«

»Wahrscheinlich der Sohn eines Engels«, sagte Rachel ironisch. »Vielleicht sogar dein Sohn. Vielleicht hast du ihn ja tatsächlich ausgesetzt.«

Er lächelte sie gutmütig an. »Das glaube ich nicht, meine Schöne. Ich bin den Engelsucherinnen genau aus diesem Grund stets aus dem Weg gegangen.«

Sie musterte ihn nachdenklich. »Dann hast du dich bei deinen Affären recht diskret verhalten«, sagte sie. »Man hört wenig Klatschgeschichten über dich.«

»Wen hast du danach gefragt?«

»Vor allem Magda. Wen hätte ich sonst fragen können?«

»Nun, Magda ist nicht allzuviel im Horst herumgekommen. Sie kann nichts wissen.«

»Wer dann? Sag es mir.«

Er lachte, anscheinend eher belustigt als peinlich berührt. »Ich kann mir nicht vorstellen, daß du so taktlos wärst, mich selbst zu fragen!« rief er aus. »Ich darf dir versichern, daß meine Diskretion entschieden weiter geht, als daß ich dir etwas erzählen würde.«

»Ich hoffe, es war nicht Judith.«

»Nein, sie ist für meinen Geschmack eine viel zu große Intrigantin.«

»Dann ...«

»Hör auf zu fragen, meine Liebe. Ich bin nicht der Mann, der sich über Liebesdinge das Maul zerreißt.«

»Dann verrate mir etwas anderes«, sagte sie.

»Ich kann es kaum erwarten, die Frage zu hören.«

»Warum mögen Engel es nicht, wenn ihre Flügel berührt werden?«

Er lachte wieder. »Bevor ich antwortete, laß mich dir sagen, daß du die erste Sterbliche bist, die diese Tatsache durch Beobachtung und nicht durch Erfahrung mitbekommen hat.«

»Wie meinst du das?«

»Oh, die meisten Sterblichen nähern sich gedankenlos einem Engel und fahren ihm mit der Hand über die Federn, als ob sie eine Katze streicheln würden – und müssen damit rechnen, daß ihnen buchstäblich die Finger gebrochen werden. Nicht so du. Du kämst genausowenig auf den Gedanken, unaufgefordert die Flügel eines Engels zu berühren, wie ihn – nun – auf den Mund zu küssen.«

»Nun, beinahe so kommt es mir vor«, bemerkte sie. »Ich meine, es scheint sich um etwas sehr Intimes zu handeln.«

»So ist es. Der Vergleich mit einem Kuß stimmt nur bedingt, es ist noch viel intimer.«

»Ist es ein unangenehmes Gefühl?«

»Ist Küssen ein unangenehmes Gefühl?«

»Nein, ich meine ...«

»Wenn die Flügel berührt werden? Nein, im Gegenteil. Aber sie sind sehr empfindlich. Sehr – wie soll ich es sagen – persönlich. Wenn jemand deine Flügel berührt, ist das wie eine Umarmung – oder eine Zungenberührung – oder das Streicheln der Brust. So ähnlich. Jedenfalls etwas, das man von einem Fremden nicht gern spürt.«

Ihre Neugier war auf dem Höhepunkt. Sie beugte sich vor. »Wie fühlen sie sich an?« fragte sie. »Sie sehen aus wie Federn.«

»Es sind auch Federn. Die äußeren sind glatter und härter. Die inneren weicher, flaumiger. Sieh mal.« Und er entfaltete einen seiner Flügel, die aus elfenbeinfarbiger Spitze zu sein schienen, dort in dem dunklen Raum, und ließ ihn von ihr im Kerzenlicht genauestens betrachten. Sie erforschte das komplizierte Geflecht von Federkiel und Verästelungen über der durchscheinenden Membran. Das sich daraus ergebende Gewebe sah weicher aus als gewaschene Seide und fester als geflochtenes Leder. Sie sah wortlos zu Obadja auf, eine Frage in den Augen.

Er lachte sanft. »Ja«, sagte er. »Aber sehr, sehr behutsam.«

Also streckte sie vorsichtig einen Finger aus und zog eine Linie von seiner Armbeuge bis zur äußersten Flügelspitze, fühlte, wie das Gewebe kräftiger und dicker wurde, während sie sie von den kleinsten Federn zu den größten fuhr. Er hatte in dem Augenblick, als sie ihn berührt hatte, die Luft angehalten, und atmete erst wieder aus, als ihre Hand zögernd von ihm abfiel.

»Was ist? Habe ich dir weh getan?« fragte sie.

»Du hast mich gekitzelt.«

»Das tut mich leid.« In ihren Augen blitzte ein Lächeln auf. »Hat es sich trotzdem gut angefühlt?«

»Ja.«

»Soll ich es noch einmal machen?«

Er faltete langsam den Flügel zusammen und betrachtete sie dabei etwas versonnen. »Ich denke, nein«, sagte er zögernd.

Sie hätte verlegen sein sollen, aber er versuchte nicht, sie zu tadeln. Sie legte den Kopf zur Seite und erwiderte seinen eindringlichen Blick. »Warum nicht?« fragte sie.

Er lächelte beinahe wehmütig. »Du bist die Angelica, meine Schöne, und mit einem Mann verheiratet, der meine allerhöchste Achtung genießt. Ich möchte nicht einen weiteren Beitrag zu euren bereits beträchtlichen Eheproblemen leisten, zumindest nicht gleich am Anfang eures Zusammenlebens.«

Sie errötete, verteidigte sich jedoch: »Ich wollte nicht …«

»O doch, du wolltest. Vielleicht hast du nicht kaltblütig geplant, mich zu verführen, aber du weißt, daß es deinen Mann traurig macht, wenn wir hier zusammen sind, und das ist einer der Gründe, warum du so gern mit mir zusammen bist. Und wir können eine Verführung nicht ganz und gar ausschließen. Wir sind beide keine Kinder mehr, wir sind beide erfahren. Und du führst, zumindest nach meinen Beobachtungen, derzeit kein besonders erfülltes Eheleben mit deinem Mann.«

Sie reckte das Kinn hoch. »Ich wünsche nicht, über meinen Mann zu reden.«

Er lachte. »Ich auch nicht, aber es gibt ihn nun einmal, und es ist schwierig, ihn einfach außer acht zu lassen. Und ich – ob mir das zu Lob oder Tadel gereicht, vermag ich nicht zu entscheiden – finde es auch schwierig, dich zu übersehen. Ich werde dich nicht dazu ermutigen, mit mir zu spielen, weil ich nicht möchte, daß du mir das Herz brichst. Und es ist durchaus vorstellbar, daß das geschehen könnte.«

Wenn das eine Zurückweisung war, dann war sie so schön formuliert, wie sie es noch nie gehört hatte. Sie betrachtete sein Gesicht und versuchte, seine Gedanken hinter dem sinnlichen Lächeln zu deuten. »Bist du wütend auf mich?« fragte sie ohne Umschweife.

»Überhaupt nicht. Ein wenig geschmeichelt. Ein wenig betrübt. Nicht wütend.«

»Ich könnte es nämlich nicht ertragen, alle meine Freunde zu verlieren, einen nach dem anderen.«

Er streckte die Hand über den Tisch zu ihr aus, und sie nahm sie, obwohl sie sich flüchtig fragte, ob das als Ermutigung aufgefaßt werden könnte. »Freunde fürs Leben, meine Schöne. Und wenn … ach, das auszusprechen wäre töricht.«

»Sag es trotzdem.«

»Gib Gabriel ein Jahr«, sagte er. »Gib euch beiden ein Jahr, bevor du dich anderweitig nach Trost umsiehst. Bis dahin wirst du wissen, ob Jovah weise gewählt hat oder nicht. Ich werde in einem Jahr immer noch im Horst sein. Wer weiß, was sich bis dahin alles geändert hat.«

Sie konnte nicht umhin, seine Hand fest zu drücken, bevor sie sie losließ. »Jetzt spielst du mit mir«, sagte sie, aber sie lächelte dabei.

Er lachte ebenfalls, jetzt vergnügter, und nippte an seinem Wein. Er wirkte sehr gelassen, aber sie spürte, daß er unter seinem charmanten Äußeren ziemlich aufgewühlt war. Was ihr gefiel. »Wir alle sind Spielzeuge im Spiel zwischen Männern und Frauen, meine Schöne«, sagte er. »Aber manchmal macht das Spiel mehr Spaß als sonst.«

Die mit Matthäus verbrachte Zeit war natürlich weniger gefährlich, und auch Matthäus war Lehrer an Peters Schule. Der Unterricht in Lederverarbeitung war einer der bestbesuchten, ebenso wie eine Reihe von nicht näher beschriebenen ›Mechanik- Kursen‹, in denen Matthäus irgendwelche Gegenstände auseinandernahm und wieder zusammensetzte, um seinen Schülern zu zeigen, wie die Dinge funktionierten. Eigentlich gab es wenig, das Matthäus nicht wußte (zumindest nach Rachels Meinung) – von der Wettervorhersage über Ackerbau und Viehzucht bis zur Stimmschulung –, so daß er die Hälfte des Unterrichtsplans hätte bestreiten können und den Kindern damit gute Dienste erwiesen hätte. Er war bei den Schülern bei weitem beliebter als Peter, die Kaufleute oder die Engel. Er tat so, als ob ihn seine Beliebtheit verblüffte, aber Rachel war stolz auf ihn.

Matthäus begleitete sie häufig, wenn sie durch die Straßen von Velora streifte, auf der Suche nach neuen Lernwilligen. Inzwischen hatten die meisten Kinder der Stadt von der Schule gehört, ob sie sich ihr nun anschlossen oder nicht; doch jeden Tag kamen neue Kinder mit ihren nichtseßhaften Eltern in die Stadt, oder es zog sie vom rauhen, unwirtlichen Land hierher, oder sie befanden sich im Troß reisender Händler. Oder in jansaischen Karawanen.

Rachel wußte, daß sie bei den Jansai nicht nach Schülern Ausschau halten sollte. Außer daß ihr gesunder Menschenverstand ihr gesagt hatte, daß sie nicht vernünftig mit den gewinnsüchtigen Nomaden verhandeln konnte, hatte Peter ihr unmißverständlich klar gemacht, daß sie sich von ihnen fernhalten sollte. »Sie schlagen ihre Lager am Rand der Stadt auf und treiben Handel, und Gabriel duldet es, aber es wird nicht gern gesehen, wenn sie eine längere Zeit bleiben«, hatte der Expriester erklärt. »Sie haben einige Waren, auf die die Kaufleute scharf sind, aber sie genießen in Velora kein hohes Ansehen. Sie sind dreckig, sie betrügen, und sie begaffen die Frauen auf eine Weise, die niemand gutheißt.«

»Aber wenn sie Sklavenkinder in ihren Wagen haben …«

»Nicht in Bethel«, sagte Peter mit Bestimmtheit. »Die Jansai holen sich keine Sklaven in diesem Gebiet. Alle Kinder in ihren Karawanen sind Freigeborene – vielleicht sind es armselige Bälger, zur Arbeit ausgenutzte Häuflein Elend, aber keine Sklaven. Nicht in Bethel.«

Aber ›zur Arbeit ausgenutzte Häuflein Elend‹ hörte sich für Rachel beinahe so unerträglich an wie ›Sklaven‹, deshalb hielt sie die Augen offen nach Besuchern aus Jansai. Und als einige Wochen nach Erweiterung der Schule eine jansaische Gruppe vor der Stadt ihr Lager aufschlug, spazierten sie und Matthäus zu den Wagen, um zu sehen, was sie finden konnten.

»Du solltest mich eigentlich nicht begleiten«, sagte sie zu ihm, als sie nahe genug waren, um Gesichter zu erkennen. »Du weißt doch, wieviel die Jansai von den Edori halten.«

»Nun, du bist doch selbst eine Edori, Angela.«

»Ja, aber ich sehe nicht wie eine Edori aus. Du hingegen …«

Er zeigte ihr seinen rechten Unterarm. Wie die Engel trug er eine ärmellose Weste und keine Jacke, trotz des eiskalten Wetters. »Bin ich vielleicht nicht geweiht wie ein guter Sohn Jovahs?« fragte er. »Ist das vielleicht nicht der Kuß, den du da an meinem Arm siehst? Sie werden aus mir keinen Sklaven machen.«

»Ein Kuß wird sie nicht davon abhalten«, sagte sie mit einiger Verbitterung.

»Ach, Raheli, in Bethel sind wir sicher.«

Sie schlichen unbemerkt in das Lager, in dem ein großes Durcheinander herrschte und es vor Leuten wimmelte. Es war Mittag, und die meisten Jansai-Männer waren in der Stadt, um Geschäfte zu tätigen, obwohl man auch Käufer und Verkäufer vor den Lagerfeuern und am Eingang der niedrigen Zelte sah, die dabei waren, sich handelseinig zu werden. Die weiße Wintersonne schien spiegelndhell auf den Goldschmuck und die kahlen Köpfe der Männer, konnte jedoch die dunklen Umhänge und von Kapuzen verdeckten Gesichter der Jansai-Frauen nicht durchdringen. Blicke waren alles, was Besucher von den Frauen bekamen, die sich immer gleich in ihre Zelte verkrochen, sobald sie die Augen von Fremden auf sich spürten. Matthäus sah Rachel an.

»O je, das sind die Leute, die als nächste befreit werden sollten, sobald alle Kinder von Samaria gerettet sind«, bemerkte er.

Sie konnte sich ein Lächeln nicht verkneifen, obwohl sie grimmigen Unmut in sich spürte. »Ich denke, wir sehen einmal bei den Pferden nach«, sagte sie und schlug die Richtung zum anderen Ende des Lagers ein. »Das ist doch bestimmt eine Arbeit, die man den Kinder zuweist.«

Und sie hatte recht. Drei unglaublich zerlumpte, dreckige Jungen kauerten außerhalb eines notdürftig zusammengehauenen Pferchs am Boden, gebannt in ein Schauspiel vertieft, das sich vor ihnen entwickelte, und stießen gelegentlich Schreie und triumphierendes Gelächter aus.

»Diese Bande führt nichts Gutes im Schilde«, stellte Matthäus fest.

»Wahrscheinlich quälen sie kleine Tiere«, fügte Rachel hinzu.

Und tatsächlich, als Matthäus ihnen mit seiner kehligen Stimme einen Gruß zurief, zuckten die drei schuldbewußt zusammen, und ein pelziges kleines Wesen stob beinahe im selben Augenblick in die entgegengesetzte Richtung davon.

»Wie ich sehe, gönnt ihr euch heute einen fröhlichen Nachmittag«, sagte Matthäus im Plauderton.

Die drei Übeltäter gewannen ihre Fassung sofort wieder. »Was geht dich das an?« fragte der größte Junge mit höhnischer Stimme. »Seht mal, Jungs, da haben wir 'nen Eldori. Sklaven-Köder.«

Rachel fühlte sich sofort vor den Kopf gestoßen, doch Matthäus grinste nur. Er schüttelte die langen schwarzen Haare zurück. »Sklaven-Köder, ja?« sagte er. »Ich bin nicht derjenige, der an einem so schönen Nachmittag hier draußen Pferde hüten muß.«

Der Große verzog das Gesicht zu einer finsteren Grimasse. »Mir gefällt es, Pferde zu hüten«, sagte er trotzig. »Ein Pferd ist das Leben eines Jansai. Besser als eine Frau. Ein Pferd bietet einem alles, was man braucht.« Seine Kameraden untermauerten seine Rede mit einigen herzhaften ›Jawolls‹ und bestätigendem Nicken.

Matthäus nickte ebenfalls. »Sicher. Ein Pferd ist etwas Gutes. Es trägt dich über den Berg, bringt dich durch die Wüste. Wenn du allerdings immer zu arm bist, um eigene Pferde zu besitzen, hast du nicht viel davon, wenn du sie liebst.«

»Wer sagt, daß ich zu arm bin?«

»Nun, du sitzt doch jetzt hier und hütest die Tiere eines anderen, oder nicht?«

»Kann schon sein. Aber ich werde dafür bezahlt. Gut bezahlt. Eines Tages kaufe ich mir meine eigenen Pferde, und dann bezahle ich irgendeinen Jungen, damit er sie hütet.«

»Ach ja? Und was glaubst du, kostet ein Pferd, *Mikele?*« fragte Matthäus, wobei er den edorischen Ausdruck für ›Junge‹ benutzte.

Die Miene des *Mikele* wurde noch finsterer. »Ich weiß nicht. Nicht sehr viel.«

»Hundert Goldstücke, denke ich. Vielleicht mehr. Wie viele Goldstücke hast du schon zusammengespart? Fünf? Einen? Bezahlen deine netten Herren dich überhaupt in Gold – oder vielleicht in Silber? Vielleicht bezahlen sie dich ja auch mit Nahrung und Kleidung ...«

Rachel hatte sich gerade beim Klang der vertrauten, überzeugenden Leier entspannt, mit der Matthäus seine Argumente für eine Ausbildung vorbrachte, als grobe Stimmen hinter ihnen sie jäh unterbrachen.

»He, was macht dieser verdammte Edori hier? Chit, Brido, weg von dem dreckigen Edori ...«

Die Jungen hasteten zurück zum Pferch, während Rachel und Matthäus herumzuckten, um zu sehen, wer da gesprochen hatte. Zwei kräftig gebaute männliche Jansai näherten sich ihnen im Laufschritt, mit zornigen Gesichtern und scharfkantigen Waffen in den Händen, die zum Kampf gezückt waren. Unwillkürlich erstarrte Rachel beim Anblick dieser langgriffigen Messer mit den gewellten Lederriemen. Sie erinnerte sich nur allzugut daran ...

Aber sie wollte sich nicht von Angst oder Panik übermannen lassen. Sie trat vor Matthäus und musterte den halbnackten Jansai überheblich von oben bis unten. »Wir kommen vom Horst, um die Bedingungen in eurem Lager zu inspizieren, und wir wüßten ein einigermaßen zivilisiertes Benehmen zu schätzen«, sagte sie mit eisiger Stimme. »Ihr werdet hier schließlich lediglich geduldet.«

Ihr strenger Ton überraschte die Jansai, ebenso wie ihre Kleidung, ihr Gesichtsausdruck, die gesamte Erscheinung. Dies war nicht die lästige Kaufmannsgattin, die sie erwartet hatten. Sie hielten in einigen Metern Entfernung an und musterten sie, und etwas von ihrem bedrohlichen Gehabe wich aus ihren mageren Gesichtern und den knolligen Muskeln.

»Verzeihung, werte Dame«, sagte einer, in dessen Gesicht plötzlich dieses breite weiße Lächeln aufblitzte, an das sie sich ebenfalls sehr gut erinnerte. »Wir mögen es nicht, wenn Fremde in unserem Lager herumschnüffeln.«

»Wir haben nicht geschnüffelt«, sagte sie eiskalt.

Der zweite Jansai deutete mit dem Messer auf Matthäus. »Wer ist der da? Edori haben in unserem Lager gar nichts zu suchen.«

»Er ist mein Begleiter. Zu meinem Schutz.«

Der zweite Mann ließ sich nicht so leicht vom Klang einer Stimme einschüchtern. Er hielt ihrem Blick unbeirrt stand. »Und wer bist du?«

»Ich bin Rachel, die Frau Gabriels«, sagte sie mit starker Betonung. »Ich nehme an, ihr habt nichts dagegen, daß ich mich überall in Velora aufhalte, wo es mir beliebt, oder?«

Sie hatte damit gerechnet, daß der Name ihnen etwas sagen würde – sie hatte die Erfahrung gemacht, daß das in Velora immer der Fall war –, aber sie hatte nicht das plötzliche Interesse erwartet, das in den Gesichtern der beiden Jansai erwachte. Ohne es sich erklären zu können, hatte sie das Gefühl, einen Fehler gemacht zu haben. Der zweite Mann stieß ein kurzes Lachen aus; der erste warf ihr einen Kuß auf seiner Faust zu, die einzige Geste der Hochachtung, die die Jansai kannten, aber sein Gesichtsausdruck war dabei voller Hohn.

»Also zwei Edori«, sagte der erste Jansai und setzte wieder dieses weiße Lächeln auf. »Dann erinnerst du dich bestimmt noch mit Wohlwollen an unsere Lager!«

Ein Instinkt warnte sie, nicht ihre wahren Beweggründe preiszugeben. »Reine Neugier«, sagte sie mit unverändert eiskalter Stimme. »Wie ich sehe, hat sich nichts gebessert.«

»Vielleicht doch«, sagte der zweite Mann. »Du bist herzlich eingeladen, dich umzusehen. Ich zeige dir mit Vergnügen, wo mein Zelt steht.«

»Danke, nein. Ich glaube, ich habe genug gesehen, das mich daran erinnert, ein wie unangenehmer Ort ein solches Lager sein kann.«

Und mit einem majestätischen Nicken trat sie vor und rauschte voller Unbehagen an ihnen vorbei. Matthäus war neben ihr, so nahe, daß sie die Hitze seines nackten Armes durch den wollenen Ärmel spürte, aber deshalb fühlte sie sich kein bißchen sicherer. Damals in der Ebene von Eldora waren mehr Edori als Jansai im Lager gewesen, und trotzdem waren die Edori nicht die Überlegenen gewesen ...

Doch die beiden Söldner wichen zur Seite, um sie vorbeizulassen. »Angela«, murmelte einer, während sie davonschritt, aber sie blickte sich nicht um, um das Wort zur Kenntnis zu nehmen. Nur mit Willenskraft schaffte sie es, nicht loszurennen, nachdem sie einige Meter von ihnen entfernt war. Sie setzte ihren Weg mit schnellen, aber gemessenen Schritten fort, und nach wenigen Minuten befanden sie sich wieder sicher und unversehrt innerhalb der Grenzen der Stadt.

»Ich habe den Eindruck, die Jansai-*Mikele* meistern das Leben ohne uns«, sagte Matthäus schließlich, als das Lager so weit hinter ihnen lag, daß sie sich nicht einmal mehr einbilden konnte, es immer noch zu riechen. Diese Bemerkung entlockte ihr überraschenderweise ein Lachen; sie umklammerte seinen Arm und hörte nicht auf zu lachen, wohl wissend, daß sie sich leicht hysterisch benahm. Auch er lachte und tätschelte ihren Arm auf beruhigende Weise, und mehr Worte verloren sie über dieses Abenteuer nicht.

Erst am nächsten Tag kam ihr zu Bewußtsein, daß die Sache ein Nachspiel haben könnte. Sie war wieder in Velora, diesmal allein, und spazierte durch eine der sonnenlosen Gassen, die den Basar mit dem Geschäftsviertel verbanden. Nachdem sie soeben einen Sackvoll blaues Garn gekauft hatte und gerade überlegte, wie lange es wohl reichen und welcher ihrer Schüler vielleicht nach einer anderen Farbe fragen werde, schenkte sie den Geräuschen um sich herum wenig Aufmerksamkeit. Nicht, daß da viele Geräusche gewesen wären. Sie hörte Schritte – das leise Klirren eines Messers gegen eine Metallscheide –, und dann war sie von Dunkelheit umhüllt.

Für den Bruchteil einer Sekunde war sie zu überrascht, um Angst zu haben oder um auch nur zu begreifen, was geschehen war. Doch als der Dunkelheit eine plötzliche heftige Bewegung folgte, wußte sie Bescheid, und sie schrie und wehrte sich. Ihre Stimme wurde gedämpft durch die schwere Decke über ihrem Kopf, und auch ihre Hände waren darin gefangen, doch der Schreck verlieh ihr erstaunliche Kraft. Sie zappelte,kreischte und trat mit den Füßen wild nach unsichtbaren Gestalten um sie herum, wobei sie von innen an ihrem Gefängnis zerrte. Sie hörte leise Stimmen, die fluchten, und jemand versetzte ihr einen kräftigen Schlag auf den Kopf. Andere Hände packten sie an den Schultern und warfen sie nach hinten gegen eine Wand. Es waren mindestens zwei.

Einer von ihnen schlug erneut auf sie ein; ihr Schädel krachte so fest gegen die Mauer, daß ihr schwindelig wurde. Sie trat wild mit den Füßen um sich, und als Antwort darauf wurde ihr ein Stiefel so brutal in den Schenkel gestoßen, daß sie spürte, wie ihr Fleisch riß und ihre Knochen sich bogen. Sie konnte es nicht verhindern, daß sie zu Boden stürzte, und sie schlug mit dem Kopf auf die Pflastersteine, rollte weiter und prallte gegen die Mauer. Sie hörte ein Lachen, einen Schwall von Jansai-Worten, und dann trat ein anderer Fuß ihr unerwartet in den Bauch. Sie spürte, wie ihr ein Seil um Hals und Schultern gelegt und gestrafft wurde, als ob eine Schlinge ruckartig angezogen würde.

Ihr verzweifelter Schrei wurde von unerwarteten Lauten geschluckt – schrillem Gebrüll, Steineprasseln und dem Klirren von Flaschen, die an der Mauer zerschmetterten. Ihre Häscher fluchten erneut, stießen sie mit dem Gesicht voran auf die Straße und nahmen Reißaus. Rachel blieb auf der Stelle liegen, wo sie sie zurückgelassen hatten, gefangen,verletzt und verwirrt,unfähig, auch nur die Decke wegzuziehen, um zu sehen, wer sie gerettet hatte.

Beinahe im selben Augenblick erledigte jemand anderer das für sie. Sie japste nach Luft und blickte hinauf in ein Trio von Gesichtern, das sie am wenigsten erwartet hätte. Drei ihrer Schüler – Katie, Nate und Sal – kauerten neben ihr und untersuchten ihre Lehrerin mit besorgten Mienen.

»Angela – alles in Ordnung mit dir?« fragte Katie, die älteste und größte der Gruppe. »Haben sie dich überfallen?«

Rachel rappelte sich in eine etwas aufrechtere Stellung hoch, obwohl sie noch nicht in der Lage war aufzustehen. »So könnte man sagen«, antwortete sie mit bebender Stimme. »Waren es Jansai?«

Nate nickte ernst. Er war der jüngste Schüler an der Schule, intelligent und mit Eifer bei der Sache; Peter setzte große Erwartungen in ihn. »Zwei. Wir haben gesehen, daß noch einer hierherrannte, aber er hat sich verdrückt, als er uns sah.«

Rachel legte vorsichtig eine Hand auf ihr rechtes Bein, wo der Fußtritt sie mit Wucht getroffen hatte. Es blutete, aber dem Anschein nach war es nicht gebrochen. »Woher habt ihr gewußt, daß ich es bin?« fragte sie.

»Wir haben deine Haare gesehen«, erklärte Nate.

»Katie hat gesagt: ›Sie haben Angela in der Mache! Wir müssen ihr helfen!‹« fügte Sal hinzu. »Ich hatte Angst, aber Katie nahm sich eine Handvoll Steine, und wir sind schnell zu ihnen hin gerannt, und sie haben sich verdrückt.«

»Nun, ihr wart sehr tapfer. Ihr alle. Ich denke, ihr habt mir das Leben gerettet.«

»Sie haben dich überfallen?« fragte Katie noch einmal. »Wollten sie dich wieder als Sklavin haben?«

Also war das anscheinend kein Geheimnis unter den Schülern. »Ich weiß es nicht. Vielleicht. Ich glaube, sie waren wütend auf mich, weil ich gestern in ihrem Lager war.«

»Aber jeder geht ins Jansai-Lager«, sagte Nate stirnrunzelnd.

»Ja, aber ich habe versucht, einige ihrer Kinder dazu zu überreden, in die Schule zu kommen. Ich nehme an, das hat ihnen nicht gefallen.«

»Das ist keine Schule für sie«, sagte Katie mit finsterem Gesicht.

Rachel sah sie an. Ihr war etwas schwindelig, aber gleichzeitig empfand sie so etwas wie Euphorie. Von Schulkindern gerettet. Etwas daran begeisterte sie. Drei Kinder konnten doch sicher nicht ausgewachsene Jansai-Krieger in die Flucht schlagen; es mußte also so sein, daß sie es sich nicht leisten konnten, in den Straßen von Velora die Aufmerksamkeit auf sich zu ziehen. »Du meinst also, die Jansai-Kinder würden nicht zu euch passen? Du hältst es für eine schlechte Idee, sie aufzufordern, dort zu leben?«

Katie nickte mit Nachdruck. Die beiden Jungen, die sie beobachteten, ahmten ihre Bewegung nach. Rachel sagte: »Aber wenn die Jansai sie schlecht behandeln? Sie schlagen – sie hungern lassen? Sollten sie nicht auch einen sicheren Ort haben wie ihr?«

»Sollen sie doch ihre eigene Schule aufmachen«, sagte Katie entschieden.

Rachel stieß ein schwaches Lachen aus. »Nun ja, vielleicht hast du recht. Wie auch immer, ich fühle mich ohnehin nicht kräftig genug, um noch einmal in ihr Lager zu gehen und einen erneuten Versuch zu unternehmen. Vielleicht in einem oder zwei Jahren, wenn wir uns etwas etabliert haben …«

»Du blutest«, bemerkte Nate.

Rachel sah auf ihr Bein hinab. »Ja, ich weiß. Wahrscheinlich muß ich das verarzten lassen.«

»Kannst du denn nicht aufstehen?« wollte Kate wissen.

»Doch, kann ich. Bestimmt kann ich es.«

»Ich hole Peter«, bot Sal an.

»Nein«, wehrte Rachel schnell ab, ohne nachzudenken. Die drei Kinder sahen sie neugierig an. »Nein«, sagte sie etwas bedächtiger, »Ich möchte nicht, daß Peter – oder Matthäus – oder irgend jemand sonst von diesem Vorfall etwas erfährt. Versteht ihr, es gibt Leute, die halten unsere Schule nicht für eine ganz so gute Sache. Sie könnten mir erklären, daß sie gefährlich ist, wenn sie hiervon hören. Ich möchte nicht, daß sie von mir verlangen, ich soll sie schließen.«

»Nein«, pflichtete Nate entschieden bei.

Katie sagte: »Vielleicht raten sie dir ja auch nur, nicht mehr ins Jansai-Lager zu gehen.«

Rachel lachte. »Nun, das werden sie mir bestimmt raten. Und sie haben recht. Glaubt mir, ich werde es nicht noch einmal versuchen. Aber ich möchte nicht, daß sich irgend jemand auch nur die geringsten Sorgen macht. Deshalb möchte ich, daß niemand davon etwas erfährt. Versprecht ihr mir, es niemandem zu erzählen? Ihr alle – versprecht ihr mir das?«

Nate stimmte sofort zu. Katie mußte darüber nachdenken, doch als sie ihr Wort gab, folgte Sal ihrem Beispiel. »Gut«, sagte Rachel. »So, kann mir jetzt jemand bitte auf die Beine helfen?«

Sie hievten sie hoch und bestanden darauf, sie zum Aufzug zu bringen, weil sie sich dagegen wehrte, zur Ersten Hilfe in die Schule gebracht zu werden. Katie half ihr sogar dabei, ihr Tuch um die Hüften zu binden, so daß der größte Teil des blutigen Risses in ihrer Hose versteckt war. Rachel reichte dem Mädchen den Beutel mit neuem Garn, damit sie es zur Schule brächte.

»Aber morgen kommst du wieder, ja?« fragte Nate besorgt.

»O ja, bestimmt. Ich brauche nur einen Verband, dann geht es mir wieder gut.«

»Also gut«, sagte er. Sie alle sahen zu, wie sie in die Kabine stieg, das Tor schloß und ihnen zum Abschied zuwinkte, während sie an dem Hebel zog und aus ihrer Sicht entschwand. In der Hoffnung, unbemerkt in ihr Gemach zurückkehren zu können, unterließ sie es diesmal absichtlich, die Glocke des Horsts zu läuten, die Matthäus, Gabriel oder Hannah auf ihre Ankunft aufmerksam gemacht hätte.

Und sie hatte Erfolg, indem sie durch die kühlen Gänge huschte, ohne mehr als beiläufige Blicke von Vorübergehenden zu ernten. Als sie sicher ihr Zimmer erreicht hatte, schlug sie die Tür zu, taumelte dagegen, brach plötzlich zusammen und sank zu Boden. Eine halbe Stunde später setzte die Reaktion ein. Sie zitterte heftig, und Tränen rannen ihr übers Gesicht, ohne daß sie sie hätte aufhalten können. Immer noch den Rücken gegen die Tür gedruckt, machte sie sich so klein, wie sie nur konnte, indem sie die Knie zu den Wangen hochzog und mit den Armen die Knöchel eng umschlang. Sie weinte so lange, daß es im Raum schon dunkel wurde, als sie sich endlich rührte und so etwas wie Ruhe über sie kam. Unter Schmerzen zwang sie sich, aufzustehen und in den Waschraum hinüber zu humpeln, wo sie Stunden damit zubrachte, zu baden und die Spuren der widerlichen Berührung durch die Jansai von ihrem Körper abzuwaschen.

Sie war drei Tage lang krank, und die Wunde an ihrem Bein war häßlich, doch ansonsten hatte sie anscheinend keine weiteren äußeren Verletzungen davongetragen. Vielleicht war sie innerlich ein wenig gebändigt, aber nur wenige Leute kannten sie gut genug, um das zu bemerken. Obadja war in einer dreitägigen Mission unterwegs, Magda war natürlich in Monteverde, und ihren Mann hatte sie seit über einer Woche nicht mehr gesehen. Am dritten Tag erkundigte sich Matthäus auf dem Rückweg von Velora nach ihrem Befinden.

»Du kommt mir in letzter Zeit ein wenig eingeschüchtert vor, als ob dir etwas auf der Seele lastete oder als ob du Kopfweh hättest«, sagte er. »Das ist keine leichte Aufgabe, die du da übernommen hast, diese Schule ...«

Sie lächelte ihn an, während sie mit sehr gemächlichen Schritten zum Berg zurückgingen. Sie hatte ihm am Tag zuvor erzählt, daß sie im Waschraum gefallen sei und sich den Knöchel verstaucht habe, um ihre Langsamkeit beim Gehen zu erklären. »Peter erledigt die ganze mühsame Arbeit«, spottete sie. »Und du bist tagein, tagaus von den *Mikele* umgeben. Ich sitze nur da und webe, was ich sonst auch täte. Das ist nicht sehr schwer.«

»Nun, ich habe nur gefragt. Weil mir der Gedanke gekommen ist, du könntest etwas im Kopf herumwälzen, über das du unvernünftigerweise mit niemandem sprichst.«

Seine Formulierung brachte sie zum Lachen. »Und was sollte das sein?« fragte sie, doch sie wußte, bevor er antwortete, daß er sie durchschaut hatte.

»Du kannst einen Kalender lesen«, sagte er. »Du

weißt, was um diese Jahreszeit stattfindet. Du denkst doch nicht etwa daran, an der Zusammenkunft teilzunehmen, oder?«

Sie blieb stehen und sah ihm mitten auf der Straße tief in die Augen. Sie legte ihm eine Hand auf den Arm, halb um sich festzuhalten, halb um ihn zu beschwichtigen. »Du weißt, daß es so ist«, sagte sie ruhig. »Es ist fünf Jahre her, Matthäus. Ich kann dir nicht sagen – du kannst dir nicht vorstellen ...«

»Ich kann es mir vorstellen«, unterbrach er sie. »Das Ereignis soll in diesem Jahr vor den Toren von Luminaux stattfinden, wußtest du das?«

»Ja.«

»Eine weite Reise. Hast du dir schon überlegt, wie du es anstellst, dorthin zu gelangen?«

Sie spürte, wie sich Sturheit in ihr ausbreitete. Ausgerechnet von Matthäus hatte sie am wenigsten erwartet, daß er ihr Schwierigkeiten machen würde. »Ich nehme an, in Velora kann man Pferde mieten. Ich verstehe es, eine Satteltasche zu packen, und kenne Wasserstellen ...«

Aber er lächelte sie an. Er hatte sie die ganze Zeit gefoppt. »Edori sollten nicht allein reisen«, sagte er. »Siebzehn Jahre lang habe ich diese Reise allein unternommen, an jeden Ort, wo immer die Zusammenkunft abgehalten wurde. Und immer dachte ich, es wäre schön, mit jemandem von unserem Volk an meiner Seite zu reisen.«

Sie lachte und nahm ihn flüchtig, aber herzlich in die Arme. Sie gingen langsam weiter auf den Berg zu. »Ja«, sagte sie, »bitte komm mit mir zu der Zusammenkunft. Ich bin so aufgeregt und so ängstlich, daß ich nicht weiß, ob ich es allein schaffe.«

Während des restlichen Weges sprachen sie über die Einzelheiten der Reise. Matthäus erklärte sich sogar bereit, mit ihr in der Aufzugkabine zu fahren (obwohl ihm die Enge ganz und gar nicht behagte), da er feststellte, daß nirgendwo ein Engel in Sicht war. Rachel zog an der Klingelschnur, und Matthäus setzte den Käfig in Bewegung. Sie sprudelte immer noch über vor allerlei Plänen. Matthäus hörte belustigt zu.

Ihre Begeisterung bekam jedoch einen Dämpfer, als sie bei der Ankunft im Horst aus dem Käfig trat und auf Gabriel stieß, der sie im Gang erwartete. In der dämmrigen Beleuchtung des hinteren Tunnels wirkte er beinahe phosphoreszierend; seine blasse Haut hob sich scharf gegen die Dunkelheit ab, und die riesigen Flügel schimmerten hinter ihm. Sein Gesichtsausdruck war unfreundlich.

»Rachel«, sagte er, und der Klang seiner Stimme entsprach seinem Gesichtsausdruck, »ich möchte mit dir reden. Kommst du bitte sofort in mein Zimmer?«

Sie warf Matthäus einen Blick zu, verabschiedete sich von ihm mit einem Nicken und ging dann schweigend ihrem Gemahl durch den Korridor voraus. Sie spürte deutlich, daß er ihr dicht auf den Fersen folgte, und empfand Bedauern, als Matthäus in den Korridor abbog, der zu seinem eigenen Gemach führte. Gabriel schwieg, bis er sie in sein Zimmer gedrängt und ihr Platz angeboten hatte.

»Laß mich erst hören, was du mir zu sagen hast, dann entscheide ich, ob es nötig ist, daß ich mich setze«, sagte sie in scharfem Ton. Das war keine besonders liebenswürdige Bemerkung zur Eröffnung eines Gesprächs, aber schließlich vermittelte er ihr auch nicht das Gefühl von Liebenswürdigkeit; vielmehr war klar, daß ihr aus irgendeinem Grund Scherereien bevorstanden. Sie befand sich in der Verteidigungsposition.

Gabriel seinerseits war zu aufgebracht, um sich zu setzen. Er war anscheinend sogar so sehr durcheinander, daß er offenbar nicht recht wußte, wie er anfangen sollte. Er schritt einmal mit großen Schritten den Raum ab, ohne darauf zu achten, wie seine Flügel die Möbel streiften, bevor er plötzlich vor ihr stehenblieb.

»Was ist dir geschehen?« fragte er schroff. »Hannah kam zu mir und sagte, sie habe Kleidung von dir in der schmutzigen Wäsche gefunden – blutverschmiert.«

Darauf war sie nicht vorbereitet. Rachel spürte, wie ihr eine ganz und gar unangemessene Röte ins Gesicht stieg. Er sprach mit strenger Stimme weiter. »Es war selbstverständlich, daß sie zu mir kam, da sie besorgt war und sich fragte, ob du Hilfe brauchtest – und ich hatte keine Ahnung, auf welche Weise du dir eine Verletzung zugezogen haben könntest. Genau wie ich von deinem ganzen Leben keine Ahnung habe. Es war nicht nur ein wenig Blut, sagte sie. Ein ganzes Bein einer deiner neuen Hosen war damit getränkt.«

Sie senkte den Blick, auf eine für sie uncharakteristische Weise zerknirscht. »Es war nichts – ein Kratzer«, murmelte sie. »Es tut mir leid, daß ich sie beunruhigt habe – und dich ...«

Er trat von ihr weg, um durch das kleine Fenster in die sich vertiefende Schwärze hinauszustarren. »Ich wußte, daß du das sagen würdest«, schnaubte er ihr über die Schulter zu. »Ich wußte, daß du es mir nicht sagen würdest, selbst wenn es etwas Einfaches und Harmloses wäre, wie zum Beispiel der Umstand, daß du hingefallen wärst und dich verletzt hättest. Also frage ich mich selbst: Was kann es sein? Irgendein unbegreiflicher edorischer Ritus, eine Selbstverstümmelung? Würde Matthäus mich darüber aufklären – sollte ich mich zum Narren machen und ihn danach fragen? Vielleicht ist es aber auch etwas anderes – daß dein Aufzug einen Defekt hatte und die Kabine gegen die Felsen prallte und du mir nichts erzählen wolltest, aus Angst, ich könnte dir die Benutzung untersagen. Das hätte einen Sinn ergeben, aber die Kabine ist allem Anschein nach vollkommen in Ordnung. Was dann? Hat einer deiner Schüler dich geschlagen? Haben streunende Hunde in den Straßen von Velora dich angegriffen?«

Er drehte sich blitzschnell herum und sah ihr ins Gesicht, ohne jedoch näher zu kommen. »Und dann fragte ich mich – warum? Warum stelle ich *mir* diese Fragen? Weil meine Frau mir nicht genügend traut, um mir irgend etwas zu erzählen – Gutes wie Schlechtes –, und selbst wenn ich sie frage, spricht sie nicht die Wahrheit.«

Für gewöhnlich reichte ein kurzer Blick auf seinen Zorn aus, um ihren eigenen zu entzünden, doch diesmal war sie unerklärlicherweise bewegt und fühlte sich geneigt, sich zu entschuldigen. Sie trat ein paar Schritte auf ihn zu und streckte halb die Hand aus, bevor sie sie wieder fallen ließ.

»Gabriel – es tut mir leid«, sagte sie, und die für sie ungewohnten Worte kamen ihr nur zögernd über die Lippen. »Ich werde es dir sagen; aber du wirst wütend sein – was auch der Grund ist, warum ich es dir bis jetzt verschwiegen habe. Das Ganze war meine Schuld, und ich bin jetzt klüger geworden, also verbiete mir bitte nicht, weiterhin zur Schule zu gehen.«

Er betrachtete sie mit tief gerunzelter Stirn, aber gleichzeitig zeichnete sich ein wenig Hoffnung auf seiner Miene ab. »Sei nicht töricht, ich halte viel von der Schule«, entgegnete er, nun etwas ruhiger. »Also, erzähl! Ist etwas bei Peter passiert?«

»Nein. Ich ... also gut. Vor ein paar Tagen gingen Matthäus und ich zum Lager der Jansai. Ich dachte, dort könnten vielleicht Kinder sein, die gern in der Schule leben wollten. Es war ein dummer Gedanke, ich weiß«, beeilte sie sich zu sagen, als seine Miene sich noch mehr verfinsterte. »Aber in dem Augenblick hielt ich einen entsprechenden Versuch für angebracht.«

»Du und Matthäus in einem Jansai-Lager?« fragte er. »Bei der Vorstellung gefriert mir das Blut.«

»Nun, es wird nicht wieder vorkommen«, sagte sie freimütig. »Wir trafen ein paar Jungen an, und Matthäus hatte gerade eine Unterhaltung mit ihnen angefangen, als einige Jansai-Männer über den Hügelkamm auf uns zu rannten. Sie äußerten ein paar Beleidigungen, und dann sagte ich ihnen, wer ich bin, und sie sahen aus, als ob sie mich zum Frühstück verspeisen wollten.

Also verließen wir das Lager, so schnell wir konnten, und ich glaubte, alles sei damit erledigt. Vor zwei Tagen jedoch – ich war gerade auf dem Markt – warf mir jemand eine Decke über den Kopf …« Sie vollführte eine ausdrucksvolle Geste, um den damit verbundenen Schrecken zu untermalen. Sie hatte allmählich Schwierigkeiten, ihre Stimme zu beherrschen. »Doch bevor irgend etwas ganz Schlimmes geschehen konnte, eilten drei meiner Schüler herbei, brüllten und warfen mit Steinen, und die Jansai rannten davon und ließen mich zurück. Das Lager wurde inzwischen abgebaut, und die Leute sind weitergezogen, ich sehe also keine Gefahr mehr …«

Während sie gesprochen hatte, war er näher gekommen. Er stand jetzt nur noch wenige Zentimeter von ihr entfernt, und sein Gesicht war voller Sorge. »Aber Rachel, warum hast du mir das nicht gesagt? Oder warum hat Peter mir nichts davon erzählt – oder Matthäus oder Obadja? Irgend jemand?«

Sie war sichtlich peinlich berührt. »Weil ich den Kindern eingeschärft habe, sie sollten es niemandem erzählen. Ich selbst habe es auch niemandem erzählt. Ich befürchtete, du würdest sagen, die Schule sei eine Gefahr für mich, und ich dürfe nicht mehr hingehen. Gabriel, ich *kann es nicht lassen,* dorthin zu gehen, das alles ist zu wichtig für mich, nicht nur Velora, nicht nur die Schule, sondern die Kinder und alles …«

Er streckte unwillkürlich die Hand aus und strich ihr eine widerspenstige Locke zurück. »Ich weiß, wie wichtig es für dich ist«, sagte er sanft. »Ich würde niemals von dir verlangen, es aufzugeben. Aber Rachel, sich auf diese Weise mit den Jansai auseinanderzusetzen – selbst in Velora, wo im allgemeinen jeder sicher ist ... Schwöre mir bei der Liebe Jovahs, daß du so etwas nie wieder tun wirst.«

»Ich schwöre es«, sagte sie. »Ich hatte gleich im ersten Augenblick Angst, als ich die beiden sah. Ich hätte nicht gedacht, daß ich Angst haben würde, aber plötzlich waren all die Erinnerungen wieder da! Ich werde es also bestimmt nicht wieder tun.«

»Und wenn Jansai in Velora sind, wäre es das beste, wenn ständig jemand bei dir wäre – Matthäus und Obadja oder ich«, sagte er. Sie war so überrascht, daß er sich selbst als Leibwächter mit aufzählte, daß sie nur dumpf nicken konnte. »Obwohl mir das alles nicht so ganz einleuchtet – die Sklaverei ist in Bethel verboten, und niemand verstößt gegen dieses Gesetz«, fügte er hinzu. »Warum wollten sie dich also gefangennehmen? Welches Ziel verfolgten sie dabei?«

»Vielleicht wollten sie mich gar nicht gefangennehmen«, erwiderte sie. »Vielleicht waren sie nur ärgerlich, weil ich in ihr Lager gekommen war, und wollten mir – eine Lektion erteilen.«

»Also, nun zu dem Blut«, warf er jäh ein. »Was ist geschehen? Wie schlimm bist du verletzt worden?«

»Einer hat mich gegen das Bein getreten, und es hat angefangen zu bluten«, sagte sie in beiläufigem Ton. »Da ist immer noch eine Prellung, aber die offene Wunde ist verheilt. Kein Grund zur Sorge.«

»Hat dich jemand verbunden?«

»Nein«, sagte sie. Sie bemühte sich um einen beschwichtigenden Ton. »Wenn du dir Sorgen machst, kann ich Hannah bitten, sich die Stelle anzusehen. Ich denke allerdings, daß jetzt alles in Ordnung ist. Ehrlich.«

»Wie du meinst.« Er zögerte, wandte den Blick ab und entschloß sich schließlich zu sprechen. »Ich will nicht … Ich weiß, daß dir der Horst wie ein Gefängnis vorkommt und du mich für so etwas wie einen Gefängniswärter hältst, aber du hast bei weitem mehr Freiheiten«, sagte er und wählte die Worte mit Bedacht. »Das hier soll dein Zuhause sein, und du sollst dein Leben so gestalten, wie es dir gefällt. Ich möchte nicht, daß du denkst, deine Rechte, deine Freiheiten, deine Entscheidungen unterliegen meiner Genehmigung, und ich schränke sie durch irgendwelche Verbote ein. Bitte, hab in Zukunft keine Angst mehr, mir alles zu erzählen, was geschieht, nur weil du befürchtest, ich könnte dir etwas verbieten.«

Zum ersten Mal machte sie seine Schüchternheit wahrhaft reumütig. »Gabriel, es tut mir leid«, sagte sie noch einmal. Sie brachte ein schwaches Lächeln zustande. »Wenn wieder einmal jemand versucht, mich zu verschleppen, eile ich zu dir …«

»Es wäre schön, wenn du das tätest«, sagte er und erwiderte ihr Lächeln. »Aber du kannst nicht nur über Verschleppungsversuche und Überfälle offen mit mir reden, sondern über alles, was sich während deines Tages so abspielt. Ich erführe gern, wie du so zurechtkommst. Wirklich.«

»Dann laß uns heute abend zusammen essen«, schlug sie vor. »Dabei bringe ich dich über alle Geschehnisse der letzten Zeit aufs laufende.«

# 13.

# KAPITEL

Es war nicht zu erwarten, daß ein solches Einvernehmen ewig andauern würde, obwohl die Beziehung zwischen dem Engel und seiner jungen Frau zwei Wochen lang recht harmonisch war. Als dann der Einbruch kam, geschah dies so unvermittelt, daß er Rachel vollkommen unvorbereitet traf; folglich war sie danach noch viel wütender, als sie es üblicherweise gewesen wäre.

Inzwischen war ihre Wunde vollkommen verheilt, vor allem dank Hannahs Pflege. Die ältere Frau hatte, ohne weitere Worte darüber zu verlieren, den Riß untersucht und verbunden, nachdem sie eine weiße Salbe daraufgeschmiert hatte.

»Was ist das?« hatte Rachel gefragt.

»Ein Heilmittel, das aus der Mannawurzel hergestellt wurde«, hatte Hannah geantwortet.

Rachel steckte einen Finger in den Glastiegel und berührte vorsichtig die cremige Paste. »Das kommt mir irgendwie vertraut vor«, sagte sie. »Ich glaube, meine Mutter hat es benutzt, als mein Vater eine schwere Verbrennung erlitten hatte. Sie sagte, sie habe es – jahrelang zusammengespart? Könnte das sein?«

Hannah nickte. »Es ist heutzutage sehr rar. Es gibt fast keine solchen Wurzeln mehr, und ein erntereifes Gewächs dieser Sorte habe ich seit zehn Jahren oder länger nicht mehr gesehen.«

»Wie hast du es genannt?«

»Mannawurzel.«

»Warum ist es so selten?«

»Es stammt von einer Pflanze, die hier nicht mehr wächst. Es gibt keinen Samen mehr, weil sie von dummen Mädchen zermahlen wurden. Keine Samen – keine Pflanzen – keine Wurzeln. Keine Salbe. Das ist ein Jammer, denn ich bin nie wieder auf ein Heilmittel gestoßen, das so wirkungsvoll ist wie dieses.«

Manchmal fand sie es genauso schwierig, aus Hannah etwas herauszubekommen, wie Gabriel es schwierig finden mußte, aus seiner Frau etwas herauszubekommen. »Warum zermahlen junge Mädchen die Samen?« fragte Rachel geduldig.

Hannah sah sie überrascht an. »Du weißt über Manna nicht Bescheid? Vielleicht wenden die Edori es nicht an. Man sagt, es sei ein Aphrodisiakum – ein Liebesmittel. Zumindest den Samen sagt man diese Wirkung nach, wenn sie zermahlen und in eine Speise oder ein Getränk gegeben werden. Und nur auf Männer wirkt das Präparat, also ernten nur Frauen die Saat und bereiten die Mischung zu.«

Hannah sah sie wieder an, aber Rachels Gesicht drückte deutlich Faszination aus, also fuhr sie fort. »Gemäß der Überlieferung ist Hagar diejenige, die die Kraft von Manna entdeckt hat, und sie schloß mit Jovah einen Handel ab, so wie sie es gern zu tun pflegte. Sie bot sich an, in ihre einsame Zuflucht in den Bergen zu gehen und zu ihm zu singen, und er sollte Manna vom Himmel fallen lassen – einen Wolkenbruch von Saat, einen Regenguß davon, der auf Samaria niedergehen sollte. Ein Teil der Samen würde Wurzeln schlagen und gedeihen, ein anderer Teil würde von Mädchen geerntet werden, die einen Mann suchten.

Hagar und Uriel stritten einmal über Manna, so sagt die Legende. Sie stritten über alles, aber diese Auseinandersetzung dauerte mehrere Tage. Uriel war der Ansicht, daß der Einsatz von Manna den Männern gegenüber ungerecht sei, da sie sich nicht dagegen wehren könnten und da eine Frau damit einen Mann umgarnen könnte, der ohne die Hilfe dieses Mittels sich niemals zu ihr hingezogen gefühlt hätte. Hagar behauptete hingegen, es sei die Aufgabe einer Frau, einen Mann zu finden und ihn dazu zu bringen, sie zu lieben, um so viele Kinder wie möglich zum Ruhme des Gottes zu gebären. Hagar gefiel die Vorstellung, daß es Kniffe gab, gegen die die Männer machtlos waren.«

»Wer hat den Streit gewonnen?«

Hannah lächelte verzerrt. »Hagar natürlich. Er hatte sie aufgefordert, sich bei ihm zu entschuldigen, vorher würde er nicht wieder mit ihr reden; also redete er nicht mehr mit ihr. Eines Tages ging sie zu ihm und sagte, es tue ihr schrecklich leid, und sie habe sich geirrt. Sie nahm ihn mit in ihr Zimmer, badete ihn, kämmte ihm die Haare und servierte ihm Trauben und Wein – doch sie hatte den Wein mit Manna-Samen versetzt, und daraufhin verliebte er sich in sie wie zu Anfang. Man sagt, das war der letzte Streit bis zum Ende ihrer Tage, den sie miteinander hatten, aber ich glaube es nicht. Ich vermute, sie haben sich bis zu ihrem Tod gestritten und einander trotzdem geliebt.«

Rachel überlegte. »Und seit Hagars Zeit gibt es keine Mannablüten mehr? Dann müssen diese Wurzeln ja unheimlich alt sein.«

»Oh, es gab Hunderte von Jahren danach noch Blüten – aber es wurden von Jahr zu Jahr immer weniger, weil die jungen Mädchen sie ernten, bevor die Samen herausfallen können. Ich erinnere mich, daß noch Manna blühte, als ich ein kleines Mädchen war, aber seit vielen Jahren habe ich das nicht mehr gesehen.«

»Warum beten die Engel dann nicht zu Jovah und bitten um mehr?«

»Einige haben es versucht. Ich glaube, auch Ariel hat

sich einen Sommer lang darum bemüht, jedoch ohne daß Manna herabgefallen wäre. Vielleicht kannten sie nicht die richtigen Gebete. Vielleicht gehört noch etwas anderes dazu.«

»Schade«, sagte Rachel. »Die Geschichten haben mir gefallen.«

Einige Abende später, beim Essen, unterhielt sie Gabriel mit dieser Erzählung. »Und Hannah sagte, kein Manna sei vom Himmel gefallen«, endete sie. »Hast du Jovah einmal darum gebeten? Vielleicht würde er deine Gebete erhören.«

Gabriel hatte ihr lächelnd zugehört, schüttelte jetzt jedoch den Kopf. »Ich glaube, dieses Gebet kann nur eine Frau an den Gott richten.«

»Warum?«

»Nun ja, schließlich sind es die Frauen, die die Mannasamen benutzen.«

»Die Männer sind aber die Nutznießer davon«, warf Nathan lachend ein. »Zumindest einige Männer würden es für eine Wohltat halten.«

Gabriel grinste. »Viele Männer genießen es, von der Begierde verzehrt zu werden, aber die Berechnungen der Frauen gehen über diesen Augenblick körperlicher Lust hinaus«, sagte er. »Frauen verführen Männer mit einem bestimmten zweckgerichteten Hintergedanken, jedenfalls meistens. Sie denken an die Ehe und an Kinder und die nächste Generation. Die Männer denken im allgemeinen nicht so weit voraus.«

»Wie ist das mit den Engelsucherinnen?« wollte Rachel wissen. »Diese Frauen, die den Engeln in allen Städten und Dörfern nachstellen?«

»Sie verfolgen mehr als alle anderen ein bestimmtes Ziel«, antwortete Gabriel ernst. »Sie wissen, daß es ihr Leben von Grund auf verändert, wenn sie ein Engelkind zur Welt bringen.«

»Nun, es gibt auch Männer, die Engelsucher sind. Ariel und Magda könnten dir entsprechende Geschichten erzählen«, bemerkte Nathan.

»Gewiß. Vielleicht sind sie daran interessiert, Engelkinder zu zeugen, obwohl ich vermute, daß es ihnen mehr um den Zauber bei der Sache geht. Aber das ist ein Nebenthema. Wir sprachen über den Mannasamen. Als Hagar zum erstenmal zu Jovah betete, damit Manna zur Erde fallen möge, bestand Samaria erst seit kurzer Zeit. Es hatte schlimme Plagen gegeben – Hungersnot, Seuchen, Überschwemmung –, und Hunderte von Menschen waren bei jeder einzelnen Katastrophe ums Leben gekommen. Sie wußte, wenn die Bevölkerungszahl nicht rasch zunähme, wäre die gesamte Rasse vom Aussterben bedroht, und zwar Sterbliche und Engel gleichermaßen. Also betete sie zu Jovah und bat um seine Hilfe, und er gab ihr Manna. Es waren also Gott und die Angelica, die gemeinsam daran arbeiteten, so schnell wie möglich eine neue Generation zu schaffen. Uriel begriff anscheinend nicht ganz so schnell wie seine Gemahlin, wie dringend die Sache war. Und deshalb sage ich, das Gebet um Manna obliegt den Frauen. Weil die Frauen sich mehr Gedanken um die Nachkommen machen – und weil Jovah daran fast ausschließlich denkt.«

»Du nimmst allem die Romantik«, beschwerte sich Nathan.

»Nun, zugegeben, ich bin kein großer Romantiker«, entgegnete Gabriel.

Nathan warf Rachel einen Seitenblick zu, die mit versonnener Miene über Gabriels Worte nachdachte. »Laß dir Zeit«, sagte Nathan leise. »Laß dir nur Zeit.«

Eine solche Unterhaltung war seit den letzten zwei Wochen nichts Ungewöhnliches – es hatte natürlich Meinungsverschiedenheiten gegeben, aber keine erbitterten Auseinandersetzungen –, und sie beide versuchten, einigermaßen gut miteinander auszukommen. Deshalb traf sie der nächste ernsthafte Streit wie aus heiterem Himmel.

Gabriel hatte eines späten Nachmittags bei Rachels Zimmer haltgemacht, was selten geschah. Sie bat ihn mit einem unerklärlichen Gefühl der Befangenheit herein, aber er benahm sich nicht im mindesten wie ein Liebhaber. Er wirkte etwas geistesabwesend, als ob er mit einem Problem ränge. Er war während der letzten paar Tage weggewesen, und sie wußte nicht einmal genau, wann er zurückgekehrt war.

»Ich brauche deinen Rat«, fing er unvermittelt an, nachdem er geschlagene drei Minuten lang schweigend auf ihren neuesten Bodenkissen gesessen hatte. »Mehr noch. Ich brauche deine Hilfe.«

Sie ließ sich auf dem Teppich vor ihm nieder. »Ja, natürlich. Worum geht es?«

»Lord Jethro von Semorrah. Wovor hat er Angst?«

Sie hob die Augenbrauen. »Denkst du an so etwas wie Spinnen oder Ratten?«

»Nein, es muß etwas viel Schlimmeres sein. Hat er Angst, seinen einzigen Sohn zu verlieren? Angst davor, daß seine Frau ihn verlassen könnte? Beschäftigt er sich mit nichts anderem als mit Geld? Befürchtet er, er könnte sein Vermögen und seinen Status unter den anderen Kaufleuten einbüßen?«

Warum wollte er das wissen? Rachel verdrängte die Frage und sprach nachdenklich. »Nun, alle Kaufleute haben davor Angst. Sie sind sehr eifersüchtig aufeinander. Lord Jethro pflegte stundenlang mit seinem Sohn dazusitzen und Mutmaßungen darüber anzustellen, wieviel Geld einige der anderen Familien in Semorrah wohl haben mochten, sowie Erträge und Gebühren und Gewinne aus all ihren kleinen Geschäften zu errechnen. Er ist besessen von Geld, aber davon sind sie wohl alle besessen.«

»Wenn ich ihm also in glaubwürdiger Weise androhen würde, ihm das Geld wegzunehmen, könnte ich seine Aufmerksamkeit erringen, nicht wahr?«

»Ja, aber du zögst auch seinen Haß auf dich.«

»Er haßt mich ohnehin bereits.«

»Was möchtest du ihm beweisen?«

Er seufzte und fuhr sich mit der Hand übers Gesicht. Er sah sehr müde aus. »Ich habe in den letzten paar Monaten viel Zeit mit dem Bemühen verbracht, die Kaufleute, die Manadavvi und die Jansai davon zu überzeugen, daß die Ungerechtigkeiten unseres gegenwärtigen Systems ausgeglichen werden müssen. Bisher war ich überwältigend erfolglos. Ich möchte ein Mittel finden, um sie dazu zu bringen, daß sie Notiz nehmen – von mir und auch von dem Gott.«

»Ich weiß, wovor Jethro wirklich Angst hat«, bemerkte Rachel. »Und das ist Wasser.«

»Wasser?«

»Er fürchtet sich schrecklich vor dem Ertrinken. Er besitzt eine Vergnügungsjacht, aber er benutzt sie niemals – Daniel schon, manchmal, er jedoch nie. Er haßt es, mit der Fähre nach Bethel zu fahren, was einer der Gründe ist, warum er so regen Handel mit Jordana treibt: weil er über die Brücke dorthin gelangt. Es ist seltsam, daß ein Mann, der soviel Angst vor dem Ertrinken hat, mitten in einem Fluß lebt.«

Gabriel sah sie mit gerunzelter Stirn nachdenklich an. »Nun, darüber lohnt es sich nachzudenken. Vielleicht könnte ich den Fluß veranlassen anzusteigen. Auf seinem Weg hierher – oder vielleicht wäre er noch mehr beeindruckt, wenn es auf seinem Rückweg geschähe. Denn ich denke, wenn ich einen von ihnen zum Schwanken bringen könnte …«

»Er kommt hierher?« fiel Rachel ihm ins Wort. »Wann? Und warum?«

»In einigen Wochen. Alle kommen – Jethro, Samuel,

Elias Harth, Abel Vashir, ein halbes Dutzend der Jansai-Anführer. Ich dachte mir, wenn ich sie alle zusammen sehe, bekomme ich ein besseres Gefühl dafür, wer mit wem verbündet ist; und vielleicht kann ich einige meiner eigenen Standpunkte darlegen, obwohl ich allmählich zu der Ansicht gelange, daß dies auf eine drastische Weise geschehen muß und nicht hier bei einem geselligen Anlaß in meiner Festung …«

»Dann solltest du den Fluß vielleicht am besten ansteigen lassen, bevor er hierherkommt, um ihn ein wenig in seiner Sicherheit zu erschüttern. Noch besser wäre es, du würdest ganz Semorrah überschwemmen. Das erregt bestimmt seine Aufmerksamkeit.«

Er lächelte sie gedankenverloren an. »Ich weiß, daß du ihn nicht leiden kannst«, sagte er, »aber vielleicht könntest du etwas Zeit opfern, um ihn davon zu überzeugen, daß ich in der Lage bin, das zu bewerkstelligen. Erfülle seine Seele mit Angst, damit er auf dem Rückweg beim Besteigen der Fähre, auch wenn der Fluß glatt wie Glas ist, die ganze Zeit über voller Unbehagen über die Reling blickt.«

»Das würde ich liebend gern machen«, sagte sie. »Aber leider werde ich nicht hier sein.«

Er sah sie verständnislos an. »Du wirst nicht hier sein? Du kannst es dir doch bestimmt leisten, einen oder zwei Tage Unterricht ausfallen zu lassen …«

Sie schüttelte den Kopf. »Ich werde dann in Luminaux sein. Oder genauer gesagt ein paar Meilen außerhalb von Luminaux.«

»Wovon *redest* du?« fragte er ungeduldig.

»Von der Zusammenkunft. Ich werde zusammen mit Matthäus daran teilnehmen.«

»Aber das kannst du nicht tun«, sagte er. »Ich brauche dich hier. Ich habe dir doch gerade erklärt: Alle meine Feinde werden zur gleichen Zeit hier eintreffen.«

»Es tut mir leid«, sagte sie, »aber wir brauchen eine

Woche oder länger für die Reise dorthin – tatsächlich länger, weil ich für einen oder zwei Tage am Berg Sinai haltmachen werde –, und ich werde längst weg sein, wenn deine Gäste ankommen.«

Allmählich wurde er ernstlich wütend. »Rachel, du kannst nicht verreisen«, sagte er. »Du mußt begreifen, wie wichtig dieses Treffen ist – *alle* Kaufleute, die Hälfte der Jansai, die Hälfte der Manadavvi. Es ist in Wirklichkeit nicht so sehr ein gesellschaftliches Ereignis als vielmehr ein politischer Schachzug, und ich brauche dich an meiner Seite.«

»Nun, tut mir leid, Gabriel, aber du hattest mich nicht in deine Pläne eingeweiht.«

»Du hast ja auch nichts davon erwähnt, daß du – wie lange, einen Monat? – weg sein und an dieser Zusammenkunft nicht teilnehmen würdest, deren Termin, nebenbei bemerkt, ohnehin viel zu eng bei dem der Glorie liegt, als daß du verreisen könntest.«

»Du hast gesagt, ich brauche deine Genehmigung nicht, um irgend etwas zu tun. Du hast gesagt, ich habe meine eigenen Rechte.«

»Das stimmt auch, aber die gemeinsame Verantwortung geht vor! Ich kann gut verstehen, daß du an der Zusammenkunft teilnehmen möchtest …«

»Ich *werde* daran teilnehmen. Es ist fünf Jahre her, daß ich bei einer Zusammenkunft war, fünf Jahre, seit ich jemanden von meinem Volk gesehen habe.«

»Das ist nicht dein Volk. Die Leute waren freundlich zu dir, aber …«

»Es *ist* mein Volk! Meine Familie. Ich habe niemanden außer den Edori.«

»Du hast die Engel«, sagte er steif. »Du hast mich.«

»Du! Du verstehst ja nicht einmal, warum das so wichtig für mich ist!«

»Und du unternimmst nicht den geringsten Versuch zu verstehen, was für *mich* wichtig ist! Rachel, begreifst du denn nicht, was ich hier erreichen möchte? Unter anderem kämpfe ich fürs Überleben der Edori. Ich versuche, drei mächtige, wohlhabende Gruppierungen dazu zu zwingen, ihre lukrativen Handelsabkommen aufzulösen, das Fundament ihres Wohlstandes neu zu bauen; und ihnen wird das nicht gefallen, sie werden sich weigern, und ich brauche jede mir zur Verfügung stehende Waffe, um gegen sie zu kämpfen.«

»Von mir aus ein andermal. Verleg den Tag deines großen Treffens. Veranstalte es nach der Glorie. Dann werde ich hier sein.«

»Es sind zu viele Leute betroffen, als daß ich das tun könnte. Wenn du doch nur Vernunft annähmst …«

*»Vernunft annehmen …«*

»Wie willst du dich auf die Glorie vorbereiten, wenn du so kurz davor mehrere Wochen lang nicht da bist? Wann hast du vor zu üben? Was wirst du singen? Du hast keine Ahnung, wie anstrengend die Darbietung sein wird. Wenn du die weite Reise nach Luminaux und zurück …«

»Wovor hast du wirklich Angst, Gabriel? Daß es mir bei den Edori so gut gefallen wird, daß ich nicht zurückkehren werde?«

»Nun, das würde mich nicht allzusehr überraschen«, sagte er. »Nachdem du mir überaus deutlich klargemacht hast, daß du das Leben bei ihnen demjenigen unter den Engeln vorziehst.«

»Wenn die Engel netter wären«, entgegnete sie leise, »würde ich vielleicht lernen sie zu lieben.«

Er sprang auf und schritt erregt im Raum auf und ab. Sie erhob sich ebenfalls, da sie nicht zahm dasitzen wollte, während er herumlief. »Ja! Ich verstehe jetzt, warum du behauptest, die Engel hätten sich kein bißchen um dich gekümmert! Aber es waren doch allein die Engel, die dich aus der Sklaverei befreit haben. Engel, die dich in eine mächtige und ehrenvolle Stellung gebracht haben. Engel, die versucht haben, Freundschaft mit dir zu schließen: Magdalena, Obadja, ich selbst. Aber was gibst du irgend einem von uns zurück? Mir schenkst du nicht das geringste Vertrauen; du erzählst mir nichts von deinen Sorgen, du verrätst mir deine Pläne nicht. Und jetzt, da ich dich zum erstenmal um etwas bitte, lehnst du es ab, und du bedauerst es nicht einmal, daß du mir den Gefallen nicht tun kannst!«

»Und genau das ist der Unterschied zwischen den Engeln und den Edori!« gab sie wütend zurück. »Die Edori haben mich bei sich aufgenommen und überhaupt nichts von mir verlangt. Nichts! Nur daß ich bei ihnen glücklich sein soll, und das war ich. Aber die Engel … Von Anfang an wurden von mir ein bestimmtes Aussehen, ein bestimmtes Verhalten erwartet. Ich habe mich nicht nach der Rolle gedrängt, mit der du mich zu betrauen versuchst. Ich habe nicht darum gebeten, hierhergebracht zu werden. Ich habe nicht darum gebeten, deine Braut zu werden. Ich habe unter lauter Fremden meine Sache so gut gemacht, wie ich konnte, umgeben von Leuten, die mich nicht mögen. Am liebsten verschwände ich von hier und käme niemals wieder.«

»Das kannst du nicht«, sagte er matt. »Ich werde es nicht zulassen.«

»Du wirst es nicht *zulassen?* Du wirst es nicht zulassen, daß ich von hier weggehe? Wie willst du mich daran hindern?«

»Wer hat dir überhaupt die Möglichkeit gegeben, diesen Ort zu verlassen, wenn nicht ich? Als du Angst hattest, dich in den Armen eines Engels den Berg hinuntertragen zu lassen, wer hat dir einen Weg hinaus geschaffen? Wer hat gesagt: ›Du bist nicht als Gefangene hier‹? Nun, das war ich – und genausogut kann ich es rückgängig machen. Ich kann dir den Fluchtweg nehmen …«

»Du kannst mir ganz nach deinem Belieben jedes Recht nehmen«, sagte sie kalt. »Und du kannst jeden Einfluß auf mich verlieren, den du jemals hattest.«

»Was soll das heißen?«

»Glaubst du, du kannst mich zum Singen bei eurer über alles geschätzten Glorie *zwingen?* Kannst du mich schlagen? Prügeln? In Ketten legen? Du kannst mich in eure blöde Ebene schleifen, du kannst alle deine Engel und alle deine Freunde um mich scharen, aber wenn ich den Mund nicht öffnen will, kann keine Macht dieser Welt mich zum Singen bringen. Und das weißt du. Nimm mir, was immer du mir nehmen möchtest. Ich kann dir mehr nehmen.«

Sie starrten einander eine ganze Minute lang an, jeweils zu wütend, um zu sprechen. Rachel hatte die geballten Fäuste so fest in die Seiten gestemmt, daß ihr ganzer Körper sich verkrampfte, um dem Druck standzuhalten. Gabriel, der ihr gegenüberstand, sah aus wie die Verkörperung göttlicher Rache. Sein blasses Gesicht war ganz eckige, zornige Knochen; seine riesigen Flügel bebten und summten vor Anspannung. Seine Augen waren so blau, daß sie die Luft färbten; sie versengten sie mit einem lapislazuliblauen Feuer.

»Ich kann nicht glauben, daß du das ernst gemeint hast«, sagte er schließlich mit so beherrschter Stimme, daß sie zitterte, allerdings nur ganz wenig.

»O doch«, lautete ihre prompte Erwiderung.

Er schüttelte den Kopf. »Was hat sich Jovah nur dabei gedacht«, sagte er, beinahe flüsternd, »als er dich für diese Rolle erwählte? Du wirst mich zerstören, du wirst uns alle zerstören.«

Und ohne ihr Gelegenheit zu geben, ein weiteres Wort zu sagen, machte er auf dem Absatz kehrt und schritt hinaus. Die federige Spitze seines Flügels streifte sie im Vorbeigehen, doch sie blieb reglos stehen, die Hände immer noch zu Fäusten geballt; sie wartete einen Augenblick, bevor sie atmete, bis die Hitze seines Vorbeirauschens verflogen und es wieder sicher war, die Luft in die Lunge einzusaugen. Dann warf sie sich aufs Bett und weinte und haßte ihn von ganzem Herzen.

Während der nächsten Woche sprachen sie nicht miteinander und vermieden geflissentlich jede Begegnung, was nicht schwierig war. Der Horst war weitläufig genug, daß sich ein darauf bedachter Mann und eine ebensolche Frau leicht aus dem Weg gehen konnten.

Sie hatte ihre Schüler davon in Kenntnis gesetzt, daß sie für einige Wochen weg sein werde, und ihnen umfangreiche Aufgaben gestellt, die sie während ihrer Abwesenheit lösen sollten. Peter versicherte ihr, er könne sich nicht vorstellen, daß sich irgendein Problem ergeben werde, mit dem er nicht fertigwerden könnte.

»Und wenn ich wirklich irgendwelche Fragen habe, dann schicke ich Obadja zu Gabriel«, fügte er hinzu.

»Ja, ich bin sicher, Gabriel bewältigt jede Krise, die auftaucht«, antwortete sie kalt.

Die Schüler bedauerten Matthäus' Abreise mehr als ihre, aber er versprach ihnen, ihnen kleine Geschenke von Luminaux mitzubringen, also fanden sie sich damit ab. »Wir können nur einen oder zwei Tage bei Josias bleiben«, warnte Matthäus sie. »Das heißt, falls du immer noch vorhast, vor der Zusammenkunft in Luminaux einzukaufen. Wir könnten natürlich auch auf dem Rückweg zu ihm gehen.«

»Das wird zeitlich sehr eng«, sagte sie. »Wir müssen wenigstens ein paar Tage vor der Glorie wieder hier sein.«

»Nun, dann sollten wir morgen aufbrechen.«

»Ja, ich bin bereit.«

Sie war daran gewöhnt, ihr Abendessen in der Schule mit Peter und den Kindern einzunehmen, aber an diesem letzten Tag lud Obadja sie zum Essen ein. Er führte sie in ein kleines Café, in dem sie noch nie gewesen war, und gab seine Bestellung auf, nachdem er seine Wahl anhand der exotischen Speisekarte getroffen hatte.

»Vielleicht verabscheust du dieses Essen«, bemerkte er. »Es ist eigenartig.«

Sie lächelte. »Warum hast du mich dann ausgerechnet hierher geführt?«

»Ein gemeiner Plan. Ich hoffe, dir wird so übel, daß du morgen früh nicht aufbrechen kannst.«

»Warum, Obadja? Ich wußte nicht, daß ich dir so sehr fehlen würde.«

»Ich glaube nicht, daß ich mich freue, wenn du weg bist«, sagte er leichthin. »Wahrscheinlich werde ich schmachtend im Horst herumstreichen und auf deine Rückkehr warten.«

»Du könntest mich begleiten.«

»Ein Engel bei der Zusammenkunft? Das geht doch wohl nicht an.«

»Es sind häufig Nicht-Edori dabei, obwohl ich mich nicht erinnere, jemals zuvor einen Engel dort gesehen zu haben, das muß ich zugeben.«

»Du solltest Gabriel mitnehmen, wenn du einen Engel einführen möchtest.«

Sie war überrascht und schwieg.

»Du tust unrecht daran, weißt du«, sagte er mit sehr sanfter Stimme, »so von ihm wegzugehen.«

»Ich weiß nicht, was du meinst.«

»Ich weiß, daß ihr gestritten und seither nicht mehr miteinander gesprochen habt und daß du drei Wochen oder länger weg sein wirst. Ich weiß nicht, welche Worte gefallen sind, aber …«

»Unverzeihliche Dinge«, unterbrach sie ihn.

»Du solltest wirklich hier sein, wenn dieses Treffen stattfindet«, fuhr Obadja beharrlich fort. »Ich verstehe, wieviel dir daran liegt, an dieser Zusammenkunft teilzunehmen, aber was Gabriel zu erreichen versucht, ist so wichtig ...«

»Ach, dann stehst du also auf Gabriels Seite, ja?«

»Ich habe Gabriel immer schon bewundert«, sagte der Engel ernst. »Ich mache vielleicht manchmal Scherze über ihn, und ich lache ihm ins Gesicht, aber in Wirklichkeit empfinde ich große Ehrfurcht für ihn. Er ist ein guter Mann, Rachel. Und er bemüht sich, Gutes zu tun. Manchmal finde ich, du gehst nicht genügend auf ihn ein.«

Sie war verwirrt und traurig, aber es war unmöglich, auf Obadja wütend zu sein. »Ja – nein, stimmt, aber – Obadja, er läßt niemanden außer sich selbst gelten. Er verschließt sich allen Argumenten, die nicht seine eigenen sind, er ist so sehr überzeugt davon, daß er recht hat.«

»Nun, oft hat er tatsächlich recht.«

»Und selbst wenn er recht hat, bleibe ich nicht«, endete sie störrisch. »Du hältst mich für selbstsüchtig, ich weiß, aber ich kann nicht – ich habe so lange Zeit nichts für mich selbst gehabt. Man hat mir alles weggenommen, und was die Engel mir dafür gegeben haben, ist nicht das, was ich möchte. Ich möchte – ich muß wieder unter Leuten sein, die ich liebe. Ich möchte – wie soll ich es erklären? Ich war noch nie so fromm wie Gabriel, wie die meisten Engel«, sagte sie, und ihre Stimme veränderte sich, wurde ruhiger, während sie versuchte, sich ihm verständlich zu machen. »Während ich in Semorrah lebte, gab es Zeiten, da haßte ich Jovah, haßte ihn für das, was er mir und den Edori und den Leuten, die ich liebte, angetan hatte. Doch während ich bei den Edori lebte – sie sind sehr gläubige Menschen, weißt du. Sie beten direkt zum Gott, genau wie die Engel. Nun, während ich bei den Edori lebte, fühlte ich mich Jovah sehr nahe. Ich hörte, wie er mir ins Ohr flüsterte. Ich glaubte zu wissen, daß meine Worte direkt an sein Herz drangen. Und wenn ich«, sagte sie, und ihre Stimme wurde noch gedämpfter, »in die Ebene von Sharon gehe und zu Jovah singe, um seinen Segen auf alle Völker Samarias zu erbitten, dann muß ich mich ihm wieder nahe fühlen. Deshalb halte ich es für nötig, daß ich zu der Zusammenkunft gehe und dem Gesang der Edori lausche, um wieder zu begreifen, wie eine einfache Frau den Gott direkt anrufen kann. Ich muß selbst erneuert werden, bevor ich das geben kann, was ich nach dem Willen der Engel geben soll. Verstehst du das? Vielleicht bin ich eigennützig, aber nicht ganz und gar.«

»Du könntest immer noch an der Zusammenkunft teilnehmen«, schlug er eindringlich vor. »Bleib für den ersten Tag von Gabriels Treffen hier, und danach fliege ich dich nach Luminaux.«

Sie wich mit einem Ruck vor ihm zurück, als ob er sie geschlagen hätte. »Nein.«

»Du leidest unter Höhenangst, ich weiß.«

»Nein. Ich kann nicht. Nein.«

Er bedachte sie mit einem spitzbübischen Lächeln. »Fürchtest du, ich ließe dich fallen? Ich habe noch nie jemanden fallenlassen, mußt du wissen.«

»Obadja, ich kann nicht«, sagte sie mit einer Spur von Panik in der Stimme. »Es ist nicht möglich – frag mich bitte nicht. Es tut mir leid. Ich kann nicht.«

Er hob die Hände und vollführte eine Geste des Aufgebens. »Nun gut«, sagte er. »Aber das hätte so viele Dinge gelöst.«

Ihr Essen kam, und sie aßen schweigend. Als Rachel den Blick hob, merkte sie, daß er sie erwartungsvoll beobachtete. »Was?« fragte sie.

»Schmeckt es dir?«

»Ehrlich gesagt, ja«, antwortete sie mit einem kleinen Lächeln. »Ist es gebratener Pferdemist oder so?«

»Nein. Es ist eine ganz vortreffliche Nahrung. Aber niemand sonst möchte sie mit mir zu sich nehmen.«

Ihr Lächeln wurde breiter. »Dann erklären wir das hier zu unserem ganz speziellen Restaurant. Nach meiner Rückkehr gehen wir wieder hierher.«

»Einverstanden«, sagte er sofort. »Ich lasse gleich einen Tisch reservieren.«

Der Rest der Mahlzeit verlief in heiterer Ausgelassenheit, und Obadja brachte keine weiteren schmerzlichen Themen mehr zur Sprache. Nachdem sie zu Ende gegessen hatten, spazierten sie gemächlich zurück zum Berg, und der Engel begleitete die Angelica zum Aufzug. Inzwischen war es vollends dunkel geworden, und die Luft war kühl, aber das Nahen des Frühlings war deutlich zu spüren. Der Wind, der den ganzen Winter über so sehr gewütet hatte, wirkte jetzt beinahe spielerisch; der harte Boden gab unter ihren Schritten ein ganz klein wenig nach.

»Wann brichst du auf?« fragte Obadja, als sie die Tür des Käfigs öffnete und hineintrat.

»Morgen. Beim ersten Tageslicht.«

»Matthäus hat Pferde gemietet?« Sie nickte. »Du kannst natürlich reiten, nehme ich an.«

Sie lachte. »Natürlich. Es ist fünf – beinahe sechs – Jahre her, seit ich geritten bin, aber ich bin sicher, ich habe es nicht verlernt.«

»Ich saß ein einziges Mal auf einem Pferd. Ich war damals sehr schwer erkrankt, oh, einen Tagesflug von Luminaux entfernt. Man band mich an ein Pferd und brachte mich zurück zum Horst. Es war schrecklich. Das Tier fürchtete sich vor meinen Federn und machte jedesmal, wenn eine Feder ihn streifte, einen Satz nach vorn. Mir tat alles weh, von den Fußknöcheln bis zu … nun, von unten bis oben. Ich glaube, lieber wäre ich am Fieber gestorben.«

»Ich reite gern«, sagte sie. Sie hatte das Schutzgitter zugezogen, streckte ihm jedoch eine Hand zwischen den Stangen hindurch entgegen. »Sei nicht traurig. In ein paar Wochen bin ich wieder da.«

Seine Hand umschloß die ihre. »Ich dachte, ich hätte mir nichts anmerken lassen«, sagte er. »Es wäre mir wirklich lieber, du rittest nicht.« Er drückte ihre Hand auf sein Herz und hielt sie dort fest. »Ich werde jede Nacht für dich singen«, sagte er leise. »Jovah beschütze dich.«

Sie küßte die Finger ihrer freien Hand und legte sie ihm auf die Lippen. »Dich auch«, sagte sie.

Er nahm ihre Hand von seinen Lippen und drückte sie neben der anderen auf seine Brust. »Jetzt habe ich dich fest im Griff, und du kommst nicht frei«, sagte er. »Gefangen in einem kleinen Käfig im Innern eines Berges.«

»Und ein Engel hindert mich am Aufsteigen«, fügte sie hinzu. »Ja, genauso fühle ich mich die meiste Zeit.«

Sofort ließ er sie los. »Wirklich, Rachel, paß auf dich auf«, sagte er.

Sie betätigte die Glocke und anschließend den Hebel. »Das tue ich«, sagte sie. »Wir sehen uns in ein paar Wochen wieder zum Essen, mein Freund. Die Zeit wird schnell vergehen.«

Die Kabine setzte sich schwerfällig in Bewegung. »Das glaube ich nicht«, glaubte sie ihn sagen zu hören, aber der Krach des Aufzugs machte es schwer, die Worte zu verstehen. Sie schlug die Arme fest um sich selbst und fragte sich, warum ihr die Nachtluft plötzlich so kalt vorkam.

Sie rechnete halb damit, daß Gabriel sie an der oberen Plattform erwartete – oder an der Tür zu ihrem Zimmer; und als sie ihn weder da noch dort antraf, rechnete sie halb damit, daß er später zu ihr kommen und sich offiziell von ihr verabschieden würde. Sie rechnete so fest damit, daß sie sich beim Packen viel Zeit ließ und lange wartete, bis sie schließlich ein Bad nahm. Selbst nachdem sie sich ausgezogen und ins Bett gelegt hatte, blieb sie lange wach und lauschte auf die harmonischen Stimmen, in der Annahme, er werde an ihre Tür kommen. Aber er kam nicht.

Sie schlief schlecht und wachte früh mit schweren Augenlidern auf. Sie hatte nicht mehr viele Vorbereitungen zu treffen, das meiste hatte sie am Abend zuvor erledigt. Sie schloß ihre Reisetaschen, ließ einen prüfenden Blick durchs Zimmer gleiten und trat hinaus.

Gabriel war nirgendwo zu sehen. Sie hatte das Gefühl, als ob ihr ganzer Körper kleiner würde, bleiern, von einem brodelnden Schwall von Enttäuschung überspült. Sie fühlte sich so wie manchmal, wenn der Käfig des Aufzugs zu schnell absank. Aber das war lächerlich. Sie wollte ihn ebensowenig sehen wie er sie.

Sie schritt mit forschem Gang durch die Flure zu Matthäus' Gemächern, wo sie ihn reisefertig antraf. Sein dunkles Gesicht strahlte vor Aufregung, und er nahm sie flüchtig und geistesabwesend in die Arme.

»Auf zur Zusammenkunft, mein Mädchen!« sagte er. »Ach, ich kann es kaum erwarten, wieder unter Leuten zu sein.«

Er fuhr mit ihr den Berg hinunter, und sie gingen zu Fuß nach Velora, um ihre Pferde abzuholen. Matthäus hatte natürlich eine kluge Wahl getroffen, indem er einen gedrungenen hellmähnigen Palomino für sie und einen stämmigen schwarzen Wallach für sich selbst ausgesucht hatte. Wie die meisten Edori benutzten sie lediglich Zaumzeug und so gut wie keine Sattel. Matthäus befestigte ihr Gepäck mit Riemen auf dem Rücken der Pferde und schwang sich mühelos hinauf. Rachel stand da und beobachtete ihn, wobei sie immer wieder einen Blick zurück zum Berg warf. Doch keine großen weißen Engelsflügel glitten aus dem Horst herab. Kein Gemahl erschien, um sich kühl von ihr zu verabschieden. Sie stieg auf, trieb das Pferd an und sah nicht mehr zurück.

# 14.

# KAPITEL

»Ich bin froh, daß du zu mir gekommen bist«, sagte Josias. »Ich habe oft an dich gedacht.«

Matthäus hatte eingewilligt, daß er dem Orakel vorgestellt wurde, sich dann jedoch entschuldigt und nicht an dem Abendessen und dem anschließenden Gespräch teilgenommen. »Ich bin ein alter Mann, und das Reisen ermüdet mich«, hatte er mit seinem liebenswerten Lächeln gesagt, aber Rachel wußte, daß er ihr lediglich ein Gespräch mit Josias unter vier Augen ermöglichen wollte. Sie hatte das Essen genossen, bei dem sie von lautlosen Akolythen in einem der kleineren Innenräume bedient worden waren. Jetzt saßen sie vor dem Kamin und nippten an dem besten Likör, den Rachel jemals gekostet hatte.

»Ich möchte dir danken, daß du mir geschrieben hast«, sagte sie. »Auch wenn die Nachricht traurig war, bin ich froh, Bescheid zu wissen.«

»Ich bedaure, daß ich dir seinen Tod mitteilen mußte.«

»Ich bin froh darüber«, sagte sie. »Bestimmt war das Leben in jenen letzten Jahren eine Qual für ihn. Ich kenne ihn. Bei Jovah ist er glücklicher.«

»Friede seiner Seele«, murmelte der Weise. »Wirst du bei eurer Zusammenkunft für ihn beten?«

Sie lehnte sich weit in ihrem Sessel zurück. »Ich habe in letzter Zeit nicht viel zu Jovah gebetet«, sagte sie leise. »Außer um Flüche herabzubeschwören, die er nicht erhört hat. Ich kann mir nicht vorstellen, daß er mir Gehör schenken wird – weder bei der Zusammenkunft noch bei der Glorie.«

»Ach«, sagte Josias, »jetzt weiß ich, warum du hier bist.«

Sie lächelte schwach. »Und warum ich zu der Zusammenkunft gehe. Um mich daran zu erinnern, wie es ist, den Gott zu lieben.«

»Das ist ein bemerkenswerter Gedanke«, sagte Josias. »Jovah ›lieben‹. Ich bin mir selbst auch nicht sicher, ob ich ihn liebe.«

Diese Aussage verblüffte sie so sehr, daß sie zu seinem großen Sessel trat und ihm tief in die Augen sah. »Aber ... ausgerechnet du ...«

»Dieser Gott macht es einem nicht leicht, ihn zu lieben«, antwortete Josias ruhig. »Er ist nicht besonders warmherzig. Er ist ein gerechter Gott, das ist mein unerschütterlicher Glaube. Ihm ist ein heftiges Temperament zu eigen, und viel Macht. Aber liebt er uns? Dessen war ich mir noch nie sicher. Er behütet uns. Er führt uns. Und er läßt uns gewähren, solange wir keinen Fehler begehen. Vielleicht ist das eine Form von Liebe, aber es ist keine leidenschaftliche Liebe.«

Sie konnte nicht umhin zu lachen. »Und ich dachte, *ich* sei hier die Gotteslästerin ...«

»Ein Gelehrter kann nicht anders, als über die Grenzen seiner Welt nachzudenken, sowohl in materieller als auch in geistiger Hinsicht«, erklärte Josias. »Du wirst feststellen, daß die Orakel mit viel Inbrunst an den Gott glauben – mehr als die Engel, mehr als die Bauern und die Kaufleute und die Manadavvi. Wir wissen, daß es ihn gibt. Aber wer ist er? Welche Gestalt hat er? Ist er jemals zu den Menschen herabgestiegen? Wieviel Aufmerksamkeit schenkt er uns, falls er es tut? Manchmal denke ich, wir – die gesamte menschliche

Rasse auf diesem Planeten und sonstwo – wurden im Zuge eines umfangreichen göttlichen Experiments geschaffen, indem er eine Gruppe von uns auf jeder Welt aussetzt und uns unterschiedliche Lebensbedingungen gibt und uns beobachtet, um herauszufinden, welche von uns sich am besten anpassen. Zu anderen Zeiten denke ich, daß er uns – uns allen – ein Rätsel aufgegeben hat, das wir irgendwie lösen müssen, und er wartet von Generation zu Generation, gibt uns mit jeder neuen Geburt einige weitere Hinweise, um festzustellen, wie lange wir brauchen, um es zu entschlüsseln. Und zu wieder anderen Zeiten denke ich, daß ich nichts von dem Ganzen begreife und daß alles so ist, wie man es mir beigebracht hat, und daß es irgendwann einmal enden wird.«

»Allmählich fühle ich mich weniger schlecht wegen meiner eigenen Abwendung von dem Gott«, sagte sie.

Josias lächelte. »Oh, ich bin nicht der größte aller Zweifler, wenn es dir vielleicht auch so erscheinen mag«, sagte er. »Da gibt es die Geschichte von dem Orakel David, der vor hundertfünfzig Jahren lebte. Er hatte sein ganzes Leben lang die Dinge in Frage gestellt – er war besessen von den Schnittstellen, den Bildschirmen, die wir Orakel benutzen, um mit dem Gott zu kommunizieren. Er behauptete, einen Weg gefunden zu haben, wie ein Mensch direkt mit dem Gott Verbindung aufnehmen, ihn von Angesicht zu Angesicht sehen könne, und daß dieses Geheimnis in den Schnittstellen enthalten sei. Also nahm er einen Akolythen zu sich und baute sich selbst an einem bestimmten Platz auf – ich kann dir die Stelle zeigen, denn das alles spielte sich auf Sinai ab –, und er wies den Akolythen an, einen bestimmten Knopf zu drücken. Und, so ist in der Überlieferung berichtet, ein großer goldener Dunst hüllte ihn ein, und der Akolyth wandte ängstlich den

Blick ab. Als der Junge wieder zu David hinsah, war dieser verschwunden.«

»Wohin?«

»Den Gott zu sehen, so sagt er. In seinen Memoiren steht etwas davon, obwohl seine Sprache sehr halluzinativ ist und beinahe hysterisch erscheint.«

»Und wie sah der Gott aus?«

»Wie es sich ergab, bekam er Jovah niemals persönlich zu Gesicht, sondern nur den Ort, an dem er lebt. Er war sonderbar und fremdartig – wie zu erwarten –, erfüllt von seltsamen Lichtern und Flächen und Strukturen, die ganz und gar fremdweltlich anmuteten. Er bediente sich per Bildschirm der Schnittstellen, um mit dem Gott zu kommunizieren, bis er eines Tages die Erfahrung machte, daß der Gott direkt zu ihm sprechen konnte, mit einer tiefen, schallenden Stimme, die, so berichtet er, vollkommen leidenschaftslos war. Die Stimme hat anscheinend mehr als alles andere dazu beigetragen, daß er dem Wahnsinn verfiel.«

»Er wurde also verrückt?«

Josias lächelte wieder. »Nun, als er zurückkehrte, immer noch eingetaucht in den goldenen Schimmer, stürzte er zu Boden und begann zu schluchzen, und wochenlang brachte er keinen zusammenhängenden Satz heraus. Und als er schließlich wieder verständlich sprach, waren die Dinge, die er sagte, dermaßen bizarr, daß niemand ihm glaubte. Also machte er sich daran, seine Abenteuer niederzuschreiben, aber sein Bericht war so revolutionär, daß die anderen Orakel ihn hinter Gitter setzten und ihn bis zu seinem Tod unter Bewachung hielten. Sie erlaubten ihm nicht einmal mehr, seine Schnittstellen zu benutzen, obwohl er sie anflehte, nur noch ein einziges Mal an seinen Bildschirm zurückkehren zu dürfen. Er starb, tobend und unglücklich. Und die Orakel sperrten seine Schriftstücke hinter

Schloß und Riegel ein und ließen niemanden außer ihren Nachfolgern darin lesen.«

»Aber was hat er denn so Revolutionäres gesagt?«

»Nun, darüber sprechen die Orakel nur mit ihresgleichen«, erklärte er freundlich. »Wir wollen es so ausdrücken: Er zog die Allmacht des Gottes in Zweifel. Und wenn ich dir auch vielleicht wie ein Ketzer vorkommen mag, so zweifle ich doch keinen Augenblick lang daran, daß Jovah fähig ist, uns alle zu erlösen oder uns alle zu zerstören, ganz nach seinem Belieben. Und daß alles, was er tut, richtig ist, wie seine Entscheidung auch ausfallen mag, denn er ist allwissend, und wir sind fehlbar und Irrtümern unterlegen.«

Rachel seufzte und ließ sich in ihren Sessel zurücksinken. Sie interessierte sich nicht besonders für esoterische Mutmaßungen über die Natur der Theologie. »Und ich gehöre zu den fehlbarsten«, sagte sie düster. »Ich habe mich mit meinem Gemahl gestritten – wieder einmal. Ich habe ihn ohne Abschied verlassen, obwohl er weiß, wo ich bin. Ich habe mich einem anderen Mann angenähert. Ich habe ihm die Hilfe verweigert, um die er mich gebeten hat. Ich habe wirklich alles Erdenkliche getan, um ihm das Leben schwerzumachen.«

»Natürlich hast du das getan«, sagte Josias freundlich. »Du liebst ihn.«

Ihr Kopf zuckte in seine Richtung. »Ihn *lieben? Gabriel* lieben?«

»Und du versuchst, seine Aufmerksamkeit zu erwecken. Es ist schwierig, Gabriels Aufmerksamkeit zu erwecken – das weiß ich aus bitterer Erfahrung.«

»Ich liebe ihn nicht«, widersprach sie mit Bestimmtheit.

»Außerdem möchtest du verhindern, daß er dich vereinnahmt, was sehr klug ist«, fuhr Josias in wohlwollendem Ton fort. »Gabriel besitzt einen sehr starken Willen. Es ist schwierig, sich gegen ihn zu behaupten, und eine unterwürfige Frau würde von seiner Persönlichkeit vollkommen aufgesaugt. Deshalb hat Jovah eine Gattin für ihn ausgesucht, die alles andere als unterwürfig ist.«

»Wie auch immer, er liebt mich nicht.«

»Er ist ohne dich kein Ganzes«, sagte Josias. »Und du bist ohne ihn kein Ganzes. Niemand von uns war bis jetzt willens, das zu erkennen. Und deshalb bin ich froh, daß du zu der Zusammenkunft gehst. Es wird euch beiden guttun zu wissen, welch ein Gefühl es ist, wenn du nicht im Horst bist.«

»Ich fühle mich hervorragend, wenn ich nicht im Horst bin«, sagte Rachel grimmig. »Ehrlich gesagt, ich bin sehr froh, daß ich endlich weg bin.«

»Ja, das glaube ich dir gern«, lächelte der Weise. »Ich wünsche dir eine herrlich unbeschwerte Zeit bei der Zusammenkunft, unter deinen edorischen Freunden. Ich hoffe, du kehrst ausgeruht, gelassen und selbstsicher nach Velora zurück. Aber ich denke, dein Mann wird dir fehlen, und du wirst ihm fehlen. Falls das stimmt, so hoffe ich, daß ihr euch entsprechend verhaltet. Jovah hat euch zu mehreren Zwecken zusammengeführt. Nur einer davon ist dein Glück – aber es ist auch nicht der geringste. Es ist an der Zeit, daß du glücklich wirst, Rachel. Ich wünsche dir viel Spaß.«

Nachdem diese Worte in ihren Ohren nachhallten, konnte Rachel nicht anders, als während der nächsten vier Tage, die sie unterwegs waren, darüber nachzugrübeln. Matthäus, ein erfahrener Reisender und jemand, der die Stimmungen anderer ohnehin respektierte, verzichtete darauf, sie in irgendwelche Gespräche zu verwickeln. Die Pferde waren eine ausgezeichnete Wahl; sie waren leichtgängig und ausdauernd und damit für die Reise bestens geeignet. Die beiden Edori kamen zügig nach Süden voran und erreichten Luminaux bei Anbruch einer schönen Frühlingsnacht.

»*Azulato*«, murmelte Matthäus, als sie durch die hohe Marmorpforte ritten. »Die Blaue Stadt.«

Es gab auf der ganzen Welt keinen Ort, der so schön war wie Luminaux, eine Stadt von Handwerkern, Künstlern und Intellektuellen. Sie war in der Tat, wie Matthäus gesagt hatte, vollkommen blau. Ihre Hauptgebäude waren aus demselben polierten blauen Marmor erbaut, der üppig durchzogen war von weißen und rosafarbenen Quarzadern. Die Pflastersteine – rund oder spitz oder in Mosaikmustern verlegt – waren aus grobem violetten Granit gehauen. Obeliske und Monolithstatuen standen in unregelmäßigen Abständen an Straßenecken oder in verstreuten Parkanlagen, und alle waren aus Lapislazuli oder Türkis gearbeitet. Hyazinthen, Veilchen, Dahlien und Flieder blühten in den Gärten und Blumenkästen vor jedem Haus; und selbst der dunkler werdende Himmel war von einem makellosen Indigoblau.

»Wahrlich«, sagte Matthäus, der sich an der Stelle, wo sie angehalten hatten, in alle Richtungen umsah, »dies ist ein Anblick, der das Auge erfrischt.«

Sie ritten langsam weiter, zu den Ställen am Rand der Stadt. Die Gebäude in dieser Gegend bestanden aus Holz, aber sie waren in einer passenden marineblauen Farbe gestrichen. Die Reisenden wußten, noch bevor sie vor den großen Toren anhielten, daß der Pferdeknecht, der sich um ihre Tiere kümmern würde, ein vertrauenswürdiger Mann war, der die Kreatur liebte, denn in Luminaux wurde keine Arbeit als minderwertig erachtet, und jeder führte die Aufgabe aus, die ihm zusagte, und man achtete ihn, weil er seine Sache gut machte.

»Ah, gute Viecher, beide«, sagte der lächelnde Stallbursche, der herauskam und den Schwarzen und den Palomino in seine Obhut nahm. »Ihr habt sie bei eurem

Ritt nicht allzuscharf hergenommen, aber ich sehe, daß ihr eine gehörige Strecke zurückgelegt habt.«

»Wir sind ohne große Eile von Velora gekommen«, bestätigte Matthäus.

Der Stallbursche streichelte die weiche Nase des Wallachs. »Und ihr seid nach Luminaux gekommen, um nach Handelsware Ausschau zu halten? Oder die Werke eines Künstlers aufzukaufen? Oder …« Er musterte Matthäus' Gesicht. »Oder um nach Westen weiterzureisen, um an dem Ritual der Edori in der Ebene dort teilzunehmen?«

»Wir sind auf dem Weg zu der Zusammenkunft.« Matthäus nickte. »Aber wir sind ein paar Tage früher dran, um uns die Sehenswürdigkeiten von Azulato anzuschauen.«

Der Pferdeknecht beschrieb ihnen den Weg zu einer preiswerten Herberge, und sie fanden sie mühelos, ein trutziges zweistöckiges Gebäude, nicht weit vom Hauptmarkt entfernt. Es war aus einem verhältnismäßig billigen weißen Stein gebaut, doch jedes seiner zwanzig großzügigen Fenster war mit bunten Bleiglasscheiben versehen, tiefblau und kobaltblau und aquamarinblau, und Glyzinien wucherten über die gestrichenen Tür- und Fensterstürze.

Sie waren Edori und damit an gemeinsame Quartiere gewöhnt, also nahmen sie ein Zimmer zusammen und saßen bis Mitternacht vor dem Kamin und redeten. Nicht über ihre Reise oder über Josias' letzte Worte, nicht einmal über das Leben im Horst. Nein, auch nicht über das Leben in Semorrah, von dem Rachel ohnehin niemals sprechen sollte, sondern über das Nomadenleben, die stille Freiheit der Edori, im Einklang mit dem Land und den wilden Tieren und Jovah. Sie erzählten sich Anekdoten über Clanmitglieder, die sie beide kannten oder von denen sie gehört hatten; sie riefen sich Zusammenkünfte ins Gedächtnis, bei denen Hepzibah oder die unvergleichliche Ruth gesungen hatten.

»Ich frage mich schon die ganze Zeit, ob du bei der Zusammenkunft singen wirst«, sagte Matthäus. »Denn du hast eine schöne Stimme, obwohl es fünf Jahre her ist, seit du sie zu einem Lied erhoben hast.«

Rachel lachte leise. Sie lag ausgestreckt auf einem Webteppich vor dem Feuer und fühlte sich behaglicher und zufriedener als jemals seit sechs Jahren. »Wie kommst du auf den Gedanken, meine Stimme sei schön?«

»Wir hatten nie zuvor Gelegenheit, miteinander zu sprechen, du und ich, bis du in den Horst kamst«, sagte er. »Aber wir waren schon gemeinsam bei Zusammenkünften, und du hast Lieder gesungen, die ich wahrscheinlich niemals vergessen werde. Du und dieses Mädchen Naomi, das jetzt bei den Chievens lebt. Ihr beide habt damals zusammen gesungen, und alle haben sich um euch geschart und zugehört.«

»Naomi hat eine wundervolle Stimme«, bestätigte Rachel träge.

»Das kann man wohl sagen. Und du auch, damals jedenfalls. Aber fünf Jahre in der verfluchten Stadt, ohne einen Ort zum Üben – wie sehr dir das gefehlt haben muß!«

»Ich pflegte in die Weinkeller hinunterzugehen«, sagte sie verträumt. »Das waren riesige Höhlen unter dem Fluß, feucht, dunkel und hallend. Ich blieb so lange dort, wie ich es wagte – manchmal für Stunden –, und sang. Und sang. Alle edorischen Lieder, die ich kannte. Und einige der neuen, die ich gelernt hatte, wenn Lord Jethro Minnesänger zur Unterhaltung bei sich hatte. Ich halte nicht viel von den Allali-Liedern, aber einige von denen, die ich hörte, gefielen mir so gut, daß ich sie im Gedächtnis behielt. Ich kann dir nicht sagen, wie oft ich bestraft wurde, weil ich verschwunden war, aber das machte mir nichts aus. Singen ist eine Labsal – jedenfalls für mich. Es reinigt mein Herz. Es macht mich wieder ganz. Wenn ich singe, werde ich stärker.

Manchmal, wenn ich sang«, fuhr sie fort und rollte sich auf den Bauch, um ins Feuer zu sehen, »nahm ich meine Ketten und rüttelte sie wie Tamburine. Um für Jovah einen freudigen Rhythmus zu erzeugen. Und an solchen Tagen haßte ich nicht einmal meine Ketten, denn sie waren Teil meiner Musik. Und wenn ich die Musik nicht gehabt hätte«, murmelte sie und legte den Kopf auf den Arm. »wäre ich dort vor Ablauf meines ersten Jahres gestorben.«

»Ich verstehe, warum du nicht für die Engel singen willst«, sagte Matthäus, »aber würdest du für uns singen? Für dein Volk?«

»Könnte sein«, sagte sie. »Aber ich bin nicht sicher.«

Sie gingen spät zu Bett, schliefen lange und standen immer noch in der zufriedenen, ruhigen Stimmung auf, die von ihnen Besitz ergriffen hatte, seit sie in die Blaue Stadt gekommen waren. Matthäus wollte durch die Basare schlendern und nach besonderen Angeboten schauen, aber Rachel hatte eine ganz bestimmte Besorgung zu machen. Sie vereinbarten, sich zum Mittagessen wieder in der Herberge zu treffen, und trennten sich.

Rachel brauchte beinahe eine Stunde, um zu ihrem Ziel zu gelangen, da sie nicht wußte, wo das Zunfthaus lag, und außerdem war es ein zu schöner Tag, um zielstrebig irgendwohin zu eilen. Also fragte sie Fremde nach dem Weg und blieb dann immer wieder stehen, um einen Ausblick zu bewundern, durch einen öffentlichen Park zu spazieren oder von einem Straßenhändler einen Fruchtsaft zu kaufen und gleich auf der Stelle zu trinken. Zu Mittag läuteten die berühmten silbernen Glocken von Luminaux ein Potpourri edorischer Melodien, zu Ehren all der Nomaden, die in der Stadt auf der Durchreise waren, und natürlich mußte sie vollkommen still zuhören, bis die letzte fließende Note verklungen war.

Aber irgendwann gelangte sie zu dem Ort, den sie suchte, ein langgestrecktes, niedriges Marmorgebäude mit grünspanüberzogenen Ziegeln auf dem gewölbten Dach und blauen Keramikkacheln, die zu der breiten Eingangstür führten. Die Luft um das Gebäude herum summte sanft in jedem vorbeiziehenden Windhauch, und sie ließ den Blick schweifen, um den Ursprung dieser Laute zu entdecken. Hohe, in den Boden gesteckte Wetterfahnen und mehrschichtige Mobiles, die an den nahen Bäumen hingen, waren versehen mit kleinen Pfeifen und Flöten, die die Bewegung jedes Luftstroms auffingen und in Musik verwandelten. Rachel lächelte und klopfte kräftig an der gestrichenen Tür.

Gleich darauf wurde ihr von einem jungen Mädchen geöffnet, das das schlichte weiße Gewand eines Lehrlings trug. »Ja, Herrin?« fragte das Mädchen mit einer tiefen Verneigung.

»Ich möchte eine Flöte kaufen«, sagte Rachel. »Ein Geschenk für meinen Gemahl. Wer hier kann mir dabei helfen?«

Sie wurde in ein gut ausgestattetes kleines Zimmer geführt, dessen geneigte Paneele bis zur Decke reichten – ein Schallraum, wie sie sofort bemerkte –, und gebeten, ein ganz klein wenig zu warten. Kurz darauf erschien tatsächlich eine ältere Frau, in das Blau einer Meisterflötistin gewandet, gefolgt von drei Lehrlingen, die Lederschatullen trugen.

»Ich bin Giselle, eine der Ältesten hier«, begrüßte sie die Flötistin. »Man sagte mir, du wollest etwas kaufen?«

»Rachel«, stellte sich die Angelica vor und erwiderte die Verbeugung der Älteren. »Ja. Für meinen Gemahl.«

Giselle nickte dem Lehrling zu, der kleine Drahttischchen aufklappte und darauf die Schatullen öffnete. »Möchte er das Instrument spielen, oder sammelt er es nur der Schönheit wegen? Und falls er es zu spielen wünscht, ist er ein Neuling oder ein Fortgeschrittener? Wie sind seine musikalischen Fähigkeiten?«

Rachel trat zu den Schatullen und machte sich daran, die Ware zu begutachten. Sie hatte nicht gewußt, daß es eine so große Vielfalt gab. Da gab es Holzrohre und Kupferpfeifen, silberne Flöten, Blockflöten und Pikkolos; einige hatten aufwendig verzierte Grifflöcher und andere wiederum nur exakt geschnittene Löcher, die die Finger des Spielenden schlossen.

»Er ist Sänger«, sagte Rachel schließlich. »Er hat eine hinreißende Stimme. Er hat noch nie ein Instrument gespielt, aber er kennt sich in Musik aus. Ich dachte an etwas – das leicht zu spielen und rein im Ton ist. Mir geht es vor allem um die Klangqualität.«

Giselle stellte sich neben Rachel. »Nun, für Anfänger empfehle ich meistens die einfachen Holzflöten …«

»Nein«, widersprach Rachel sofort, »es muß das beste Material sein.«

Giselle lächelte ein wenig. »Aber, wie ich hinzufügen wollte, die Silberpfeifen bringen die süßesten Töne hervor.« Sie berührte erst eins, dann ein anderes der schlanken langen Instrumente, die in ihren mit blauem Samt ausgeschlagenen Kästen lagen. »Von diesen ist die Blockflöte am leichtesten zu spielen, und dennoch wird sie am wahrhaftigsten der Fähigkeit des Musikers gerecht«, sagte sie. »Man könnte den Klang sogar als ein wenig unirdisch beschreiben, als ob die Musik vom Gott selbst geschaffen wäre, ohne menschliches Zutun.«

Rachel sah sie scharf an, denn mit beinahe denselben Worten hatte Gabriel die Wirkung der Windinstrumente beschrieben. »Laß mich hören, wie sich eine davon anhört«, bat sie.

Giselle musterte die Auswahl und entschied sich dann für ein schlichtes Instrument mit vielleicht acht Löchern im Rohr. »Hör zu«, sagte sie und führte die Flöte an die Lippen. Die Melodie, die sie spielte, war einfach, eine ländliche Weise, und Rachel ergötzte sich am klaren Purzeln der Töne. Aber ...

»Gibt es noch etwas Schöneres?« fragte sie. »Mir gefiel der Klang sehr gut, aber die Flöte an sich ist so schmucklos ...«

Wieder lächelte Giselle. »Wenige unserer Handwerker wenden viel Zeit dafür auf, Kunstwerke zu schaffen«, sagte sie. »Da sie so – verhältnismäßig – leicht zu spielen sind, werden sie oft von Neulingen benutzt. Aber einer unserer ältesten Handwerker hatte schon immer eine Vorliebe für Blockflöten, und er hat einige besonders feine Stücke geschaffen. Natürlich sind es auch sehr teure Stücke, aber wenn du das beste möchtest ...«

»Das möchte ich. Laß mich sehen.«

Ein Lehrling wurde weggeschickt. Während sie warteten, führte Giselle Rachel eine zum Lernen gedachte Flöte vor, ein seltsames kleines Holzinstrument, das aus acht sehr kleinen zusammengebundenen Röhren bestand, in zunehmender Größe, von ganz klein bis groß. Die größte war nicht größer als Rachels Mittelfinger.

»Diese verkaufen wir oft an Kinder, die das Flötenspiel lernen wollen«, erklärte die Flötistin. »Sie eignen sich auch gut für Neulinge, die erst anfangen zu spielen, da sie keine so große Lungenkraft erfordern und trotzdem den Mund und die Kehle an die Übung gewöhnen, die die Flöte verlangt. Vielleicht möchtest du deinem Gemahl auch eine solche mitbringen?«

Die Lernflöte gab eine fröhliche blecherne Melodie von sich, die Rachel überhaupt nicht an Gabriel erinnerte, aber die Logik der Flötistin war so schlagend, daß sie einwilligte, eine zu kaufen. Der Lehrling kam genau in dem Augenblick zurück, als Giselle Rachel die Röhren aushändigte.

»Der Meister bittet um Entschuldigung, aber er hat nur eine einzige Blockflöte, die er verkaufen will«, sagte der Lehrling und sprach dabei sehr schnell und sehr leise. »Die anderen möchte er selbst behalten, aber er meint, daß die Dame mit der Qualität dieser einen nicht unzufrieden sein wird.«

»Ach«, sagte Giselle und nahm dem Mädchen das Instrument aus der Hand, »das ist tatsächlich vielleicht genau das, was du suchst.«

Sie legte die Handflächen an jede Seite der Blockflöte und hielt sie Rachel zum Anschauen hin. Sie war ziemlich genauso geformt wie die andere, aber diese hier war von einer wahrhaft körperlichen Schönheit. Das Mundstück war mit eingelegtem Perlmutt verziert; das polierte Silber des Rohrs war mit Mustern von Ranken und kleinen Vögeln aus geschliffenen Diamanten geschmückt. Ein silberner Ring war auf etwa einem Drittel seiner Länge hinten angelötet, und eine filigrane Silberkette war durch den Ring geführt.

»Damit man die Flöte um den Hals tragen kann und nicht befürchten muß, sie zu verlieren«, erklärte Giselle und streifte sich die Kette über den Kopf. »Hör zu«, sagte sie und spielte wieder die einfache Melodie wie zuvor. Rachel schloß die Augen. Die Musik wirbelte ihr durch den Kopf und machte sie leicht schwindelig. Das war Musik, die Gabriel erfreuen würde.

»Genau das suche ich«, sagte sie. »Ich nehme die Flöte mit.«

Rachel und Matthäus verbrachten noch zwei Tage in Luminaux, als Touristen, die nur dem Vergnügen frönten. Sie kauften auf den Basars schöne nutzlose Dinge, die sie nur unter Schwierigkeiten nach Velora würden transportieren können, sie nahmen jede Mahlzeit in einem anderen Restaurant ein, sie besuchten jeden

Abend Konzerte und Lesungen. Sie bezahlten alles bar, da Rachel es abgelehnt hatte, das Armband mitzunehmen, das selbst hier als Zahlungsmittel gedient hätte. Alles war teuer, und alles schien seinen Preis wert zu sein.

Am Morgen des dritten Tages packten sie mühsam ihre Sachen wieder ein und wandten ihre Pferde in Richtung Westen, um den dreistündigen Ritt zu der Ebene außerhalb von Luminaux anzutreten. Rachel war aufgeregter und unruhiger, als sie es für möglich gehalten hätte. Wieder bei ihrem Volk zu sein ... Die Manderras waren in alle Winde zerstreut oder tot, aber es gab viele hier, die die Manderras gekannt hatten. Es gab viele hier, die ihren Namen kannten, die ihr Gesicht vom Sehen kannten, die sich an Simon erinnerten, die sich an ihre Adoptivfamilie erinnerten. Oder waren auch diese Freunde den abscheulichen Greueltaten der Jansai zum Opfer gefallen? Wer war noch übrig, noch am Leben, wer war in den vergangenen Jahren von Jovah hinweggerafft worden?

Bereits aus einigen Meilen Entfernung sahen sie die zusammenstehenden Zelte und die vereinzelten Feuer der edorischen Nomaden. Von weitem erblickten sie schon den Dunst über dem riesigen doppelten Kreis im Herzen des Lagers, und bald sahen sie auch weißen Rauch von kleineren Feuern, die vor einzelnen Zelten entfacht worden waren. Ein unterirdisches Stoßen schien die Erde zu erschüttern, als sie näher heranritten, ein gleichmäßiger, akzentuierter Rhythmus, der ihnen anfangs wie ihr eigenes Herzklopfen vorkam, allerdings auf seltsame Weise verstärkt. Doch als sie näher kamen, wurde das Stoßen lauter, beharrlicher und löste sich in ein ununterbrochenes schlagendes Stakkato auf, das von hundert verschiedenen einander zugeordneten Quellen stammte.

»Die Trommeln haben eingesetzt«, sagte Matthäus,

während er seinen Schwarzen zu einer schnelleren Gangart drängte. »Wir kommen beinahe zu spät.«

Sie gerieten auf einen Schauplatz des fröhlichen Chaos. Überall waren Körper, Gesichter, Kinder, Lagerfeuer, Knäuel von Menschen in angeregter Unterhaltung, Frauen, die über schlüpfrige Geheimnisse lachten, Reihen von Zelten, die so dicht nebeneinander standen, daß derselbe Satz Haltepflöcke für zwei gereicht hätte. Die Zubereitung feiner Speisen schickte einen verführerischen Duft durch das Lager. Die Trommelschläge wurden von Stimmen übertönt, die sich in dem allgemeinen Willkommensraunen erhoben. Bruchstücke von Gesprächen, Gesang und Lachen durchwoben mit beinahe greifbarer Struktur die Luft.

Rachel hielt ihren Palomino an und fürchtete, keine Luft mehr zu bekommen.

»Ach, Raheli, es ist gut, hier zu sein«, sagte Matthäus, und seine Stimme klang weit entfernt und fremd. Er sprach Edorisch, was er bis jetzt noch nie getan hatte, nicht einmal in der Herberge, als sie sich bis Mitternacht unterhalten hatten. »Jetzt ist ein schlechter Zeitpunkt, schwach zu werden.«

Sie lächelte, doch bevor sie ihm antworten konnte, rannten drei dunkle Knaben zu ihnen her und riefen ihnen Fragen zu. »Wie heißt ihr? Von welchem Clan seid ihr? Woher kommt ihr?«

Matthäus entgegnete mit gespieltem Ernst: »Wo sind die Clan-Ältesten, um uns zu begrüßen?« fragte er. »Wo habt ihr eure Manieren gelassen? Ihr solltet uns anbieten, uns die Pferde abzunehmen, und Erfrischungen bringen, bevor ihr uns derart persönliche Fragen stellt.«

Die Kinder kicherten und griffen nach dem Zaumzeug der Reittiere. »Aber wir können euch nicht die Pferde abnehmen, bevor wir wissen, von welchem Clan ihr seid«, erwiderte der älteste Junge vernünftig. »Ich werde persönlich euer Gepäck zu euren Clan-Führern bringen, aber wie soll ich das tun, wenn ich nicht weiß, wohin ihr gehört?«

Bevor Matthäus darauf antworten konnte, eilte eine hagere, mittelalte Frau herbei. Ihr dünnes schwarzes Haar hatte sich aus dem Zopf gelöst, und ihr Kleid war mit Sauce bespritzt, aber sie lächelte die Neuankömmlinge warmherzig an. »Willkommen! Ich habe euch nicht heranreiten sehen. Ich dachte, wir wären schon vollzählig, aber Jovah sei Dank gibt es noch mehr von uns! Habt ihr ein Clan-Feuer, zu dem ihr gehen könnt, oder möchtet ihr das Mahl zusammen mit meinem Clan einnehmen? Ich bin Elspeth von den Barcerras.«

Matthäus stieg ab und half Rachel aus dem Sattel; sie fühlte sich immer noch zittrig und schrecklich angespannt. »Ich bin Matthäus von den Cashitas«, sagte er. »Und das hier ist …«

»Ein Gast«, fiel Rachel ihm ins Wort, bevor Matthäus sie vorstellen konnte. Ihre goldfarbenen Haare machten sie sofort zur Außenseiterin; niemand wäre auf den Gedanken gekommen, daß sie aufgrund ihres Geburtsrechtes hierhergehörte. »Ich habe keinen Clan hier, aber ich suche die Chievens.«

»Die Chievens!« wiederholte Elspeth in scharfem Ton und heftete die Augen auf Rachels Gesicht. Rachel spürte ihr Blut in jeder einzelnen Ader erkalten.

»Sind sie nicht hier?« fragte sie mit erstickter Stimme. »Sie – waren verhindert zu kommen?«

Elspeth legte mitfühlend den Arm auf die Neuangekommene. »Nein, nein, sie sind hier, alle, und es geht ihnen gut«, sagte sie beschwichtigend. »Aber sie haben mir nicht gesagt, daß sie Besuch erwarten. Ich wußte nicht einmal, daß die Chievens angenommene Kinder hatten, und ich bin eine Barcerra – wir sind Vettern der Chievens.«

»Ich ritt damals mit den Manderras«, erklärte Rachel mit sehr leiser Stimme. Elspeth hielt den Atem an.

»Aber von denen gibt es niemanden mehr. Eine Frau von diesem Clan schloß sich einem Mann an, der zu den Chievens gehörte ...«

»Raheli«, flüsterte Elspeth. »Du bist Raheli. Ich habe Naomi von dir sprechen hören. Sie weiß nicht, daß du kommst?«

Rachel sah schnell auf. »Dann ist sie also hier?«

Elspeth nickte. In ihrem gefurchten braunen Gesicht stand immer noch Erstaunen geschrieben; es war unverkennbar, daß sie jede grausame Einzelheit von Rachels Geschichte kannte. »Wir fühlen uns geehrt, dich unter uns zu haben, Angelica«, sagte sie mit einer Förmlichkeit, die den Edori normalerweise fremd war.

»O bitte«, flehte Rachel, »nenn mich nicht so! Ich bin so weit gereist – ich war so lange weg – und möchte nichts anderes sein als eine Manderra, die wieder unter ihren Leuten weilt.«

Elspeth legte Rachel beide Hände auf die Wangen. Ihr Gesicht war sorgenvoll und schön – das Aussehen der edorischen Alten, die viel Kummer und viel Freude erlebt hatten. »Kind, du warst zu lange von unseren Lagerfeuern weg«, sagte sie leise. »Willkommen zu Hause. Ich werde dich persönlich zum Clan der Familie deiner Schwester bringen.«

Rachel verabschiedete sich kurz von Matthäus, der in Begleitung der drei Jungen davonging. Dann folgte sie Elspeth blindlings durchs Lager. Edorische Stimmen riefen ihr allgemeine Willkommensgrüße zu, da sie sie an ihren bepackten Pferden und ihren müden Schritten als Neuankömmling erkannten. Sie hielt den Blick auf den Boden vor sich gesenkt, aber sie nahm die schmerzlich vertrauten Gerüche, Bilder und Geräusche des edorischen Lagers um sie herum wahr. Die unaufhörlichen Trommelschläge beschleunigten ihren Herzschlag; als sie in der Lage war, tief Luft zu holen, war es der Rauch edorischer Lagerfeuer, der ihre Lunge füllte. Sie unternahm keinen Versuch, wieder zu sprechen.

»Die Chievens«, sagte Elspeth und blieb vor einer lockeren Gruppierung von Zelten stehen. Rachel zählte schnell zehn Stück, was auf dreißig bis fünfzig Seelen schließen ließ. Die Zahl der Chievens hatte offenbar in den letzten fünf Jahren zugenommen. »Ich glaube, da steht Naomis Zelt, das vierte von hier ...«

»Ich schaffe es nicht ...«, setzte Rachel mit erstickter Stimme an, aber sie brauchte nichts zu tun. Die Eingangsklappe des Zelts flog zurück, und eine Frau trat heraus, um den Suppenkessel auf dem Feuer zu prüfen. Sie war klein, aber gut gebaut, und sie bewegte sich mit schwungvoller, tatkräftiger Anmut. Sie rührte in dem Eintopf und hob dann den Kopf, als ob sie etwas Ungewohntes spürte, entweder in dem Zelt hinter ihr oder im Lager um sie herum. Sie warf zuerst einen Blick über die eine Schulter, dann über die andere, und dann richteten sich ihre Augen genau zum Rand der kleinen Zeltgruppe, wo Rachel und Elspeth standen und warteten.

Rachels Lippen bildeten das Worte ›Naomi‹, doch aus ihrer Kehle kam kein Laut.

Naomi ließ den Rührlöffel mit dem langen Griff fallen und breitete die Arme weit aus. Ein herzliches Lächeln verwandelte ihr eher ernstes Gesicht in ein Bild des Entzückens. »Raheli!« rief sie, und ihre Stimme trug mühelos über die zwanzig Meter, die sie trennten. »Ich wußte, daß du kämst! Das habe ich erst gestern nachmittag noch zu Lukas gesagt! Warum kommst du so spät?«

Bei diesen Worten mußte Rachel lachen, und das Lachen durchbrach die Angst, die sie bis jetzt gelähmt hatte. Sie breitete ebenfalls die Arme aus, rannte auf Naomi zu und umarmte sie leidenschaftlich. Erst in diesem Augenblick glaubte sie wirklich, daß sie wieder bei den Edori war.

»Ich war die ganze Zeit überzeugt davon, daß du nicht tot bist«, erzählte Naomi. »Lukas sagte, es sei töricht von mir, immer noch zu hoffen – und auch grausam, denn wenn du leben würdest, dann würdest du ein elendes Leben führen –, aber ich wußte, daß du nicht tot bist. Ich hatte den Wunsch, nach Semorrah zu gehen. Mich als Kaufmann oder als Bauer aus Süd-Jordana zu verkleiden und in der Stadt nach dir zu suchen. Was ich getan hätte, wenn ich dich gefunden hätte, in Ketten, im Haus irgendeines Herrn, das wußte ich nicht.«

»Simon ist tot«, sagte Rachel unvermittelt.

»Du weißt es? Hast du ihn sterben sehen?«

Rachel schüttelte den Kopf. »Nein, er – ich suchte das Orakel am Berg Sinai auf, das das Leben jedes Mannes und jeder Frau nachspüren kann, sofern sie Jovah geweiht sind. Und dieser Mann sagte mir, daß Simon gestorben ist. Vor drei Jahren.« Naomi stieß einen Laut des Entsetzens aus, und Rachel fuhr fort: »Ich hätte ihm eher gewünscht, daß er im Kampf gefallen wäre.«

»Ich weiß. Ich möchte gar nicht hören, wie grausam das alles war«, sagte Naomi, »dieses schreckliche Leben in Semorrah. Wenn es dich aber erleichtert, darüber zu sprechen, dann kannst du es mir erzählen, und ich höre dir zu.«

Rachel schüttelte den Kopf und lächelte schwach. »Es erleichtert mich, daß ich nicht dort sein muß«, sagte sie. »Ich denke nicht mehr daran. Hin und wieder träume ich davon, ein wenig. Es hätte schlimmer sein können, nehme ich an, aber es war schlimm genug.«

Naomi zitterte ein wenig und rückte näher ans Feuer. Sie befanden sich im Freien und saßen auf kleinen gewebten Matten vor dem Feuer; es war mindestens zwei Stunden nach Mitternacht, und sie hatten noch lange nicht genug vom Reden. Im Innern des Zelts schliefen Lukas und die Kinder – zwei Mädchen, drei Jahre auseinander, mit Gesichtern, die so ernst waren wie das ihrer Mutter, und ebenso fröhlichen Herzen. Lukas hatte gelächelt und geschwiegen; es war offensichtlich, daß er seine Frau leidenschaftlich liebte und seinen Töchtern ein hingebungsvoller Vater war. Er hatte sie in ihre Decken gewickelt, als Naomi und die Besucherin sich nach außen verzogen, um ihre Unterhaltung fortzusetzen.

»Und bist du jetzt glücklich?« fragte die edorische Frau. »Bei den Engeln? Als die Neuigkeit bei den Leuten die Runde machte, daß der Engel Gabriel sich eine edorische Sklavin zur Frau erwählt hatte, konnte es niemand glauben.«

»Ja, in Engelskreisen war man gleichermaßen entsetzt«, sagte Rachel. »Gabriel hat die Demütigungen vermutlich immer noch nicht überwunden.«

Naomi beobachtete sie sehr aufmerksam. Dies war nicht das erste Mal, daß Rachel ihren Ehemann mit einem sarkastischen Beiklang in der Stimme erwähnt hatte. »Erzähl mir etwas über Gabriel«, sagte sie.

»Was möchtest du wissen?«

»Nun, sieht er gut aus?«

Rachel dachte nach. »Sehr. Er hat dunkles Haar, aber feiner als das eines Edori. Und seine Haut ist blasser, wenn auch ein wenig wettergebräunt. Und seine Augen – Jovah behüte mich vor solchen Augen!«

Bei dieser Bemerkung riß Naomi ihrerseits die Augen auf. »Farbe?«

»Blau. Blauer als die Morgendämmerung über Luminaux.«

Naomis Gesicht blieb ernst, aber in ihrer Stimme war ein Lachen unüberhörbar. »Und sein Körper? Ich habe noch nicht viele Engel gesehen, aber ich habe ihre Körper früher schon einmal genau erforscht – sie tragen meistens nicht viel Kleidung, wie mir aufgefallen ist. Ihre Arme sind besonders reizvoll, sehr stark..«

»Sein Körper ist einfach so, wie es der Körper eines Engels nun einmal ist«, sagte Rachel ausweichend.

»Und wie sind seine Küsse? Wie sind seine Fähigkeiten als Liebhaber? Das sind sehr wichtige Eigenschaften bei einem Ehemann, obwohl ich mir nicht vorstellen kann, daß eine edorische Frau sich herablassen würde, eine Ehe einzugehen, wenn nicht …«

»Ich habe sie noch nicht ausprobiert«, sagte Rachel.

»Du hast sie noch nicht ausprobiert? Seine *Küsse?*«

»Keine seiner – körperlichen Vorzüge.«

»Nein! Du machst Witze!«

»Es ist lediglich eine Vernunftehe.«

Naomi rutschte mit ihrer Matte näher heran. »Nein! Aber Rachel, du bist doch schon – wie lange? – mit ihm verheiratet! Vier Monate? Wenn ich seit vier Monate mit einem Mann verheiratet wäre, der so begehrenswert ist, wie du den deinen gerade beschrieben hast …«

»Nun, du bist nicht mit ihm verheiratet«, entgegnete Rachel gereizt. »Wir haben keine – Berührungspunkte. In dieser Hinsicht.«

Naomi sah sie fassungslos an. »Und in welcher Hinsicht habt ihr Berührungspunkte?«

Rachel lachte kurz auf. »Meistens streiten wir. Genauer gesagt, wir streiten ständig.«

»Worüber?«

»Ach, über alles. Die Glaubensgrundsätze der Edori. Die Existenz von Ysral. Mein Verhalten. Sein Verhalten. Judith. Obadja. Diese Reise. Wir sind uns praktisch in nichts einig. Er haßt mich in Wirklichkeit.«

»Er *haßt* dich? Hat er das gesagt?«

»Nein. Vielleicht haßt er mich auch gar nicht richtig. Nun ja, ich würde es ihm nicht verübeln, wenn er mich haßt. Was ich ihm gesagt habe – aber was er zu mir gesagt hat, war noch schlimmer … Und überhaupt, das Ganze ist schrecklich.«

Jeder Schalk war aus Naomis Blick gewichen. »Aber

Rachel«, sagte sie sehr sanft, »erzähl mir davon. Erzähl mir alles.«

Als Rachel aufwachte, drückte sie die Augen fest zu und versuchte, nicht zu denken und sich nicht zu bewegen. Während sie das bewußte Denken in den hintersten Winkel ihres Geistes verbannte, nahm sie zwei seltsam widersprüchliche und dennoch unverkennbare Gefühle wahr: erstens ein höchstes seelisches Wohlbefinden und zweitens eine unbehagliche körperliche Verkrampfung. Sie hielt die Augenlider fest geschlossen und versuchte, mit Willenskraft zu bewirken, daß die beiden Empfindungen unvollständig und unaufgelöst blieben, um noch für kurze Zeit zu vermeiden, sich mit der wie immer gearteten Realität auseinandersetzen zu müssen, der sie sich bei vollem Bewußtsein ausgesetzt sähe.

»Rachel, du faule, halbverrückte Allali«, drang eine fröhliche Stimme aus nächster Nähe an ihr Ohr. »Ich schwöre, ich schütte dir einen Topf Quellwasser über den Kopf, wenn du nicht endlich aufstehst. Mittag ist bereits vorbei, Mädchen, und du schläfst immer noch.«

Träge und verwirrt öffnete sie die Augen und sah Naomis lachendes Gesicht dicht über dem ihren. Tatsächlich hielt ihr die edorische Frau einen Kochtopf über den Kopf, und sie machte den Eindruck, als sei sie durchaus willens, den gesamten Inhalt auf den faulen Gast zu kippen. Der Geruch von Holzrauch und gebratenem Fasan wehte durch die offene Eingangsplane des Zelts herein. Das unaufhörliche Schlagen der Trommeln dröhnte unter der Erde, wo ihr Ohr an den Boden gedrückt war.

Sie befand sich in einem edorischen Lager. Es war also doch kein Traum gewesen.

»Dieser Boden ist hart wie Eisen«, beschwerte sie sich und bewegte sich ein wenig, um ihre ungemütliche

Lage deutlich zu machen. »Und unter meinem Rücken liegen Steine.«

»Meine Güte, der Luxus der Engelsburgen hat dich offenbar so sehr verweichlicht, daß du das einfache Leben bei schlichten, guten Leuten nicht mehr erträgst«, sagte Naomi. »Schon allein wegen dieser Bemerkung sollte ich dich eigentlich in Wasser tauchen.«

Rachel lächelte zu ihr hinauf. »Tu es nicht. Ich schwöre dir, ich schreie das ganze Lager zusammen.«

»Die Stimme dazu hast du ja«, sagte Naomi und setzte sich neben Rachel auf die dünne Matte, die den Boden des Zelts bildete. »Was mich an etwas erinnert. Ich habe gestern vergessen zu fragen: Wirst du morgen abend mit mir singen? Ich habe ein neues Lied. Du hast Zeit genug, es zu lernen.«

Rachel drehte sich auf die Seite. »Oh, Naomi, es ist so lange her, seit ich öffentlich aufgetreten bin …«

»Ja, aber niemand wird von dir erwarten, daß du so klingst wie früher. Jeder weiß, wer du bist und was dir widerfahren ist – aber deswegen ist es um so wichtiger, verstehst du? Wenn du bei der Zusammenkunft singst, wird aller Kummer aus deinem Herzen vertrieben. Du wirst wieder die sein, die du einst warst. Auf diese Weise kannst du dich selbst heilen.«

*Wieder die sein, die du einst warst.* Rachel dachte einen Augenblick lang darüber nach. Die, die sie einst war, zwanzig Jahre alt, glücklich, geliebt, ein ungestümes junges Mädchen, das eigentlich nur eine kurze Zeit des Schreckens erlebt hatte, das war so lange her, daß sie es beinahe vergessen hatte, Dieses Mädchen würde sie nie mehr sein. Ihr Leben hatte zu viele düstere Wendungen genommen.

»Nun, ich kann jedenfalls versuchen, das Lied zu lernen«, sagte sie, richtete sich auf und streckte die schmerzenden Glieder. »Bei Jovahs Tränen! Das ist harter Winterboden!«

»Du wirst dich daran gewöhnen«, sagte Naomi mitleidslos. »Der Fluß ist auch sehr kalt. Aber ein Bad darin tut der Seele gut. Hier sind Trockentücher. Los jetzt!«

Sie verbrachten den Tag so, wie die Frauen stets die Tage bei Zusammenkünften verbrachten, nämlich abwechselnd zwischen der Zubereitung riesiger Mengen von Essen über den Lagerfeuern und den Besuchen bei anderen Frauen an deren Feuern, die ebenfalls Speisen für das morgige Fest kochten. Naomi kannte anscheinend jeden.

»Das da ist Jerusha, die mit dem roten Kopftuch. Sie ging mit einem Mann in den Barcerra-Clan, doch nachdem sie ihm einen Sohn geboren hatte, entschied sie, daß sie lieber mit einem Mann von den Cashitas zusammenleben wollte, also verließ sie ihn und nahm den Sohn mit. Doch er folgte ihr, da er seinen Sohn nicht hergeben wollte, und sie kamen überein, daß sie ihn bei jeder Zusammenkunft tauschen würden, so daß er ein Jahr bei seiner Mutter und ein Jahr bei seinem Vater lebt ... Das da ist Attarah, sie ist noch ein Mädchen, aber ihre Stimme! Jovah gerät in Verzückung, wenn er sie hört. Bei der letzten Zusammenkunft wütete ein Fieber unter dem Volk, aber Attarah sang heilende Lieder, und alle wurden wieder gesund ... Hallo, Caleb, mein Junge! Warum bist du nicht bei deinem Vater und hilfst ihm beim Holzsammeln für das Freudenfeuer? Jetzt gehen wir zu Tamaras Zelt. Du wirst sie bestimmt mögen ...«

Anfangs hielt sich Rachel sehr zurück, sie fühlte sich fremd und schüchtern; ihr Leben hatte sie so weit entfernt von diesen einfachen Ritualen, diesen ständigen freudigen Begegnungen. Sie hatte so viele Jahre in der Abwehr verbracht, verschlossen, ohne ihre Gedanken oder Gefühle mit irgend jemandem zu teilen, daß sie ganz vergessen hatte, wie es war, unter Leuten zu sein, die alles miteinander teilten. Und außerdem wollte sie weder ihr Mitleid noch ihre Ehrfurcht, je nachdem, ob sie in erster Linie von ihren fünf Jahren in der Sklaverei oder von ihrer gegenwärtigen ruhmreichen Stellung beeindruckt waren.

Aber sie hätte sich keine Sorgen zu machen brauchen. Die Edori hießen sie mit ehrlicher Herzlichkeit willkommen, ohne ihr Fragen zu stellen. »Kommt herein, kommt herein!« rief Tamara, als sie vor ihrem Zelt stehenblieben. »Kostet das Brot, das ich für das morgige Fest gebacken habe! Ich habe es mit Kräutern aus den Heldoranischen Bergen gewürzt, und ich finde, es schmeckt besser als die Laibe von Luminaux.«

»Tamara, das ist Raheli, die für die Zeit der Zusammenkunft bei mir zu Besuch weilt.«

»Willkommen, Raheli. Versuch etwas von dem Brot.«

Unter den Edori zu sein, war so unkompliziert. Das war ihr noch in Erinnerung gewesen. Das Leben an sich war jedoch nicht leicht – die unausweichlichen Strapazen der ständigen Wanderschaft; die Abhängigkeit vom Wetter, von Krankheiten, von den marodierenden Jansai; die ständige Drohung einer Hungersnot während eines strengen Winters oder eines dürftigen Frühlings – und dennoch war das Leben so rein. Arbeiten, essen, lieben; den Gesetzen Jovahs und der Jahreszeiten gehorchen. Niemand stellte ihr Fragen. Jeder begrüßte sie mit einem rituellen Kuß auf die Wange. Es war nicht schwer, sich zu entspannen, sich wohl zu fühlen, in festliche Stimmung zu kommen.

Außer Fremden waren da auch noch alte Freunde und Clan-Verwandte der Manderras, und diese begrüßten sie noch überschwenglicher, drückten sie in langen Umarmungen an sich oder brachen bei ihrem Anblick in Tränen aus. Aber genau wie Naomi enthielten sich alle jeglicher Fragen nach ihren vergangenen Alpträumen oder ihrer gegenwärtigen Stellung. Sie befand sich unter ihnen, und sie gab zu erkennen, daß sie über diese Themen nicht reden wollte, also drückte man ihr die Hand und bot ihr zu kosten an, was immer man für den Festtag zubereitete.

Am späten Nachmittag, als Lukas von seiner Runde zurückkehrte, bei der er Brennholz gesammelt und Wild gejagt hatte, überließen die Frauen ihm die Verantwortung für die Kinder und das Feuer und eilten zum Rand des Lagers, um Naomis Lied zu proben. Zunächst lernte Rachel den Text auswendig, der nicht besonders schwierig war; dann hörte sie dreimal zu, während Naomi den Part sang, den Rachel lernen sollte, und beim vierten Mal summte sie mit.

»Jetzt laß mich hören, wie du deinen Part singst«, befahl Naomi.

»Nein, wir singen gemeinsam, jeder seinen Part.«

»Ich bin nicht sicher, ob du schon soweit bist.«

»Nun, das werden wir ja feststellen, nicht wahr?«

Naomi erwiderte: »Also gut. Du bist ziemlich stur. Ich singe zuerst einen Durchgang allein. Du setzt beim zweiten Mal bei der ersten Note ein.«

Also begann Naomi mit ihrem Teil der Ballade, und Rachel wartete, bis die Zeit gekommen war, mit der Gegenstimme einzusetzen. Sie schloß die Augen und begann zu singen, zuerst leise, und sie erinnerte sich, wie es war, die eigene Musik mit der einer anderen Person in Harmonie zu bringen. Sie waren wie zwei Hände, flach gegeneinandergedrückt; mit aller Kraft Stimme gegen Stimme drückend, die Noten die Tonleiter hinauf und hinunter treibend. Dann wurde ein Gewebe daraus, in dem Naomis Stimme ein dunkler und Rachels ein heller Goldfaden waren, die ein Muster in den engen Stoff woben. Dann wurde ein Rennen daraus, in dem Naomis Töne davonsausten und die von Rachel hinterherjagten. Doch sie kamen gleichzeitig an derselben Stelle an, Rachel zwei Tonhöhen über Naomi, und die Harmonie war vollkommen.

Rachel öffnete die Augen und lächelte. Naomi starrte sie an.

»Das hat Spaß gemacht«, bemerkte die Angelica. »Habe ich alles richtig gemacht?«

»Ja.«

Rachel runzelte die Stirn. »Was ist? Hat sich meine Stimme so sehr verändert?«

»Wo hast du gelernt, so zu singen?«

»Ich habe während der letzten Monate ein bißchen geübt.«

»Du hattest immer schon eine schöne Stimme ... Aber Rachel ...!« Die edorische Frau schüttelte bewundernd den Kopf. »Wirst du morgen abend ein Solo für uns singen?«

Rachel wandte sich ab. »Ich muß in weniger als einem Monat ein Solo für Tausende von Leuten singen. Ich denke, anderen sollte die Ehre zuteil werden, sich bei der Zusammenkunft hervorzutun.«

»Anscheinend hat Jovah dich tatsächlich wegen deiner Stimme erwählt«, murmelte Naomi.

»Vielleicht«, pflichtete Rachel bei. »Gewiß nicht deshalb, weil ich zum Erzengel passe.«

»Man sagt, er ist sehr weise.«

»Gabriel?«

»Unsinn! Jovah. Vielleicht hat er dich auch für Gabriel ausgesucht.«

Der Sonnenaufgang am nächsten Morgen war klar und versprach einen schönen Tag. Hier im südlichen Bethel war die Luft frühlingshafter, als sie es in Velora gewesen war, so daß man ausgezeichnetes Wetter erwarten durfte – und schließlich hatten die Edori drei Tage lang für einen so wundervollen Tag gebetet. Die Engel waren nicht die einzigen, die Jovah dazu überreden konnten, die Wolken aufzulösen und strahlenden Sonnenschein zu schicken.

Heute war der Tag des Großen Festes, das wichtigste Ereignis der Zusammenkunft. Alle Vorbereitungen waren abgeschlossen; jetzt gab es nichts anderes mehr zu tun als zu essen und zu singen. Früh am Morgen brachten die Frauen ihre Kessel mit Eintopfgerichten und frischgebackene Brotlaibe und Wildbret zu den Tischen, die an einer Seite des Doppelkreises aus Feuer in der Mitte des Lagers aufgestellt worden waren. Zuerst aßen diejenigen, die besonders großen Hunger hatten; die übrigen boten etwas dar oder sahen den Darbietungen anderer zu oder riefen den Musikern zu, damit diese sie mit weiteren Liedern erfreuten.

Jeder, der sich dazu in der Lage fühlte, begab sich zur Lagermitte, die von dem Doppelkreis aus Freudenfeuern eingeschlossen war, und gab Musik zum Ruhme des Gottes zum besten. Die meisten Musiker waren Sänger, aber nicht alle; einige spielten auf Schilfrohren, andere auf Flöten, wieder andere spielten auf phantastischen Saiteninstrumenten, die aus knorrigen, polierten Stämmen alter Bäume geschnitzt waren. Einige wenige, wie Naomi und Rachel, traten gemeinsam auf. Einige sangen altbekannte Lieder, andere führten neue Stücke ein, an denen sie während der langen, dunklen Wintermonate gearbeitet hatten. Aus jedem Clan standen Chronisten auf und sangen eingängige Rezitative über die Geschichte des Stammes während des zurückliegenden Jahres, vollständig mit Geburten und Todesfällen und Veränderungen, so daß alle Edori wußten, wem ein freudiges und wem ein trauriges Ereignis widerfahren war. Gleichgültig, wer sang oder welches Instrument gespielt wurde, ständig begleiteten die Trommeln die Musik. Der Rhythmus dieses gleichförmigen Schlagens griff auf alle Anwesenden über; die Herzen sämtlicher Edori schlugen im gleichen unveränderten Takt.

Rachel und Naomi wurden mit einem so stürmischen Beifall bedacht, als ihr Lied geendet hatte, daß man sie nicht ohne Zugabe von der Bühne gehen ließ. Rachel errötete, doch Naomi triumphierte. »Was ist dir aus den alten Zeiten noch in Erinnerung?« rief sie Rachel ins Ohr, während der Applaus um sie herum nicht aufhören wollte.

»Dieses eine Lied, das wir zwei Jahre hintereinander gesungen haben!« rief Rachel zurück. »Über die Rosen in den Bergen Gasas.«

»Ach ja. Ich erinnere mich. Gib mir den Ton – du fängst an.«

Also sangen sie ein zweites Stück und dann, als die Menge immer noch keine Ruhe gab, ein drittes. Rachel schüttelte entschlossen den Kopf, als Stimmen laut wurden, die ein Solo von ihr verlangten, und lachend mußte sie sich einen Weg durch die Menge bahnen, um sich einen Abgang zu verschaffen. Sie war verlegen, aber gleichzeitig auch glücklich; es war schließlich keine Kleinigkeit, die Edori bei der Zusammenkunft zu solcher Begeisterung hinzureißen. Hände berührten ihren Arm, Stimmen riefen ihr etwas zu, anerkennende Gesten und bewundernde Worte begleiteten sie. Sie lächelte und nickte und bedankte sich höflich, während sie die ganze Zeit den Rand des Lagers zu erreichen versuchte, um für einen Augenblick zur Ruhe zu kommen.

Schließlich schaffte sie es, den zweiten Feuerkreis zu durchbrechen, und sie blieb für einen Augenblick stehen, einigermaßen allein, um sich von der frischen Nachmittagsluft die heißen Wangen kühlen zu lassen. Nun, das war ein Erfolg gewesen! Wenn es Jovah gefiel, dann würde auch ihr nächster Auftritt soviel Zustimmung finden.

»Ach, das ist also die Stimme, von der die Engel glauben, daß sie sich ihrer in der Ebene von Sharon womöglich schämen müssen«, sagte ein schnarrendes Murmeln hinter ihr. »Wenn einer von ihnen heute dabei gewesen wäre, hättest du keine Zweifler mehr unter den Göttlichen.«

Sie drehte sich um und lächelte Matthäus, der ihr durch den Doppelkreis gefolgt war, ein wenig befangen an. »Ich habe mich gefragt, ob du wohl zuhörst«, sagte sie.

»Das wußtest du doch.«

»Ich bin deswegen immer noch nervös«, sagte sie ernst. »Wegen der Glorie, meine ich. Aber allmählich denke ich, daß ich es schaffen könnte.«

»Du hast eine Stimme, neben der selbst die deines Gemahls dumpf klingt«, sagte er.

Aber Rachel schüttelte den Kopf. »Nein«, widersprach sie. »Niemand singt wie der Engel Gabriel.«

# 15. KAPITEL

Zum ersten Mal in seinem Leben empfand Gabriel so etwas wie Reue. Das Gefühl war ihm nicht gerade angenehm. Es geschah nicht oft, daß er sich im Unrecht fühlte – eigentlich hätte er nicht einmal jetzt gesagt, daß er sich geirrt hatte –, aber vielleicht hätte er den Dingen einen anderen Lauf geben können. Rachel hatte sich unmöglich verhalten, das stand fest – aber das tat sie schließlich häufig –, und es war nicht nett von ihm gewesen, sie für Jovah weiß wie viele Wochen verreisen zu lassen, ohne sich – wenigstens der Höflichkeit halber – von ihr zu verabschieden. Obwohl man nicht wissen konnte, ob sie nicht sogar froh gewesen war, dem Horst zu entfliehen, ohne ihn noch einmal zu Gesicht zu bekommen. Sie hätte am Morgen ihrer Abreise an seine Tür kommen können; er war nicht der einzige, der voreilig gesprochen hatte; sie hätte sich ja als erste entschuldigen können. Nein, nicht entschuldigen – einlenken. Statt dessen hatte sie es vorgezogen, ohne ein Wort abzureisen. Ebensowenig hatte er sich herabgelassen, sie aufzusuchen.

Josias hatte ihm prophezeit, daß seine Frau ihn demütigen werde, aber bis jetzt war das nicht geschehen. Darin lag immerhin eine gewisse Genugtuung.

Trotzdem, er hätte etwas sagen sollen ...

Zwischen Stolz, Bedauern und Unsicherheit war da die nagende Angst, sie könnte vielleicht wirklich nicht zurückkommen, und – nun, man konnte es ruhig zugeben – dazu das ganz und gar unerwartete Gefühl, daß sie ihm fehlte. Gabriel durchlebte also während Rachels Abwesenheit keine besonders gute Zeit.

Allerdings war er reichlich beschäftigt mit den Vorbereitungen für seine Konferenz und mit der Unterweisung der Engel des Horstes, um den Mächtigen Samarias unmißverständlich klarzumachen, daß er es ernst meinte. Er sandte Gruppen von Engeln nach Gasa, Breven und in die Städte am Fluß, damit sie zwei Wochen vor dem geplanten Treffen überzeugende Schäden in den lokalen klimatischen Verhältnissen anrichten könnten. Das sollte Malachi und Elias und Jethro veranlassen, noch einmal über die Existenz des Gottes nachzudenken – und über Gabriels Entschlossenheit, seine Macht einzusetzen.

Er hatte Nathan nach Jordana und Obadja nach Gasa geschickt; das hatte er jedenfalls angenommen. Judith verdankte er das Wissen, daß die Engel ihre Aufgaben getauscht hatten.

Sie hatte nach Rachels Abreise keine Zeit verschwendet in dem Versuch, sich in seinen Tagesablauf einzumischen. Sie legte ihre Mahlzeiten so, daß sie gleichzeitig mit ihm zu Tisch ging; sie unterbreitete ihm mit großem Aufwand neue Musikstücke oder Nachrichten, die ihn ihrer Meinung nach interessierten; sie ließ immer wieder Bemerkungen über sein müdes Aussehen fallen und bot ihm an, ihm den Nacken zu massieren oder irgendwelche lindernde Essenzen zum Verbrennen und Inhalieren zu bringen. Wie stets war er hin und her gerissen zwischen dem Wunsch, sie möge verschwinden, und der Abneigung dagegen, sie zu verletzen. Und außerdem spendete ihm ihre sanfte, beharrliche Fürsorge tatsächlich einen gewissen Trost. Von Zeit zu Zeit tat es gut, von einer einsamen Frau liebevoll behandelt zu werden.

An diesem Abend hatte sie ihm ein Glas Wein und

einen Teller mit kalten Speisen gebracht, nachdem er das Essen hatte ausfallen lassen. Er war in Velora gewesen, um Transportpläne mit den Kaufleuten zu besprechen, die sich bereit erklärt hatten, einen Beförderungsdienst zwischen den Städten einzurichten. Bei jeder Glorie gab es Sterbliche, die vom Horst in die Ebene von Sharon gebracht werden mußten, und nicht alle von ihnen konnten in den Armen eines Engels getragen werden. Diesmal, so schätzte Gabriel, war die doppelte Anzahl von Reisenden als üblich unterzubringen, und er wollte sichergehen, daß sie alle Platz fänden. Rachel brauchte natürlich eine besondere Kutsche. Peter hatte ihm mitgeteilt, daß sämtliche Kinder ihrer Schule ebenfalls den Wunsch geäußert hatten, zu dem Fest zu kommen, und es gab noch jede Menge andere, denen sich Gabriel verpflichtet fühlte.

Aber die Gespräche hatten sich in die Länge gezogen, und er hatte das Abendessen verpaßt, und nun war Judith gekommen, um ihn zu entschädigen.

»Danke«, sagte er und erlaubte ihr mit einem Lächeln, einzutreten. »Du weißt immer, was mir guttut.«

»Nun ja, ich bemühe mich«, sagte sie und schenkte ihm ein sinnliches Lächeln und einen tiefen Blick. »Die Bohnen sind jetzt kalt, aber sie schmecken köstlich. Und die Sahnesauce auf den Möhren – sie ist sehr gut.«

»Hast du für dich nichts mitgebracht?«

»Oh, ich habe schon vor Stunden gegessen. *Ich* war schließlich nicht drunten in der Stadt und habe nicht schwer gearbeitet.«

»Ach, das war keine schwere Arbeit«, sagte er; er setzte sich auf einen niedrigen Schemel und balancierte den Teller auf den Knien. »Nur zeitaufwendig. Ich bin so sehr daran gewöhnt, einfach abzuheben und direkt zu meinem Ziel zu fliegen, daß ich mir keine großen Gedanken über irgendwelche Logistik mache. Die Straßenverhältnisse, die Reisedauer … Damit Rachel und die anderen am vereinbarten Tag in der Ebene ankommen, brauchen sie mindestens einen Vorsprung von vier Tagen, vielleicht fünf. Fünf Tage! Ich lege diese Strecke in wenigen Stunden zurück!«

Judith hatte sich wie ein braves Hündchen neben ihm am Boden niedergelassen. »Was geschähe«, fragte sie, »wenn sie zu spät käme?«

Ja, in der Tat, was würde dann geschehen? »Wenn Rachel zu spät zur Glorie käme?« gab er scharf zurück. »Warum sollte sie?«

Judith vollführte mit ihren zierlichen Händen eine unbestimmte Geste. »Oh, angenommen, die Kutsche kippt um, oder die Pferde lahmen, und alle anderen Kutschen wären vorangefahren, und sie müßte zu Fuß gehen, würde aber erst einen Tag später als vorgesehen in der Ebene ankommen ...«

»Nun«, sagte Gabriel, »im Großen Buch steht, daß Jovah sein Mißfallen auf eindeutige Weise zeigen würde.«

Judiths unschuldige Augen wurden sehr groß. »Heißt das – er würde Blitz und Donner herabschicken und uns alle vernichten. Wenn sie einen einzigen Tag zu spät käme?«

Gabriel spielte mit einem angebissenen Stück Brot. »Sie hat eine Frist von etwas mehr als einem Tag«, sagte er. »Das Große Buch besagt, wenn die Glorie nicht an dem vorgegebenen Morgen gesungen wird, wird Jovah den Berg Galo zerschlagen, dem der Fluß Galiläas entspringt. Drei Tage später wird er die ganze Welt vernichten.« Gabriel lächelte schwach. »Jovahs Prinzipien basieren auf der Zahl Drei, verstehst du?« fügte er hinzu. »Drei Gelegenheiten und drei Tage zwischen jeder Gelegenheit. Doch danach ist die Strafe unausweichlich.«

»Aber ...« Judith beugte sich näher zu ihm, die großen Augen eindringlich auf sein Gesicht geheftet. Ihr

Parfüm war dezent und erregend; er konnte nicht umhin, wie stets, die Vollkommenheit ihres Gesichts zu bewundern. »Aber würde er *wirklich* die Welt zerstören? Die Engel, die Sterblichen – uns alle? Täte er das wirklich?«

Gabriel setzte den Teller ab und verschränkte die Hände um ein Knie. »Nun, bis jetzt hat er es noch nicht getan«, räumte er ein. »Und der einzige Weg, diese Theorie auf die Probe zu stellen, besteht darin, die Aufführung der Glorie mit boshaften Mitteln um einen Tag zu verzögern. Doch die Angst vor Jovahs Macht, uns alle zu vernichten, ist das einzige, was die anfällige Harmonie kräftigen könnte, die heute in Samaria herrscht.«

Sie ließ ihr mädchenhaftes Lachen erklingen. »Manchmal glaube ich, es ist schon jetzt nicht sehr weit her mit der Harmonie.«

»Nein«, pflichtete er ihr bei. »Mir kommt es so vor, als würden wir uns täglich weiter von den Idealen der Brüderlichkeit und gegenseitiger Abhängigkeit entfernen, die Jovah von uns erwartet. Es gibt bestimmte Gruppierungen bei den Manadavvi, bei den Jansai ... Aber dennoch, was glaubst du, wieviel schlimmer es wäre, wenn es überhaupt keine Gottesfurcht gäbe? Was würde die Jansai daran hindern, uns alle niederzumetzeln? Was hielte die Manadavvi davon ab, sich gegenseitig zu überfallen und Land und Leibeigene und Gold von ihren Nachbarn zu stehlen? Was würde die Engel davon abhalten, gegeneinander vorzugehen oder ihre Macht zu selbstsüchtigen Zwecken zu mißbrauchen? Wenn ich nicht an Jovahs Zorn glauben würde, könnte ich dann nicht jetzt gleich einfach nach Semorrah fliegen und von Lord Jethro sein ganzes Gold und seine Ballen von Seide und Leinen verlangen, und dazu die Hand seiner Tochter, und ihm drohen, falls er mein Begehren nicht erfüllt, daß ich den Fluß zum Anschwellen brächte und ihn und alle, die dort leben, ertrinken ließe? Es wird immer mächtige Männer geben, die der Versuchung erliegen, ihre Macht zu mißbrauchen; nur die Drohung einer Gottheit, die noch mächtiger ist als sie, hält sie im Zaum.«

Ihre zarte Stirn hatte sich leicht gefurcht, während sie sich anstrengte, seinen Ausführungen zu folgen. »Aber du hast doch schon eine Frau«, bemerkte sie. »Du könntest Lord Jethros Tochter doch gar nicht heiraten. Und überhaupt, ich wußte gar nicht, daß er eine Tochter hat.«

Er konnte sich ein Grinsen nicht versagen. Metaphorische und ethische Betrachtungen waren an die intellektuell schlicht gestrickte Judith verschwendet. »Wie auch immer«, sagte er, »ich glaube an die Macht Jovahs, und deshalb bemühe ich mich, die meine nicht in die falschen Bahnen zu lenken.«

Sie lächelte ihn süß an. »Ach, du«, sagte sie voller Leidenschaft, »du könntest niemals etwa Schlechtes tun.«

Er dachte an die von ihm ausgesandten Engel, die an verschiedenen Orten in Samaria um Regen oder um Dürre – je nachdem – sangen. »Könnte ich nicht?« murmelte er. »Vielleicht bin ich bereits in fragwürdige Machenschaften verwickelt, während wir uns hier unterhalten.«

Sie stellte die scharfsinnige Frage – was bei ihr selten vorkam: »Wirklich? Hat das etwas damit zu tun, warum du Obadja nach Breven geschickt hast?«

»Nach Gasa«, berichtigte er sie. »Ja.«

Sie schüttelte den Kopf. »Nein, Nathan ist nach Gasa gereist«, sagte sie. »Obadja ist in Jordana. Ich weiß es, weil ich ihn gebeten habe, mir aus Breven einen Perlmuttkamm mitzubringen, und er versprach, es zu tun, falls er Zeit dazu fände, was er aber nicht glaube.«

Gabriel runzelte düster die Stirn. »So. Deshalb hat

Nathan sich also nicht die Mühe gemacht, mich von seiner Abreise in Kenntnis zu setzen – das hätte verhindert werden müssen.«

»Was hätte verhindert werden müssen? Daß Nathan nach Gasa reist? Er hat gerade erst einen ganzen Monat dort verbracht, und es hat dich nicht gestört.«

Er schüttelte ungehalten den Kopf. Es war unmöglich, daß sie nicht über die Situation Bescheid wußte, da diese doch allgemein bekannt war, aber er hatte keine Lust, sie ihr zu erklären, falls sie wirklich ahnungslos war. »Einerlei. Ich werde mich später mit ihm befassen, wenn er wieder hier ist. Und noch etwas ...« Er verstummte und starrte grämlich vor sich hin. Noch etwas Unerfreuliches – als ob er nicht schon genug Sorgen hätte! Zuerst reist Rachel einfach ab, ohne sich von ihm zu verabschieden, dann schleicht sich Nathan davon, um seiner unseligen, verzweifelten Liebschaft nachzugehen ...

Judith ließ sich auf die Knie fallen und schob sich plötzlich näher an den Schemel des Engels heran. Sie legte ihm eine Hand aufs Knie und strich ihm mit der anderen zögernd die Haare zurück. »Es betrübt mich, dich so traurig zu sehen«, säuselte sie mit leiser, hingebungsvoller Stimme. »Wissen die anderen denn überhaupt, was dir alles auf der Seele lastet? Nathan, Rachel ... Sie tun nichts anderes, als die Dinge für dich noch schwieriger zu machen, obwohl du doch ohnehin schon genug Sorgen hast.«

»Judith ...«, sagte er und hob die Hand, um sie von sich wegzuschieben. Doch inzwischen hatte sie beide Hände zu seinen Schläfen gehoben und massierte ihm Stirn und Wangenknochen. Er war zu müde, um sie abzuwehren, und die Massage tat ihm gut. Er schloß die Augen und ließ zu, daß sie seine Spannung linderte, ließ zu, daß ihre Finger sich allmählich über die Rundung seines Schädels nach hinten arbeiteten. Sie war näher an ihn herangerückt; er spürte die Wärme ihres Bauches, der die Außenseite seines Schenkes berührte. Der Duft ihres Parfüms war jetzt stärker und aufdringlicher.

Als sie ihn küßte, war er nicht gänzlich überrascht. Er schloß die Augen sogar noch fester, wohl wissend, sobald er sie öffnete, würde er sie wegschieben und all dies beenden müssen. Ihr unglaublich weicher Mund berührte den seinen; ihre vollen Lippen strichen zärtlich über seinen schmalen Mund. Ihre Hände waren zu seinem Gesicht zurückgewandert und lagen jetzt fordernd auf seinen Wangenknochen. Er spürte, wie sich seine zusammenpreßten Kiefermuskeln lösten, wie sich sein Mund dem ihren öffnete.

Und dann wich er zurück, jäh und entschieden, wobei er ihre Hände packte, bevor sie nach vorn oder hinten hätte umfallen können, bevor sie nach seinen Schultern oder seinem Gesicht hätte greifen können. Ihre Augen war weit aufgerissen vor Verlangen; sie sah ihn mit unverhohlener Begierde an.

»Gabriel«, hauchte sie und versuchte, ihre Hände zu befreien.

»Nein«, sagte er. Er gab seiner Stimme einen möglichst entschlossenen Klang, obwohl er nicht das Gefühl hatte, daß er sie mit dem Unterton moralischer Entrüstung zu versehen vermochte. »Judith, weiter darf die Sache nicht gehen.«

»Ich liebe dich«, sagte sie, immer noch flüsternd. »Ich habe dich immer schon geliebt.«

»Ich empfinde große Zuneigung zu dir, Judith«, sagte er, immer noch mit fester Stimme, »aber mehr darf zwischen uns nicht sein. Nichts – von dieser Art.«

Sie fragte nicht, warum nicht. Sie wußte es. »Aber du liebst sie nicht«, sagte sie schweratmend. »Und sie liebt dich nicht. Du würdest kein Unrecht begehen, wenn du mich lieben würdest …«

»Doch«, widersprach er sanft, »und wir beide wissen es.«

Unerwartet entwand sie ihm die Hände. Sie setzte sich auf die Fersen zurück und rief leidenschaftlich: »Aber ich *liebe* dich! Ich täte alles für dich! Ich ließe dich nicht im Stich, wenn du mich zu bleiben bätest; ich würde dich nicht vor deinen Besuchern beschämen; ich würde dich trösten, wenn du Kummer hast, und dich nähren, wenn dich hungert, und dich jeden Tag lieben ... Und was tut *sie* für dich? Sie verhöhnt dich, sie lacht dich aus, sie schert sich um nichts, was dir wichtig ist. Sieh uns an, Gabriel!« Sie breitete die Arme aus und hob das Kinn, damit er ihre süßen, ebenmäßigen Züge besser bewundern konnte. »Ich stamme von Engeln ab, ich begreife die Denkart der Engel, ich würde alles für dich sein, was du möchtest – und ich liebe dich. Denk an sie: eine Halbsklavin, Halb-Edori – und voller Haß. Wer von uns gefällt dir besser? Zu wem möchtest du lieber nach Hause kommen? Wer von uns könnte dich wahrhaftig lieben?«

Alles, was sie sagte, stimmte; und doch, er folgte ihrer Aufforderung und rief sich das Bild der aufrührerischen, ungestümen, unberechenbaren Frau vor Augen, die er auf Anweisung des Gottes geheiratet hatte. Judith war bereit, ihm alles zu geben, und Rachel hatte nie auch nur angedeutet, daß sie ihm irgend etwas geben würde. Und doch – und doch: Seit dem Tag, da er sie kennengelernt hatte, zerlumpt, in Ketten gefesselt und trotzig, war sie ihm kaum jemals aus dem Kopf gegangen.

»Es geht hier nicht um Liebe, Judith«, sagte er nüchtern. »Es geht um etwas so Unabwendbares wie ein Gesetz des Gottes. Sie gehört zu mir. Ob sie sich mit mir abfindet oder nicht, ich gehöre zu ihr. Daran ist nicht zu rütteln. So einfach ist das.«

Sie sah ihn noch eine Weile an, das Gesicht geschmerzt und ihre ganze Haltung ein Flehen, dann sprang sie auf und rannte aus dem Raum. Gabriel blieb lange auf dem Schemel sitzen, wo sie ihn zurückgelassen hatte, betrachtete finster die Tür, die in den Angeln nachschwang, und dachte, daß er unbedingt aufstehen und sie schließen müsse, bevor jemand anderes hereinkäme. Er war so müde, daß beinahe eine Stunde verging, bevor er sich zu dieser Anstrengung in der Lage sah, und selbst dann, nachdem er den Riegel vorgeschoben hatte, lehnte er noch eine Zeitlang am Türrahmen, bis er genügend Kraft gesammelt hatte, um durch den Raum zurückzugehen.

Das war schlimm genug gewesen, aber es sollte noch schlimmer kommen: Drei Tage vor seinem Treffen stattete ihm der Erzengel einen unangemeldeten Besuch ab.

Die beiden Männer hatten sich seit der Hochzeitsfeier nicht mehr gesehen, und ihre letzte Unterhaltung war – zumindest in Gabriels Gedächtnis – noch sehr frisch. Er begrüßte Raphael also mit einiger Zurückhaltung in einem der größeren Empfangsräume auf der mittleren Ebene des Labyrinths.

»Angelo«, sagte Gabriel beim Eintreten und nickte. Der große goldene Engel wandte sich ihm zu und lächelte warmherzig. Die Wirkung war die von plötzlichem Sonnenschein nach tagelangem grauen Wetter; aber schließlich waren Charme und gewinnendes Benehmen schon immer Raphaels strahlendste Seiten gewesen.

»Gabriel«, sagte Raphael, der den Raum durchquerte, um seine Hand zu ergreifen. Gabriel überließ sie ihm, zog sie jedoch so bald wie möglich zurück. »Ich freue mich, dich nach so vielen Wochen wiederzusehen. Aber wie geht es dir? Du siehst ziemlich erschöpft aus.«

»Du triffst mich zu einer ungünstigen Zeit an«, antwortete Gabriel knapp. »Du siehst natürlich blendend aus.«

Raphael lachte. Tatsächlich, wie stets, sah er hervorragend aus. Die üppigen goldenen Locken, die tiefgoldene Hautfarbe, die braunen Augen, die riesigen gesprenkelten Flügel – alles an ihm strahlte in der üblichen Pracht. Und dennoch ...

»Ich bereite mich auf ein Leben des Müßiggangs vor«, antwortete der Erzengel leichthin. »Wenn du meine Pflichten übernehmen und der Mittelpunkt der Welt sich nach Velora verlagern wird.«

»Velora dürfte wohl kaum der Ort sein, der sich zum Mittelpunkt der Welt eignet«, entgegnete Gabriel zurückhaltend.

Raphael lachte wieder. »Etwa nicht? In letzter Zeit hört man viele Geschichten darüber, was sich in deiner kleinen Stadt so alles tut.«

»Ach ja? Ich kann mir nicht denken, was das sein soll.«

»Deine Angelica«, sagte Raphael. »Anscheinend drückt sie der Stadt ihren Stempel auf – oder vielmehr dem Abschaum der Stadt.«

Gabriel lächelte verzerrt. Wenn er ohnehin schon keine Lust hatte, mit Raphael zu reden, so hatte er schon dreimal keine Lust, mit ihm über Rachel zu reden. »Ach ja«, sagte er. »Ihre Schule. Bis jetzt hat sie erst einen kleinen Anfang gemacht, aber ich glaube, sie hat noch viel vor. Ich muß gestehen, ich halte das für eine gute Sache.«

»Und wie! In jeder Stadt und jeder Enklave spenden wir ihr den größten Beifall. Beabsichtigt sie, durchs Land zu reisen und an anderen Orten ähnliche Einrichtungen ins Leben zu rufen?«

»Wenn die hiesige erst einmal etabliert ist, wird sie das vielleicht tun«, antwortete Gabriel ziemlich steif. »Ich bin nicht in alle ihre Pläne eingeweiht.«

»Könnte ich wohl mit ihr über Einzelheiten reden? Das ist einer der Gründe für mein heutiges Kommen; ich würde mich gern mit ihr unterhalten und alles erfahren, was sie mir vermitteln kann.«

Es wurde immer schlimmer. »Ich glaube, daß sie heute keine Zeit hat«, sagte Gabriel.

»Nein? Ist sie vielleicht in Velora? Ich könnte zu der Schule gehen und sie dort treffen.«

»Nein, sie ist nicht in Velora.«

Raphaels Stimme nahm einen besorgten Klang an. »Sie ist doch hoffentlich nicht krank? Leidet sie womöglich an einem Fieber?«

»Nein, nein, es ist kein Fieber – ich meine, sie ist überhaupt nicht krank. Sie steht einfach nicht zur Verfügung.«

Raphaels Gesicht drückte bohrende Neugier aus. »Sie wurde doch wohl nicht in ihrem Zimmer eingesperrt, oder? Wirklich, Gabriel ...«

Gabriel stieß ein kurzes Lachen aus. »Wohl kaum«, sagte er. »Sie ist nicht hier.«

»Nicht hier? Wo sollte sie sein, so kurz vor der Glorie?«

»Sie ist verreist.«

»Wohin?«

»An Orte, die sie zu besuchen wünschte.«

Raphael lachte mild. »Wirklich, Gabriel, du brauchst mir nicht auszuweichen. Ich frage aus reiner Neugier, ohne die Spur von Boshaftigkeit ...«

Vielleicht stimmte das, wahrscheinlich stimmte es, und dennoch weigerte sich Gabriel stur, ihm die entsprechende Information zu geben. »Sie besucht Freunde«, sagte er. »In ein paar Tagen ist sie wieder hier. Du kannst dann noch einmal kommen – oder warten und sie bei der Glorie ansprechen, wenn dir das lieber ist, obwohl ich mir vorstellen kann, daß wir dann alle ziemlich beschäftigt sind.«

»Ohne Zweifel«, bestätigte Raphael. »Zumindest du und Rachel, ihr beide werdet sehr in Anspruch genommen sein. Ich hingegen werde plötzlich jede Menge Zeit haben.«

»Ich bin sicher, du findest eine nützliche Beschäftigung«, sagte Gabriel, wobei ihm bewußt war, daß diese Worte wenig feinfühlig klingen mußten. Er war jedoch unfähig zu einer freundlicheren Bemerkung.

»Oh, davon bin ich überzeugt«, sagte Raphael und sah ihn einigermaßen belustigt an. »Ich freue mich schon auf den Tag, an dem du die Amtspflichten des Erzengels übernimmst.«

»Dann bist du also seit deinem letzten Besuch hier anderen Sinnes geworden«, stellte Gabriel unverblümt fest.

Raphael gab ein beflissenes Murmeln von sich, das als Entschuldigung hätte gedeutet werden können, wie Gabriel vermutete. »Wir beide haben uns hitzig und vielleicht töricht geäußert«, sagte Raphael. »Aber ich bin überzeugt, daß jeder von uns nur das Wohlergehen unserer Welt im Herzen trägt. Laß uns Freunde bleiben und das Ganze vergessen.«

Gabriel spielte mit dem Gedanken zu sagen: *Wie könnte ich das vergessen?*, entschied sich aber für ein diplomatischeres Verhalten. »Nun gut. Ich möchte nicht mit dir Krieg führen …«

»Mit mir Krieg führen!« brummte Raphael. »Gabriel …«

»Und ich möchte, daß die Amtsübergabe so glatt wie möglich vonstatten geht. Dabei wäre ich dir für deine Unterstützung dankbar.«

»Natürlich kannst du darauf zählen. Wenn dir außerdem an meinem Rat gelegen ist, so würde ich dir auch gern damit dienen.«

»Gewiß.«

Raphael beugte sich vor, als ob er dem anderen ein

Geheimnis zuflüstern wolle. »Mach dir die mächtigen Sterblichen nicht zu Feinden«, sagte er. »Kann sein, daß du ihnen keine Achtung zollst, aber wenn sie sich querstellen, können sie dir das Leben ganz schön schwermachen.«

Gabriel wich zurück und runzelte leicht die Stirn. »Mein Bestreben ist es, mir niemanden zum Feind zu machen«, sagte er. »Wenn überhaupt, dann haben *sie* sich unwillig gezeigt, mit mir zusammenzuwirken.«

»Und du hast mit Drohungen und Unmutsausbrüchen reagiert! Gabriel, das ist nicht der richtige Weg, um einen glatten Übergang zu gewährleisten.«

Für einen Augenblick war er verwirrt – doch dann ging ihm plötzlich ein Licht auf, und er war sichtlich erheitert. »Oho! Dann ist dies also kein zufälliger Höflichkeitsbesuch, den du mir abstattest, weil du gerade in der Nähe des Horstes warst! Laß mich raten – wurdest du mit wütenden Berichten über Sturm- und Flutkatastrophen zu verschiedenen Festungen in Breven oder möglicherweise sogar Manadavvi gerufen?« Er fuchtelte mit den Armen, um Wolken, Regen und allerlei Unbilden des Wetters anzudeuten. »Und laß mich eine noch unfeinere Vermutung aussprechen: Nachdem du alle Anführer, mit denen du sprachst, beruhigt hast, bist du in die Luft gesprungen und hast versucht, die Elemente umzukehren, den Schnee rückgängig zu machen oder den Regen herbeizuzwingen. Aber du hattest kein Glück, nicht wahr, Raphael? Es ist schon lange her, daß du in der Lage warst, das Wetter zu beeinflussen, stimmt's?«

Etwas Häßliches zuckte über das Gesicht des Erzengels, doch es war ein so flüchtiger Ausdruck, daß er schwer zu deuten war. Wut, Angst, Haß – eines davon oder alles gleichzeitig. »Zumindest verschwende ich meine Zeit und Macht nicht damit, mit Wolken und Regentropfen dumme Spielchen zu treiben«, schnaubte Raphael.

»Womit hast du dann deine Zeit verschwendet?« fragte Gabriel leise. »Denn ich weiß aus zuverlässiger Quelle, daß du Jovahs Hand ebensowenig Blitz und Donner entlocken kannst.«

Jetzt war der Ausdruck eindeutig – schäumender Zorn. »Ich hatte mit Malachi von Breven etwas zu regeln, und mir war nicht daran gelegen, einen Blitz herabzubeschwören«, entgegnete Raphael eisig. »Du wärst sehr töricht, wenn du davon den Gedanken ableiten würdest, ich könnte keinen Blitz herbeirufen, wenn ich wollte.«

*Dann tu's doch*, hätte Gabriel am liebsten gesagt, aber was er wirklich sagte, war noch viel schlimmer. Immer noch in sanftem, gleichmäßigem Tonfall sagte er: »Ich kann nur schwer verstehen, warum du zögerst, das schmückende Beiwerk der Macht aufzugeben, wenn tatsächlich keine göttliche Macht dich durchfließt. Wenn du nicht mehr mit dem Gott kommunizierst, warum willst du ihm dann weiterhin dienen?«

Da es auf diese Frage unmöglich eine Antwort geben konnte, war es vielleicht ein glücklicher Umstand, daß just in diesem Augenblick die Tür sich öffnete und Judith eintrat. Gabriel hatte sie seit jenem unseligen Zwischenspiel einige Tage zuvor in seinem Zimmer nicht mehr gesehen, und er war überrascht, daß sie jetzt kam; doch sie hielt ein kleines Tablett mit Speisen und Getränken in Händen und hielt den Blick auf den Boden gesenkt.

»Hannah ließ mich wissen, daß der Erzengel hier sei und nach dem langen Flug wahrscheinlich eine Erfrischung gebrauchen könnte«, sagte sie mit monotoner Stimme. »Sie hat mich angewiesen, euch dieses Tablett zu bringen.«

Von den beiden erzürnten Engeln hatte sich Raphael

am schnellsten wieder in der Gewalt. »Danke, mein liebes Mädchen«, sagte er, wobei er sich schwungvoll zu ihr umdrehte und einiges von dem Charme an den Tag legte, der bei Gabriel seine Wirkung verfehlt hatte. »Ich bin in der Tat ziemlich durstig. Oh, du bist es, Judith«, sagte er und lächelte sie an, während sie näher kam. »Es ist stets ein großes Vergnügen, dein hübsches Gesicht zu erblicken.«

Ihr Gesicht war zu dem seinen erhoben und hellte sich flüchtig zu einem Lächeln auf. Ariel hatte Gabriel vor etlichen Jahren erzählt, Judith sei eine Engelsucherin, aber er hatte es nicht so ganz geglaubt. Und einige Nächte zuvor hatte sie ihn überzeugt, daß seine Gefühle für ihn echt waren. Doch sie hatte Raphael schon immer gemocht, und Raphael war noch nie dafür bekannt gewesen, daß er sich der Aufmerksamkeit hübscher Mädchen entzog.

»Nimm dir Zeit, dich zu erfrischen, bevor du aufbrechen mußt«, sagte Gabriel, mit sanfter Betonung der drei letzten Worte, während er zur Tür ging. »Wenn du sonst noch etwas brauchst, so wird Hannah oder Judith es dir sicher gern besorgen. Doch mich entschuldige jetzt bitte, ich habe viel zu tun.«

»Selbstverständlich – ich habe nicht den Wunsch, dich aufzuhalten«, erwiderte Raphael. Judith blickte nicht einmal auf, als Gabriel den Raum verließ und die Tür hinter sich schloß. Er schritt so schnell wie möglich davon, um einen Teil seiner Anspannung und seiner überspielten Wut abzureagieren. Erst später fiel ihm ein, daß es vielleicht nicht besonders geschickt war, die beiden, die derzeit so gut wie keinen Anlaß hatten, ihm gut gesinnt zu sein, allein miteinander in einem Raum zu lassen.

Rachel konnte nur deshalb die Rückreise antreten, weil Naomi versprochen hatte, zur Glorie zu kommen. Sie erzählte Rachel, daß etliche Edori die Absicht hätten, zum erstenmal seit beinahe zehn Jahren an der Glorie teilzunehmen, um dabeizusein, wenn eine der Ihren die Messen anführte.

»Warst du jemals bei einer Glorie?« fragte Rachel.

»Nein, ich freue mich darauf.«

»Aber du weißt, wo die Ebene von Sharon liegt, ja?« fragte Rachel etwas besorgt.

Naomi lachte sie an. »Ich weiß, wo jede Ebene und jeder Berg in ganz Samaria liegen!« rief sie aus. »Genau wie du, genau wie jedes edorische Kind. Hab Vertrauen, Allali-Mädchen; ich finde dich bestimmt.«

»Es ist nur so: Ich gehe ungern weg von dir, und bei der Glorie werde ich sehr beschäftigt sein. Ich weiß gar nicht, ob ich dann überhaupt Zeit finde, mit dir zu reden.«

»Schon gut. Ich besuche dich ein paar Tage vor dem Singen in Velora. Zufrieden? Und ich fahre mit dir in die Ebene von Sharon und kleide dich an und flechte dein Haar. Du kannst in der Nacht vor dem großen Tag bei mir im Zelt schlafen, wenn du lieber nicht bei deinem Mann schlafen möchtest. Ist dir das recht?«

Rachel umarmte sie. »Ja, das ist mir recht, das ist mir sogar sehr recht«, flüsterte sie in die dunkle Luft. »Aber komm bald. Ich fühle mich jetzt schon einsam, dabei habe ich dich noch gar nicht verlassen.«

Aber schließlich schaffte sie es, sich loszureißen. Matthäus hatte den Schwarzen und den Palomino bereits bepackt: mit leichterem Gepäck, als die Pferde es von Luminaux hergetragen hatten, da Naomi und Lukas sich bereit erklärt hatten, alle schwereren und unhandlicheren Stücke für sie zu transportieren. Rachel hatte die silberne Flöte in fünf Schichten Seide gewickelt und Naomi mehrmals ermahnt, dieses Bündel mit besonderer Vorsicht zu behandeln, die hölzerne Lernflöte jedoch hatte sie sich in die Tasche gesteckt, um sie persönlich bei sich zu tragen. Sie meinte, sich einen Teil der langweiligen Strecke dadurch angenehmer gestalten zu können, wenn sie unterwegs das Spielen übte.

»Jovah behüte euch«, sagte Naomi, küßte sie ein letztes Mal und hielt dann ihr Pferd fest, während sie aufstieg. »Mögest du mit des Gottes Flüstern im Ohr reisen.«

Es war ein schöner Tag, aber es vergingen drei oder vier Stunden, bis Rachel das so richtig mitbekam. Ihre Gedanken waren so sehr mit dem zurückliegenden edorischen Lager beschäftigt, daß sie buchstäblich nichts von der Landschaft um sie herum sah und nicht wußte, ob sie im Sonnenschein oder im Schatten ritten. Matthäus mußte sie am Arm zupfen, als er sie gegen Mittag fragte, ob sie Hunger habe. Geistesabwesend nickte sie.

»Ach, Raheli, das Ganze ist es nicht wert, daß du dir solche Sorgen machst«, sagte er, halb lachend und halb ernst, als sie sich auf einer ausgebreiteten Decke niedergelassen hatten und an ihrer Trockennahrung kauten. »Du wirst deine edorischen Freunde in ein paar Tagen schon wiedersehen. Naomi sagte, sie werde vor Ende der Woche in Velora eintreffen.«

Rachel brachte ein mühsames Lächeln zustande. »Ich weiß. Es ist nur so. Ich glaube, mir war nicht einmal bewußt, wie sehr sie mir fehlte. So als ob sie diejenige sei, die statt meiner hätte tot sein können, und jetzt, da ich sie lebend wiedergefunden habe, kann ich es kaum ertragen, sie wieder zu verlassen.«

»Nun, du mußt nicht mit mir zurückreiten«, sagte er.

Im ersten Augenblick verstand sie ihn falsch. »Doch, natürlich! Ich muß bei der Glorie singen, das weißt du doch!«

»Natürlich mußt du singen, mein Mädchen. Ich wollte damit nicht sagen, daß du überhaupt nicht zurückkehren mußt. Aber du könntest einen oder zwei

Tage warten und mit deinen edorischen Freunden reisen. Sie werden immer noch rechtzeitig in Velora sein.«

Rachel hob den Blick zu ihm auf, und in ihrem Gesicht stand plötzlich Unsicherheit geschrieben. »Du hast recht«, sagte sie nachdenklich. »Ich könnte mit ihnen reisen … Aber Gabriel wollte von Anfang an nicht, daß ich diese Reise unternehme, und wenn ich nicht mit dir zurückkomme …«

»Ich erkläre ihm, wo du bist. Eine kleine Verzögerung, mehr nicht.«

Sie kaute auf der Innenseite ihrer Lippe. »Das wird ihm nicht gefallen«, sagte sie. »Er wird denken – weißt du, er wird denken, ich komme nicht zurück.«

»Nun, wenn du zurückkommst, wird er keinen Grund haben, das zu denken, oder?« erwiderte Matthäus vernünftigerweise.

Sie betrachtete ihn nachdenklich, und ein kleines Lächeln erhellte ihre Augen. »Meinst du, es wird dir gelingen, ihn zu überzeugen?«

»Ich bin mit der Gabe der Redegewandtheit ausgestattet«, sagte er vergnügt. »Warum sollte er mir nicht glauben? Kehr um, mein Mädchen. Wende dein Pferd und reite ins Lager zurück. Ich werde dich in Velora entschuldigen, und du kannst noch einige wertvolle Tage mit deiner edorischen Schwester verbringen.«

Dieses zweite Mal brachte Rachel ihr Pferd mit entschieden mehr Begeisterung auf den Weg. »Du bist ein wundervoller Freund«, sagte sie und umarmte Matthäus schnell, bevor sie sich wieder auf den Rücken ihres Reittiers schwang. »Richte Gabriel bitte aus – richte ihm bitte aus, daß ich mich beeile, zu ihm zurückzukehren. Sag ihm, daß ich auf jeden Fall zurückkomme.«

Matthäus lachte vom Boden aus zu ihr hinauf. »Er wird nicht daran zweifeln«, versprach er. »Los jetzt! Und paß auf dich auf!«

Sie ritt schnell und ganz und gar nicht so vorsichtig, wie Matthäus es gern gesehen hätte. Obwohl sie erst vor etwa einer Stunde durch diese Gegend gekommen war, hatte sie ihr so wenig Beachtung geschenkt, daß sie ihr überhaupt nicht bekannt vorkam. Es war natürlich ausgeschlossen, daß sie sich verirren würde; sie wußte genau, wo das Lager der Edori lag, und sie wußte, daß sie in die entsprechende Richtung ritt. Trotzdem wuchs in ihr ein unerklärliches Unbehagen, je weiter sie sich von Matthäus entfernte. Dieses ungute Gefühl nahm noch zu, als sich der sonnige Himmel ziemlich schnell mit Wolken überzog und die Luft sich merklich abkühlte.

Sie war vielleicht zwei Stunden von dem edorischen Lager entfernt, als ihr Palomino scheute und sich so jäh aufbäumte, daß Rachel beinahe hinuntergefallen wäre. Sie straffte die Zügel und hielt sie fest im Griff, während das Pferd im Kreis tanzte, den Kopf hin und her warf und nicht willens zu sein schien, auch nur eine Meile weiterzugehen. Rachel spähte den Weg vor sich ab, auf der Suche nach etwas, das das Pferd erschreckt haben könnte, doch auf der flachen weißen Prärie vor ihr war nichts Auffälliges zu bemerken.

»Nun, irgend etwas gefällt dir anscheinend nicht«, murmelte sie, glitt aus dem Sattel und ließ die Zügel locker. »Vielleicht etwas Totes? Etwas, das wir umgehen könnten? Ich will einmal nachsehen. Bleib du schön hier!«

Sie machte ein paar behutsame Schritte nach vorn, aber nichts sprang sie an, und nichts in der Landschaft vor ihr deutete auf irgendeine Bedrohung hin. Also schritt sie etwas kühner aus, wobei sie die unverkennbaren Anzeichen des Frühlings hier in den südlichen Gefilden spürte – das Grünen des Grases, das Blühen der flammenfarbigen Beerenbüsche, die als erste auf- und am schnellsten verblühten, das melodische Fragen und Antworten der Drosseln, die ihre Kreise über ihr zogen und so kraftvoll über sie hinwegstrichen, daß sie das Schlagen und Rauschen der Flügel hörte ...

Der Flügel ...

Sie hatte kaum Zeit hinaufzublicken, bevor sie über ihr waren, große fliegende Körper, die als furchterregende Masse aus Armen, Beinen und Federn herabstießen. Sie schrie auf und zog den Kopf ein, zuckte zur Seite und versuchte gleichzeitig, sich flach zu Boden zu werfen und wegzurennen. Hände griffen nach ihr und verfehlten sie, Nägel kratzten ihr über die Wangen. Eine andere Hand verfing sich in ihren Haaren, doch sie wand sich frei und spürte, wie ihr die Haare beinahe ausgerissen wurden. Die Luft um sie herum war aufgewühlt von Flügelschlägen; Schatten verdeckten die Sonne, während die Angreifer über ihr schwebten. Sie schlug mit geballten Fäusten nach den zu ihr ausgestreckten Händen und schrie noch lauter, noch verzweifelter. Sie waren rings um sie herum, sie konnte nirgendwohin ausweichen.

Jemand packte sie bei den Handgelenken, und jemand griff wieder nach ihren Haaren. Dann umfingen zwei Arme ihre Taille, und das Schreckliche geschah. Sie wurde hochgehoben, sie schwebte, sie flog. Die Welt unter ihr schaukelte wahnwitzig von einer Seite zur anderen, dann schrumpfte sie, wurde winzig und glitt schließlich in einer Reihe von unwirklichen, mikroskopischen Bildern an ihr vorbei. Bäume, Hügel, das braune und grüne Flickwerk von Feldern, fingerbreite Flüsse, handtellergroße Teiche – all das entfaltete sich unter ihr wie verkleinerte Bilder, aus einem seltsam unnatürlichen Winkel aufgenommen.

Schwindel und Übelkeit übermannten sie, und sie schloß die Augen. Sie spürte immer noch, wie der Wind an ihr vorbeipfiff, viel zu schnell, viel zu kalt. Sie fror; und da, wo ihre Seite und ihre Schulter an die nackte

Engelshaut gedrückt waren, war ihr Fleisch vollkommen eisig. Sie merkte, wie die Angst mit körperlichem Druck auf ihr Gesicht und ihre Lunge einwirkte, aber sie besaß nicht die Kraft, sie abzuwehren. Sie hatte Angst, die Augen wieder zu öffnen, Angst, wieder einen Blick auf die übelkeiterregende Landschaft werfen zu müssen, die so tief unter ihr lag, daß sie nicht einmal raten konnte, wie hoch sie sich über ihr befand, aber sie mußte es wissen. Sie wußte es, aber sie mußte ganz sicher sein …

An ihrer linken Schulter spürte sie kaltes Metall gegen ihre kalte Haut, als der Arm des Engels sie an seiner Brust wiegte. Vorsichtig, gegen die Möglichkeit jeder Vision anblinzelnd, die sich als Realität entpuppen könnte, öffnete sie ein Auge und warf einen schnellen Blick auf das Handgelenk des Engels.

Es war von einem mit Rubinen eingelegten goldenen Armreif umschlossen.

Sie war, genau wie sie vermutet hatte, den Getreuen des Erzengels in die Hände gefallen.

# 16. KAPITEL

Der Ort hatte den Namen Windhagen erhalten, weil das Raunen des Windes niemals aufhörte. Tag und Nacht, in jedem Raum der hohen, steinernen Festung flüsterte der Wind, seufzte, stöhnte, schrie, schluchzte. Er wedelte hinter Dienern her, wenn sie durch die langen, steinigen Flure huschten. Er spielte mit Vorhängen, Wandteppichen, den Säumen von Frauenröcken. Er brachte die Kerzen zum Flackern, das Feuer zum Auflodern, die Glaskugeln der Kandelaber zum Klirren. Und selbst im Hochsommer verteilte er verschwenderisch seine durchsichtigen, schneekalten Küsse.

Sie waren die ganze Nacht über geflogen und am späten Vormittag angekommen, obwohl Rachel nur einen überaus wirren Eindruck von Zeit, Stimmen und Ereignissen hatte. Sie hatte während der meisten Zeit dieses Tages in einem Raum ganz oben in der hohen, schmalen Burg krank daniedergelegen. Man hatte sie aufs Bett gelegt und alleingelassen, aber mit einem einzigen kurzen Aufbäumen von Kraft hatte sie es geschafft, sich zu erheben und zum Feuer zu taumeln, wo sie seither auf der Bank des erkalteten Steinofens lag. Sie hatte sich erbrechen müssen, hatte Augenblicke wahnsinnigen Entsetzens durchlebt, und sie zitterte immer noch wie von Schüttelfrost, aber allmählich merkte sie, wie sich ihr Körper und ihre Seele erholten. Mit äußerster Willenskraft richtete sie sich zum Sitzen auf, obwohl sie das erneut schwindelig machte, und versuchte, in ihrem schmerzenden Kopf wieder einen klaren Gedanken zu fassen.

So. Er hatte es schon einmal versucht, und diesmal war es ihm gelungen. Der Mann, den sie mehr als alle anderen haßte, hatte sie gefangengenommen. Jetzt blieb abzuwarten, wie sein Plan aussah, sie umzubringen.

Sie hob den Kopf und zwang sich, den Blick durch das Gelaß schweifen zu lassen. Es mutete wie eine Mansarde an, aber vielleicht war es in diesem Steinhaufen der eleganteste Raum, den die Festung zu bieten hatte. Der poröse graue Stein der Mauern war durchzogen von Mörtelstreifen – die Burg war entgegen dem ersten Anschein nicht im Ganzen aus dem Fels des Berges gehauen worden, sonder mühsam, Stein für Stein, hoch oben an diesem überaus unwirtlichen Bauplatz errichtet worden. Die Festung war Hunderte von Jahren alt, und zumindest dieser Raum zeigte die Spuren jedes einzelnen Tages einer fünfhundertjährigen Benutzung. Der Mörtel war gesprungen und geschwärzt; die trübe Glasscheibe in dem einzigen Fenster paßte nicht genau in den gesplitterten Rahmen; und überall, wo Mauer an Mauer oder Mauer an Decke stieß, boten fingergroße Löcher dem Wind Durchlaß.

Rachel zitterte und wandte die Augen der Möblierung zu. Das Bett war ziemlich breit und mit einer dicken Steppdecke bedeckt. Jemand hatte versucht, den trostlosen Raum mit roten Teppichen und buntgemusterten Wandbehängen aufzuheitern. Anscheinend gab es kein getrenntes Waschzimmer, wie man es im Horst hatte, sondern nur acht oder zehn große Wassereimer, die an einer Wand aufgereiht waren, und verschiedene Krüge und Becken, in denen man sich waschen konnte. Zweifellos sollte sie es sich hier gemütlich machen.

Der Gedanke entlockte ihr ein bitteres Lächeln.

Hauptsächlich um herauszufinden, ob sie dazu in

der Lage war, erhob sie sich probeweise und stand eine Weile schwankend vor dem Feuer. Aus der höheren Perspektive des Stehens setzte die Erforschung des Raumes fort. Es gab einen Kleiderschrank, eine Kommode mit Schubladen, einen Drehspiegel, einen Tisch und einen Stuhl; das eine Fenster, eine Tür. Sie schritt durch den Raum, um jeden einzelnen Gegenstand genauer in Augenschein zu nehmen.

Der Kleiderschrank war dürftig gefüllt mit einigen ziemlich unförmigen alten Kleidern, die aber dick genug waren, um zu wärmen. Das Hemd und die Hose, die sie trug, waren schmutzig und zerrissen. Höchstwahrscheinlich mußte sie Kleidung tragen, die Raphael ihr zur Verfügung stellte. Die Kommode bot Unterkleider, einen Satz Bettzeug, Seife und andere Dinge zur persönlichen Körperpflege.

Ihr Spiegelbild zeigte einen Wust wilder Haar, fanatische Augen und zu Fäusten geballte Hände, aber sie blieb nicht lange genug davor stehen, um die Erscheinung eingehend zu betrachten.

Die Tür war natürlich verschlossen.

Eine Zeitlang blieb sie auf der einen Seite des Raums stehen, ein wenig vom Fenster entfernt, unwillig hinauszusehen, da sie sich vor dem Ausblick fürchtete. Noch nie, bis zum heutigen Tag nicht, hatte sie den Mut aufgebracht, durch ihr einziges Fenster im Horst hinauszublicken, aus Angst vor der Übelkeit und dem Schwindelgefühl, das die Höhe bei ihr hervorriefe. Sie war sich nicht sicher, ob sie es ertrüge, durch dieses trübe Glas hinauszusehen und nichts anderes zu erblicken als das graue Felsgestein, das sich hinunter in die Schwärze einer unvorstellbar tiefen Schlucht erstreckte. Und dennoch mußte sie hinaussehen; sie mußte wissen, welche Fluchtmöglichkeiten sie hatte.

Also schlich sie näher zu der Glasscheibe; dann hielt

sie sich die gespreizten Hände vor die Augen, um den schlimmsten Anblick zu lindern, sah schnell hinaus und dann wieder in den Raum zurück.

Aber sie hatte nichts anderes gesehen als Steine. Große Steine, schiefergrau und von Adern durchzogen, ansteigend statt abfallend. Sie spähte noch einmal durch das Glas, diesmal länger.

Ihr Fenster zeigte hinaus auf eine zerklüftete Gebirgswand, die sich zu einem unregelmäßigen Scheitel hinaufstufte. Als sie den Hals bog, sah sie den Gipfel des zähnefletschenden Berges, der drei gebogene Finger in den mürrischen Himmel stieß. Nirgends gab es eine Spur von Pflanzenbewuchs – weder harte Gebirgssträucher noch immergrünes Efeu, nicht einmal Unkraut –, nur die knochigen Fingerspitzen des Berges, die Löcher in den Himmel bohrten.

Sie, Raheli sia a Manderra, frühere Edori, frühere Sklavin und zukünftige Angelica, war auf dem Gipfel der Welt in der Burg ihres Feindes gefangen.

Nach einer Zeit, die ihr wie Stunden erschien, brachte ihr jemand etwas zu essen.

Ihr war nicht bewußt gewesen, daß sie Hunger hatte, bis ihr der Geruch in die Nase stieg, der durch die geschlossene Tür hereinzog; da fühlte sie sich halb verhungert. Ein Schlüssel drehte sich im Schloß, und zwei Männer betraten den Raum; einer trug ein Tablett, der andere bewachte lediglich den Ausgang. Keiner von beiden sah ihr ins Gesicht.

»Wer seid ihr? Warum bin ich hier?« fragte sie in scharfem Ton, war jedoch nicht überrascht, als sie keine Antwort erhielt. Der Servierende verneigte sich beim Hinausgehen, und die Tür fiel hinter ihm ins Schloß. Sie hörte, wie der Schlüssel wieder umgedreht wurde. Einen Augenblick lang starrte sie voller Zorn zu der geschlossenen Tür, aber die Verlockung des Essens war zu stark. Sie durchquerte den Raum mit schnellen Schritten und verzehrte gierig das Mahl.

Erst als sie den letzten Bissen hinuntergeschlungen hatte, kam ihr der Gedanke, daß die Speisen vergiftet gewesen sein könnten. Sie hatte nicht viel Erfahrung mit Toxinen, abgesehen von den tödlichen Pulvern, die in regelmäßigen Abständen in Lord Jethros Keller ausgestreut wurden, um die Vermehrung der Flußratten einzudämmen, aber sie wußte, daß es eine große Vielfalt davon gab. Gifte, die das Gehirn vernebelten, Gifte, die Wahnvorstellungen hervorriefen, Gifte, die einen Menschen innerhalb weniger Minuten umbringen konnten …

Nun, wenn er sie einfach hätte töten wollen, dann hätte Raphael lediglich seinen Engel anzuweisen brauchen, sie vom Berggipfel hinunterfallen zu lassen, und sie war sich nicht sicher, ob er ein Gift brauchte, um sie in den Wahnsinn zu treiben. Das ständige Winseln und Heulen des Windes würden das schaffen, wenn das Entsetzen ihm nicht zuvorkäme. Es war also wohl kein allzu großes Risiko zu essen.

Während des Restes des Tages kam niemand mehr an die Tür. Die Nacht trat schnell ein, dem Licht nach zu urteilen, das durch das unvollkommene Fensterglas hereinfiel, oder vielleicht brachte der Schatten des Berges die Nacht schneller an diesen Ort als an andere Teile der Welt. Keineswegs sah es so aus, als könnte die Sonne erfolgreich an diesen anklagenden Wächtern aus Felsgestein vorbeikommen und Licht oder Wärme irgendwo in die Nähe dieser öden Festung bringen. Jedenfalls wurde es in der Kammer dunkel, und Rachel merkte, wie die Erschöpfung sich ihrer bemächtigte. Sie ging zum Bett, legte die Steppdecke doppelt zusammen, um noch etwas mehr Wärme zu bekommen, und schlief ein.

Am Morgen lag sie, ihrer Gewohnheit entsprechend, eine Zeitlang still da, ohne die Augen zu öffnen.

Kalt – das kam ihr als erstes zu Bewußtsein. Ihr Körper war zu einem Knäuel zusammengekringelt, ihre Arme waren vor der Brust verschränkt, um jedes bißchen Wärme zu bewahren, das ihr Körper produzierte. Trotzdem schmerzte die Kälte und machte sie steif. Als nächstes drang die gespenstische Musik des unartikulierten Windes in ihr Bewußtsein. Sie drückte die Augenlider fester zu, zog die Glieder enger zusammen, aber es half nichts. Sie erinnerte sich genau, wo sie sich befand und wie sie hierher geraten war.

Aber *warum* war sie hier? Was würde als nächstes mit ihr geschehen? Wo war Raphael, und warum hatte er ihr nicht erklärt, aus welchem Grund er sie als Geisel genommen hatte?

Sie zitterte unter der Decke und weigerte sich, sich aus dem Bett zu bewegen.

Nach etwa einer Stunde waren draußen vor der Tür Geräusche zu hören, und wieder traten zwei Diener ein. Einer entfachte ein Feuer, während der andere ein Frühstückstablett absetzte. Sie wartete, bis sie hinausgegangen waren und die Tür hinter sich verschlossen hatten, bevor sie die Decke abwarf und zum Feuer rannte. Sie hatten außerdem weiteren Brennstoff mitgebracht, so daß sie den Flammen neue Nahrung geben konnte, wenn sie zu erlöschen drohten. Wenigstens hatte man also nicht vor, sie einen Tod durch Erfrieren – oder Verhungern – erleiden zu lassen.

Niemand kam, um mit ihr zu sprechen; der Tag breitete sich öde und grau und ein wenig bedrohlich vor ihr aus. Um sich am Grübeln zu hindern, vertrieb sie sich die Zeit damit, ihre Stimme zu üben, indem sie die Tonleiter in halben Noten hinauf und hinunter sang, und dann, als der ermüdende Tag seinen Lauf nahm, in Viertelnoten. Als nächstes übte sie sich in Intervallen, Moll, Dur und Dissonanzen und wandte sich dann Atemübungen zu.

Schließlich fiel ihr die Lernflöte wieder ein, die sie in die Hose gesteckt hatte, als sie Matthäus verlassen hatte, holte sie hervor und brachte sich bei, den primitiven Röhren dünne Töne zu entlocken und eine einfache Musik zu spielen. Als sie dessen müde war, machte sie sich wieder an Stimmübungen. Ihr stand nicht der Sinn danach, richtiges Singen zu versuchen (irgendwie war die Vorstellung von wahrer Musik an diesem Ort unmöglich). Es war, als ob Jovah sie in dieser Burg nicht hören würde, selbst wenn sie ihm seine Lieblingsmessen vortragen würde. Es war, als ob ihre Stimme in einem Vakuum verpuffen würde, in einem Raum ohne Hall, als ob sie überhaupt nicht sänge.

Und dennoch bot der Wind eine düstere und unaufhörliche Begleitung, und seine gespenstische Melodie hing in dem Raum, auch wenn Rachel verstummt war.

Eine weitere Mahlzeit wurde gebracht, noch eine Ladung Brennstoff, und wieder erhielt sie keine Antwort auf ihre ungeduldigen Fragen. So verging der Tag, und es war schon wieder Abend, noch bevor sie so richtig dafür bereit war.

An diesem Abend war sie nicht müde. Sie saß lange vor dem Feuer, eingehüllt in eine Decke und grüblerisch in die Flammen starrend. Im Laufe des Tages hatte sie sich ein paarmal gewundert, daß sie nicht soviel Angst hatte, wie sie eigentlich hätte haben müssen; ihre vorherrschende Regung war vielmehr Wut. Daß er sie gefangengenommen hatte, daß er es gewagt hatte, nach all dieser Zeit und noch einmal ... Es war töricht, das wußte sie, aber wenn sie je Gelegenheit hätte, ihm von Angesicht zu Angesicht gegenüberzustehen, würde ihr ganzer Zorn aus ihr herausbrechen. Sie würde ihm genau sagen, wie sehr sie ihn haßte. Dann würde er sie töten oder mit ihr tun, was immer er mit ihr vorhatte, also würde ihr Zorn ihr nur schaden; aber der war so viele Jahre lang ihr Mantel, ihre Waffe und ihr Schild gewesen, daß sie ihn jetzt nicht einfach so ablegen konnte.

Ihre Gedanken wurden jäh unterbrochen durch ein erfolgloses Betätigen des Türgriffs. Ihr Kopf fuhr herum. Sie betrachtete mit zusammengekniffenen Augen das dicke dunkle Rechteck aus Holz, während auf der anderen Seite Hände versuchten, mit Gewalt den falschen Schlüssel ins Schloß zu stecken. Ihr Herz drückte in der Brust. Sie blickte sich aufgeregt nach einer Waffe um, fand jedoch keine. Das leise, verstohlene Klicken setzte sich noch eine Weile fort, während ihr spätabendlicher Besucher beharrlich eine Reihe von Schlüsseln ausprobierte, einen nach dem anderen. Rachel saß reglos an der Feuerstelle, doch ihr Kopf drohte unter dem Druck heftig pochenden Bluts zu zerbersten.

Aus welchem Grund sollte ein Wärter wohl die Zelle einer Gefangenen aufsuchen, während der Rest der Welt schlief?

Das Kratzen von Metall auf Metall hörte auf. Rachel lauschte angestrengt, um einen geflüsterten Fluch oder die Geräusche eines erneuten Angriffs auf die Tür zu hören. Es herrschte so lange Stille, daß sie schon beinahe glaubte, ihr Besucher habe sich davongeschlichen, und doch ... sie spürte immer noch, daß da draußen jemand war, der geisterhaft, voller Wut und Enttäuschung die Tür abschätzend betrachtete. Nach einem langen, langen Augenblick voller Anspannung hörte sie leise Schritte, die einen Kreis beschrieben und sich dann durch den Flur entfernten. Sicher bildete sie sich das nur ein, aber sie glaubte auch das Zischen und Rauschen von Flügelfedern zu hören, die an den brüchigen Steinen des Flurs entlangstreiften.

Drei weitere Tage vergingen auf dieselbe Weise wie der erste Tag. Und auch drei weitere Nächte, genau gleich, bis hin zu dem mitternächtlichen Besucher. Jede Nacht wartete Rachel atemlos, lautlos an der Tür, die Hände zu Fäusten geballt, mit rasendem Herzen, und lauschte auf das Kratzen und Scharren an der Tür. Sie sprach nie, ebensowenig wie der Engel auf der anderen Seite, aber gewiß wußte er, daß sie ihn hörte, gewiß schmunzelte er in sich hinein, wenn er sich vorstellte, wie auf der anderen Seite der Tür ihr Gesicht vor Angst blaß wurde.

Jede Nacht überließ sie sich ihrer wahnsinnigen Angst, sobald er weggegangen war. Neben der Tür war ein steifer, verrosteter Riegel, und jede Nacht bot sie alle Kraft auf, ihn vorzulegen. Aber er war verbogen oder an seinem Platz angelötet, und obwohl sie zehn Minuten oder länger damit kämpfte, gelang es ihr nicht, ihn zu bewegen. Sie hatte keine Möglichkeit, ihre Zelle von innen zu sichern – und sie wußte, daß er früher oder später den richtigen Schlüssel finden würde. Dieser Gedanke ließ sie noch mehr erschaudern als die Kälte in ihrem Gefängnis.

Als die Diener ihr am vierten Morgen das Frühstück brachten, war sie auf sie vorbereitet. Sie hockte zusammengekauert neben der Tür und wartete, bis sie den ersten Schritt in den Raum getan hatten, beladen mit Tabletts und Brennholz. Dann rannte sie hinaus in den Flur und bog in den ersten abzweigenden Gang ab.

Sofort wurden hinter ihr Schreie und Schritte laut. Sie rannte wie besessen an Türen vorbei, durch ein Gewirr von Fluren, innerhalb weniger Minuten hoffnungslos verloren in einem grauen Durcheinander von Bogen, Treppen und Gängen. Das Licht in diesem Labyrinth war düster und unheimlich; es fiel durch wenige schmale Fenster herein, die in unregelmäßigen Abständen in die Mauern eingelassen waren. Sie stolperte einige Male auf dem unebenen gepflasterten Boden, da sie sich bei ihrer rasenden Flucht keine Vorsicht leistete. Einmal fiel sie auf die Knie und schürfte sich die Hände auf, als sie den Fall abfing, aber sie war sofort wieder auf den Beinen und rannte weiter.

Sie wußte nicht, wohin sie rannte. Sie hatte nicht die geringste Hoffnung auf ein Entkommen. Als aus einem tieferen Geschoß weitere Diener heraufeilten, um ihr den Weg abzuschneiden, ergab sie sich mit dem einzigen ihr verbliebenen Zeichen des Widerstandes. »Ich möchte mit Raphael sprechen«, forderte sie, als man ihre Arme packte und sie fest auf ihrem Rücken zusammendrückte. »Bringt mich zum Erzengel.«

Offenbar hatten seine Leute Anweisung erhalten, nicht mit ihr zu sprechen, denn zunächst antwortete niemand. Dann setzte sie sich mit aller Kraft zur Wehr. Sie hatte so getan, als wäre sie lediglich geflohen, um sich Aufmerksamkeit zu verschaffen. »Ich möchte zum Erzengel gebracht werden!« schrie sie, versteifte die Beine und stemmte die Füße gegen den Boden. »Bringt mich zu Raphael!«

Endlich antwortete einer von ihnen, und zwar in einem seltsamen bäuerlichen Dialekt aus dem Norden, den sie selten gehört hatte, auch während ihrer Zeit bei den Edori. »Er ist nicht hier«, sagte der Sprecher, ein dicker, kräftiger Mann, der so gefurcht und steinhart wie der Berg selbst aussah. »Morgen ist er wieder da. Dann kannst du mit ihm sprechen.«

Also ließ sie sich gefügig wieder in ihre Zelle bringen. Sie erwartete halb, daß ihr als Bestrafung das Essen oder das Brennholz weggenommen würde, aber es gab keine Vergeltungsmaßnahmen. Der Tag verlief genauso wie alle anderen.

Doch an diesem Nachmittag machte sie sich lange Zeit an dem Riegel der Tür zu schaffen. Unter Verwendung der Butter, die sie sich vom Frühstück aufgespart hatte, versuchte sie, ihn zu schmieren und damit beweglich zu machen, aber er widersetzte sich allen Versuchen, ihn zu verschieben. Nachdem sie sich endlich geschlagen gegeben hatte, dachte sie über andere Methoden der Sicherung und Flucht nach. Unwillkürlich wanderten ihre Augen zu dem Fenster auf der anderen Seite des Raums. Sie hatte nicht die Absicht, über den steilen Berghang zu fliehen, und sicherlich hatte Raphael Vorsorge getroffen, daß sie es nicht einmal versuchen könnte, aber bis jetzt hatte sie sich noch nicht einmal mit der Möglichkeit befaßt. Vielleicht würde das Fensterschloß ihren Bemühungen nachgeben; vielleicht, wenn sie vollends zur Verzweiflung getrieben worden wäre, wäre sie bereit, die Flucht den steinigen Hang hinab zu wagen, hinunter in die schwarze Schlucht ...

Doch nachdem sie zwanzig Minuten lang mit dem Eisenbolzen gerungen hatte, der das Glas an seiner Stelle hielt, mußte sie entdecken, daß auch dieser Riegel unbeweglich war. Sie legte die flache Hand auf die kalte, beschlagene Scheibe und spürte, wie das Glas erbebte, wenn der Wind darüber hinwegglitt. Immer wieder, mit einem unausweichlichen, klagenden Ruf, halb Schrei und halb Flüstern; und wieder ...

Sie wandte sich vom Fenster ab, nahm ihre Flöte zur Hand und hoffte, mit deren süßer, kindlicher Musik das mißtönende Oratorium des Windes zu übertönen. Und tatsächlich fühlte sie sich während des Spielens ein klein wenig besser, besänftigt und wieder menschlich, obwohl sie die Schilfrohre immer noch nicht gut genug beherrschte, um zwei Töne gleichzeitig zu spielen.

Und auf einmal wurde ihr klar, warum Windhagen ein so düsterer, so gespenstisch und böse anmutender Ort war: Hier gab es keine Harmonie. Es sangen keine Engel, Stimme gegen Stimme, wie es im Horst ständig der Fall war; nichts, nichts und niemand in Windhagen befand sich in Übereinstimmung. Sie hatte recht gehabt – vor einem Tag, zwei Tagen, vor Jahren –, als sie instinktiv gespürt hatte, daß Jovah sie hier nicht hören würde. Er hatte sich von diesem Winkel der Welt abgewandt, weil es hier keine Harmonie gab.

Sie drückte sich die Rohre an die Brust und kauerte sich zu einem Bündel zusammen. Sie war verloren an diesem klanglosen, seelenlosen Ort, den sogar der Gott verlassen hatte.

Bedrückt durch den unheimlichen Wind und ihre trostlosen Gedanken, hatte Rachel eine schwere Nacht hinter sich; sie war spät eingeschlafen und schlief immer noch, als Raphaels Diener versuchten, ihr das Frühstück zu servieren. Sie wachte von deren Pochen an der Tür auf, und sie schwankte benommen über den kalten Boden, um sie einzulassen. Das bedurfte einiger Anstrengung: Sie hatte am Abend zuvor den schweren Kleiderschrank verrückt und ihn so dicht wie möglich gegen den Holzrahmen der Tür geschoben. Sie hatte beabsichtigt, ihrem mitternächtlichen Besucher die Tür zu verbarrikadieren, obwohl das Gewicht des Kleiderschrankes wahrscheinlich nicht ausgereicht hätte, um ihn abzuhalten, falls es ihm gelungen wäre, den richtigen Schlüssel zu finden. Immerhin hatte das Möbelstück die Diener am Eintreten gehindert, und das freute sie.

Sie warfen ihr wütende Blicke zu, als sie mit ihren üblichen Rationen an Essen und Brennholz eintraten, und diesmal beobachteten sie sie aufmerksamer, um sicherzugehen, daß sie keinen Ausbruchsversuch unternähme. Einer von ihnen deutete beim Hinausgehen mit anklagendem Finger auf sie.

»Heute abend«, sagte er in seinem schleifenden Bergbauern-Dialekt, »wirst du mit dem Engel speisen.«

»Raphael ist zurück?« fragte sie. »Werde ich ihn heute abend sehen?«

»Sei bereit«, sagte der Diener, ging hinaus und schloß sie ein.

O ja, sie würde bereit sein. Sie war seit fünf Tagen bereit.

Der Tag verging mit noch zermürbenderer Langsamkeit. Nachdem sie sich gewaschen, die Haare getrocknet und entschieden hatte, welches der alten Kleider das wärmste wäre für den Marsch durch die zugige Burg zu irgendeinem Speisesaal, den Raphael als geeignet für diesen kleinen Empfang hielte, gab es wie gewöhnlich nicht viel zu tun. Sie machte wieder einmal Stimmübungen, spielte auf ihrer Flöte, bearbeitete die beiden widerspenstigen Schlösser und wartete.

Es wurde allmählich dunkel, das Zeichen, das sie an diesem Ort als hereinbrechenden Abend deutete, als der grauhaarige alte Wächter kam, um sie zu holen. Sie war aufgesprungen, noch bevor die Tür ganz geöffnet worden war.

»Er ist jetzt da«, lautete die Begrüßung des Mannes. »Du wolltest doch unbedingt mit ihm sprechen.«

Rachel rauschte eilends vor ihm aus dem Raum und wartete dann, damit er durch das Labyrinth von Fluren vor ihr hergehen konnte. »Normalerweise würde ich mir nicht einmal die Mühe machen, ihn anzuspucken«, sagte sie eisig. »Aber heute muß ich ihm ein paar Dinge mitteilen.«

Dieser kleine Ausbruch von Trotz half ihr, Selbstsicherheit zu gewinnen, während sie dem Wächter über die Treppen und durch Dutzende von Fluren folgte, bis sie den Speisesaal des Erzengels erreichten.

Der Geruch von Gekochtem verriet ihr, daß sie wirklich zu einem Essen geladen worden war. Sonst hätte sie geglaubt, sie wäre in einen Alptraum geraten.

Sie hatte einen riesigen Raum mit einer so hohen Decke betreten, daß sie nicht zu unterscheiden vermochte, ob sie aus Holzsparren oder Steinbogen bestand. Große Türen führten in sechs Richtungen aus dem Raum hinaus, aber es gab keine Fenster, die Licht oder Luft hereinließen. Der ganze Saal war mit Bündeln von Kerzen beleuchtet, dennoch wirkte er düster und dämmrig. Unsichtbare Windstöße zerrten an den schwachen Flammen und löschten mit plötzlichen schnellen Stößen ganze Kandelaber auf einmal aus. Die übriggebliebenen flackernden Flammen zeigten zunächst die unten stattfindenden Aktivitäten und hüllten sie dann in Schatten.

Überall waren große Engelflügel über Stühle, Tische, Sessel und Divane drapiert. Es lag etwas Träges, beinahe Elegisches in den ausgebreiteten gefiederten Gliedmaßen. Gedämpfte Stimmen wurden in manchen Augenblicken durch plötzliche laute Ausbrüche von Gelächter unterbrochen; dann und wann hallte ein Ruf von einer Seite des Saals zur anderen hinüber. Glas klirrte gegen Silber, Zinn stieß gegen Porzellan, während Diener Wein eingossen, Fleisch tranchierten und Teller herumreichten, und dennoch lief das Ganze so schwerfällig ab, waren die Bewegungen so zähfließend ...

Rachel war an der Tür erstarrt, ergriffen von einer seltsamen verhaltenen Angst. Der Wächter stieß sie von hinten an, aber sie blieb auf der Stelle stehen und sah sich nur um. Wohin sie auch blickte, überall mischten sich Menschen mit Engeln. Die großen weißen Flügel überlappten zarte menschliche Schultern und umfingen sie mit ungeschickten, tolpatschigen Umarmungen. Beinahe jeder Engel im Raum war männlich und jeder Mensch weiblich. Die Frauen saßen vorgebeugt auf den göttlichen Schößen, schlangen die Arme um die dicken Hälse oder fuhren mit den Fingern durch zerzaustes Gefieder. In einer entfernten Ecke des Saals drängten sich drei geflügelte Gestalten um eine kleine menschliche Form; Rachel vernahm undeutlich ein Wechselspiel der Verführung und des Flehens, wobei die Stimme des Mädchens mit einem Klang unterdrückter Angst immer höher wurde. Die schweigenden Diener, die sich durch den Saal schlängelten, brachten Krüge mit frischem Wein an jeden Tisch, und jene, die nicht nach vorn an eine Schulter oder nach hinten an eine Stuhllehne gesunken waren, hoben die Gläser, um sie nachfüllen zu lassen.

Alle Engel von Windhagen waren betrunken und wie betäubt, und dies war der Hof, über den der Erzengel herrschte.

»Rachel! Mein bezaubernder Gast! Hierher, meine Liebe! Wir haben dir einen Platz an unserem Tisch freigehalten.«

Als sie diese honigsüße Stimme vernahm, zuckte ihr Kopf herum. Selbst bei dieser düsteren Beleuchtung war es unmöglich, Raphael nicht gleich zu erkennen. Er war aufgestanden und winkte sie zu sich heran. Aus dieser Entfernung und in diesem Licht sah er aus wie in einen topasfarbenen Schimmer getaucht, den sein eigener Körper ausstrahlte. Auf Haaren, Federn und Haut blitzten goldene Lichtreflexe. Er stand in einer Aureole und winkte sie an seinen Tisch.

Sie durchquerte den Raum und blieb vor ihm stehen, einfach nur starrend.

»Das ist ein bißchen viel, verglichen mit der Schlichtheit des Horstes, nicht wahr?« sagte er mitfühlend, während er einen Stuhl heranzog und ihr mit einer Geste bedeutete, Platz zu nehmen. »Es geht hier nicht immer so entspannt zu, das kann ich dir versichern, aber ich bin nach mehrtägiger Abwesenheit zurückgekehrt, und meine Schar ist glücklich, mich wieder bei sich zu haben. Das ist der Anlaß für dieses Fest, verstehst du? Üblicherweise benehmen wir uns anständiger.«

»Ich frage mich, warum ich daran zweifle«, sagte sie, nachdem sie ihre Stimme zusammen mit der ihr angeborenen Ironie wiedergefunden hatte.

»Weil du von Natur aus ein mißtrauisches und grämliches Mädchen bist«, antwortete er aalglatt. »Ich begreife nicht, was Gabriel an dir findet.«

Bei einer kleinen Gruppe an Raphaels Tisch brach Gelächter aus; zum ersten Mal wurde ihr so richtig bewußt, daß Raphael nicht allein war. Sie warf einen kurzen Blick in die Runde und bemerkte drei weitere Engel an seinem Tisch, von denen sie zwei noch nie zuvor gesehen hatte und einen sofort erkannte. Saul. Der blonde, lüsterne Engel, dem sie zum ersten Mal in Lord Jethros Haus begegnet war …

Er grinste sie an. Sie spürte, wie eine unvernünftige Flut des Schreckens sie überspülte, und sah schnell weg. Raphael lächelte sie immer noch an und streckte ihr eine Hand entgegen.

»Aber setz dich doch, mein liebes Mädchen, setz dich«, bat er. »Iß mit uns. Ich habe gehört, du warst so ungeduldig, mich zu sehen, daß du neulich durch meine Burg geirrt bist. Leider war ich nicht da, wie gesagt. Aber jetzt bin ich hier, und du kannst mir dein Herz ausschütten.«

»Gern«, sagte sie und blieb stehen. »Aber das täte ich lieber unter vier Augen.«

»Oho!« hauchte er und feixte. »Du möchtest mir Geheimnisse verraten. Ich fühle mich geschmeichelt, von dir ins Vertrauen gezogen zu werden.«

»Ich möchte die Wahrheit von dir hören«, antwortete sie, »die du, wenn ich dich richtig einschätze, nur selten vor anderen äußerst. Und ich weigere mich, auch nur eine Minute in der Gegenwart dieses …« Sie machte eine Handbewegung in Sauls Richtung. So wollte ihn nicht einmal mit einem Namen oder Attribut bezeichnen.

Saul lachte. Einer der anderen Engel lallte: »Möchte nicht weg. Möchte mit der hübschen Dame reden.«

Rachel wartete. Raphael lächelte. »Oh, sehr wohl,

meine Liebe. Aber vergiß nicht, wenn sich das Gespräch in gefährliche Bahnen bewegt, daß du um dieses kleine Rendezvous gebeten hast, nicht ich. Saul, führ die anderen weg. Laß die Kerzen hier, sei so gut. Und den Wein, bitte. Ihr bekommt an einem anderen Tisch wieder welchen.«

Nachdem die anderen unter Protest den Tisch verlassen hatten, setzte sich Rachel endlich, jedoch nur auf die äußerste Kante ihres Stuhls. Raphael lümmelte sich bequem auf den Stuhl ihr gegenüber und betrachtete sie durch den bernsteinfarbenen Kerzenschein.

»Weißt du, ich glaube, wir müssen verwandt sein«, sagte er nachdenklich, als ob das die Lösung eines Rätsels wäre, über das er lange nachgedacht hatte. »Gewiß kannst du nicht meine Tochter sein, obwohl ich zugeben muß, daß meine Nachkommen in ganz Jordana verstreut sein müssen. Oder sollte ich mich täuschen? Gehörte deine Mutter zu den Frauen, die danach trachteten, einen Engel als Liebhaber an Land zu ziehen, damit sie sich vor ihnen Freundinnen mit ihrer Eroberung brüsten konnten?«

»Meine Mutter starb, als ich noch ein Kind war«, antwortete Rachel in beherrschtem Ton. »Aber ich glaube, sie war eine tugendhafte Frau.«

»Dann vielleicht deine Großmutter. Womöglich hat sie etwas mit meinem Erzeuger oder mit einem meiner Onkel gehabt. Es ist keine Schande, wirklich nicht, der Sproß einer Engelsucherin zu sein. Zweifellos ist das einer der Gründe, warum Jovah dich während all deiner erstaunlichen Schicksalswirrungen ständig im Auge behielt.«

»Jovah ist nicht der einzige, der mich im Auge behalten hat«, sagte sie.

»Das ist wahr – sehr wahr. Ich widme dir seit ziemlich langer Zeit meine Aufmerksamkeit. Und ich habe, wie du vielleicht erraten hast, das eine oder andere deiner Mißgeschicke gefördert. Aber du bist ein unverwüstliches Mädchen. Du überlebst alles. Ehrlich gesagt, wir alle können uns an dir ein Beispiel nehmen.«

»Und jetzt hast du mich hierhergebracht«, sagte sie, immer noch in demselben gepreßten, beherrschten Ton. »Ich ahne nicht, aus welchem Grund. Was willst du mit mir anstellen? Warum willst du mich töten? Was habe ich dir getan?«

Raphael riß die goldfarbenen Augen sehr weit auf. »Rachel, meine Liebe, meine Liebe! Welch häßliches Geschwätz! Du bist hier in meinem Haus, zum ersten Mal – können wir nicht ein erfreuliches Tischgespräch führen?«

»Falls du das für ein geselliges Beisammensein hältst, wo ist dann deine Frau? Sollte Leah nicht dabei sein?«

»Meine Frau zieht es vor, bei Gelegenheiten wie dieser ihre Mahlzeit in ihren Gemächern einzunehmen«, erwiderte Raphael aalglatt. »Die Aufregung meiner Rückkehr nach Hause ist manchmal zuviel für sie.« Er lächelte Rachel gewinnend an. »Du verstehst.«

Sie betrachtete ihn aus zusammengekniffenen Augen. »In ihren Gemächern«, sagte sie leise. »Freiwillig oder in Ketten? Zwingst du der Angelica ebenso deinen Willen auf wie mir?«

»Nein; sie kann sich überall hier in der Burg frei bewegen, obwohl sie selten von ihren Rechten Gebrauch macht«, sagte er. »Sie ist eine sehr nachsichtige Frau, das muß ich sagen. Sie gewährt mir jegliche Zerstreuung, wonach mir der Sinn steht, und im Ausgleich dafür achte ich ihren Wunsch nach Abgeschiedenheit. Siehst du, wir passen entschieden besser zusammen als du und dein launischer Gemahl.«

»Ich würde nicht sagen, daß der Gott eine kluge Wahl getroffen hat, als er dich mit Leah zusammenbrachte«, erwiderte sie, »aber Jovahs Wege waren schon immer sonderbar.«

Raphael goß ihr ein Glas Wein ein und füllte ihren Teller mit Köstlichkeiten von den Platten auf dem Tisch. »Nun, es ist bemerkenswert«, sagte er leise. »Jovah hat diese Frau nicht unmittelbar für mich ausgesucht.«

»Das ist lächerlich«, brauste Rachel auf. »Er erwählt jede Angelica.«

Raphael nickte lebhaft über seinem Glas Wein. »O ja, er hat auch die meine erwählt! Sie war ein Jansai-Mädchen, ziemlich hübsch, mit einer gehörigen Portion Mut und körperlicher Kraft. Ihre Eltern waren wohlhabende Kaufleute, und sie verachtete sie, und sie war einige Jahre vor unserer Vermählung zu ihrer Tante und ihrem Onkel gezogen. Ich weiß nicht, wie gut du dich mit den Jansai auskennst«, fügte er hinzu, »aber junge Mädchen mit einem starken Willen sind eine Seltenheit. Nun, sie werden kaum geduldet. Sie hatte keine leichte Zeit, die Arme, hin und her gerissen zwischen dem einen Haushalt und dem anderen, aber nichts konnte ihren wirklich unzügelbaren Geist zähmen. Sie hatte – es ist schwer zu beschreiben – eine innere Flamme, die einfach nicht auszulöschen war. So schien es jedenfalls. Die Jansai-Männer sind jedoch sehr gut im Löschen.«

Rachel fühlte Ekel in sich aufsteigen. Ohne das Ende der Geschichte zu kennen, wußte sie, was ihr daran nicht gefallen würde. »Was ist mit ihr geschehen?« fragte sie zögernd. »Wie war ihr Name?«

Er setzte sein typisches warmes goldenes Lächeln auf. »Ihr Name«, sagte er, »war Leah.«

Rachel zuckte ein wenig zusammen. »Dann«, sagte sie steif, »haben sie – und du – hervorragende Arbeit im Löschen geleistet, denn die Frau, die deine Frau ist …«

»Oh, es ist nicht dieselbe Frau«, sagte Raphael beinahe fröhlich. »Die Leah, die ich heiraten sollte, ist tot. Sie starb – traurigerweise – ein paar Tage vor unserer

Hochzeit. Meine Leah – das ist nicht ihr ursprünglicher Name, aber weißt du, ich habe keine Lust, mir diesen ständig ins Gedächtnis zu rufen –, meine Leah war eine Engelsucherin, die ziemlich viel Zeit damit verbracht hatte, mich davon zu überzeugen, daß sie alles zu tun imstande sei, um mich zu erfreuen. Du weißt ja, wie das mit Engelsucherinnen ist, meine Liebe; sie sind die schlimmste Sorte von Huren, aber das macht sie häufig zu der besten Sorte von Huren. Also habe ich sie ausgetauscht.«

»Du …« Rachel bekam keine Luft mehr. Sie war überzeugt, daß sie nicht richtig gehört hatte. »Du – was soll das heißen?«

»Ich habe sie ausgetauscht. Die Jansai brachten ihre Leah nach Windhagen, peinlich berührt und sich inständig entschuldigend, weil sie ein so widerspenstiges Luder war, und ich sagte: ›Jovah und ich werden sie mit Liebe zähmen.‹ Wortwörtlich. Und weiter: ›Sie soll für einen Monat einen vorehelichen Besuch bei mir machen, und dann werden wir in Breven heiraten. Bis dahin wird sie so fügsam sein, daß ihr sie nicht wiedererkennt.‹ Nun, sie waren nur allzu froh, sie bei mir abzuladen, da sie, wie du dir vorstellen kannst, ihnen seit zwanzig Jahren nichts als Verdruß ohne Ende bereitet hatte. Und als wir vier Wochen später in Breven ankamen« – er breitete die Hände so elegant aus, daß kein Wein aus seinem Kelch verschüttet wurde –, »brachte ich meine Leah anstelle von deren Leah mit und heiratete sie im Angesicht Jovahs, der Engel und aller anderen.«

»Aber haben sie denn nicht … Konnten sie nicht … Wie konntest du sie täuschen?« stammelte Rachel. »Ihre Eltern, ihre Familie …«

»Nun ja, du weißt doch, wie die Jansai-Frauen aussehen«, sagte er. »Vollkommen vermummt in Tüchern und Kleidung. Wir hatten meine Leah von Kopf bis Fuß verhüllt und ließen sie keine Minute lang mit ihrer liebenden Familie allein. Sie waren zu sehr entzückt über die Verwandlung, die sie durchgemacht hatte, um allzu genaue Nachforschungen anzustellen. Oh, vielleicht hegten sie einen gewissen Verdacht, aber sie hatten keine Lust, ihn zum Ausdruck zu bringen. Welchen Schaden hatte ich ihnen schließlich zugefügt? Ob ich sie nun heiratete oder sie ihnen anderweitig vom Hals schaffte, jedenfalls hatte ich sie von dem aufrührerischen Mädchen befreit. Und ich war Erzengel, und Gott hörte mir zu. Sie lächelten und sagten, sie hätten immer schon gewußt, daß die Ehe sie zur Vernunft bringen werde.«

Das ferne Brüllen in Rachels Ohren mußte der körperliche Ausdruck des Schreckens sein, doch sie spürte keine anderen Symptome. Sie hatte das Entsetzen hinter sich gebracht und war krank und empfindungslos geworden, und sie war von grausigen Erkenntnissen gesättigt. »Du hast sie umgebracht«, lautete ihre einfältige Bemerkung dazu. »Und du wirst mich umbringen.«

»Hmm, nun ja, das war ursprünglich meine Absicht, wie ich zugeben muß«, sagte er versonnen. »Lange Zeit kamst du mir wie der Stolperstein für meine Pläne vor. Denn ich kenne meinen Gabriel! Er ist nicht der Mann, der versuchen würde, den Gott mit irgendeinem umgänglicheren Ersatz zu täuschen. Wenn Jovah ihm sagte: ›Heirate Rachel, Tochter von Seth und Elizabeth‹, dann würde er sich mit keiner anderen als dieser Rachel begnügen. Und ich dachte: Wenn ich verhindern möchte, daß dieser Mann Erzengel wird, was wäre da leichter, als seine Angelica wegzuschaffen? Aber, wie gesagt, du bist eine Frau, die man nicht leicht töten kann. Meine Hochachtung, daß du es so lange geschafft hast zu überleben!«

»Und warum lebe ich immer noch – diesmal?«

Er beugte sich vor, und sein schönes Gesicht strahlte Selbstgewißheit aus. »Genau aus diesem Grund! Weil Gabriel dem Gott nichts vormachen würde. Die Glorie soll in sechs Tagen stattfinden – ja, du erschrickst zu Recht, die Zeit ist viel kürzer, als dir bewußt war –, und du und Gabriel, ihr beide müßt sie anführen. Wenn du nicht da bist, um an Gabriels Seite zu singen, was wird er tun? Wird er Ariel, Judith oder Hannah in die Ebene mitnehmen und sie bitten, an seiner Seite zu singen? Das glaube ich nicht. Ich denke, Gabriel ist nicht fähig, neben irgendeiner anderen Frau zu singen als der, die der Gott für ihn als Braut erwählt hat – was der Grund dafür ist, daß du am Leben erhalten werden mußt. Wenn du tot bist, dann ist Gabriel natürlich frei. Der Gott sucht vielleicht eine neue Frau für ihn aus, oder Gabriel entscheidet sich selbst; jedenfalls gelten die ursprünglichen Beschränkungen nicht mehr. Solange du lebst, ist Gabriel gebunden. Wenn du erst einmal tot bist, ändert sich alles.«

Jetzt beugte sich Rachel vor, genauso selbstgewiß wie der Erzengel. »Aber die Glorie muß gesungen werden«, sagte sie mit Nachdruck. »Ist dir das nicht klar? Wenn nicht alle Völker Samarias auf der Ebene von Sharon zusammenkommen, dann wird der Gott zuerst den Berg, dann den Fluß und dann die Welt vernichten. Wir alle werden sterben – du, ich, Gabriel, jeder einzelne von uns. Wenn Gabriel nicht singt, wirst du dann singen? Das ist die Macht, nach der du so sehr gierst – wirst du sie ergreifen und für die Rettung der Welt sorgen?«

Er warf den Kopf zurück und lachte. Engel und Sterbliche, die im anderen Teil des Saals saßen, zu weit entfernt, um die Unterhaltung mitzuhören, schnappten die Melodie dieses Lachens auf und fielen mit ein. Er straffte sich, setzte zum Sprechen an, warf einen Blick auf ihr Gesicht und fing wieder an zu lachen. Er brauchte lange, bis er sich wieder gefangen hatte.

»Oh, ich bitte um Verzeihung, aber das ist wahnsinnig komisch«, sagte er, schüttelte den Kopf und drückte sich theatralisch eine Hand ans Herz. »Rachel, hast du mir denn überhaupt nicht zugehört? Seit *zwanzig Jahren* bin ich Oberhaupt der Welt, indem ich die Glorie verhöhne! Eine falsche Angelica an meiner Seite und keine Liebe zum Gott in meinem Herzen! Seit zwanzig Jahren! Und kein Blitzschlag ist herniedergefahren; keine Städte wurden zerstört; die Erde dreht sich wie eh und je. Und so wird es immer sein. Rachel, es ist ein welterschütternder und gleichzeitig über alle Maßen befreiender Gedanke: *Es gibt überhaupt keinen Gott!* Er wacht nicht über uns, er bestraft uns nicht, er weiß nicht, ob wir leben oder atmen oder sterben. *Es gibt ihn nicht*! Ich habe jedes Gesetz gebrochen, das im Großen Buch geschrieben steht, und er hat mich nicht tot umfallen lassen. *Es gibt keinen Gott.* Wenn es Gabriel nicht gelingt, die Glorie anzuführen, und wenn es keine Glorie gibt, werden wir alle überleben. Wenn es mir nicht gelingt, sie anzuführen, wenn sie niemals mehr gesungen wird – wird gar nichts geschehen. Wir alle waren Sklaven, gefesselt von der Vorstellung eines Gottes, während all der Jahre, ohne einen Beweis für seine Existenz zu haben. Und jetzt wird das Volk von Samaria erkennen, daß das Objekt der Liebe, Verehrung und Furcht nichts anderes ist als eine göttliche Falschmeldung, tragisch und komisch zugleich.«

Rachel starrte ihn einfach nur an. Plötzlich wurde ihr klar, daß er verrückt war – verrückt nach Macht –, aber nicht nur das. Er war wahnsinnig. Wenn er die Existenz der Sonne oder der Erde in Frage gestellt hätte, wäre sie weniger entsetzt gewesen. Daß jemand Jovahs Existenz anzweifelte, war für Rachel ganz und gar unglaublich.

»Du warst vielleicht nicht gläubig«, sagte sie, und

ihre Stimme klang sehr leise, »aber die Messen wurden gesungen. Die Evangelien wurden erfüllt. Die Völker von Samaria kamen zusammen und entsprachen Jovahs Anforderungen. Er hat dich nicht tot umfallen lassen, auch wenn ich mir nicht erklären kann, warum er dich verschont hat, aber er bestrafte den Rest der Welt nicht mit seinem Zorn, weil der Rest der Welt gläubig war. Kein einziges dieser zwanzig Jahre ist vergangen, ohne daß Engel und Menschen sich die Hand gaben und die Glorien des Gottes sangen. Schon Gabriels Stimme allein war süß genug, um Jovahs Herz zu erfreuen; vielleicht ist es Gabriel, dem der Gott lauscht, und nicht dir. Und Jovah hörte die silberne Stimme, und er war zufrieden und hielt seinen Zorn für ein weiteres Jahr im Zaum.«

»Nun ja, mag sein«, sagte Raphael unbeeindruckt. »Aber in diesem Jahr wird er die silberne Stimme nicht hören, wenn du nicht an seiner Seite bist. Dann werden wir ja sehen, was der Gott von dieser Welt voller einfältiger Gläubigen hält. Ich kann es dir jetzt schon sagen. Er denkt überhaupt nicht an uns.«

»Du bist wahnsinnig«, flüsterte sie.

Er schüttelte den Kopf. »O nein«, widersprach er. »Ich bin Luzifer. Ich bin derjenige, der dem Gott die Maske vom Gesicht reißen wird.«

Rachel stand auf. Sie hatte weder das Essen noch den Wein angerührt, aber sie war so durcheinander, als ob sie Drogen oder Gift eingenommen hätte. Ihr war schwindelig, und ihre Finger tasteten nach der Tischkante, damit sie das Gleichgewicht nicht verlöre. Als von hinten eine Hand kam und sie festhielt, war sie beinahe dankbar.

»Ach, Saul«, sagte Raphael, und sie machte einen Satz weg von dem Engel, der hinter ihr stand. Saul grinste sie an. Flammen schienen seinen Kopf zu umlodern; seine Augen waren schwärzer als die Schlucht unterhalb des Berggipfels. »Begleite Rachel in ihr Zimmer zurück und sorge dafür, daß sie es behaglich hat.«

»Mit Vergnügen«, sagte Saul und griff erneut nach ihrem Arm. Rachel stieß ihn gegen die Brust und wich zurück, wobei sie beinahe über ihren Stuhl gestolpert wäre. Beide Engel lachten.

»Ich möchte ihn nicht in meiner Nähe haben«, sagte sie.

»Ich habe keinen Schlüssel zu ihrem Zimmer«, sagte Saul. »Ich kann sie nicht einschließen.«

Raphael sagte: »Maxa wird euch begleiten. Er hat einen Schlüssel.«

»Er könnte den Schlüssel doch einfach mir geben«, schlug Saul vor.

Raphael sah belustigt aus. »Maxa hat den Schlüssel«, wiederholte er. »Wenn du ihn in Zukunft brauchst, weißt du, wo du ihn findest.« Saul lachte. Raphael erhob sich und vollführte eine elegante Verbeugung vor Rachel. »Wie stets habe ich mich in deiner Gesellschaft bestens unterhalten, Angela«, sagte er. »Ich bin sicher, du wirst es während der übrigen Zeit deines Aufenthaltes in meinem Haus sehr angenehm haben.«

Und damit überließ er sie Saul und dem grauhaarigen Wächter, die sie wegführten.

Lange Zeit stand Rachel mitten in ihrem Zimmer und versuchte, einen klaren Gedanken zu fassen. Raphaels beiläufig abgegebene Geständnisse seiner Verbrechen – Mord, Betrug und Ketzerei – waren so umfangreich, so abscheulich, daß schon eines davon gereicht hätte, um ihr die Sprache zu verschlagen. Daß sie sie alle so kurz hintereinander hatte anhören müssen, überforderte beinahe ihr Fassungsvermögen. Allmählich setzten sich die einzelnen Stücke in ihrem Kopf zusammen.

Er war also schon seit langem die Ursache für ihre Mißgeschicke. Das hatte er wortreich zugegeben, aber jetzt ergab es zum ersten Mal einen Sinn, zumindest wenn man es im Zusammenhang mit seinem krankhaften Ehrgeiz sah. Es war Raphael, der das Dorf ihrer Eltern zerstört hatte; Raphael, der die Vernichtung und Versklavung der Manderras angeordnet hatte; Raphael, der zweifellos die Jansai angewiesen hatte, sie in den Straßen von Velora zu verschleppen. Wie erstaunt mußte Raphael gewesen sein, als Gabriel in den Sklaven-Verliesen von Semorrah zufällig seiner Braut über den Weg gelaufen war! Wie sehr er danach getrachtet haben mußte, sie selbst in diesem späten Stadium des Spiels noch in seine Gewalt zu bekommen, verärgert darüber, daß sich erst so kurz vor der Glorie eine Gelegenheit dazu ergeben hatte. Oder hatte er geahnt – schon lange bevor sie den Plan gefaßt hatte – daß sie unfähig wäre, der Verlockung einer Zusammenkunft zu widerstehen, und sich deshalb bis zu diesem großen Tag Zeit gelassen?

Und jetzt, nach mehreren Versuchen, hatte er sie in der Hand; er würde sie erst wieder nach der Glorie freilassen, und der Gott allein mochte wissen, was dann aus ihr werden würde.

Und er war nicht der einzige in dieser Burg, der danach trachtete, ihr Böses zuzufügen.

Sie zitterte und schüttelte sich, um sich aus der Art Trance zu befreien. Wenn Maxa sich überreden ließ, Saul den Schlüssel zu geben – und daran zweifelte sie nicht –, stellte der zügellose Engel die unmittelbarste Gefahr dar. Der schwere Kleiderschrank vor der Tür hatte die Diener an diesem Morgen zwar erheblich behindert, aber würde er Saul vom Eindringen abhalten? Das bezweifelte sie. Aber es war zumindest ein Ansatzpunkt. Sie sah sich im Raum um.

Das Bett war an die Wand geschraubt, aber es gab den Kleiderschrank, die Kommode, den Spiegel, einen Tisch und einen Stuhl. Das alles konnte sie verwenden.

Flink zog sie jeden Gegenstand durch den Raum und schob ihn jeweils dicht an den vorigen heran, Vorderseite gegen Rückseite, so daß sie eine Barrikade bildeten, die sich von der Tür bis auf drei Meter an die gegenüberliegende Wand erstreckte. Sie versuchte, Brennholzkötze zwischen die Wand und den Stuhl am Schluß zu klemmen, aber sie waren nicht lang genug, um die Lücke auszufüllen.

Nun, sie war lang genug. Sie konnte sich selbst schützen.

Dementsprechend wickelte sie die Bettdecke um sich, um sich zu wärmen, und setzte sich auf den Boden, den Rücken an die Sprossen der Stühle gelehnt und die Füße gegen die unnachgiebige Wand gestemmt. Das war keine besonders gemütliche Stellung, aber sie empfand ein gewisses wildes Triumphgefühl, das sie innerlich aufbaute, während sie ihre körperliche Eignung als Bollwerk am Schluß ihrer Verteidigungslinie auf die Probe stellte. Der Engel war sehr kräftig; es war nicht auszuschließen, daß er das Schloß mit Gewalt aufbrechen und die Tür so brutal nach innen drücken würde, daß das Holz und ihre Knochen zerbersten würden. Aber zumindest wäre sie nicht das erste Glied in der Kette, das reißen würde.

Sie fachte das Feuer wieder an, dann bezog sie erneut Stellung am Boden, eine Waffe in der Hand. Ein dünnes, biegsames Stück Brennholz mit einer scharfen Spitze dort, wo es von irgendeinem toten Baum abgerissen worden war. Sie rieb es an dem rauhen Boden, methodisch und unaufhörlich, um seine Spitze so rasiermesserscharf zu schleifen, daß es einem Mann die Brust durchbohren konnte, wenn es nur mit der erforderlichen Kraft geschleudert wurde …

Angeregt von ihrem Plan und gekräftigt durch ihre Entschlossenheit, hätte sie die Nacht beinahe in Lautlosigkeit verbracht, wenn nicht der Wind sich ausgerechnet diesen Abend ausgesucht hätte, um seine ganze Kraft unter Beweis zu stellen.

Es herrschte zwar niemals Stille in Windhagen, aber so etwas wie heute hatte Rachel noch nie gehört. Anscheinend war ein Sturm aufgezogen und hatte sich häuslich eingerichtet, um den unerschütterlichen Berg mit Regen, Wind und Hagel zu peitschen. Jeder Riß und jede Ritze in Rachels Zimmer ächzten und schluchzten im Wind, erst zu einem hohen Kreischen anschwellend und sich dann zu einem tiefen, verzweifelten Stöhnen absenkend. Das Fenster klapperte in seinem Rahmen, doch dieser rastlose Laut verlor sich in den beinahe menschlichen Stimmen, die durch den Raum flüsterten – durchdringend, klagend, flehend, glucksend, brüllend – je nach Stimmungslage. Rachel kniff die Kiefer zusammen und widerstand dem Urdrang, als Antwort darauf zu wimmern.

Der Wind war so laut, so beharrlich, daß er die ersten verräterischen Kratzgeräusche an der Tür übertönte. Daß jemand versuchte, sich Eintritt in den Raum zu verschaffen, merkte sie erst, als sie die Erschütterung des Stuhls im Rücken spürte. Ein plötzlicher Druck setzte sich durch die ganze Masse der Möbelblockade fort und drückte ihre Beine gegen die Wand.

Sie unterdrückte einen Aufschrei, versteifte die Knie und stemmte sich mit der Schulter gegen die Sprossen des Stuhls. Sie griff nach dem angespitzten Stab und hielt ihn wie einen Speer vor sich. Wieder spürte sie, wie sich die Möbel scharrend nach innen schoben. Sie legte die freie Hand auf den Boden und stemmte sich mit dem gesamten Körper nach hinten, machte sich zu einem Bremsklotz, einem Keil, einem Widerstand aus Knochen, Stein und Eisen.

Sie wußte nicht, wie lange sie so dasaß, sich unaufhörlich einem Gegendruck widersetzend, der in Wirklichkeit gar nicht mehr ausgeübt wurde. Die Zeit, in der sie diese angespannte, durchgebogene Stellung beibehielt, kam ihr wie Stunden vor. Es waren nicht die Knochen, sondern die Muskeln, die sie im Stich ließen, da sie zitterig, nachgiebig und unzuverlässig wurden, sich von den Ellenbogen und Knien lösten und den Kopf auf der gefühllosen Wirbelsäule nach vorn fallen ließen. Sie sackte nach vorn und wartete darauf, daß der ganze Raum in sich zusammenbräche und Saul siegesgewiß alle Verteidungseinrichtungen vor ihm beiseite schöbe, doch nichts dergleichen geschah. Er war weg; irgendwann im Laufe der Nacht war er gegangen. Das heller werdende Grau draußen vor dem Fenster verkündete ihr auf nüchterne Weise, daß sie sich wieder einmal bis zu einem neuen Morgen durchgekämpft hatte.

Sie zog die Knie an und legte den Kopf darauf, immer noch mit jedem Muskel und jedem Glied zitternd. Sie war noch einmal davongekommen; sie war nicht tot, vergewaltigt oder verrückt geworden. Vielleicht hielt Jovah trotz allem ein wachsames Auge über sie.

Und dann setzte der Wind wieder ein.

Als man ihr das Frühstück brachte, zwei oder drei Stunden später, hatte sie wirklich das Gefühl, sich am Rand des Deliriums zu befinden. Es war der Ort Windhagen, der Raphael in den Wahnsinn getrieben hatte; das Erstaunliche war nicht, daß er sich gegen den Gott gewandt hatte, sondern daß er sich nicht auch gegen sich selbst gewandt hatte. Schlaflosigkeit, ein fortgesetzter vertrauter Schrecken und die gehäuften Widrigkeiten der vergangenen Wochen zeigten ihre Wirkung bei ihr, doch nichts war so schlimm wie die fürchterlichen Angriffe des Windes.

Als es an der Tür klopfte, sprang sie auf, öffnete aber nicht gleich beim ersten Pochen und reagierte auch nicht auf die drängenden Rufe, die durch das schwere

Holz hereindrangen. Sie hatte nicht die Kraft, die Möbel von der Tür wegzurücken, und es war ihr gleichgültig, ob sie jemals wieder etwas zu essen bekäme. Früher oder später würde sie hier sterben. Das könnte genausogut durch Verhungern geschehen, wenn die wahnwitzige Musik des Windes sie nicht zuvor dazu getrieben hätte, sich ins Feuer zu stürzen ...

Die Musik des Windes. Sie stand vollkommen reglos da und dachte darüber nach. Dann rannte sie plötzlich durch den Raum zu dem Stapel Kleidung, den sie Tags zuvor am Boden hatte liegenlassen. Sie durchwühlte die Kleider, leinene Unterwäsche und wollende Socken und stieß einen sieghaften Schrei aus, als ihre Hand ihre Lernflöte berührte. Sie hielt sie hoch und betrachtete das Instrument genau, um herauszufinden, wie es auseinandergebaut werden konnte. Sie sah, daß die einzelnen Rohre mit dünnen Lederriemen eng zusammengebunden waren. Wenn sie ein Messer gehabt hätte, wäre es leicht gewesen, aber ...

Sie hatte ein Feuer.

Sie hockte sich an den Kaminrand und hielt die gebündelten Rohre gegen einen halb erloschenen Scheit. Es dauerte lange, bis der Lederverbund sich auflöste; ihre Knie hatten nachgegeben, und sie war in eine Stellung mit überkreuzten Beinen zusammengesunken, lange bevor der dünne Riemen schwarz wurde und zu rauchen anfing. Sie schob die Kohle zur Seite und nahm einen groben Holzscheit zur Hand, mit dem sie über den geschwächten Lederriemen strich, bis sich die letzten widerspenstigen Strähnen trennten und ihr acht Röhren locker in die Hand rollten.

Sie prüfte sie schnell, wählte drei Rohre – die zusammen einen Hauptakkord ergaben –, und fügte ihnen nach kurzem Zögern noch die Pfeife hinzu, die die Sept spielte. Dann trat sie ans Fenster, wo der Wind am ungehindertsten hereinwehen konnte, und drückte die größte Pfeife in den schmalen Schlitz zwischen dem Rahmen und der Wand.

Sie brauchte nur ein paar Sekunden zu warten, bis eine weitere Bö an dem Glas vorbei hereinstrich. Und durch das Rohr. Und einen Laut erzeugte wie ein Faun, der einer schönen ahnungslosen Jungfrau ein Liebeslied blies.

Sie konnte den Wind dazu bewegen, Musik zu spielen.

Beinahe fieberhaft suchte sie die Fensterlaibung nach einem weiteren passenden Spalt ab, in den sie die nächste Pfeife stecken konnte; zunächst erschien ihr keine Stelle ganz richtig. Doch das Rohr, das das fünfte Intervall zum Leitton der großen Pfeife spielte, paßte sich ganz genau einem Spalt unter dem Fenster an.

Und als der nächste Windstoß die Burg erschütterte, hatte sie eine Harmonie hergestellt.

Ihre Hände zitterten heftig, während sie im Raum hin und her schritt und nach den passenden schmalen Schlitzen für die beiden letzten Röhren suchte. Endlich fand sie eine Stelle in der gegenüberliegenden Wand für die mittlere Pfeife. Als der Wind hereinwehte und alle drei Pfeifen gleichzeitig erklingen ließ, glaubte sie, zu Boden fallen und weinen zu müssen. Sie spürte, wie sich ihre Schulter entspannte und ihr Geist leicht und friedlich wurde. So etwas Einfaches, Kleines – und dennoch fühlte sie, wie die Musik sie heilte. Noch eine Pfeife war unterzubringen …

Sie brauchte beinahe eine halbe Stunde, aber schließlich hatte sie einen Platz dafür gefunden, hoch über ihrem Bett in einer winzigen Ritze eines bröckelnden Mörtelstreifens. Die Außenseite dieser Wand war anscheinend einigermaßen geschützt gegen die Elemente, denn der temperamentvolle Wind erreichte sie nur hin und wieder und schickte schwache, unterbrochene Luftstöße durch die Kehle der schmalsten Pfeife. Die drei anderen Rohre ertönten auch nur aufs Geratewohl – manchmal die Moll-Terz, manchmal die in Dur und hin und wieder alle drei gemeinsam; als die Sept erklang – von einem einzigen Rohr oder durch das harmonische Zusammenklingen aller erzeugt –, durchlief Rachel ein Beben von der Schulter bis in die Fingerspitzen. So mußte es für Jovah am Morgen der ersten Glorie auf Erden geklungen haben.

Je länger die Musik spielte, desto leichter wurde ihr ums Herz. Sie wurde ganz ausgelassen, tanzte in dem kalten Gefängnis, das sich plötzlich in einen Ort der Anmut und des Wohlklangs verwandelt hatte. Sie drehte eine Pirouette an der verbarrikadierten Tür vorbei, ging in die Hocke und hielt inne; während sie die Hand hinter den Schrank schob, prüfte sie noch einmal den sturen, unnachgiebigen Riegel. Wie von einem Schmied geölt, ließ er sich jetzt ganz leicht verschieben. Sie lachte laut auf. Die Musik hatte sie wieder aufgerichtet, die Harmonie hatte sie in Sicherheit gebracht.

Nach der Euphorie am Ende einer anstrengenden Nacht war sie erschöpft und ausgebrannt. Sie warf sich aufs Bett, immer noch sinnlos lachend, während das unregelmäßige Wiegenlied um sie herum von den Wänden erklang. Sie war jetzt so entspannt, daß sie im selben Augenblick, da sie die Augen schloß, schon eingeschlafen war, und sie verschlief eine weitere Mahlzeit und wiederholtes Klopfen an der Tür.

Es war die letzte Stunde des Nachmittags, als sie die Augen öffnete, was ihr das schwache goldene Licht verriet, das sich an der unregelmäßigen Fensterscheibe abzeichnete. Sie hatte zwar tief geschlafen, aber nicht so lange, wie sie es nötig gehabt hätte; sie wachte mit einem klaren Kopf und nüchtern auf, wenn auch nicht vollkommen ausgeruht. Ihr Feuer war erloschen, und es war eiskalt im Raum. Sie hatte vor dem Einschlafen vergessen, ihre Decke wieder an sich zu nehmen, und jetzt zitterte sie vor innerer und äußerer Kälte. Hin und wieder gaben ihre Flöten immer noch süße Töne von sich, was ihr ein schwaches Lächeln entlockte, obwohl ihr keineswegs fröhlich zumute war. Aber sie brauchte nicht fröhlich zu sein; was sie brauchte, war Gelassenheit, und das hatte die Harmonie bewirkt.

Sie war aufgewacht und hatte genau gewußt, was zu tun war.

In dem Augenblick, als sie die Tür gesichert hatte, hatte sie beschlossen, sie nie wieder zu öffnen. Sicher, es gab keinen anderen Ausweg als den Tod, obwohl Raphael ihr Leben so lange zu erhalten trachtete, wie es seinen Zwecken dienlich war. Wenn sie schon sterben mußte, so konnte sie dem Opfer wenigstens eine Bedeutung geben – und die einzige Möglichkeit, damit ihr Tod keine pure Verschwendung wäre, bestünde darin, Gabriel vor der Glorie von seiner Bindung an sie zu befreien.

Und das bedeutete, daß sie sich selbst töten mußte, und zwar sofort.

Und dafür gab es nur eine sichere Methode.

Sie fror so sehr, daß ihr Körper gefühllos war, aber das war gut so, befand sie. Sie stand auf, zitternd vor Kälte, aber nicht vor Aufregung, und sah sich im Raum um. Nein, nichts mußte noch erledigt werden. Langsam, weil sie es nicht eilig hatte, doch entschlossen, weil sie keine Angst hatte, durchquerte sie den Raum und trat zu dem klappernden Fenster, wo sie sich an dem Riegel zu schaffen machte, der so beharrlich an Ort und Stelle geblieben war.

Und auch dieser gab jetzt unter ihrem Griff nach. Das Fenster schwang auf, und ein Schwall eiskalter, feuchter Bergluft drang herein, wirbelte um sie herum und bedeckte sie mit gierigen Küssen.

Sie mußte den hölzernen Stuhl heranziehen, um genügend Höhe zum Hinausklettern zu bekommen, und sie mußte die Schultern mühsam durch den schmalen Rahmen zwängen, aber im großen und ganzen war es keine mühsame Flucht. Die Festung war in das steile Gelände des Berges gebaut worden, so daß der abfallende Fels nur einige Fuß unter ihr lag. Sie sprang, kam ungeschickt auf und fiel auf die Schulter; außerdem zog sie sich Prellungen an Hüfte, Schenkel und Ellbogen zu. In dieser Höhe, bei Einbruch der Nacht im Freien, war es kälter, als sie es für möglich gehalten hätte. Aber all das war gleichgültig. Alle diese Unbilden würde sie nicht lange auszuhalten haben.

Gegen den Wind ankämpfend, der an ihren Haaren und ihrem Rock zerrte, schleppte sie sich hinauf bis zum höchsten Punkt des Berges. Sie fiel noch zweimal hin, einmal von einer so heftigen Bö umgeworfen, daß sie auf die Knie gezwungen wurde, und einmal deshalb, weil sie über einen versteckten Stein stolperte. Inzwischen waren ihre Zehen, Finger und Wangen vollkommen gefühllos geworden. Auch ihr Gehirn war beinahe eingefroren – oder vielleicht versuchte sie auch nur, nicht nachzudenken. Während sie einen eisigen Fuß vor den anderen setzte, kletterte sie den Berg hinauf, hinein in den grimmigen Biß des Windes.

Sie gelangte zum Berggipfel, ohne auch nur ein einziges Mal den Blick nach vorn oder nach rechts und links zu werfen, wo sich ihr ein schreckliches Bild geboten hätte. Sie hatte die Augen starr auf ihre Schuhe sowie auf den mehlig-blassen Boden gerichtet, der ihren Füßen einen unsicheren Halt bot. Jetzt, auf dem Gipfel, war es noch wichtiger, daß sie nicht hinausblickte, so lange nicht, bis es zu spät wäre, bis sie so schwindelig sein wollte, daß sie abstürzte.

Hier oben auf dem höchsten Punkt ragte ein Vorsprung über die große Schlucht hinaus, durch die sich der Berg zurückzog. Langsam, mit unendlicher Entschlossenheit, trat Rachel Schritt um Schritt vor bis an den Rand des herausragenden Simses. Der Wind umpeitschte sie, drehte sie erst zur einen Seite und dann zur anderen, aber wie durch ein Wunder behielt sie das Gleichgewicht. Das lose Haar flatterte ihr wild um Gesicht und Schulter; der Rock haftete ihr fest an den Schenkeln und bauschte sich um die Knie. Sie fror jetzt so sehr, daß sie sich – seltsamerweise – wie im Fieber fühlte. Hätte sie die Hand auf eine gefrorene Pfütze gelegt, so wäre ihrer Meinung nach das Eis zu Dampf und Wasser aufgelöst worden.

Als ihre Füße sich zaghaft zum Rand des Vorsprungs schoben, lösten sich lockere Steine unter ihren Schuhen und polterten über den Rand. Sie vernahm das Aufschlagen und die hohlen Echos, während sie den Berg hinunterkullerten. Es hörte sich gar nicht so weit entfernt an. Vorsichtig löste sie den Blick aus der starren Richtung auf ihre Zehen und nahm das Bild unter ihr aufmerksam in sich auf.

Schwarze Leere am Fuß eines riesigen eckigen Schachtes. Der Berg, auf dem sie stand, bog sich zu beiden Seiten nach vorn und bildete eine große steile Schlucht, deren zerklüftete Hänge beinahe senkrecht hinabstürzten. Schroffe Felsen und Zacken von verwittertem Gestein boten ihre brüchigen Spitzen dem verblassenden Sonnenlicht dar. Die Schlucht war so tief, daß die Sonnenstrahlen nicht bis auf den Grund fielen. Man hätte leicht annehmen können, daß sie bis zum Kern der Erde reichte.

Rachel holte ausgiebig und tief Luft und wandte den Blick nicht ab. Vor so etwas hatte sie sich ihr ganzes Leben lang gefürchtet, doch jetzt, in diesem Augenblick, nahm sie es gierig in sich auf – das wilde Felsgeröll, den schroffen Absturz, den peitschenden Wind. Von oben hörte sie die krächzenden Schreie und das Flügelschlagen der Bergvögel – vielleicht Geier, die einen bevorstehenden Tod ahnten, oder Adler, die sich über dieses Eindringen in ihr Reich empörten. All das war so grauenvoll und gleichzeitig so schön. Es würde ihr die Erleichterung bringen, die sie brauchte; es würde sie frei machen. Es war für sie geschaffen.

Sie warf einen letzten müßigen Blick um sich, auf das graue Antlitz des nackten Berges, auf den leuchtenden Horizont, erhellt vom milchigen Sonnenuntergang, auf die Silhouette des riesigen Bussards, der rasch an ihr vorbeiflog, dann schloß sie die Augen.

»Ich begebe mich in deine gütigen Hände, Jovah«, murmelte sie und tat den Schritt über die Klippe.

# 17.

# KAPITEL

Bis zu einem bestimmten Punkt war Gabriels Besprechung mit den samarianischen Mächtigen ein Erfolg gewesen. Alle waren gekommen, trotz aller Schwierigkeiten, und alle waren wütend gewesen. Doch hinter der Wut hatte er einen Hauch von Angst gespürt, und das entsprach genau seiner Absicht.

Er hatte es abgelehnt, irgend jemanden von ihnen zu empfangen, bevor alle vollzählig versammelt waren, ein weiterer Schachzug, um sie zu verwirren. Hannah hatte sie in ein kleines Konferenzzimmer geführt und ihnen etwas zu Essen angeboten und Gabriel dann wahrheitsgemäß ihre unterschiedlichen Bemerkungen über seine Intelligenz, seinen Charakter und seine Methoden wiedergegeben. Aber alle waren gekommen, und keiner war während der zwei Stunden, die er sie auf das Vergnügen der Begegnung mit ihm warten ließ, wieder gegangen.

»Meine Herren«, begrüßte er sie alle miteinander, als er den Raum betrat. Dahinter steckte wieder eine Absicht, ein Zeichen dafür, daß er sie als Gruppe betrachtete, ungeachtet dessen, wie sie jeweils in den Augen der anderen nach noch mehr Macht oder besonderen Vorrechten strebten. Es waren zehn Männer im Raum – Manadavvi, Jansai, Kaufleute vom Fluß und ein einziger Beamter aus Luminaux –, und keiner machte den Eindruck, als ob er erfreut sei, ihn zu sehen.

Als erster ergriff erwartungsgemäß der Patrizier Elias Harth das Wort, der besonders aufgebracht zu sein schien. »Wie kannst du deine Handlungsweise rechtfertigen?« verlangte der Manadavvi kühl zu wissen. »Du predigst uns Einheit, und bei der ersten sich bietenden Gelegenheit versuchst du, Zwietracht zu säen. Das ist für uns alle ein schlechter Anfang, Gabriel.«

Der Engel nickte zustimmend. Keiner der anderen war klug genug, den ersten Angriff zu führen; sie murmelten immer noch Schlagworte wie ›ungeheuerlich‹ und ›wie kann er es wagen‹ vor sich hin. Elias war ohne Umschweife zur Sache gekommen.

»Ich habe gezielt gehandelt, weil ihr mir bewiesen habt, daß euch nicht an Einigkeit gelegen ist«, erwiderte Gabriel.

Lord Jethro schlug mit der flachen Hand auf den Holztisch, woraufhin die Gläser und Tabletts mit Gebäck klirrten. »Ha!« schrie er. »Ich für meine Person habe alles getan, um dich zufriedenzustellen: ich habe dich bewirtet, dir Unterhaltung geboten, mir deine endlos langen Vorträge angehört. Und was tust du zum Ausgleich? Du läßt den Fluß ansteigen und über die Ufer treten, bis in die Brackwasserbecken! Leugne nicht, daß du das getan hast – es regnet seit Wochen droben in den Galo-Bergen, und ich weiß, daß du und deine Engeltricks ...«

»Regen über dem Fluß, Dürre in Breven, Wind in Gasa«, zählte Malachias auf, das Oberhaupt der Jansai. Die Augen in seinem runden, fetten Gesicht blickten beinahe erheitert drein. »Worum geht es, Gabe? Wo liegt das Problem? Haben wir uns nicht tief genug vor dir verneigt?«

»Du hast nicht zugehört«, sagte Gabriel leise. Alle mußten mit ihrem Gemurmel aufhören, um ihn zu verstehen, denn er weigerte sich, die Stimme zu erheben. »Ihr habt mir gesagt – jeder von euch –, daß ihr nicht die Absicht habt, eure Methoden zu ändern, um den Lehren des Gottes gerecht zu werden. Malachias von Breven hat mir gegenüber sogar geäußert, es existiere überhaupt kein Gott.« Es gab ein paar unterdrückte Schnaufer und einige Seitenblicke auf Malachias, der diese gleichmütig mißachtete. »Elias – Jethro – Samuel – Abel – ihr alle habt mir geschworen, daß ihr nicht einen einzigen Punkt in eurem Handelsabkommen ändern könnt, daß ihr nichts von euren Privilegien aufgeben, weder eure Sklaven freilassen noch euren Arbeitern mehr Rechte gewähren oder euren Wohlstand umverteilen könnt. Und ich sagte, diese Schritte müssen getan werden, um die Harmonie zu gewährleisten. Und ihr sagtet, das kümmere euch nicht.«

»Aber Gabriel, die Dinge, die du von uns verlangst, sind absurd!«

»Die *Handelsabkommen!* Ich habe zwanzig Jahre gebraucht ...«

»Und diese Dinge haben nun schon seit zwei Jahrzehnten Gültigkeit«, übertönte Elias die verschiedenen empörten Ausrufe. »Du behauptest, wir hätten in Disharmonie mit deinem Gott gelebt – aber wenn das der Fall wäre, warum hat er sein Mißfallen dann nicht geäußert? Warum hat er keinen einzigen Kaufmann oder Sklavenhändler bestraft? Warum konnten wir alle ein gedeihliches Leben im Wohlstand führen? Weil wir die Gunst Jovahs besitzen, deshalb!«

Zufriedene Stimmen gaben raunend ihren Beifall zu diesen Argumenten ab. Gabriel führte seine Ausführungen ruhig fort.

»Und vielleicht bereitet Jovah einen Schlag gegen euch vor. Vielleicht hat er Raphaels Herrschaft geduldet, da er wußte, daß nach den Maßstäben eines Gottes seine Amtszeit kurz sein und daß alles in Ordnung kommen werde, wenn ein neuer Erzengel an seine Stelle träte. Vielleicht ...«

»Gabriel, hat das alles etwas mit den gottverdammten Edori zu tun?« warf Malachias ein. »Hat das alles etwas mit dir und diesem Allali-Sklavenmädchen …«

Er hatte sich für diesen Einwand gewappnet. Es war klar gewesen, daß sie ihn wegen Rachel verhöhnen würden, also blieb er gelassen. »Es geht hier nicht um meine Frau«, entgegnete er mit gletscherhafter Ruhe. »Und es geht nur zu einem geringen Teil um die Edori.«

»Jovah erlöse mich! Wenn du nicht aufhörst, immer wieder mit den verdammten Sklaven …«

»Es geht auch um die manadavvischen Leibeigenen, die in Wirklichkeit Gefangene der feudalen Landbesitzer sind, und die Flußarbeiter ohne rechtlichen Status, denen in keiner Stadt Bürgerrechte gewährt werden …«

»Du bist verrückt!« brüllte Jethro. »Du willst die ganze Welt umkrempeln, nur damit ein paar armselige Arbeiter bei einer Wahl mit abstimmen können …«

»Er ist nicht verrückt, er ist ein Fanatiker«, sagte Elias mit einer Stimme, die Gabriels an Eisigkeit kein bißchen nachstand. »Und Fanatiker glauben, ihre Vision rangiere vor der Wirklichkeit aller anderen.«

»Ihr könnt es Fanatismus nennen«, sagte Gabriel. »Ich ziehe es vor, es schlicht als Gerechtigkeitssinn zu bezeichnen.«

»Gabriel, begreif doch, das sind keine richtigen Menschen«, sagte Malachias mit zutraulicher, ernster Miene. »Diese manadavvischen Bauern, die Flußratten, selbst die verdammten Edori – das sind nicht Leute wie wir.«

»Es sind sehr wohl Leute wie wir, und es sind Menschen«, widersprach Gabriel. »Und für Jovah ist ihr Wohlergehen ebenso wichtig wie das eure. Und wenn es ihm mißfällt, wie ihr sie behandelt …«

»Aha, das ist also der springende Punkt, ja?« fiel Malachias ihm in nachsichtigem Ton ins Wort. »Was Jovah mit uns tun könnte, wenn du ihm erzählst, daß wir uns schlecht benommen haben.«

»Was der Grund dafür ist«, sagte Gabriel und nickte wieder Elias zu, »daß ich euch den Regen, die Dürre und den Wind geschickt habe, bevor ihr hierherkamt. Um euch daran zu erinnern, daß Jovah Macht besitzt – und daß ich sie herbeibeschwören kann.«

»Ich muß dir sagen«, entgegnete Malachias, »daß ich nicht allzusehr beeindruckt bin von ein paar Wochen Hitze. Ich habe schon Schlimmeres erlebt und überlebt. In Breven herrscht alle paar Jahre eine Dürrezeit, und wir überstehen sie, ohne viel Worte darüber zu verlieren.«

»Nun, der Fluß überschwemmt nicht alle paar Jahre Semorrah, und ich sage frei heraus, daß ich mich mit einer solchen Katastrophe nicht einfach abfinden kann!« erklärte Lord Jethro.

»Ich bin sicher, unser Gastgeber wird uns sagen, daß wir uns damit abfinden müssen, solange er einen bestimmten Standpunkt vertritt«, sagte Elias. »Aber ich muß mich fragen, wieviel Glauben wir ihm schenken dürfen.«

Gabriel musterte ihn. »Was soll das heißen?«

Elias vollführte eine Geste mit der gepflegten Hand.

»Ach, wir alle kennen doch die Tricks, die Engel hinsichtlich des Wetters beherrschen – oder die sie angeblich beherrschen. Und ich versichere euch, daß ich Zeuge war, wie Unwetter auf Befehl einsetzten und wieder aufhörten. Ich habe gesehen, wie Flüsse anschwollen, Schneestürme aufhörten, Wolken sich lichteten, und all das war sehr eindrucksvoll. Aber wieviel davon, so frage ich mich, ist auf die Einwirkung eines Engels zurückzuführen? Es regnet. Es schneit. Die Wolken ziehen dahin. Dies geschieht, ob ein Engel sich in die Lüfte erhebt und sein Gebet zu Jovah spricht oder nicht.

Und wenn man darüber nachdenkt«, fuhr Elias mit mehr Nachdruck in der Stimme fort, »ist das denn wirklich eine so ehrfurchtgebietende Macht? Die Fähigkeit, Regen zu bringen? Wenn das alles ist, was er vermag, sollten wir dann wirklich so sehr von einem Erzengel beeindruckt sein – überhaupt von irgendeinem Engel? Seit wir in der Wiege lagen, haben wir gelernt, daß Engel den Gott um Blitz und Donner bitten können, um böse Menschen zu bestrafen; aber hat einer von euch jemals erlebt, daß so etwas geschehen ist? Glaubt ihr wirklich, daß Engel dazu in der Lage sind? Wenn der Gott uns nicht schlägt und die Engel den Gott nicht veranlassen können, uns zu schlagen, warum verehren wir dann die Engel? Oder ist die Zeit gekommen, da wir auf die Engel verzichten und auf unsere eigene Weise dem Gott huldigen können?«

Es entstand eine betroffene und besinnliche Stille in dem kleinen Raum, da jeder über die weitreichende Bedeutung der Rede des Manadavvis nachdachte. Gabriel, der mit keiner anderen Reaktion gerechnet hatte, blieb unbeirrt. Wie er erwartet hatte, ergriff Malachias als nächster das Wort.

»Was sagst du dazu, Gabe?« fragte er. »Möchtest du uns jetzt gleich das Gegenteil beweisen? Wir können uns alle auf den Berggipfel begeben und zusehen, wie du Blitz und Donner herabbeschwörst. Dann glaube ich dir, und wahrscheinlich spreche ich damit für uns alle.«

»Ich habe eine zu große Achtung für Jovahs Mächte, um etwas so Törichtes zu tun«, entgegnete Gabriel. »Wenn ich ein Unwetter herbeiriefe, dann wäre seine Wucht so gewaltig, daß es womöglich die ganze Burg zerstören würde. Ich könnte auf der Stelle hundert Männer umbringen. Ich habe es jedoch nicht so verzweifelt nötig, meinen Standpunkt durchzusetzen.«

»Nun ja«, sagte Malachias hochmütig, »ich befürchte, daß du so wenig Aussichten hast wie eine Gans an

Weihnachten, uns zu deiner Anschauungsweise zu überreden.«

Gabriel nickte wieder und stand auf. »Also gut«, sagte er. »Wenn das der Fall ist, dann möge es so sein.«

Die anderen beäugten ihn voller Unbehagen und erhoben sich unsicher. Er hatte sich einige Mühe gemacht, sie alle hier zusammenzurufen, deshalb kam es ihnen seltsam vor, daß er so kampflos ihren offenen Trotz hinzunehmen schien.

»Also gut – was?« hakte Malachias nach. »Heißt das, du wirst alles wie bisher weiterlaufen lassen?«

»Genau«, bestätigte Gabriel gelassen. »Den Regen, die Dürre, die Stürme in Manadavvi. Alles wird unvermindert fortgesetzt.«

Jetzt erhob sich wieder ein wütendes Raunen, als ihnen dämmerte, welches Spiel er trieb. »Das kannst du nicht zulassen«, brauste Jethro auf. »Wenn der Fluß weiterhin in diesem Maße ansteigt, dann wird ganz Semorrah in einem Monat unter Wasser stehen.«

»Und Castelana«, fügte jemand hinzu.

»Einen Augenblick!« warf ein anderer ein. »Wenn der Sturm nicht aufhört, wird die gesamte Ernte dieses Sommers vernichtet.«

»Genau das ist sein Plan«, sagte Elias mit steinernem Gesicht. Er sah Gabriel von der anderen Seite des Raumes eindringlich an, ein stolzer, wütender Mann, der es nicht gewöhnt war, ausgetrickst zu werden. »Wenn das Wetter seine einzige Waffe ist, wird er sie bis zum äußersten Ende anwenden. Stimmt das nicht? Deine Absicht ist, uns durch Hungersnot und Überschwemmung in die Knie zu zwingen …«

»Wenn nötig«, sagte Gabriel freundlich. »Ich kann die gegenwärtigen Verhältnisse beibehalten, bis sich die Landschaft von ganz Samaria verändert hat, bis Gasa zu einer Wüste geworden ist und die Stadt weggespült wurde. Ihr seid die Herren über eure Ländereien, aber es kann sein, daß eure Gebiete nicht mehr lange reich sind. Der gesamte Wohlstand von Samaria kann umverteilt werden, wenn sich die Erde selbst verändert. Und glaubt mir, ich habe die Macht – und den Willen –, sie zu verändern.«

Sie starrten ihn fassungslos an. Sie glaubten ihm zwar nicht ganz, aber sie waren sich auch nicht sicher, ob er nicht doch die Wahrheit sprach.

»Unmöglich!« rief Abel schließlich aus; seine Stimme war schwach und sein Gesicht kalkweiß. »Selbst wenn du über diese Macht verfügen solltest, würden die anderen Engel nicht erlauben …«

»Ach, nein?« fragte Gabriel sanft. »Ariel hat meinen Bedingungen zugestimmt. Sie ist nicht unbedingt dafür, aber sie wird sich mir nicht widersetzen.«

»Der Erzengel …«, japste jemand.

»Raphael?« fragte Gabriel. »Raphael war noch nie fähig, die Elemente so zu beeinflussen, wie ich es kann. Er wird euch keine große Hilfe sein, fürchte ich. Genauer gesagt …«

Plötzlich durchzuckte ein fürchterlicher Schmerz seinen Arm, als ob ihn ein Messer durchbohrt hätte. Er umklammerte ihn, taumelte ein wenig zur Seite und sah schnell nach unten, um festzustellen, wie schlimm die Verletzung war, erstaunt darüber, daß jemand es wagte, ihn hier, in seiner eigenen Burg, in Anwesenheit so vieler Zeugen anzugreifen. Aber kein Blut war zu sehen. Keine Klinge steckte in seinem Fleisch. Nur das kühle bernsteinfarbige Glas des Gotteskusses, das in seinen Knochen implantiert war.

»Wir werden ja hören, was Raphael zu alledem zu sagen hat«, bemerkte jemand, und Gabriel zwang sich, aufzublicken und die spitzen Pfeile zu mißachten, die sich ihm in den Arm bohrten. Elias und Malachias beobachteten ihn neugierig, aber außer ihnen hatte anscheinend niemand seine plötzliche Unaufmerksamkeit bemerkt. »Er wird in Kürze in den Städten am Fluß erwartet; wir werden ihn bitten, sich dieser Angelegenheit anzunehmen. Er wird bestimmt nicht untätig zusehen, wie du uns alle vernichtest.«

Gabriel ließ die Hand fallen, obwohl jetzt sein ganzer Arm von einer seltsam unsteten Flamme brannte. »Ich kann euch nur dazu raten«, sagte er mit bemüht fester Stimme. »Bittet ihn, daß er sich für euch bei dem Gott verwendet. Ich bin neugierig zu erfahren, was er euch darauf antwortet.«

Die Kaufleute vom Fluß verließen nach und nach den Raum. Malachias ging dicht hinter Jethro und murmelte etwas, das sich wie die Einzelheiten einer geschäftlichen Abmachung anhörte. Elias blieb kurz hinter den anderen zurück und sah Gabriel mit ernsten, nüchternen Augen an.

»Das ist ein niederträchtiges Werk, das du da verrichtet hast, Angelo«, sagte das manadavvische Oberhaupt, als sich der Raum geleert hatte. »Du ziehst uns alle in einen Morast, aus dem wir nur schwer wieder herauskriechen können. Du sprichst von Harmonie, aber was du erzeugst, ist Mißklang!«

»Wenn du an die Gesetze Jovahs glauben würdest, würdest du auch an meine Sache glauben«, sagte Gabriel. »Dann müßtest du einsehen, daß ihr, du und die anderen, diejenigen seid, die in die Irre geführt wurden.«

»Hegst du keinerlei Zweifel? Stellst du überhaupt nicht in Frage, ob ein einzelner Mann mit der entsprechenden Macht das Recht hat, das Leben von Hunderten umzukehren, die die Welt aus einem anderen Blickwinkel sehen?«

»Ich bin kein einzelner Mann. Ich bin der Erbe von Hunderten anderer Männer und Frauen, die die Welt nach Jovahs Plan gestaltet haben. Was ihr aus Samaria gemacht habt, entspricht nicht seinen Absichten.«

»Aber die Welt ändert sich ständig.«

»Und sie wird sich wieder ändern.«

»Jethro hatte recht«, sagte Elias sehr leise. »Du bist wahnsinnig.« Und damit verließ auch er den Raum.

Während des übrigen Tages kämpfte Gabriel gegen den Drang an, nach Luminaux zu fliegen und zu sehen, was im Lager der Edori los war. Nach seiner Schätzung war die Zusammenkunft am Tag zuvor zu Ende gegangen, aber zweifellos waren noch einige Nomaden dort, um das Gelände zu säubern oder Besuche unter den einzelnen Clans zu machen. Natürlich kümmerten ihn die Edori nicht, sondern er war wider jede Vernunft hilflos besorgt um Rachel.

Der stechende Schmerz in seinem Arm hatte allmählich nachgelassen. Jetzt war es nur noch ein dumpfes Pochen, nicht schlimmer als eine tagealte Prellung – und dennoch kam er nicht umhin, es wahrzunehmen. Bevor er Rachel kennengelernt hatte, hatte er noch nie ein Gefühl in seinem Kuß gehabt. Er hatte ihn zu ihr geführt, er hatte ihm ihre unwillkürliche Reaktion auf seine Gegenwart bekundet. Er wurde den Gedanken nicht los, daß jetzt jedes Aufblitzen in seiner Tiefe etwas damit zu tun hatte, was sie tat oder was ihr widerfuhr.

Aber sie hatte vor ihrer Abreise nicht einmal mit ihm gesprochen. Sie hatte ihn von Anfang an gehaßt. Sie hieße es bestimmt nicht gut, wenn er nach Luminaux flöge und ihr nachspionieren würde, während sie mit ihren edorischen Freunden zusammen war.

Und in zwei oder drei Tagen würde sie sowieso wieder zu Hause sein. Er könnte solange warten und sie dann fragen, was sie so sehr aufgeregt hatte, daß sie ihn über eine Entfernung von Hunderten von Meilen hinweg mit so unerwarteter Heftigkeit erreichen konnte, noch dazu während seine Gedanken auf ganz andere Dinge konzentriert waren.

Die folgenden drei Tage waren sehr lang. Er vertiefte sich so intensiv wie möglich in seine Arbeit. Er verbrachte einen großen Teil der Zeit draußen in der Ebene und überwachte persönlich das Aufstellen von provisorischen Unterkünften und Essenszelten für die Tausende von Leuten, die hier zusammenkommen würden, um die Glorie zu singen oder auch einfach nur der Veranstaltung als Zuschauer beizuwohnen. Er hatte keine Ahnung, wie viele Leute tatsächlich kommen würden. In Raphaels Anfangszeit hatten einmal viertausend an der Glorie teilgenommen, aber diese Zahl war in den letzten Jahren gesunken – vor allem deshalb, weil die Edori nicht mehr kamen. Was seinen eigenen einführenden Auftritt anging – nun ja. Es gab viele Leute, die ihn nicht mochten. Aber es gab auch viele Bauern aus dem südlichen Jordana und Schafhirten aus Gasa und die Bewohner kleiner Städte, die ihn mochten; und natürlich durfte man von den Edori erwarten, daß sie ihre Unterstützung für seine Frau zeigten. Es war schwer zu sagen. Er schätzte, daß eine ganz schöne Menge herbeiströmen würde.

Er kehrte an dem Tag vor der vermuteten Rückkehr Rachels spät in den Horst zurück und verbrachte den nächsten Morgen mit Warten, wobei er sich bemühte, seiner Unruhe Herr zu werden. Der Schmerz in seinem Arm war vollständig vergangen, aber jetzt flackerte der Kuß hin und wieder in fremdem Licht, mit Farben, die er noch nie zuvor in seinem kristallenen Kern gesehen hatte. Er wollte nicht, daß irgend jemand dieses Phänomen bemerkte und womöglich fragen würde, was es zu bedeuten habe; deshalb hatte er eines seiner feinen langärmeligen Hemden angezogen; damit lief er den ganzen Morgen im Horst herum und hoffte, daß niemand ihn fragen würde, ob ihm etwa kalt sei.

In der Stunde nach Mittag sang er gerade mit Eva einige Evangelien, als er Matthäus entdeckte, der über den offenen Platz kam und sich mit Hannah unterhielt. Sein Herz tat einen Satz gegen das Brustbein; er verpaßte sogar einen Ton des Liedes, woraufhin Eva ihn mit großen erstaunten Augen ansah. Er nahm den Takt gleich wieder auf, aber er konnte sich nicht mehr auf die Musik konzentrieren. Er ließ den Blick über die Gesichter der Leute schweifen, die draußen in der Arena spazierengingen, herumsaßen oder -standen und das schöne Wetter genossen. Rachel war anscheinend nicht unter ihnen. Wie lange war Matthäus schon zurück?

Er konnte nicht einfach mitten im Lied aufhören und hinunterrennen, um sie zu suchen, wie er es am liebsten getan hätte, aber noch nie in seinem Leben war es ihm so schwergefallen zu singen. Als zwei der anderen Engel ein paar Minuten zu früh erschienen, bereit, ihren Part in dem Duett zu übernehmen, winkte Gabriel sie herein und erlaubte dem jüngeren, seinen Part zu Ende zu singen. Sein Mund formte lautlos das Wort ›Entschuldigung‹ in Evas Richtung, dann eilte er hinaus.

Dem Gott sei Dank, sie war anscheinend zurück. Er hatte sich mehr Sorgen gemacht, als ihm bewußt gewesen war.

Sie war jedoch nicht in ihrem Zimmer. Nun, dann vielleicht im Speisesaal oder zusammen mit Hannah auf Besuch bei irgend jemandem. Er würde es zuerst im Speisesaal versuchen.

Sie war nicht da – jedoch Matthäus, der hungrig ein spätes Mittagessen einnahm und Hannah lustige Geschichten erzählte. Der Edori winkte dem Engel bei seinem Eintreten zu, und Gabriel trat zu ihnen, wobei er sich zu einem Lächeln zwang.

»Ihr seid also zurück«, stellte Gabriel fest. »Wie war die Reise?«

»Von Anfang bis Ende angenehm«, sagte Matthäus.

»Wir haben einen Tag beim Orakel verbracht und einige Tage in der Blauen Stadt und viele Tage beim Volk, und jeder Tag war ein Fest für die Seele.«

»Matthäus erzählt, Rachel habe bei der Zusammenkunft gesungen«, sagte Hannah.

Gabriel musterte den Edori eindringlich. Sie hatte gesungen? War das die Ursache für den Schmerz in seinem Arm gewesen? »Und, war sie nervös?« fragte er. »Ich weiß, daß sie nicht daran gewöhnt ist, öffentlich aufzutreten.«

»Ach, das Mädchen singt wie Honig, der durch Stein emporblubbert«, sagte Matthäus. »Ich habe sie früher schon einmal singen gehört, und ich wußte oder glaubte zu wissen, was zu erwarten war, aber ihre Stimme …! Du würdest es nicht glauben. Sie brachte sogar mein starkes altes Herz zum Stillstand.«

»Ich hoffe, sie hat es nicht übertrieben«, sagte Hannah ein wenig besorgt.

»Nein, nur ein paar Lieder. Der stürmische Applaus und die Lobeshymnen waren ihr sehr peinlich, aber alles gebührte ihr zu Recht. Du hast da einen echten Schatz gefunden, Gabriel.«

Der Engel lächelte wieder. »Und wo ist sie?« wollte er wissen. »Ich war in ihrem Zimmer, aber …«

Matthäus riß die dunklen Augen weit auf. »Aber sie ist noch nicht hier! Sie hat sich dafür entschieden, mit ihren edorischen Freunden zurückzureisen.«

Gabriel spürte, wie eine plötzliche Übelkeit seinen Magen umklammerte. »Sie ist noch nicht da?« wiederholte er dümmlich. »Aber ich dachte – sie wäre mit dir zurückgekommen.«

»Ja, das hatte sie auch vor. Aber du hättest das Mädchen sehen sollen, so traurig und niedergeschlagen, als wir beide allein zurückritten. Also sagte ich zu ihr: ›Mädchen, kehr um ins Lager und reite mit deinen Leuten. Ich werde deinem ungeduldigen Gemahl ausrichten, daß du, so schnell die Pferde euch tragen, hier sein wirst.‹ Also kehrte sie um.«

»Aber – wann kommt sie?« fragte Hannah, der man die Verwirrung mehr ansah als Gabriel. »Es ist noch soviel zu tun …«

»In zwei Tagen, nehme ich an«, sagte Matthäus. »Sie hatten vor, zwei Tage nach mir aufzubrechen, und die Edori kommen schnell voran.«

»Kann ihr nichts geschehen?« fragte Hannah, die damit wieder Gabriels Sorge in Worte faßte. »Ich meine, ist sie ungefährdet …«

»Ungefährdet? Bei den Edori? Meine Liebe, sie sind ihr ganzes Leben auf Wanderschaft. Wie sollte ihr etwas geschehen, wenn sie bei ihnen ist?«

»Aber du bist sicher, daß sie kommt«, sagte Gabriel, und trotz allen Bemühens konnte er nicht verhindern, daß seine Stimme drängend klang. »Diese Edori kommen doch bestimmt zum Horst – sie haben vor, der Glorie beizuwohnen?«

»O ja. Die meisten Edori. Mach dir keine Sorgen, Gabriel. Sie befindet sich bei Freunden. Sie ist glücklich. Sie wird ruhiger sein, wenn sie zu dir zurückkehrt, nachdem sie ein paar Tage mit ihren Leuten verbracht hat.«

»Das sind nicht ihre Leute«, widersprach Gabriel in scharfem Ton, bevor er es sich verkneifen konnte. Matthäus' dunkle Augen sahen ihn an, aber der Edori sagte nichts. Gabriel trat einen Schritt zurück. »Nun gut, wenn sie nicht hier ist, ist sie nicht hier. Zwei Tage, sagtest du? Dann warte ich also.«

Und er schritt hinaus, ohne sich darum zu scheren, was der unerschütterliche Edori und die sich gelassen gebende Hannah von seiner offensichtlichen Bestürzung halten mochten.

Das Ganze war schlimm genug, und die beiden verbleibenden Tage waren, was ihn betraf, nichts anderes als eine Prüfung in Ausdauer; aber es sollte noch schlimmer kommen. Denn als die ersten edorischen Gruppen in Velora eintrafen, rannte er hinunter, um seine Frau zu begrüßen – aber sie war nicht da.

Er war besonnen genug gewesen, Matthäus zu fragen, mit welchem Clan Rachel gereist war, deshalb konnte er den ersten Edori, dem er begegnete, nach dem Lager der Chievens fragen. Er fand es ohne Schwierigkeit, und nun stand er einer hübschen jungen Frau gegenüber, die an einem Feuer kauerte und Fleisch für einen Eintopf würfelte. Er lächelte sie an.

»Naomi von den Chievens?« fragte er, während sie aufstand und sich die Hände an einem nassen Lappen abwischte.

»Du mußt Gabriel sein«, sagte sie, und wieder erweckte ihr schelmisches Lächeln bei ihm eine Erwiderung. »Ich erkenne dich anhand der Beschreibung, die ich von dir bekommen habe.«

»Ich weiß nicht, ob ich erfreut oder befremdet sein soll, daß du mich nach dieser Beschreibung erkennst«, sagte er, »da sie ja wohl nicht schmeichelhaft gewesen sein kann.«

Sie lachte laut auf. »Du würdest staunen«, sagte sie. »Hat Rachel dich geschickt, damit du ihre Sachen abholst? Ich habe sie sehr sorgfältig eingepackt, weil sie soviel Wert darauf legte, daß sie heil hier ankämen …«

Sofort verflog seine gute Laune. »Mich geschickt?« wiederholte er schnell. »Aber sie … Matthäus sagte, sie ist bei dir.«

Auch ihr Lächeln verschwand sofort. »Bei mir? Nein, sie sind zwei Tage vor uns vom Lager aufgebrochen …«

»Ja, und Matthäus sagte, sie habe sich so einsam gefühlt ohne dich, daß sie am selben Nachmittag noch umgekehrt sei. Daß sie entschieden habe, euer Clan sei immer noch rechtzeitig hier …« Seine Stimme versagte.

Die dunklen Augen, die zu ihm aufblicken, waren vor Angst weit aufgerissen.

»Sie ist nicht bei uns angekommen«, flüsterte Naomi. »Wir waren noch zwei Tage an derselben Stelle, und sie wußte genau, wo sie uns fände. Sie konnte sich nicht verirren ...«

Er fühlte sich plötzlich körperlich sehr krank; einen Augenblick lang dachte er, er würde ohnmächtig. Er legte die linke Hand über den Kuß an seinem rechten Arm. »Ihr ist etwas zugestoßen«, sagte er so ruhig wie möglich. »Ich habe es gespürt, aber ich konnte es nicht glauben. Was mag geschehen sein, nachdem sie Matthäus verlassen hat? Die beiden konnten noch keine weite Strecke zurückgelegt haben, bevor sie umkehrte. Waren Jansai in der Gegend?«

Naomi schüttelte den Kopf. Sie starrte ihn immer noch an, aber jetzt hatte sie sich die Hände vor den Mund gelegt. Sie hatte kräftige, derbe Hände, an Arbeit gewöhnt, flink und geschickt, doch jetzt wirkten sie hilflos und zittrig. »In Bethel lassen die Jansai die Edori für gewöhnlich in Ruhe«, sagte sie mit brüchiger und schwacher Stimme. »Und sie würden kein einzelnes Mädchen aufgreifen, das so aussieht wie sie; sie macht nicht den Eindruck einer Edori ...«

»In Velora hat man auch einmal versucht, sie zu verschleppen«, sagte er grimmig. »Oder ... Es war sehr seltsam, daß sie hier angegriffen wurde. Vielleicht ...«

»Raphael!« hauchte Naomi.

Er spürte, wie das Blut in seinen Adern buchstäblich stockte. Sie hatte kaum das Wort ausgesprochen, da wußte er, daß sie recht hatte. Aber ... »Warum Raphael? Welchen Grund sollte er haben, sie gefangenzunehmen?« grübelte Gabriel. »Das ergibt keinen Sinn.«

»Ich weiß«, sagte Naomi, die immer noch so leise sprach, daß er sie kaum verstand. »Ich habe ihr damals nie so richtig geglaubt, aber ...«

»Damals? Wann?«

»Als ihre Eltern starben. Als ihr Dorf zerstört wurde. Sie behauptete, es sei von Engeln zerstört worden.«

Die Erde bebte explosionsartig unter Gabriels Füßen. Unbewußt streckte er eine Hand aus, um sich irgendwo festzuhalten, und war überrascht, als die edorische Frau sie ergriff. Ihr kalter, energischer Griff tat ihm tatsächlich gut. »Sie hat dir erzählt, daß Raphael ihre Heimat zerstört hat?« fragte er. »Sie nannte seinen Namen?«

»Damals nicht. Sie war noch sehr klein, weißt du, als wir sie fanden. Sie weinte nur unaufhörlich und sprach von Engeln, die wie riesige Falken herangeflogen seien, Häuser von ihren Fundamenten gerissen und Feuer in die Gärten geworfen hätten. Aber erst viele Jahre später erwähnte sie Raphael. Und dann sahen wir ihn einmal. Wir hielten uns in Luminaux auf, in dem Sommer, als sie vierzehn war, und er war ebenfalls dort. Er nahm an einer Parade durch die Straßen der Blauen Stadt teil, und Rachel bemerkte ihn und sagte: ›Das ist er! Das ist der Anführer der Engel, die meine Familie umgebracht haben.‹ Und ich sah, daß es Raphael war – und ich verbot ihr, so etwas jemals wieder zu sagen.«

»Und sie hielt sich daran?«

»Jedenfalls mir gegenüber. Und ich bezweifle, daß sie zu irgend jemandem sonst etwas gesagt hat. Ich war – ich dachte, sie leide unter Wahnvorstellungen. Ich dachte, sie müsse sich irren. Der Erzengel ...« Plötzlich veränderte sich ihre Stimme, wurde zu einem Schrei. »Oh, Gabriel! Was habe ich getan? Was ist ihr geschehen?«

Jetzt war es an ihm, ihr tröstend die Hand zu drücken. »Du hast nichts getan. Nichts von alledem ist deine Schuld. Wenn Raphael sie tatsächlich entführt hat ...«

»Aber warum? Was will er von ihr?«

Gabriel schüttelte den Kopf. »Ich begreife es nicht. Es hat etwas mit Macht zu tun, aber ich weiß nicht genau, was er zu erreichen hofft. Vielleicht will er mir die Hände binden. Aber wenn es so wäre, warum hat er mich dann nicht in Kenntnis gesetzt, daß sie bei ihm ist? Das alles ergibt keinen Sinn.«

»Was wirst du tun?« fragte Naomi.

Er zog seine Hand zurück. Kalter Zorn jagte durch seinen Körper und verdrängte das Entsetzen, die Angst, sogar die Sorge. Daß er das *wagte!* Daß er das *wagte!* »Ich weiß, wo sie ist – wo sie sein muß«, sagte er. »Ich breche sofort nach Windhagen auf.«

»Wie gedenkst du sie zu retten?«

»Vielleicht werde ich Raphael einfach mit eigenen Händen umbringen.«

»Das kannst du nicht tun«, sagte Naomi, wahrhaftig entsetzt. »Einem Mann das Leben nehmen ...«

Er lächelte grimmig. »Das habe ich noch nie getan«, sagte er. »Ich weiß nicht, ob ich dazu in der Lage bin. Aber ich werde sie zurückbringen, keine Angst.«

»Warte, du mußt etwas zu essen mitnehmen, und Decken«, sagte sie und wandte sich ihrem Zelt zu. »Ich gebe dir ...«

»Naomi, ich habe keine Zeit! Ich kann mich nicht belasten mit ...«

»Soviel kannst du schon tragen«, sagte sie vom Zelt aus. »Es dauert nicht lange. Du kannst diese lange Reise nicht ohne Proviant überstehen.«

Innerhalb weniger Minuten war sie zurück, und er mußte zugeben, daß sie sehr klug gepackt hatte. Sie hatte einen Lederbeutel mit Trockenfleisch und Früchten sowie mit einer Karaffe Wasser und einer Karaffe Wein gefüllt. Der Beutel hing an einem dicken Lederriemen, den sie ihm schnell über die Schulter warf, vorsichtig darauf achtend, daß sie seine Flügel nicht berührte. Über die andere Schulter legte sie ihm eine weiche, locker gestrickte Wolldecke, die so dünn und leicht war, daß er ihr Gewicht kaum spürte. Die Enden schlang sie ihm um die Taille und band sie an der Hüfte zusammen.

»So, das wird dich nicht behindern, oder?« fragte sie atemlos.

Er zuckte leicht mit den Schultern und bog die Flügel einmal vor und zurück. »Nein«, sagte er und lächelte sie unerwarteterweise an. »Danke, du bist großartig.«

Sie trat näher zu ihm heran. Sie hätte wohl gern noch einmal seine Hand ergriffen, das spürte er, aber irgendwie brachte sie den Mut nicht auf. »Bring sie zurück«, sagte sie. »Sie ist ... Ich habe sie schon einmal verloren, und sie bedeutet mir ungeheuer viel. Bring sie zurück.«

»Das werde ich tun«, sagte er und ging davon.

»Gabriel!« rief sie ihm hinterher. Ungeduldig drehte er sich um. Die edorische Frau stand da und sah ihn an, das Gesicht vor Kummer gefurcht, in der Haltung eines Häufleins Elend.

»Was ist?« fragte er.

»Sei gut zu ihr«, sagte sie so leise, daß er ihre Worte über die Entfernung von einigen Metern kaum hörte. »Sie liebt dich.«

Er bewegte die großen Flügel, und gleich darauf war er in der Luft; er schwebte über den Horst und gewann immer mehr Höhe; und immer noch klangen die Worte in seinem Geist nach: *Sie liebt dich. Sie liebt dich.* Was hatte Rachel ihrer Freundin erzählt? Etwas, das sie ihm niemals sagen würde? Oder hatte die Edori mit den strahlenden Augen diese Schlußfolgerung ohne handfeste Beweise von seiten Rachels gezogen? War es möglich, daß die Aussage stimmte?

Er verdrängte diese Frage und konzentrierte sich auf die vor ihm liegende Aufgabe. Es war ein achtzehn- bis zwanzigstündiger Flug von Velora nach Windhagen. Es war unwahrscheinlich, daß er diese Strecke ohne Unterbrechung zurücklegen konnte. Er hätte vielleicht jemandem im Horst Bescheid sagen sollen, wohin er unterwegs war. Wenn er nicht innerhalb von zwei Tagen zurückkehren würde, wäre die Hölle los. So kurz vor der Glorie einfach zu verschwinden, ohne ein Wort zu irgend jemandem ...

Nun, wenn er Rachel vor dem Tag der Glorie nicht fände, dann wäre seine eigene Anwesenheit ohnehin wertlos. Der Gesang von Erzengel und Angelica, in Harmonie, so schrieb es das Große Buch vor. Ohne Rachels Stimme war seine Anwesenheit bedeutungslos.

Ohne Rachel war sein ganzes Leben bedeutungslos.

*Sie liebt dich.*

Das konnte nicht wahr sein.

Der Tag wich allmählich der Nacht, während Gabriel ausdauernd, ohne zu ermüden, über die Welt flog. Er folgte einem geraden Kurs in nordöstliche Richtung zu den Caitanischen Bergen, wobei er sich in gefährlicher Höhe hielt. Keiner der anderen Engel, das wußte er, flog gern so hoch über der Erde, und alle beschwerten sich über die bittere Kälte und die rauhen Winde, aber ihm hatte so etwas schon immer gefallen – je höher, desto besser. Je höher er flog, desto näher fühlte er sich Jovah, desto überzeugter war er, daß ihm der Gott eine warme Hand auf den Rücken legte und ihn sicher zwischen den Sternen hindurch leitete. Ein abwegiger Gedanke, natürlich, denn es gab keine Sterne so nahe bei der Erde. Und selbst wenn er die Grenze von Samarias schwerer Atmosphäre durchbräche und hinausflöge in die dichte schwarze Nacht des Raums, wäre er seinem Gott nicht näher. Jovah war überall, über den Wolken und darunter; er wohnte in den Gipfeln über der Ebene von Sharon, er schlief in den leeren Zimmern am Berg Sinai. Er war im Horst – und er war sogar, daran mußte Gabriel glauben, im porösen, brüchigen Gestein von Windhagen. Gewiß hatte Jovah nicht zugelassen, daß Rachel ganz allein dort war, ohne jeden Schutz.

Es gab keine Gebete, mit denen man ausgesprochen darum flehte, daß ein lieber Freund behütet werde, der in die Hände eines Feindes gefallen war. In Samaria mit seinen vielen Völkern war nicht vorgesehen, daß irgend jemand irgendwelche Feinde hatte. Aber es gab Gebete der Segnung, der Verteidigung und der Bewahrung, und diese hatte man in der Vergangenheit gesungen, wenn ein Reisender zu einer Mission oder ein Abenteurer zu einem gefährlichen Unterfangen aufbrach. Bestimmt hätte Jovah ein offenes Ohr für diese Anrufungen und verstünde deren Bedeutung. Bestimmt würde er die Arme um den zerbrechlichen Körper der Angelica schlingen und Schaden von ihr abwenden.

Gabriel flog unverdrossen weiter, so hoch über dem Boden, daß er die Gegebenheiten der Landschaft im Licht des Dreiviertelmondes kaum erkennen konnte. Hin und wieder erspähte er das ferne Leuchten eines Feuers im Lager eines Reisenden oder die weit verstreuten Lichter von einzelnen Gehöften. Es war lange nach Mitternacht, als ihm die ersten Anzeichen von Müdigkeit zu Bewußtsein kamen, aber es war noch nicht schlimm. Er sank einige hundert Fuß tiefer hinab, um den Vorteil der wärmeren Luft näher bei der Oberfläche auszunutzen, ohne jedoch die Geschwindigkeit zu verringern. Ein unerklärlicher Drang trieb seine Flügel zu nicht nachlassenden Schlägen an, eine namenlose Furcht hielt seine Augen offen und seinen Geist wach, selbst als die Dichte der Nacht sich allmählich zur Morgenröte auflöste. Er hatte bereits zuviel Zeit verloren; er hätte gleich an dem Tag aufbrechen sollen, als der Kuß in seinem Fleisch brannte. Er durfte keine einzige Stunde mehr verlieren, nicht einmal eine Minute, sonst käme er zu spät.

Er wußte nicht, was geschähe, wenn er zu spät käme. Er konnte seine Ahnung von etwas Grauenvollem nicht genau deuten und wußte nicht einmal, wie begründet seine Angst war. Er wußte nur, daß die Gewißheit um etwas Schreckliches ihn Stunde um Stunde in der Luft hielt, bis der Sonnenaufgang vom Morgen und dieser wiederum von einem einschläfernd heißen Mittag abgelöst wurden.

Er war jetzt in Jordana, nicht mehr als zwei Stunden von Windhagen entfernt. Aber der schnelle, andauernde Flug hatte ihn beinahe bis zur Besinnungslosigkeit ermüdet. Er merkte, wie seine Flügelschläge erlahmten und sich seine Sicht trübte. Es wäre nicht gut, wenn er im Zustand völliger Erschöpfung in Windhagen ankäme, unfähig, gegen Raphael zu kämpfen oder seine Frau zu retten. Er setzte zur Landung an, und er fühlte sich schwindelig und gliederlahm, als seine Füße endlich den festen Boden berührten.

Es war vielleicht eine Stunde nach Mittag. Er würde sich eine Pause von vier oder fünf Stunden gönnen und dann seinen Weg fortsetzen. Er löste Naomis sorgsam geschnürte Knoten und Schlaufen, nahm die Decke und den Lederbeutel von der Schulter und schlug ein notdürftiges Lager auf. Ein paar Bissen zu essen, zwei Schluck Wasser, dann streckte er sich auf der ausgebreiteten Decke aus. Innerhalb weniger Minuten war er eingeschlafen.

Seine Träume waren düster und wild, und vor allem kamen Rachel und Raphael darin vor. Seine Frau weinte, der Erzengel lachte. Vermischt mit Raphaels Stimme, ertönte ein höheres, süßeres Lachen, das er nicht zuzuordnen wußte, obwohl ihm klar war, daß er es schon mal gehört hatte. Seine Traumvision verlagerte sich, und er blickte in das makellose herzförmige Gesicht Judiths. Sie lachte immer noch. Er griff mit großen Händen aus, um sie auf die Wangen zu schlagen – einmal, zweimal, dreimal. Sie wich von ihm zurück, immer noch lächelnd.

Unter Aufwendung seiner ganzen Willenskraft zwang sich Gabriel aufzuwachen, von seinem Traum verwirrt und des Schlafes überdrüssig. Er brauchte eine Weile, bis er sich wieder gefangen hatte. Er lag an einer sonnenbeschienenen Stelle, bedeckt von leichtem Schweiß, und seine Hand war fest in den Saum der Decke verkrallt. Also hatte er doch niemanden geschlagen.

Aber vielleicht war sein unbewußter Ärger über Judith nicht ganz so verfehlt, denn hatte er sie nicht mit Raphael allein gelassen, damals, beim letzten unseligen Besuch des Erzengels im Horst? Seitdem hatte er Judith nicht mehr gesehen. Hannah hatte ihm berichtet, daß sie den Berggipfel verlassen habe, um – vorläufig – in Velora zu wohnen, und er hatte darüber nicht das geringste Bedauern empfunden. Aber vielleicht hatte sie ihm noch einen bösartigen Streich gespielt, bevor sie den Horst verlassen hatte, indem sie Raphael erzählt hatte, wo Rachel sich aufhielt.

Er setzte sich auf, schüttelte den Kopf und streckte die verkrampften Arme aus. Er war immer noch ein wenig müde, aber ansonsten wohlauf und bereit, die Reise fortzusetzen. Er erhob sich, bog die Flügel und spürte, wie sie sich geschmeidig bewegten. Er konnte noch einen ganzen Tag lang fliegen, und danach noch einen, wenn es sein mußte, damit er rechtzeitig zu Rachel käme …

Rechtzeitig wozu?

Er blickte nach oben und schätzte die Zeit nach dem Stand der Sonne. Noch knapp zwei Stunden bis zum Sonnenuntergang. Die Sonne glitt jetzt schon zum Horizont hinab, der in diesem Teil des Landes aus der zerklüfteten Gebirgskette gleich hinter den Ciatanischen Hügeln bestand. Er mußte Windhagen vor Sonnenuntergang erreichen. Es gab keine vernünftige Erklärung für diese seine Überzeugung, aber er war sich dessen vollkommen sicher. Bei Sonnenuntergang würde die ganze Welt ins Wanken geraten oder sich von selbst auflösen …

Er schüttelte den Kopf (woher kamen nur diese abartigen Phantasien?), startete im Laufschritt und erhob sich in die Luft. Sofort ergriff ihn der Wind. Es war nie ohne Risiko, durch Nord-Jordana zu fliegen, und heute litt das Land offenbar zusätzlich unter den Ausläufern eines Sturms. Gabriel kämpfte gegen die wechselnden Luftströmungen an, gewann an Höhe und nahm eine hohe, streckenverzehrende Geschwindigkeit auf.

Die Sonne trieb ein neckisches Spiel mit ihm, indem sie hinter einem Berggipfel versank und dann in einem tieferen Einschnitt wieder erschien, geschmolzen und goldrot. Der lästige Wind wirbelte plötzlich um ihn herum und ließ sich dann unter seinen Flügeln nieder wie ein Hund, der sich am Fußschemel seines Herrn zusammenkauert. Es war beinahe so, als ob der Sturm von unsichtbaren Händen in Form gebracht, gebändigt und ihm gefügig gemacht worden wäre. Wie auch immer, jedenfalls machte das seinen Flug leichter und schneller. Er befand sich über dem steinigen Gelände um Windhagen, als sie Sonne vollständig hinter dem Horizont versank.

Er flog so hoch, daß er steil absinken mußte, um auf eine Höhe mit der Festung zu kommen. Bis zu diesem Augenblick hatte er keinen Gedanken daran verschwendet, wie er in die Burg einzubrechen gedachte – ob er auf Raphaels offiziellem Landeplatz niedergehen und seine Ankunft verkünden oder ob er versuchen sollte, auf einem der spitzen Wachtürme zu landen und sich einzuschleichen. Jetzt, da die Burg nur noch ein paar hundert Meter vor ihm lag und bereits gut zu sehen war, beschloß er, sie einige Male zu umkreisen und zu sehen, ob sich vielleicht irgendein guter Einfall von selbst einfände.

Erst da bemerkte er den heftigen Druck, der sich in seinem rechten Arm immer mehr verstärkte. Gütiger Jovah, was mochte Rachel in diesem Augenblick durchmachen?

Bei seiner zweiten Runde bot sich ihm ein Anblick, bei dem sein Herz aussetzte.

Eine einsame Gestalt stand am äußersten Rand eines schmalen, unbefestigten Vorsprungs, der über die Schlucht an der westlichen Seite von Raphaels Berg hinausragte. Der Wind peitschte ihre Haare, und die Röcke flatterten ihr um die Beine; aufgrund dieser Attribute wußte er, daß es sich um eine Frau handelte. Und das verblassende Sonnenlicht, das lieblich auf dem goldenen Haar schimmerte, verriet ihm, wer diese Frau war …

»Rachel!« rief er, doch der Wind war gegen ihn; er trug seine Stimme weg von ihr. Er tauchte wie ein Wahnsinniger durch die wilden Luftwirbel und schlug so kräftig mit den Flügeln, wie er es nur vermochte. Da stand sie, auf einem der höchsten Gipfel Jordanas, unbeweglich, und blickte hinab in eine Tiefe, die ihr ganz gewiß Übelkeit bereitete. Und dann, vor seinen Augen, während er jede Feder und jeden Muskel anstrengte, um zu ihr zu gelangen, schloß sie die Augen und tat einen Schritt nach vorn.

## 18.

## KAPITEL

Der Sturz, der schwebende Fall, der Schreck, mitten in der Luft abgefangen zu werden. Verrückte, wirre Augenblicke des gleichzeitigen Fallens und Steigens, während große weiße Flügel verzweifelt schlugen, um gegen den gierigen Zug der Schwerkraft anzukämpfen. Rachel fehlte der Atem, um zu schreien oder zu sprechen. Sie wurde an eine breite nackte Brust gedrückt, sie spürte die Anstrengung jedes einzelnen mühsamen Flügelschlags, sie spürte, wie der Wille des Engels den der Erde besiegte. Langsam hob die Kraft des Engels sie wieder zum Berggipfel hinauf, zurück auf sicheren Boden.

Und sie ließen den Berggipfel hinter sich und flogen ohne Rast weiter, in den Sonnenuntergang hinein; und flogen weiter und weiter.

Rachel wußte nicht, wie lange sie besinnungslos in den Armen des Engels gelegen hatte, die Augen geschlossen, die Hände nach innen gedreht, ohne sich etwas anderes bewußt zu sein als der Schnelligkeit seiner Bewegungen und der Hitze seines Körpers. Sie brauchte eine Weile, bis ihr klar wurde, daß sie nicht tot war, daß sie keine Gefangene mehr war, daß sie gerettet worden war. Und es dauerte noch länger, bis die Tatsache in sie einsickerte, daß sie wahrhaftig flog, hoch über der Erde, und daß es ihr nichts ausmachte – sie empfand weder Übelkeit noch Schwindel oder Angst. Genau gesagt empfand sie überhaupt nichts.

Aber sie wußte – hatte es gleich in der ersten Sekunde gewußt, ohne sein Gesicht zu sehen, ohne ein Wort von ihm zu hören (denn er sprach nicht) –, wer sie in den Armen hielt. Gabriel. Wohin sie auch flogen, wie lange der Flug auch dauern mochte, sie war in Sicherheit. Gabriel war gekommen, um sie zu holen.

Stunden vergingen; sie merkte es an den wechselnden Farben vor den geschlossenen Augenlidern. Erst Gold, dann Scharlachrot, dann Indigoblau und schließlich überhaupt keine Farbe mehr. Sie spürte das schneeweiße Spiel des Sternenlichts auf dem Gesicht, am ganzen Körper. Außer dort, wo die Arme des Engels um ihre Schultern und unter ihren Knien lagen, außer dort, wo er sie an die Brust gedrückt hielt, war sie vor Kälte erstarrt; sie war nicht wärmer als die Sterne. Wenn er sie losließe, zu Boden fallen ließe, würde sie in viele, viele Eissplitter zerbersten.

Aber er ließ sie nicht fallen. Dies war die einzige Sicherheit in ihrer jetzigen Situation.

Mehr als einmal durchfuhr es ihren Geist, daß sie sich getäuscht hatte: Sie war nicht gerettet worden; sie war die ganze Strecke bis zum steinigen Boden hinabgestürzt, und jetzt träumte sie den sonderbaren, wehmütigen Traum des Todes. Denn gewiß konnte nichts unwirklich sein als dieser beständige, endlose Flug in einem windigen Fluggerät zwischen dem Mondlicht und der Erde, ohne Angst, ohne Gedanken, ohne Gefühl.

Dann änderte sich die ständige Vorwärtsbewegung; sie neigten sich nach unten, wurden langsamer, beinahe so, als ob eine Schubumkehr eingeschaltet worden wäre. Rachel schüttelte den Kopf und bemühte sich um einen klaren Blick. Sie öffnete die Augen und spähte hinunter in das dunkle Muster eines unbeleuchteten Bodens, der mit erschreckender Schnelligkeit näher kam, größer wurde. Sie beobachtete beinahe gleichgültig, wie Schatten sich als Berge, Bäume und Felsen entpuppten, wie sich die Perspektive verkürzte und die Bilder vertrauter wurden. Dennoch war sie nicht auf die jähe Landung vorbereitet, das unvermittelte Aufhören der Bewegung, den stumpfen Aufprall auf der harten Erde.

Gabriel erlangte als erster das Gleichgewicht wieder, dann stellte er sie auf die Beine. Er hielt sie immer noch an der Schulter fest, sonst wäre sie umgefallen. Sie versuchte, ihre Gedanken zu sammeln. Eigentlich hätte sie jetzt etwas sagen müssen.

Er sprach als erster – mit seltsam heiserer Stimme und jedes Wort betonend, wobei er sie heftig schüttelte.

»Was, in des Gottes Namen, hast du dort getan?« schrie er. »Wie bist du nach Windhagen geraten? Wie konntest du so leichtsinnig sein? Wie konntest du ... wie konntest du dich von dem Berg stürzen ...«

Sie warf den Kopf von einer Seite zur anderen, versuchte, ihre Sinne zu ordnen, versuchte, sich zu erinnern, versuchte zu denken. »Gabriel ... hör auf ... bitte ... Gabriel ...«

Er kam sichtbar zur Ruhe, kämpfte um Selbstbeherrschung. »Erzähl mir, was geschehen ist«, befahl er. »Ich weiß, daß du dich zusammen mit Matthäus auf den Weg gemacht hast und dann wieder zum Lager der Edori umgekehrt bist. Wie ging es weiter?«

Sie holte tief Luft. Selbst bei der dürftigen Beleuchtung durch den Mond und die Sterne hatte sie Angst, ihm direkt ins Gesicht zu sehen. Er war zu wütend. Er war zu schön. »Es geschah einige Meilen von der Stelle entfernt, wo ich mich von Matthäus getrennt hatte«, sagte sie; sie sprach mit Bedacht und erinnerte sich während des Sprechens daran, wie man die Worte mit dem Mund formte. »Ich hörte – Flügelschläge. Ich sah nach oben.« Sie zuckte unter seinen Händen mit den

Schultern. »Ich sah keinen Ausweg, um ihnen zu entkommen. Sie brachten mich nach Windhagen.«

Sein Griff um ihre Schultern wurde fester; er wußte, wie grauenvoll dieser Flug für sie gewesen sein mußte. »Und dann?«

Sie spürte, wie ein Teil ihrer Kraft zurückkehrte, oder vielleicht wurde sie ihr auch direkt von seinem Körper eingespeist, ergoß sich von seinen Handflächen und Fingerspitzen in ihre Adern. »Und dann sperrten sie mich in einen Raum, wo den ganzen Tag der Wind wehte. Und die ganze Nacht. So etwas wie diesen Wind hast du noch nie gehört.«

»Ich war dort. Ich habe ihn gehört. Und – was geschah dann? Was hat Raphael gesagt? Warum hat er dich entführt?«

»Ich sah ihn tagelang nicht. Und dann ... Es fand ein Essen statt, zu dem ich kommen mußte. Es war ...« Sie sah ihn flehentlich an, wandte den Blick zur Seite. Selbst bei dieser trüben Beleuchtung waren seine Augen so blau, daß sie es kaum fassen konnte. Sie sah weg. »Er ist verrückt«, flüsterte sie. »Gabriel – dieser ganze Ort. Das ist ein Schauplatz des Wahnsinns. Trunkenheit und Drogenrausch und ... und ... Ach, es ist schrecklich.«

»Was? Was heißt das?«

»Die Engel liegen herum, voll mit Wein. Und Frauen waren da – vielleicht Engelsucherinnen, aber bei einigen hatte ich den Eindruck, daß sie nicht freiwillig dort waren ... Es roch nach den Räucher-Essenzen, die die Jansai benutzen, wenn sie sich Halluzination verschaffen wollen ...«

»Lieber Jovah«, murmelte Gabriel. »Ich weiß, daß er ... Aber ich hätte nicht gedacht ... Und was hat er dir erzählt?«

»Er behauptete, es gebe keinen Gott«, flüsterte sie. »Aber Gabriel, das stimmt doch nicht, oder?«

»Nein«, lautete die prompte Antwort. »Das stimmt nicht. Aber er hat dasselbe zu so vielen anderen Leuten gesagt, daß allmählich Zweifel aufkommen. Er versucht – ich weiß nicht, was er versucht. Samaria zu zerstören, vermute ich. Er will nicht, daß ich Erzengel werde, und er hat alles getan, um es zu verhindern. Aber daß er dich entführt hat – das ergibt für mich keinen Sinn. Was verspricht er sich davon? Welchen Nutzen hat er davon, wenn er dich umbringt?«

»Er wollte mich nicht umbringen«, sagte sie leise. »Zumindest nicht gleich. Nicht diesmal.«

»Diesmal?«

»Er hat es schon einmal versucht. Als ich noch sehr klein war. Raphael und seine Engel haben das Dorf meiner Eltern zerstört.« Sie sah Gabriel wieder an, um festzustellen, ob sein Gesicht Ungläubigkeit oder Wut ausdrückte, aber er betrachtete sie einfach nur, grimmig und ohne das geringste Anzeichen von Überraschung. »Da war soviel Feuer. Da war soviel Krach. Und in der Luft waren Hunderte von Körpern, Flügeln, Armen, Händen, die irgendwelche Dinge warfen und nach Leuten griffen. Wir rannten – alle jene, die noch nicht umgebracht worden waren –, wir versuchten wegzulaufen. Ich sah Engel, die sich auf fliehende Menschen herabstürzten, diese hochhoben und wieder zu Boden schleuderten. Ich sah, wie sie Kinder in den Fluß stießen, ich sah, wie sie Frauen, die schreiend am Boden lagen, mit Steinen bewarfen ... Mein Vater hatte mich gepackt. Er war ein großer Mann, und er konnte mich tragen; ich war ja noch sehr klein. Er hatte mich gepackt, und er rannte, und ich sah die Schatten von Engelsflügeln, die sich um uns herum zusammendrängten ... Ich weiß nicht, mit welcher Waffe sie meinen Vater töteten. Er fiel nach vorn, und ich war unter seinem Körper begraben. Ich hörte, wie das Schreien und Töten noch stundenlang weiterging, aber wir wurden nicht noch einmal angegriffen. Als alles still war, schob ich die Arme meines Vaters zur Seite. Ich kroch in die Nacht hinaus. Alle um mich herum waren tot. Ich rannte und rannte und rannte, bis ich auf die Edori stieß ...«

»Das war Raphael?« fragte Gabriel leise. »Bist du dir dessen sicher? Er führte die Engel an, die euch angriffen?«

»Ich habe ihn gesehen. Ganz Gold und Schönheit. Die Sonne fiel auf sein Gesicht und auf seine Flügel, und ich glaubte, noch nie etwas so Schreckliches im Leben gesehen zu haben. Er weiß, daß ich ihn gesehen habe. Er blickte mir ins Gesicht und lachte. Aber mein Vater hatte mich gepackt und war mit mir weggelaufen, bevor Raphael den Arm ausstrecken und mich aufgreifen konnte ...«

»Der Gott möge uns beschützen«, flüsterte Gabriel. »Warum hast du mir das nicht längst vorher erzählt?«

»Wer würde eine solche Geschichte glauben? Nicht einmal Naomi hat mir geglaubt. Aber es stimmt. Und seither versucht er, mich zu verschleppen oder zu töten.«

»Aber du sagtest, diesmal habe er nicht die Absicht gehabt, dich zu töten. Diesmal ...«

»Ja, diesmal wollte er mich einfach nur in Windhagen gefangenhalten.«

»Warum dann, Rachel?« fragte er, und sein Ton war plötzlich schroff. Er schüttelte sie erneut, einmal, fest. »Warum hast du versucht, von dem Berg zu springen? Wußtest du nicht, daß ich dich holen würde? Du weißt doch, was du uns – ganz Samaria bedeutest! Wie konntest du versuchen, dich umzubringen, dein Leben wegzuwerfen, da doch soviel von dir abhängt? Was hast du dir dabei gedacht?«

Sie entwand sich ihm, plötzlich erfüllt von brodelndem Zorn. »Ich habe gedacht, ich bringe mich um, um euch alle zu retten!« rief sie. »Er sagte, er wolle mich festhalten, bis die Glorie vorbei sei, damit die Glorie nicht gesungen werden könne! Ich wußte, solange ich am Leben wäre, könnte keine andere Angelica an deiner Seite singen. Aber wenn ich tot wäre, könntest du jede Frau wählen, die dir paßt, und sie in die Ebene von Sharon mitnehmen ...«

»Lieber, gnädiger Gott!« hauchte er. Er streckte die Hand zu ihr aus, aber sie schlug sie zur Seite.

»Und dir muß das ebenfalls klar geworden sein!« schrie sie ihn an und wich ein paar Schritte zurück. »Es muß dir klar geworden sein, als du mich von der Klippe springen sahst. Du hättest mich fallen lassen können, dann wärst du mich los gewesen ... Alle Schwierigkeiten und der ganze Aufruhr wären zusammen mit mir am Fuß des Berges zerschellt ...«

So schnell, daß sie ihm nicht ausweichen konnte, trat er zu ihr; er nahm keine Rücksicht auf ihre wild um sich schlagenden Arme und umfing sie in einer fesselnden Umarmung. Sie zappelte vergebens gegen seinen festen Griff an; sie wollte sich nicht beruhigen lassen, sie wollte nicht besänftigt werden, aber ihre unterdrückten Schreie und ihre schlagenden Fäuste machten keinen Eindruck auf ihn. Er drückte sie nur um so fester an sich, murmelte sanfte Worte in ihre zerzausten Haare, wärmte sie mit seinem Körper, stützte sie mit seiner Kraft. Sie war so müde. Sie war so kalt. Sie konnte weder sprechen noch kämpfen, noch aufrecht stehen. Sie weinte hilflos und bitterlich an seiner Brust. Seine Arme waren das einzig Wirkliche auf der Welt.

Seine Arme, seine Stimme. »Pschscht!« flüsterte er immer wieder. »Pschscht, Rachel, du Schatz, weine nicht! Wie hätte ich dich fallen lassen können? Pschscht, Rachel. Wen sonst als dich möchte ich neben mir haben? Niemanden. Niemanden. Lieber ließe ich die

Welt in zwei Teile spalten, bevor ich mit einer anderen Frau als mit dir sänge ...«

Sie merkte es kaum, als er sie hochhob und dann niederkniete, so daß sie beide am Boden waren. Er wickelte sie in etwas Weiches und Warmes und legte sie dann erstaunlich sanft in des dichte Gras.

»Ich habe ein Feuer entfacht«, sagte er, immer noch in diesem süßen murmelnden Ton. »Bleib hier. Ich werde ganz in deiner Nähe sein.«

»Gabriel«, sagte sie, aber sie sprach so leise, daß sie nicht sicher war, ob er sie gehört hatte. Sie hörte, wie sich seine Schritte entfernten, aber sie hatte keine Angst. Sie wußte, daß er zurückkommen würde. Sie schloß die Augen, und noch bevor er wieder da war, war sie eingeschlafen.

Nach dem Aufwachen blieb Rachel lange Zeit mit geschlossenen Augen liegen und genoß das Gefühl des Wohlbefindens. Es war spät am Morgen; das verriet ihr die Dichte des Lichts auf den geschlossenen Lidern. Noch nie hatte sie sich so ausgeruht, so warm, so sicher, so zufrieden gefühlt.

Sie drückte die Augen noch fester zu, denn dieses Gefühl sollte andauern. Keine Gedanken, keine Erinnerung, keine Wahrheit. Sie war klug genug, die Augen nicht zu öffnen, sich nicht umzusehen, um die Beschwernisse der Wirklichkeit zu erblicken. Wenn sie doch nur für immer in diesem Augenblick leben könnte!

Sie lag reglos da, aus Angst, irgendeine jähe Bewegung könnte die Illusion zerschmettern, sie schonungslos in eine dunkle, kalte Gegenwart zurückbringen. Doch die Arme fühlten sich locker und entspannt an, die langen Beine waren ausgestreckt statt eingezogen, wie sonst, wenn sie erwachte. So oft hatte sie schon vor Kälte zusammengekauert geschlafen, eingehüllt in eine unzureichende Decke, doch jetzt lag sie da, überströmt von einer herrlichen Wärme. Sie lag eingehüllt in Weichheit, ein seidenes Material am Gesicht, am Hals, an der Haut der Arme und Beine. Sie drehte den Kopf vorsichtig von einer Seite zur anderen, riskierte die Zerstörung der Illusion, nur um das Spiel dieses daunenleichten Gewichts an den Wangen, dem Kinn, den Ohrläppchen zu spüren. Noch nie hatte sie etwas so unglaublich Sanftes gespürt, samtweich, federleicht, blutwarm ...

Federleicht ...

Ganz, ganz langsam öffnete sie ein Auge. Die Welt war blendendgrell, halbblind drückte sie die Augen wieder zu. Zu hell; als ob das volle Sonnenlicht durch etwas makellos Weißes herabgefiltert würde ... Diesmal öffnete sie beide Augen.

Sie befand sich in einem Zelt aus weißen Federn, von Kopf bis Fuß eingehüllt in deren schneeweiße Ausdehnung. Unter ihr lag eine weiße Decke und bot soviel Polsterung wie möglich gegen den harten Untergrund. Draußen stach die Vormittagssonne herab und fügte ihr Schillern hinzu. Aber sie lag drinnen, in einem Kokon aus Dunst und Federn ...

Sie schlief unter dem Federbett von Gabriels Flügeln.

Was bedeutete, daß Gabriel neben ihr schlief.

Noch langsamer, unendlich behutsam drehte sie sich im Liegen um, Stück für Stück, bis sie nach innen sah. Gabriels Flügel war vollkommen über sie gebreitet und berührte den Boden zu beiden Seiten ihres Körpers, so daß sie Mühe hatte, sich zu orientieren. Aber gewiß war das sein Rücken, fest im Gegensatz zu der weichen, gefiederten weißen Wand, und der Schatten in der Nähe des Kopfes mußte sein Wust schwarzer Haare sein.

Beim süßen Gesang Jovahs, er hatte die ganze Nacht neben ihr geschlafen und sie mit seinen Flügeln gewärmt, und vielleicht haßte er sie doch nicht.

Sie bewegte sich nicht mehr, aus Angst, sie könnte ihn aufwecken. Sie lag da und überdachte die Geschehnisse des vergangenen Abends.

Nun, er hatte ihr das Leben gerettet. Bestimmt hatte er dabei unter irgendeinem Zwang gehandelt, auch wenn er sie haßte. Sie war immerhin eine vom Gott gekennzeichnete Frau, und als solche per göttlichem Erlaß etwas Wertvolles. Er war wütend gewesen, richtig zornig – hatte ihr Grobheiten an den Kopf geworfen, wie er es in der Vergangenheit mehr als einmal getan hatte –, aber sie kannte sich aus damit, wie man andere Gefühle durch Wut tarnte. Und der Grund für seine Wut verwirrte sie: Er hatte Angst um sie gehabt, war besorgt gewesen, weil sie sich das Leben hatte nehmen wollen.

Hatte er wirklich gesagt, er wolle mit keiner anderen Angelica als ihr singen? Oder hatte sie das nur geträumt? Und wenn er es wirklich gesagt hatte, hatte er es so gemeint …?

O lieber Jovah, er würde sie heute zum Horst zurückfliegen, sie in den Armen tragen. Er war so stark; er würde nicht ein einziges Mal wanken, würde nicht daran denken, sie abzusetzen, damit er sich ausruhen konnte. Das Gesicht brannte ihr. Ihr ganzer Körper krampfte sich in einer Woge peinlichen Berührtseins zusammen. Wie konnte sie sich von ihm über diese ganze Strecke tragen lassen, so viele Stunden lang …

Ihre unbedachte Bewegung hatte dazu geführt, daß ihre Handgelenke seine empfindlichen Federn berührt hatten. Es kam zu einem schnellen, anscheinend unwillkürlichen Straffen seines Flügels auf ihr, und sie merkte, wie sich sein Körper verlagerte. Sie erstarrte, aber die Federn zuckten und hoben sich. Gabriel hatte sich umgedreht und sah sie an. Sofort nahm das weiße Licht unter dem gefiederten Zelt einen saphirblauen Hauch an.

»Du bist wach«, sagte er ernst. »Wie fühlst du dich?«

»Vorzüglich«, sagte sie und staunte selbst, daß sie fähig war, einigermaßen normal zu sprechen. »Besser als gestern abend.«

Ein flüchtiges Lächeln huschte über sein Gesicht. »Gestern abend ging es dir nicht besonders«, sagte er. »Hast du Hunger? Naomi hat mir etwas Proviant mitgegeben, aber es gibt keine große Auswahl.«

»Naomi?« wiederholte sie und richtete sich auf. Sofort fiel sein Flügel von ihr ab. Die von der Sonne erwärmte Luft erschien ihr plötzlich kalt an der nackten Haut. »Wann hast du mit Naomi gesprochen?«

»Gestern – nein, vorgestern. Ich habe dich gesucht, nachdem ich von Matthäus erfahren hatte, daß du mit den Edori zurückkommen würdest. Mit ihrer Hilfe bin ich dahintergekommen, wo du warst.«

»Dann ist sie also in Velora?«

»Alle sind dort. Sie erwarten uns.« Er lachte leise. »Zumindest glaube ich, daß sie uns erwarten. Da ich niemandem – außer Naomi – erzählt habe, wohin ich ging, suchen vielleicht alle eifrig meine Leiche entlang der Straßen und Berge von Bethel.«

»Dann weiß also niemand, wo du bist?«

»Oder wo du bist. Ich möchte jetzt nicht an der Stelle der armen verwirrten Unwissenden sein, die sich fragen, was wohl geschehen sein mag.« Er war aufgestanden, um den Lederbeutel zu holen, der ihren dürftigen Vorrat enthielt. »Wir tun gut daran, möglichst schnell zurückzukehren.«

Sie war anscheinend ausgehungert. Er überließ es ihr, sich zuerst etwas zu essen auszusuchen, und sie nahm sich mehr, als ihr gerechterweise zustand, aber er verübelte es ihr nicht. Er beobachtete sie mit verhangenen Augen. »Irgendwann einmal mußt du mir alles erzählen, was dir in Windhagen angetan wurde.«

Sie dachte an die langen Nächte, in denen sie die Tür

mit ihrem eigenen Körper verbarrikadiert hatte, die Augenblicke, in denen sie von dem unaufhörlichen Wind beinahe zum Wahnsinn getrieben worden war. »Vielleicht«, sagte sie. »Aber eines muß ich dir unbedingt erzählen. Leah ...«

»Sie war dort?«

»Ich habe sie nicht gesehen. Raphael erzählte mir ...« Rachel holte tief Luft. »Sie ist nicht die Frau, die er eigentlich hätte heiraten sollen. Irgendeine jansaische Prinzessin. Er tötete diese Frau und nahm sich an ihrer Stelle eine Engelsucherin.«

Gabriel öffnete den Mund, um diese Möglichkeit weit weg zu weisen, doch dann drückte er die Lippen langsam wieder zusammen. »Das könnte stimmen«, räumte er nach einigem verdutzten Nachdenken ein. »Jansaische Frauen sind angehalten, sich sehr zu verhüllen – niemand hat sie vor der Hochzeit gesehen. Aber, Rachel, das würde ja bedeuten ...«

»Ich weiß«, sagte sie. »Es ist schlimmer, als wir dachten.«

»Ich denke ständig daran«, murmelte er, »daß die Glorie in ein paar Tagen stattfinden wird. Dann wird alles gut werden. Aber dann denke ich wieder, er hat schon so viel Mühe auf sich genommen, die Glorie zu verhindern, daß er jetzt bestimmt nicht aufgeben wird.«

Rachel aß hastig auf und erhob sich. Gabriel stand neben ihr. »Dann laß uns so schnell wie möglich zurückkehren«, bat sie.

Er griff nach ihr; vor Schreck über die Berührung erzitterte sie unwillkürlich. Er ließ die Hand fallen.

»Es tut mir leid«, sagte er leise. »Ich weiß, daß du Angst hast. Aber es gibt keine andere Möglichkeit, rechtzeitig zurück zu sein. Dir wird nichts geschehen.«

Sie lächelte verzerrt. »Ich weiß«, sagte sie, trat zu ihm und legte ihm die Arme um den Hals. »Ich habe keine Angst.«

Im Horst herrschte große Aufregung. Jemand hatte sie in der Ferne erspäht, und als sie ankamen und auf dem Hauptplatz niedergingen, wurden sie von mindestens hundert Leuten erwartet. Rachel war so erschöpft, daß sie sich förmlich an Gabriel klammerte, als er sie absetzte, und er legte einen Arm um sie, als er merkte, daß sie taumelte. Stimmen, Gesichter, Fragen – Bilder und Worte, alles vermischte sich zu einem verschwommenen Wirrwarr. Rachel wußte, daß Gabriel mindestens ebenso müde sein mußte wie sie; trotzdem hörte sie, wie er sich nach allen möglichen Dingen erkundigte und selbst knappe Fragen stellte. Sie konnte nur dastehen, stumm und erschöpft.

»Hier, Hannah, bring sie in ihr Zimmer. Gib ihr etwas, damit sie schlafen kann«, bat Gabriel. Er übergab ihren schlaffen Körper behutsam in die Obhut anderer Hände, und jemand führte sie weg.

»Nein ...«, protestierte sie schwach, aber in Wahrheit konnte sie lediglich einen Fuß vor den anderen setzen, während sie den Saal durchquerte. Noch nie zuvor war ihr ihr eigenes Zimmer so willkommen gewesen.

»Möchtest du, daß ich dir beim Baden helfe, bevor du zu Bett gehst?« fragte Hannah. »Vielleicht fühlst du dich besser, wenn du sauber ...«

Sie sah also abscheulich aus; wie tröstlich. »Nachdem ich geschlafen habe«, murmelte Rachel. »Danke. Ich möchte einfach nur ... ich bin so müde ...«

Und sie war eingeschlafen, noch bevor Hannah den Raum verließ.

Es war später Nachmittag gewesen, als sie sich hingelegt hatte, und die Nacht senkte sich herab und war weit vorangeschritten, bevor sie wieder aufwachte und sich fragte, wo sie war. Es war nicht die Anordnung von Gestalten und Schatten, die ihr Gewißheit gaben, sondern die vermischten Stimmen der singenden Engel, die Wiegenlieder sangen.

Der Gedanke kam ihr, ob sie jemals wieder so tief, so vertrauensvoll schlafen würde wie im Schutz von Gabriels Flügel, doch dann war sie wütend auf sich selbst, weil sie so etwas überhaupt dachte. Sie drückte die Augen fest zu, um erneut einzuschlafen.

Es war verhältnismäßig früh, als sie wieder aufwachte – eine gute Stunde nach Sonnenaufgang. Sie trieb diesmal nicht ihr übliches Spiel, sondern öffnete die Augen, sobald sie wach war, und setzte sich auf.

»Ich werde mich hüten, zuerst in den Spiegel zu schauen«, murmelte sie vor sich hin, stand auf und stellte fest, daß ihre Muskeln zitterten. »Ich werde jetzt einfach ein Bad nehmen.«

Sie duschte sich und spülte sich ab, duschte sich noch einmal und spülte sich noch einmal ab und genoß den warmen Wasserfall des Waschraums. Sie kämmte sich das zerzauste nasse Haar und kehrte zurück in ihr Zimmer, wo sie feststellte, daß sie Besuch hatte.

»Magda!« rief sie aus.

Die Engelin drehte sich beim Klang ihres Namens um und eilte mit ausgebreiteten Armen durchs Zimmer. »Rachel, Rachel, wir haben uns so viele Sorgen um dich gemacht! Es ist so schrecklich! Raphael ... Dann wurdest du entführt ... Und ich kann es immer noch nicht glauben, was man sich erzählt.«

Rachel lachte. »Beruhige dich! Laß mich erst etwas anziehen. Erzähl mir, was du gehört hast, und ich erzähle dir, was ich weiß.«

Und so verdankte Rachel Magdalena ihr Wissen über den Ablauf des Treffens der Landbesitzer. »Hat Gabriel tatsächlich gedroht, die Landschaft von Samaria durch klimatische Einflüsse zu verändern?« fragte sie nachdenklich. »Und Ariel hat dem zugestimmt?«

Magda nickte mit bekümmertem Gesicht. »Es gefällt

ihr nicht – oder vielmehr, es *gefiel* ihr nicht. Aber jetzt, da uns alle diese grauenvollen Geschichten über Raphael zu Ohren gekommen sind … Nun ja, es sieht so aus, als habe Gabriel von Anfang an recht gehabt.«

»Er hat recht gehabt«, sagte Rachel geistesabwesend. »Aber wissen Elias und Malachias und alle die anderen Bescheid über – mich und Leah und alles andere?«

»Ich weiß nicht. Aber ich habe gehört …«

»Was?«

»Man sagt, daß sich bereits Leute auf der Ebene zusammenfinden«, sagte die Engelin erregt. »Kaufleute aus den Städten am Fluß und Angehörige von jansaischen Clans und Manadavvi … Und Obadja ist gestern abend spät von der Ebene zurückgekommen und hat berichtet, daß Raphael, Saul und einige der Engel bereits dort sind.«

»Raphael kommt zur Glorie?« fragte Rachel in scharfem Ton. »Aber er glaubt nicht einmal an Jovah.«

Magda nickte. »Gabriel meint, er ist dort, um irgendein Unheil anzurichten.«

»Oh, keine Frage.«

»Deshalb ist er heute morgen aufgebrochen, um vielleicht etwas herauszufinden.«

Rachel hatte am Spiegel gestanden, immer noch damit beschäftigt, die Knoten in ihren Haaren zu lösen. Jetzt drehte sie sich um und sah die Engelin an. »Gabriel ist *weg*? Aber er … Ich dachte, er nähme mich mit …« Sie verstummte unvermittelt.

»Er hat mich gebeten, dich so bald wie möglich nachzubringen. Oder Obadja.«

Rachel wandte sich wieder dem Spiegel zu. Sie war so wütend, daß sie sich kaum auf ihr Konterfei konzentrieren konnte. Wütend über ihn, noch wütender über sich selbst. Natürlich machte er sich ohne ein Wort davon, das hatte er schon etliche Male getan. Es war töricht zu glauben, alles habe sich verändert, nur weil sie eine Nacht zusammen draußen in der Kälte gelagert hatten. Er hätte jede andere Person genauso in einer Falte seines Flügels warmgehalten; das war lediglich eine Frage der Höflichkeit. »Ich ziehe es vor, mit den Edori zu reisen«, sagte sie. »Sie brechen heute in die Ebene auf, davon bin ich überzeugt. Wir werden mühelos noch rechtzeitig ankommen.«

»Aber, Rachel, Gabriel hat gesagt …«

»Gabriel«, entgegnete Rachel mit einer Bestimmtheit, die keinen Widerspruch zuließ, »ist nicht hier.«

Als sie endlich aus ihrem Zimmer trat, war sie von einem Wirbel der Aufmerksamkeit umgeben, mit einer besorgten Magdalena auf den Fersen, aber Rachel ertrug es gelassen. Es machte ihr nichts aus, daß sich Hannah, Matthäus und Obadja nach ihren Abenteuern erkundigten, aber andererseits fehlte ihr auch die Geduld, ihre Geschichte immer wieder zu erzählen. Sie wollte so schnell wie möglich nach Velora kommen, zurück zu Naomis Zelt, zurück zu den Edori, denen etwas an ihr lag.

Sie hatte nichts dagegen, daß Obadja sie in die Stadt hinunter trug, und fand sogar einen Augenblick Zeit, sich zu fragen, warum sie jemals Angst gehabt hatte, sich diesen harmlosen Berg hinauf und hinter tragen zu lassen.

»Du hast dich verändert«, sagte Obadja mit einem fragenden Unterton, wobei er sie ein wenig fester als nötig an die Brust drückte. »Es gab eine Zeit, da warst du bei der Landung ohnmächtig oder außer dir vor Wut.«

»Ich bin in letzter Zeit so viel geflogen, daß ich mir allmählich selbst wie ein Engel vorkomme«, erwiderte sie im selben leichten Ton. »Höhe jagt mir keine Angst mehr ein.«

»Ehrlich? Dann möchte ich dich zu einer kleinen

Eskapade einladen ...« Er ging in den Sinkflug und wirbelte wie verrückt in der Luft herum, woraufhin sie kreischte und sich an seinem Hals festklammerte.

»Hör auf! Hör auf!« schrie sie und tat so, als ob sie ihn erwürgen wolle. Aber sie lachte; er war nicht beunruhigt. Nach einigen atemlosen Augenblicken nahm er den normalen Flug wieder auf.

»Wenn du keine Angst mehr hast, warum darf ich dich dann nicht in die Ebene fliegen?« fragte er. »Oder Magda. Obwohl ich kräftiger bin als Magda. Wirklich, du solltest dich auf alle Fälle für mich entscheiden.«

»Ich möchte lieber mit den Edori reisen«, entgegnete sie.

Er berührte den Boden – eine etwas elegantere Landung als die beiden, die sie in Gabriels Armen erlebt hatte. Aber schließlich hatte Obadja wahrscheinlich auch mehr Erfahrung darin, Frauen bei Vergnügungsausflügen über den samarianischen Himmel zu befördern.

»Wahrscheinlich möchtest du einfach nur Gabriel auf die Palme bringen«, sagte er vergnügt. »Wie immer.«

Sie war im Begriff, sich dagegen zu verwehren, doch dann lächelte sie. »Und meinst du, ich habe Erfolg damit?« fragte sie.

»O ja«, war seine Antwort, »wie immer.«

Er hatte sie direkt in das edorische Lager gebracht, und er wartete so lange, bis Rachel ihn mit Naomi, Lukas und ihren Sprößlingen bekannt gemacht hatte. Rachel merkte, daß Naomi überrascht zur Kenntnis nahm, daß sie dafür verantwortlich sein sollte, die Angelica in die Ebene von Sharon zu bringen, aber sie verbarg ihre Überraschung ziemlich geschickt, bis der Engel sie verlassen hatte. Und dann wartete sie bis zum letzten Wort von Rachels abenteuerlichem Bericht, bevor sie das Thema der Reisegestaltung ansprach.

»Ein furchterregender, böser Mann«, war ihr ernster

Kommentar. »Ich bin entsetzt bei dem Gedanken, daß er so lange Zeit als Bindeglied zwischen dem Gott und den Menschen gewirkt hat.«

»Jovah ist gnädig«, murmelte Rachel, »daß er immer noch seine Hand über uns hält.«

»Gabriel war hier – hat er dir das erzählt? –, um dich zu suchen«, sagte Naomi. »Ich habe ihm berichtet, was ich von dir über Raphaels Zerstörung eures Dorfes gehört habe. Und er hat mir geglaubt. Und seither habe ich richtige Angst.«

»Er hat mir auch geglaubt«, sagte Rachel. »Aber inzwischen habe ich keine Angst mehr, denn zu jenem Zeitpunkt war ich mit Gabriel zusammen.«

»Was uns zu der wichtigsten Frage bringt«, sagte Naomi. »Warum bist du jetzt nicht bei Gabriel?«

»Weil er heute morgen weggegangen ist, während ich noch schlief«, sagte Rachel kühl. »Unter Zurücklassung der Anweisung, daß ich mich so schnell wie möglich zu der Ebene zu begeben habe.«

»Warum bist du dann nicht mit dem netten blonden Jungen geflogen, der dich hierhergebracht hat? Oder mit irgendeinem anderen Engel? Ich bin sicher, sie wären gern bereit gewesen ...«

»Ich wollte lieber bei dir sein.«

Naomi beugte sich vor und versuchte, in Rachels verschlossenem Gesicht zu lesen. »Streitest du schon wieder mit ihm?« fragte sie leise. »Oder immer noch? Du darfst die Glorie nicht verpassen, weißt du. Das darfst du wirklich nicht.«

»Ich möchte sie nicht verpassen. Wir kommen noch rechtzeitig dort an. Wenn wir uns gleich auf den Weg machen.«

»Mir hat er gefallen, Rachel«, setzte Naomi ihre Rede fort. »Er ist wirklich schön.«

»Ja, sehr«, bestätigte Rachel trocken.

»Er hat sich solche Sorgen um dich gemacht. Er

schien – als ihm bewußt wurde, wo du bist –, er sah aus, als ob er einen Schlag vor den Kopf bekommen hätte. Er nahm meine Hand, um nicht das Gleichgewicht zu verlieren.«

»*Was* hat er getan? Das kann nicht wahr sein.«

»Doch, es ist wahr, so wahr wie Jovahs Gnade.«

Rachel schüttelte ungeduldig den Kopf. »Mußt du noch etwas packen? Ich helfe dir. Wir müssen unverzüglich aufbrechen.«

Und sie drehte sich um, um sich in dem ordentlichen Zelt umzusehen. Sie tat so, als ob sie Naomis geflüsterte Worte nicht hörte: »Dann liebst du ihn also doch. Das habe ich mir gedacht.«

Die Chievens kamen auf dem Weg in die Ebene sehr gut voran. Es war ein kleiner Clan mit nur wenigen älteren Leuten, so daß sie eine beträchtliche Geschwindigkeit vorlegen konnten. Es war eine Reise, die eigentlich mehr als vier Tage dauerte, sie aber schafften es in dreieinhalb und kamen am Nachmittag vor dem Tag an, an dem die Glorie planmäßig gesungen werden sollte. Rachel fühlte sich in gewissem Maße schuldig, daß sie das Ganze so knapp hatte werden lassen, aber ihr war nicht entgangen, daß während der ganzen Reise ein allgegenwärtiger Schatten von Engelsflügeln über ihnen schwebte. Gabriel hatte jemanden zu ihrer Bewachung geschickt, und wenn sie zu lange auf der Straße herumgetrödelt hätten, dann hätte dieser Jemand die Anweisung gehabt, sie kurzerhand zur Ebene zu fliegen. Sie konnte sich nicht entscheiden, ob sie dieses Wissen freute oder ärgerte.

Wie auch immer, am frühen Nachmittag überquerten sie die flachen Hügel, die die südwestliche Grenze der Ebene ausmachten, und wanderten dann in die riesige, schalenförmige Arena hinab. Dort waren bereits mindestens fünftausend Leute, die in dem breiten, grasbewachsenen Tal ihre Lager aufgeschlagen hatten, und ihre Zelte und Standarten boten ein fröhliches buntes Bild in dem üppigen Gras. Die Sonne, die sich soeben ein wenig nach Westen neigte, hob die blauen, violetten und rosenquarzartigen Farben der gedrungenen Berge hervor, die einen Kreis um die ganze Ebene bildeten. Nur ein einziger Gipfel konnte ein Anrecht auf Höhe geltend machen, und das war der Berg Galo, der höchste von Samaria, an dem die eisige Quelle des Flusses Galiläas entsprang. Das übrige waren sanfte kleine Erhebungen, schiefergrau und freundlich in der Frühlingssonne.

»Also, wir sind da«, sagte Naomi, während sie sich einen Weg durch das dichte Gras bahnten. »Jetzt braucht sich niemand mehr Sorgen zu machen.«

Doch, wie sie bald erfahren mußten, konnte selbst Rachels Ankunft die Sorgen nicht vertreiben, die sich während der letzten paar Tage in der Ebene von Sharon angehäuft hatten.

# 19.

# KAPITEL

Gabriel schlief fest, als Obadja und Nathan in den Raum stürmten; Nathan war offensichtlich selbst gerade erst aus dem Bett hochgeschreckt, und Obadja zeigte die unverkennbaren Anzeichen eines langen, schweren Nachtflugs. Er wußte, daß es Schwierigkeiten gab, noch bevor einer von ihnen ein Wort gesprochen hatte.

»Gabriel, Raphael ist in der Ebene von Sharon!« rief Nathan, bevor Obadja den Mund öffnen konnte.

»*Und* die meisten seiner Engel«, fügte Obadja hinzu.

Gabriel schwang sich aus dem Bett, indem er unter Aufbietung aller Willenskraft seine immer noch anhaltende Erschöpfung überwand. »Habt ihr mit ihm gesprochen? Was hat er gesagt?«

»Ich habe ihn beobachtet, wie er die Runde durch das Lager der Manadavvi machte. Du weißt doch, wie sehr er es liebt, bei Anlässen wie diesem seine goldene Anwesenheit unter alle Landbesitzer zu verteilen. Nur daß diesmal ...«

»... der Anlaß nicht der seine ist«, vollendete Gabriel den Satz.

»Wir haben ihn dort überhaupt nicht erwartet«, bemerkte Nathan.

»Oh, ich habe ihn sehr wohl erwartet«, entgegnete Gabriel müde. »Ich konnte einfach nicht schnell genug dorthingelangen. Er muß Windhagen beinahe zum selben Zeitpunkt wie wir verlassen haben. Vielleicht sogar vor uns. Vielleicht weiß er noch gar nicht, daß Rachel freigekommen ist … Hast du überhaupt nicht mit ihm gesprochen, Obadja? Hast du dir nicht angehört, was er zu sagen hatte?«

Der blonde Engel schüttelte den Kopf. »Ich bin gleich aufgebrochen, um hierherzukommen. Ich wollte nicht, daß er … Nun, ich dachte, er könnte vielleicht versuchen, mich aufzuhalten. Nicht daß ich Angst vor ihm hätte.«

»Du solltest aber Angst vor ihm haben. Wir alle sollten Angst vor ihm haben«, sagte Gabriel. »Also gut, Nathan, komm mit. Wir brechen in dreißig Minuten auf und fliegen in die Ebene.«

»Ich komme auch mit«, sagte Obadja.

»Nein, du bleibst hier, schläfst dich aus und folgst uns, so schnell du kannst.«

»Und bring Rachel mit«, sagte Nathan.

Obadja nickte. »Selbstverständlich.«

Gabriel betrachtete eine Weile den vertrauten abgetretenen Boden. Rachel … Wenn er sie nicht aufwecken und ihr die Neuigkeit mitteilen würde, würde sie ihm das niemals verzeihen. Und wie konnte er sie verlassen? Während des langen Fluges zurück in den Horst hatte er sich gewundert, wie still sie in seinen Armen gelegen war, als ob sie ihm vertraute, als ob sie sich bei ihm geborgen fühlte. Dabei waren ihm hundert Dinge eingefallen, die er ihr sagen wollte, sobald sie wieder festen Boden unter den Füßen hätten und sich in der sicheren Anlage des Horstes befänden. Wie sehr er sich um sie gesorgt hatte, wie sehr er seine wütenden Worte bereute, die er in der Woche vor ihrer Abreise geäußert hatte, daß sie ihm inzwischen mehr bedeutete, als er jemals erwartet hätte, als er jemals für möglich gehalten hätte … Und dann war sie inmitten einer Menge gelandet, und sie war mit Hannah weggegangen, und jetzt mußte er sich auf den Weg machen, um etwas zu erledigen, das keinen Aufschub duldete. Aber er kannte Rachel. Sie würde von ihm erwarten, daß er sich wenigstens die Zeit nähme, sich von ihr zu verabschieden.

»Holt Rachel her«, sagte er leise, »wenn sie bereit ist zu kommen.«

Es war bereits eine beträchtliche Menge von Leuten auf der Ebene von Sharon versammelt, bestimmt mehrere hundert. Bei seiner Ankunft gegen Mittag erkannte Gabriel aus der Luft vor allem die Standarten manadavvischer Clans und auch die Banner jansaischer Städte, der Städte am Fluß sowie der von Luminaux. Die edorischen Lager mit ihren auffälligen dunklen Zelten waren am nordwestlichen Rand der Ebene zusammengedrängt; unabhängige Bauern und Siedler hatten sich aus Kameradschaft zu kleinen Gruppen innerhalb der größeren zusammengetan. Immer mehr Pferde und Karawanen und Reisende zu Fuß brachen aus allen Richtungen über die Bergpässe, während er seine Landekreise zog.

»Und jetzt?« fragte Nathan, der einige Meter entfernt den Boden berührte. »Hast du vor, ihn zur Rede zu stellen? Und was willst du ihm sagen? Jeder hat das Recht, an einer Glorie teilzunehmen. Jeder ist willkommen.«

»Ariel ist hier«, lautete Gabriels knappe Antwort. »Als erstes werde ich sie fragen, ob sie etwas erfahren hat.«

Der monteverdische Pavillon war leicht zu finden, da seine goldenen und smaragdgrünen Fahnen elegant im Wind flatterten. Engel und Sterbliche waren in einem hoffnungslosen Durcheinander vermischt, aber einer der jüngeren Engel machte Ariel schnell für ihn aus.

»Schön, daß du da bist«, begrüßte ihn Ariel. »Hast du Magda mitgebracht? Oder ist sie immer noch im Horst?«

»Ich habe sie bei Rachel gelassen«, antwortete Gabriel. »Was ist hier los? Hast du mit Raphael gesprochen?«

Ariel schüttelte den Kopf. »Er weigert sich, mit mir zu sprechen; und keiner der Manadavvi ist bereit, mir etwas darüber zu erzählen, was er bei ihnen verbreitet. Ich weiß, daß etwas im Busch ist, weil sie alle ein heimlichtuerisches Gehabe an den Tag legen. Aber – was kann er denn schon anrichten? Er kann die Glorie doch nicht verhindern, oder?«

»Ist Josias hier?«

»Ja, Isebel und Hesekiel ebenfalls«, sagte sie und zählte damit die Namen der Orakel auf, die Gasa und Jordana dienten. »Warum? Glaubst du, sie wissen etwas?«

»Sie wissen allerlei«, sagte Gabriel mit einem angedeuteten Lächeln. »Bitte, bring mich zu ihnen.«

Die Orakel und vielleicht einige gemischte Dutzend ihrer Akolythen hatten ihr aus weißen Zelten bestehendes Lager im Schatten des Berges Galo aufgeschlagen. Josias, der älteste der drei, hatte das größte Zelt mit der behaglichsten Ausstattung. Die Engel trafen Isebel und Hesekiel bereits bei ihm an.

»Gabriel, ich bin froh, daß du da bist«, lautete Josias' Begrüßung. Gabriel nickte ihm zu und entbot dem weißhaarigen, halbblinden Hesekiel einen förmlichen Gruß. Er war gute fünf Jahre jünger als Josias, aber bei weitem nicht so fähig wie dieser; nach Gabriels Ansicht hätte er schon vor zehn Jahren durch einen Nachfolger ersetzt werden müssen. Gabriels Gesicht verzog sich mißfällig. Es war offensichtlich, daß Raphael den weisen Sehern überhaupt keine nützliche Funktion zutraute. Als nächstes reichte er Isebel die Hand, einer ernsten, dunkelhaarigen Frau, annähernd in seinem Alter. Ariel hatte mehr als einmal Isebel als die schlauste Person unter all ihren Bekannten bezeichnet.

»Ich habe es leider nicht geschafft, früher hier zu

sein«, sagte Gabriel. Die Engel setzten sich so gemütlich wie möglich auf Hocker, die von den schweigenden Akolythen herangeschoben worden waren. »Hat jemand von euch irgend etwas gehört? Warum ist Raphael hier?«

»Er glaubt nicht an den Gott«, bemerkte Hesekiel mit seiner dünnen, brüchigen Stimme. »Er glaubt nicht daran, daß der Gott ihn strafen kann.«

»Ja, das habe ich auch gehört«, sagte Gabriel. »Aber ...«

»Er glaubt nicht daran, daß der Gott überhaupt jemanden von uns strafen kann«, sagte Josias leise. »Und er möchte seine Theorie unter Beweis stellen.«

»Auf welche Weise?«

»Er möchte die Glorie verhindern«, sagte Isebel. »Um dir – und uns – und allen zu beweisen, daß der Gott gar nicht zuhört, keinen Schlag gegen uns führen kann und daß er überhaupt nicht existiert.«

Gabriel konnte sie nur fassungslos anstarren.

»Woher weißt du das?« fragte Ariel.

»Er hat uns heute morgen am Berg zusammengerufen ...«, setzte Isebel an.

»Am Berg?«

»Er und seine Schar haben ihr Lager oben auf dem Berg Galo aufgeschlagen, genau an der Stelle, wo der Blitz einschlagen wird, wenn die Glorie nicht gesungen wird – sofern es den Gott wirklich gibt und er zuhört und willens ist, uns wegen Ungehorsams zu bestrafen«, fuhr das Orakel von Gasa fort.

»Und sein Plan – nein, sein Angebot – lautet folgendermaßen«, fuhr Josias fort. »Er und seine Engel werden bis morgen abend auf dem Berg warten. Wenn der Blitz nicht wie versprochen bis Sonnenuntergang eingeschlagen hat, werden wir – du, ich, wir alle – zugeben, daß es keinen Gott gibt, und wir werden Raphael soviel Macht zugestehen, wie er auszuüben in der Lage ist, und ihm sämtliche Landbesitze von Samaria überlassen. Die Engel werden sich in alle Richtungen zerstreuen, die Orakel werden ihre Berggipfel verlassen, und wir werden jeden Anspruch auf eine göttliche Verbindung aufgeben. Und alle werden wissen, daß es keinen Gott gibt.«

»Beim süßen Gesang Jovahs!« flüsterte Ariel.

»Und wenn wir nicht einwilligen?« fragte Gabriel. »Wenn wir sagen: ›Wir sind nicht bereit, dieses Risiko einzugehen.‹ Und singen? Wie kann er uns davon abhalten? Wir sind Hunderte von Stimmen, und seine Anhänger sind nur einige wenige.«

»Er hat eine bestimmte Art von Waffen konstruiert«, erklärte Isebel. »Er hat uns ihre Schlagkraft auf dem Berggipfel vorgeführt. Sie sehen aus wie lange, hohle Holzröhren, nur daß sie nicht aus Holz bestehen, und sie vermögen hundert Meter weit Feuer zu werfen.«

»Feuer!«

»Und was immer von diesem Feuer berührt wird, fängt an zu brennen. Ich habe gesehen, wie Saul auf einen Busch, einen Fels und einen fliegenden Vogel Feuer geworfen hat, und jedes Ding ging in Flammen auf und zerfiel zu Asche. Es war erschreckend.«

»Für den Fall, daß wir nicht auf seine Bedingungen eingehen, hat er angedroht, die Feuerrohre auf die Menge zu richten, die anläßlich der Glorie in der Ebene versammelt ist«, sagte Josias leise. »Er sagt, wenn wir uns vor einer Feuersbrunst fürchten, so werden wir sie so oder so bekommen, wenn wir nicht tun, was er sagt.«

Gabriel starrte auf den mit Teppichen ausgelegten Boden zu seinen Füßen. Anscheinend gab es keinen Ausweg – am Ende jedes dieser begrenzten Pfade erwarteten sie Tod und Disharmonie, und es war Raphael, der sie zu dieser blutigen Kreuzung geführt hatte. Wie konnte er zulassen, daß Raphael fremdartige

Waffen gegen sein hilfloses, vertrauensseliges Volk einsetzte? Und wie konnte er untätig zusehen, daß die Frist des Gottes verstrich und die ganze Welt der Zerstörung anheimgegeben wurde? Denn wer vermochte zu sagen – falls dieser Blitz in den Berg einschlüge –, wie weitreichend seine Kraft wäre, wo sich seine Auswirkung bemerkbar machen würde?

Und wenn der Blitz nicht herniederging?

Er hob den Blick und sah, daß die anderen ihn erwartungsvoll ansahen. Sogar Hesekiel hatte die milchig-blauen Augen auf ihn gerichtet. Offenbar war keine Diskussion vorgesehen. Sie erwarteten seine Entscheidung.

»Wir haben keine Wahl«, sagte er ruhig. »Wir müssen die Frist verstreichen lassen. Wir werden schweigend abwarten, bis die Sonne untergegangen ist, und sehen, ob der Gott wirklich den Berg vernichtet – zusammen mit Raphael und allen Engeln, die zu ihm halten.«

»Gabriel«, sagte Nathan mit eindringlicher Stimme, »wir – du und ich und einige andere – könnten zu einem anderen Ort fliegen. Vielleicht nach Hagarsruh, wo Jovahs Ohr empfänglich ist. Dort würde Raphael uns nicht hören. Wir könnten eine kleine Glorie singen, gerade laut genug, um eine Katastrophe abzuwenden. Jovah hätte bestimmt Verständnis …«

Gabriel schüttelte den Kopf. »Das wäre das Schlimmste, was wir tun könnten«, sagte er sanft. »Denn wenn Jovah unseren Gesang hört und uns verschont, wird er Raphael ebenfalls verschonen. Und der Erzengel würde mit Gewißheit annehmen, daß es keinen Gott gibt, und die in der Ebene versammelten Leute würden Raphael glauben, und ganz Samaria würde dem Chaos und der Zwietracht verfallen.«

Isebel hatte ihn mit ihren ruhigen dunklen Augen beobachtet. »Und wenn wir schweigend in der Ebene warten, bis die Sonne untergeht und kein Blitz auf

Raphael herabfährt? Was geschieht dann mit uns allen?«

»Dann werden wir es genau wissen«, sagte Gabriel schlicht. »Und wenn es stimmt, daß es keinen Gott gibt, und wenn wir fünf Jahrhunderte lang nichts anderes als einen Mythos angebetet haben, dann ist es höchste Zeit, daß wir es erfahren.«

»Wenn kein Blitzschlag herabfährt und Raphael sich zum Führer der Welt erklärt, haben wir einige ernste Probleme«, fuhr das Orakel von Gasa fort. »Denn er ist nicht der Mann, der eine Waffe weglegt, nachdem er einmal entdeckt hat, wie er sie einsetzen kann.«

Gabriel nickte. »Ja. Das ist mir klar. Selbst wenn wir erfahren, daß es keinen Gott gibt, müssen wir einen Weg finden, um Raphael in Schranken zu halten. Im Augenblick fällt mir dazu nichts ein.«

»Aber Gabriel, der Blitz wird doch einschlagen, oder nicht?« fragte Ariel mit überaus besorgter Stimme. Er fand es seltsam, daß sie die Frage an ihn richtete und nicht an eines der Orakel. »Wenn wir dem Gott gegenüber ungehorsam sind, wird er uns bestrafen: Er wird den Berg zerschmettern, er wird die Flüsse ansteigen lassen. Er hält sein Auge auf uns, hört uns und reagiert auf unsere Taten. Daran habe ich mein ganzes Leben lang geglaubt und glaube immer noch daran. Es stimmt doch, oder?«

Er sah sie an, seine liebste Freundin, die Engelin, der er sich näher fühlte als irgendeinem anderen Engel, mit Ausnahme seines Bruders. »Fragst du mich, ob es einen Gott gibt?« sagte er, immer noch mit sanfter Stimme. »Dazu kann ich nur sagen: Ich glaube, daß es einen Gott gibt. Ich spüre ihn, wenn ich singe. Er hat unzählige Male meine Gebete erhört. Er leitet mein Tun, und er wohnt in meinem Herzen. Ich weiß, daß er da ist.«

Er hielt für einen Augenblick inne. »Aber wird er tatsächlich den Berg zerschmettern?« fuhr er fort.

»Wird er uns tatsächlich wegen unseres Ungehorsams mit seinem Zorn bestrafen und uns wegen des Verlustes der Harmonie schlagen? Ich weiß es nicht. Vielleicht ist seine Macht nicht so groß, wie wir immer angenommen haben. Vielleicht liebt er uns zu sehr, um uns mit Feuer und Tod zu bestrafen, auch wenn wir uns ungehorsam verhalten haben. Vielleicht ist es aus irgendeinem Grund sein Wille, daß unser Glaube versagt und ein falscher Erzengel für weitere zwanzig oder sogar fünfzig Jahre über Samaria herrscht. Seine Wege sind unergründlich. Ich weiß nicht, ob ein Unwetter niedergehen wird oder nicht.«

Er holte tief Luft und ließ den Blick durch das Zelt wandern. Sie alle sahen ihn immer noch an, mit angespannten Gesichtern, besorgt, über mögliche Schrecknisse grübelnd. Aber sie alle hörten ihm zu, als ob nur er als einziger Engel von Samaria die Antwort wüßte, die Wahrheit spräche.

»Aber ich glaube, daß es so sein wird«, sagte er, »und dann lernen wir den Zorn und die Macht Jovahs kennen.«

Als Obadja zurückkehrte, brachte er Rachel natürlich nicht mit, also schickte er den Engel zurück, damit er über ihre Reise wache.

»Soll ich in diskreter Entfernung über ihr fliegen?« erkundigte sich Obadja.

»Gib dir keine Mühe«, sagte Gabriel. »Selbst wenn sie dich nicht sieht, weiß sie, daß ich dich geschickt habe.«

»An welcher Stelle soll ich hinabgleiten und sie in die Ebene tragen?«

»Wenn es ausgeschlossen ist, daß sie vor morgen abend hier sein können.« Gabriel zögerte, dann fügte er hinzu: »Falls das nötig werden sollte, versuche, sie nicht zu ängstigen.«

Obadja lachte ungläubig. »Rachel ängstigen?« sagte er. »Das ist unmöglich.«

Allerdings war nur ein Teil von Gabriel frei genug, sich über Rachel Gedanken zu machen. Ein anderer Winkel seines Geistes hatte bemerkt, daß Magda mit Obadja zurückgekommen und von Nathan mit einer Geste begrüßt worden war, die eindeutig als Umarmung gedeutet werden mußte. Er hätte gern sein tiefes Mißfallen darüber ausgedrückt, aber er hatte weder die Zeit noch die Kraft dazu.

*Wenn die Welt ohnehin in einem oder zwei Tagen am Ende ist*, dachte er, *sollen sie sich doch miteinander vergnügen*. Der Gedanke war unaussprechlich bedrückend.

Er hatte keine Zeit, an Nathan oder an Rachel zu denken, weil die Lage, die seiner Ansicht nach schon zuvor nicht schlimmer hätte sein können, sich über Nacht entscheidend zugespitzt hatte.

Er war zum Lager der Manadavvi gegangen und hatte Elias und Abel aufgesucht, um so etwas wie Frieden mit ihnen zu schließen, nun, da Raphael so offenkundig den Verstand verloren hatte. Er traf sie bei den Vorbereitungen zum Aufbruch an.

Zum Berg Galo.

Elias begrüßte ihn mit kühler Selbstsicherheit. »Bestimmt bist du gekommen, um wieder einmal theologische Fragen mit mir zu erörtern, Gabriel«, sagte er. »Und natürlich fand ich beim letzten Mal großen Gefallen daran. Aber, wie du unschwer erkennen kannst, befinde ich mich in Eile.«

Es dauerte einen Augenblick, bis Gabriel klar wurde, wohin der Landbesitzer sich auf den Weg machte. »Du gehst zum Berg«, stellte er ausdruckslos fest. »Um dich Raphael anzuschließen und Blitz und Donner die Stirn zu bieten.«

Elias nickte. »Genau«, bestätigte er. »Raphael hat keinen Zweifel daran gelassen, daß alle, die zu ihm stehen, große Belohnungen zu erwarten haben. Jene, die an ihm zweifeln, werden dabei übergangen. Ich habe mein ganzes Leben damit verbracht, meinen Wohlstand zu mehren. Ich bin nicht bereit, ihn wegen einer so einfachen Prüfung zu verlieren.«

»Eine einfache Prüfung …! Elias, weißt du denn nicht … Hast du denn keine Angst …?«

»Du kannst mir nicht beweisen, daß es einen Gott gibt, aber Raphael kann beweisen, daß es keinen gibt«, fiel ihm der Manadavvi ins Wort. »Ich bin es leid, von frömmelnden Engeln bevormundet zu werden, die mit den Flügeln nach mir schlagen und von Jovahs Macht daherschwafeln. Nun, auch ich bin mächtig, und ich habe keine Angst. Und du wirst feststellen, daß ich nicht der einzige bin, dem diese Gelegenheit sehr zupaß kommt, dir zu trotzen und dem Gott ins Gesicht zu lachen.«

Und das erwies sich als zutreffend. Gabriel verbrachte die nächsten beiden Tage unter jenen, die die Macht innehatten: den Manadavvi, den Jansai, den Kaufleuten vom Fluß. Und er mußte mit Bestürzung feststellen, wie viele von ihnen abtrünnig geworden waren. Oh, Malachias und Jethro und die anderen stellten keine Überraschung dar, aber es gab noch andere – kleine, raffgierige Landbesitzer, die eine Gelegenheit witterten, ihren Besitz zu mehren, indem sie sich dem abtrünnigen Erzengel anschlossen. Selbst einige unabhängige Bauern und Hirten hatten sich dazu entschlossen, den beschwerlichen Aufstieg zum Berg Galo auf sich zu nehmen, um ihre Gefolgstreue zu Raphael und ihre Abkehr von Jovah unter Beweis zu stellen.

Jene, die zurückblieben, waren ängstlich, vorwurfsvoll und der Panik nahe, wie Gabriel bald herausfand. Sie bestürmten ihn mit Fragen und Forderungen: Gibt es einen Gott? Kannst du uns retten? Wieso läßt du es zu, daß Raphael uns alle in Gefahr bringt? Beschwöre das Unwetter jetzt gleich herab, beweise uns, daß Jovah stark ist! Er beschwichtigte sie, so gut er konnte, aber es gelang ihm nicht besonders gut. Er schickte die anderen Engel mit derselben Aufgabe los, so daß die weiten Flügel über jedem Lagerfeuer, jedem auch noch so kleinen Zelt schwebten, um Ruhe und Zuversicht zu verbreiten, so wenig es davon auch geben mochte.

Er war überrascht, als er den jungen Lord Daniel von Semorrah noch im Zelt seines Vaters in der Nähe der anderen Flußleute antraf. Gabriel hatte von jeher keine hohe Meinung von Daniel gehabt, da er ihn lediglich für einen Schatten seines Vaters hielt, woraus er bei seiner Begrüßung keinen Hehl machte.

»Dein Vater hat also vorsichtshalber auf alle Pferde gesetzt, wie?« fragte er. »Er stellt sich an die Seite des Erzengels, und du wartest in der Ebene mit mir. Wie auch immer, einer von euch wird überleben und das Wohlergehen der Familie gewährleisten.«

Daniel wandte dem Engel ein blasses, angestrengtes Gesicht zu. »Das war der Gedanke meines Vaters, als ich mich weigerte, ihn zu begleiten«, gab er zu. »Aber ich – ich möchte nicht in einer Explosion aus weißem Licht sterben, wenn der Gott seinen Zorn zeigt. Ich möchte lieber leben, auch ohne Reichtum und Ruhm.«

»Dann gehörst du also zu den Gläubigen?«

Daniel ballte die Hand zur Faust. »Unfreiwillig. Ich würde lieber nicht glauben. Aber ich habe Angst, zum Berg zu gehen und auf den Sonnenuntergang zu warten. Ich habe Angst davor, was meiner Frau und meinem Kind bei der Zerstörung der Welt zustoßen wird.«

Gabriel sah sich in dem mit behaglicher Pracht ausgestatteten Zelt um und versuchte sich zu erinnern, wer Daniels Frau war. Ach ja, die farblose Lady Marie, bei deren Hochzeit er seine eigene Braut gefunden hatte … Dann mußte sich das Kind also noch in ihrem

Bauch befinden, und die werdende Mutter hatte nicht die Kraft, die beschwerliche Reise zu unternehmen. »Wie viele von den Leuten deines Vaters sind zusammen mit ihm zum Berg aufgebrochen?«

»Genügend«, antwortete Daniel verbittert. »Genügend, damit ich für immer in Ungnade falle und der Lächerlichkeit preisgegeben bin, falls Raphael die Wahrheit spricht und der Gott nicht handelt. Aber ich ...« Er schüttelte den Kopf. »Ich kann nicht gehen.«

»Ich kann auch nicht gehen«, sagte Gabriel leise. »Und ich ginge nicht, auch wenn ich es könnte. Jene, die hierbleiben, werden sich um eine stark veränderte Welt kümmern müssen, nachdem das gewaltige Unwetter seinen Schaden angerichtet hat.«

Der junge Mann sah dem Engel in die Augen. »Dann wird er also niedergehen?«

»Er wird niedergehen.«

Rachel war mit ihrer Eskorte eingetroffen, einige Stunden bevor Gabriel Zeit fand, sie aufzusuchen. Er hatte sich noch einmal mit den Orakeln und den anderen Engeln getroffen und darüber beratschlagt, was man noch tun könne. Es fiel ihnen nichts ein. Sie alle waren besessen vom Gedanken an den folgenden Tag, den Tag der Glorie, den Tag, der in diesem Jahr in aller Stille vergehen würde.

Ein Tag, der – so oder so – mit einer Katastrophe enden würde.

Es war Abend, bevor Gabriel sich zu dem Lager der Chievens am Rand der ausgedehnten edorischen Gruppen begab. Rachel war gerade dabei, Holz aufs Feuer zu legen. Naomi schnitt die Zutaten für ein Eintopfgericht, und Lukas arbeitete hinter der Zeltleinwand, wo er Haken und Ösen befestigte.

Naomi sah ihn als erste und lächelte. »Bist du gekommen, um mit uns zu Abend zu essen, Angelo?«

fragte sie vergnügt. Aber ihre Augen warnten ihn. Er nickte ihr kurz zu.

»Ich bin gekommen, um mich nach dem Verlauf eurer Reise zu erkundigen«, sagte er. »Ihr habt die Strecke schnell geschafft.«

Die edorische Frau lachte. Rachel hatte sich schnell aufgerichtet, als sie Naomis Begrüßungsworte gehört hatte, stand jetzt unschlüssig da und hörte der leichten Plauderei zu. Es war ihr deutlich anzumerken, daß ihr das nicht gefiel. »Wir haben es nicht gewagt, zu spät zu kommen«, sagte Naomi. »Schon gar nicht, da uns die Angelica anvertraut war.«

»Ich danke euch, daß ihr sie sicher zu mir gebracht habt«, sagte Gabriel ruhig.

»Also, wirst du mit uns essen? Lukas hat früher immer behauptet, ich sei die schlechteste Köchin der Chievens, aber ich bin seither um einiges besser geworden, das versichere ich dir. Und Rachel hat zwei Gerichte zubereitet, die köstlich sind. Sie hat jede Menge Talente.«

»Wie ich ständig erfahren muß«, sagte er. »Ja, danke. Ich freue mich, mit euch essen zu dürfen.«

Rachel hielt es nicht länger aus. »Gabriel, wir haben seit unserer Ankunft sonderbare Dinge gehört«, sagte sie. »Man sagt, Raphael habe sich auf dem Berg Galo verschanzt, und morgen werde keine Glorie gesungen …«

»Stimmt alles«, sagte er. Er konnte es sich nicht verkneifen, boshaft hinzuzufügen: »Du hättest dich also gar nicht so beeilen müssen.«

Sie schüttelte ungeduldig den Kopf. Ihr Haar leuchtete goldfarben im Lichtschein des Feuers. Er erinnerte sich daran, welch seidiges Gefühl an seinen Armen, an seiner Brust es hervorgerufen hatte. »Gabriel! Was geschieht morgen?«

*Wenn du hier gewesen wärst, dann hättest du zur gegebe-*

*nen Zeit die ganze Diskussion gehört*, hätte er am liebsten gesagt. »Morgen werden wir warten«, sagte er ernst. »Bei Sonnenuntergang wird der Gott zuschlagen oder nicht, ganz, wie es ihm beliebt. Und dann erkennen wir entweder Raphael als unser Oberhaupt an – oder wir versuchen, die Welt wieder in die Angeln zu heben. Heute abend kann ich überhaupt nichts tun.«

Lukas kam um die Zeltecke und schleppte einen geschnitzten Holzklotz heran. »Ich kann mir nicht vorstellen, wie du mit diesen Flügeln am Boden sitzen kannst«, sagte er zweifelnd. »Du kannst es ja mal hiermit versuchen, aber sehr viel höher sitzt du darauf auch nicht. Wie auch immer, die wahre Gemütlichkeit können wir dir leider nicht bieten.«

»Unsinn, ich kann mich auf den Boden setzen und die Flügel hinter mir ausbreiten«, sagte Gabriel fröhlich. »Das tue ich nicht zum ersten Mal. Wohin soll ich mich setzen?«

»Wir sind noch nicht ganz fertig«, sagte Naomi. »In einer Minute.«

In diesem Augenblick kamen die Mädchen kichernd aus dem Zelt, halb schüchtern, halb kokett, und auf Anweisung ihrer Mutter vollführten sie kleine Knickse vor ihm. Naomi reichte ihm einen Teller und eine Gabel, Lukas erklärte ihm die Bauweise des Zelts, die Mädchen beteiligten sich in Abständen an der Unterhaltung. Eins von ihnen zupfte ihn tatsächlich an der Hand, um seine Aufmerksamkeit zu erringen, als der Vater zu lange gesprochen hatte. Er lächelte zu der Kleinen hinunter, grinste Naomi an und hörte Lukas höflich zu.

Während der ganzen Zeit sprach Rachel kein einziges Wort. Sie war verärgert, weil er hierhergekommen war, weil er in ihren Himmel eingedrungen war, sich bei ihren Freunden eingeschmeichelt und ihr keinen Ort übriggelassen hatte, wohin sie sich unbehelligt verziehen konnte. Naomi hatte daran ebenso heftig mitgewirkt wie er selbst, und Rachel war das ebenfalls klar. Nun, sollte sie sich ärgern. Er war hier, er würde bleiben, und er würde ihr deutlich zu erkennen geben, daß es auf Samaria tatsächlich keinen Ort gab, wohin sie weglaufen und wo er sie nicht aufspüren konnte. Er hatte sie in Semorrah gefunden, er hatte sie in Windhagen gefunden, er hatte sie bei den Edori gefunden. Wann würde sie endlich begreifen? Er folgte ihr, wie viele Haken sie auch schlagen mochte.

»Das Essen ist fertig«, sagte Naomi, und sie nahmen im Kreis abseits vom Feuer Platz. Gabriel wartete, bis Rachel sich gesetzt hatte, und ließ sich dann neben ihr nieder. Er legte die großen Flügel behutsam hinter sich, doch es gelang ihm nicht, sie ganz aus dem Weg zu halten. Einer davon legte sich leicht auf Rachels Schulter; er spürte, wie sie unwillkürlich zusammenzuckte, doch entgegen seiner Erwartung sprang sie nicht auf, um sich einen anderen Platz zu suchen. Naomis jüngste Tochter setzte sich auf der anderen Seite neben ihm und blickte nach hinten auf die weiße Federwand so dicht bei ihrer Schulter. Er lächelte sie an. Sie lächelte glücklich zurück.

»Wirst du singen, Angelo?« fragte Lukas.

Gabriel schüttelte den Kopf. »Ich bin hier Gast. Bitte, bete du.«

Er fing den Blick auf, den Naomi Rachel zuwarf, aber Rachel schüttelte den Kopf. Also, keins der berühmten Duette, nicht heute abend, nicht für ihn. Statt dessen sang Naomi, ein kurzes liebliches edorisches Dankgebet. Er lauschte anerkennend.

»Ich hoffe, deine Stimme wird eine derjenigen sein, die sich zu Jovah erheben, wenn die Glorie endlich gesungen wird«, sagte er, als das Gebet zu Ende war und die Speisen herumgereicht wurden.

»Sie singt nicht nur, sie schreibt auch Lieder«, sagte Lukas.

»Ach, wirklich? Ich würde gern einige davon hören.«

»Du hast soeben eins gehört.«

Naomi errötete. »Hör doch auf, Luki«, sagte sie. »Ich werde singen, gern, aber wann wird die Glorie stattfinden? Wenn nicht morgen ...«

»Gemäß dem Großen Buch haben wir drei Tage Zeit«, antwortete Gabriel. »Dann fährt das Unwetter erneut herab.«

»Also – übermorgen ...«

»Oder am Tag danach. Wenn der Berg wirklich zerstört ist, rechne ich zumindest mit einem Tag des Durcheinanders und Aufruhrs. Die Leute werden sich erst wieder ein wenig beruhigen müssen, bevor sie bereit sind, ihre Stimmen zum Gebet zu erheben.«

»Was wirst du singen?«

Gabriel deutete mit einer leichten Kopfbewegung auf seine Frau. »Das hängt von der Angelica ab.«

Naomi sprach die Freundin an. »Raheli? Hast du deine Entscheidung schon getroffen?«

Rachels sprach so leise, daß sie kaum zu hören war. »Nein.«

Naomi lachte. »Nun, hast du *geübt?* Hast du irgendwelche Vorstellungen?«

»Ich habe geübt«, sagte Rachel, immer noch so leise wie zuvor. »Ich werde wissen, was ich singe, wenn die Zeit gekommen ist.«

Es war nicht gerade das entspannteste Essen, an dem Gabriel jemals teilgenommen hatte, und dennoch fühlte er sich seltsam wohl und hatte wenig Lust zu gehen, als es vorbei war. Sobald das letzte Kind die Gabel aus der Hand gelegt hatte, stand Rachel auf und sammelte die Teller ein, um sie zu dem Wassereimer zu tragen, in dem abgespült wurde.

»Ihr Mädchen helft Raheli beim Geschirrspülen«, befahl Naomi. »Luki, würdest du bitte noch etwas Holz aufs Feuer legen? Die Nacht wird bestimmt kalt.«

Als die anderen gegangen waren, saßen sich Gabriel und Naomi am Feuer gegenüber. Die anderen waren nahe genug, um sie zu hören, deshalb sprachen sie sehr leise. »Sie will bei uns im Zelt bleiben, bis die Zeit zum Singen gekommen ist«, sagte Naomi. »Ich weiß, daß sie bei dir sein müßte …«

»In meinem Pavillon ist ein Platz für sie eingerichtet«, antwortete er. »Vielleicht entschließt sie sich morgen oder übermorgen, ihn zu benutzen.« Er lächelte kurz. »Hier ist es ein bißchen eng.«

Naomi lachte. »Die Edori lieben es eng.«

»Morgen bei Sonnenuntergang werden wir uns versammeln und den Berggipfel beobachten. Bringt sie mit, damit wir zusammen warten. Wir sollten alle beieinander sein, wenn uns der Gott seinen Willen verkündet.«

Naomi stand mit der ihr eigenen kraftvollen Anmut auf. »Ich freue mich, daß du heute abend zu uns gekommen bist«, sagte sie. »Sie wäre sehr verletzt gewesen, wenn du es nicht getan hättest.«

»Ja«, sagte er und erhob sich ebenfalls. »Ich glaube, allmählich begreife ich sie.«

»Das ist nicht sehr schwer«, sagte Naomi. »Sie fürchtet sich davor, irgend etwas zu begehren, weil alles, das sie jemals geliebt hat, ihr weggenommen wurde.«

»Und es fällt ihr leichter, Wut auszudrücken als Angst.«

»Stimmt«, sagte Naomi. »Eben dies sind die Schlüssel zu Rachel.«

Er verließ Naomi und ging hinüber zu Rachel, die zusammen mit den Mädchen das Geschirr abtrocknete. »Begleite mich ein Stück«, sagte er. »Ich muß zurückkehren.«

Diese Aufforderung traf sie so überraschend, daß sie keine Ablehnung parat hatte. Sie reichte das Abtrockentuch dem jüngsten der Mädchen und folgte Gabriel in die unbeleuchtete Ebene, bis er stehenblieb.

»Der Pavillon des Horstes steht dort drüben, unter der blauen Plane«, erklärte er mit deutender Hand. »Ich wünschte, du würdest zu uns kommen. Es ist bereits eine Lagerstatt für dich eingerichtet. Du kannst Naomi mitbringen, wenn du möchtest.«

»Mir gefällt es gut, wo ich bin«, erwiderte sie sofort.

»Du weißt, daß ich keine andere Wahl hatte, als hierherzukommen«, sagte er nüchtern und betrachtete eingehend den Teil ihres Gesichts, den er im spärlichen Licht der Sterne sehen konnte. »Ich habe dich im Horst im Stich gelassen. Aber ich hatte keine andere Wahl. Ich mußte kommen.«

Sie wich einen Schritt zurück, aber er packte sie am Handgelenk und hielt sie fest. »Es soll so sein, wie du es für richtig hältst«, sagte er. »Du kannst bei mir bleiben oder bei ihnen – jetzt und wenn die Glorie gesungen ist. Aber glaub nicht, daß du dich vor mir verstecken kannst, wohin du auch gehst. Es gibt keinen Ort in Samaria – weder in den Bergen noch in den Tälern oder an den Flüssen und in den Ebenen, auch nicht in Ysral, falls du in der Lage sein solltest, per Schiff dorthin zu gelangen –, wohin du gehen und mich abschütteln könntest. Und wenn ich dich aus irgendeinem Grund verlassen sollte«, fügte er hinzu, wobei er sie fester umklammerte, da sie sich aus seinem Griff zu befreien versuchte, »dann werde ich zu dir zurückkommen. Das ist so sicher wie die Tatsache, daß die Sonne morgen früh aufgehen und das Unwetter morgen abend herniedergehen wird. Das ist so sicher wie die Existenz des Gottes. Ich werde zu dir zurückkehren, oder ich werde dich finden – immer wieder, sooft wir auch getrennt sein mögen, bis ans Ende der Welt.«

Falls sie etwas darauf zu erwidern hatte, so war sie unfähig, es auszusprechen. Er zog sie so schnell in seine Arme, daß sie keine Zeit hatte, sich ihm zu entziehen. Er schlug die Flügel um sie beide; sie standen in einer

Hülle von weißen Federn, warm, geschützt. Er neigte den Kopf, küßte sie und fühlte, wie eine wilde Erregung ihn durchfuhr, spürte die lodernde Flamme in seinem Arm, empfand die Auflösung seines ganzen Körpers. Das Licht der Sterne über ihnen veränderte sich, als er mit seinem Kuß ihren Mund bedeckte, die Konstellationen bewegten sich, bevor er den Kopf hob.

Als er schließlich die Arme senkte, taumelte sie ein wenig zurück, um vom Netz seiner Flügel aufgefangen zu werden, mit denen er sie beide immer noch umfangen hielt. Sie blickte mit einem so eindringlichen Ausdruck zu ihm auf, daß er ihn nicht zu deuten vermochte, aber immer noch sagte sie nichts.

»Vergiß nicht«, sagte er, während er allmählich die Flügel nach hinten legte, »du wurdest für mich ausgewählt, und du gehörst zu mir.«

Er war nicht überrascht, als sie ohne ein Wort auf dem Absatz kehrtmachte und zum Lager der Edori zurückrannte. Er sah ihr nach, bis sie sicher im Schein des Feuers angekommen und Naomi ihr mit ausgestreckten Händen entgegengelaufen war. Dann tat er zwei Schritte und erhob sich in die Luft.

Er würde in den eisigen Strömungen fliegen, bis er zu müde wäre, um zu denken. Und er wollte seinem Gott so nahe sein wie nur möglich, während er seinen verwirrten, schwindeligen Geist neu ordnete.

# 20.

# KAPITEL

Es war ein wahrhaft schrecklicher Tag. Da sie in der Nacht zuvor kaum geschlafen hatte, konnte Rachel ihr übliches Spiel, das bewußte Denken während der ersten Augenblicke nach dem Erwachen zu unterdrücken, nicht genießen. Sie hatte die ganze Nacht über gegrübelt, heimgesucht von einem endlosen Kreis von Sorgen und Mutmaßungen. *Wenn das Unwetter nun doch niedergeht? Wenn es nicht niedergeht? Dann wird Raphael zeit seines Lebens Herr über Samaria bleiben. Es muß herabfahren. Aber was ist, wenn es nicht geschieht?* Jede Szene ihres Lebens, in dem Raphael vorkam, spielte sich in ihrem Kopf noch einmal ab. Die Zerstörung des elterlichen Dorfes, die scharfe Unterhaltung an ihrem Hochzeitstag, das schreckliche Abendessen in Windhagen – immer stand er vor ihr, golden und lachend, umfing sie mit seinen lüsternen Flügeln und warf sie hinauf in eine unvorstellbare Höhe …

In Augenblicken wie diesen war es beinahe eine Erleichterung, wenn sich Gedanken an Gabriel einmischten, obwohl die Erinnerung an ihn fast genauso aufrührend war. Sie wälzte sich auf dem harten Bett hin und her und versuchte, keine allzu lauten Geräusche zu verursachen, während sie sich bemühte, eine etwas bequemere Stellung einzunehmen. Aber Bequemlichkeit war etwas Unerreichbares.

Nun, er hatte sie geküßt. Er hatte die elfenbeinfarbenen Flügel um sie geschlagen und sie so fest an sich gedrückt, daß sie ganz von Weiß umhüllt gewesen war. Das Atmen war ihr unmöglich gewesen. Und er hatte sie geküßt …

Sie drehte sich wieder um, nun vollkommen verfangen in ihrer dünnen Bettdecke. Sie hatte den Eindruck, als ob sie soeben gegen den Kopf von jemandem gestoßen wäre, doch niemand äußerte einen schläfrigen Vorwurf. Sie versuchte stillzuliegen, ihren Geist von allem Denken zu leeren. Vielleicht würde der Schlaf doch noch über sie kommen.

Aber es waren die Worte, die er vor dem Kuß gesprochen hatte, die sie wirklich aus der Fassung gebracht hatten. *Du bist für mich erwählt, und du gehörst mir.* Als ob er Jovahs Wahl nicht mehr bedauerte, als ob er sie niemals wirklich gehaßt hätte, als ob er sie inzwischen liebte.

Beim süßen Gesang des Gottes, wenn sie sich jemals gestatten würde, Gabriel zu lieben, würde sie daran sterben. Sie würde in einem saphir- und alabasterfarbenen Dunst vergehen. Er würde sie nehmen, oder sie würde sich ihm geben; sie wäre eine Flöte, die auf eine einzige Stimme eingestimmt, eine Harfe, die für eine einzige besitzende Hand geformt wäre.

Am liebsten wäre sie mitten in der Nacht aufgestanden und hätte sich aus dem Lager geschlichen, um zu einer fernen Landzunge zu rennen, wo selbst Gabriel (falls es ihm einfiele, sie zu suchen) sie nicht finden würde; aber morgen würde sehr wahrscheinlich das Ende der Welt kommen, und sie hatte sich dafür verpfändet, ihm beizuwohnen.

Sie kämpfte wieder mit ihrer Decke, gab dann jedoch auf und betrachtete die Morgenröte, die gedämpft durch das dunkle Dach des Zeltes fiel, und gab sich der Erinnerung hin.

Der Tag war die längste, trägste, nervenzerreißendste Zeitspanne, die sie jemals durchgemacht hatte. Sie fand nur Trost in der Tatsache, daß er für alle anderen nicht weniger schlimm war.

Sie stand als erste auf und hatte das kleine Lager der Chievens eine Weile für sich selbst, doch jeder andere Edori, der während der nächsten Stunden auf der Bildfläche erschien, verfolgte aufmerksam das Geschehen um sie herum. Die Menschen traten aus ihren Zelten, betrachteten lange den Berg, wandten den Blick ab, um gleich darauf, als ob sie nicht anders konnten, wieder zu ihm hinaufzusehen. Es gab nichts zu sehen auf diesem hohen, dunstverhangenen Gipfel, doch er zog alle Augen auf sich. Dort warteten die abtrünnigen Engel und Sterblichen; der Gott würde zuschlagen – oder nicht. Dort entschied sich das Schicksal der Welt.

»Ich werde noch vor Sonnenuntergang verrückt«, sagte Naomi, kurz nachdem sie gefrühstückt hatten.

»Vor Mittag«, sagte Rachel. »Wir müssen uns irgendwie ablenken.«

Luke entschied sich dafür, im Lager zu bleiben und nach dem Rechten zu sehen, aber Rachel, Naomi und die Mädchen marschierten zwei Meilen über die Ebene zu der Stelle, wo die meisten Leute aus Velora ihre Zelte aufgeschlagen hatten. Peter und alle Schüler waren dort, nachdem sie tags zuvor eine oder zwei Stunden später als Rachel eingetroffen waren. Als sie ihrer aus der Ferne ansichtig wurden, rannten Katie, Nate und zehn andere auf sie zu und bildeten einen stimmgewaltigen Kreis um sie herum.

»Angela, Angela! Du bist von den bösen Engeln entführt worden! Angela, wird das Feuer heute herabregnen? Wird der Gott sie alle vom Berggipfel blasen ...?«

Es war mehrere Wochen her, seit sie einen ihrer Schüler oder Schülerinnen gesehen hatte. Sie sahen ziemlich wild und sehr jung aus. Lachend umarmte sie so viele von ihnen, wie sie umfangen konnte.

»Ich weiß nicht, was heute geschehen wird ... Ja, man hat mich nach Windhagen entführt, aber ich bin entkommen. Es war sehr aufregend. Habt ihr alle fleißig gelernt? Habt ihr eure Lieder eingeübt?«

Peter kam herbei und betrachtete sie kummervoll über die hüpfenden Köpfe hinweg. »Ihnen steht ein schwerer Tag bevor«, bemerkte er.

»Uns allen«, sagte Rachel. »Aber ich dachte, hier sei es leichter, statt einfach nur dazustehen und den Berg anzustarren.«

Sie stellte Naomi und die Mädchen vor, die sofort bei allen beliebt waren; die Straßenkinder waren von allem angetan, was edorisch war. Matthäus war ebenfalls gekommen, um den Tag mit den Schulkindern zu verbringen, und er und Naomi und Rachel verkürzten mehrere Stunden dadurch, daß sie ihnen edorische Lieder und Spiele beibrachten. Die Mittagessenszeit näherte sich, und es nahm einige Zeit in Anspruch, die Mahlzeit zuzubereiten und zu verteilen, und auf diese Weise verging wieder einige Zeit. Dann bestanden Rachel und Peter darauf, einige Stunden regulären Unterricht abzuhalten, wogegen die Kinder Einwände erhoben, womit sie sich aber schließlich doch abfanden. Später gingen sie wieder zum Spielen über, und die Kinder übten ihre neu erlernten edorischen Lieder. Schließlich war es Zeit zum Abendessen, und der größte Teil des Tages war überstanden.

Unterdessen hatte sich auf dem Berg Galo einiges ereignet. Rachel wußte das – jeder wußte das –, weil es niemandem gelungen war, die Augen für kürzere oder längere Zeit von dem grauen Gipfel abzuwenden. Vor allem die verschiedenen Sterblichen waren emsig beschäftigt, da man sah, wie sich Körper einzeln oder zu zweit den Hang hinaufschleppten. Überläufer, Opportunisten, Atheisten, Machtgierige, Engelsucherinnen – eine buntgemischte, niederträchtige Meute, die Raphael wie ein Rattenfänger anzieht, dachte Rachel. Dennoch war der Gedanke beängstigend, daß so viele Leute ihm glaubten, wenn er behauptete, es gebe keinen Gott, die den Tod riskierten, um ein Vermögen zu gewinnen.

Hin und wieder erschien einer der verbrecherischen Engel, hob elegant vom Berg ab und zog langsame, träge Kreise über die Ebene. Obwohl sie wußte, daß Raphael keinen Sinn mehr darin sehen konnte, sie zu schnappen – er trieb jetzt ein vollkommen anderes Spiel –, konnte Rachel es nicht verhindern, jedesmal von einem Schauder des Schreckens geschüttelt zu werden, wenn diese düsteren, lautlosen Flügel einen Schatten über ihr Gesicht warfen. Sie würde sich niemals sicher fühlen, solange Raphael am Leben war. Wie lange das auch sein mochte.

Sie überlegte, ob dieser Tag, so schlimm er in der Ebene auch sein mochte, auf dem Berggipfel nicht noch schlimmer war: am Ort der vorausgesagten Zerstörung zu sitzen und das Verrinnen der Zeit abzuwarten ... Sie erinnerte sich an die alptraumartige Szene der Ausschweifungen in jener Nacht in Windhagen. Vielleicht hatten sie alle den Tag mit Weintrinken und ausgelassenen Späßen verbracht, überzeugt davon, daß der Sonnenuntergang ihnen grenzenlose Macht bescheren werde, und ohne sich darüber Sorgen zu machen, ob er ihnen vielleicht den Tod bringen könne.

Als sich der scheinbar unendliche Tag schließlich zu einer schwülen, goldenen Abenddämmerung neigte, geriet das Leben in der Ebene ebenfalls in Bewegung, als sich die Engel gegenseitig in ihren Lagern besuchten. Obadja und Nathan landeten mit einer Pirouette vor Peters Lager, sehr zum Entzücken der jubelnden Schulkinder.

»Gabriel wünscht, daß sich alle so weit wie möglich nach Norden begeben«, verkündete Nathan ohne Einleitung. »Er befürchtet, daß der Berg in Brocken zerfallen wird, nachdem das Unwetter herniedergegangen ist, und daß jeder in seiner Nähe zermalmt wird.«

»Brauchst du Hilfe beim Packen und Verfrachten eurer Sachen?« fragte Obadja.

Peter sah sich um. Die Kinder waren bereits davongestürmt und rollten ihre Kleidung und ihre Schlafsäcke zusammen. »Nein ... ehrlich gesagt ist der Umzug eine willkommene Abwechslung. Es war ein langer Tag.«

»Das kann man wohl sagen«, bestätigte Nathan ernst. Obadjas und Rachels Blicke kreuzten sich, und er blinzelte. Irgendwie ging ihr das zu Herzen.

»Das betrifft auch uns«, sagte Naomi und rief ihre Töchter zu sich. »Es sieht so aus, als müßten wir mit Sack und Pack umziehen.«

Rachel lief mit ihr zurück, half ihr beim Packen der Taschen, beim Abbauen der Zelte, beim Löschen der Feuer und beim Beladen der Pferde. Aber immer wieder wanderte ihr Blick nach oben – nicht zum Berg, wo sich die Abtrünnigen versammelt hatten, sondern zum kobaltblauen Himmel, wo ein einzelner Engel in gemäßigten, geschwungenen Bögen immer wieder über die Außenlinie der Ebene flog.

Er war kurz nach Mittag in der Luft, und seit Beginn seines Fluges hatte keiner von Raphaels höhnischen Engeln mehr Runden als er über der grasbewachsenen Senke gedreht. Was zweifellos seine Absicht gewesen war, als er sich in die Lüfte erhoben und seine Oberherrschaft über die Ebene eingenommen und sich zum Anführer erklärt hatte, als Symbol der gläubigen Anhänger Jovahs, die unter ihm lagerten. Obwohl sie ihn nicht hören konnte, wußte Rachel, daß er die letzten Stunden in leisem, ununterbrochenem Gebet verbracht hatte. Der Kuß in ihrem Arm brannte mit einem schwachen, beständigen Feuer. Sie wußte immer, wann Gabriel sang.

Wofür betet er jetzt? fragte sie sich. Dafür, daß der Gott zuschlagen, oder dafür, daß der Gott seine Macht im Zaum halten möge? Sie konnte sich nicht vorstellen, daß Gabriel Jovahs Zorn erwecken und ihn um Tod und Zerstörung bitten würde, nicht einmal mit dem Ziel, seine Feinde zu verwirren. Nein, das hätte eher sie getan, da sie soviel Wut im Herzen verspürte. Gabriel mochte selbst in dieser Stunde, kurz vor Sonnenuntergang, den Gott bitten, Raphaels Wege zu erleuchten, Wohlempfinden, Gnade und Schönheit in sein Herz zu ergießen, ihm die Augen zu öffnen, ihn zum Glauben zu führen. Entweder das, oder er betete für die Sicherheit aller anderen, für die ihm die Verantwortung oblag, flehte, daß der Berg nicht auf sie herabstürzen möge, daß sie für ihre Gläubigkeit belohnt werden mochten.

Was immer er sang, wofür immer er betete, er bot einen großartigen Anblick, und Rachel konnte die Augen nicht von ihm abwenden.

Es war eine riesige, unorganisierte, gemischte Gruppe, die sich schließlich an der Nordseite der Ebene von Sharon einfand, nur etwa dreißig Minuten vor Sonnenuntergang. Es war nicht allzu verwunderlich, daß Rachel, die zwischen die Manadavvi und die Leute vom Fluß geraten war, sich von diesen abwandte, einige Schritte in die andere Richtung tat und sich unversehens ausgerechnet innerhalb jener Gruppe wiederfand, der sie seit ihrer Ankunft in der Ebene aus dem Weg gegangen war: die Engel von Monteverde und des Horsts.

Es war, als ob sie ihre Rückkehr gar nicht bemerkten oder als ob sie sie niemals verlassen hätte, denn jene, die sie sahen oder sie sogar streiften, nickten beiläufig oder machten irgendwelche leise, nichtssagende Bemerkungen. »Wenigstens war das Wetter den ganzen Tag über schön«, sagte einer von Ariels Engeln im Plauderton zu ihr. Eva fragte sie, ob sie etwas zu essen wolle. Jemand riet ihr, festere Schuhe anzuziehen, denn ›es wird kalt, wenn die Sonne untergeht‹.

Obadja hielt inne und sah sie stirnrunzelnd an, aber nicht so, als ob er sie wegen ihrer neuesten Vergehen tadeln wollte. »Hast du Judith heute schon gesehen?« fragte er unvermittelt.

Rachel hatte seit Wochen nicht mehr an Judith gedacht. »Nein. War sie hier?«

Er nickte. »Sie kam mit Magdalena, das weiß ich genau. Und gestern war sie noch hier. Aber niemand kann sich erinnern, sie heute gesehen zu haben.«

Rachel warf einen schnellen Blick zum Pavillon der Engel. »Nun, vielleicht schläft sie oder so ...«

Obadja betrachtete sie ironisch. »Zwanzig Minuten vor dem Ende der Welt? Das glaube ich nicht.«

Rachel hielt sich die Hand vor den Mund und täuschte ein Gähnen vor. »Ich bin auch ein wenig müde.«

Aber er machte sich ernsthafte Sorgen. »Ich kann mir nicht vorstellen, wo sie sein könnte«, sagte er.

»Ist dir das so wichtig?« fragte sie neugierig.

Er verhielt sich zurückhaltend. »Ich weiß, daß sie schwierig und boshaft ist. Aber sie ... Du bist mit deinem Leben doch auch nicht so ganz glücklich, und das ihre war nicht viel leichter. Es gibt Gründe dafür, daß sie so ist, wie sie ist.«

»Ohne Zweifel«, sagte Rachel trocken und fügte dann hinzu: »Ich habe sie nicht gesehen, aber sie muß irgendwo hier sein. Judith entfernt sich nie weit von den Engeln.«

Er sah sie einen Augenblick lang an, und sein Gesicht hatte dabei einen seltsam betroffenen Ausdruck.

Gleichzeitig wandten sie die Augen dem hohen grauen Berg zu.

»Bestimmt nicht«, sagte Rachel leise.

»Sie hatte immer schon eine Schwäche für Raphael«, murmelte Obadja. »Er pflegte stets mit ihr zu flirten, was Gabriel niemals getan hat. Sie ist nicht im eigentlichen Sinn eine Engelsucherin, weißt du, aber sie liebt es, sich in der Nähe der Engel aufzuhalten ...«

Rachel legte ihm die Hand auf den Arm. »Wenn sie dort ist, dann kannst du nichts für sie tun«, sagte sie. »Wenn sie sich dafür entschieden hat, dann war es ihr Wille.«

»Vielleicht nicht«, erwiderte er. »Vielleicht ist sie einfach nur allein in der Ebene spazierengegangen, und Saul oder Raphael schwebten herab ...«

»Gabriel hat den ganzen Nachmittag über die Ebene im Auge behalten«, erklärte Rachel sanft. »Und Raphael hat genügend Ungläubige für seine Sache gewonnen. Er braucht keine Gefangenen zu machen.«

»Aber sie wird sterben«, flüsterte Obadja.

»Wir alle sterben möglicherweise, wenn der Berg herabstürzt«, sagte Rachel. »Wir alle haben unsere Wahl getroffen.«

Er sah immer noch so unglücklich aus, daß sie den Arm um ihn legte und behutsam die Hände unter die seidenweichen Flügel schob. Sie drückte ihn an sich und klopfte ihm sanft auf den Rücken. Er senkte den blonden Kopf, um ihn auf dem ihren zu betten, und umfing sie seinerseits. Bisher hatte sie kaum jemals versucht, jemand anderem Trost zu spenden. Es überraschte sie, daß es so einfach war.

Doch als sie, immer noch in die freundschaftliche Umarmung gehüllt, den Blick ein wenig hob, sah sie, daß Gabriel gelandet war und keine fünf Meter von ihr entfernt stand; er beobachtete sie aufmerksam. Langsam wandte sie den Blick von ihm ab und entwand sich Obadjas Armen.

»Wieviel Zeit bleibt uns noch?« fragte sie und sah in sein trauriges Gesicht.

»Vielleicht fünfzehn Minuten«, sagte er.

Sie rieb sich schnell die nackten Arme, um sie ein wenig zu wärmen. »Ich habe den Eindruck, daß es kälter wird. Und – das Atmen fällt schwerer. Es fühlt sich an wie vor einem Gewitter.«

Er nickte. »Die Wolken verdichten sich hoch über der Ebene. Siehst du? Schwarze Wolken. Gewitterwolken.«

»So hoch«, murmelte Rachel. »Selbst wenn sie Blitze ausschicken würden, könnten sie aus dieser Höhe nicht in die Erde einschlagen.«

»Vielleicht. Vielleicht ...«

Rachel ließ den Blick noch einmal durch das Lager schweifen. Gabriel hatte sich entfernt und war er in ein angeregtes Gespräch mit Ariel vertieft. Nathan und Magdalena standen am Rand des Engellagers, fest miteinander verschlungen. Sie stand mit dem Rücken an seiner Brust, und sie waren eingehüllt in eine innere Schicht ihrer Flügel und eine äußere Schicht der seinen. Hinter den durchscheinenden Federn spielte ein doppelter Lichtschimmer – sein strahlender Kuß und der ihre. Rachel sah, wie er den Kopf neigte und den Mund auf ihr Haar drückte. Der Lichtschimmer wurde für einen kurzen Augenblick heller.

Der Rand des Sonnenuntergangs zeichnete sich als scharlachroter Streifen am Himmel ab.

»Rachel? Hat irgend jemand Rachel gesehen?« Die aufgeregte Stimme gehörte Naomi und erklang irgendwo hinter ihr. Bevor Rachel sich umwenden und ihr etwas zurufen konnte, sah sie, wie sich Gabriel blitzschnell umdrehte und deutend die Hand ausstreckte. Der Engel wie auch die edorische Frau eilten zu der Stelle, wo sie mit Obadja stand.

Naomi nahm sie fest in die Arme. Die Edori-Frau wirkte erschüttert und aufgebracht, sie, die für gewöhnlich so gelassen war. »Ich habe dich überall gesucht und dich nirgends gefunden, und ich wußte nicht, wo du warst – und da Raphael so nahe ist …«

»Tut mir leid, tut mir leid. Ich bin nur da hinübergegangen …«

»Man möchte anscheinend immer wissen, wo du dich aufhältst«, murmelte Gabriel. Das waren die ersten Worte, die er seit Beginn dieses Tages an sie gerichtet hatte. »Du solltest es einem nicht so schwer machen.«

Naomi nahm sie bei der Hand. »Laß mich mit dir zusammen warten.«

»Wo sind Lukas und die Mädchen?«

»Im Lager. Du bist es, um die ich mir Sorgen mache.«

Gabriel ergriff Rachels andere Hand und lächelte die beiden verdutzten Frauen an. »Zwischen uns beiden ist sie sicher«, sagte er. Rachel hätte sich nicht von einem von ihnen lösen können, ohne sich beiden zu entziehen. Sie spürte, wie ihr die Röte ins Gesicht stieg, und sie schwieg.

»Seht nur!« rief Obadja plötzlich erregt aus.

Alle auf der Ebene blickten nach oben.

Als die Sonne schließlich unterging, ergoß sie ein prächtiges Karneolrot über den sich verdunkelnden Himmel. Fetzen von Veilchenblau, Pfirsich- und Safrangelb vertieften ihre Farben und wandelten sich zu Indigo, Mandarine und Gold. Die lautlosen schwarzen Wolken, die sich immer tiefer gewühlt hatten, glätteten sich allmählich und verschmolzen mit der Schwärze der heraufziehenden Nacht. Die Luft war schwül und schwer und wurde nur durch gelegentliche heftige Strömungen bewegt; es war, als ob die Berge ein- und ausatmeten, langsam, mühsam.

Nichts und niemand sonst bewegten sich. Die kräftigen Farben des Sonnenuntergangs ergrauten nach und nach. Ein schwaches weißes Licht erschien um den begrenzten Umriß des dunklen Berges und trennte ihn mit einer dünnen Linie gegen die Schwärze des Himmels ab. Als ob es in den irdischen Boden gesaugt würde, verblaßte dieses Licht allmählich.

»Seht nur!« flüsterte Obadja erneut.

Während sich der Himmel schwarz färbte, wurde der Berggipfel goldfarben. Raphaels Anhänger hatten mit ihren feuerspeienden Rohren den Gipfel in Brand gesetzt. In dem strahlenden orangefarbenen Licht sprang eine schattenhafte Gestalt auf, eine schwarze Silhouette mit riesigen schlagenden Flügeln und weit ausgestreckten Armen.

Die vollkommene Akustik der Gegend trug seine Worte zu den entsetzten Zuhörern auf der Fläche unter ihm.

»Ich bin Jovah, und ich bin Luzifer!« schrie er. »Ich bin euer Führer und euer König. Seht mich an und wisset, daß Raphael euer Gott ist!«

Und er warf den Schatten seines Kopfes zurück und reckte die Arme gen Himmel, um alle einzuschüchtern, die ihm gern widersprochen hätten.

Und der Saum des Himmels riß auf, ein weißes Licht zuckte über den Himmel. Der Berggipfel zerbarst in einem gezackten Flammengestöber. Donner hallte von einem Felsen zum nächsten wider, tosende Wellen krachenden Gesteins brachen sich an den Hängen. Ein zweites Mal zuckte Licht auf, eine große weiße Fläche, und hing wie eine unstete Wand zwischen Himmel und Erde. Alles war sichtbar in diesem einzigartigen erstarrten Rahmen aus gnadenlosem Licht – kreischende Gesichter, herabstürzendes Gestein, fallende Körper. Der dritte Schlag erfolgte, bevor der Donner erneut losbrach, und in dieser strahlenden Explosion war nichts zu sehen als ein klaffendes schwarzes Loch.

Dann rollte ein tiefkehliges Grollen über die Ebene, das ständig an Umfang zunahm. Der Boden bäumte sich auf, von der Wucht dieses Krachs aufgeworfen; die Berge schaukelten vor und zurück. Der röhrende Tumult hielt immer noch an, so laut, daß er alle anderen Geräusche verschluckte und so etwas wie Stille schuf.

Plötzlich war kein Wind mehr da. War kein Licht mehr da. War kein Laut mehr da.

Rachel taumelte zur Seite, als die Erde aufhörte zu beben. Das einzige, was sie aufrecht hielt, war Gabriels fester Griff um ihr Handgelenk. Naomis Hand war von ihr weggerissen worden, doch Gabriels Finger hatten die Umklammerung keine Sekunde lang gelockert. Verwirrt und verängstigt stieß sie einen Schrei aus, und er nahm sie beschützend in die Arme, wiegte sie sanft an seiner Brust, bedeckte ihre geblendeten Augen.

Dann frischte der Wind wieder auf, jagte über die dunkle Ebene. Rachel spürte, wie Gabriel die Arme um sich selbst schlang, um sich gegen eine heftige Bö abzuschirmen, und dann gegen eine weitere. Seine Flügel legten sich um sie, und sein Rücken fing die anstürmende Kraft größtenteils ab, dennoch fühlte sie das Zerren und hörte das Heulen des Sturms, der seinen Kopf umpeitschte, rasiermesserscharf durch seine Flügel fuhr und die Grundfesten der Welt erschütterte.

Danach folgte Regen, unvermittelt und wie aus Kübeln geschüttet, ein Regen, der wahrscheinlich niemals aufhören würde. Er prasselte herab mit der Kraft und der Schnelligkeit eines ungestümen Stroms, warf sie nach hinten und verwandelte den Boden um sie herum in Schwemmland. Hagel fiel kurz, aber schrecklich, schlug auf Köpfe und erhobene Arme. Er traf mit einem Klatschen, das fortgesetzten Ohrfeigen glich, auf die aufgeweichte Erde. Dann ließ er nach, erstarb schließlich ganz, und nur der Regen strömte noch durch die kühle Luft wie Jovahs Tränen.

Immer noch im Kokon von Gabriels Umarmung, hörte Rachel Laute und Stimmen, die sich in der nassen Dunkelheit formten. »In Deckung! Alle in die Zelte und unter die Planen!« – »Entfacht ein Feuer, wenn ihr könnt!« – »Wo ist Eva? Wo ist Ariel? Hat irgend jemand Josias gesehen?« Die Worte, die einzelnen Laute hörten sich für Rachel unwirklich und blechern an, als ob sie aus weiter Ferne gerufen würden oder als ob ihre Ohren einen bleibenden Schaden davongetragen hätten, von der Wucht des göttlichen Zorns in Mitleidenschaft gezogen.

Denn er hatte den Blitz in den Berg einschlagen lassen, und Raphael war tot. Doch sie hatten überlebt, und Gabriel hatte sie beschützt. Rachel versuchte erst gar nicht, sich aus seinem Griff zu befreien, da sie wußte, sie würde es nicht schaffen. Sie wollte es auch nicht schaffen.

Und dann hörte sie wieder ihren Namen, gerufen von dieser hohen, aufgeregten Stimme. »Rachel? Rachel? Hat irgend jemand Rachel gesehen?«

Gabriels Arme lösten sich anscheinend zögernd, und er legte die Flügel am Rücken an. »Sie ist hier. Sie ist unversehrt«, sagte er, und Naomi kam herbeigerannt, um sie tränenreich in die Arme zu schließen. Beim Klang seiner Stimme wandten sich alle Augen in Gabriels Richtung. Engel und Sterbliche drängten sich um ihn, ruhelos, fassungslos und hoffnungsvoll.

»Gabriel, wie geht es weiter?«

»Der Blitz ist herabgefahren, Gabriel. Der Berg ist eingestürzt, er steht in Flammen. Was sollen wir tun? Wann wird der Regen aufhören?«

»Gabriel, meinst du …«?

»Gabriel, weißt du …?«

»Gabriel …«

Aus dem Schutz von Naomis Umarmung heraus wandte auch Rachel ihm wieder ihre Aufmerksamkeit zu. Sie alle waren da, wie aus dem Nichts materialisiert, Ariel, Nathan und die Orakel. Es gab so gut wie kein Licht, bei dem man etwas hätte sehen können, denn der Regen hatte sogar die Sterne gelöscht, doch jemand hatte eine schwache Fackel geholt, und in ihrem Licht und in dem weißen Schimmer von Gabriels Flügeln sahen sie sein Gesicht. Das einzige, woran man glauben konnte.

»Der Blitz ist herabgekommen, genau wie der Gott prophezeit hat«, bemerkte Isebel feierlich. »Raphael und alle seine Gefolgsleute sind tot.«

»Und jetzt?« unterbrach Nathan sie.

»Morgen früh singen wir«, sagte Ariel.

Gabriel fuhr sich mit der Hand durchs Gesicht. Er wirkte unbeschreiblich müde. »Vielleicht übermorgen«, widersprach er, und seine schöne Stimme klang erschöpft. »Ich habe gehört, wie der Berg herabgestürzt ist. Wer weiß, was er mit sich gebracht hat? Morgen müssen wir den Schaden begutachten. Am folgenden Tag können wir singen.«

»Aber Gabriel! Der Zorn des Gottes ist bereits geweckt!«

»Er gewährt uns drei Tage«, erinnerte der Engel die Gefährten. »Diese Frist von drei Tagen hat er uns aus einem bestimmten Grund eingeräumt. Ich denke, wir können einen Tag oder zwei als Aufschub in Anspruch nehmen.«

»Und dann? In drei Tagen? Wenn wir nicht singen …«

»Wird der Blitz wieder herniederfahren«, vollendete Josias ruhig den Satz. »So steht es im Großen Buch.«

»Wo wird er einschlagen?« fragte jemand.

»Ist das wichtig? Wir werden singen.«

»Aber wo?« wiederholte die beharrliche Stimme. »Wo würde der nächste Schlag erfolgen?«

Und plötzlich erinnerte sich Rachel. Sie löste sich von

Naomis Schulter, wohin sie den Kopf gebettet hatte, und spürte, wie Kraft und Energie ihre Muskeln wieder durchfluteten. Die unregelmäßig brennende Fackel erzeugte ein flackerndes, halbirres Licht. Die Gestalten der Engel und Sterblichen wurden gespenstisch verzerrt und wirkten übernatürlich. Dennoch sah sie jetzt ganz klar; ihr Geist war bemerkenswert frei.

Soeben hatte Josias das Wort ergriffen. »Im Großen Buch steht geschrieben, daß Jovah zuerst den Berg, dann die Ufer des Flusses Galiläas und dann die ganze Welt zerschmettern wird.«

»Die Ufer des Flusses Galiläas?« wiederholte Ariel. »Was soll das bedeuten? Wo ist das?«

Aber Rachel wußte es. Und Gabriel wußte es, denn er sah sie mit derart blauen Augen an, daß die Luft zwischen ihnen tönte. »Rachel«, sagte er, oder vielleicht formte er das Wort auch nur mit den Lippen, denn niemand hörte ihn sprechen.

»Semorrah«, sagte sie so laut, daß ihre Stimme über den ganzen versammelten Kreis trug. »Er wird zuerst den Berg zerschlagen und dann Semorrah.« Und während sie die Hände zu Fäusten ballte, entsetzte sie alle Anwesenden dadurch, daß sie in schallendes Gelächter ausbrach.

# 21. KAPITEL

So unmöglich es auch erscheinen mochte, der folgende Tag war noch schlimmer.

Die Nacht war schon unerfreulich genug gewesen, denn andauernd waren verängstigte Besucher gekommen und hatten um Hilfe oder Zuspruch gefleht. Steine des einstürzenden Berges waren auf die andere Seite des Lagers gefallen und hatten etwa zwanzig Menschen verletzt, einige davon schwer. Der unaufhörliche Regen verwandelte das Gelände in einen gefährlichen Sumpf. Panik und Verzweiflung hatten sich ausgebreitet. Gabriel hatte den größten Teil der Nacht damit verbracht, von einem Lager zum anderen zu eilen und Trost zu spenden, Wunden zu verbinden, die jemand anderes viel wirkungsvoller hätte versorgen können, und zu versprechen, daß der Zorn des Gottes abgewendet werden könne, bevor ein erneutes Unwetter einsetzen würde. Er hatte ernsthaft erwogen, sich in die Luft zu erheben und darum zu beten, daß der Regen aufhören möge, bevor sie alle ertränken, doch der Gedanke, daß dies ein Sakrileg sein könnte, hatte ihn davon abgehalten.

Rachel war natürlich verschwunden.

Einmal begab er sich auf seinem Weg zum Lager der Chievens, mit der Absicht, mit ihr zu reden, wenn auch nur kurz, aber er traf weder sie noch Naomi dort an. Naomis Töchter starrten ihn mit großen Augen an und schwiegen, waren jedoch, wie die meisten edorischen

Kinder, die er in dieser Nacht gesehen hatte, verhältnismäßig gefaßt. Lukas erzählte ihm, daß die Frauen zu wohltätigen Zwecken unterwegs seien.

»Beide kennen sich ein wenig mit der Kunst des Heilens aus«, erklärte er. »Sie sind in die anderen Lager gegangen, um zu tun, was ihnen möglich ist.«

Diese Auskunft beruhigte Gabriel ein wenig, wenn auch nicht ganz. Denn er wußte mehr als jeder andere, was Rachels sonderbares Lachen bedeutet hatte. Das war keine nervöse Reaktion gewesen, wie alle anderen annahmen, o nein. Es war höchstes Entzücken. Es war ausgelassene Freude. Es war das Gefühl schwindelerregenden Triumphes, das man empfand, wenn der Gott einem die dringendsten Gebete erfüllte.

Gabriel arbeitete bis zur Erschöpfung, bis er nicht mehr fähig war, auch nur einen einzigen weiteren Schritt zu tun oder die Flügel noch einmal zu heben; und selbst dann arbeitete er weiter, besuchte alle seine Leute, bis ihm keine flehenden Hände mehr entgegengereckt wurden. Inzwischen war es weit nach Mitternacht – beinahe schon früher Morgen. Er kehrte zu seinem Zelt zurück und schlief traumlos etwa fünf Stunden lang. Wahrscheinlich hätte er ewig weitergeschlafen, wenn Nathan ihn nicht aufgeweckt hätte.

»Was ist?« fragte er. Er war sofort auf den Beinen, wohl wissend, daß es neue Schwierigkeiten gab. »Was ist geschehen?«

»Der Berg ist eingestürzt.«

»Ja, das wußten wir ...«

»Und der Fluß ist über die Ufer getreten; er hat sich aus dem Loch in dem Berg ergossen wie ... So etwas habe ich noch nie gesehen! Und es will nicht aufhören zu regnen.«

»Ja?«

»Und Castelana und die anderen Städte am Fluß werden evakuiert, aber ...«

»Semorrah«, flüsterte Gabriel.

Nathan nickte. Sein Gesicht war ebenfalls fahl vor Erschöpfung. Wer mochte wissen, wie lange er schon wach war oder wann er zu Bett gegangen war? »Die Brücke wurde letzte Nacht von den Fluten mitgerissen; vielleicht brach sie auch unter dem einstürzenden Berg zusammen«, sagte er. Gabriel hatte das Bild der spinnennetzartigen Brücke eine Sekunde lang vor Augen. Ja, die tanzende Erde würde dieses Bauwerk mühelos zerschmettern. »Und der Fluß tobt so sehr, daß man kaum mit einem Boot anlegen kann, um Passagiere aufzunehmen. Nun ja, einige Schiffe haben Leute an Bord genommen und sind sicher am Land angekommen, aber ein anderes ... Es ist untergegangen.«

»Liebster Jovah! Süßer Gott der Gnade!« flüsterte Gabriel. Er hatte die Augen geschlossen. Das Bild der lachenden Rachel erschien in seinem Geist. Er öffnete die Augen wieder. »Die Engel«, sagte er. »Wir können sie alle zur Rettung einsetzen ...«

»Gabriel, in Semorrah gibt es Tausende von Leuten! Und vielleicht sind noch hundert Engel übrig. Wir schaffen es niemals, die Verbliebenen in weniger als einer Woche aus der Stadt zu schaffen, und selbst dann ...«

»Vielleicht gelingt es mir, der Überschwemmung Einhalt zu gebieten«, sagte Gabriel, dessen Stimme plötzlich schroff klang. »Ich werde den Gott darum bitten. Aber es muß doch einen Weg geben, die Leute allesamt sicher aus der Stadt zu schaffen ...«

Nathan sah ihn an. »Warum? Wenn der Wasserstand sinkt, sind sie dort doch sicher.«

»Das ist der Ort, wo das nächste Unwetter niedergehen wird«, erinnerte Gabriel ihn.

»Ja, aber nur dann, wenn wir die Glorie nicht durchführen. Du hast selbst gesagt, daß wir eine Frist von drei Tagen haben. Morgen werden wir singen ...«

Was immer Nathan in der Miene seines Bruders erblickte, ließ ihn verstummen. »Gabriel?« fragte er vorsichtig. »Du glaubst doch daran, daß wir den Zorn des Gottes abwenden können, oder nicht? Du denkst doch, daß wir Semorrah retten können!«

Gott im Himmel, er war so schrecklich müde! Jeder Muskel, jeder Knochen in seinem Leib schmerzten, aber am schlimmsten litt sein Herz. »Wenn wir singen, ja, dann glaube ich, daß wir es retten können«, sagte er leise. »Aber ich bin nicht sicher, ob Rachel … Ich bin nicht sicher, ob sie nicht die Gelegenheit wahrnähme, Semorrah zu vernichten. Sie haßt diesen Ort mit einer Inbrunst, die du dir nicht vorstellen kannst.«

»Aber warum? Und selbst wenn ihr Haß so groß ist …«

Gabriel schüttelte den Kopf. »Eine Erklärung würde zu lange dauern. Du müßtest dich in Rachel hineindenken. Du müßtest Rachel *sein*. Ich denke … ich denke, sie gäbe die Stadt ohne Bedenken der Vernichtung preis.«

Nathans Gesicht war ein einziger Ausdruck von Ungläubigkeit.

»Ich werde alles in meiner Macht Stehende tun, um den Fluß in seine Ufer zu weisen«, sagte Gabriel. »Such du bitte Josias und berichte ihm alles, was ich dir soeben erzählt habe. Und dann such Rachel. Wahrscheinlich ist sie bei den Chievens oder mit den Schulkindern von Velora zusammen. Bring sie zu unserem Pavillon. Josias soll mit ihr reden. Vielleicht kann er sie dazu bringen, morgen zu singen und die Stadt zu verschonen. Wenn nicht …« Gabriel breitete die Hände in einer hilflosen Geste aus. »Wir müssen alles tun, um Semorrah zu evakuieren.«

Also erhob er sich in die Lüfte; seine Flügel fühlten sich schwer und träge an, als sie in der feuchten Luft schlugen. Innerhalb weniger Minuten klebte ihm das schwarze Haar am Kopf; seine Haut und sogar seine Flugfedern waren vollkommen durchnäßt. Es war ein kalter, hartnäckiger, ewiger Regen. Er würde innerhalb weniger Tage die ganze Erde überschwemmen. Gabriel hob das Gesicht ihm entgegen, schloß die Augen, ergab sich dem Willen des Gottes. Jovahs Wille mochte geschehen.

Er flog höher und höher, strebte der eisigen, dünnen Luft über der Wolkenlinie zu, aber nach einer Weile wurde ihm bewußt, daß es einen solchen Ort gar nicht gab. Der Regen fiel geradewegs aus dem Himmel; es war unmöglich, über das Unwetter hinaufzusteigen. Also drehte er seine Runden in dieser kalten Höhe, auf allen Seiten eingehüllt vom fallenden Regen, und einen Augenblick lang versenkte er sich in tiefes Nachdenken. Dann begann er zu beten.

Das niederströmende Wasser schien seine Worte zu übertönen, sie in die Erde zu spülen, anstatt sie nach oben zu dem Gott steigen zu lassen. Er neigte sich zur Seite und veränderte seine Haltung, bis sein Körper beinahe senkrecht stand, dann legte er den Kopf nach hinten. Nun stieg die Musik aus seinem Mund in gerader Linie hinauf zum Gott. Seine Flügel vollführten rhythmische Schläge in der regengetränkten Luft. Das Zischen des unaufhörlichen Regens wob ein Netz von Lauten um seinen Kopf.

Es gab Lieder, um die Regenwolken aufzulösen, selbst solche wie diese; Lieder, um die regenschwere Luft wegzuschieben, das angesammelte Wasser zu zerstreuen. Aber diese sang er nicht. Wer war er denn, um mit seiner brüchigen Stimme zu versuchen, dem Willen des Gottes entgegenzutreten? Statt dessen hob er die Stimme, um Lieder der Fürbitte und der Huldigung zu singen, Gebete des Glaubens und der Demut. *Entbinde uns, Jovah, von den äußeren Zeichen deines Zorns. Wir haben an dir gezweifelt, wir haben uns von dir abgewandt.*

*Aber du bist mächtig, und du bist gnädig. Gott, zerstöre uns jetzt nicht. Laß uns leben, damit wir wieder lernen, dich zu lieben …*

Er sang eine Stunde lang, vielleicht länger, und seine Stimme klang seltsam abgestorben in der feuchten Luft. Das Rauschen der Flügelschläge klang ihm so laut wie die gedämpfte Tonfolge seines Liedes in den Ohren. Noch nie hatte er so schwer gearbeitet und so wenig Reaktion von dem Gott gespürt. Der Regen fiel immer noch. Die Wolken hüllten ihn immer noch ringsum ein und drückten mit körperlichem Gewicht auf ihn. Er, der niemals fror, spürte, wie ihm die Kälte von den Fingerspitzen bis zum Herzen kroch.

Nun, er hatte um Vergebung gebeten. Er hatte um Gnade gefleht. Er wollte genauer werden, auch wenn das an Ketzerei grenzte: Er würde den Gott bitten, dem Regen Einhalt zu gebieten.

Als er wieder zu singen anhob, wählte er dementsprechend die Lieder, mit denen die Wolken aufgelöst und die hohen, böigen Winde herbeigerufen werden sollten. Dies waren die Gebete, die er am besten kannte, die Texte, die er beinahe ohne bewußten Gedanken singen konnte. Dies waren die Melodien, die ihm aufgrund einer langen Vertrautheit am liebsten waren. Der Gott hatte ihn bisher immer erhört, wenn er diese Gebete vorgetragen hatte. Gewiß würde der Gott ihn auch jetzt erhören.

Beinahe augenblicklich spürte er eine Veränderung in den starken Strömen um ihn herum, obwohl er anfangs nicht sicher war, was diese Veränderung anzeigte. Ein unvermittelter heftiger Windstoß stieß ihn aus seiner stabilen Position. Der Regen fiel ihm nun nicht mehr senkrecht auf den Kopf; jetzt blies er ihm waagerecht ins Gesicht. Er ging in eine extreme Seitenlage und gewann an Höhe, wobei er fühlte, wie die eiskalte Hand des Windes wieder auf ihn einschlug.

Und er sah, wie sich die schwarze Faust der Wolken öffnete und das Licht des Himmels hindurchsickern ließ.

Er blieb noch eine halbe Stunde lang in der Luft und sang immer wieder dieselben Worte, aber inzwischen war eindeutig, daß seine Gebete erhört worden waren. Der Regen ließ nach und hörte allmählich auf. Die Wolken schüttelten sich und zerfielen. Die Sonne schien in dunstigem Glanz durch den sich hebenden Nebel.

Jovah war noch da, und Jovah hörte noch zu. Gabriel konnte seine schlimmsten Befürchtungen beiseite schieben. Aber er wurde von Schrecknissen heimgesucht, die kaum weniger grauenvoll waren.

Es war früher Nachmittag, als er landete, nachdem er noch einmal eine Runde über die ganze Ebene gedreht hatte, um sich ein Bild vom Ausmaß des Schadens zu machen. Der große dunkle Galo war einfach verschwunden. Ein grober geschwärzter Paß durchbrach den Ring des Gebirges. Aus seiner Kehle ergoß sich das glitzernde Wasser des Flusses Galiläas, aus einer unterirdischen Quelle sprudelnd, die bis dahin teilweise durch das Gestein versperrt gewesen war. Aus der Luft nahm Gabriel eine Gruppe von Männern wahr, die große Steine in das offene Maul des Flusses warfen und versuchten, mittels eines Damms seine Fluten auf die normale Höhe zurückzuführen. Ein dem Anschein nach unmögliches Unterfangen.

Er landete einige Meter von der blauen Plane entfernt, die den Pavillon des Horstes kennzeichnete, und sah sich nach jemandem um, dem er eine einzige drängende Frage anvertrauen konnte. Hannah erschien als erste auf der Bildfläche.

»Ist sie hier?« fragte er ohne Einleitung.

»Rachel?« sagte sie. »Ja, in ihrem Zelt.«

»Hat Josias sie aufgesucht?«

»Er ist jetzt gerade bei ihr. Schon seit einer ganzen Weile.«

Gabriel spürte einen drückenden Schmerz in der Herzgegend. Wenn sich Rachel in dieser Angelegenheit vernünftig gezeigt hätte, dann hätte es nicht lange gedauert, um sie zu überreden. »Danke«, sagte er zerstreut und eilte zu dem kleinen Zelt, das er für sie hatte aufstellen lassen.

Bevor er nahe genug herangekommen war, um Stimmen zu hören, teilte sich der Eingang, und Josias trat heraus. Der alte Mann wirkte müde und ausgelaugt; die Nacht war für ihn ebenso anstrengend gewesen wie für die Engel. Er erblickte Gabriel, nickte, ohne zu lächeln, und kam auf den Engel zu.

»Nun? Hast du mit ihr gesprochen?« wollte Gabriel wissen.

Wieder nickte Josias. Er sah so erschöpft oder enttäuscht aus, als ob er jeden Augenblick zu weinen anfangen könnte. »Ich habe mit ihr gesprochen. Sie hat einen Entschluß gefaßt, und es gibt nichts mehr zu sagen – ich habe ihr bereits alles gesagt. Ruh dich ein wenig aus, Gabriel. Die Welt wird sich morgen nicht ohne dich weiterdrehen.«

Josias faßte den Engel am Arm, dann verließ er ihn und stapfte vorsichtig und unsicher auf dem geröllbedeckten Boden davon. Gabriel sah ihm nach, dann drehte er sich um und blickte zum Zelt. Nach einer Weile zwang er seine Beine zum Vorwärtsgehen, schlug die Planen des Zelteingangs auseinander und trat ein.

Als Nathan unter Mißachtung ihrer heftigen Einwände Rachel zum Engelspavillon getragen hatte, war diese so wütend wie noch nie in ihrem ganzen Leben. In Anbetracht dessen, daß sie den größten Teil der zurückliegenden fünf Jahre in einem ständigen Brodeln von Wut verbracht hatte, hieß das eine Menge; aber es stimmte. Sie weigerte sich, mit ihm zu sprechen, nachdem er sie im Innern ihres kleinen Zelts abgesetzt hatte. Sie hatte Schwierigkeiten, klar zu sehen und die Umgebung in sich aufzunehmen, nachdem Nathan sie alleingelassen hatte. Als Josias dann kaum fünf Minuten später erschien, hatte er das Pech, sie in denkbar schlechtester Stimmung anzutreffen.

»Gut, daß du da bist«, sagte er und zog den Kopf beim Eintreten ein, wobei er sich die Hände rieb, um die feuchte Kälte zu vertreiben. »Nathan wußte nicht, wie lange er brauchen würde, dich zu finden.«

Sie drehte sich jäh zu ihm um, und der Zorn in ihren Augen bewirkte, daß sich auf seinem sanften Gesicht ein Ausdruck von Angst und Besorgnis ausbreitete. »Ich hätte es wissen müssen«, preßte sie zwischen zusammengekniffenen Lippen hervor. »Gabriel erwartet das Schlimmste von mir, aber er nimmt sich nicht die Zeit, sich selbst mit mir abzugeben. Bist du gekommen, um mich zur Vernunft zu bringen?«

»Ich bin vor allem gekommen, um von dir etwas Vernünftiges zu hören, sofern du dazu in der Lage bist«, entgegnete das Orakel ruhig. »Vielleicht verrätst du mir, warum Gabriel mich gebeten hat, mit dir über das Schicksal von Semorrah zu sprechen.«

Sie lachte laut und ein wenig wild. Josias wartete geduldig, und sie schritt um ihn herum. »Lediglich deshalb, weil ich mir mein ganzes Leben lang die Zerstörung von Semorrah wünsche. Ich habe Jovahs Fluch auf diesen Ort herabbeschworen. Und jetzt, ohne daß ich weiter darauf dränge, ist der Gott im Begriff, die gesamte Stadt und alle auszulöschen, die dort wohnen. Gabriel meint, daß ich darüber sehr zufrieden sein werde.«

»Und – wirst du zufrieden sein?« fragte er.

Sie starrte ihm ins Gesicht. »Zu sehen, daß die weiße Stadt durch Jovahs Hand zerschmettert wird? Ja! Ich würde am Flußufer stehen und tanzen! Ich würde auf die Knie fallen und einen Lobgesang auf den Gott anstimmen! Ich würde den Fluch erneuern, wenn ich den Eindruck hätte, daß die Blitze zu langsam herabzuckten. Jovah«, sagte sie, und ihre Stimme senkte sich zu einem eindringlichen Flüstern, »laß deinen Zorn auf diese dreimal verdammte Stadt niederregnen. Schlag sie mit Feuer, mit Blitz und Donner, bedeck sie mit Sturm und Flut ...«

Sie hielt unvermittelt inne und wartete auf seine entsetzte Reaktion, doch er betrachtete sie lediglich mit nüchternen, verdutzten Augen.

»Und Gabriel möchte«, fuhr sie in etwas ruhigerem Ton fort, »daß ich morgen neben ihm stehe und das Gebet singe, mit dem die Katastrophe abgewendet werden soll. Er möchte, daß ich die Stimme erhebe, um den Gott zu beschwichtigen und Semorrah zu retten.«

»Ja«, bestätigte Josias, »und dasselbe möchte ich auch.«

Sie lachte erneut, diesmal verhaltener, indem sie sich die Hand vor den Mund hielt und den Kopf in einer schwachen Bewegung der Ungläubigkeit schüttelte. »Ich war bis jetzt gefügig ...«

»Das kann man wohl kaum behaupten«, murmelte Josias.

»Doch, das war ich. Ich habe getan, worum man mich gebeten hat – ich habe ihre Lieder gelernt, habe in ihrem hohen Steingefängnis gelebt und habe meine edorischen Freunde verlassen. Ich war ... Jeder Teil meines Lebens war durch den Eingriff der Engel geprägt, verstehst du das nicht? Es war Raphael, der mich aus dem Haus meiner Eltern verschleppte und mich in die Sklaverei trieb; es war Gabriel, der mich von Semorrah in den Horst holte. Immer wieder wurde in den Verlauf meines Lebens gewaltsam eingegriffen, durch äußere Mächte, durch Engel. Niemals – zu keinem Zeitpunkt meines Lebens – hatte ich einen freien Willen. Und jetzt ...«

»Jetzt ist nicht der Augenblick, um diesen Willen durchzusetzen«, unterbrach Josias sie. »Stimmt, die Engel waren die Auslöser der Veränderungen in deinem Leben, doch die Linie war von göttlicher Hand vorgezeichnet. Sie ist Teil des Mosaiks unseres Lebens auf Samaria. Du wurdest von dem Gott auserwählt, deine Rolle zu spielen. Der Weg, der dich hierhergeführt hat, war gewunden, doch er hat dich hergebracht, an diesem Tag, an diesen Ort. Und dies ist die Zeit, da du deine Rolle spielen mußt, da du deinen Text sprechen mußt, um deine Bestimmung zu erfüllen.«

»Man hat mir keine Wahl gelassen!« schrie sie. »Die Hand des Gottes hat mich gezeichnet, und mein Leben hat nie mir selbst gehört. Ich habe nie darum gebeten, Angelica zu sein, nie um die fragwürdigen Vorteile gebeten, die mir diese Stellung einbringen mag, diese Rolle, die ich niemals spielen wollte! An irgendeinem Punkt meines Lebens muß mir doch wohl die Möglichkeit der freien Wahl geboten werden, und es muß mir erlaubt sein, mich nach meinem eigenen Belieben zu entscheiden!«

»Warum sollte dein Leben sich von dem irgendeines anderen Mannes oder einer anderen Frau unterscheiden?« fragte er sie in scharfem Ton. »Wem von uns ist denn diese Möglichkeit gegeben, von der du sprichst?«

Sie starrte ihn an.

Er deutete mit einer umfassenden Armbewegung auf den Pavillon draußen, auf die gesamte Ebene, auf ganz Samaria. »Ein Kind wird geboren – Engel oder Sterblicher, Mann oder Frau –, entweder als Sproß einer wohlhabenden Familie oder eines armen Bauern. Das Kind hat in dieser Hinsicht keine Wahl. Das Fieber rafft seine Eltern dahin, solange es noch klein ist, und es wird in den Straßen von Semorrah ausgesetzt. Oder in Luminaux. Vielleicht ist ein Fremder nett zu ihm; vielleicht wird es von den Jansai gefangengenommen und in die Sklaverei verkauft. Inwiefern hat es da eine Wahl? Vielleicht wächst es behütet und gesund zum Erwachsenen heran, und ein scheuendes Kutschpferd rennt ihn nieder und reißt ihm einen Arm oder ein Bein aus. Hat er sich dieses Unglück ausgesucht? Wir alle sind in gewissen Augenblicken Opfer eines bösen Schicksals oder eines planenden Gottes. Weshalb bildest du dir ein, du seist anders als wir anderen, wenn du feststellst, daß dein Leben von Ereignissen bestimmt wird, die sich deiner freien Entscheidung entziehen?«

Sie hob beide Hände, die Innenflächen in einer warnenden Geste ihm zugewandt. »Ja, gut, jedes Leben unterliegt zufälligen glücklichen oder unglücklichen Einflüssen«, räumte sie ein. »Doch selbst der unseligste Mann, das armseligste Kind haben dann und wann Augenblicke, da ihr Wille ihr Schicksal bestimmt. Er kann sich entscheiden, ob er stiehlt oder ob er hungert; er kann sein Geld in Ackerland oder in Goldminen anlegen; er kann sich die Frau nehmen, die er heiraten, oder die Sklavin, die er mißbrauchen möchte. Viele Faktoren mögen außerhalb seiner Reichweite liegen, aber er kann persönliche Entscheidungen treffen – Tag für Tag! –, die den Verlauf seines Lebens beeinflussen.«

»Ja, und das gleich gilt für dich, für uns alle«, sagte Josias. »Und weil wir die größeren Belange nicht beeinflussen können, ist es doppelt, dreifach wichtig, daß die Entscheidungen, die wir fällen dürfen, die richtigen sind und daß wir uns nicht durch Haß, Bosheit, Angst, Rachelust oder Zorn leiten lassen. Wenn dein Leben dich zu diesem einen Tag geführt hat – obwohl du geschrien und dich dagegen gewehrt hast –, Rachel, überleg einmal! Ist das die Art, wie du deine Entscheidungen triffst? Ist das die Art, wie du dein Herz offenbarst? Indem du beiseite stehst, schweigend, damit der Tod sein Handwerk verrichten kann? Damit Tausende Unschuldiger sterben können? Entscheidest du dich so, wenn es dir gestattet ist, eine Entscheidung zu fällen?«

Sie hatte sich von ihm abgewandt, während er ihr die strengen Worte an den Kopf schleuderte, doch jetzt drehte sie sich wieder schwungvoll zu ihm um. Ihr Gesicht war verzerrt vor Kummer; sie weinte, aber sie war immer noch so wütend, daß sie sich ihrer Tränen anscheinend nicht bewußt war.

»Nein!« schrie sie. »Natürlich nicht! Wenn ich könnte, würde ich die Stadt mit eigenen Händen dem Erdboden gleichmachen! Ich würde dafür sorgen, daß auch der letzte Kaufmann den Tod fände, daß auch der letzte vollgefressene reiche Sklavenbesitzer im reißenden Fluß ertränke.« Ihre Stimme wurde etwas ruhiger. »Aber ich weiß besser als du, Josias, wer die Unschuldigen von Semorrah sind – die verlassenen Kinder, die in den Gassen leben, die Sklaven, die aus Jordana hergetrieben werden, die verschüchterten Töchter der wohlhabenden Kaufleute, verkauft und eingetauscht wie ein Stück Besitz. Glaubst du wirklich, ich würde sie alle zum Tod verdammen?«

»Aber ... du sagtest doch ...«

»*Gabriel* denkt das von mir«, sagte sie, und ihre Stimme klang so verbittert und hoffnungslos, daß Josias die Hand zu ihr ausstreckte. Sie wich vor ihm zurück und warf den Kopf von einer Seite zur anderen. »*Gabriel* hält mich für derart gesetzlos, für derart rachelüstern, für derart grausam.«

»Du hast ihm allen Grund gegeben, so zu denken«, erwiderte Josias sehr sanft.

Sie nickte. Sie war so erschöpft, daß sie am liebsten zu Boden gesunken, in die Erde eingesickert wäre, sich in Staubteilchen aufgelöst hätte. »Jede Menge Gründe, sicher«, bestätigte sie müde. »Aber trotzdem sollte er nicht so von mir denken.«

»Das ist keine gerechte Prüfung für Gabriel«, sagte

das Orakel ernst. »Die Erwartung, daß er sie besteht, widerspricht jeglicher Vernunft.«

»Es hat noch nie jemand behauptet, ich sei vernünftig.«

»Erlaube mir, daß ich ihm erkläre …«

»Ich kann die Dinge selbst erklären«, fiel sie ihm scharf ins Wort. »Wenn er sich die Mühe macht, mich zu fragen, dann werde ich es ihm sagen.«

Er schüttelte den Kopf; es war unmöglich, die aufgewühlten Gewässer zu glätten, die diese beiden Liebenden trennten. »Dann wirst du morgen also singen?«

Sie stöhnte ergeben. »Wie könnte ich anders?«

Er trat zu ihr und nahm sie behutsam in die Arme. Sie ertrug es für einen Augenblick, dann entzog sie sich ihm. »Hasse ihn nicht ewig«, sagte Josias. »Er liebt dich. Aber auch er hat keine Wahl. In seinen Händen liegt das Schicksal der Welt.«

»Und das meine.«

»Und das deine. Nimm es ihm nicht übel, daß er deine Hände ein wenig zu fest ergriffen hat. Er versucht doch nur, unser aller Sicherheit zu gewährleisten.«

Sie stand immer noch mitten im Zelt und spürte die gegensätzlichen Spannungen von körperlicher Erschöpfung und geistigem Aufruhr, als Gabriel den schwarzen Kopf neigte und zögernd eintrat.

»Rachel …«, setzte er an.

Sie sah ihn nicht an. »Ich weiß«, unterbrach sie ihn in ironischem Ton. »Du bist so rasch wie möglich gekommen.«

»Nun ja, so ist es«, sagte er vorsichtig. »Es war ein schwerer Tag.«

»In jeder Hinsicht.«

Er trat näher. »Ich wollte dich bitten …«

Sie fuhr zu ihm herum. »Ich weiß, worum du mich

bitten wolltest! Josias hat mich bereits darum gebeten. Dein Bruder hat mich bereits darum gebeten. Rette Semorrah! Bete dafür, daß der Gott die Stadt verschont!« Sie warf die Hände hoch. »Also? Los, bitte mich!«

Er betrachtete sie mit trauriger Aufmerksamkeit. Als er sprach, klang seine Stimme leise, eindringlich. »Ich verstehe«, sagte er langsam, »warum du die Stadt in Schutt und Asche oder von den Fluten überschwemmt sehen möchtest. Ich verstehe es. Es ist nicht nur so, daß du dort gelitten hast – und daß zahllose Edori dort gelitten haben –, sie symbolisiert für dich vielmehr jede Form des Leidens, alles Schreckliche. Gier, Haß und Mißhandlungen jeder Art. Ich begreife, daß es nicht Haß ist, der dich bewegt, sondern Gerechtigkeit. Und du hast einen leidenschaftlichen Sinn für Gerechtigkeit. Das alles verstehe ich, aber, Rachel – das reicht nicht.«

Er streckte die Hand mit der Innenfläche nach oben aus, eine beinahe linkische Geste der Hilflosigkeit. »Die Stadt kann nicht evakuiert werden«, fuhr er fort. »Der Fluß steigt nicht weiter an, aber die Häfen sind überschwemmt, die Brücke ist zusammengebrochen, und es übersteigt die Fähigkeit der Engel, Tausende von Leuten aus dem Gefahrenbereich zu bringen. Erinnerst du dich an deine Freundin, Lady Marie? Sie befindet sich in der Stadt, trägt ihr ungeborenes Kind unter dem Herzen. Wie viele edorische Sklaven sind dort, die angsterfüllt den Fluß und den Himmel betrachten? Dies sind die Leute, die du zum Tod verurteilen würdest, wenn du dich weigerst, morgen zu singen. Du kannst doch nicht an eine so unerbittliche Gerechtigkeit glauben!«

Seine Worte hatten sie zutiefst erschüttert. Seine sanfte, beinahe freundliche Ausführung hatte sie aufgerüttelt und einen großen Teil ihrer Wut aufgelöst; aber ihr Ausgangspotential an Wut war groß gewesen, und es war immer noch reichlich davon übrig. Sie zuckte mit gespielter Gleichgültigkeit die Achseln.

»Es wäre nicht das erste Mal, daß Unschuldige sterben, und es wird immer wieder geschehen«, sagte sie. »Wenn ich mich dazu entschließe, morgen schweigend an deiner Seite zu stehen, dann kannst du nichts tun, um mich umzustimmen.«

»Nein?« fragte er sehr leise. »Gibt es nicht so etwas wie eine persönliche Strafe, die du mir auferlegen möchtest? Du hast dich über meine Überheblichkeit, meine selbstgerechte Art beschwert. Ich werde bescheiden. Ich werde dich anflehen, sie vor dem Tod zu verschonen, wenn es das ist, was du möchtest. Verlang es von mir.«

Sie sah ihn verwundert an. »Wieso liegt dir soviel daran?« fragte sie. »Du hast keine Freunde in Semorrah. Die wohlhabenden Kaufleute hassen dich, und die anderen kennst du nicht einmal. Wenn sie stürben, würden dir ihre Gesichter nicht im Schlaf erscheinen.«

Er schüttelte flüchtig den Kopf. »Wie soll ich dir das erklären?« fragte er. »Du wirst es als Überheblichkeit bezeichnen, wenn ich behaupte, daß das Gewicht all dieser Leben schwer auf mir lastet. Du hast immer daran geglaubt, daß Jovahs Ohren jede Stimme hören, die sich zu ihm im Gebet erhebt – nun, ich bin nicht Jovah, aber auch ich höre die Stimmen. Jede einzelne Stimme. Ich bin der Beschützer jeder einzelnen Seele in Semorrah, ob mir die Gesichter bekannt sind oder nicht. Ich habe noch nie im Leben Jovah darum gebeten, einen Blitz herniederfahren zu lassen, um einen anderen zu zerstören, nicht weil ich etwa nicht daran glaubte, daß er mich erhören würde, sondern weil ich jegliches Leben für etwas Geheiligtes halte. Mit einem Sinn und einer eigenen Würde versehen. Wenn ich Jovah wäre ...« Er hielt inne, verstört ob des Sakrilegs, das er soeben geäußert hatte, doch dann fuhr er fort.

»Wenn ich Jovah wäre, wäre ich gestern nicht in der Lage gewesen, den Berg zu zerschmettern. Ich hätte alle am Leben gelassen.«

»Ich hätte sie alle vernichtet«, entgegnete Rachel schnell.

Er nickte. »Ich weiß. Aber gewiß kannst du dasselbe Schicksal nicht auf Semorrah ausdehnen.«

Sie wandte sich wieder von ihm ab. »Und wenn ich mich weigere zu singen?« fragte sie über die Schulter. »Wirst du Ariel oder eine andere Frau an meiner Stelle singen lassen?«

»Du bist die Angelica«, antwortete er. »Du bist nicht austauschbar.«

»Solange ich lebe, bin ich die Angelica«, stimmte sie zu. »Aber wenn ich durch irgendeine Ursache stürbe, plötzlich, mitten in der Nacht ...«

Er antwortete nicht. Sie drehte sich wieder zu ihm um. Seine blauen Augen waren so starr auf sie gerichtet, daß ihr kurz schwindelig wurde. »Aber ich vergesse«, sagte sie leise, »wie hoch du das menschliche Leben einschätzt.«

»Auch wenn das die Rettung Semorrahs bedeuten würde, könnte ich dir nichts zuleide tun«, flüsterte er. »Nicht einmal um die ganze Welt zu retten. Wenn du dich weigerst zu singen – morgen oder jemals –, dann soll es so sein. Die Welt wird zugrunde gehen, wir alle werden zugrunde gehen. Aber ich kann nicht die Hand gegen dich erheben.«

Sie war fast unfähig zu atmen. »Also gut, meine Bedingungen stehen fest«, sagte sie. »Ich werde morgen singen – und ungehindert diese Ebene verlassen. Du wirst ohne mich in den Horst zurückkehren, und du wirst mir nicht folgen und nicht danach trachten, mich zurückzubringen. Du wirst keine Engel aussenden, damit sie mich suchen. Ich kehre zu deiner nächsten Glorie zurück, und zur übernächsten und zu der danach. Mehr kannst du von mir bis ans Ende deiner Tage nicht erwarten.«

Es war, als ob er ihr nicht zugehört hätte. Sein Blick war so inbrünstig, daß sie sich in einem azurblauen Gefängnis eingesperrt fühlte. Er war nahe daran, die Hand nach ihr auszustrecken; sie hatte den deutlichen Eindruck, als ob er mit Gewalt eine impulsive Bewegung unterdrückte. Vor ihrem geistigen Auge erschien ein Bild von ihm, wie er ihr die kühlen Hände aufs Gesicht legte und die Haut abschälte, in ihren Kopf spähte, den verschlüsselten Text des Gehirns in ihrem Schädel las.

»Aha«, sagte er, und wieder war seine Stimme so leise, daß man sie kaum hörte. Es war beinahe so, als ob er mit sich selbst spräche. »Du hast also auf jeden Fall vorgehabt zu singen, und dieser ganze Ärger beruht darauf, daß ich nicht an dich geglaubt habe.«

»O nein«, widersprach sie und bemühte sich, gleichgültig zu erscheinen. »Mir ist es einerlei, ob du an mich glaubst oder nicht.«

Er nickte, aber nicht so, als ob das eine Antwort auf ihre Worte wäre – sondern eher so, als ob er eine unausgesprochene Auflehnung einer Seele gegenüber der anderen bestätigte. »Also gut, dann hasse mich deswegen«, sagte er, »aber ich bin froh, das zu wissen.«

Sie sprang schnell zur Seite, um dem Zauber seines Blickes zu entkommen. »Also gut, wir verstehen uns gegenseitig«, sagte sie knapp. »Morgen singen wir. Um welche Zeit sollen die Festlichkeiten beginnen?«

»Zwei Stunden nach Sonnenaufgang«, sagte er. »Ich hole dich ab. Wirst du in Naomis Zelt sein?«

Sie wäre dort gewesen, wenn er es nicht als so selbstverständlich vorausgesetzt hätte. »Ich werde hier sein«, sagte sie, ohne zu zögern. »Und ich werde zum Aufbruch bereit sein.«

»Schlaf, so gut du kannst«, riet er ihr. »Es wird ein langer Tag werden.«

Als ob sie in der Lage gewesen wäre, in dieser Nacht zu schlafen! Als ob sie jemals wieder in der Lage wäre zu schlafen. »Also, dann bis morgen«, sagte sie. Er nickte ihr zu und ging hinaus.

Er war noch keine drei Minuten weg, da fing sie an zu weinen. Sie weinte immer noch – lautlos, unaufhörlich, in tiefster, schwärzester Verzweiflung –, als Naomi zwei Stunden später zu ihr kam. Sie konnte Naomi nicht einmal sagen, welche beiden Dinge der Grund waren, daß ihr die bitteren Tränen über die Wangen kullerten: daß er sie niemals aufgeben würde, nicht einmal um die Welt zu retten, und daß sie morgen gezwungen sein würde, ihn für immer zu verlassen.

Gabriel hatte nicht damit gerechnet, Schlaf zu finden, doch er schlief traumlos und friedlich. Die Welt hielt nun nur noch wenige Schrecknisse für ihn bereit. Der Gott hatte seine Existenz unter Beweis gestellt; Sturm und Flut waren durch seine Gebete zum Einhalt gebracht worden; und die Angelica hatte sich bereit erklärt, die führende Stimme in der Messe zu singen, die sie alle retten würde.

Sicher, Rachel würde ihn für den Rest ihres Lebens hassen. Aber damit würde er sich später auseinandersetzen, nachdem die Glorie gesungen, nachdem die Welt für ein weiteres Jahr gerettet wäre. Heute nacht würde er erschöpft auf sein Feldbett sinken, als einer von vielen Dienern des Gottes. Und morgen würde er als Erzengel aufwachen.

Er erwachte früh, doch offenbar waren andere schon vor ihm auf den Beinen. Er roch das Feuer der Herdstellen und den Dampf von Eintöpfen, die so früh schon in der Dunkelheit vor Sonnenaufgang gekocht wurden. Er stand auf, wusch sich gründlich und kleidete sich mit Bedacht an: eine schwarze Seidenhose, die er sich in die schwarzen Stiefel steckte; ein feines Batisthemd, das sich hervorragend seinen breiten Schultern und den massigen Flügeln anpaßte. Er trug einen silbernen Gürtel und seine silbernen Armreifen, und seine Augen sahen aus wie Juwelen, die meisterlich in sein Gesicht eingesetzt waren.

Er trat aus seinem Zelt und begab sich zu dem von Rachel; dort war er nicht überrascht, aus dem Innern leise Stimmen zu hören. Naomi war es, die ihn hineinbat, als er einen Gruß ausrief, doch als er eintrat, hatte er nur Augen für Rachel.

Sie war eine Statue aus Gold, von den Haaren über das Kleid bis zu den dünnen Sandalen. Sie trug eine goldene Schärpe um die Taille, üppig bestickt mit saphirblauen Blumen im Muster der Familie ihres Mannes, und Saphirohrringe schmückten ihre Ohren. Ihre Haare waren auf kunstvolle Weise frisiert. Etwa zehn Zöpfe reichten ihr bis über den halben Rücken, und die einzelnen Geflechte waren mit einem blauen Satinband miteinander verbunden, so daß das Ganze wie eine Stola aus ihrem eigenen glänzenden Haar wirkte. Sie hatte ihm den Rücken zugewandt, als er eintrat, doch während er dastand und sie anstarrte, wandte sie ihm das Gesicht zu.

»Sehe ich gut genug aus?« fragte sie kühl.

Er nickte wortlos. Naomi fing an zu plappern, bevor er seiner Gedanken Herr geworden war. »Ich habe der Angelica gesagt, sie solle die Armreifen der Engel tragen, aber sie behauptet, sie habe die ihren im Horst vergessen. Kann ihr jemand welche leihen? Der Brauch schreibt doch vor, daß sie sie trägt.«

Rachel machte ein wütendes Gesicht. »Was weißt du über die Bräuche der Engel?« fragte sie unwirsch.

»Ich weiß genug«, antwortete Naomi unbeirrt. »Die Angelica steht auf der Ebene und hebt die Hände, und die Sonne fällt auf die Juwelen ihrer Armreifen. Stimmt es nicht, Gabriel? Du brauchst also Armreifen.«

»Ich habe ihr etwas mitgebracht, das sie statt dessen tragen kann«, antwortete er und durchquerte das Zelt. Er hatte das schmale Päckchen in ein blaues Seidentuch gewickelt. Rachel nahm es zögernd entgegen.

»Schreibt der Brauch ebenfalls vor, daß man am Morgen der Glorie Geschenke austauscht?« fragte sie.

»Bei der ersten Glorie wird es häufig so gehalten. Es ist jedoch nicht unbedingt erforderlich.«

Sie wich zurück zu ihrem Feldbett, und Naomi brachte ein langes ledernes Behältnis zum Vorschein. »Das habe ich für dich in Luminaux erstanden«, sagte Rachel.

Er konnte es nicht glauben. Sie hatte ihm etwas mitgebracht, und sie hatte immer noch die Absicht, es ihm zu überreichen! »Ich bin geehrt«, sagte er ernst. »Öffne du zuerst deins.«

Sie faltete das Tuch auseinander und betrachtete das Geschenk, ohne ein Wort zu sagen. »Laß sehen«, bat Naomi und nahm ihr das Päckchen aus der Hand. »Aaah«, seufzte die edorische Frau. »Sie sind wunderschön ...«

»Zieh sie an«, verlangte er.

Rachel streckte zuerst die rechte und dann die linke Hand aus, und Naomi half ihr beim Überstreifen der Handschuhe. Sie waren so fein aus Gold gewoben, daß die Fadengitter beinahe unsichtbar waren. Um jedes Gelenk herum waren kleine Kreise aus Saphiren aufgenäht, so dicht gebündelt, daß sie aussahen wie Armbänder aus reinem Blau. Sie drehte die Hände mit den Innenflächen nach oben und nach unten, und die Juwelen schimmerten im Fackelschein, von dem das Zelt erhellt wurde.

»Danke«, sagte sie ohne erkennbare Regung. »Ich werde sie gern tragen.«

Naomi lächelte ihn an. »Ich weiß, was sie für dich hat«, sagte sie. »Ich bin diejenige, die es von Luminaux hierhergebracht hat.«

Er betrachtete das weich gepolsterte Behältnis eine Weile, um die Vorfreude zu verlängern. Er konnte es immer noch nicht glauben. »Dann stammt es also aus Luminaux, ja?« fragte er. »Ich dachte, ich bekäme vielleicht ein Geschenk, das von einem edorischen Kunsthandwerker gefertigt wurde.«

»Das hier ist besser«, versprach Naomi.

Als er die Lasche hochzog und das silberne Instrument herausnahm, war er entzückt und erstaunt. »Eine Flöte!« rief er aus. »Ich habe mir immer schon eine gewünscht – wie wundervoll!« Er hielt sie an die Lippen, senkte sie jedoch wieder, bevor er hineinblies. »Sie ist doch zum Spielen gedacht?« fragte er. »Oder ist es nur ein Schmuckstück?«

»Es ist keine gewöhnliche Flöte, es ist ein Aufnahme- und Wiedergabegerät«, erklärte Rachel. »Ja, man kann es spielen. Angeblich ist es leicht zu erlernen.«

Er legte die Lippen an das zierliche silberne Mundstück und atmete. Der Laut, der das Zelt erfüllte, war süß, wehmütig und beinahe wie von Geistern erzeugt. Probehalber tastete er mit den Fingern, atmete wieder; der neue Ton war ebenso rein, so unirdisch, so wahrhaftig. Er nahm das Instrument vom Mund und betrachtete es in glücklicher Fassungslosigkeit.

»Das ist – Rachel, das ist wundervoll. Habe ich dir jemals gesagt, wie sehr ich mir immer gewünscht habe, eine Flöte zu spielen – oder ein solches Gerät, wie immer es heißen mag? Ich muß mich gleich ans Üben machen.«

Ein leichtes Lächeln huschte über ihr Gesicht. »Du hast es ein- oder zweimal erwähnt«, sagte sie.

Er schüttelte den Kopf. »Ich bin hingerissen.« Dann stellte er fest, daß er sich die Silberkette über den Kopf streifen und auf diese Weise das Instrument ständig mit sich herumtragen konnte; er legte sie sich um den Hals und lächelte noch breiter. »Ich wünschte, ich könnte jetzt schon darauf spielen«, sagte er. »Ich würde für den Gott spielen.«

»Vielleicht nächstes Jahr«, murmelte Rachel. Er sah sie an und fragte sich, was wohl bis zur nächstjährigen Glorie alles geschehen mochte – zwischen ihnen und in der ganzen Welt. Sein Glück wurde etwas getrübt.

Es entstand ein kurzes beklemmendes Schweigen, das aber von Stimmen draußen unterbrochen wurde. »Rachel?« fragte eine Frau. »Gabriel?« rief ein Mann.

»Magda«, sagte Rachel.

»Und Nathan«, fügte Gabriel hinzu. »Zeit für uns alle zum Aufbruch.«

Naomi warf die Arme um Rachels Schultern. »Sing mit ganzem Herzen«, flüsterte sie ihrer Freundin ins Ohr. »Ich werde bei den Edori sein und mit dir singen. Bete für uns alle.«

Sie verließ das Zelt, dicht gefolgt von den anderen beiden. »Also, wenn du nicht großartig aussiehst!« rief Magda aus, wobei sie Rachel zur Seite zog, um ihr Kleid und ihren Schmuck zu bewundern. Im ersten schwachen Licht des Sonnenaufgangs nickte Gabriel seinem Bruder zu.

»Sind alle bereit?«

»Alle sind versammelt. Zeit, um anzufangen.«

Sie standen in der Mitte der Ebene, mehr als sechstausend Leute, und sahen zu, wie die Sonne über die flachen Berge im Osten aufstieg. Rachel nahm ihren Platz in der Mitte der großen schweigenden Menge ein. Halbkreise bildeten sich um sie, zuerst die Engel mit ihren riesigen weißen Flügeln, dann die Edori, dann die Leute aus der Stadt und die Bauern und Nomaden, die sich hier versammelt hatten, um den Gebeten zu lauschen und ihrerseits zu dem Gott zu beten.

Gabriel stand neben ihr und nahm ihre Hand, was sie zuließ, obwohl sie ihn nicht ansah. Als die Sonne über den Rand des Berges kroch, hob sie das Gesicht. Ihre Augen waren geschlossen, aber sie wirkte unglaublich ruhig, vollkommen konzentriert, als ob sie auf eine innere Uhr lausche, die die Stunden und Minuten läutete. In dem jungen Licht wirkten ihre Blau- und Goldtöne blaß, durchscheinend; sie schienen aus einem sonnenfarbenen Dunst zu bestehen, der sich soeben an einem frisch gebläuten Himmel auflöste.

Als sie zu singen begann, verstummte die ganze Welt, um ihr zuzuhören. Ihre Stimme erklang vor ihnen wie das Wasser eines Flusses zwischen breiten, uralten Ufern, glatt und dunkel genug, um sowohl still als auch reglos zu erscheinen. Allmählich erhellten sich die Noten, wurden kristallklar, bis die Melodie sie höher trug, in ihre wahre Tonlage. Gabriel spürte, wie sein Blut in seinem gewöhnlichen Jagen innehielt. Sein Atem wurde flach, lautlos. Ihre Stimme hüllte ihn ein wie Arme, die sich um seinen Hals schlangen; sie ließ die Luft wie von Lichtexplosionen flimmern; sie warf ihn körperlos zum großen leeren Himmel hinauf und erfüllte seinen Kopf mit Musik.

Er war so hingerissen von ihrem Gesang, daß er zunächst das Lied nicht erkannte. Als er es dann erkannte, war er zutiefst erschüttert, und Schauder durchfuhren ihn. Es war das *Magnificat* von Lochevsky, unsterblich gemacht durch Hagar und so anspruchsvoll, daß die meisten Sänger gezwungen waren, die Oktaven des Stücks auf drei Stimmen aufzuteilen. Doch sie sang es ebenso mühelos, ebenso schön wie die große Angelica-Sopranistin.

Sie hatte es genau in seine Tonlage gebracht. Bewußt oder unbewußt, absichtlich oder unabsichtlich – sie kannte seine Stimme sehr gut, sie wußte genau, welcher Tonbereich der geeignetste war, um seine Begabung am besten zur Geltung zu bringen.

Sie vertraute ihm. So schwer das weibliche Solo auch war, der Part des Tenors war kaum leichter. Die beiden Stimmen hingen so sehr voneinander ab, daß sie unmöglich ausgerechnet diese Messe angestimmt hätte, wenn sie kein uneingeschränktes Vertrauen in seine Fähigkeit gehabt hätte.

Sie hatte dieses Stück für ihn ausgewählt.

*Sie liebte ihn.*

Er festigte den Griff um ihre Hand, als ihr erstes Solo zart ausklang. Seine Stimme setzte neben der ihren ein, reif und weich; die beiden Stimmen sanken miteinander wie tauchende Meeresvögel in schillernde Tiefen, um sich dann wieder hinaufzuschrauben und pfeilartig gen Himmel zu schießen. Ihre Stimme hielt eine Zeitlang eine kräftige hohe Note, während die seine zwischen der ihren hindurchtanzte, Klangfarbe und Tonart wechselnd. Dann wurde sie leiser, sank zurück, während seine Stimme in der ersten männlichen Arie dominierte.

Die Worte; es kam ihm so vor, als habe er noch nie auf die Worte achtgegeben. »Obwohl die ganze Welt dich ächtet, glaube ich. Obwohl du das Gesicht abwendest, glaube ich ... Was habe ich, wenn nicht meine Liebe zu dir? Auch wenn alles zugrunde geht, wird meine Liebe zu dir Bestand haben ...«

Er sang für sie; es mußte ihr klar sein, daß er für sie sang. Er bemerkte, wie das flammenfarbige Licht durch den Ärmel ihres rechten Arms leuchtete. Und auch sein Kuß brannte mit schmerzhafter Hitze. Obwohl seine Hand die ihre beinahe zu zerbrechen drohte, machte er keinerlei Anstalten, sie loszulassen.

»Denn die Welt vergeht, und die Sterne verglühen, und das einzig Bleibende bist du ...«

Er erschrak beinahe, als die bis dahin schweigende Menge plötzlich den ersten Erwiderungschor sang. »Ja, es gibt die Liebe ... Ja, es gibt die Schönheit ... Ja, wir glauben an die Weisheit unseres Gottes ...« Die Stimmen rollten über ihn hinweg, wie Regen, wie Meeresfluten, gewaltig und ewig. Er sang seinen Glaubensschrei noch einmal, und wieder antworteten die Stimmen. »Das einzig Bleibende bist du ...«

Jetzt schwebte Rachels Stimme über den anderen, die darauf verstummten. Wieder fühlte er sich an einen Vogel erinnert, an einen wilden und farbenfrohen Vogel, der mit seiner Pracht den Himmel bejubelte. Dieses Rezitat hätte eigentlich ein inständiges Flehen sein sollen, eine Unterwerfung, aber Rachels Stimme war frohlockend, ekstatisch. »Und wohin sollten wir uns wenden, wenn nicht zu dir, unserem Schutzschild, unserem Verteidiger, unserem geliebten Gott ...?«

Jovah würde einem solchen Gebet niemals sein Gehör versagen. Wahrhaftig, der Gott hatte eine gute Wahl getroffen, als er dieser Frau die Hand auf den Kopf gelegt hatte.

Die Messe dauerte zwei volle Stunden. Die Sonne war inzwischen dick und gelb, der ganze Himmel ein kräftiges, leuchtendes Türkis, bevor die Musik endete. Inzwischen hatte alles ein deutlicheres Aussehen angenommen; selbst Rachel trug nicht mehr den ätherischen Ausdruck wie am frühen Morgen. Das Stück endete mit einer Reihe dramatischer Amen, gesungen von allen sechstausend oder mehr Anwesenden, und dann folgte ein Augenblick andächtiger Stille. Rachel zögerte, dann hob sie beide Hände zum strahlenden Himmel. Gabriels Hände, von denen die eine immer noch mit der ihren verknüpft war, hoben sich gleichzeitig. Azurblaues Feuer schoß aus ihren Handgelenken und bildete ein Juwelenzelt über ihren Köpfen.

Rachel sang das letzte, lange, süße Amen mit klarer,

überschwenglicher, inbrünstiger Stimme. Die Menge übergoß sie mit Jubel und Beifall, und plötzlich waren sie eingezwängt zwischen Körpern – Engel, Sterbliche, Edori, Kinder –, die sich alle zwischen sie drängten, ihre Hände auseinanderrissen, in leidenschaftliche Umarmungen zogen und verzückt lachten. Gabriel ließ sie los und erwiderte die begeisterten Umarmungen, die spielerischen, triumphierenden Klapse auf Arme und Schultern. Rings um sie herum ertönten die Rufe: »Erzengel!« – »Angelica!« – »Großartig, Angela!« – »Wundervoll, einfach atemberaubend!« – »Rachel, welch eine Stimme!« – »Das drang geradewegs ans Ohr des Gottes, Gabriel, geradewegs in sein Herz!«

Sein eigenes Herz war ebenfalls erfüllt. Gewiß hatte Gott diesem Gebet Beachtung geschenkt. Wenn keine andere Stimme auf Samaria ihn bewegte, diese Stimme hatte ihn bestimmt bewegt. Solange diese Frau lebte, um zu dem Gott zu singen, würde die Welt überleben.

Die Messe war natürlich nicht das Ende der Veranstaltung. Während des übrigen Tages wurde weitergesungen. Engelschöre aus Monteverde und dem Horst hatten eigene Stücke vorbereitet; Solisten und Orchester aus Luminaux, aus Velora, aus Castelana, sogar aus den Reihen der Manadavvi hatten um die Erlaubnis zum Auftreten gebeten; und in diesem Jahr, zum erstenmal seit beinahe zwei Jahrzehnten, hatte einige der edorischen Clans ihre fröhliche, urwüchsige Musik dargeboten.

Aber die Messe war das einzige Stück, an dem sie alle teilhatten. Jetzt zerstreute sich die große Menge, und die Ebene glich allmählich einem Jahrmarkt. Wie durch Zauberhand wuchsen Imbißbuden aus dem Boden. Manche aßen, während andere sangen und wieder andere zuhörten. Die Sonne neigte sich unter die unsichtbare Linie des Mondes und begann ihren müßigen, besinnlichen Untergang. Und immer noch zupften

Harfenisten ihre Instrumente, jubilierten Trompeter, trillerten Flötisten, schlugen Trommler ihren mitreißenden Rhythmus. Und Sänger hoben die Stimmen zum Gott.

Nathan und Magdalena standen Hand in Hand und sangen ein so süßes Duett, daß Gabriel sein Abendessen (eine edorische Zusammenstellung aus Maisbrot und Zwiebeln) im Stich ließ und sich durch die Menge schob, um näher zu ihnen zu gelangen. Wie Rachel hatte auch Magda die Finger einer Hand mit denen ihres Partners verflochten; ihre Augen waren geschlossen, ihr Gesicht war friedlich. Der Kuß an ihrem Arm war ein lebendiger Opal, vielfarbig und unergründlich. An Nathans Arm schimmerte der Kuß in einem gedämpften milchigen Licht.

»Und wem sollen wir glauben, wenn nicht dem Gott?« fragte Rachel neben Gabriel, diesmal die Worte sprechend, nicht singend. Die Wirkung auf sein Herz war jedoch so ziemlich dieselbe. »Er ist wissend, und er macht uns wissend, wenn wir nur glauben.«

Er lächelte sie an, obwohl ihre Miene ernst war. »Ich glaube an ihn«, sagte er in mildem Ton. »Was läßt dich daran zweifeln?«

Sie deutete mit einem Kopfnicken hinüber zu seinem Bruder und Magdalena. »Es ist der Gott, der die beiden zusammengeführt hat«, sagte sie. »Josias sagt, Jovah tut nichts ohne Grund. Ich meine, es ist an der Zeit, das Verbot der Verehelichung von Engeln aufzuheben.«

Er holte schnell und tief Luft. »Ich weiß«, fuhr sie rasch fort, bevor er etwas sagen konnte. »Derartige Vereinigungen haben in der Vergangenheit schreckliche Mißgeburten hervorgebracht – monströse, leidvolle Wesen. Aber diesmal – ich bin sicher, diesmal ist es anders. Jovah möchte, daß diese beiden vereint sind. Er könnte das nicht deutlicher zum Ausdruck bringen.«

»Ob Jovah es billigt oder nicht – anscheinend gibt es keine Möglichkeit, daß ich sie voneinander fernhalte«, sagte er leise. »Deshalb bin ich gezwungen, dir recht zu geben, wenn auch mit ernsten Befürchtungen. Außerdem brauche ich sie. Und ich brauche sie gemeinsam.«

Sie sah ihn fragend an. »Wofür brauchst du sie?« wollte sie wissen.

»Jemand muß sich um Windhagen kümmern«, sagte er. »Ich weiß nicht, ob es dort noch Engel gibt oder ob alle auf dem Berg vernichtet wurden. Aber auf jeden Fall sind noch Engel in Jordana, derer man sich annehmen muß, und zwar bald. Dieses ganze Gebiet ist zu lange sträflich vernachlässigt worden. Nathan und Magda sind die Besten, die wir entbehren können.«

Sie betrachtete ihn forschend. Es war jetzt beinahe dunkel, und es war schwierig, ihren Gesichtsausdruck zu erkennen. »Also«, sagte sie, »findet deine erste Entscheidung als Erzengel meine Zustimmung. Wirst du während deiner ganzen Amtszeit ebenso umsichtig und weise sein?«

»Wahrscheinlich nicht«, antwortete er. »Ich brauche deinen Rat und deine Anleitung.«

Sie wandte sich ab, obwohl er ohnehin nichts aus ihrer Miene hätte lesen können. »Ich bin nicht besonders gut daran, anderen Ratschläge zu geben.«

»Nun, ich werde dich anhören«, sagte er, »wenn du etwas zu sagen hast.«

Anscheinend nickte sie, und dann zuckte sie vermutlich die Achseln. Es war zu dunkel, um das wirklich beurteilen zu können. »Wünsch ihnen von mir alles Gute«, sagte sie.

Dann hatte sie es also am Abend zuvor ernst gemeint. Natürlich hatte sie es ernst gemeint. Sie tat immer das, was sie ankündigte. »Dann machst du dich jetzt also auf den Weg?« fragte er so ruhig wie möglich.

Sie sah ihn lange an. Wieder konnte er ihren Gesichtsausdruck nicht deuten. »Morgen früh. Sehr zeitig.«

»Brauchst du irgend etwas?«

Sie schüttelte den Kopf. »Nein.«

»Rachel …«, sagte er leise.

Sie trat einen Schritt zurück. »Wir haben eine Vereinbarung getroffen«, sagte sie. Die schöne Stimme hatte einen scharfen Beiklang von Angst. »Zur nächsten Glorie bin ich wieder hier.«

Er verkrampfte die Hände in den seidenen Falten seiner schwarzen Hose, um sich davon abzuhalten, sie nach ihr auszustrecken. »Laß mich nicht ein ganzes Jahr lang warten«, bat er sie leise. »Nicht so lange.«

»Es ist sehr schwierig«, hauchte sie. »Alles zwischen uns ist sehr schwierig. Wir sind wie Mittag und Mitternacht, indem wir uns gegenseitig von einem Ende der Welt zum anderen jagen. Laß den Dingen ihren Lauf; laß die Welt sich zwischen uns drehen.«

»Wenn du mich brauchst, ruf mich«, flüsterte er. »Ich werde dich hören, auch wenn du vom anderen Ende der Welt rufst. Deine Stimme ist die einzige, die ich höre. Wenn du mich jetzt verläßt, überläßt du mich der Stille.«

»Lausch der Stille«, sagte sie. »Frag dich, ob das nicht Frieden ist.«

»Ich brauche nicht zu lauschen«, sagte er. »Diese Stille ist Leere.«

»Keine Stille ist Leere«, erwiderte sie. »Leb wohl, Gabriel. Jovah beschütze dich.«

»Jovah möge dich in seinem Herzen bewahren«, antwortete er.

Und er sah ihr nach, während sie sich entfernte.

Innerhalb weniger Sekunden hatte sie sich in der Menge verloren. Selbst ihr goldenes Kleid, ihr leuchtendes Haar verwandelten sich in der Dunkelheit zu Schatten. Seine Hände, nun nicht mehr klammernd, hoben sich wie aus eigenen Stücken. *Verlaß mich nicht*, wollte er sagen. *Bleib bei mir! Du liebst mich. Du hast dein Herz zurückgelassen; bleib auch du bei mir!*

Aber er wußte es besser; er hatte etwas gelernt. Er konnte sie nicht zwingen, nicht überreden, nicht überzeugen und nicht ändern; und seinen Willen gegen den ihren antreten zu lassen, würde sie noch sturer als Stein machen. Dennoch konnte er nur dies tun, um zu verhindern, daß er ihr hinterherrannte.

*Bleib bei mir. Verlaß mich nicht. Ich liebe dich.*

# 22. KAPITEL

Gasa im Frühling bot einen herrlichen Anblick. Sie hielten sich von den nordöstlichen Ausläufern fern, wo das fruchtbare Ackerland der Manadavvi selbst jetzt ihre grünen Banner unter dem aufmerksamen Auge Jovahs entfalteten. Die Manadavvi waren den Edori noch nie besonders zugetan gewesen. Statt dessen wanderten sie durch die blühenden Meilen entlang der südwestlichen Küste, tauschten einige Tage Arbeit gegen Nahrung, verkauften ihre Kinkerlitzchen und Gegenstände, die sie in Luminaux und anderswo erstanden hatten, und lebten ein richtiges Zigeunerleben, da sie solche auch waren.

Während der ersten beiden Tagen der Reise hatte Rachel in ihrem eigenen Zelt geschlafen, das bei den Chievens übrig gewesen war, nachdem zwei kleine Familien sich zu einer einzigen zusammengetan hatten. Naomi hatte Einwände erhoben, und die anderen Chievens hatten erstaunte Gesichter gemacht, denn die Edori liebten es, möglichst eng zusammengedrängt zu leben. Man hatte noch nie gehört, daß eine einzelne Frau allein schlief, ohne Freunde oder Familie an ihrer Seite.

»Ich schlafe schon zu lange in deinem Zelt. Du brauchst die Vertrautheit deiner Familie«, sagte Rachel zu Naomi.

»Du gehörst zu meiner Familie.«

»Ich gehöre auch dann zu deiner Familie, wenn ich in

dem Zelt neben dem euren lebe. Siehst du, die Planen berühren sich.«

»Mir gefällt die Vorstellung nicht, daß du ganz allein wach liegst.«

Rachel lachte. »Also gut. Sollen deine Töchter ein paar Nächte bei mir schlafen. Bist du dann zufrieden? Ich habe Gesellschaft, und du hast deinen Mann ganz für dich allein.«

Naomi lächelte. »Es ist mir bisher immer gelungen, Zeit zu finden, mit meinem Mann allein zu sein. Danke für deine Fürsorge.«

»Trotzdem nehme ich die Mädchen mit zu mir. Für ein paar Nächte.«

Aber in Wirklichkeit war das lediglich ein Zugeständnis an Naomi. Rachel sehnte sich danach, allein zu sein, und sie war froh, als sie einige Tage später die lachenden Kinder ins Zelt ihrer Eltern zurückschicken konnte. Sicher, sie lag in dieser Nacht lange wach, umgeben von Stille und Einsamkeit, aber die nächtlichen Stunden waren nicht schneller vergangen, wenn sie den Atem anderer Schlafender im Dunkeln gehört hatte. Andererseits bescherte ihr die Einsamkeit auch nicht die Klarheit, nach der sie verlangte. Sie kuschelte sich so eng wie möglich auf der schmalen gewebten Matte zusammen und zwang sich mit Willenskraft zum Einschlafen.

Und sie zwang sich mit Willenskraft, das Denken einzustellen. Doch sie war dabei ganz und gar erfolglos. Andauernd zogen ihr Bilder in einer grotesken Zusammenstellung durch den Kopf, erschienen und vergingen in keiner erkennbaren Reihenfolge, alle mit derselben Gewichtung. Zum Beispiel wurden Visionen von Raphael, der über dem Berg in Flammen loderte, abgelöst von einem Bild von Obadja, der sie in einem Café in Velora anlachte. Sie erinnerte sich an einen Tag in Lord Jethros Küche, als sie drei Stunden lang den

Grünspan von einem gehämmerten Kupferkessel abgekratzt hatte. Sie lag in Simons Armen, flüsternd, und fuhr mit der Hand immer wieder um die glatte, lichtlose Wölbung des Kristalls in seinem Arm.

Sie stand eingehüllt in Gabriels Flügel in der Ebene von Sharon, und er küßte sie.

Es war, als ob jede Phase ihres Lebens als einzelne Strähne vor ihr läge, wie viele Fäden, die auf das Geschick des Webers warteten, damit er sie verknüpfe, doch sie war unfähig, die Hand zu heben und sie zu einem Muster zu verarbeiten. Sie hatte sich bei Josias beschwert, daß sie keine Wahl habe, daß sie gewaltsam von einer Laune des Schicksals zur nächsten geworfen werde; doch jetzt war sie hier, endlich frei, ihren eigenen Neigungen zu folgen, und sie konnte nichts anderes tun, als über ihre Vergangenheit zu grübeln und sich zu fragen, auf welche Entscheidung sie ihr Leben vorbereitet hatte.

In Velora hatte sie eine Zeitlang gedacht, sie könne die verlassenen Kinder der Stadt zu ihrem Lebenswerk machen; doch jetzt hatte sie sie verlassen, in freundlicher Obhut, sicher, aber dennoch hatte sie sie verlassen. Nun, sie hatte gedacht, sie könne den liebevollen Simon zu ihrem Lebenswerk machen, aber auch dieser Traum hatte sich in nichts aufgelöst. Vielleicht gab es keine Träume von so grundsätzlicher Bedeutung, daß es sich dafür zu leben gelohnt hätte; vielleicht konnte sie letzten Endes auf nichts vertrauen, nicht auf den Glauben an den Gott, nicht auf die Hingabe an eine Sache, nicht auf die Hoffnung, nicht auf die Liebe.

Sie wälzte sich auf ihrer Matte herum und drehte sich auf die andere Seite. Aber wenn sie sich Raphael so ansah: Er hatte mit beharrlicher Bosheit alles darangesetzt, sein Amt als Erzengel zu behalten, ohne sich darum zu scheren, wer oder was bei der Erfüllung seines Traums zu Schaden käme. Er hatte gemordet, gelogen, Ketzerei gepredigt und den Zorn des Gottes herabbeschworen. Letzten Endes hatte ihn das umgebracht – und es hatte Hunderte anderer umgebracht –, aber er hatte seine unerschütterliche Überzeugung niemals aufgegeben, er war nie schwankend geworden und hatte sich nie von seinem Ziel abgewandt.

Und dennoch war auch das falsch. Zweifellos war jeder Traum, der achtlos das Leben, die Hoffnungen, den Glauben anderer opferte, ein böser Traum; seine Durchsetzung zu betreiben hieß, der Verdammnis Tür und Tor zu öffnen.

Also gut, dann Josias: Sein Leben war rein, gelassen und konzentriert. Er verbrachte seine Tage mit Lernen und Denken; er kommunizierte mit dem Gott; er glaubte bedingungslos an seine Arbeit und an seinen Meister. Keine Zweifel, keine Augenblicke der Unentschlossenheit. Und dennoch war er liebenswürdig, umsichtig, ein Leuchtstrahl der Weisheit und Hoffnung.

Nun ja, das hörte sich reizvoll an, aber sie würde verrückt werden. Sie kannte ihre eigene Wesensart gut genug, um zu lachen, wenn sie sich selbst als Orakel vorstellte. Sie war ein Mensch der Tat, brauchte den Umgang mit anderen, Stimmen um sich herum und einen Weg von jedem Berg herunter.

Sie warf die Decke zur Seite und versuchte wieder einmal, eine bequemere Lage für ihre Glieder zu finden. Die Edori führten ein Leben, das sie immer für ideal gehalten hatte. Wie Josias glaubten sie an eine persönliche Verbindung zu dem Gott, und dieser Glaube machte sie sanftmütig, freundlich und friedlich. Sie waren in keinem steinernen Gefängnis eingesperrt. Sie wanderten von den Gärten Gasas zu den blauen Granitstraßen von Luminaux und in die Wüste von Breven. Sie waren frei.

Aber genau diese zwanglose Freiheit war es, die sie jetzt in Angst versetzte. Wo war die Struktur, wo war der Sinn, was war die Funktion eines Lebens, das sich ziellos über die Sandebenen und die Berge der ganzen Welt ausdehnte? Sollte ein Mann oder eine Frau leben und sterben, ohne irgend etwas erreicht zu haben, ohne ein Vermächtnis zu hinterlassen, keine Taten von bleibender Tragweite, sondern sich nur der täglichen Freude am Leben hingeben? Früher hatte sie gedacht, das sei genug – sollte genug sein –, doch jetzt, drei Wochen nach dem Auszug aus der Ebene von Sharon, sah sie darin keine ausreichende Motivation, um am Morgen zu erwachen. Vielleicht, so dachte sie, ist meine Freude nicht groß genug. Doch sie wußte nicht, wie sie sich genügend freuen sollte.

Wenn sie ihr Leben, ihr ganzes Leben, nach ihrem Belieben einrichten konnte, dann wollte sie ihm eine Bedeutung geben. Sie wollte etwas aufbauen, etwas schaffen, etwas in die Wege leiten, etwas hinterlassen. Sie wollte eine Heilkundige sein, wie eine weise Frau im Dorf ihrer Eltern. Sie wollte eine große Künstlerin sein, wie der Flötenspieler in Luminaux. Sie wollte eine Bäuerin sein, die den Acker bestellt, Nahrung hervorbringt und den ständigen Kreislauf des Lebens durchschaut.

Wozu war sie in der Lage?

Sie zog die Decke, die sie soeben von sich abgeworfen hatte, wieder über sich und wälzte sich erneut auf ihrem Lager herum, in dem Versuch, ihren Geist endlich gegen solche Gedanken zu verschließen.

Sie reisten langsam nach Süden, entlang der Küste nach Bethel und in bequemen Etappen weiter nach Luminaux. Rachel hatte die Erfahrung gemacht, daß es klug war, ihr helles Haar zu bedecken, wenn sie unterwegs in kleinen Hafenstädten haltmachten, und niemals freiwillig in der Öffentlichkeit zu singen. Jeder kannte den Namen der blonden Frau, die mit der dunklen Edori reiste. Und jeder, der ihr Debüt gehört hatte, würde ihre Stimme wahrscheinlich nie mehr vergessen.

Abgesehen davon war es erstaunlich, wie beliebt die Edori in dieser Zeit in den Städten Bethels waren – und sogar in Gasa, wenn auch in etwas geringerem Maß. Sie waren es gewöhnt, in den meisten der größeren Städte geduldet zu werden und manchmal in einigen der kleineren vom Handel lebenden Gemeinden freudig aufgenommen zu werden, aber ansonsten hatten sie überall, wohin sie auch kamen, seit vielen Jahren eine gewisse Feindseligkeit und Ablehnung erfahren. Jetzt auf einmal waren die Edori gefragt. Kinder schlichen sich am Abend an ihre Kochstellen, um zuzusehen, wie die Zelte aufgebaut wurden, und um die Gerüche der fremden Speisen zu schnuppern. Kaufleute, Handwerker, Bürger und Gutsherren, selbst Politiker fanden einen Grund, um in ihr Lager zu kommen, ihnen ihre Gastfreundschaft anzubieten und sich nach dem Zustand der Straßen zu erkundigen.

Rachel hatte anfangs befürchtet, daß soviel Freundlichkeit vom Erzengel gesteuert sei – indem er einen Aufruf durch die ganze Provinz geschickt hätte, mit der Aufforderung, daß alle Ausschau nach der reisenden Angelica halten sollten. Aber niemand von den Leuten in den Städten fragte nach ihr. Keiner von ihnen musterte die Gesichter der Edori besonders eingehend, niemand stellte neugierige Fragen, niemand äußerte sich zum Verschwinden der Gemahlin des Erzengels, und niemand wollte wissen, ob sie ihrer Meinung nach vielleicht zu ihren edorischen Stammesgenossen zurückgekehrt sei. Nein, die Herzlichkeit galt in der Tat ihrer Person, und alle Edori wußten das, aber es war eine Herzlichkeit ohne Hintergedanken. Diese Leute waren einfach dankbar, weil die Edori der Angelica Schutz geboten hatten, als diese Schutz bedurfte, und sie versuchten, die Mauern der Feindseligkeit abzubauen, die seit Generationen zwischen ihnen aufragten.

Es war also ein gutes Leben, und alle (außer Rachel) schliefen vertrauensvoll in den Parks außerhalb der Städte und Häfen. Und sie setzten ihren Weg nach Süden fort, während die Fragen sich weiterhin in ihrem Kopf drehten.

Sie war bei weitem nicht so einsam, wie Naomi befürchtet hatte. Die Chievens waren ein kleiner Clan, fünfzig an der Zahl, und unter ihnen waren drei junge Männer, die immer noch bei ihren Familien lebten. Einer davon machte einem Mädchen den Hof, das kokett und eigensinnig war; die anderen beiden, Isaak und Adam, hatten ihre Aufmerksamkeit Rachel zugewandt.

Sie hatte vergessen, wie es war, von einem edorischen Verehrer angehimmelt zu werden.

Isaak erinnerte sie ein klein wenig an Obadja, obwohl sich die beiden natürlich überhaupt nicht ähnlich sahen. Isaak war hochgewachsen und etwas schlanker als die meisten Edori. Er trug die schwarzen Haare sehr kurz, doch mit goldenen und silbernen Fäden durchwoben, und er kleidete sich gern in farbenprächtige Hemden und Hosen. Wenn er abends am Lagerfeuer sang, gab er humoristische Eigenkompositionen zum besten, die jeden zum Lachen brachten.

»Er ist ein toller Kerl«, flüsterte Naomi ihr eines Abends zu, als sie Isaaks komischer Darbietung lauschten. »Seine Mutter hieß Carallel.«

»Ach, dann hat er daher seine Stimme.«

»Ja, aber er ist bei seiner Tante aufgewachsen. Seine Mutter starb am Schwarzen Fieber, als er noch ganz klein war. Seine Tante liebte ihn beinahe mehr als ihre eigenen beiden Töchter.«

»Ich mag ihn«, sagte Rachel.

Naomi musterte sie im Dunkeln. »Ach ja?« fragte sie; sonst sagte sie nichts.

Aber Adam gefiel ihr besser. Er war ein ruhiger, ernster Mann, ein oder zwei Jahre jünger als sie, und er lebte mit seinen Eltern und drei jüngeren Geschwistern zusammen. Sein Vater hatte einige Jahre zuvor bei der Jagd eine Verletzung am Bein davongetragen, und Adam hatte die Verantwortung als Oberhaupt des Familienzeltes auf sich genommen. Er sorgte dafür, daß alle genügend zu essen bekamen, daß die Planen in gutem Zustand blieben, daß die handgeflochtenen Körbe seiner Mutter angeboten wurden, wenn die Händler ins Lager kamen, und daß sich seine halbwüchsigen Schwestern ordentlich kleideten, anstatt ihre sinnlichen jungen Körper in aufreizender Weise den Besuchern darzubieten.

Sein Gesicht war von ernsten Zügen geprägt, und seine Augen waren ungewöhnlich dunkel, doch wenn er lächelte, hatte er ein so süßes Antlitz, daß er vollkommen verwandelt schien. Er lächelte selten. Er sang selten, und wenn, dann in einem eigenartig heiseren, nebelhaften Tenor, den Rachel unglaublich erregend fand. Sein kleiner Bruder folgte ihm von Sonnenaufgang bis zur Schlafenszeit durch das Lager.

Wann immer er ein wenig Zeit erübrigen konnte, kam er zu Rachels Zelt und bot ihr seine Hilfe an. »Ich habe einen Riß in deiner Plane bemerkt«, sagte er einmal, als er mit Werkzeug beladen ankam. Er schnitt ihr eine neue Zeltstange, als ihre alte splitterte. Er brachte ihr eine zusätzliche Portion Fleisch an den Tagen, als er bei der Jagd besonders viel Glück gehabt hatte. Er war ein Mann, der sich um die Seinen kümmerte.

Rachel vermochte nicht zu sagen, ob er nur deshalb zu ihr kam und ihr half, weil sie eine alleinlebende Frau und er ein fürsorglicher Mann war, oder ob es Ausdruck eines tiefergehenden Gefühls war, sozusagen der Auftakt zum Ringelreihen eines Buhltanzes. Was Isaak betraf, hatte sie keinerlei Zweifel. Er hatte sie gebeten, mit ihm zusammen am Lagerfeuer zu singen, hatte ihr in verschiedenen Städten Bänder und Tücher gekauft; er hatte ihr Haar bewundert, ihr Gesicht, ihr Lachen. Adam hatte keine derartigen Annäherungsversuche unternommen.

Dennoch erinnerte er sie an Simon. Und er erinnerte sie an Gabriel, du lieber Jovah! Am Abend beobachtete sie ihn, wie er seinen Bruder neckte, bevor er ihn zu Bett schickte, und fragte sich, ob es wohl eine Sünde sei, in den Augen ihres Gottes, ihrer Edori oder ihres Ehemanns, wenn sie ihn verführen würde.

Die Edori hielten es im allgemeinen nicht so streng mit den ehelichen Gelübden. Nun ja, sie glaubten ohnehin nicht an die Ehe. Aber sie – es hatte keinen Sinn, so zu tun, als ob es anders sei –, sie unterschied sich von ihnen. Sie war durch ihre Abstammung und ihre Rolle geprägt. Und durch die Tatsache, daß sie einen sehr prominenten Gemahl hatte. Was man bei anderen jungen Frauen dulden würde, vielleicht sogar guthieße, würde man ihr womöglich übel ankreiden.

Doch sie ließ ihn nicht aus den Augen. Und sie dachte darüber nach, wie lange es her war, daß sie bei einem Mann gelegen hatte.

Sie lagerten beinahe eine Woche lang außerhalb von Luminaux. Am Tage gingen sie, einzeln oder in Gruppen, in die Blaue Stadt. Luminaux war für die Edori schon immer verlockend gewesen. Hier hieß man sie freundlich willkommen, hier erzielten ihre Waren die höchsten Preise oder brachten ihnen die besten Waren im Austausch ein. Nun, Luminaux hieß jedermann freundlich willkommen, aber die Edori hatten schon immer das Gefühl, daß man sie hier besonders gern sah.

Eines Tages bot Rachel eine Ladung Webarbeiten auf dem Markt feil und war überaus zufrieden mit dem

Erlös, den sie dafür erzielte. Sie gab die Hälfte des Geldes für Geschenke für Naomi und deren Töchter aus und behielt den Rest, für den Fall, daß sie irgendwann einmal etwas brauchen würde. Sie ärgerte sich selbst, daß sie sich so verhielt; es entsprach dem Allali-Lebensstil, Geld zu sparen, um sich für die Zukunft abzusichern. Edori sparten niemals und machten sich auch über ihre Zukunft keine Sorgen. Dennoch schaffte sie es nicht, alles zu verprassen.

Nachdem sie ihre Einkäufe getätigt hatte, spazierte sie durch die Stadt, nur um sich dem Vergnügen hinzugeben, deren pure Schönheit zu bewundern. Sie blieb bei einem großen, schlichten Brunnen stehen, einem Koloß aus braunem Marmor, der beinahe senkrecht in einem Teich stand und über dessen glatte Oberfläche kaum wahrnehmbar Wasser rann. Das Wasser war seidig, ohne jede Kräuselung oder Unterbrechung, und sie mußte die Hand ausstrecken und den Stein berühren, um sich davon zu überzeugen, daß er tatsächlich naß war und nicht nur in der Sonne glitzerte. Sie legte die Hand flach auf den polierten, kühlen Marmor. Das Wasser umschäumte weiß ihr Handgelenk, um sich gleich danach wieder zur vorherigen Klarheit zu glätten. Sie zog die Hand zurück.

»Das tue ich jedesmal, wenn ich nach Luminaux komme«, sagte eine nüchterne Stimme hinter ihr, und sie wandte sich um und lächelte Adam an. »Dies ist mein Lieblingsplatz in der Stadt.«

»Ich habe ihn noch nie gesehen«, sagte sie, während sie sich die Hand am Hemd abtrocknete. »Er gefällt mir.«

Er nahm ihr die Bündel ab, ohne zu fragen. »Du hast fleißig eingekauft«, sagte er.

»Geschenke. Ich konnte nicht widerstehen. Naomi hat soviel für mich getan; ich wollte mich irgendwie dafür erkenntlich zeigen.«

Er sagte ihr nicht, daß Naomi froh war, wenn sie ihren Freunden Gefallen tun konnte, daß sie für derartige Gelegenheiten lebte. Er nickte nur. »Hast du schon etwas gegessen?« fragte er. »Es ist beinahe Abendessenszeit.«

»Ich bin dem Verhungern nahe.«

Sie gingen zu einem Café im Freien, und Adam legte ihre Bündel vorsichtig auf einem freien Stuhl an ihrem Tisch ab. Sie bestellten Wein und Leckereien, die keiner von ihnen beiden aussprechen konnte. Die Sonne ging allmählich unter, rosenquarz- und aquamarinfarben. Rachels Blick wanderte unaufhörlich von ihrer Umgebung zum Gesicht ihres Begleiters. Er schien nicht hierherzugehören. Er war vollkommen gelassen, lächelte sogar von Zeit zu Zeit, aber es war ein unpassendes Bild, der pragmatische Edori in der lebenslustigsten, intellektuellsten Stadt von ganz Samaria.

»Gefällt dir Luminaux?« fragte sie schließlich.

Er sah von seinem Teller auf, auf dem er gerade vorsichtig ein Stück Fleisch geschnitten hatte. »Für eine Stadt nicht schlecht. Ja«, sagte er. »Ich bin lieber draußen in der Natur, sogar in der Wüste. Aber in Luminaux findet man so etwas wie – Wildnis. Freiheit. Man fühlt sich nicht so eingesperrt.«

Sie konnte nicht umhin zu lachen. Als er sie fragend ansah, schüttelte sie den Kopf. »Ich bin an Orten gewesen, wo man entschieden mehr eingesperrt war als in einer Stadt«, sagte sie als eine Art Erklärung. »Diese hier erscheint mir sehr offen.«

»Du kommst mir wie ein halbes Kind vor«, sagte er.

Das Weinglas gab ihren Händen Halt. »Wie ein halbes Kind?« wiederholte sie. »Was soll das heißen?«

»Vielleicht warst du das immer schon.« Er bemerkte ihren Gesichtsausdruck. »Kennst du diesen Ausdruck nicht? Eine Person, die in zwei Welten lebt, deren Herz zweigeteilt ist. Im allgemeinen wird er für Edori angewandt, die in eine Stadt oder ein Dorf gezogen sind und sich dort niedergelassen haben, weil sie sich vielleicht in eine Bauerntochter verliebt haben oder durch einen Unfall verkrüppelt wurden und nicht mehr mit den anderen weiterziehen können. Sie bleiben zurück, wenn die Edori ihren Weg fortsetzen; aber die Edori werden ihnen immer fehlen.«

»Aber ich bin jetzt wieder bei den Edori«, flüsterte sie.

»Eine Hälfte von dir«, entgegnete er.

Sie wollte sagen: *Alles von mir*. Aber sie brachte es nicht über die Lippen.

Es war dunkel geworden, als sie ihr Essen beendet hatten. Adam band ihre Bündel mit einem Stück Zwirn zusammen, das er von einem Ladenbesitzer bekommen hatte, und warf sich alles zusammen über die Schulter. Sie wanderten ziellos durch die glitzernden Straßen, blieben da an einer Ecke stehen, dort an einer anderen, um den Darbietungen der Musikanten zu lauschen. Adam kaufte für sie beide eisgekühlte Getränke mit Schokoladengeschmack, an denen sie im Weitergehen nippten. Die Straßen waren angefüllt mit Farbe, Licht und Bewegung. Gaslicht-Kugeln erhellten jeden mit blauen Steinen gepflasterten Gehweg, und Hunderte von Paaren flanierten, lachten und tanzten, genau wie sie. Selbst der leichte Wind erschien erregt und heiter und tollte hierhin und dorthin.

Ein große Menge und eine laute Stimme lockten sie in eine breite Prachtstraße. Da war eine kleine, hellerleuchtete Bühne aufgebaut, und ein Aufreißer brüllte seine Einladungen hinaus. »Singt für Gold, Leute! Singt für Gold! Wer von euch kann wie die Engel beten? Nur drei Kupferstücke, und ihr könnt eure Stimme mit denen eurer Freunde messen! Wer will für mich singen? Wer will uns zeigen, wie es gemacht wird?«

Da standen bereits acht oder neun Wettbewerbswillige neben ihm auf der Bühne, musterten einander abschätzend und summten ihre Noten zum Aufwärmen vor sich hin. Es war beinahe unwiderstehlich. »Noch zwei Teilnehmer«, forderte der Aufreißer aufmunternd. »Noch eine Dame, noch ein Herr. Wer will uns zeigen, wie gut er ist? Ihr da, mein Herr! Ich bin sicher, Ihr habt einen hervorragenden Bariton.«

»Er hört sich an wie ein Frosch im Hochsommer!« rief eine Frau, und alle lachten.

Adam stieß Rachel an. »Du solltest singen.«

»Das ist nicht möglich. Es wäre nicht gerecht.«

»Es macht nur drei Kupferstücke. Du bist die beste Sängerin aus der Menge.«

»Das kannst du nicht so genau wissen.«

Er lachte tatsächlich. »Nun, wenn du es nicht bist, dann steht jemand anderem der Sieg zu.«

»Adam, ich …«

Der scharfsichtige Aufreißer hatte ihre Auseinandersetzung bemerkt. »Ihr da, meine Dame!« brüllte er und deutete auf Rachel. »Euer Begleiter bittet Euch, es zu versuchen. So etwas entgeht mir nie. Kommt herauf und zeigt uns, wie es gemacht wird.«

Adam schob sie vor, und während sie ihn mit einem finsteren Blick bedachte, zerrten andere Hände sie an den Armen, schoben sie zur Bühne. Ach, warum eigentlich nicht? Sie war Angelica – der Gott mochte Blitz und Donner für sie auf Lager haben –, aber niemand hatte gefordert, daß nur Amateure an diesem Wettbewerb teilnehmen durften. Und niemand verlöre mehr als drei Kupferstücke. Sie lachte, ließ sich zur Bühne schieben und drückte dem Marktschreier die geforderten drei Münzen in die Hand.

»Jetzt haben wir unsere zehn Teilnehmer zusammen!« rief der Mann. »Die Regeln sind folgende: Jeder von euch muß eine Strophe von ›Fluß Cara‹ singen, und die Menge wird euch den Beifall spenden, den sie für angemessen hält. Wer den meisten Applaus für sich verbuchen kann, bekommt die Kupfermünzen. Sind alle damit einverstanden?« Es wurden keine Einwände erhoben. »Dann fangt Ihr an, mein Herr. Singt bitte als erster.«

Die ersten beiden Männer und die erste Frau hatten ausnahmslos schöne Stimmen, nichts Aufregendes, aber angenehm anzuhören an einem warmen Abend unter den Sternen und dem strahlenden Lampenlicht. Es war unmöglich, ›Fluß Cara‹ schlecht zu singen. Die Menge war angetan, lachte, klatschte und rief nach Zugaben.

Die zweite Frau hatte einen dünnen, süßen Sopran, der dem liebeswehen Text einen schmachtenden Klang verlieh, und ihre Darbietung wurde mit noch mehr Beifall bedacht. Die nächsten drei Sänger erhielten ebenfalls begeisterte Zustimmung, aber als der achte und neunte Teilnehmer vortraten, um sich dem Urteil der Zuhörer zu stellen, war man der Sache bereits etwas überdrüssig geworden. Sie sangen nicht schlecht, aber man hatte dieselbe Weise schon so oft gehört; der Beifall war höflich, aber oberflächlich. Einige der Leute am Rand trollten sich bereits ihrer Wege.

Rachel war als letzte an der Reihe. Der Marktschreier deutete auf sie. »Kommt nach vorn, meine Dame!« rief er. »Ihr müßt Euch die Seele aus dem Leib singen, um diese Blechohren für Euch zu gewinnen.«

Ein paar spärliche Lacher würdigten diese Bemerkung. Rachel trat an den Rand der Bühne, ihre Augen fanden Adam, und sie lächelte. Sie bedeckte sich das Haar mit dem Tuch und vergewisserte sich, daß ihre Kleidung ordentlich saß, bevor sie den Mund öffnete, um zu singen.

*»Einst hatten wir Augen füreinander nur,*
*Am Fluß Cara gelobten wir uns ewige Liebe.*

*Ich hielt mich getreu an meinen Schwur,*
*Du aber folgtest wie der Fluß dem Triebe.«*

Der Text war so einfach, so banal; es war die Musik, die das Stück zu einem allgemeinen Lieblingslied machte. Rachel legte ihr Herz hinein. Es gab keinen Grund, nicht mit Gefühl zu singen, wenn sie schon sang. Sie streckte die Hände mit gewölbten Innenflächen aus, als ob Wasser zwischen ihren Fingern hindurchränne. Als sie geendet hatte, schlenkerte sie die Hände in Richtung des Publikums, als ob sie das Wasser davon abschütteln wollte. Die Leute in den ersten beiden Reihen wichen tatsächlich zurück.

Es herrschte eine Weile vollkommener Stille, bevor die Menge in einen wilden Jubel ausbrach. Selbst die Mitbewerber hinter ihr spendeten lauten Beifall. Rachel lächelte (natürlich stand sie über der Sache, aber dennoch hatte sie riesigen Spaß) und erwiderte das begeisterte Händeschütteln aller anderen auf der Bühne. Sie nahm die dreißig Kupferstücke von dem Schausteller entgegen und beugte sich vor, um seine Stimme über das immer noch anhaltende Jubelgeschrei der Menge zu hören.

»Ihr singt wie ein Engel«, schrie er ihr ins Ohr.

Sie konnte nicht umhin zu lachen. »Das habe ich schon einmal gehört«, sagte sie und stieg die wackeligen Stufen hinunter in den sie umfangenden Tumult. Es dauerte einen Augenblick, bis sie Adam entdeckte, der sich durch die Menge einen Weg zu ihr bahnte. Er nahm ihren Arm und sah sie an. Sie lachte. Sie reckte sich zu ihm hinauf und küßte ihn auf den Mund.

Doch danach lag eine eigenartige Spannung über ihnen. Sie ritten schweigend zurück zum Lager, wobei Adam sich von Zeit zu Zeit hinüberbeugte, um Rachels Arm zu berühren oder ihr Pferd um ein Hindernis zu führen. Sie hatten keine Mühe zu sehen, denn der Vollmond spendete ihnen reichlich Licht. Hin und wieder lächelten sie einander an, immer noch ohne ein Wort.

Aber irgend etwas stimmte nicht. Sie stiegen vor Rachels Zelt ab und ließen die Zügel am Boden schleifen. Adam stand nahe bei Rachel und wartete; es war klar, daß er wartete. Sie war eine verheiratete Frau, es war an ihr, ein Zeichen zu geben. Sie hob die Hände zu seinen Schultern und neigte den Kopf nach hinten, um sein Gesicht in dem blassen, gespenstischen Licht zu betrachten. Er sah so ernst aus. Er sah so aus, als bedürfe es lediglich eines Kusses, damit er sich in sie verliebte.

Sie war unfähig, seinen Kopf zu sich herunterzuziehen. Sie schaffte es nicht, die Lippen auf die seinen zu legen.

»Es tut mir leid«, flüsterte sie und ließ die Hände sinken.

»Was tut dir leid?« fragte er, und seine Stimme war beinahe ebenso leise wie die ihre.

»Daß ich …« Sie konnte es nicht erklären. Sie zuckte die Achseln.

»Rachel«, sagte er.

Sie lächelte kurz. »Ich mache es niemandem leicht«, sagte sie, obwohl er unmöglich verstehen konnte, was sie damit meinte. »Adam, du bist so süß. Ich möchte mich in dich verlieben.«

»Dann tu es doch«, sagte er.

Sie schüttelte den Kopf. »Ich habe schon so viele Fehler gemacht«, sagte sie. »Diesen möchte ich nicht begehen.«

»Rachel«, sagte er noch einmal, und diesmal klang in seiner Stimme so etwas wie Auflehnung mit. Sie schüttelte wieder den Kopf, drückte ihm flüchtig die Hand auf den Mund und entfernte sich von ihm. Die Eingangsplane des Zeltes schloß sich lautlos zwischen ihnen. Es dauerte fünf oder zehn Minuten, bis sie hörte, wie er davonging; seine Schritte wurden begleitet vom schweren Scharren der Pferdehufe. Sie saß die ganze Zeit über reglos auf ihrem Bett, wartend, während er wartete. Auch nachdem er weggegangen war, blieb sie eine Zeitlang reglos sitzen, kaum atmend, und gestattete sich keinen Gedanken.

Sie schlief noch, als Naomi am nächsten Morgen hereinkam und sie weckte. »Frühstück!« rief die edorische Frau fröhlich. »Zeit zum Aufstehen!«

Rachel drehte sich um, so daß ihr Rücken der Besucherin zugekehrt war. »Warum?«

»Weil wir heute nachmittag aufbrechen. Du mußt deine Sachen packen und dein Zelt zusammenlegen.«

Rachel richtete sich auf. »Wann wurde das beschlossen?«

»Gestern abend. Während du in der Stadt geflirtet hast.«

Rachel warf ihrer Freundin einen mürrischen Blick zu, nahm jedoch das Tablett mit Speisen entgegen, das diese ihr hinhielt. »Wieso kommst du auf den Gedanken, ich hätte geflirtet?«

»Nun, du bist mit Adam zurückgekommen.«

»Und wieso weißt du *das?*«

»Ich habe euch beim Heimkommen gehört.«

»Und was hast du noch gehört?«

Naomi machte ein unschuldiges Gesicht. »Nichts. Was hätte ich denn hören sollen? Habt ihr euch gestritten?«

Rachel antwortete nicht. Sie widmete sich ganz dem Essen. Endlich gab Naomi ihre Zurückhaltung auf.

»Nun, ich bin froh, daß du ihn weggeschickt hast«, sagte sie. »Ich habe mir Sorgen gemacht, weißt du. Ich wollte nichts sagen, aber ...«

Rachel nahm einen Schluck Saft aus einem großen

Keramikbecher. »Und warum hast du dir Sorgen gemacht? Warum hätte ich ihm nicht erlauben sollen, die Nacht mit mir zu verbringen, wenn mir der Sinn danach gestanden hätte – wenn ihm der Sinn danach gestanden hätte?«

»Weil du Gabriel liebst«, sagte Naomi. »Und überhaupt solltest du gar nicht hier sein.«

Rachel lachte kurz. »Wo sollte ich denn sein? Wieder im Horst?«

»Ja.«

»Nun, ich werde nicht dorthin zurückkehren, bis – bis es für immer ist, vielleicht.«

»Du zerbrichst dir das Herz seinetwegen. Du warst wütend und hast ihm gesagt, daß du nie mehr zurückkommen würdest. Das ist kein Gelöbnis, das du einhalten mußt – niemandem gegenüber.«

»Es ist ihm gleichgültig, ob ich zurückkomme oder nicht.«

»Du weißt, daß das nicht wahr ist.«

»Er hat mich nicht einmal gebeten zu bleiben! Kein einziges Mal. Mit keinem Wort ...«

»Du hattest ihm bereits mitgeteilt, daß du weggehen wolltest! Was hast du erwartet – daß er dich anfleht zu bleiben? Er ist ein stolzer Mann ...«

»Und ich bin eine stolze Frau!«

»Du bist stur! Und ...«

»Und überhaupt«, unterbrach Rachel sie, »*ja*, ich wollte daß er mich anfleht! Er hat mich angefleht, weißt du das? Er bat mich inbrünstig, Semorrah zu retten. Er wäre auf die Knie gefallen und über den Boden gekrochen, nur damit ich das Leben von vollkommen Fremden rette. Und trotzdem brachte er kein Wort über die Lippen, um mich zu bitten zu bleiben. Wenn er sich etwas daraus gemacht hätte, meinst du nicht, er hätte für dieses eine Mal seinen Stolz überwinden können? Mich *bitten* können? Die Angelica soll dem Erzengel

Demut beibringen, so hat man es mir gesagt. Aber diesem Mann bringt niemand Demut bei.«

»Er hätte die Welt in Flammen aufgehen lassen, bevor er es fertiggebracht hätte, dir Schaden zuzufügen«, sagte Naomi nüchtern. »Das hast du selbst mir erzählt. Du weißt, daß er dich liebt. Du fürchtest dich einfach nur davor, daß du ihn zu sehr lieben könntest.«

Rachel stieß ein bitteres Lachen aus. »Niemand fürchtet sich vor der Liebe.«

»Jeder fürchtet sich vor der Liebe, denn nichts schmerzt so sehr wie die Liebe. Ich sehe dich und Gabriel, und ich sehe einen Mann, der über seinen Schatten gesprungen ist, weil er eine Frau liebt. Und ich sehe eine Frau, die diesen Mann bei jeder Gelegenheit vor den Kopf gestoßen hat. Hast du ihm jemals gesagt, daß du ihn liebst? Hast du dein Leben für ihn aufs Spiel gesetzt? Hast du seinetwegen deinen Stolz überwunden? Hast du dich ihm zuliebe verändert? Was hast du getan, um ihm deine Liebe zu beweisen? Du hast nichts anderes getan, als ihm wegzulaufen.«

»Ich kann nicht zurückkehren«, flüsterte Rachel. »Ich kann es nicht. Ich weiß nicht, was ich ihm sagen soll ...«

»Dann ruf ihn zu dir. Schick ihm eine Botschaft. Was immer du schreibst, er wird es richtig deuten.«

Aber so einfach war es nicht. Sie wußte nicht, wie sie einen Brief an Gabriel formulieren sollte. Also packte sie ihre Sachen, rollte ihr Zelt zusammen und reiste einen weiteren Tag mit den Edori weiter, und noch einen.

Sie hatten sich gemächlich in nordwestliche Richtung von Luminaux entfernt, und am dritten Tag erreichten sie den Schatten der schmalen Gebirgskette. Diese sanften grünen Hügel stiegen zu kleinen, spitzen beigefarbenen Gipfeln an, die jäh mitten in der ausgedehnten südlichen Ebene aufragten.

»Die Corinnischen Berge«, erklärte Isaak Rachel eines Abends, als sie am Fuß eines gezackten Höhenzugs ihr Lager aufschlugen. Adam hatte sich während der vergangenen Tage von ihr ferngehalten, doch wenn er ihr begegnete, was unvermeidlich war, schenkte er ihr jedesmal ein süßes, schmachtendes Lächeln. Isaak hingegen hielt sich noch mehr als sonst in ihrer Nähe auf. »Ich habe gehört, daß man einen der Gipfel ›Hagars Zahn‹ nennt.«

»Hagars Zahn?« wiederholte Rachel, plötzlich aufmerksam geworden. »Warum?«

Er zuckte die Achseln. »So nennen ihn die Luminauzi. Ich weiß nicht warum. Ich weiß nur, daß der Weg hinauf auf den größten Berg – den da, siehst du? – über einen schwierigen, steilen Pfad führt, der mit Eisenpfählen versehen ist.« Sie sah ihn an und lachte. »Nein, wirklich. Ich bin ihn schon halbwegs hinaufgestiegen. Eisenpfähle, so dick wie mein Handgelenk, zu beiden Seiten des Pfads. Sie säumen die ganze Strecke hinauf, so weit ich sehen konnte.«

»Hagars Zahn«, wiederholte Rachel noch einmal. »Ja, ich erinnere mich jetzt.«

Sie verbrachte die Nacht im Lager, doch am Morgen, als die übrigen Edori sich zur Weiterreise bereitmachten, verabschiedete sie sich.

»Hier?« fragte Naomi verständnislos und blickte von der Bettrolle auf, die sie gerade zusammenband. »Mitten in dieser Ödnis? Es ist gefährlich, dich hier allein zurückzulassen.«

»Stimmt. Vertrau mir. Ich möchte hierbleiben. Laßt mir genügend Nahrung für ein paar Wochen da, dann kann mir nichts geschehen.«

Naomi erhob Einwände, ebenso wie Lukas, Isaak und einige andere, die von ihrem Entschluß hörten, aber letztendlich überzeugte Rachel sie. Sie gaben ihr genügend Proviant für einen Monat, überließen ihr das

Zelt und verschiedene Werkzeuge und verabschiedeten sich nacheinander feierlich von ihr. Die Mädchen weinten. Isaak küßte sie auf den Mund, Adam küßte sie auf die Wange.

»Laß von dir hören«, flüsterte Naomi, die sie zum Abschied umarmte. »Wir sehen uns spätestens nächstes Jahr bei der Zusammenkunft.«

»Bestimmt«, versprach Rachel.

Schließlich waren sie weg, eine kleine dunkle Karawane, die am flachen goldfarbenen Horizont verschwand. Rachel sah ihnen nicht nach, bis sie außer Sicht waren. Sie hatte selbst eine große Strecke vor sich, die sie bis Einbruch der Dunkelheit geschafft haben mußte.

Sie hatten ihr Lager etwa eine Stunde von dem Berg entfernt aufgeschlagen, den Isaak ›Hagars Zahn‹ genannt hatte. Es war kurz nach Mittag, als Rachel dort angekommen war, einen breiten, staubigen Weg fand und sich an den Aufstieg machte.

Anfangs sah sie nichts von den Eisenpfählen, die Isaak erwähnt hatte, und sie fragte sich, ob sie sich für den falschen Gipfel oder den falschen Weg entschieden hatte. Doch einige hundert Meter weiter oben wurde der breite Weg unvermittelt zu einem schmalen Pfad, steinig und von Pflanzen überwuchert. Die Bäume, die weiter unten am Berg gefällt worden waren, wuchsen hier dicht an dicht und wachten wie mit lauerndem Mißtrauen über dem Pfad. Sie wuchsen zu beiden Seiten so dicht, daß sich ihre oberen Äste miteinander verschlangen und ein dichtes Dach über dem Pfad bildeten.

Und dann sah sie die Eisenpfähle. Wie Isaak erwähnt hatte, säumten sie den Pfad von dieser Stelle an bis hinauf zum höchsten Punkt, zu dem sie blicken konnte. Sie waren so hoch wie ein Mensch, etwa sechs Zentimeter im Durchmesser und oben mit scharfen Dornen versehen. Einige von ihnen waren verrostet, und ein paar wenige waren umgefallen, aber es waren immer noch mehrere hundert übrig – steife, schweigende Wachtposten, deren einziger Zweck darin bestand, jegliches geflügelte Wesen davon abzuhalten, an diesem Hang zu landen.

Hagar hatte sich ein engelsicheres Refugium gebaut. Rachel brauchte das Haus nicht zu sehen, um zu wissen, daß auch dieses mit eisernen Wächtern umgeben und oben auf die gleiche Weise bewehrt war, so daß es in alle angreifbaren Richtungen geschützt war. Hagar wollte nicht, daß irgendwelche müßigen Gäste für einen flüchtigen Besuch hereinflatterten, mit ihren Gefühlen spielten und ihren Seelenfrieden störten. Jeder Engel, der sie sehen wollte, mußte wie ein Büßer kommen, sich den langen, steilen Hang heraufschleppen und die hellen Federn im Dreck hinter sich herschleifen.

Es war ein langwieriger, mühsamer Aufstieg, und der Weg wurde immer schwieriger. Der ganze Nachmittag war vergangen, bis Rachel es zum Gipfel des Berges schaffte und beinahe zufällig auf die kleine Lichtung taumelte, auf der Hagars Refugium stand. Doch dann vergaß sie ihre müden Beine und die trockene Kehle und ihre ewig kreisenden Erinnerungen, und sie lachte laut auf.

Trotz der Unzahl großer Pfähle, die rund um die Lichtung und überall im Garten und über das Gelände verteilt im Boden steckten, strahlte Hagars Zuhause schon auf den ersten Blick Lebensfreude aus. Das Haus war in heiterem Stil aus rotem Stein erbaut und mit einem Dach aus grünen Keramikkacheln gedeckt, aus dem an den Ecken vier Kamine herausragten. Ein Bach verlief so dicht beim Haus, daß er eine Parallele zur nördlichen Mauer bildete und sich um einen Schmuckbrunnen wand, durch den er offensichtlich früher einmal spielerisch geflossen war. Die Bewohnerin mußte eine Blumenliebhaberin gewesen sein, denn noch waren deutlich drei Gärten erkennbar, halberstickt durch Unkraut und wilde Gewächse, die dem Betrachter kunstvolle Muster und kultivierte Würde darboten.

Oh, hier hätte es ihr gut gefallen können. Das ganze Leben hätte sie hier verbringen können.

Sie brauchte eine Woche, um das Haus bewohnbar zu machen. Gabriel hatte sich nicht erinnern können, wann die letzte Angelica eine Verwendung für Hagars Refugium gehabt hatte. Dem Zustand der Einrichtung nach zu urteilen, mochte es mehr als hundert Jahre her sein, seit irgend jemand den Fuß in dieses Haus gesetzt hatte. Staub, Dreck, Vogelkot, Mäusenester, getrocknetes Laub, lebendiges Unkraut, eine Kaninchenfamilie und hundert Spinnenfamilien hatten den Ort eingenommen. Das Mobiliar war spärlich, aber überraschenderweise war einiges davon noch brauchbar, besonders die schönen alten Holztische, -stühle und -kommoden. Schwieriger war es, etwas einigermaßen Bequemes zum Schlafen zu finden, und für die ersten drei Nächte nahm Rachel ihren Umhang als Decke und bettete sich darauf.

Am vierten Tag jedoch machte sie einige erfreuliche Entdeckungen. Die erste war ein verschlossener Schrank aus Zedernholz, dessen Schlüssel an einem Haken gleich neben der Tür hing. Darin befanden sich Federkissen, gewebte Matten als Unterlagen, Wolldecken, bestickte Steppdecken und alles mögliche an Leinenbettzeug, sauber und unversehrt. Außerdem befanden sich darin zwanzig oder dreißig Kleider, die alle aufgereiht auf einem langen gespannten Seil hingen; Kleider in allen Farben und unvorstellbaren Stoffen. Rachel zog eins nach dem anderen heraus, hielt sie sich vor die Brust und stellte fest, daß sie ihr genau bis zu den Knöcheln reichten. Kleider aus blauer Seide, grüner Baumwolle und weißem Leinen; festliche Gewänder mit bestickten Manschetten, edelsteinbesetzten Kragen, spitzenbesetzten Ärmeln, glatten Miedern. Die Garderobe einer Königin. Nein – einer Angelica.

Damit war also die Frage beantwortet, worauf sie schlafen und was sie anziehen sollte. Später am Tag kam sie hinter das Geheimnis des langen, schmalen, fensterlosen Raums an der Nordseite des Hauses. In eine Wand waren zwei kleine Türen eingebaut, und ein tiefer Kanal war in den Boden gehauen, ausgekleidet mit grünen Keramikkacheln. In diesem Raum gab es keinen Kamin, aber der kleine Ofen in der Ecke wurde schnell warm und bewirkte, daß sich der Keramikkanal ebenfalls warm anfühlte, als ob die Hitze des Ofens unter den Bodendielen, unter den Kacheln hindurchgeleitet würde. Anfangs war Rachel verdutzt gewesen und hatte beschlossen, den Raum unberührt zu lassen.

Doch als sie an diesem Nachmittag draußen Wasser zum Abendessen heraufzog, bemerkte sie einen überwucherten Graben, der vom Bach zum Haus verlief. Und nachdem sie die Blätter, Äste und anderen Unrat herausgeräumt hatte, stellte sie fest, daß der Graben mit denselben grünen Kacheln ausgekleidet war. Und dann wurde ihr klar: Hagar hatte sich einen Waschraum gebaut, wie sie ihn vom Horst gewöhnt war. Sie hatte einen Teil des Bachs abgeleitet und durchs Haus geführt und das Wasser mittels des Ofens erwärmt, wenn sie ein Bad nehmen wollte. Das Wasser mußte zu einer Öffnung herein- und zu einer anderen hinausfließen. Und bestimmt gab es ein engmaschiges Drahtgitter, um Fische, kleine Tiere und schwimmende Insekten abzuhalten …

Sie brauchte beinahe den ganzen nächsten Tag, um den äußeren Graben zu reinigen und Schleusen und Abfanggitter wieder instand zu setzen, aber am Abend hatte Rachel es geschafft, daß wieder Wasser durch Hagars Haus floß. Sie feierte diesen Erfolg mit einem langen heißen Bad. Oh, sie schwelgte im puren Luxus, in einer wahren Ekstase. Das Wasser sprudelte über sie, warm und beruhigend, immer wieder erneuert und köstlich nach Moos und Wald duftend. Wild und gleichzeitig gebändigt. Sie würden diesen Ort nie mehr verlassen.

Während der nächsten beiden Wochen arbeitete sie im Garten. Es war natürlich unmöglich, nach jahrhundertelanger Vernachlässigung innerhalb einiger Tage Ordnung zu schaffen, aber sie kam überraschend gut voran. Und sie machte noch eine erfreuliche Entdeckung: Es gab auch einen Gemüsegarten, und selbst jetzt wuchsen dort reichlich Tomaten, Mais, Kürbisse und Bohnen. Von dem Obst und Gemüse, den Fischen im Bach und dem Trockenfleisch, das sie von den Edoris mitgebracht hatte, würde sie lange Zeit leben können.

Vielleicht für immer.

Rachel war hier so glücklich, daß sie die ganze Zeit sang. Manchmal war ihr nicht einmal bewußt, daß sie sang, bis sie ihrer selbst in einem der langen, schmalen Spiegel ansichtig wurde, die beinahe in jedem Raum angebracht waren (Hagar – oder wer auch immer – hatte sich offenbar gern selbst betrachtet). Wenn sie ihr Spiegelbild erblickte – das Haar wild zerzaust, ein altes Kleid, bedeckt mit Erde und Gras, die Arme beladen mit Blumen, Putzlappen oder Werkzeug, den Mund weit offen und leidenschaftlich singend –, dann war ihr, als ob sie die Töne in der Luft glitzern sähe. Das brachte sie zum Lachen; sie hielt inne und dämpfte ihren Gesang für eine oder zwei Stunden zu einem leisen Summen. Doch dann nahm sie die Musik wieder wahr und merkte, daß sie sie selbst hervorbrachte.

Sie achtete nicht darauf, was sie sang. Es hätte alles

sein können – edorische Balladen, die kindlichen Wiegenlieder, die sie vor so langer Zeit gelernt hatte, Gassenhauer aus Luminaux, sogar einige der Messen, mit denen sie sich damals im Horst beschäftigt hatte. Hin und wieder ertappte sie sich dabei, wie sie wortlos die Melodie eines der Gebete schmetterte, die sie Gabriel oder Obadja hatte singen hören, Fürbitten um Regen, Sonne, Wind oder Schutz – sie wußte es nicht genau. Sie kannte den Text der Lieder nicht, und wahrscheinlich war das gut so. Sie wußte nicht, worum sie hätte bitten sollen, wenn sie in dieser Zeit die Stimme zum Gott erhoben hätte.

Allmählich machte sie sich Gedanken. Gabriel hatte ihr einmal erzählt, daß es Orte in Samaria gebe, wo Jovahs Ohren anscheinend besonders aufnahmefähig seien, und Hagars Refugium mußte einer dieser Orte sein. Wenn sie sich an die Eingangstür des kleinen Hauses stellen, die Arme gen Himmel recken würde und die Stimme in einem Lied erhöbe, worum sollte sie dann bitten? Der Gott hatte sie einmal erhört, drunten in der Ebene von Sharon. Rachel zweifelte nicht mehr daran, daß ihrer Stimme die Macht gegeben war, an sein Ohr zu dringen. Aber worum sollte sie bitten? Was wollte sie?

*Bring Gabriel zu mir,* hörte sie eine innere Stimme sagen; und es war ihre eigene Stimme; und es war das einzige, was sie wollte. Aber sie wußte nicht, wie sie das vom Gott erbitten sollte. Es mußte etwas anderes geben, um das sie ihn anflehen könnte. Sie wollte ein zweites Mal das Gefühl haben, fähig zu sein, ihren Gott anzurufen und erhört zu werden.

Es vergingen noch drei Wochen, bevor sie den Schlüssel zu der silbernen Schatulle im Schlafzimmer fand, die Hagar gehört haben mußte.

Sie hatte die Schatulle ausgegraben, kaum daß sie

vier Tage im Haus gewesen war. Sie hatte ganz hinten in einem Schrank gestanden, versteckt unter verrottender Seide, einer Handvoll lockerer Erde und einem Nest, das vielleicht vor zehn Jahren von einer Maus bewohnt gewesen war. Obwohl schwarz angelaufen, war die Schatulle immer noch schön: ein breites, flaches Kästchen aus getriebenem Silber. Der Deckel war mit Saphiren verziert, die im Schwertlilien-Muster eingelegt waren, und daran erkannte Rachel, daß sie Hagar gehört hatte. Das Schloß, ebenfalls aus Silber gefertigt, war zu hartnäckig, um sich der Neugierigen zu öffnen, und Rachel hatte gezögert, etwas so Kühles und Schönes aufzubrechen.

Doch dann fand sie den Schlüssel, an einem Schlüsselring, der direkt neben der Tür im Innern des kleinen Steinschuppens hing, der etwa zweihundert Meter stromaufwärts stand. Bis jetzt war sie noch nicht dahintergekommen, welchem Zweck der Schuppen dienen sollte. Handelte es sich um eine Räucherkammer, eine Molkerei, einen Vorratsschuppen? Ebensowenig hatte sie auch nur eines der Schlösser gefunden, zu denen die anderen Schlüssel paßten. Aber im ersten Augenblick, als sie den winzigen silbernen Schlüssel sah, wußte sie, daß er in das schmuckvolle Silberschloß passen würde, und sie rannte zurück zum Haus, um die dreckverkrustete Schatulle hervorzuziehen.

Als sie den Deckel hob und in das Behältnis blickte, hätte ihre Überraschung nicht größer sein können, wenn sie einen Fund von rohen Juwelen gemacht hätte. Behutsam, ehrfürchtig hob sie die Lagen von brüchigem braunen Papier heraus, aus Angst, sie könnten bei ihrer Berührung zu Staub zerfallen. Die Notizen und Skizzen konnten von irgend jemandem geschrieben beziehungsweise gezeichnet worden sein, aber die Verse und die seltenen Bemerkungen am Rand konnten nur von einer einzigen Hand zu Papier gebracht worden sein. Hagars Persönlichkeit sprang ihr aus jeder Seite entgegen; jedes Wort schien in schnellen, ungeduldigen Strichen von ihrer Feder auf das Papier gehüpft zu sein. Einige Seiten hatte sie mit Überschriften versehen, aber meistens begann die Musik mit einem Notenschlüssel, der Tonartangabe und den ersten Worten des Liedes.

Langsam blätterte Rachel die Notenblätter durch, überflog die Texte und las die Bemerkungen der Autorin am Rand. ›Zu langweilig! Umwandeln in Dur?‹ hatte Hagar einmal geschrieben. Und auf einer anderen Seite: ›Braucht noch eine Strophe.‹ Und: ›Das wird Uriel gefallen.‹ Und: ›Für Daniel, obwohl er es niemals zu Gehör bekommen wird.‹ Und: ›Mein Lieblingsstück.‹

Aber die Komposition, bei der Rachel innehielt, war diejenige, die sie gesucht hatte, seit ihr bewußt geworden war, was sich in der Schatulle befand. Wie die meisten anderen hatte sie keinen Titel, und sie trug eine kurze Bemerkung der Musikerin: ›Melodie der Sehnsucht.‹ Rachel summte die ersten Töne leise vor sich hin, um ein Gefühl für die Melodie zu bekommen. Selbst im Innern des Hauses, auch ohne die Worte zu flüstern, spürte sie die Kraft der Musik. Sie hörte, wie das Rauschen der Bäume verstummte, sie nahm die Verblüffung der vorbeifliegenden Vögel wahr – alles lauschte. Sie spürte, wie der Gott den Atem anhielt und darauf wartete, mehr zu hören.

Dies also könnte ihr Brief an Gabriel sein, ihre Einladung, ihre Entschuldigung. Diese Botschaft würde er verstehen. Sobald sie bereit wäre, ihn wiederzusehen, würde sie sich in ihr kleines Haus begeben und ihn mit diesem Lied zu sich locken. Dann würde er kommen; sie würde warten, bis sie sich sicher wäre.

Sie stand auf, wischte sich den Schmutz von den Knien und trat durch die Tür ins Freie. Sie hielt die Noten vor sich, lernte sie im Gehen und sang die Ballade aus vollem Herzen. Nur der Gott hörte sie, und die wilden Tiere, die sich auf diesem Berggipfel ein Zuhause geschaffen hatten, und die Bäume und der Fluß und der Berg selbst; aber es war, als ob ihr die ganze Welt zuhörte. Rachel schloß die Augen, drückte sich die Noten an die Brust und sang das Lied ein zweites Mal.

Nur der Gott konnte sie hören, aber Gabriel würde kommen.

# 23.

# KAPITEL

Während der ersten Tage im Anschluß an die Glorie war es für Gabriel ein leichtes, der Frage nach Rachel geschickt auszuweichen. Es war schwierig, in dem Durcheinander jemandem auf der Spur zu bleiben. Er überließ es Ariel und den Engeln aus Monteverde, die Räumung der Ebene zu überwachen, während er, Nathan und Obadja nach Semorrah flogen, um alles in ihrer Macht Stehende für die in arge Bedrängnis geratene Stadt zu tun. Das Wasser stand in der Tat sehr hoch, schwappte über die Straßen entlang der Werften und veranlaßte die Mäuse und Katzen der Lagerhäuser, sich in höhere Gefilde zu begeben. Doch der Rumpf der Stadt war nicht gefährdet – angefüllt mit ängstlichen Leuten, die die Engel mit verzweifelten Rufen begrüßten, auch wenn ihnen das Wasser noch nicht ganz bis zum Hals stand.

Sie verrichteten drei Tage lang ihre Arbeit, indem sie die Bewohner vor allem durch ihre Gegenwart beruhigten, aber auch indem sie beim Wiederaufbau eingestürzter Bauten und beim Zerschlagen von Machtklüngeln halfen. Ihre Anwesenheit sollte in Wirklichkeit beweisen, daß der Gott die Stadt nicht vernichten werde, daß die Musik in der Ebene Wirkung gezeigt hatte, daß sie mit ihren Gebeten die Katastrophe abgewendet hatten. Als die Gefahr gebannt war – drei Tage nachdem Jovah den Berg zerschmettert hatte –, hatten sie ihren Auftrag erfüllt.

Sie kehrten zum Horst zurück, aber nur für kurze Zeit. Es waren noch so viele Reisen zu unternehmen, so viele Treueschwüre entgegenzunehmen, und das war der passende Augenblick, um die Jansai und Manadavvi zur Loyalität zu verpflichten. Gabriel dachte an die Strecken, die er zurücklegen mußte, die Fürbitten, die er dem Gott vortragen mußte, und er fühlte sich erschöpft. Er hatte den Wunsch, hundert Jahre lang zu schlafen und dann loszufliegen und Rachel zu suchen.

Rachel! »Ich dachte, sie hätte die letzten paar Tage bei euch verbracht«, sagte Hannah am Morgen nach seiner Rückkehr zu ihm. Er war spät aufgestanden, aber Obadja und Nathan saßen immer noch beim Frühstück, also hatte er sich zu ihnen gesellt. Hannah hatte sie innerhalb weniger Minuten ausfindig gemacht.

»Wer, Rachel?« hatte Nathan seiner Mutter geantwortet. »Nein, sie wollte in den Horst zurückkehren.«

Gabriel beobachtete, wie seine Gabel Muster in das Essen auf dem Teller zeichnete. »Gabriel«, sagte Obadja. »Wo ist Rachel?«

»Heißt das, du hast sie nicht hierher zurückgeschickt?« fragte Nathan überrascht.

»Sie war überhaupt nicht hier«, sagte Hannah leise.

Gabriel blickte auf. »Sie ist bei den Edori«, erklärte er.

»Sie war doch gerade erst *monatelang* bei den Edori!« rief Obadja aus.

»Nun, jetzt verbringt sie noch ein paar Monate mit ihnen.«

»Habt ihr euch gestritten?« wollte Nathan wissen.

»Wann haben wir nicht gestritten?«

»Wie lange wird sie wegbleiben?« fragte Hannah.

»Ich weiß es nicht. Solange sie will. Sie sagte, sie wolle rechtzeitig zur nächsten Glorie zurück sein.«

»Zur nächsten ... aber das dauert doch noch ein Jahr!«

»Ich weiß.«

»Möchtest du, daß ich sie suche?« fragte Obadja leise.

Gabriel warf ihm einen raschen, leidenschaftlichen Blick zu. »Nein!« Der jüngere Engel hob die Augenbrauen und lehnte sich auf seinem Stuhl so weit zurück, wie es ihm die Flügel erlaubten.

»Weißt du, wo sie ist?« fragte Hannah.

»Nein. Sie ist nicht in Gefahr, denn das wüßte ich. Fragt nicht weiter. Diese Sache geht nur mich und die Angelica etwas an.«

Eine Weile schwiegen alle. Gabriel konzentrierte sich auf sein Essen, bis ein Diener frische Biskuits brachte und alle noch einmal zulangten.

»So«, sagte Obadja schließlich. »Wie geht es weiter?«

»Ich muß nach Breven reisen«, antwortete Gabriel, »und noch einmal nach Semorrah, nach Castelana, in die manadavvischen Gebiete – die ganze Runde machen, um herauszufinden, welche Unterstützung ich bekommen kann, nun, da jeder weiß, daß ich es ernst meine und in der Lage bin, meine Ansichten durch Taten zu untermauern. Und nun, da die meisten meiner Widersacher« – er stockte – »tot sind.«

»Möchtest du, daß wir dich begleiten?«

Gabriel rieb sich das Gesicht. »Ich brauche jemanden, der hierbleibt und beobachtet, ob sich während meiner Abwesenheit eine Krise in Bethel anbahnt. Dafür eignest du dich am besten, Obadja. Nathan, ich möchte, daß du bis Jordana mit mir kommst.«

Drei Augenpaare starrten ihm ins Gesicht. »Jordana«, wiederholte Nathan. »Du meinst Windhagen.«

Der Erzengel nickte. »Nicht alle Engel Raphaels haben ihn auf den Berg begleitet. Einige von ihnen müssen noch dort sein, oder vielleicht verstecken sie sich. Und Leah. Ich habe sie in der Ebene nicht gesehen, obwohl sie dort gewesen sein könnte. Wir müssen uns über die Lage Klarheit verschaffen.«

»Wann brechen wir auf?«
»Morgen.«

Der Flug nach Windhagen verlief ereignislos, obwohl Gabriel sich dabei ertappte, daß er ständig den Boden unter ihm im Auge behielt, sobald sie nahe genug waren, um Formen und Gestalten zu erkennen. Aus der Luft wäre es ein leichtes gewesen, eine kleine edorische Karawane auszumachen, obwohl man kaum hätte erkennen können, welchem Clan sie angehörte und wer mit ihnen unterwegs war … Aber er sah überhaupt keine Edori.

Sie trafen früh am Tag unter einer strahlender Sonne in Windhagen ein. Die Festung, abschreckend wie immer, wirkte an diesem Tag besonders abweisend, und sie umkreisten sie in der Luft. Gabriel versuchte, die Erinnerung an seine letzte Ankunft an dieser Burg zu verdrängen, als er einen Weg hinein gesucht hatte, und das Bild, das ihn auf einem Vorsprung einige hundert Meter über den Türmen begrüßt hatte …

»Ich sehe nicht die geringsten Anzeichen von Leben!« rief Nathan ihm zu. »Vielleicht ist der Ort verlassen.«

»Wir müssen uns Zugang verschaffen!« rief Gabriel zurück. Sie neigten sich zur Seite und sanken allmählich tiefer, in Richtung des Landeplatzes auf der unteren Ebene der Festung.

Das breite Fallgitter war geöffnet, und niemand hielt sie auf, als sie eintraten. Ebensowenig beantwortete jemand ihre Begrüßungsrufe oder ihr Schlagen auf den Metallgong in der Eingangshalle.

»Ich glaube nicht, daß jemand hier ist«, murmelte Nathan.

»Vielleicht hast du recht.«

»Aber irgendwie kommt es mir hier – unheimlich vor.«

»Stimmt.«

Sie wählten aufs Geratewohl einen Gang und machten sich an die Erforschung. Sie begegneten nicht einmal irgendwelchen Dienern in einem der Flure, in den Küchenräumen oder den Vorzimmern, die sie als erste untersuchten. Die Korridore hallten von ihren eigenen Schritten und ihren seltenen, leise gesprochenen Worten wider.

»Hier ist niemand.«

»In diesem Raum ist auch nichts.«

»Das gefällt mir nicht.«

Sie schritten durch die ganze untere Ebene der Festung, ohne einer einzigen Seele zu begegnen. Als sie ins obere Geschoß hinaufstiegen, hielten beide einen Augenblick lang inne, da sie eine unbestimmte Gefahr witterten, doch keiner sagte etwas, und sie setzten ihren Weg die Treppe hinauf fort.

Der erste Raum, den sie betraten, war der große Speisesaal, in den durch die schmutzigen bleiverglasten Fenster ein paar einzelne Sonnenstrahlen hereinfielen. Hier fanden sie beinahe alle versammelt, die Raphael nicht zu der Glorie begleitet hatten.

Sie lagen zusammengedrängt auf Tischen und auf breiten Sesseln und hier und da eng umschlungen am Boden – Liebende und gute Freunde, die sich fest in den Armen hielten, sowie einsamere Gestalten, die die Köpfe auf die Hände gebettet hatten. Engel lagen verschlungen mit Sterblichen da und breiteten die großen weichen Federn über ihre hingestreckten Kameraden aus. Auf dem Tisch standen Platten mit Fleisch, Teller mit Brot und Krüge voller Wein. Die einzigen Geräusche waren das Trippeln fliehender Mäuse und das Summen hungriger Insekten.

»Es riecht nicht nach Tod«, sagte Nathan, und seine Stimme klang schwach, unsicher. »Könnte es sein, daß sie alle nur betäubt sind? In einen Tiefschlaf versetzt?«

»Das muß ein starkes Gift sein, wenn die Leute davon eine Woche lang schlafen«, entgegnete Gabriel. Er trat vor und stieg vorsichtig die Stufen hinunter, die in den Raum führten. »Laß uns nachsehen.«

Aber sie waren tot. Die Brüder teilten sich die Arbeit auf, indem sie an jedem Mund nach Zeichen von Atem suchten, jeden nicht vorhandenen Pulsschlag fühlten. Es lagen vielleicht fünfzig Leichen in dem Raum, die Hälfte Engel, die andere Hälfte Sterbliche. Niemand war mehr am Leben.

»Mir ist schlecht«, sagte Nathan, als sie sich in der Mitte dieses gespenstischen Mausoleums trafen.

»Kein Wunder.«

»Hat Raphael das angerichtet? Hat er jeden getötet, der nicht an ihn glaubte, der nicht mit ihm zum Berg gehen wollte?«

»So hat es den Anschein.«

»Aber er ... Es waren seine Freunde, seine Anhänger ...«

»Raphael hatte keine Schwierigkeiten im Umgang mit dem Tod. Er war seit zwanzig Jahren daran gewöhnt, obwohl er es selbst nicht wußte. Es war das Leben, mit dem er nicht zurechtkam.« Gabriel sah sich noch einmal in dem Raum um. Das Ganze ließ ihn äußerlich bemerkenswert kühl, aber das täuschte. Es war lediglich eine gegensätzliche Reaktion zu Nathans unverhohlenem Entsetzen. Was sich ihnen hier darbot, war zu grauenvoll, als daß er es hätte begreifen können, deshalb ging sein Geist gelassen damit um. Er hätte es nicht ertragen, sich allzu eingehend mit der Wirklichkeit auseinanderzusetzen. »Hast du Leah unter den Leichen entdeckt?«

»Nein. Du auch nicht?«

»Nein. Sie muß irgendwo in der Festung sein.«

Sie fanden sie, drei Stockwerke höher, in einem prächtigen Schlafzimmer, geschmückt mit üppigen

Lagen rosafarbener Seide. Sie sah aus, als ob sie schliefe; auch die drei Zofen, die ihr zu Diensten gewesen waren, schienen in ihren rosafarbenen Plüschsesseln zu schlummern. Gabriel nahm jedoch nichts als gegeben hin. Er prüfte jede Frau, berührte jeden schlaffen Mund mit den Fingern.

»Alle tot«, sagte er zu Nathan und drängte ihn mit einer Handbewegung zur Tür hinaus.

Sie erforschten die Festung von unten bis oben, gründlich, methodisch, öffneten jeden Schrank auf der Suche nach möglichen Flüchtigen. Es gab keine Flüchtigen. Sie erlebten eine seltsame Aufregung, als sie ganz oben in der Burg am anderen Ende eines schmalen Flurs Bruchstücke von Musik hörten.

»Jemand lebt noch«, flüsterte Nathan und packte ihn am Arm. »Gabriel, hörst du das? Jemand spielt Flöte.«

Gabriel nickte, und sie schlichen langsam durch den Flur. Es mußte jemand sein, der das Instrument noch nicht gut beherrschte, vielleicht ein Kind, das stümperhaft auf einer Rohrflöte spielte. Zuerst hörten sie einen einzigen Ton, dann einen gebrochenen Akkord, dann wieder einen einzigen langgezogenen Ton. Die Tür zu dem kleinen Raum stand offen; der Musikant bemühte sich offenbar nicht, sich zu verbergen.

Doch als sie vorsichtig in die Kammer spähten, war sie leer. Sie warfen sich schnelle Blicke zu und ließen die Augen dann wieder durch den Raum schweifen. Es gab nirgendwo einen Platz zum Verstecken. Die Musik hatte fürs erste aufgehört.

»Verwunschen?« hauchte Nathan.

Gabriel untersuchte die Tür. Sie war mit irgendeinem schweren Gewicht aufgebrochen worden, und das Schloß war zerschmettert. Er zeigte es Nathan, der die Achseln zuckte.

Sie beide zuckten zusammen, als die Musik wieder einsetzte, zwei Töne, dann einer, dann eine Sept in Dur, alles im Zusammenspiel mit dem Klappern des Fensterrahmens, während der Wind an der Scheibe ratterte. Gabriels Blick wanderte schnell durch den Raum, dem Zug der Musik folgend.

»Sieh mal«, sagte er und deutete auf seine Entdeckung – ein in einem Spalt zwischen Wand und Fenster steckendes Schilfrohr und dann ein zweites. »Der Wind ist der Musiker.«

Nathan riß die Augen weit auf. »Wer könnte so etwas tun?«

»Jeder, der in der Burg wohnte und die Harmonie liebte. Es gab sonst keine Musik in Windhagen.«

»Ja, wer? Und wo ist er jetzt?«

Gabriel spreizte die Hände. »Tot, ohne Zweifel. Anscheinend hat Raphael niemanden verschont.«

»Das hier ist zu einem Ort des Bösen geworden«, sagte Nathan leise. Gabriel nickte.

Kurz darauf verließen sie die Burg, indem sie so schnell wie möglich durch die gewundenen Gänge und durch das Fallgitter wieder hinaus in die frische Luft und den Sonnenschein eilten. Gabriel zitterte von den Schultern bis zu den Fersen, als er aus der Burg trat. Es war, als ob er einen bösen Geist abschüttelte, der versuchte, sich zwischen seine Flügel zu quetschen und ihm mit eisigen Fingern die Kehle zu umklammern.

»Abheben!« sagte er zu seinem Bruder, und gleichzeitig sprangen sie in die Luft und stiegen mit rhythmischen Flügelschlägen gegen den heftigen, launischen Wind an. Gabriel schraubte sich hinauf, über den Berg, durch die tiefhängenden Wolken, in die eiskalten Schichten der Atmosphäre, wo das Atmen gerade noch möglich war. Nathan stellte keine Fragen, sondern folgte ihm dichtauf. Gabriel verlangsamte seinen Flug und verfiel ins Gleiten, wobei seine großen Flügel mit gleichmäßigen Bewegungen durch die Luft schwebten, und hob beide Arme über den Kopf.

Als er zu singen anhob, spürte er Nathans Schrecken selbst an diesem kalten, stillen Ort. Er ballte die Hände zu Fäusten, hielt die Arme weiterhin hoch und fuhr fort zu singen. Die Luft war so klar, daß seine Stimme dagegen hallte wie ein Hammer gegen eine Glocke. Sein Atem war so warm, so schwer, daß seine Worte körperliche Gestalt anzunehmen und den leeren Himmel um sie herum mit vogelähnlichen Formen zu füllen schien. Er zwang sich, die Hände zu lösen, die Hände zu Jovah auszustrecken und das Gebet noch einmal zu singen. Hinter ihm fiel Nathan mit seinem Bariton harmonisch ein. Ihre Stimmen drangen durch die schneegeladene Atmosphäre nach oben und erreichten das Ohr des Gottes.

Ein Blitz schoß zwischen sie und hätte beinahe Gabriels Flügel versengt. Der Erzengel fiel zurück, verlor an Höhe und zappelte wild in der Luft, um das Gleichgewicht wiederzuerlangen. Sekunden später folgte dem Blitz ein dröhnender Donner, ein rollendes Knirschen wie von zerberstendem Glas, das sich die ganze Treppe hinabwälzte, die den Himmel mit der Erde verband. Dann warf eine gewaltige Explosion das Dröhnen zum Himmel zurück, Woge um Woge des polternden Zusammenbruchs.

Gabriel faltete die Flügel am Rücken zusammen und setzte zum Abwärtsgleiten an, gefolgt von Nathan. Sie landeten irgendwo am Fuß der Caitanischen Berge, weit genug entfernt, um nicht sehen zu müssen, wie der Blitz die Festung getroffen und dabei jeden Stein und jeden Balken der Burg vom Berg gefegt hatte.

»Trotzdem«, sagte Nathan am Abend am Lagerfeuer, »wurde keins der Probleme Jordanas gelöst.«

»Ich weiß«, sagte Gabriel. »Zuerst müssen wir uns einen Platz aussuchen und eine neue Festung bauen.

Diesmal vielleicht im südlichen Teil der Provinz. In der Nähe des Heldora-Gebirges, meine ich.«

»Der Bau einer Festung hat Zeit«, entgegnete Nathan ungeduldig. »Wer wird über Jordana wachen? Welche Engel? Wer wird sie anführen? Jemand, der mit den Jansai, und erst recht mit den Kaufleuten am Fluß zurechtkommt …«

»Das alles habe ich bereits entschieden«, sagte Gabriel. »Habe ich dir nichts davon erzählt?«

»Nein. Wer?«

»Du natürlich.«

Nathan starrte ihn an. Gabriel lächelte, zum ersten Mal an diesem langen, schweren Tag. »Nun, wer sonst?« fragte der Erzengel in sachlichem Ton. »Du bist derjenige, dem ich am meisten vertraue.«

»Aber Gabriel …«

»Ich weiß. Du wirst Hilfe brauchen. Wir werden ein Drittel der Engel des Horstes und ein Drittel der Engel von Monteverde ausschicken. Wir werden wenige sein, aber wir werden unser Bestes geben.«

»Aber Gabriel, ich …«

»Natürlich schaffst du es. Ich weiß, daß es schwierig sein wird. Ariel und ich werden dir soviel wie möglich helfen.«

»Aber …«

»Und gewiß erwarte ich nicht von dir, daß du es ohne Freunde tun sollst«, fuhr Gabriel fort. »Ariel hat bereits eingewilligt, Magdalena zu entbehren. Auf Dauer, versteht sich. Dir ist doch klar, daß es sich hierbei um eine Lebensaufgabe handelt? Daß du und deine Kinder und die Kinder deiner Kinder von nun an Bürger von Jordana sein werden …«

*»Magdalena?«* rief Nathan aus. »Dann seid ihr, du und Ariel, also einverstanden …«

Wieder lächelte Gabriel. »Diesmal achten wir die Weisheit Jovahs«, sagte er freundlich. »Ihr beide seid allem Anschein nach zu einem bestimmten Zweck zusammengerufen worden. Dies ist der einzige Zweck, der mir einfällt. Tätest du das für mich? Ich kann mir keine schwerere Aufgabe in ganz Samaria vorstellen, und es gibt niemanden, den ich lieber bäte, sich diese schwere Last aufzubürden.«

»Ja«, sagte Nathan mit leiser, beinahe erstickter Stimme. »Ja. Aber Gabriel, du wußtest, daß ich es tun würde.«

Die folgenden Wochen vergingen in großer Betriebsamkeit. Gabriel flog so oft zwischen Breven, Semorrah, Monteverde, Luminaux, dem Berg Sinai und dem Heldora-Gebirge hin und her, daß er allmählich die Langsamkeit seiner Flügel verfluchte und sich eine schnellere Fortbewegungsart wünschte. Er konnte sich nicht vorstellen, wie jemand die zermürbenden Stunden einer Reise zu Fuß oder auch zu Pferde ertragen konnte.

Doch alles fügte sich. Er stellte fest, daß die Kaufleute, die Jansai und sogar die hochtrabenden Manadavvi zu Kreuze krochen und auf ein gutes Auskommen bedacht waren. Die Befreiung der Edori war der erste Schritt, und als nächstes wurden die Eide geschworen, alle Leute in Frieden und Freiheit leben zu lassen. Er würde Monate oder gar Jahre brauchen, um einigen der anderen Ungerechtigkeiten auf die Spur zu kommen, besonders bei den reichen Landbesitzern im Gasastreifen und ihren Lehnsleuten. Aber der Anfang war gemacht.

Gabriel verbrachte einige Zeit zusammen mit Nathan und Magda in den Heldoranischen Bergen und beaufsichtigte den Bau der neuen Burg. Sie sollte mehr im Stil von Monteverde gehalten werden als in dem des Horstes, eine offene, zugängliche Gemeinschaft, in der sich Sterbliche mit Engeln mischten. Das war gut so;

die Engel hatten zu lange Zeit allein ihre Maßstäbe für die Lebensgestaltung zugrunde gelegt. Vielleicht war es an der Zeit, neue Wege in den und aus dem Horst zu finden, so daß jeder, der es wünschte, dorthin gelangen konnte – und jeder, der sich dort befand, den Ort nach Belieben verlassen konnte …

Aber jeder, der den Horst hatte verlassen wollen, hatte das bereits getan und keinerlei Bereitschaft zur Rückkehr gezeigt.

Es war Spätsommer, und Gabriel hatte nichts von Rachel gehört oder gesehen. Er hatte eigentlich auch nicht damit gerechnet, dennoch hatte er es gehofft. Er konnte nach wie vor nicht umhin, während seiner langen, mühsamen Reisen die Lager unter ihm auf der Suche nach Edori genau in Augenschein zu nehmen, auf der Suche nach ganz bestimmten Edori, auf der Suche nach einer bestimmten Frau, die mit den Edori reiste. Aber nie sah er sie. Er sank niemals so tief zu Boden, um goldenes Haar zu entdecken, das auffallend hell zwischen den dunklen Köpfen leuchtete, die in den Lagern zusammengedrängt waren. Er hielt Wort.

Zwei Monate vergingen, beinahe drei. Im schlimmsten Fall würde es noch weitere neun Monate dauern, bis er sie wiedersähe. Er wünschte sich sehnlichst, die Welt möge sich schneller drehen, die Tage würden kürzer werden und die Nächte wie im Flug vergehen. Beim nächsten Mal würde er keine Gelöbnisse ablegen, würde er sich auf keine unmöglichen Bedingungen einlassen. Er würde keine Fehler mehr machen. Wenn sie ihn das nächste Mal verlassen würde, würde er ihr auf den Fersen folgen.

Gabriel hielt sich in Velora auf, als ein sonderbarer Regen niederging. Er hatte kurz bei Peter und seinen Waisen vorbeigeschaut, damit er bei seinem nächsten Treffen mit Rachel – falls er sie jemals wiedersehen würde – berichten könnte, wie es den Kindern ging. Der Erzengel und der Schulmeister waren gerade ins Freie getreten, um die letzten Abschiedsworte auszutauschen, als rings um sie herum der Regen herniederplatschte. Nur daß es kein Regen war.

»Man könnte meinen, man sei in Breven«, bemerkte Peter, der sich die Hand vor den Mund hielt, um die trockenen schwebenden Teilchen abzuhalten. »Ein solcher Sandsturm!«

»Ich glaube nicht, daß es Sand ist«, widersprach Gabriel. Sie waren umgeben von einem sonderbaren Knistern, während die winzigen Körner zu Boden rieselten. Er spürte das mehlartige Zeug in den Haaren, in den Flügeln. Er spreizte ungeduldig das Gefieder, um sich davon zu reinigen.

»Nein, ich glaube, du hast recht. Es ist – Reis oder so etwas. Samen, meine ich. Großer Jovah, woher kommt das?«

»Ich habe keine Ahnung.« Gabriel blinzelte zum verhangenen Himmel hinauf und sah nichts außer dem wirbelnden Dunst, der sich ständig bildete und herabsank. »Ich vermag nicht einmal zu raten, was das sein könnte.«

Leute streckten die Köpfe aus Türen und Fenstern und wölbten die Hände, um die seltsame Himmelsgabe aufzufangen. Den Kindern war – dank ihrer unverdorbenen Wahrnehmungsgabe – sofort klar gewesen, daß etwas Außergewöhnliches in der Luft lag, und sie hatten, ohne auf ihre Lehrer zu hören, schleunigst die Klassenzimmer verlassen. Sie rannten bereits durch die Straßen und fingen die fallenden Samenkörner mit offenen Mündern auf und tanzten unter dem trockenen, glänzenden Regen.

»Ach du liebe Güte! Sie sollten das Zeug nicht essen, was immer es sein mag ...«, setzte Peter an.

Gabriel lachte. »Es fällt vom Himmel«, sagte er. »Bestimmt ist es von Jovah geschickt. Es kann nicht schädlich sein.«

»Aber was ist es nur?«

»Ich weiß es nicht.«

Anscheinend wußte niemand in Velora, was es sein könnte, aber genau wie Gabriel waren die meisten Bewohner der Stadt zu der Schlußfolgerung gekommen, daß Jovah ihnen so etwas wie ein seltenes Geschenk machte. Viele hatten bereits Eimer und Pfannen und Kochtöpfe vor ihren Türen und auf Flachdächern aufgestellt. Frauen mit ausgebreiteten Röcken gingen durch die Straßen, um die Körner aufzufangen. Gabriel hielt eine Gruppe von ihnen im Vorbeigehen an und fragte: »Wißt ihr, was das ist?« Alle lächelten und schüttelten den Kopf.

Er flog in den Horst zurück, wo sich ihm ein ähnliches Schauspiel in der Arena in der Mitte der Festung bot. Jedes vorstellbare Behältnis war im Freien aufgestellt worden; die gesamte Fläche war so vollgepackt mit Tiegeln, Töpfen und Vasen, daß er kaum einen Fleck zum Landen fand. Er duckte sich schnell in die erste offenstehende Tür und schüttelte sich die Körner aus den Haaren.

»Was für ein Zeug ist das?« fragte er die erste Person, der er begegnete und die zufällig Hannah war.

Sie lächelte. »Weißt du das nicht? Das ist Manna.«

»Manna?« Er blickte wieder zum Plateau, auf dem sich bereits eine geschlossene Decke von Samenkörnern gebildet hatte. »Aber so etwas ist seit Generationen nicht mehr auf Samaria herabgefallen …«

»Ich weiß.«

»Und was hat Jovah veranlaßt, es uns nach so langer Zeit wieder zu schicken?«

»Jemand muß ihn darum gebeten haben«, erklärte sie und sah ihn vielsagend an. »Angeblich hat Hagar persönlich als erste das Gebet geschrieben, auf das der Gott mit diesem Geschenk reagierte.«

Da wußte er, wo Rachel war und daß sie ihn sehen wollte.

Zwei Tage später brach er am Morgen auf und kam am frühen Nachmittag am Fuß der Corinnischen Berge an. Er hatte Geschenke dabei, und er trug auch seine silberne Flöte oder vielmehr das Aufnahme- und Wiedergabegerät an der Kette um den Hals. In seiner Freizeit (dem bißchen, das er in den vergangenen Wochen gehabt hatte) hatte er geübt. Er verfügte jetzt über ein Repertoire von ziemlich überzeugenden, wenn auch schlichten Musikstücken.

Wie es sich für einen Büßer ziemte, unternahm er keinen Versuch, sich die Reise zu erleichtern oder sie zu verkürzen. Er machte sich zu Fuß auf den Weg und schleppte sich mühsam bergauf, ohne zu klagen. Er war an diese Form körperlicher Anstrengung nicht gewöhnt, aber er war in guter Verfassung, und der Aufstieg ermüdete ihn nicht und tat seiner immer stärker werdenden Erregung keinen Abbruch. Dennoch legte er nach der halben Strecke eine Pause ein, ließ seine Bündel fallen und nahm die Flöte aus ihrem Behältnis.

Er spielte die sechs Stücke, die er beherrschte, jeweils zweimal, und brachte somit den Vögeln, den Füchsen, den Bäumen und jedem sonst, der zuhören mochte, ein Ständchen. Die Flöte klang genau richtig hier an diesem steilen Hang, der halb aus Fels und halb aus Wald bestand; es hätte sich um Vogelgezwitscher, Regentropfen oder den Morgenwind handeln können. Er war sicher, daß seine leichten Melodien hinaufstiegen, über die grausamen Eisenpfähle hüpften und in das kleine Haus auf dem Berggipfel schwebten.

Er lud sich das Gepäck wieder auf und setzte den Aufstieg fort. Der Pfad wurde immer schmaler, bis er die Schulter und die Flügel einziehen mußte, um die Metallhindernisse nicht zu streifen. Die Spitzen seiner

Federn schleiften hinter ihm im Staub. Kein ruhmreicher Auftritt. Er würde demütig und seiner Pracht beraubt ankommen, wie irgendein Sterblicher.

Doch als er den obersten Hügelkamm erklommen hatte und auf die Lichtung blickte, auf der das kleine Haus stand, konnte er sich ein Lächeln nicht verkneifen. Blumen gediehen im Garten, Rauch kräuselte sich aus den beiden Kaminen, und der Duft von frisch gebackenem Brot wehte ihm wie eine Einladung entgegen. Rachel war nirgends zu sehen. Er schritt den kleinen Abhang hinab, durchquerte den Hof und klopfte hoffnungsvoll an der Tür. Dann hielt er den Atem an, bis sie öffnete.

Sie war ganz in Blau gekleidet, und ihr goldenes Haar umfloß lose die Schultern. Sie sah aus wie ein Bauernmädchen, das das Haus ihrer Mutter versorgte, oder wie eine weise Frau, die sich in ihrem eigenen Zauber verfangen hatte, ewig schön, ewig jung. Sie lächelte nicht. Aber sie sah nicht wütend oder überrascht aus, ihn an ihrer Tür zu sehen.

»Angela«, sagte er.

»Gabriel«, erwiderte sie mit einer majestätischen Neigung des Kopfes. »Ich sehe, daß du die beschwerliche Wanderung zu meinem Haus auf dich genommen hast.«

»Mir erschien der Weg nicht allzu steil oder ermüdend.«

»Dieser Ort eignet sich nicht dazu, Engel zu empfangen.«

»Nein, er wurde einst zum Schutz von Angelicas gebaut. Fühlst du dich hier wohl?«

»Mir gefällt es hier besser als irgendwo sonst auf der Welt, wo ich jemals war.«

Er lächelte. »Darf ich hineinkommen?«

Sie trat zur Seite. »Bitte.«

Er mußte den Kopf einziehen und die Flügel eng anlegen, um durch die kleine Tür zu treten. Drinnen war der Geruch von Mehl und Hefe sehr stark. Was er von dem Häuschen sah, wirkte sehr bescheiden, sehr sauber und war hier und da mit leuchtenden Farben lebhafter gestaltet. Wieviel davon war auf Hagar zurückzuführen, wieviel auf Rachel?

»Ich habe dir für dein neues Zuhause etwas mitgebracht«, sagte er und reichte ihr ein zusammengerolltes Bündel, einen Kaminteppich. Er hatte ihn in Luminaux erstanden, und zwar nur aus dem einen Grund, weil seine wasserblauen und grünen Farben ihn an die Dinge erinnerten, die er in Rachels Zimmer gesehen hatte. Damals hatte er sich keine Gedanken darüber gemacht, unter welchen Umständen er ihr das Stück geben würde.

Sie nahm es entgegen, schüttelte es auf und legte es vor dem kalten Kamin an der gegenüberliegenden Wand aus. Sofort hatte man den Eindruck, als wäre es genau für diese Stelle gekauft worden. Sie wandte sich ihm von der anderen Seite des Raums aus zu.

»Bist du den ganzen weiten Weg vom Horst gekommen, um mir etwas für mein Haus zu bringen?« fragte sie.

»Nein«, antwortete er lächelnd. »Aber ich wäre gern die ganze Strecke geflogen, nur um dir Geschenke zu bringen, und dann wieder nach Hause geflogen.«

»Wie ist es dir in den vergangenen Monaten ergangen?« fragte sie.

Sie stand immer noch weit von ihm weg, also bewegte er sich näher auf sie zu, sehr langsam, um sie nicht zu beunruhigen. »Ich bin von einer Stadt zur anderen gereist, habe jede Gegend von Samaria abgesucht, habe mit Leuten gesprochen und Pläne für die nächsten zwanzig Jahre gemacht«, sagte er. »Ich habe Nathan und Magda nach Jordana versetzt, und sie bauen eine neue Burg in den Heldoranischen Bergen.«

»Was ist mit Windhagen?«

»Das gibt es nicht mehr«, sagte er. »Es wurde durch die Hand des Gottes vom Berg gefegt.«

Sie hob das Kinn und betrachtete ihn, aber sie fragte nicht, welche Rolle er bei der Zerstörung der Festung gespielt hatte. »Gut«, sagte sie.

Wieder lächelte er und trat noch näher zu ihr. »Und«, sagte er, »ich habe ein paar Lieder auf diesem Instrument zu spielen gelernt, das du mir gegeben hast, als wir darauf warteten, die Glorie zu singen.«

»Ich habe dich gehört. Oder zumindest habe ich jemanden flöten hören, kurz bevor du an meine Tür kamst.«

»Das war ich.«

»Bist den ganzen weiten Weg vom Horst gekommen, nur um mir auf deinem Instrument etwas vorzuspielen?«

»Nein«, sagte er. »Aber ich wäre die ganze Strecke geflogen, nur um dir etwas vorzuspielen, wenn du Freude daran gehabt hättest, und wäre dann wieder nach Hause geflogen.«

Nun spielte ein Lächeln um ihre Mundwinkel, das sie offenbar nicht verhindern konnte. »Aber ich brächte es niemals fertig, dich die ganze Strecke hierher und wieder nach Hause fliegen zu lassen, ohne dir zumindest etwas zu essen anzubieten«, sagte sie. »Hast du Hunger? Ich könnte dich bewirten.«

»Ja«, sagte er und ließ es dabei bewenden.

Sie drehte sich um und führte ihn in die Küche. Hier roch es nach frischgebackenem Brot, gemischt mit stärkeren, noch verführerischen Düften. Ein bestimmtes Bild drängte sich ihm gewaltsam auf: das von einer Hexe, die in ihrer einsamen Hütte Zaubertränke braut. Der kleine Tisch war für zwei gedeckt.

»Nimm Platz«, forderte sie ihn auf. »Möchtest du Wasser? Oder Wein?«

»Wein«, antwortete er. Es war der richtige Abend, um sich gegebenenfalls zu vergiften. »Dein Essen riecht gut.«

»Ich koche gern«, sagte sie. »In letzter Zeit hatte ich nicht allzuviel Gelegenheit dazu.«

»In Bethel«, sagte er, »herrscht derzeit die reine Kochwut.«

»Warum das?«

»Es gibt da ein eigenartiges neues Gewürz, das die Frauen entdeckt haben. Sie schmecken damit alles ab – Brot, Fleisch, Wein, Kuchen.«

Sie stand wieder auf der anderen Seite des Raums, aber jetzt lächelte sie unverkennbar. »Und hast du viel von den Köstlichkeiten gegessen, die diese Frauen gekocht haben?«

»Überhaupt nichts«, sagte er vorsichtig. »Ich habe nichts anderes angerührt als die Speisen, die ich eigenhändig zubereitet habe.«

»Dann ist es kein Wunder, daß du Hunger hast.«

»Ich weiß.«

»Magst du das neue Gewürz nicht?«

»Ganz im Gegenteil. Ich wäre sicher begeistert davon, wenn es mir auf dem richtigen Teller serviert würde.«

»Ich habe es bei allen Brotlaiben und Speisen verwendet, die ich heute abend für dich zubereitet habe.«

»Ich werde reichlich von allem genießen.«

Sie trat zaghaft näher, fast wie gegen ihren Willen, so schien es, aber von ihrer eigenen Erregung getrieben. Gabriel stand auf, langsam, da er nicht wollte, daß sie sich erschreckte und wieder zurückwich.

»Du gehst ein großes Wagnis ein«, sagte sie leise. »Weißt du nicht, daß das Gewürz Verlangen ist und daß es von heute an jede Speise würzen wird, die du zu dir nimmst?«

Sie stand nahe genug. Er ergriff ihre Hände und hielt

sie fest, obwohl sie kurz versuchte, sie ihm zu entziehen. »Ich sagte ja«, murmelte er, »ich habe schon so lange keine solche Speise mehr gegessen, daß ich mich nicht erinnern kann, wie sie schmeckt.«

Sie wehrte sich nicht mehr, und er nahm sie leidenschaftlich in die Arme. Sie warf den Kopf zurück und drückte ihn ein wenig weg, während sie sich gegen seine Schulter stemmte.

»Verlangen ändert nichts«, sagte sie ein wenig atemlos. »Leidenschaft beseitigt keine der Schwierigkeiten, die zwischen dir und mir liegen.«

»Keine?« fragte er und zog sie näher an sich heran. Als er sie küßte, spürte sie, wie sie sich in seinen Armen in Seide verwandelte. Sie war gefangen und ruhelos gewesen; jetzt schmiegte sie sich an ihn, und Zufriedenheit breitete sich in ihr aus. Ihre Hände schoben sich auf seinen Rücken, lagen warm und flach zwischen seinen Federn und seiner Haut. Er küßte sie immer wieder, bis er die Küsse nicht mehr zählen konnte, bis er genug Küsse als Entschädigung dafür hatte, daß er in seinem Leben bisher nur einen einzigen Kuß gehabt hatte.

Als er sie schließlich losließ, wenn auch nicht ganz, lachte sie. »Es muß eine stärkere Droge sein, als ich ahnte«, sagte sie. »Denn sie wirkt schon, obwohl du lediglich das Brot gerochen hast.«

»Du scheinst ihr ebenfalls ausgesetzt zu sein«, bemerkte er.

»Nun ja, ich koche ja auch schon seit Tagen.«

»Oh? Und wen hast du erwartet, um ihn mit allen deinen Gerichten zu verwöhnen?«

Sie schob ihn weg, drückte ihn in seinen Sessel und durchquerte den Raum, um sich an allerlei Dingen auf ihrem Eisenherd zu schaffen zu machen. Ihr Gesicht war von der Hitze des Feuers gerötet, oder vielleicht waren auch bestimmte Gedanken schuld an dieser Farbe.

»Nun?« fragte er, denn schließlich war es an der Zeit, daß sie es aussprach. Sie wandte sich ihm zu, endlich, immer noch ein wenig zurückhaltend, aber keineswegs schüchtern.

»Dich«, sagte sie schließlich. »Ich hätte bis in alle Ewigkeit auf dich gewartet.«